2020年度國家出版基金資助項目

國家社會科學基金重大項目"民國話體文學批評文獻整理與研究"(15ZDB079)

現代（1912-1949）話體文學批評文獻叢刊

聯話卷

張小華　周千飛　編著

鳳凰出版社

圖書在版編目（ＣＩＰ）數據

現代（1912—1949）話體文學批評文獻叢刊. 聯話卷/黃霖主編；張小華，周于飛編著. -- 南京：鳳凰出版社，2020.12
ISBN 978-7-5506-3337-7

Ⅰ.①現… Ⅱ.①黃… ②張… ③周… Ⅲ.①中國文學－現代文學－文學評論－叢刊②對聯－文學評論－中國－現代 Ⅳ.①I206.6-55②I207.65

中國版本圖書館CIP數據核字(2020)第261652號

書　　　　名	現代(1912—1949)話體文學批評文獻叢刊·聯話卷	
主　　　　編	黃　霖	
編　　　　著	張小華　周于飛	
責 任 編 輯	李相東	
裝 幀 設 計	徐　慧	
出 版 發 行	鳳凰出版社(原江蘇古籍出版社)	
	發行部電話 025-83223462	
出 版 社 地 址	江蘇省南京市中央路165號,郵編:210009	
出 版 社 網 址	http://www.fhcbs.com	
照　　　　排	南京凱建文化發展有限公司	
印　　　　刷	南京新世紀聯盟印務有限公司	
	江蘇省南京市建鄴區南湖路27號春曉大廈5樓,郵編:210017	
開　　　　本	880毫米×1230毫米　1/32	
印　　　　張	16.375	
字　　　　數	444千字	
版　　　　次	2020年12月第1版	
印　　　　次	2020年12月第1次印刷	
標 準 書 號	ISBN 978-7-5506-3337-7	
定　　　　價	128.00圓	
	(本書凡印裝錯誤可向承印廠調換,電話:025-68566588)	

總　序

黄　霖

　　在中國傳統的文學理論批評中,有一類"話體"之作。所謂"話體"①,就是如詩話、詞話、文話、曲話、小説話一類形式獨特、自成一體的文學批評著作。話體文學批評的基本特徵,就是既有别於傳統文學批評中諸如序跋、評點、書信、論詩詩、曲譜、詞譜、單篇文章等其他文體,也有别於現代有系統、成體系的文學論著,其主要表現形態爲筆記體、隨筆型、漫談式,凡論理、録事、品人、志傳、説法、評書、考索、摘句等均或用之,其題名除直接綴以"話"字之外,到現代就往往用"説"、"談"、"記"、"叢談"、"閑談"、"筆談"、"枝談"、"瑣談"、"談叢"、"隨筆"、"漫筆"、"卮言"、"閑評"、"漫評"、"雜考"、"札記"、"管見"、"拾雋"等多種名目,也給人以一種"散"的感覺。

　　這樣的一類文學批評論著,在現代新派文人眼裏就覺得在形

---

　　①　文學批評著作中有"話體"之稱,始於宋代歐陽修的《六一詩話》。話,即故事。此書主要是記述了一些與詩相關的故事,"以資閑談",故《四庫全書總目提要》概括其主要特徵是"體兼説部"。之後,在宋代迅速興起撰寫詩話的熱潮,内容與形式也隨之多樣化起來,往往兼及詩法、詩論,乃至考證、辨訛之類。考慮到現代期間正宗的"體兼説部"的"詩話"實際上已爲數不多,更何況古代的詩話、詩論、詩評、詩法、詩式在表現形式上還是存在着一些共同的特點。因此,我們尊重長期以來約定俗成的對於"詩話"的認識,將隨筆散評型的詩品、詩評、詩論、詩法、詩格等各類成編(篇)的詩學著述統統歸之於"詩話"之中。其他文類如文話、詞話、劇話、小説話等也同其例,統稱爲"話體文學批評"。

式上雞零狗碎,沒有條理,不成體統,在内容上又多是關注舊的一套,是典型的"舊文學"的代表,屬於"死"去或即將"死"去的東西,因而長期以來,它們被忽視,被鄙視,被歪曲,被遮蔽,在現代文學史與批評史中最多作爲主流的對立面而被偶爾帶及而已。如今,打開塵封,正視歷史,覺得這些話體之作是有舊有新,亦舊亦新,去整理它們、研究它們是正當其時,很有必要。

這是因爲整理與研究現代話體文學批評,可以完整地展示長期被遮蔽的現代文學批評的重要一翼,否則,一部現代文學批評史至少是不完整的,甚至是畸形的。

這一點本來是小學生也可以理解的。但實際上,時至今日,還是有不少大學者會認爲,現代文學史就是寫"新文學"的文學史,現代文學批評史就是寫現代"新文學家"的批評史。在他們看來,"舊派"的,或者是"舊體"的文學理論與批評都是落後的、正在死亡的、毫無意義的。這種意見的代表作,要數茅盾在1922年發表的《"文學批評"管見》。他説:"中國一向没有正式的什麽文學批評論。有的幾部大書如《詩品》《文心雕龍》之類,其實不是文學批評論,只是詩賦詞贊等文體的主觀定義罷了。"像《文心雕龍》這樣的文論傑作,國外的學者也認爲,相比之下可使"亞里斯多德的《詩學》、賀拉斯的《詩藝》等西方古代文藝批評或文學理論著作頓時黯然失色"①,而在茅盾眼裏却被看得如此無足輕重,現代的一些話體批評當然更一文不值,應該"死"去了。更令人不能接受的是,茅盾在同一篇不到一千字的短文中又説,文學批評本來並不高深,"批評一篇作品,不過是一個心地直率的讀者喊出他從某作品所得的印象而已,算不了什麽大事"。想不到這種"算不了什麽大事"的事,在他心目中,我們的祖先竟都不會做,都是那麽的無能。正是在這種偏見與武斷的基礎上,他説:"所以我們現在講文學批評,無非是

---

① [日]興膳宏(京都大學名譽教授、日本學士院終身院士):《日本對〈文心雕龍〉的接受和研究》,《興膳宏〈文心雕龍〉論文集》,齊魯書社1984年版。

把西洋人的學說搬過來，向民衆宣傳。"①這種認識顯然是十分片面的。可悲的是，當時如此認識的不只是茅盾一個人，而是一批人。正如唐弢主編的《中國現代文學史》所説的："當時的倡導者對於自己民族的古典文學大多采取輕視甚至一概否定的態度，而把人們的視綫完全引向西方。"更令人可嘆的是，不但當時有這樣一批人，就是到現在還是有那樣一批人抱着這樣的態度。

這裏我們姑且不論如《詩品》《文心雕龍》那樣的傳統文論的經典如何，就説現代期間的"舊派"或如話體一類"舊體"的文論著作，果真都是"死"的或應該"死"的嗎？事實顯然不是這樣。我們不可否認，在現代期間的話體文學批評的作者隊伍中，是有一些守舊的遺老，始終裹足不前，死守着傳統的批評路數以不變應萬變，但其主流，不少人是從"戊戌"、"辛亥"、"五四"、"抗日"一路走來，都曾經積極地參與社會實踐，捲入過時代的大潮，甚至有的還搏鬥在大潮的前列，也有的是在國内接受過新式的教育或擁有出國留學的經歷，還有的在家中從報章雜誌、流行書籍中無聲無息地呼吸着從歐美刮到東土來的一些新鮮的空氣，這都在使這批話體作者的思想觀念、知識結構與傳統的士大夫有所區别，在他們所寫的話體文學批評中或多或少地流露了一些新的、活的氣息。較早的，即便如陳衍《石遺室詩話》、王逸堂《今傳是樓詩話》等一些公認爲傳統的話體作品也常常關注到一些出使海外的詩人的紀游詩作，接觸了聲光電化等現代科技文明，引入了一些代表西方精神文明的"民約"、"自由"、"民主"、"共和"等等新詞語，乃至露出了文學獨立與寫人生、寫現實的理論傾向。後來不少話體作品也在逐步使用西方傳來的詩學術語，如美感、美學、具體、抽象、理性、文學、人格、現實、主觀、客觀、象徵、浪漫、口語化、大衆化、科學化、想象力、表現力、創造性等等。這種新變還進一步體現在話體作家的思維方式也在不斷變化，不再一味執著於重直覺的思維慣性，就是話體本身，也逐步趨向條理化、系統化。這些都可以説是中國傳統的話體

---

① 《小説月報》1922年第13卷第8期。

作品在新變,不能簡單地用一個"舊"字來將他們矮化、醜化。他們的這種變,與"新文學"家們不同的,只是在新變中特別自覺地堅守着傳統罷了。當然,反過來看,有的"新文學"家,甚至是認爲與"舊文學"不能"調和"而只有"鬥争"的"新文學"家,也會不自覺地運用傳統的話體批評舊形式,寫起面向新時代、批評"新文學"的話體批評著作,如朱自清寫有《新詩雜話》,朱光潛寫有《詩論》,任鈞寫有《新詩話》,等等。事實證明,屬於"舊體"的話體批評,新文學家們也是用它來裝新酒的。話體批評不論在"舊派文人"那裏,還是在"新派作家"那裏,都没有死去。不但没有死去,而且還相當地活躍。今天,假如要寫一部如當初王瑶、劉綬松先生那樣命名爲"中國新文學史"的 1912 到 1949 年間的文學史著的話,眼睛只盯着一批所謂新文學家也未嘗不可,但假如說要寫一部名爲"現代"或"民國"(1912—1949)的文學批評史的話,你就必須關注到現代文學與文學批評中的"新"與"舊"、中與西的兩個方面,更不要說這種"新"與"舊"的劃分本身就存在着這樣那樣的問題。今天,我們要科學地、全面地研究與總結中國現代文學史與批評史,必須從數典忘祖、蔑視傳統、過度崇洋、無視當下的歷史慣性中解放出來,客觀、平允地認識現代歷史發展中"新文學"與"舊文學"矛盾統一的兩個方面,寫出一部完整的現代文學史與批評史。

同時,整理與研究現代話體文學批評,可以使我們認識到這些論者曾經爲研究與承續中國文論傳統作出的努力,同當時的"舊體"文學創作一起,爲我國的文學傳統不至於完全斷裂而徹底西化,作出了重要貢獻。

現代時期的話體文學批評十分繁榮,其文體之全面,數量之豐富,都是可以使話體之作最繁富的清代也瞠乎其後的。這是在當時主流之外,頂着潮流,注重傳統、承續傳統的重要的方面軍(另一大方面軍是教學)。就是這些話體批評,不但使我國傳統文論的範疇,如神、氣、格、韻、味、體、調、法、情、理、趣、真、清、麗、奇、幻、意象、境界、正變、形神、本色、結構、詩眼、活法等等仍然生生不息,而且在總結傳統文學的歷史與理論上不斷地作出新的成績。比如陳衍在《石遺室詩話》中總結"唐、宋詩之爭"的問題時提出的"三元說"及後來沈曾植接着提出的"三關説",都是在總結歷史的過程中,提倡"走變通之路,采兼容之法",關係到詩學及其相關聯的文化存亡問題,包含着陳衍深沉的社會關懷和人文精神。之後,有一批話體著作循着這條路,在梳理漢魏六朝詩、唐詩、宋詩的演變脉絡,建構詩史的過程中兼容貫通,時有新見,成績斐然。比如,作爲現代的學人,如何總結與評價清代的文學流變是擺在他們面前的一個重要的任務。1916年姚鵷雛的《赭玉尺樓詩話》論清代的詩説:"清一代詩,綜言之凡三世。初入關,漢文士以牧齋爲之領袖,而漁洋、竹垞、愚山、荔裳、海珊、石穀原諸家競起,一以初盛唐爲宗,清俊平厚。漁洋出以神韻,遂蔚爲大家,海内宗風,以沈歸愚爲之殿,此一世也。袁簡齋以駘蕩輕雋之才,矯爲白香山、陸放翁,以藥宗初盛唐枵響之弊。於時,漁洋之説過拘,海内稍稍厭苦之,一時遂靡然從風。他若甌北、心餘、船山之倫,庶歸此派。其間能者固多,而失之浮薄,名世不朽者少矣。外此別派,樊榭以生澀僻冷一種興於浙,稚存以高亢邁往一種興於吳,卓犖可傳,而從風者少;道咸之間,此事稍稍衰歇矣。獨定庵龔氏璀璨環瑋、沉雄綿麗,實爲一時之傑。乃其時詩後百年而始大昌於今日,亦有數存焉。同光而後,北宋之説昌,健者多爲閩士,如海藏、石遺、聽水諸家,以及義寧陳散原,其人生平可以弗論,獨論其詩,則不失爲一代作者矣。"①短短數語,將有清一代的詩歌的流變略分爲"三世",脉絡清楚,自有見地。再如關注詩話本身的問題,也是現代詩話的一個特色。過去的詩話,很少論到詩話本身。至清代,也只有吳騫的《拜經樓詩話》、潘德興的《養一齋詩話》及章學誠的《文史通義》等少數作品顧及。而至現代,論史的意識加強了,不少詩話就注意對詩話本身進行總結與批評。如莊蔚心的《細雨梅花館談屑》(1919)就以近人之眼光對古代詩話進行了分類與總結:"詩話作者古今多矣,總觀其體,各有不同,約分之可別爲四類。一曰:品評類。專品評

---

① 《赭玉尺樓詩話》,《現代日報》1916年1月26日。

前人之作好惡優劣，逞一己之思想，而左右高下之，鍾嶸之《詩品》是也。二曰：描摹類。乃形容詩之形貌性格，須淋漓盡致，惟妙惟肖，司空圖之《二十四詩品》是也。三曰：立論類。爲論述詩之源流及做法，嚴羽之《滄浪詩話》以禪喻詩是也。四曰：表揚類。記載詩人名句名篇，蓋遁迹山林隱居鄉里，往往詩工而名不彰，或名著而詩不多，得附驥尾，聲價十倍，袁枚之《隨園詩話》是也。以上四者體格雖殊，然均爲詩學流傳之命脉，如山川草木，各不相關，而其點綴天地風景之功，實不可少一也。"①針對當時一些文人在市場利益的驅動下，急功近利，粗製濫造詩話的不良現象，不少詩話提出了尖銳的批評。如方廷楷《習靜齋詩話》(1913)總結詩話之弊說："詩話之作，其弊有五：一則無識，二則偏見，三則好奇，四則濫收，五則徇情。去此五者，方不負詩話之作。"《哲廬談詩》(1919)也批評近代文人"錄古人詩數首，前後略加三四語，篇幅殊長，曰：是詩話也"②。王無爲撰《荒唐詩話》，更是痛批當時一些"僅識之無者"即處處作詩話，又寫得如"親家母裹足布，又臭又長"。他乾脆把近代詩話分爲狗派（描摹不似，畫虎類狗）、鬼派（競炫奇巧，弄巧成拙）、誨淫派（搜羅濃艷，以私誨人）、臭味派（不辨聲色，俚俗不堪）、狐媚派（歌功頌德，諂詞媚語）、窮酸派（一團糟醬，發泄窮酸）等六大派，語辭戲謔又辛辣，然確有見地，對話體文學批評的健康發展不啻是一劑良藥③。其他如詞話中對於詞體、詞源、詞譜、詞律，乃至虛字、俗字、叠字、去聲字的用法的論辯與探討；文話中關於文章意境、識度、氣勢、聲調、筋脉、風趣、情韻、神味的追求；劇話從編劇原則到伶人素質、表演技巧、導演水平、舞臺布置、觀衆心理、戲曲盛衰等有關"戲學"的瑣談；小說話對於小說的新的分類、強調小說的"興味"性、"美術"性與語言的通俗性、藝術形象的"代表主義"等

---

① 《細雨梅花館談屑》，《振勝日報》1919年4月10日。
② 《習靜齋詩話》，《小說海》1916年第3卷第7號。
③ 《荒唐詩話》，《中華新報》1917年2月17日。此處引文參見李德強博士學位論文《1873—1919年近代報刊詩話研究》，復旦大學，2011年。

等,都無不有裨於正確認識傳統文論與文學。再加上這些話體文學批評的作者大都從事高校的教學與大衆媒體的工作,這無疑對於傳統文論與文學的傳承與光大起了推動的作用。因此,現代話體文學批評儘管長期消隱匿迹於主流的話語之中,却實際流淌在中國文論史的滚滚長河之内,默默地灌溉着大江南北、長城内外,對傳統文學與文論的承續、發揚功不可没。

第三,現代話體文學批評的整理與研究,將更好地揭示中國現代文論與文學演變的一條規律,即只有在中西融會、古今貫通、新舊共濟的大道上,排除左右干擾,纔能不斷地獲得新生,但這種求新求變的道路是不平坦的。

如前所述,即使是現代一批所謂"舊派"的話體作者與作品,也是在不斷地呼吸着新鮮的空氣,在不斷地新變。與此不同的是,在現代的詩話中另有一些借鑒西洋的理論觀念,用中國傳統的話體形式來寫就的詩話,如朱光潜的《詩論》就成功地運用了西方的現代心理學、美學理論來點評中國古代的詩詞以及新詩、西洋詩。而任鈞《新詩話》、戴望舒《望舒詩論》等等,則完全是用新的理念來品評新詩,但其形式則與傳統的話體相差無幾。這是另一種模式的中與西的融合。在中西兼顧、新舊交融的道路上,齊如山所走的路是值得注意的。他早年去西方觀摩了話劇,强調中國的京劇要吸取話劇的寫實元素,嚴厲地批評國劇的失"真"之病,寫過《説戲》《觀劇建言》等作品,致力於"略言歐美情形,兼道吾華舊弊"(《説戲》)。但是,齊如山以西洋話劇之長攻中國戲曲之短,目的並非是要打倒國劇,而是要改良中國戲曲。這正如他在《説戲》最後所説的:"鄙人這一套話,仿佛盡擧外國、毁謗中國的意思。其實不然,外國有外國的好處,中國有中國的好處。人自己總應該常想自己的短處,想出來好改。"正因爲齊如山當時"反對國劇"是旨在引進西方話劇的長處以改良戲曲,所以得到了中國戲曲界的熱烈歡迎。他晚年回憶説,在一次所有戲界人員都參加的"正樂育化會"的年會上,他演講了三個鐘點,"大致説的都是反對國劇的話,先説的是國劇一切太簡單,又把西洋戲的服裝、佈景、燈光、化妝術等等,大略都説了,没想到説的雖然都是反對舊戲的話,而大家却非常歡迎"。譚鑫培對他説:"聽您這些話,我們應該都愧死。"事後譚的妻弟私下告訴齊説:"譚老闆一輩子没説過服人的話,今天跟您這是頭一句。"① 可見他努力引進西方話劇的藝術精華來改良中國傳統戲曲的正確性。這次講演的内容,後經整理出版,即爲齊如山的第一本劇話論著《説戲》。與此同時,他也認真研究、總結和發揚中華民族傳統戲劇藝術的精華。他在民國初年開始研究國劇時,就遍翻了古代有關戲劇論著,而最爲難能可貴的是,他還虚心、廣泛地向戲劇界的演員、樂手、劇務們求教,因而對戲曲的歌唱、舞蹈、音樂、化妝、道具等都有透徹的瞭解。在這基礎上,他對中國"國劇的原理"作了一些很好的總結。如他説的"無聲不歌,無動不舞",以及中國戲曲的特徵是"美術化",也即具有虚擬性和寫意性等等,都很有價值。1931年,與梅蘭芳、余叔岩等以改進舊劇爲宗旨,組成北平國劇學會,編輯出版了一些戲劇雜誌,搜集展出了許多珍貴的戲曲資料,還成立國劇傳習所,培養了不少人才。正是在中與西、新與舊相結合的基礎上,他幫助、引導梅蘭芳的表演藝術趨向成熟,走向世界。梅蘭芳後來説:"我這十幾年,一切事情都是靠齊如山。"齊、梅的密切配合,就是我國近現代戲曲史上理論與實踐、中與西、新與舊結合的典範,成爲當時戲曲改良的一面旗幟。

現代時期的話體文學批評,就這樣既承繼了歷代詩話的傳統特徵,又漸漸地在發生變化,開始轉型,諸多話體批評無論在外在的書寫形式上還是内在的理論觀念、思維方式上,都或多或少地吸取了西學的因素,中與西,古與今,新與舊,都不是二元對立的,而是在默默中交融互補,相生互動。當時的話體作者就認識到了中西融會、古今貫通的必要性與可能性。如范罕《蝸牛舍説詩新語》説:"今之學者,非一概抹殺以爲新,即一味頑守以爲舊,詩其一也。其實學術文藝,世界之公物,各以國語揚其波,助其流,無一日之停息。新者不必用拾人之所吐棄,舊者亦須慎圖其新。若捨己之所

---

① 《齊如山自述》,安徽文藝出版社2014年版,第72頁。

有,而反令他人代有之、代鼓吹之,可耻孰甚焉。"①曼昭《南社詩話》也説:"中西舊體詩歌的差别在於歐詩抒情淋漓盡致,中國舊體詩則追求一種韻外之致。應該將舊體詩追求'言外之意'的作詩方法移植新詩。""新舊兩體不妨並行,出此言,並非折衷之語,只是觀詩之歷史觀應是如此。"②另如蔣善國在《我的新舊文學觀》中談"調和"兩派時也説:"新派當研究新的,同舊的相合,以求新的;舊派當研究舊的,同新的相合,以求新的——是並立的,是互相幫助的,是一派也不可少的。有人説將來必有一派消滅,這話我是實在不敢信。"他還説:"新舊文學都是求新的,但是這個'新'字,求好了是進步,如求的不好,那就變成急進,由急進就漸漸的變成破壞。"③

但是,這種意見並不與當時的主流話語相合。開始時白話詩與舊體詩的爭論比較激烈,但後來不少新文學的旗手也好舊詩,所以矛盾漸趨平緩,而在小説、戲劇領域内的分歧還比較大(詞因本身幾乎没有新詞,故没有掀起多大的新舊之争的波瀾),爭論相當激烈。且不説現代期間不分青紅皂白地否定舊戲的高調一直較響,所以呼籲新舊戲劇交融的聲音常常被淹没。在小説方面,當時的主流話語更是主張全盤西化,而肯定中國古代小説的價值,力主走中西融合、新舊共濟道路的往往是一批舊體小説話的作者。如靈蛇在1922年的《小説雜談》中呼籲"新""舊"兩派"和衷共濟",説:"所以我很希望舊體小説家,也要稍依潮流,改革一下子;新體小説家,也不要對於不用新標點的小説,一味排斥。大家和衷共濟,商榷商榷,倒是藝術上可以放些光明的機會啊。"④這些意見談得多好啊!可惜的是,在中國現代文學史上,"新""舊"小説家始終

---

① 范罕《蝸牛舍説詩新語》,見《現代詩話叢編》第二卷,上海書店出版社2002年版,第570—571頁。
② 曼昭《南社詩話》,見《南社詩話兩種》,中國人民大學出版社1997年版,第74、75頁。
③ 蔣善國《我的新舊文學觀》,《東方雜誌》第17卷,第8號。
④ 《星期》1922年第18期。

未能將"和衷共濟"形成主流。1921年局外人黄厚生寫了一篇《調和新舊文學譚》給"新派"的《文學旬刊》,馬上遭到了編者的徹底否定,寫文章名曰"新舊文學果可調和麽?"明確表示"非常的反對""調和","所能做的只是""極力攻擊"①。以後占着主導地位的一方,始終擎着新的旗幟,"勇往直前,頭也不回"。"舊派"小説家儘管也出了不少優秀的作品,但長期被主流輿論壓抑在邊緣綫上。從中可見,在現代時期,真正要走中西融會、古今貫通、新舊共濟的道路是十分艱難的。

當時走這條路之所以艱難,主要還因爲這不是孤立的個别的文學問題的争論,而是關係到一時整個思想文化的走向,關係到鴉片戰争以來一批批知識精英在尋求救國之路的過程中,不知不覺地生成了一種頑固的民族自卑心理,一步一步地形成了一種"只要西方的,就是新的、先進的;凡是我國傳統的,就是舊的、落後的"思維定式。鴉片戰争時,在列强的侵逼下,看到人家船堅炮利,殺氣騰騰,魏源説要"師夷長技以制夷",提出了一個學習西方以振興中國、克敵制勝的問題。但這時還認爲堂堂天朝大國,不如人家的"長技"只是一些兵艦火炮而已。於是造船買炮,開礦辦廠,忙了一陣洋務,結果甲午一戰,還是一敗涂地。這樣,一批精英就覺得問題還不在於"技",而根本在於"體",即政體的問題。於是就有了維新運動,有了辛亥革命,希望學習西方,結束封建專制,實現民主立憲或建立共和政體。結果,清王朝推翻了,皇帝换了總統,有了總理,有了議會,有了法院,學了西方,换了政體,國家還是貧窮落後,社會還是一片混亂,還是受人欺凌。在這過程中,一批精英就覺得癥結還在於包括文學在内的我國以儒學爲中心的傳統思想文化都是陳腐的,必須徹底抛棄。此時,文學界的革命就應時而起。不過,梁啓超們倡導的文學革命,主要還是着眼在内容與語言方面借鏡西方,還是承認傳統的"古風格"與舊形式。而從1917年開始的"文學革命",不但進一步要革傳統文學内容與語言的命,而且也要

---

① 《文學旬刊》1921年6月30日。

徹底革傳統文學形式的命；不但局限在革文學的命，而且明確地要革整個以儒家思想爲中心的中國傳統思想文化的命。其中一些激進分子，更是認爲中國的傳統，乃至整個"國民性"都一無是處，只有"把西洋人的學說搬過來"，在全盤西化中獲得鳳凰涅槃，民族再生。這樣的一種救國藥方，通過一批批高人雅士接二連三地大聲疾呼，順應了國人企求救國自强的急切心理，終於形成了一股不可小覷的自毀民族傳統的滾滾潮流。當然，面對着這股潮流，還是有一批真正的民族脊梁，奮起爭辯，呼籲要正確地對待古與今、中與西、新與舊的問題。但這樣的聲音顯然不足以砥中流，挽狂瀾。更何況當時的國家支離破碎，在那樣的大環境下，要重振民族自信，大張旗鼓地宣傳與發揚民族傳統的優秀精神，事實上是困難重重的。如今，我們換了人間，重振民族自信心，正當其時。在這樣的大環境中整理與研究現代時期的話體文學批評，反思歷史，就能更加清醒地認識到，走中西融會、古今貫通、新舊共濟道路的必要性，同時也使我們更加清醒地認識到，真正能做到堅持立足本土、以中化西的原則，去建設當代科學的文論體系，並不是一件十分輕鬆的事。

　　以上着重在理論上談了現代話體文學批評在中國文論史及文學史上的價值，除此之外，它們在文獻上對保存現代時期文學的原生態狀况也具有重要的價值。各體文學與文論作品的評介、作家的狀况、作品的傳播、讀者的反映、問題的論爭、思潮的起伏，乃至戲劇作品的演出、編導、劇場等等種種有關文學的情况，在這裏都保存着豐富的原始的資料。它們也從一個方面反映了中國社會從辛亥革命，到反袁鬥爭、五四運動、北伐戰爭、抗日戰爭，直到解放戰爭的艱難歷程與人心向背。在文化上，凡與文學相關的教育、出版、新聞、娛樂等事業的進退興衰，士人心理的微妙變化等等，都與這些話體之作密切相關。它們實際上是現代社會文化的百科全書，具有多方面的文獻價值與研究價值，我們應該予以重視。

目　錄

總　序 …………………………………… 黃　霖 1

凡　例…………………………………………… 1

專書聯話
楹聯新話 …………………………… 陳方鏞 1
師竹廬聯話 ………………………… 實　鎮 66
未晚樓聯話 ………………………… 李澄宇 161
樵盦聯話 …………………………… 陸寶樹 164

報刊聯話
鶴麓聯話 …………………………… 葉禪心 185
香艷聯話 …………………………… 胡蘊山 190
問答小説聯話 ……………………… 引　證 200
霜秋聯話 …………………………… 陳蝶仙 202
東園聯話 …………………………… 東　園 207
高太癡聯話 ………………………… 高侶琴 210
石室聯話 …………………………… 佚　名 212
王澤聯話 …………………………… 王　澤 217
等閑齋聯話 ………………………… 白　台 221
咏梅軒諧聯叢話 …………………… 何丹初 223
昕明聯話 …………………………… 昕　明 242
月明華屋聯話 ……………………… 胡長風 248

·1·

梅龕聯話 ……………………………………	鄭逸梅	258
生白室聯話 ……………………………………	曙　星	268
陶園聯話 ………………………………………	陶在東	270
橫山草堂聯話 …………………………………	王揖唐	293
陶簃聯話 ………………………………………	陶元墉	298
寶陀龕聯話 ……………………………………	譚蹻盦	301
養花軒聯話 ……………………………………	徐哲身	304
廉讓齋聯話 ……………………………………	范文虎	306
讀畫軒聯話 ……………………………………	胡亞光	308
懶齋聯話 ………………………………………	丘念之	309
秋籟閣聯話 ……………………………………	朱滌秋	312
槐蔭聯話 ………………………………………	王秋白	336
憶蘭館聯話 ……………………………………	徐寶山	339
圖厂聯話 ………………………………………	張緩圖	343
望翠樓聯話 ……………………………………	李獨醒	345
不求軒聯語 ……………………………………	仲兆槐	348
戢髯聯話 ………………………………………	戢　髯	351
瞻山堂聯語 ……………………………………	吳自元	354
佚名聯話 ………………………………………	佚　名	356
奮厂聯話 ………………………………………	劉時叙	358
枕綠山房聯話 …………………………………	張枕綠	367
耕讀軒聯語 ……………………………………	蔡振榮	369
友梅訓鶴憶馨室主聯話 ………………………	徐亦鵾	371
悔悟軒聯語 ……………………………………	趙潤川	376
白屋聯話 ………………………………………	劉大白	378
沈中路聯話 ……………………………………	沈中路	403
丹翁聯話 ………………………………………	丹　翁	409
自強廬聯話 ……………………………………	周侯于	413
聯話彙紀 ………………………………………	雲　情	417
白屋聯話 ………………………………………	吳步渠	419

目　錄

湖濱聯話 ……………………………………	佚　名	422
王煥文聯話 …………………………………	王煥文	425
新年聯話 ……………………………………	吳去疾	443
晤言一室聯話 ………………………………	蘧廬主人	444
白雲聯話 ……………………………………	英　傑	447
無聊齋聯話 …………………………………	肖　萍	449
人治廬聯話 …………………………………	同　甫	458
潮音館聯話 …………………………………	奇　梵	466
佛教聯話 ……………………………………	世　諦	476
談到聯語文學 ………………………………	陳子展	482

後　記……………………………………………… 501

凡　例

一、是書分專書聯話和報刊聯話兩部分。專書聯話指作者或他人刊刻印行之聯話，期刊聯話指作者發表在報紙或刊物上未單獨印行成册之聯話。

二、報刊聯話分兩類。其一爲有具體名稱之聯話，如《秋籟閣聯話》《鶴麓聯話》。其二爲未有具體名稱，但以聯話名發表，或發表在報紙期刊之聯話欄目，整理時以作者所署之名出之，格式爲"某某聯話"，如《沈中路聯話》《昕明聯話》《戟髯聯話》等。

三、專書聯話以成書時間先後排序。報刊聯話亦以發表時間排序，同一種聯話在不同刊物不同時間發表，以第一次發表時間參與排序。

四、每種聯話前皆撰有叙録。報刊聯話每篇（條、則）後均附有出處，有數個不同出處者，出處以時間先後同列於該篇（條、則）聯話之後。

五、凡有不同版本之聯話，綜合文本内容合併。文本原則上用發表時所署之名，以不同名稱發表者，以主要名稱或體現作者特色之名稱。如，陶在東聯話發表之名有《聯話》《白話聯話》《陶園聯話》，整理時統一爲《陶園聯話》。

六、每種聯話所録聯語，不論其所據版本，或是否删改，一律照録，不予校改。同一副對聯，來自不同聯話，個别字詞有出入者，一仍其舊，不予校改。

七、所録聯話之紀事，凡提及外國地名、人名或書名者，其譯名多與今異，一仍其舊。

八、聯話中原本明顯錯誤之標點、字、詞、句，一般逕改，其餘異文，仍之。因報刊紙質稿字迹模糊難以辨認者，以□出之。爲區別層次，專書聯話的兩條獨立的聯話與紀事之間加○隔開。

九、上下聯之間空一字距離。原文有現代標點者，仍之。原文僅斷句者，以新式標點處理。

十、書中部分聯話未錄全，待訪。

專書聯話

楹聯新話

陳方鏞 撰

一九二一年上海中華書局初版,至一九三二年,已出五版,初版時王文濡受陳方鏞朋友汪閑閑所托爲《楹聯新話》作序。龔聯壽《聯話叢編》予以全部收録。此編節選有聯論或論聯部分。作者陳方鏞,字閎甫,一作鴻甫,鹽官(今屬浙江海寧)人,光緒十七年舉人,官通州直隸州州同,麗則社成員,晚年居硤石。陳方是複姓,陳方鏞家世居海寧長安鎮硤石。《楹聯新話》分故事、時事、廨署、院宇、廟祀、園林、慶賀、哀輓、勝迹、諧語、雜綴十一類,總體上無創新處,故事類所録尤稍嫌陳舊,惟"時事"一類向來爲聯論著作所無。作者在此類聯語前對設置此分類的原因和此類聯語的作用有所介紹:"舊輯聯語,向無以時事分類。余因邇年國體更張,屢滋變故,凡士人提倡革新,憂時憤世,負之聯語者,隨處搜訪,與聞見所得,摘録已不止數頁。爰特另刊一門,俾留心時務者,藉資考徵耳。"所涉時事有南京臨時政府設立、開慶祝會、復辟、恢復共和、兩院選舉、時文廢棄設立勸學所、上海設立麗則社等,這一類聯語的設置使《楹聯新話》有較强的時代氣息,也使其有別於其他傳統聯話著作。陳方鏞論聯能肯定其社會應用功能:"古今詩詞叢話,刊行於世者最夥,獨聯話則除梁章鉅《楹聯叢話》外,不概見。殆以聯爲小品,無當學問耶?實則應酬往來,亦社會上需要之一種也。"

楹聯新話序

此爲海寧陳君所輯。陳君與下走無一面識,茲編乃由友人汪閑閑君所介紹,剞劂之權,讓諸本局。披讀一過,雖不及梁章鉅《楹聯叢話》之富有,而選語之精、措詞之當,要非三折肱於此道者不辦。有清中興,左文襄、彭剛直諸公類工聯語,標題所至,膾炙人口,湘鄉相國尤以此自負,雄渾而不病於廓,典雅而不涉於腐,所謂獅子搏兔,亦用全力者也。此編表彰曾氏處尤多,實爲先得我心。今則文化日下,人人有厭棄國粹之心。《論語》可以當薪,《太玄》可以覆瓿,況於小道?陳君猶孜孜焉、頵頵焉,爲之而不厭,聒之而不捨,趨時之子,目笑存之矣。雖然剝極必復,晦極必明,貞下或有起元之日,異時崇文治,修文教,國粹昌明,還我故物,陳君此編或亦研究斯道者之一助歟。

民國十年四月吳興王文濡序。

卷一 故事

古今詩詞叢話,刊行於世者最夥,獨聯話則除梁章鉅《楹聯叢話》外,不概見。殆以聯爲小品,無當學問耶?實則應酬往來,亦社會上需要之一種也。茲先將故事,以次編輯。夫既曰故事,固非徵文考獻,莫由詳備。余自慚學識譾陋,爰就各家載籍中,選擇摘取,并參以故老遺聞,綴拾成之。閱者幸鑒原焉。

《蜀檮杌》載,蜀未歸宋之前一年,歲除日,蜀主令學士辛(幸)寅遜題桃符板於寢門。以其詞不工,自撰云:"新年納餘慶。 嘉節號長春。"此爲楹聯之濫觴。

戴大賓,字寅仲,明正德戊辰探花。年十四,授編修。當遊泮時,聞僅八歲。主試指廳事坐椅出聯曰:"虎皮褥蓋學士椅。"即對曰:"兔毫筆寫狀元坊。"主試大奇之。年十三,中鄉試。有貴公某來謁其父,見寅仲戲庭側,以爲童稚無知。出一對曰"月圓",即應曰"風扁"。問風何嘗扁,曰:"側縫皆入,不扁奚能?"又出對曰"鳳鳴",應曰"牛舞"。問牛何嘗舞,曰"百獸率舞,牛不在其中耶?"貴公大嘆賞,詢之,知已成鄉舉矣。未幾即卒。說者謂後二對,語中皆含有諷刺,則此貴公者,固必有予人指摘之處,而寅仲負奇才而未克自斂,宜乎其不永年也。

《復齋漫錄》載,劉龑爲豐城尉,性不能飲酒。時推官某善飲啖,抵邑公會,乃以諺語戲龑曰:"小器易盈真縣尉。"劉應聲曰:"窮坑難滿是推官。"兩人旗鼓相當,若托之於詩文,度必更有可觀者。

宋張橫渠先生研究理學,爲一代名儒。曾於著《正蒙》諸書時,自書楹帖云:"夜眠人静後。　早起鳥啼先。"其孜孜焉惟日不足,已堪爲百世師表,原不必以字句間論工拙也。

相傳明太祖定鼎金陵後,嘗賜中山王徐達聯云:"破虜平蠻,功冠古今第一。　出將入相,才兼文武無雙。"當時功臣中如中山王,誠受之而無愧。惟梁著《叢話》所載,兩收句"第一""無雙"上,尚有"人""世"兩字,詞旨雖亦通順,而似是贅疣。

《尊匏隨筆》載,明吴少常麟徵,嘗夢一白衣人叉手微哦曰:"山河破碎風飄絮。　身世浮沉雨打萍。"傍有人曰:"此處士劉宗周也。"吴初不識劉,後於禮部題名中見之,竟成至交。崇禎末,吴殉難燕邸,劉以文祭之,備述其事。未幾,劉亦繼首陽之節。二公同心合迹,竟以夢中一聯爲嚆矢,不亦奇哉!

明嘉靖壬子,楊椒山先生渡江,訪唐公荆川不值,因登焦山,於礙月亭得一聯云:"楊子懷人渡揚子。　椒山無意合焦山。"見家刻《藤花居隨筆》,可謂工巧無倫。

明琬娘奔嫁包長明故事,說部中亦有載入者。尚有人撰聯以嘲之曰:"玉因待價猶名琬。　食豈無魚却姓包。"足與其事并傳矣。

相傳明宏光朝有謠聯云:"射人先射馬。　擒賊要擒王。"又云:"自成無成,福王無福,兩個皆非真主。　北人用牛,南人用馬,一般俱是畜生。"按:馬士英、王鐸、牛金星事行俱編入史乘,試詳閱之,當知人民譭謗之實有由來。

吴三桂封滇南藩王後，曾自撰一聯，榜於府門曰："帝利於我何有。　臣清恐人不知。"其處心積慮，叛清自王，不待撤藩而已知之矣。

仲雍墓在虞山之麓，地與言子墓連接。兩賢後裔，嘗以墓旁隙地構訟，累年不決。嗣常熟令某，題一聯於仲雍墓門云："一時遜國難爲弟。　千古名山尚屬虞。"言氏後人見之，遂讓地而息訟焉。蓋諷喻之所感深矣。

朱竹垞先生，文章道德，久爲世所景仰。曾於某處粥廠睹貧民就食狀況，惻然憫之，爲題一聯壁間，句云："同是肚皮，飽者不知飢者苦。　一般面目，得時休笑失時人。"名言至理，宜至今士林猶傳誦不忘。

海虞邵中翰齊熊，所著《松阿日記》載，余偶赴蓮渚，見有人家爲薦亡禮懺，其門帖："水流原在海。　月落不離天。"又於夢中得一聯："流水新知契。　春風舊笑言。"邵爲乾隆時人，學行甚高，故吐屬迥異凡庸。惜此日記無刊本行世，惟散見於他集，偶現鱗爪耳。

《閑叟筆記》謂乾隆甲辰，高宗南巡至吾浙，士民有懸桃符者，句："天氣常新，一歲雙春三月閏。　聖顏如舊，六巡兩浙萬民歡。"想見承平時熙熙景象。此聯梁著《叢話》所載，無上二句，不知何所據也。

安鄉潘相，字經峰，康雍時曾爲國子監琉球學教習，後復出宰曲阜。有聯語："衍聖公縣縣令。　琉球王國國師。"斯亦佳話之足傳者矣。

吳柏莊中丞，居官能自惕勵，有古賢臣風。臨終嘗自書一聯："做不完子臣弟友功夫，願來生百行無虧，五倫克盡。　嘗遍了國難家憂滋味，到今日一肩甫卸，兩手空歸。"衷懷恬澹，固不僅了然於去來也。

吳中女史江碧岑，有贈伊師任心齋先生聯："閉戶著書揚子業。　澄心靜坐孔門禪。"江爲乾隆時吳中十女子之一，著《青藜閣集》，經林屋山人鑒定，余曾展讀之，嘆爲閨秀傑出。此聯偶然弄翰，尚未足以覘其才華。林屋山人，即心齋別號。

《苕南隨筆》載，周木齋寅，有快婿馬姓，復得一愛妾名雙魚，因號雙魚主人。平生喜自解嘲，爰書聯語懸於壁間曰："半子可人爲匹馬。 一生知己是雙魚。"迄今與周同里人士，猶傳爲趣譚。

《妙香室叢話》云，閩中有幕友某君，館於某太守，旋因彼此意見不洽，辭去。太守銜之，陰囑各屬，毋再延聘。某君窘甚，自念別無開罪之處，乃哭訴於三山城隍，并獻聯："結甚麼仇，造甚麼孽，害甚麼身家性命，爲饒你顛倒是非，半世竟誇權在手。 占盡了利，沾盡了名，喪盡了天理良心，且看他榮華富貴，一朝終有雨淋頭。"太守瞥見，恨益深，然亦無如之何。未幾，竟以他故罷官，怏怏而歸。符君雪樵時復作聯以寄慨："風波海上縱橫，難立足惟遊宦客。 車馬門前冷落，最傷心是罷官人。"讀此可知古今來禍福無常，人心雖陰險，而天理自昭彰也。

余友耐冷翁曰，昔郭子美軍門，平定粵寇，聲望頗隆。鎮守某處時，因軍事清簡，常以吟咏自遣。有名士某獻一楹帖："古今雙子美。 先後兩汾陽。"軍門閱之欣然，乃待某名士爲上賓，并厚贈焉。

金陵靈谷寺舊附有龍神廟，洎兵興祠毀，壇宇蕩然。同治六年，曾文正公督兩江。會天久旱，率屬禱於神。四祈四效，歲仍有秋，遂重構斯廟以報賽，并題聯："萬里神通，渡海遙分功德水。 六朝都會，環山長護吉祥雲。"按：省治東有泉曰八功德水，出鍾山之陽，見《江寧府志》。

俞曲園先生樾宏才碩學，彪炳人寰。其哲嗣某因病不仕，幸文孫階青，英年即掇巍科，旋入詞館，復掌文衡，故晚境怡然，得藉著作以壽其身。嘗自撰一聯："嘆老夫半世辛勤，藏書萬卷，讀書千卷，著書百卷。 看小孫連番徼倖，縣試第一，會試第二，殿試第三。"上下對句，真如天造地設。然非有此現成事實，雖大手筆亦奚能爲。

家刻《藤花居隨筆》載云，鄉先輩沈於澗、都見心兩公，常以聯吟爲樂。一日向晚，偕遊郊外，都出聯語曰："山中落日沈於澗。"沈倉猝間竟無以應之。未幾，某園牡丹盛開，兩公前往，同登小樓觀賞。沈觸景生情，忽得對句曰："樓上看花都見心。"可謂雋妙。

又，海寧邑城至長安鎮，計上河路程十八里，有橋梁六。距長安三里之村曰漫渡。昔人過此，曾合作一聯："已過六橋臨漫渡。再行三里到長安。"將名號村鎮嵌入，俱渾然無迹。先輩流風，常令人緬懷不置。

彭剛直公雖爲一代元勛，而襟懷澹泊，才不自矜，依然書生本色。傳聞粵寇削平後，公即手書明王文成公詩聯懸於座右，以表明意志。句："平治險穢非無力。 潤澤焦枯待有人。"故江督之任命，卒上疏力辭不拜。今之擁兵自衛，功成而身未退者，思之能無愧怍乎？

《庸叟筆記》云，顧郡尊嘉蕙守南陽時，與方伯陳公不洽，致藉端撤任。未幾，陳亦他調，代陳者爲朱公壽鏞。知顧冤，復令回任視事。顧遂藉題卧龍岡聯，一吐其氣，句曰："陳壽何人，也評論先生長短。 文忠特筆，爲表明當日孤忠。"今河南遊宦客，尚有知其事而并述其聯者。

道咸時，女史陳妙雲曾隸書楹帖，贈頤道居士陳雲伯："家住癸辛街畔。 詩名丁卯橋邊。"蓋以雲伯家近南宋周公謹故居，於詩嗜許丁卯也，可稱工雅。按：女史除吟咏外，兼擅八法，名滋曾。雲伯修西湖小青菊香雲友三女士墓，其墓碣即所手書。

相傳左文襄公未通籍時爲友人書楹帖，有選定之句，如"文章西蜀雙司馬。 經濟南陽一卧龍"一聯，則屢見之而未可以僂指計。故厥後治軍，常以老亮自命，文字亦不讓古人。

《八咏樓筆屑》：張文襄公督兩湖時求賢若渴，凡僚屬秀異者，罔不加以青眼。某令有才情，歷任花封，稱能員，適解任，僑寓省垣。一日，謁文襄，以楹帖進。公見而嘆賞，立署某篆。句云："師事幾人心北面。 感恩知己首南皮。"某善夤緣，詞工諛媚，固不足取。然非文襄先愛其才，縱動以楹帖，亦安能施其伎倆耶？

常熟翁松禪先生爲戊戌變政獲罪，罷官歸里。故易簀時曾集四子語自書一聯，以永別親友，句："朝聞道，夕死可矣。 今而後，吾知免夫。"朝聞道，蓋謂先期已奉詔准予開復處分也。先生書法，素負盛名，晚年更學蘇氏而變化之。海內士夫，得其遺迹，莫不珍若球璧。則先生固自有傳世者，他何論乎？

長沙章君渤生，在都門時嘗自撰門帖："橫行自笑非司馬。小住人疑是臥龍。"章寓居之處爲螃蟹井，上句措詞，尤見工巧。

卷二　時事

舊輯聯語，向無以時事分類。余因邇年國體更張，屢滋變故，凡士人提倡革新，憂時憤世，托之聯語者，隨處搜訪，與聞見所得，摘錄已不止數頁。爰特另刊一門，俾留心時務者，藉資考徵耳。

光緒季年，上海同志設立麗則吟社，并在《國魂報》爲海內詩人通訊及觀摩之資。社友俞少康君值課，即將"國魂"兩字爲題，遍徵時事長聯。其時應徵者多知名士，琳琅滿目，無美不具。茲編錄數聯於下。章德俊君云："國是未可爲，德日英俄，實逼處此，識時稱俊傑，紛紛競尚維新。老成人回首前塵，劇憐祖國千年，無復文明輝上國。　魂兮今安在，詩詞歌賦，盡付淪胥，吾道嘆凌夷，落落轉慚寡合。有志者熱心風雅，留得吟魂一縷，居然縹緲筮歸魂。"

又隨園詩孫按：袁，名保香，此爲別號。袁君云："改守舊曰維新，同聲相應，頓開起四百兆人忙忙碌碌的名利心。學務設所，標統徵兵，東西卒業生，滿漢遊歷官，以及地方自治議員，就若輩表面言，儼然名利非求，兩字口頭禪，惟愛國。　變專制爲立憲，流血成功，竟演出十八行省昏昏沉沉之殺戮界。戊戌六烈，庚子三忠，湖北唐才常，安徽徐錫麟，更有山陰秋瑾女士，逞霎時快意事，竟爾殺戮無赦，一塊肝腦土，何處招魂。"

閑雲館主李嚴泉君："英法欺我，德美狎我，俄羅斯更逼我。即近我若東洋，亦且割我疆土，奪我利權，虔劉我子姓，擾亂我治安。不恤國破家亡，迫我曹於五大洲栖身無地。　督撫玩民，司道棄民，郡太守愈絕民。至親民如縣令，尤敢剝民脂膏，縛民手足，鞭撻民肌膚，草菅民性命。務使魂消膽落，任民族在廿世紀內流血成渠。"

桂香室主："小民疾苦，慨頻年迫我飢寒，賦稅肆誅求，無非剝肉醫瘡，誤國拼教全鹿失。　大陸沉淪，問此日憑誰補救，君臣酣醉夢，安得發聾振聵，驚魂頓喚睡獅醒。"

稽山一鶴云："國以教育隆，今朝廷銳意維新，男校十之七，女校十之三，脂盒粉匳，屏棄時妝，血性效羅蘭，各抱熱忱思愛國。魂從軀殼出，在閨閣自由已慣，一則曰平權，再則曰平等，革履操衣，釀成奇獄，風潮起秋瑾，誰依冷歜賦招魂。"此皆揭曉後傳誦之作。若論筆氣，自應推袁君為冠。至按切時事，當日之所謂最新穎者，於今閱之，已半是陳言。曾幾何時而雨雲反覆，桑海變遷，益令人增無窮之感喟矣。

自詩文廢棄後，江蘇通州即設勸學所籌備一切，獨得風氣之先。姜君曉峰曾撰聯以勉勵學生："恨吾曹墜勢力範圍，動地驚天，方算得男兒事業。　願汝輩達文明極點，升堂入室，莫錯過分寸光陰。"聞姜為七十餘歲老諸生，而於後生諄諄勉勵如此，誠不愧"勸學"二字。

政治革命，初由諸文豪著論提倡，使前仆後起不稍衰。故某贈章太炎先生詩有"文字收功日，全球革命潮"之句。傳聞當時尚有一聯以勵同盟諸君："有志者事竟成，濟河焚舟，十萬秦師終入晉。苦心人天不負，臥薪嘗膽，三千越甲足吞吳。"不數年而光復，不可謂非聯讖。

國變後，黨人即於南京設立臨時政府，曾開大會慶祝。會場懸一長聯："滾滾長江，流不盡我族四千六百餘年無量英雄無量血。放眼覘鍾山王氣，楚水霸圖，半壁奠東南。大野玄黃，已逐秋風齊變色。　茫茫震旦，要爭個全球八十三萬方里自由民意自由魂。舉手慶漢日再中，胡塵一掃，雄師搗西北。卿雲糺縵，重安夏甸仗群材。"此彼黨姑作一時之快語已耳。若果會師西北，以一戰決勝負，則鹿死誰手，殊未可知。

追悼革命諸先烈聯語之多，不可以更仆數。茲摘錄其二。黎西元洪："以時勢論英雄，即今還我河山，鼓聲不死。　為國家謀幸福，不惜拼茲性命，劍氣猶生。"某君："於革命樹先聲，前仆後繼，擲幾許頭顱，一樣成仁取義。　為同胞謀幸福，飲水思源，讀數行血史,諸公雖死猶生。"今日人民之幸福何如,思之痛心。

辛亥之役,德宗景皇后恐戰禍延長,生民塗炭,故漢陽告捷,復詔袁公世凱與南京政府議和。和局定,清帝退位,袁遂繼孫公文爲大總統。時傳誦有一聯:"四世公卿繩祖武。　一朝總統繼孫文。"對仗咸稱工穩。

國體改立共和,世界固早有先進如美利堅、法蘭西者。但吾國畢竟合宜與否,當時輿論反對者頗多。聞都門曾傳誦一聯:"軍政學娼優,民國新民遍地。　滿漢蒙回藏,共和不共戴天。"又吾鄉蔣子貞先生撰聯:"有年有月渾無日。　無父無君祇有官。"

袁總統嘗聘王湘綺先生爲國史館總裁,先生因入都就職。偶議論時局,必以嬉笑怒罵出之。聞南北齟齬,兵端欲啓,爲作一聯:"民猶是也,國猶是也,何分南北。　總而言之,統而言之,不是東西。"一時都下傳誦,登載報章。而先生竟認爲己筆,初不顧當局之嫉忌也。

乙卯年,袁總統以徵集民意,多主君主立憲,遂頒洪憲年號,以帝制自爲。豈料蔡公松坡起兵滇省,旋南北閧戰未休,各省多乘勢回應。甚至昔日之主勸進者,亦群謀獨立,致事敗垂成,袁即氣憤而逝。彼時好事者撰聯最夥,茲擇較雅者摘錄於下。某君:"鹿逐中原,浩劫幾延廿二省。　龍飛何處,傷心惟有十三人。"又:"勸進書非是勸進乃勸退。　籌安會不能籌安實籌危。"又汪君北海一聯,專指袁立言,句:"三五年事業真奇,祇因多士上書,趁此歐風亞雨之時,及時猛進。　八十日英名猶在,倘爲我公作傳,應於本紀世家而外,新例別開。"按:籌安會中,有六君子十三太保之名,八十日袁即取消帝制,故時代僅得此而已。

項城薨逝後,黎公元洪繼任大總統,時局略定,是年秋各省俱慶恢復共和。吾浙嘉興亦有此盛舉,會場楹帖:"序屬九秋,願此日黃花,與我族同增顏色。　節逢雙十,看今宵皓月,爲民國大放光明。"又陶君元鏞:"共和本鐵血鑄成,者番盛會重開,願全國人民毋忘陽夏瘡痍,滇黔鋒鏑。　帝制如爝火熄滅,今日普天同慶,與故鄉父老消受霓裳一曲,蓮炬千行。"

丙辰督軍團起，其中張勛聲勢尤赫赫無比，因中央要事俱與商議，一舉一動，足以左右政局。某日，段總理因公辭職赴津，閣員咸詢張意旨，即東海亦有電往。故都下曾傳述一聯："款段出都門，却好芝泉逢芝貴。　主張留總理，曾經徐相電徐州。"時張駐徐州、蚌埠，即以徐州二字概括之。

復辟事如曇花一現，都中人士嘗綴成聯語曰："洪憲一朝君子六。　後清七日聖人雙。"蓋以主其事者爲張、康二公，康嘗自居爲文聖人，而轉以武聖人稱張也。借對六君子，可謂天然巧合。

段合肥重入内閣，特假中央公園開再造共和紀念會，并手題一聯："運會亦尋常，剝復相環，一着錯安成劫子。　河山重整頓，智能交盡，幾人垂念到民生。"讀之似藹然仁者之言。

戊午，各省復舉行兩院選舉，種種奇形怪像真非筆墨可以摹寫。瞻庭主人集"四子"撰聯："選擇使子，鄉黨自好者，望望然欲潔其身，弗顧也，弗視也。　舉爾所知，有賤丈夫焉，洋洋乎而罔市利，患得之，患失之。"結構渾成，是斫輪老手。

國會成立，舉徐東海爲大總統，都中政局又一變。惟黨會外另有安福俱樂部，勢力頗浩大。滬上獨鶴君曾擬一聯："元老歷三朝，福如東海。　群才倚一段，安若泰山。"原聯對仗，閱者均嫌其不甚工，經某官名士酌易兩字，似更精切。

南方爲維護法律，北方爲保全威信，構釁經年，迄難解決。而歐西之大戰，因德奧求和，業已停罷。戊午冬，各處慶祝歐戰和平。金陵城東某小學，亦於斯時開會申賀。校門懸有燈聯，聞爲某學生所撰，句："説歐洲争戰數年，居然一旦告終，全世界同聲慶祝。　自政府言和幾月，如此長期不决，看國家何日升平。"詞旨雖質直，而關懷國事，且係出之於小學生，殊可嘉也。

卷三　廨署

曾文正公三督南疆，蔚爲文治。曾自題督署官廳聯云："雖賢哲難免過差，願諸君讜論忠言，常攻吾短。　凡堂屬略同師弟，使僚友行修名立，方盡我心。"此尚非文正生平傑作，而胸襟口吻，究與尋常不同。

薛慰農先生，咸同間爲吾浙名太守。文章經濟，固稱卓絕。即所撰聯語小品，亦膾炙人口。守杭州時曾題府署大堂暖閣聯云："爲政戒貪，貪利貪，貪名亦貪，勿務聲華忘政本。　養廉惟儉，儉己儉，儉人非儉，還從寬大保廉隅。"又題二堂聯云："太傅佛，內翰仙，功德在民，宦迹相承私嚮往。　道州詩，監門畫，瘡痍滿地，虛堂危坐獨徬徨。"蓋是時粵寇初平，流亡未集，故先生躬自惕勵外，於人民生聚，尤在在關懷也。

吾杭制軍行臺旁舊有演武廳，凡武人之大小考試，亦均集於此。鐵庵居士嘗題聯："八座降文星，十里杏花環虎節。　三場觀武備，萬條楊柳拂驄鞍。"聯惟首句"備"字欠工。曰"八座文星"者，因巡撫外，學使常按臨其間也。

相傳徐州府某縣學有題聯云："黃河水滾滾而來，文應如是。　淮陰兵多多益善，學亦宜然。"此就本地風光點綴之，若移至他處，便不佳矣。

查蔭棠大令，與慰農先生誼屬同鄉，且極相契，曾司金陵牛痘局。先生爲題聯："仁術本仁心，江左十年同被澤。　保民先保赤，河陽一縣早栽花。"余髫年曾親見之，不知今尚存否。

前湖北省垣有儲材館，凡四方俊傑及夙具絕藝者罔不羅致。某君曾題聯云："鄂渚漢皋，上游雄據。　南金東箭，彼美咸收。"聞此爲張文襄公奏請設立，未幾即改爲學校。今讀所題，猶想見當時求賢禮士之風。

瓜洲曾設鹽棧，凡淮鹽承銷於湘鄂贛皖者均由此載運前往。其公廨舊有文正公題聯："兩點金焦，劫後山容申舊好。　萬家食貨，舟中水調似承平。"見公全集。按：後因他故，復移設於十二圩，所稱揚子總棧即此。

吳穀人祭酒曾題錢塘學聯云："儒以道得民，此官不賤。　學而優則仕，如日之升。"又，沈公濤題仁和學聯云："是名教內老頭陀，與尼山有香火因緣，薄薦藻芹供灑掃。　作冷官中駥脚色，爲浙水典膠庠首領，廣栽桃李待芳菲。"吳聯集成語，適如其分，沈作則別饒趣味，俱可誦也。

麟見亭漕督嘗因視察河工，駐節運河同知公署。適署屋新建落成，乃援筆題大堂聯云："漕爲內府正供，幸挽粟飛芻，歲時無閒。河扼中游要道，願保堤防汛，夙夜惟勤。"按：南運河，在淮河之上，黃河之下。麟爲滿洲知名士，有著作行世，題句殆一時酬應之筆，尚非愜意者。

先兄同年友徐君韻珊，行誼清介，以縣令出宰，實非素志。某年，升任川東同知，政極清簡。衙署在山麓中，風景固佳，徐復闢徑引泉，略加點綴。公餘徜徉其間，見者俱呼爲仙吏。曾自題廨聯云："不羨官高，喜案牘無多，叠石林閒開勝境。　居然吏隱，把管弦麾去，扶筇庭畔聽流泉。"其所處之清逸可知。惜甫及年餘，竟以公罪罷去，惟遺此聯，常熟在人口。

聞桐邑某區初等小學校有楹帖一，無題者姓氏，句云："豈後生竟無才，靈氣所鍾，允宜陶養。　知先入爲其主，新機可啟，莫誤根源。"今之青年學子，沾染惡習，捨本逐末，讀此聯其能翻然感悟否乎？

杭垣臬署相傳有吳君艾生題聯云："三宥緬仁恩，相期筆下春風，長留和煦。　四時饒生意，對此階前秋草，忍盡芟夷。"此與刑部提牢廳舊題"一天和氣。　滿地生機"，命意相同，而文質迥異。

錢子平君云，東三省前設地方審判廳時，有廳長某曾於法庭題聯："司法雖獨立尊嚴，倘判斷不平，按級儘堪上訴。　任事豈全權集合，是民刑各掌，開庭且許旁聽。"

許村場場官向駐吾邑城內北寺巷。其署門題聯："政事值餘閑，且喜門近東塘，放眼觀朝潮夕汐。　官篆期共守，却好地鄰北寺，警心聽暮鼓晨鐘。"能於寫景中映帶本題，是聯語之上乘，可取法也。

某大僚題公署門聯，或即湯文正公撫蘇時自撰。句："出張蓋，入鳴騶，似此衆目昭彰，倘一有偏私，奚逃民鑒。　污吏多，清官少，敢告四鄉父老，非萬難忍耐，莫到公門。"藹然仁人之言，末二句尤爲好訟者下一棒喝。

近有某生題女子體操專修學校聯："孫子用兵，美人列隊。馬融設帳，女樂成行。"因該校學生有兼習軍樂者，故以馬氏軼事點綴之。而語意輕薄，要非大雅正宗。

南通師範學校内附設博物院，張季直先生曾題聯："設爲庠序學校以教。　多識鳥獸草木之名。"集"四子"句，可謂天衣無縫。

浙東汪縣令下車後盡心民事，合邑感戴，至以"汪青天"比之。曲園先生特撰聯贈此令，句："惟善可師，今之賢尹。　無疑不察，民曰仁君。"該處士人以爲頌不逾分，遂將原句鐫版，永榜於堂前。

江蘇淮安府學舊有楹帖，已見志乘及各家載籍。句："馬上文、胯下武，枚里韓亭，彪炳經綸事業。　石邊孝、海底忠，徐廬陸墓，維持名教綱常。"以枚皋、韓信、徐積、陸秀夫本地古人事實點綴，固非他處可移易。然上下配合，若未能銖兩悉稱，亦仍難見勝。此作聯之關鍵，不可不知。

又淮安縣監獄，據友人傳述有題聯："到此間懊悔已遲，何苦作歹爲非，竟致捉將官裏去。　出獄後光陰尚早，務要循規守法，莫教再入我門來。"語雖近於俚俗，而一片婆心，欲感若輩以自新之路，真無異暮鼓晨鐘。

李君炳青謂山西省初設巡警局時有督辦某觀察題聯："輔民團除暴鋤奸，整頓始街衢，特令劃區分轄。　比保甲法良意美，巡邏周日夜，應教比户無驚。"余意凡題舊時未有之局所等，非運用典制，比例附會，自難出色動目。

余從政江蘇通州時，彼都人士曾公具一聯爲贈，今尚懸於公廨。句："百里屈長才，希望士元終大用。　一官雖小試，謳思叔度恨來遲。"竊思余既無功德在民，足資歌頌，且邊丁國變，徒以時宜不合，行將終老於鄉，回首前塵，益增愧惡。

卷四　院宇

錢公桂森曾題江南貢院至公堂聯："憶彈指頃四十二年，涼月中秋，寒雨重陽，早歲曾經辛苦地。　念廣廈間萬八千士，騰英霍獄,毓靈鍾阜,幾生同咏大羅天。"○又,陳公彝題衡鑒堂聯:"且莫論白簡朱衣,舊夢重尋,難得秀才風味。 看一片冰壺玉鑒,塵襟洗净,始知上界高寒。"錢、陳俱江蘇人,且俱是科第出身。某年,陳嘗充江南文闈監臨,准免迴避本籍,故題句亦情文相生,別饒風韻。

前揚州創設濟良所,有某名士題聯:"是鰥寡孤獨外,別一種無告窮民,我祇當兒女看來,聊藉慈航渡孼海。 於罟擭陷阱中,開這條放生大路,願都把繁華喚醒,不留地獄在人間。"按:濟良所,爲各處租界最慈善之舉,近通商大埠,均仿照開辦。洵屬意美法良,聯語藹然,深悉個中人苦况,惜撰者姓氏未詳。

左文襄公昔年平定閩省粤寇,旋爲創建漳州書院,以培養人才。院屋落成後,曾手題楹聯:"經始自何年,果然逃墨歸儒,天使梵王納士。 籌邊曾此地,大好修文偃武,我從漳海班師。"因院基原爲佛寺,有梵王碑埋土中,可證明也。題句着墨不多,一種沉實雄厚之致,適如其人。

浙紹龕山曾設立育嬰堂,倩黃岩王漱岩君題聯:"撫此藐諸孤,看一樣婆留,龕赭射潮談遊迹。 有生皆赤子,是誰家誕實,牛羊隘巷援同胞。"龕山爲錢塘江門户,武肅王發迹之地,出聯引用其事,却好關合。

薛慰農先生題杭州安徽會館聯:"美擅湖山,留此地萍踪,好共一觴一咏。 歡聯桑梓,問故鄉梅信,無忘江北江南。"又,題揚州安徽會館聯:"壞錯江淮,評二分明月,十里紅橋,桑梓風光應讓美。 歡聯觴咏,望皖水名流,黃山巨賈,魚鹽澤藪莫傷廉。"兩聯詞藻,雖有同者,而命意迥異。竹西鹽商舊多豪富,當全盛時四方名流戾止,咸有賓至如歸之樂。而先生退官獨栖隱白門,超然物外,并以"莫傷廉"爲僑居鄉友告,其高尚真不可及,閱者勿徒賞其句調也。

吾鄉朱芩年先生,爲同光間名宿,所遺著作士林莫不傾倒。其聯語胎息曲園,尤見匠心。曾題硤石鎮東山書院聯:"七葉溯通家,與吾宗南陔同門,南軒同榜。 一椽容布席,藉是處東山作主,東寺作鄰。"又:"文章師表同千古。 香火因緣共一龕。"該院爲國初鄉先哲許侍郎汝霖創設,後即供奉侍郎栗主,并稱鄉賢祠。首聯出句,歷叙兩家世誼,與題他處書院,固迥不同。

江蘇震澤縣積穀倉舊有題聯:"婁南應主藏天星,斯萬斯千,多多益善。　吳下擅具區水利,餘三餘九,陳陳相因。"或言即慰農先生撰,是先生亦有敷衍酬應之筆。然句亦平穩,無瑕可指。

曾文正公聯語,自古文中脫胎而來,故雍容名貴,力厚氣足,非他家所能抗衡。試觀題湘鄉東皋書院一聯,句曰:"漣水湘山俱有靈,其秀氣必鍾英哲。　聖賢豪傑都無種,在儒生自識指歸。"雖寥寥數句,而餘味無窮,已令人百讀不厭也。

福建濱海某縣素爲產鹽之區,凡屬漁舟均停集於此。緣鮮魚之不能耐久者,就近取鹽,製之成鯗,方可遠販至各省,其生計因交相倚也。該處曾設漁業公所,公舉總辦董理其事,余友抱冰居士爲題聯:"海宇慶重熙,願常招舟子罟師,廣羅水族。　東南多美利,應更闢漁鹽澤藪,富甲寰區。"詞句似尚流利可誦,特未臻上乘耳。

吾浙貢院內至公堂,舊有馬端敏公題聯云:"敷天瞻日月重光,兵氣喜全消,雅頌承平,還是文章能報國。　勝地攬湖山有美,人才期慎選,規模整肅,須知科舉爲求賢。"句調鏗鏘,正似行文最圓熟時。勿以典試已成陳迹,并此聯而亦廢棄也。

又,陳公魯題杭州東城講舍聯云:"勝地托青門,愛此間水鎖虹橋,相期沿流溯源,漢學津梁追許鄭。　遺基捐白社,聚多士壇開燕廈,惟願因文悟道,宋賢堂奧紹朱程。"舍與青波門相距甚近,即白公社遺址,故云。

粵省歸德門外晏公街武林會館,係吾杭僑商醵資建構。梁君應來曾題聯云:"一闋荔子香,聽玉笛吹來,遍傳南海。　雙聲楊柳曲,問金尊把處,憶否西湖?"說者咸稱其雅切。余謂上下聯首句,意稍重。

廣西紅十字會員某君曾捐資鉅萬,并廣募多金賑濟災民。現復於省垣建立廣善堂,規模異常偉大。堂屋構成,葉君也愚代爲題楹聯云:"數不完世上苦人,最憐厄運同丁,窮民無告。　願普救劫餘群類,敢謂博施濟衆,先聖猶難。"葉亦慈善舉中最熱心者,故題句較爲懇切。惜於某君事實,及所在之地,尚少映帶,論者咸以爲然。

相傳金陵湖南會館有楹聯，風神格調，兼擅其勝，爲吳君穉倫手筆。句云："攬洞庭八百里清波，鼓棹南來，三楚濤聲喧袖底。招太白一千年明月，推窗西望，六朝帆影落樽前。"洵有目共賞之作。按：湖南會館，金陵不止一所，此建於下關江濱，采石磯左近，與城内情景既殊，故措詞亦異。

吾邑硤石鎮絲業公所構建已歷多年，向爲絲商議事集會之地。時廉訪慶萊曾題一聯云："高處峙雙山，毓秀鍾英，冀多儲經緯奇才，一代文章增藻采。　別來剛十稔，撫今追昔，願更溥蠶桑美利，萬家燈火試機聲。"近程學川太史亦題一聯云："樸陋洗皇初，黄帝文明開上古。　經綸滿天下，蒼生衣被仰東山。"兩聯俱雅健而切合。此種筆墨，頗難出色，能以詞藻附會，兼不脱本地風光，便是佳構。

又，亞東街布業公所，從前建築雖較樸實，而屋宇亦頗寬大。惟其間楹聯竟鮮愜意者。休寧黄鈺題云："名節照千秋，綿祜靈長留谷水。　神弦歌一曲，布帆安穩走天涯。"此但以字面點綴，已獨占優勝矣。

仰山書院爲吾邑長安鎮最幽勝處，先嚴早歲曾肄業焉。嗣以粤寇之亂層樓曲室盡遭焚毀，僅存後屋數楹。光緒壬寅，先嚴慨捐鉅資，并募集多金，鳩工重建。全院落成後，特題楹聯云："合群力復此宏規，鼓篋盛生徒，願無忘師友淵源，鄉邦文獻。　記早歲曾留爪迹，浮家老覉旅，每重憶小窗燈火，精舍書聲。"今院雖已改設學校，凡舊日寒士，飲水思源，猶樂誦此聯不置。

卷五　廟祀

張文襄公督粵時爲言者所攻。適題三賢祠，乃書句云："海氣百重樓，總爲浮雲能蔽日。　文章千古事，蕭條異代不同時。"三賢者，虞翻、韓愈、蘇軾也。藉古人以自況，寄托之中，益見懷抱。

吾浙西湖三忠祠建立後，有某名士獻聯，頗得悲壯蒼凉之槪。句云："與聯尚書、立侍郎同罹北寺奇冤，痛篋中諫草未寒，碧血黄沙,正氣竟埋燕市地。 合岳鄂王、于少保一例西湖廟食,望天半靈旗來降,雲車風馬,忠魂長咽浙江潮。"按:三忠即徐小雲尚書、許竹筠侍郎、袁爽秋太常,爲庚子拳匪之亂,上書直諫,殉於都市。同時,聯尚書豫、立侍郎山,亦遭斯難。事實已詳見各家專集,兹不復記。

南通張峰石君著作宏富,平生所撰聯語、詩鐘,合編一册,曰《雕蟲集》,余嘗展讀之。有題火神廟楹聯云:"想兵家得失何常,赤壁毁千軍,周郎得計、曹瞞失計。 笑菩薩恩仇難免,阿房歸一炬,漢高恩人、秦政仇人。"措詞闊大,非尋常作家敢與抗手也。

吾邑袁花鎮查氏,簪纓累代。雍乾時人文之盛,尤莫與京。洵爲浙中巨族,其宗祠門帖云:"忠厚開基,唐宋由來舊族。 文章華國,東南有數人家。"相傳已久,不知爲何人手筆。

淮安文通寺,亦江蘇古叢林之一。殿宇屋舍,俱沿城河建築。余曾偕友往遊,見有楹帖云:"女墻帆影排雲去。 佛殿鐘聲渡水來。"非親莅其地,不知此聯之佳妙。

又,關忠節公專祠,有王某題聯云:"攖絶島烽烟,萬里波濤流碧血。 享崇祠俎豆,九天日月照丹心。"關名天培,清道光時曾爲廣東提督。禁烟之戰,守虎門炮臺,欽差琦善等忌之,不與軍餉,戰死。

薛慰農先生曾題金陵清凉寺聯云:"遺構溯南唐,避暑離宮無片石。 新詩吟玉局,卧雲長老有千秋。"寺本就南唐故宫遺址構建,其住持僧某,素擅吟咏,故云。

吾杭蘇公祠楹聯,多集蘇詩,如"千古華堂奉君子。 此間風物屬詩人""欲把新詩問遺像。 不妨樽酒寄平生"之類,但輕描渾寫而已。惟嘉善金眉生先生所題,將公一生事實包括無遺。高華凝練,後來作者,俱莫出其右。句云:"一生與宰相無緣,始進時魏公誤抑之,中歲時荆公力扼之,即論免役,温公亦深厭其言。賢奸雖殊,同悵君門違萬里。 到處有西湖作伴,通判日杭州以詩名,出守日潁州以政名,垂老投荒,惠州更寄情於佛。江山何幸,但經宦轍便千秋。"

嚴正烺題大明湖鐵鉉祠堂聯云：" 湖尚稱明，問燕子龍孫，不堪回首。　公真是鐵，惟景忠方烈，差許同心。" 此見於《閑叟浪墨》，或云下聯第二句原作係 "景皮方舌"，果爾則與末四字似不甚連貫。恐亦非廬山真面目也。

前浙撫廖公壽豐題吴山龍神廟聯云："飛在天，見在田，大澤鱗鱗欽雨潤。　左爲江，右爲湖，新宫翼翼想雲從。"又，風神殿聯云："太平盛世，時占七十二番，敷化宣仁，默佑元機司橐籥。　天庚正供，歲入百千萬斛，遵江導海，全憑神力引帆檣。"兩聯莊嚴清穩，對仗亦工，祇略少精彩耳。

無錫管社山項羽廟，楊公翰西曾題聯云："拔地山雄，舊迹猶留霸王廟。　平湖浪静，名區近接美人崖。"山鄰萬頃湖，美人崖亦相去不過數里。

石鐘山觀音閣，曾文正公曾題聯云："長笛不吹江月落。　高樓遙吸好雲來。"極似唐人寫景絶句。又，山麓昭忠祠題云："巨石咽江聲，長鳴今古英雄恨。　崇祠彰戰績，永奠湖湘子弟魂。"短句固别有古峭之致。乃後人忽改爲 "鳴今古英雄遺恨" "奠湖湘子弟忠魂"，詞雖諧，而流於甜熟矣。

趙粹甫太尊曾守江蘇鎮江府，瞻謁宗祠，并爲題聯云："八百年聚族於斯，宋室同傳宗室表。　二千石分符到此，明州來拜潤州祠。"蓋鎮江爲太尊原籍，後始分支他遷。句調咸稱不俗，洵然。

吾杭理安寺，即法雨院，舊有楹聯云："杖履春回游子脚。　葛藤灰盡老婆心。" 後曲園先生復書一帖云："竹筧潛通十八澗。　蒲團小坐兩三時。"理安有九溪十八澗之名，余曾往遊，覺溪徑幽絶，迥異他處。讀此聯，益令余心曠神怡，萬感俱屏。

向榮張國梁兩公事績，迄今江南北故老猶有樂道之者。曾敕於金陵合建祠宇，以隆報享。慰農先生爲題聯云："百戰建殊勛，身歷多艱，非巡遠誰作江淮障蔽。　雙忠崇大節，功成諸將，惟宗李實開韓岳先聲。"以巡遠宗李諸人比擬，身分却合。

又題清涼山文昌殿聯云："四百八十寺過眼成墟，幸嵐影江光，猶有天然好圖畫。　三萬六千場回頭是夢，問善男信女，可知此處最清凉。"風神秀宕,讀之霏霏有味。或謂句雖佳而於文昌神却未點綴。不知該殿本在清凉寺內,先生但按景渾括言之,而不拘題面也。

雲栖寺在江濱山麓內,爲吾杭名勝之最遠者。王公凱泰前題聯云:"長此洗心歷江海。　偶逢行脚問雲山。"另客堂額曰"綠陰靜境"。旁懸兩聯,均版木雕成。句云:"山溪一曲泉千曲。　竹徑三分屋二分。"又云:"剪半嶺寒雲補衲。　留一窗明月談經。"筆意清逸,非庸手可爲。惜題客姓氏不載,詢之僧人,亦無知者。

張君芝青爲余述心巴羅老君洞神龕前有石刻題聯云:"函關杳東去之踪,何圖一角遙天,古洞名山先占領。　吾道際南來之會,好待九彝入化,談經問禮結芳鄰。"撰者姓名,日久亦忘却。聯從大處落墨,自覺典雅,惟對仗虛實,尚欠斟酌耳。

前長江巡閱使張勛,在任時聲望赫赫,莫敢與抗。其部下將士及人民等,感懷威德,曾爲建立生祠,并公獻楹聯云:"上將度雍容,共瞻裘帶風清,江漢齊名羊祜傳。　是翁身矍鑠,再看旗常績茂,馨香媲美伏波祠。"以羊祜、馬融相比,是否擬不於倫,世人自有公評。張復自題一聯云:"我不知何者樹德,何者立威,衹緣餘孽未清,奮戟重來,稍盡軍人本職。　古亦有生而鑄金,生而刻石,自揣美名難副,登堂强醉,多慚父老深情。"起二句口吻畢肖,果張自己手筆。雖略欠典贍,而武人偶爾弄翰,亦當另眼相看。

江北某廟院,向合祀財神及醫靈大帝。住持道人遍乞題聯,初無應者,均以兩不相涉頗難着筆故也。有某生竟題十四字於楹間,句云:"縱使有錢難買命。　須知無藥可醫貪。"詞旨既上下交互,且足以警覺世人,允推佳構。或云"貪"字須易"貧"字。

烟霞洞,佛像奇古,亦吾杭西湖名勝之一。其洞口有石龕,向祀財神,不知何所取義。後鄉人士易祀東坡,因東坡摩崖字數行,猶在壁間,供奉最合宜也。時公蓬仙爲題聯云:"錢如真可通神,此座巍然,何不與烟霞終古。　石也有時變相,長公仙矣,莫非是香火前緣。"詞句間似略帶詼諧,而易祀之意,不言而閱者已喻矣,可謂神妙。

全椒薛氏，固皖南之名族也。至慰農先生，學問事業，尤推傑出。嘗自題支祠，典麗亦迥乎不同，句云："吾先人由西蜀來兹，啓十七世門楣，祇耕讀相傳，敢遠引皇祖奚仲。　予小子自古杭罷郡，承五百年堂構，欲本支勿替，常勉爲善士居州。"此聯聞至今猶存。

　　胡公鳳丹《楹聯集錦》載，河南許州八里橋爲關聖帝辭曹處，後人因立廟祀之，以留古迹。有題聯云："亦知吾故主尚存乎，祇今日遊遍天涯，不戀萬鍾千駟。　原許爾立功乃去也，倘他年相逢歧路，無忘樽酒綈袍。"聯係從關、曹兩面着想，惜開闔間尚欠斟酌。

　　余友劉鳳生孝廉，曾遊吾浙普陀山，特於寺樓題聯云："幻迹説花開，海嶽靈奇通寶界。　明心同月印，樓臺燦爛現金光。"普陀勝迹甚夥，所傳鐵蓮花軼事，前人遊記中亦有載述者。此聯但渾寫之，殊可取也。

　　程學川太史題硤石東山純陽殿一聯，爲近作之最愜意者。句云："俗眼夢中醒，是色是空，浮雲富貴。　道心隨處悟，亦詩亦酒，福地神仙。"聯爲代查友撰。查因求純陽方愈眼疾，特獻此以答神庥，事載跋語。

　　財神廟舊有聯語，咸落窠臼，且每於本地風光，不甚關合。兹訪得曲園先生題吾杭西湖財神院一聯，詞旨新穎，復確切不可移易。句云："梅鶴洗寒酸，也教坡老揚眉，葛仙生色。　鶯花添富麗，却稱金牛湖上，寶石山前。"

　　張勤果公曜，亦中興名將。光緒己丑，里人請建祠西湖，以崇配享。卜地斷橋東，迴廊曲榭，池石花木，占勝各祠。楊雪漁先生爲題聯云："在雍冀青兖之功烈最高，文武才兼全，捨我誰當天下任。　與左蔣彭劉諸祠宇相望，春秋神具醉，得公來作主人翁。"寫來面面俱到，且別饒風韻，宜一時遐邇傳鈔，洛陽紙貴。

卷六　園林

　　金陵督署內煦園，結構爲一省之冠。薛慰農先生曾於廳事題聯云："宸翰壁間嵌，想日華雲爛，露湛恩濃，遭逢一德明良，退食多閑,綠野平泉公廨築。　都城江左重,幸鰈伏鶼馴,河榮海若,曠覽六朝名勝,迂倪顛米畫圖開。"按:廳事舊有銜賜橫額曰"恩暖堂",故出聯先點綴之,即紀實也。又園內退思堂,先生亦題聯云:"賦江南春,六代鶯花歸眼底。　後天下樂,十年休養繫心頭。"時粵寇初平,亟宜休養生息,語意妙能雙關,對仗可不必拘。

南通張峰石君,曾題同邑徐澹盧梅花山館聯云:"水幾曲、石幾拳、十畝蒼烟,快活三生清净福。　風之前、月之下、四圍紅雪,中間一個主人翁。"又題花笑盦聯云:"兩三點梅雨過時,静覺花容含笑舞。　四五株槐雲罩處,閑聽鳥語帶春來。"并附跋曰:"盦為硤亭家兄敲詩所,窗外遍種丁香棠杏之屬。每值春日,花香鳥語,若仙境焉。"兩作俱彼都人士所傳述。余謂前聯饒有畫意,尤足賞愛。

《南園筆記》載,曲園先生題孫蓮叔紅葉讀書樓聯,詞旨俊逸,不落恒蹊。句云:"仙到應迷,布簾幕幾重,闌干幾曲。　客來不速,看落葉滿屋,奇書滿床。"惜孫係何人,樓在何處,記中均未述及。

黃公度先生,為十餘年前粵中有數人物。其所居人境廬,曾自題楹帖云:"萬象涵歸方丈室。　四圍環列自家山。"《人境廬詩集》語多奇特,而此聯猶謹守範圍,其殆中年時手筆耶?

滬上邇來園林,雖較前時多,而佈置競尚歐派。雅人題咏,亦寥落如晨星矣。惟憶静安寺愚園,倉山舊主袁翔甫曾題聯云:"百尺曠襟懷,更饒他翠袖連雲,香車流水。　四時供嘯傲,最好是夕陽西墜,明月東升。"聯懸於樓間,餘十年前常過而誦之。今園址已易他姓,改築住宅,其聯不知何往矣。

常州玄妙觀內古春軒,費君惕臣曾題聯云:"詩雜仙心,且聽天曉殘棋,海秋長嘯。　邑多古迹,詎識杯中竹葉,袖裏梅花。"閱者咸嘆其結構渾成,意境超脫。按:仙人詩即引用呂洞賓"數着殘棋天欲曉,一聲長嘯海天秋"兩句,至古迹傳説不一。

甘肅藩署花園內夕佳樓,登臨其上,風景遠近,可一覽無遺。舊有楹聯云:"夕陽山色橫危檻。　夜雨河聲上小樓。"此余友孫君小海,自甘省遊幕遄歸,為余述之。尚有長聯,較此尤壯麗,日久竟不復省記矣。

無錫萬頃湖濱梅園,境極幽勝,不知主人爲誰。孫君北萱嘗題聯云:"樹木十年,此地合名小香雪。　湖光萬頃,浮生直欲老烟波。"又榮君汝棻題云:"風送暗香來,幾輩動閣中詩興。　天空白雲净,數峰見湖上青山。"皆清穩之作。榮題雖對仗欠工,亦非俗調。

前麗則同社友謝君,因撰《春柳》詩得名,人遂以"謝春柳"呼之。家復構春柳草堂,張君峰石爲題聯云:"闢三弓地,開四面軒,月夕風晨,安頓詩人大自在。　與一世才,結十年社,詩囊畫稿,消磨清福小神仙。"可謂極風神瀟灑之妙矣。得此聯草堂亦應生色。

吾杭明聖湖濱舊多別墅,而楹帖亦不乏佳者。如譚公鍾麟題彭剛直退省庵云:"豪傑偶留仙佛迹。　江湖常繫廟廊憂。"長公善題云:"別具胸襟,是明月前生,梅花知己。　偶來爪印,爲青山有約,白水尋盟。"剛直自題云:"浮生若夢誰非寄。　到處能安即是家。"又云:"水得閑情,山多畫意。　門無俗客,樓有賜書。"按:退省庵,在三潭印月之前,亦湖中之一墩,前稱小瀛洲,風景甚優勝也。其間題句頗多,以此數聯爲最佳。

詩有宗派,聯語亦何獨不然?從前如湘鄉曾氏、德清俞氏,魄力雄厚,格調純正,固足士林楷模。至慰農先生,蘊藉風流,專以神韻取勝。流派雖別,其飼我後學,真如太羹醇醪,醰醰有味。試觀秦淮停雲小榭,先生題聯云:"一曲後庭花,夜泊消魂,客是三生杜牧。　東邊舊時月,女墙懷古,我如前度劉郎。"又題林氏水閣云:"尋江令宅,訪段侯家,流水聲中,六朝如夢。　賭太傅棋,弄野王笛,夕陽檻外,雙槳徐停。"此兩聯何等風韻。當時海內作家,罕與抗手。論者謂先生得句,俱胎息於漢魏六朝,則益知聯雖小品,非天分學力,兼而有之,不爲功也。

崇明袁保香茂才,善吟咏,因私淑吾鄉袁氏,自號"隨園詩孫"。家住縣城之北,築冷觀廬。雜蒔花木,環廬皆陂澤,有亂鴉千萬點,流水繞孤村之概。餘姚戚飯牛布衣,特題贈一聯曰:"出北郭門,來尋陶宅。　剪西窗燭,却話巴山。"茂才復自題云:"且莫嫌貧,負郭田環顏子宅。何以破寂,秋墳鬼唱鮑家詩。"其所居之幽僻可知矣。兩聯措詞亦適如其妙。

金陵聚寶門外劉園,雖拓地不過數畝,而竹深荷静,幽然絕塵。余僑居該省時常遊憩焉。曾見楹間有盧君岑古題聯云:"鳳城東屹,鷺水中分,於此峙名墩,别有高風齊謝傅。桃樹千株,梅花百本,撫今尋舊碣,宛然前度見劉郎。"又,環石居亦園中勝處,彭剛直公復題云:"大地少閑人,誰能作風月佳賓,湖山勝友。六朝多古迹,我愛此荷花世界,鷗鳥家鄉。"按:園有一冢,里人相傳為明代劉基葬處,因題曰"劉公墩",并立碑碣,與舊遺太傅墩輝映後先。

慈溪王恩甫茂才家有風月雙吟樓,為賢伉儷偕隱處。謝君企石嘗書楹帖贈之,句云:"風月盡詩魔,豈惟傅粉調脂,便算占人間艷福。樓臺開畫境,即此明窗净几,儘堪留天上仙才。"茂才别署"溪西漁隱",亦前麗則社友中之矯矯者。其夫人楊霞卿,即"綉餘吟館主",善詩畫,曾仿迴文體創花團錦簇圖。故謝君以仙才艷福并稱之,非泛言也。

父執梅竹庵先生,嘗於白下城南磨盤街住宅内小築一園,亭臺池館,位置井然。余髫齡時常與先生文孫子雨諸君遊戲其間。猶憶廳舍有某翁題聯,言情寫景,頗饒逸致。句曰:"傍宅拓園居,登樓臺如入瑯環,此真福地。造門無俗客,酬詩酒迭為賓主,我亦閑雲。"先生本宣城貴族,為梅文穆公後裔。彼時所交皆當代名流,觴咏流連,殆無虛夕。此題句尚不過韻事之一耳。

海山仙館,為道咸時羊城德叟栖隱之所。何子貞太史曾題聯云:"無奈荔支何,前度來遲今太早。又搖蘇舸去,主人不醉客常醺。"按:海山仙館,繪有圖卷,太史撰聯外,并題七律詩四章,均為士林傳誦。荔支本羊城出産,舊名荔支灣,亦即在此處。見《在山泉詩話》。

水竹居,在西湖丁家山,即香山劉氏别業。金屋碧幢,華夷并構,繁華富麗,侈擬王侯。余曾幾度往遊,流連忘返。憶水軒有陳豪題聯云:"泉石亦經綸,攬全湖多少樓臺,試大開綺户,遍倚雕欄,對西子新妝,如此文章真富麗。琴樽容嘯傲,看佳日聯翩裙屐,有萬樹琪花，四圍嵐翠，話天寶軼事，本來家世是神仙。"又，主人藏嬌處有集句聯云："鸚鵡簾櫳蝴蝶夢。　芭蕉情緒海棠心。"其他所題，雖多佳者，均不若此兩聯之艷綺旎。

　　金陵楊氏寓園，咸同時諸名流亦常於此觴咏爲歡。慰農先生題聯云："問竹報書來，何氏山林招老杜。　看花終日醉，習家池館署高陽。"園中有合歡花二株，高出層檐，殆百年物。因復題句云："置酒常招烏帽客。　到門先認馬纓花。"結撰典雅，無一毫塵俗氣犯其筆端。能事至此，宜學者奉爲模範。

　　南通師範學校內相禽閣，花香鳥語，境頗清幽。張季直先生曾書楹帖云："見樹木交榮，時鳥變聲，亦復歡然有致。　待春山可賞，白鷗矯翼，倘能從我遊乎。"聯爲集王維與陶潛成句，却別有一種澹逸之趣，耐人玩味。

　　淮上宋小園君嘗構紅袖伴吟草堂，遍徵題咏，余賦詩四絕以應之。稿尚留篋中，而麗則同社諸友，有酬詩并題聯者。如翟君楚材云："如椽筆君本生花，墨瀋灑蠻箋，最難忘詞客風華，金屋有詩鬟問字。　從軍行我曾醉草，邊氛吹鱷浪，願携取美人桴鼓，海天助戰艦塵兵。"章君一鶴云："休嗤他落拓青衫，讀萬卷書，栽數竿竹，剪半泓水，棹一葉舟，從茲選勝尋幽，明月清風招四座。　賴有此娉婷紅袖，焚滿爐香，對兩局棋，烹七碗茶，勸三雅酒，助我長吟短嘯，美人名士共千秋。"兩聯一風雅，一穩練，餘子所撰不足觀矣。翟君兀身陸軍，自號"戎馬書生"，故戲引梁夫人軼事，以自解嘲。章作酌易三字，神交有素，諒不目爲謬妄也。

　　葛安之先生有自題補讀廬一聯，確合高士口吻。句云："閉户不知忙世界。　開門却對好湖山。"按：先生籍隸江蘇，自號"包山天餘生"，廬在吾杭錢塘門外，見府志。

　　先兄明甫，曾爲皖省某友書題園林一帖。園成於粵匪亂後，故曰："今日亭臺，昔年烽火。　名花無語，芳草有情。"先兄詩詞雜作均無遺稿，此同年張君由該省轉輾鈔來，讀之猶想見吮毫灑墨時情狀。

　　禾中高雅泉君，家有園圃，明窗净几，佈置不俗。十餘年前曾招余往譚，并出所藏法書名畫同觀，情意款洽。瀕行復索余筆墨，以留紀念。余爲擬某軒一聯，句云："幽賞愜春晴，片石留雲連草色。　閑吟耽晝永，一簾映日碎花陰。"不料題成寄往，高君已在病中，越數日竟赴道山。余即於此時襆被出遊，從此潺湲天涯，音容兩杳矣。追思塵夢，曷禁黯然。

卷七　慶賀

吳平菊先生《兩罍軒尺牘》，載有壽曲園居士五十生辰聯，曲雅莊重，不同凡品。句云："俞樓風月，曲園圖書，往來越水吳山，願春常在。　方虎高文，胐明碩學，陶養尋經諸子，以壽其身。"按：方虎、胐明俱清人，以古文經學著名。曲園全集，名"春在堂"，却好雙關。

何廉昉太史移居揚州時，曾文正嘗撰聯以賀之。句云："千頃太湖，鷗與陶朱同泛宅。　二分明月，鶴隨何遜共移家。"何，名昉，江陰人。自解組後，寄居竹西，經營禺莢，富并陶朱。交遊甚廣，藉詩酒以自娛。

嘉善錢君硯觀察哲嗣續娶徐氏女公子爲繼室，當時親友賀聯雖夥，無甚佳者。惟慰農先生所贈別有機杼，迄今猶膾炙人口。聯云："錦樹爛華門，喜小春鄧尉梅開，添香點額。　玉臺續新咏，藉五色江郎筆艷，題句催妝。"

聯語於每句中嵌數目字，須妙合自然，否則非特不能見勝，反弄巧成拙矣。余所睹有某君壽某銜史太夫人，聯云："一品太夫人，備三從四德，五世同堂，恭值二宮齊介壽。　六旬都銜史，統七賓八師，九疇獻福，却逢十月好稱觴。"蓋是年適慈禧與德宗萬壽，普天同慶也。聯雖無亂扯雜湊之弊，細玩之，意義有重複處，似尚未能盡善盡美。其難可知矣。

貴池劉聚卿參議曾娶金陵傅氏女爲元配，尋卒。越年余參議舉於鄉，復娶其妹爲繼室。時余尚旅寧，特偕友趨賀。見洞房中琳琅滿壁，有周君贈聯云："千門遊騎看新婿。　一扇迷藏笑老奴。"

往事思量,已成陳迹。惟此聯語涉調侃,猶未忘於懷。

杭垣某太守於三月九日大開筵宴,時封翁祝八秩壽誕。曲園先生壽以聯云:"自杖朝至百齡,羅列孫曾,看令子由二千石黃堂而登開府。　逾修禊後六日,補себ觴詠,爲先生寫十三行玉版以祝延年。"長句挺勁,復對仗工妙,一字不苟。非具絕世之天分學力,此境豈易到哉!

光緒某年英新皇登極加冕,我國曾派專使前往觀禮,香港華商特假北行公所開會慶賀。相傳會中有題聯云:"會事者番求盡美,龍五彩,鳳九苞,璀璨喬皇,無非爲鄰國新君,留些紀念。　僑商此舉藉聯歡,鶴頌齡,燕歌喜,鼖軒鼓舞,亦姑隨彼都人士,共表同情。"此種聯語,細玩之仍味如雞肋,以無書卷氣及精意故也。然商人筆墨,究未可與士夫等量齊觀,能詞旨明達,不脫本題,便算佳構。

袁項城前任直督時適逢五十壽辰,張文襄撰聯祝之。句云:"朝有王商威九譯。　壽如召奭佐重光。"丁君象震云:"五嶽同尊,惟嵩峻極。　百年上壽,如日方中。"阮君忠樞云:"赤手擎天星拱北。　黑頭參政日方中。"貝子載振云:"相我國家,尚書北斗。錫公純嘏,天保南山。"各聯俱新警端莊,丁作尤雅切,爲海內所傳誦。

又,民黨中某君當時亦有贈聯,別具匠心。句曰:"戊戌八月,戊申八月。　我后萬年,我公萬年。"戊戌指第一次變法事。意在言外,妙不可言。

父執劉穎生觀察服官粵省,所至有聲,惟年逾花甲,膝下猶虛,旋捧檄署理惠嘉道兩府一州。適被水災,兼患疫癘,觀察傾宦囊以創捐,并募集鉅款賑之,災民全活無算。次年在任,竟得弄璋之喜,爲如夫人所產,論者咸謂天之報施不爽,該處士紳特具聯申賀云:"沛澤庶民蘇,治績可歌名不朽。　如崧英物降,啼聲未聽器先知。"此觀察幕友李君爲余言,尚有詩文詳紀其事,惜彼時閱後未錄存也。

某年正月十六日爲同邑陸篤夫君祖慈某太夫人八秩大慶,朱芩年先生曾製聯以壽之。句云："開上壽九旬，舞彩承歡，機雲競爽。　距元宵一夕，稱觴祝嘏，燈月交輝。"立意雖亦猶人，而以"燈月"藉對"機雲"，自覺工巧莫及。

馮河間選舉副座，復任江蘇督軍，袁君抱誠曾集《天發神讖碑》製聯賀之。句云："得四海人才，咸歸吳會。　建萬年功業，昭示江東。"袁擅金石之學，古體詩力追漢魏，允宜吐屬不凡。

李文忠六十壽誕，當時聯語之夥，洵無出其右。余曾摘錄佳者藏之篋中，不意年久散失，竟難覓獲。僅憶某公云："天生以爲社稷。　人望之若神仙。"集成語頗工切。又，曲園先生爲文忠僚屬代撰一聯云："爲歲之首，爲月之中，新酒一卮，惟相公壽。　治內以文，治外以武，長城萬里，殿天子邦。"此所謂鎔化古語，自鑄偉詞，尤非尋常小家能仿佛也。

壽聯本難出色，祝婦女者，尤不易占勝。以鋪叙事實，非巧思別具，即涉陳腐也。朱君丹九言查桐生茂才有贈同里黃聽彝母吳太夫人壽聯，閱者莫不叫絕。句云："花萼堂彩舞諸昆，展花朝十日，展花甲十年，聿著花溪佳話。　太夫人朋聯三壽，與太史氏兄，與太原氏妹，同承太伯遐麻。"黃宅舊名花萼堂，壽辰在花朝後二月廿二日。太夫人胞兄，即紫椒太史，其妹適王氏。融合結構，妙若天成，堪稱傑作。

某名士赴友人處賀合卺之喜，見洞房中錦燭花開，結成雙蕾，乃撰一聯語，懸於壁間，曰"花燭燭花開并蒂"，倩衆賓屬對，同申慶賀。迨酒闌席散，迄無應者。遂復登報章，懸獎廣徵。同里陳君曼雲偶得句"酒樽樽酒結同心"，語既精巧，且與新婚仍關合，亦雅製也。

古傳詩律，未聞有所謂聯律者。然平仄諧和外，嵌字、叠字，咸上下一定不易，不能獨異，并隨意增減。試觀易實甫先生壽其如夫人某氏一聯，其他即可類推矣。句云："佳人才子總情癡，女愛男歡，願生女皆佳人，生男皆才子。　花好月圓無量壽，天長地久，看地上花常好，天上月常圓。"先生風流博雅，藉翰墨以遣興。如夫人非正室比，原無妨以生花之筆，略寫風情也。

寧波張讓三先生亦吾浙之名宿也，國變後無意出山，專事撰著，以養粹怡性。吳子修學士曾贈以壽聯云："讀百國詩書，異域見聞，軼段西陽雜俎而上。　集四明文獻，端居著述，正王深寧杜門之年。"先生嘗任某國公使參贊，王爲宋代遺民，亦鄞縣人。比擬確當，加以詞藻，自雅隽絕倫。

先慈八秩壽誕，余適從政南通州。因先期於署中開筵遥祝，士紳公贈以聯云："仁風揚百里之間，考吏治循良，褒賞幸逢明聖主。慈壽躋七旬以上，聽民生頌禱，期頤并祝太夫人。"沈紳厚堂聯云："享八秩遐年，竹蔭還看垂百歲。　逾重陽佳節，菊花好藉祝千秋。"迨返陵寓，正日開賀。戚友寅好，惠贈之壽聯尤夥。其中最勝者，如同年貢子賓君云："幸值建元年，壽屆耆齡，好分天上恩光，徵爲家慶。　剛逾重九日，香留晚節，且藉階前秋色，以報春暉。"時爲宣統建元，先慈起居已需人扶持，越歲即行棄養。春暉未報，涉岵頓歌，誦此數聯，迄今猶有餘痛焉。

元和陸文忠（端）雙慶壽言，合海內外名流著作萃於一册，可謂精深宏富矣。然除詩文外，聯語之佳者亦寥寥無幾。茲選錄數聯，聊當一朝之文獻觀可也。夏同龢云："繼宣公享千載名，登顯仕，擢高科，況有文章堪壽世。　與孟嘗爭一日長，未賜衣，先予杖，豫教觳佩共承恩。"單鎮云："福壽偕徐長洲、潘吳縣鼎峙而三，數江左耆英，此日更後來居上。　仕學合唐内相、宋象山爐冶爲一，溯平原華胄，惟公能兼綜衆長。"梁濟云："詞林弁冕，宰輔鈞衡，溯兩代貽謀，共仰青囊培世德。　秉政中樞，授經前席，越十年介壽，更膺紫綍賜天題。"李翹燊云："宣公早合平章，自慚通德門前，經訓七年尊北海。　韋母并堪師事，同向耆英會上，壽觥雙爵進南山。"又，高等實業學校同鄉各學生公聯云："大名冠江左耆英，廣被棫輝，爲天下達尊。　長膺百福。小子附宣南旅學，久依樾蔭，隨諸鄉老後，同祝千秋。"各聯推單作爲最雅勝，衆論僉同。余謂於雙壽尚略少映帶，惟就句品題，固加人一等也。

同邑蔣子貞丈五十誕日，朱芩年先生曾撰聯慶祝云："藉四月八日祝長生，與佛同壽。　合三唐兩宋成大集，其人必傳。"蓋諸門生正醼金爲丈刊《懷亭詩集》，遂於是日豫祝聯歡。又，沈母蔣太夫人百齡壽辰，又贈聯云：“朗耀壽星，是乾隆六十年乙卯始降。　舒長化日，迨光緒卅一載甲子重周。”沈母，即淇泉太史之太夫人。此二聯，鄉人士至今猶傳誦不置，以其結撰工巧，別有意致也。

前載雨農公使，續娶劉氏女公子爲繼室，陳君樸齋曾倩張仲梧副車代撰聯賀之。句云：“博議撰成，笑看席奪經筵，珠探寶窟。催妝賦罷，却好光生月鏡，彩煥星軺。”公使完姻後即西行赴任，故云。聯語莊重典麗，洵非胸羅卷帙者不辦。

番禺潘蘭史先生，著作等身，晚年假詩畫以寄興，風流儒雅，亦海上寓公之矯矯者。戊午春仲，六十生辰，四方名流，贈言爲壽。其聯語爲世人共賞者，擇錄於下。朱古薇侍郎集宋詞云：“長壽杯深，醉裏笑扶花下立。　探春腔穩，笛中誰奏鶴南飛。”吳子修先生云：“獨漉古遺民，江南客，嶺南詩，願藉卷葹評泊語。　太鴻老詞伯，月長圓，人長壽，試披榆蔭畫圖看。”陳蝶仙君云：“傲骨比黃花，正秋來景物多佳，笑看說劍堂前，珠樹三株供指使。　詩情記紅豆，便老去風流猶昨，艷說剪淞閣上，月華雙照畫眉痕。”章一山君云：“遊踪卓越周瀛海。　詩骨崢嶸飽歲寒。”按：明末嶺南陳恭尹自號“獨漉山人”，說劍堂、剪淞閣，均先生遊息之所，并以自名其集。月華句，係暗切先生姬人月子、眉子。

南海康公有爲六十生辰，曾於稱觴之日自撰一聯寄興。句云：“傀儡曾遭登場，維新變法，備歷艱辛，廿年出奔已矣。中間灰飛劫易，幾閱滄桑，壽人笙磬忽聞，北海歸來如夢幻。　歌舞業經換劇，得失興亡，空勞爭攘，一世之雄安在？此時霧散烟消，徒留感慨，老子婆娑未已，東山興罷整乾坤。”聯係榜諸劇臺兩柱，却好藉此寄托。另，黎黃陂壽以聯云：“上壽伏生傳絕學。　通經高密擅名家。”馮河間集杜詩云：“盛才冠巖廊，致身福地何蕭爽。　真氣驚戶牖，學語小兒知姓名。”結構渾成，無懈可擊，殆幕僚手筆。

余友程君正甫，前爲伊郎道生完姻。其坤宅爲桐鄉毛氏，亦詩禮之家。余擬以聯賀之，乞程學川太史代撰句云：“繁露大文似鳴鳳。　國風小序始關雎。”又，張君洪九素擅六法負盛名，其二令嫒得乃父指授，亦工點染。今春於歸同里陳氏，蔣鹿萍成均曾代某友撰賀聯云："玉臺早下諧占鳳。　珠髻新盤法畫龍。"一切姓氏，一切才藝，較通套之陳言讕語，固不僅勝數倍矣。

前江都縣令周芝貞勤於民事，卓著循聲。其太夫人年登大耋，神明不衰，洵屬熙朝人瑞。誕辰爲六月十八日，某君壽以聯云："先大士一日而生，有子爲萬家生佛。　願壽母十年不老，他時祝百歲老人。"能以質勝文，真白描好手。

余與和甫三兄仰承庭訓，并賢師教授。己丑既徼倖同入泮，辛卯復同舉於鄉，爲先嚴平生最快意事。當時旅陵鄉友曾公贈一聯申賀云："累代延厚澤清芬，蓮幕展宏才，功業豈惟倖仲寶。　有子共采芹攀桂，梓鄉添佳話，科名應不讓高陽。"按：高陽，指許氏。吾鎮辛木、珊林兩先生，道咸時同榜會元進士，科名稱最盛也。賀聯推此爲傑出，惟於愚兄弟獎飾逾分，讀之常覺汗顏。

卷八　哀輓

前旗籍柏中堂葰，爲科場參案，嚴究伏誅。後之論者，莫衷一是。惟趙公光輓聯，立言得體，且多含蓄，人咸傳誦。句云："其生也榮，其死也哀，雨露雷霆皆帝澤。　臣門如市，臣心如水，皇天后土鑒孤衷。"

余內姑丈陳公哲甫作古後，曲園先生曾輓以聯云："功名讓同輩，簪笏付後人，落落家風，不愧黄扉舊門第。　官職未真除，年華爲中壽，蕭蕭婿水，難爲白髮老尚書。"陳固相國後裔。白爲尚書，謂余太岳父錢忠勤公也。○因憶先生尚有輓忠勤聯云："君以拔萃起家，歷卿貳，參樞輔，食一品俸終其身，乞骸北闕歸來，綠野平泉，共欽全福。　我與哲昆同榜，承推愛，忝稱兄，閱數十年如昨日，回首南豐門下，白頭老輩，更有何人。"南豐指曾文正，先生與忠勤俱嘗師事之。

前山西巡撫毓賢，素仇視外人。庚子之役，竟縱令拳匪任意屠戮。未幾和議成，斬之以謝列國。臨刑時有自輓一聯，爲世人稱賞。句云："我殺人，朝廷殺我，誰曰不宜？所難堪老母八旬，嬌女七齡，耄齔難全，未免有傷慈孝志。　臣死君，妻妾死臣，夫復何憾。祇自恨歷官三省，事主卅載，涓埃莫報，空嗟永負聖明恩。"能從容伏法，并得妻若妾同殉於前，今之宦場，實已罕見。聯語似含有一種剛強不屈之概。

曾文正輓胡文忠太夫人聯云："武昌據天下上游，看郎君整頓乾坤，縱橫掃蕩三千里。　陶母爲女中人傑，痛仙馭永辭江漢，感激悲歌百萬家。"○又輓文忠云："遘寇在吳中，是先帝與藎臣臨終憾事。　薦賢滿天下，願後人補我公未竟勳名。"余嘗謂文正撰聯，雄健沉厚，如作古文，能運氣於字裏行間，讀此益信。

張季直先生偕同學某君於某年赴秋試，某君出闈後扶病返里，旋即逝世。先生輓以聯云："廿年角藝，半月聯床，最可憐作客他鄉，中道秋風扶病別。　丹桂前宵，黃花今日，更休論登科佳讖，滿天寒雨哭君來。"又，南通李磐石部郎著作等身，夙負聲望，嘗於易簀前囑托先生撰傳，并襄理後事，亦有輓聯云："名心到死未灰，病榻長談，佳傳猶留身後負。　諍友平生略盡，遺書重讀，高歌誰是眼中人。"言情之作，一時咸推爲名筆。然文生於情，若非深交至友，關切異常，亦焉能如是。

聯語叠句嵌字，從前目爲特異者，近已不多見，蓋風氣轉移之故。然平心論之，此種筆墨，結構渾成，實見功力。觀嚴笠溪先生輓馬公簡香長聯，即可知矣。句云："有官在身，有兄在家，有子在庠，有孫在抱，最憐一束詩箋，一枝畫筆，一曲歌聲，一病入膏肓，一瞬紅塵如一夢。　我母爾姑，我姊爾配，我女爾媳，我兒爾婿，回憶同塾從師，同壇禮佛，同舟避寇，同心逾手足，同盟白首不同歸。"

《閑叟筆記》載，有某君臨終撰聯自輓云："歷嘗世上風霜，身將隱矣。　不食人間烟火，吾其仙乎？"又，某名士自輓云："百年一刹那，把等閑富貴功名，付之雲散。　再來成隔世，是這樣夫妻兒女，切莫雷同。"兩聯語皆灑脫，視死如歸，其學識殆不止加人一等。惜姓氏爵里，記中俱未述及。

同里吳紫椒先生，詩文外聯語尤獨出冠時，爲後學所欽仰。如輓徐傅山先生云："公去喪斯文,秋雨墓廬悲挂劍。　我來居後輩,春風詞館學揮毫。"又,輓查丈湘帆云："有子不羈才,數萬里蓬海壯游,使者歸軺迎五馬。　如公何等福,七十年梓鄉頤養,仙乎飛鳥化雙鳧。"兩先生爲翰苑前後輩,查丈哲嗣掄先年兄,曾出洋任英法公使隨員,奏保知府,與余同官江蘇。

相傳吾邑某鎮昔有馬氏,以家況貧困,乃將所生女給某家爲童養媳。迨成婚後,女忽罹疾卒,其翁姑竟不先使人報知馬氏,俾彌留時母女再見一面。蓋以養媳非娶媳比,可無庸親串往來也。馬聞之,悲憤交集,乃授意邑中知名士,代撰輓女聯云："到底是你負翁姑,不顧恩情拋婿去。　就總爲幼離父母,也應疾痛喚娘來。"〇又,某君代人輓乳母云："一飯尚銘恩,況曾保抱提携,祇少懷胎十月。　千金難報德,即論人情天理,也應泣血三年。"兩作句法相似,其沉痛亦無甚歧異。惜作者姓氏未傳,或云次聯係曾文正手筆。

慰農先生有輓金朱兩廣文聯,爲士林所傳誦。以其詞句蒼凉,較他作尤勝也。輓金云："早年誇江夏無雙,那知冷宦青氈,賣賦長貧,抱經終老。　何日似方干贈第,太息秋風白下,人來射策,君去修文。"輓朱云："解組洽同心,相期蔡姥湖邊,笠屐徜徉,白社聯吟娛暮景。　維舟驚噩耗,重到蔣家徑裏,琴樽冷落,黃花滿地哭詞人。"金字仲和,朱字云笙,與先生均非恒泛之交。

如皋冒廣生君,爲辟疆先生後裔,曾製聯輓張公百熙云："愛士似王阮亭,微聞遺疏陳情,動天上九重顏色。　憐才若龔芝麓,爲數攬衣雪涕,有階前八百孤寒。"句調不俗,亦堪取法。

聯語有戛戛獨造讀之而餘味彌窮者。如左文襄輓馮公竹漁云："萬里負遺棺,風雪西歸憐孝子。　九重虛側席,海天南望失才人。"〇曾文正輓乃弟靖毅云："英名百戰總成空,淚眼看河山,憐予季保此人民,奠此疆土。　慧業三生磨不盡,癡心說因果,願來世再爲哲弟,并爲勛臣。"

長聯最不易着筆,凡氣勢未足,無甚意識之輩,每難免堆砌支離。間有句調似詩文者,雖製成兩大比,熟極如流,亦奚足取。余平生所見，除曲園先生傑作外，如柳君熙春代張軍統彪輓張文襄一聯，亦尚圓轉如意，清麗可誦。句云："經綸俾旦奭，是聖清億萬年有數名臣。試看坐鎮東南，威揚夷夏，融和新舊，力轉乾坤。　洎八國啓兵端，決策紓籌，半壁尤資保障。溯當日鞠躬盡瘁，由封疆入秉鈞衡，竭忠而佐先皇，率屬而扶幼主。值此競爭時代，締造艱難，惟受命元勛，實全域安危所繫。胡乃昊天不弔，柱石偏傾，攬轡涕縱橫，遙知四野呼號，淚雨滴沉京洛路。　韜略愧馮岑，沐我公卅五載非常優遇。憶自枕戈狼孟，近侍襜帷，隨節龍江，久依杖履。迨兩湖開帥府，分符授鉞，菲材并效馳驅。念深宮變法圖強，更營制以修邊備，選士荊襄之域，會師皖豫之郊。方期暫飭戎行，掃除敵寇，俾耆齡樞相，睹熙朝氣運中興。迄今願望虛存，台星忽隕，撫棺腸欲裂，慘聽三軍痛哭，悲風倒捲楚江潮。"按：柳君素有才名，張彪荷文襄提拔，歷任重職，故下聯於敘事中并述恩遇之隆，非他人所可移用。

　　湘中李篁仙先生，清才卓越，所製聯語，雖未逮曾文正，而文正每閱之，亦復激賞不置。如輓汪孝廉云："人如黃菊凋殘，會中酒寒深，秋黯園林病司馬。　我亦青蓮搖落，念解衣情重，春沉潭水哭汪倫。"又，輓老友楊某云："同是白頭人，記十五年時，識我在嶽陽樓下。　那堪黃葉地，偕二三朋輩，吊君於賈傅祠前。"筆意頗似曲園老人，最動人目。又，輓繼室某夫人聯云："千里遠諧鸞鳳，支撐門戶，勝似丈夫，那堪薪米縈懷，空費卿百轉柔腸，難帶些須泉下去。　十年兩折鴛鴦，問訊夜臺，應呼姊妹，倘使蘼蕪憶舊，當憐我獨居苦況，相邀同入夢中來。"哀怨纏綿，堪與前余秋室學士悼亡聯同稱傑構。

　　同邑蔣子貞先生，國變後睠懷時局，不勝麥秀禾油之感，旋即作古。臨終嘗步鄭所南後塵，自書栗主以鳴其志。程學川太史輓以聯云："公真一代完人，楷柱氣節綱常，舊史若重修，應大書漢管寧卒、晉陶潛卒。　我是再傳弟子，濡染道德學問，斯文猶未喪，得私淑西山先生、南雷先生。"以古遺民上下配合，真如生鐵鑄成，一字不能移動。余以同居一室，得常過從，請業問道，亦勉作一聯，聊寫悲懷。句云："白沙詩思，玉局禪機，君豈徒松節彌堅，閉戶養天真，淡定早覘出世概。　圖繪勘經，册題訪碣，我曾藉墨緣結契，挑燈憶塵夢，淒涼怕撰輓公詞。"太史爲先生小門生，先生著作等身，晚年喜學佛參禪，嘗囑余繪竹屋勘經圖，并題東麓訪碑小册，故云爾。

某君輓嘉興陳丈仲權聯，倩同社友吳青俠書之，余曾寓目。句云："風雨一燈寒，閱廿年彈指光陰，我輩惟留鴻爪印。　江湖雙鬢雪，剩數卷嘔心文字，幾人誤作豹皮看。"風神蘊藉，殆爲詩人之筆。

梅霖生太史諱鍾澍，以詞臣終老，未克一展偉抱，旋即辭世。曾文正輓以聯云："萬緣今已矣，新詩數卷，濁酒一壺，疇昔絶妙景光，祇贏得青楓落月。　孤憤竟何如，百世貽謀，千秋盛業，平生未完心事，都付與流水東風。"又，先兄太岳丈湯海秋侍御，風節凛然，著作傳誦一時，爲文正所企服。逝世後，因亦製聯輓之云："著書成二十萬言，才未盡也。　得謗遍九州四海，名亦隨之。"兩聯是文正愜意之作，百年來，何人敢與抗手？

余最愛武進吳瑞玖先生云："放眼千秋，說甚麼天上人間，到此都成幻境。　回頭一笑，歷多少塵緣魔劫，而今還我前身。"曠達放逸，其友王心存謂其到死不脫才子氣，洵然。

曾忠襄公薨逝後，海内外輓詞，鋪張功業，冗長者多，不復記憶。惟某公一聯，簡短而雋妙。句云："幹國失三賢，去大司農、少司寇才兩月。　易名垂千古，合胡文忠、左文襄爲一人。"

先嚴自曾文正聘入兩江督幕，襄理鹽政，垂三十餘年，交遊甚廣。光緒壬辰，壽甫花甲逾二春，忽於是冬棄養，終天之恨靡極。當時蒙海内名流暨諸親故惠賜輓聯，兹錄一册藏之。不意陵寓叠遭兵燹，是册竟爾散失。兹就余所省記者，編次於下。劉忠誠公輓云："東南美利萃兩淮，筴政重興，公與有力。　賓主交歡歷三任，薏歌忽唱，我奚爲情。"朱子涵觀察云："章奏負雋才，天遣孔彰名鄴下。　品題多佳士，我如太白識荆州。"吳仲衡太守云："江左失斯人，佐文正三督南疆，調鼎功深留典則。海陵同避地，憶勤恪初開東閣，捉刀我早識英雄。"杭少廬孝廉云："憶自總角追隨，幼同塾，長同遊,親則甥舅,交若友朋,感頻年欵洽情深,從玆再到金陵,誰爲東道。 如此熱腸古誼,亢在宗,庇在戚,功著淮鹽,德光里乘,正後起科名食報,那料忽沉玉佩,我痛西州。"朱頌椒茂才云:"往事感車茵,公似奇章容杜牧。 好山賴幕府,我來江左哭夷吾。"

《瑯環雜誌》載,某君猶子,負笈遠遊,忽以暴疾卒於旅舍。噩音傳至,某君與其母將信將疑,如癡如醉,乃以聯輓之云:"登台嶠作一千里遊,望斷北堂,斯人也,而有斯疾也。 讀昌黎祭十二郎語,書來東野,其夢耶,抑豈其真耶?"閱者咸嘆其真切。按:下聯末句,原爲"抑豈其真也",余友澹道人改易"耶"字,冀免重複。

作聯須先有現成事實,方免牽强空泛之弊。如程學川太史輓河南同年顧叔癸太夫人聯云:"膺九重一品榮封,婦以夫貴,母以子貴。 近四月八日仙逝,浴佛在後,成佛在先。"又,輓沈君衡山太夫人云:"迎養在明湖,就養在聖湖,樂奉板輿數晨夕。 來時閏八月,去時閏二月,細參薲莢紀春秋。"此事實均現成,一經組練,自更覺精切矣。

文人之後多才人,乃往往不克永年。天道難知,古今同慨。憶薛慰農先生輓哲嗣桐郞聯云:"十三齡經史粗通,譽滿公卿,始信虛名能折福。 卅一載簧藤迭遘,默參因果,將無造孽是居官。"嚴笠溪先生輓郞君某云:"是子未見多才,不過作幾句詩文,寫數行小楷,豈天公老眼有花,誤召嘔心李長吉。 斯疾早知必死,其奈棄六秩衰親,別一群良友,剛月下秋聲在樹,難乾泣血顧逋翁。"兩聯句調不類而沉痛則同,一字一淚,令人不忍卒讀。

前楊雪漁先生輓吾邑許壬伯廣文聯,膾炙人口,至今猶稱道勿衰。句云:"莘莘高弟,同哭先生,舊雨未能來,愧負過車三步語。 落落冷官,不忘天下,狂瀾猶可輓,請看景陸一編書。"廣文平生景仰陸清獻,所著有《景陸萃編》。

余內兄同年朱湛清太史,國變後與蔣穉鶴先生俱退官隱居。嗣得蔣在滬逝世噩耗,乃寄聯以輓之云:"幼同學,長同官,即今退老江湖,共抱此心盟白水。 生何樂,死何恨,當玆競新世界,獨全晚節比黃花。"又,輓老友許俊卿君云:"總角結苔岑,嘆會少離多,白首相逢重話舊。　苦心商藥石,恨情長術短,青囊無計再回春。"太史曾由侍衛簡任邵武知府,解組返里,依然兩袖清風。因醫爲世業,復行之以濟世,其高尚誠不可及。

　　文正聯語,有神韻絕佳、對仗復工妙者。如輓黎壽民太守云:"四十年憂患飽經,嘆白髮早生,静意已如古井水。　二千石謀猷初試,祇丹心不死,精魂長繞敬亭山。"輓金竺虔明府云:"對榻京華,憶否夜雨深談,情同昆弟。　牽絲嶺嶠,留得春風遺愛,惠及子孫。"輓莫友芝孝廉云:"京華一見便傾心,當時書肆訂交,早欽宿學。　江表十年常聚首,今日酒樽和淚,來吊詩人。"

　　相傳昔有雲貴籍某候補縣令,聽鼓章門,境頗貧困,旋即鬱鬱歿於旅邸。身後蕭條,更無長物。其夫人某氏,爲設法經紀其喪事,并製聯以輓之云:"撒手復何悲,數十年貧病交加,縱我留君生亦苦。　捐軀原不惜,八千里翁姑待殮,因君累我死猶難。"聞夫人素通文翰,且深明大義,故雖言之無文,而字字都含血淚。世有誦此聯而不悲憫者,定是鐵石心腸。

　　程學川太史爲余言,昔年有輓渠年丈李小丹鏡一聯,甚愜己意。句云:"嘉惠浙西民,聽萬家生佛歡呼,父老未忘鄴侯井。　廣交天下士,有卅載同僚相契,神仙猶指郭公舟。"李初入余肆業師郭毅齋觀察幕,繼復同官於杭,相契益深。杭城古井有六,俱唐李泌開鑿,用以表揚此公治績,洵最雅切。

　　昔有新學家周君龍,久遊海外,因病歿於歐西。其襟兄宋某,以聯輓之云:"班妹最傷心,愧未能生入玉關,西域無書成漢典。　小喬真薄命,祇自恨春深銅雀,東風有意吊周郎。"周之妹素有才名,故以曹大姑比之。或嫌下聯似欠莊重,然句固逋峭絕倫也。

　　明甫先長兄,少負雋才,年逾二十,即食廩饌,選拔貢生。嗣以朝考僅用教諭,兼之秋闈蹭蹬,竟鬱鬱而卒。余師夏公亭玉,與先兄爲乙酉優拔同年,素相契合,聞耗後,蒙賜輓聯云:"豪氣仰元龍,君豈徒拔萃翔聲,即論書臨晉,詩擬唐,制藝宗明,儒雅風流,如此清才同輩少。　驚秋傷舊燕,我曾托題襟末契,回想浙江潮,金臺月,秣陵烟雨,昨遊今夢,生平知己幾人存。"朱頌椒輓云:"負才如公,而竟不禄乎？文園善病,長吉苦吟,證果四禪天,縱有金丹難奪命。　傷心若我,尚復何言哉！休戚關懷,文章知己,酬恩雙淚外,惟將禿筆替傳神。"兄歿距今廿餘載矣。讀此兩聯,猶不禁酸鼻也。

高君申禄言聯語有押韻類於小令者。前謝申甫輓上虞王蕆堂孝廉句云："不仕而通,不商而豐,不休養而壽終,百福攸同,非全德莫膺天寵。　於家能孝,於國能報,於親友能信篤,九原雖渺,惟斯人可以神交。"此似平而奇、似易而難之妙作,亟錄之以備一格。

歸安沈錫侯二尹,聽鼓吳門,迄未得志。丁未季冬,卒於旅次。神交諸友,聞其妻若子哭夫喚父之聲,不勝淒惻。爰各以聯輓之,藉寄哀懷。戚飯牛君云："浮沉宦海,磊砢詩家,鶖迹寄吳閶,慘分離鶴子梅妻,腸斷數聲蠟鼓。　痛哭青山,長埋碧草,鵑魂啼越樹,藉惆悵破琴挂劍,手題一片鴛碑。"謝春柳君云："君昔日吟風吟雨,吟月吟花,留得一囊詩,傳佈紅塵,鑽仰斗山原不死。　我頻年哭父哭母,哭妻哭友,傾完千斛淚,號咷白馬,唏噓琴水夢先生。"沈采侯君云："一官真儒雅,興寄哦松,檢來長吉詩囊,化鶴吟魂歸越水。　二豎入膏肓,慘聞歌薤,剩得休文袖稿,啼鵑血淚灑吳山。"二尹詩才雋逸,海上麗則同社友彼時曾爲之廣徵輓詞,所得聯語,自不止此,恨未能窺見全豹。其遺著有《吳中袖稿》數卷,賴秦縵卿、孫次青兩君盡義,雕板壽世。

前臨時總統孫文追悼諸先烈時,有輓徐觀察錫麟聯云："丹心一點祭餘肉。　白骨三年死後香。"○又,王某輓吳禄貞將軍聯云："我公曾有言,不拼却好頭顱,奚爲男子。　國人今記取,願相愛如手足,以報將軍。"寫來有色有聲,均非俗筆。

《南園隨筆》謂曾見有某生輓未婚妻一聯,言既得體,情復不薄,頗爲時人贊許。句曰："彼何人,我何人,無端六禮相傳,惹出今朝煩惱。　存未見,歿未見,倘或三生有幸,惟諧來世因緣。"

譚鑫培曾供奉内庭,爲北京伶人中之最赫赫者。前年以老病物故,顧曲諸君,俱不勝菊部凋零,後無繼起之慨。殷君涵光輓以聯云："歧王宅裏,崔九堂前,錯雜檀箏,内家激賞,我亦青衫墜淚,誰教紅粉多情。　霓羽傍宮墻,有聲不在人間,絶世難逢廣陵散。

凝碧池頭,沉香亭畔,依稀蓮燭,供奉傳呼,數番玉帳飛來,幾度金壺擊缺。梁塵落杯酒,此曲應還天上,令人憶煞李龜年。"聞當時海内諸名流俱有輓詞,則勝於此者,定尚不少,容再徐徐搜訪之。

某名士輓妓聯云:"清風明月夜如何,本來遊戲文章,竟成眷屬。　流水落花春去也,好似夢幻影泡,了却塵緣。"詞旨超脱,且妙在口吻却合,悼亡聯不能套用。

程稚儂女士,吴門人,色艷而命薄,嘗以《石頭記》晴雯、巴黎馬克尼自況。丁未秋以疫死,年時二十三耳。虞山黄君摩西製聯以輓之云:"鳳凰非竹實不食,梧桐不栖,大好因緣,偏輸與月下花前,蠢蜂癡蝶。　燭龍以展視爲晝,含睇爲夜,無多光景,最難堪人間天上,别鵠離鸞。"此聯見《多羅艷屑》,聞程曾遭局騙,遇人不淑,致涉訟而解婚約,後依黄君,不二年而卒。

卷九　勝迹

江西吴城有望湖亭,曾文正嘗題聯云:"五夜樓船,曾上孤亭聽鼓角。　一樽濁酒,重來此地看湖山。"時文正爲平粤匪,方於此督練水師,故出句用樓船鼓角字樣,寫景彌覺悲壯。若另題四川桂湖一聯,則幽然絶塵,意境迥異矣。句云:"五千里秦樹蜀山,我原過客。　一萬頃荷花秋水,中有詩人。"文正自跋謂:"癸卯九月,使旋過新都,張宜亭大令邀游桂湖。湖爲明楊升庵故址,約廣三百畝,皆荷花,緣堤多桂樹。張君修葺,樓閣不俗,酒罷因題此。"

前豐紳泰公題山東濟南大明湖聯云:"鑿壁開窗,最可喜雪霽南山,霞明東海。　庋床枕水,有幾個春宵聽雨,秋月彈琴。"又方公燕年題云:"獨上高樓,是山色湖光勝處。　誰登畫舫,正清歌美酒酣時。"湖在省垣内,故劉金門有"一城山色半城湖"之句。余庚子道出泰安,欲往遊而未果。聞友人言沿湖多酒樓,名勝處舟楫可通,風景絶佳。則所題雖略加裝點,固不全虚。

皖江大觀亭榜帖,除梁輯叢話已采入者外,尚有李君海初題云:"秋色滿東南,自赤壁以來,與客泛舟無此樂。　大江流日夜,問青蓮而後,舉杯邀月更何人。"又巡撫朱經田題云:"憑高吊幽國英靈,任千古江湖,淘不盡孤忠魂魄。　攬勝憶滇池傑閣,對八公烟景,問何如故里河山。"亭在安慶省垣外,向祀余忠宣公,跨太白樓之上。朱爲雲南人,故以滇中景物點綴之,均不嫌空泛。

題勝迹能於寫景處雄壯而清麗,自爲有目共賞。如舊傳京江某樓趙某題聯云:"誰爲翔渚靈妃,倒三尺金樽,杯底邀來焦嶺月。
我是倚樓舊主,仗一枝玉笛,袖邊吹起大江濤。"是可謂壯麗之至矣,尚何間言。

湖南常德府桃源洞,蕭君大猷曾題一聯,爲士林所傳誦。句云:"開口說神仙,是耶非耶,其信然耶,難與外人言也。　源頭尋古洞,秦歟漢歟,將近代歟,欲呼漁子問之。"按:桃源洞不止常德一處,事涉神仙,千載下亦莫由考實。此聯參用《桃花源記》及他文中成句,不著論議,彌覺雋妙。

九江琵琶亭,凡詩人舟過其間,莫不登臨,低徊留之而不去。吾浙金眉生先生,曾題聯云:"燈影幢幢,凄絕暗風吹雨夜。　荻花瑟瑟,魂消明月繞船詩。"讀之益令人黯然。

沈文肅任川藩時有題工部草堂聯,爲生平傑作。句云:"地亦千秋,南來尋丞相祠堂,一樣大名垂宇宙。　橋通萬里,東去問襄陽耆舊,幾人相憶在江樓。"按:草堂外尚有獨立樓,佈置本極幽雅,故名流題句亦最夥。已見梁輯叢話。余讀此覺風骨高華,似前人所題均被壓倒矣。

祁公世長曾集林文忠句,題吾杭韜光觀海亭,聯云:"嶺樹湖雲沉足底。　江潮海日上眉端。"○又,鄧公林題北高峰云:"江湖俯看杯中瀉。　鐘磬聲從地底聞。"○查君亮采題靈隱壑雷亭云:"飛瀑欲凌空,遠度峰頭作霖雨。　出山能澤物,先從壑底起風雷。"三聯均以一底字見勝,而妙各不同。

《希白叢談》載,河南龍門香山上亭有題聯云:"同是宦遊人,到此一空天地界。　坐觀垂釣者,蒼然遙對海山秋。"無撰者名姓。意雖空廓,而句尚流利,殆非近人手筆。

金陵莫愁湖,區域雖不甚廣,而三山環列,柳郛花香,洵六朝勝地。湖濱有勝棋樓,慰農先生曾題聯云:"山溫水膩,風月長存,幾人打槳清遊,倩小伎新弦,翻一曲齊梁樂府。　局冷棋枯,英雄安在,有客登樓憑眺,仰忠臣遺像,壓當年常沐勳名。"樓側曾公閣,先生又題云:"出西州門迤邐而來,看桑麻遍野,花柳成蹊,十萬戶重睹升平,遺愛難忘,白叟黃童齊墮淚。　與中山王後先相映,幸湖水波恬,石城烽靖,五百年允符運會,大名並峙,袞衣赤舃更圖形。"樓向懸中山王徐達遺像,文正玉照附焉,後始建閣供之。此爲先生之鉅制,典麗喬皇,清新俊逸,前聯尤有驚人名句,堪爲後學津梁。

南通狼山,即紫琅山。余曾登絕頂曠覽,覺形勝與吾邑尖山相似。山半有望海樓,爲名流觴咏處,清雅絕塵。某君題聯云:"窗靜鳥窺禪,心是主人身是客。　山虛風落石,天漫絕頂水漫根。"又聯云:"長嘯一聲,山鳴谷應。　舉頭四顧,海闊天空。"惜題者姓氏當時未暇省記。聯於本地風光,固略欠映帶,然豪放處實堪激賞也。

同年友李寅生主政,年少時喜汗漫遊,曾泛舟至鄂州訪黃鶴樓。溯江而下,復折往黃山,登天都峰,振衣長嘯,飄飄欲仙。遂於壁間手書一聯云:"訪鶴倚層樓,曾過晴川留爪迹。　尋僧登絕巘,要將雲海盪胸懷。"按:黃山有十二峰,高插天際,人迹不能俱到。曰"雲海"者,因是山原有鋪海巨觀,非泛言也。

粤垣鎮海樓,建於粤秀山之巔,結構雄偉,俯瞰全城,足以遊目放懷。舊有榜帖,爲北平李隸華君所撰,句云:"千萬劫危樓尚存,問誰摘斗摩天,目空今古。　五百年故侯安在?使我倚欄看劍,淚灑英雄。"可謂悲壯蒼凉,一字不苟。惜其聯今已無存,登臨者鮮知之矣。

年丈姚伯仁爲余言,某山南道院石洞,亦一瑯環福地,黃君錫銓曾題聯云:"廣寒宮遥接塵寰,有客飛升,手撥烟雲捧初日。　金銀氣高騰霄漢,問誰守藏,眼看風雨護神龍。"此山何名,彼時未詳詢之。而年丈旋即謝世,致迄今仍無從考證,題句亦莫名其妙。

泰山爲五嶽之一,人無不知。彭剛直曾於粤匪猖獗時登臨,並題聯云:"我本楚狂人,五嶽尋山(仙)不辭遠。　地鄰鄒氏邑,萬方多難此登臨。"公平生撰聯,用成語者不多,而此集杜詩,竟如己出,且與時事關合，堪稱名作。

金陵秦淮河，爲名勝之最古者。昔年曾文正削平粵寇，因地方凋敝，特仿管子女閭遺意，招人於沿河開設妓寮，以興商業，并創爲燈舫，任人乘坐。由是墨客文豪，無花不飲，金迷紙醉，真個魂消。蓋所謂六朝勝地，實一銷金窟也。先兄明甫曾作長歌紀之，并題聯云："佳水佳山，佳風佳月，千秋佳地。　癡色癡聲，癡情癡夢，幾輩癡人。"時兄年方十六，閱者莫不推爲才人之筆。

小孤山在金陵之上游，讀《隨園詩話》"絕似凌雲一枝筆，夜深橫插水晶盤"二句，便可想見其形勢矣。金眉生先生亦嘗題聯云："有美一人，中夜聞五銖環佩。　遺此獨立，下游俯兩點金焦。"斯雖非先生經意之作，而詞旨雅切，已與庸俗不同。

同年友陳焕南，籍隸黄岩。曾云台州東湖湖心亭楹聯林立，鮮稱意者，惟俞曲園先生題句，最新穎而工切。聯云："好水好山，出東郭不半里而至。　宜晴宜雨，比西湖第一樓何如。"

孫鷓洲君有詠焦山詩句云："春水綠連瓜步樹，夕陽紅映蒜山樓。"可謂詩中有畫。山僧解事，遂將此聯鎸版懸之楹間。彭剛直亦曾題聯云："商船夜泊江月白。　海門日出山濤紅。"自堪與孫作頡頏。可見題勝迹必須名副其實，有好題方有好文，固未能强以求之也。

海鹽陳哲夫丈在貴州時有題省垣某名閣巨制，灝氣流行，不襲排偶舊法，頗爲鄉人士所傾倒。聯云："且作鴟夷子，泛一舸隱清溪。記從灘水而來，探青龍、飛雲、牟珠諸名勝，已覺神怡目駭。那知更有蓬萊，到此狂歌，甲秀樓高容我臥。　肯讓鄂西林，向兩間撑鐵柱。溯平苗疆以後，得北江、芸臺、賴亭三先生，大開酒國詩壇。留下無邊風月，何人灑墨，南明湖上把橋題。"并自跋云："余自丙申遊黔，即飲斯閣。戊戌治礦清溪，頻年中三至省垣，文酒之會，數數過此，因撰茲聯以識鴻爪。"按：邵亭，即莫友芝先生，負盛名，亦游曾文正幕中。惟青龍諸勝地，難悉其詳，而斯閣何名，跋中未點出，俱無從懸揣。邊省向鮮交通，安得黔友或曾宦於黔者而一詢之。

江蘇崑山縣馬鞍山有夕陽岩。右爲小天臺,兩壁兀立,自北而南。上有罅缺,仰望青冥,僅通一綫。壁間古隸鐫"片雲穿石硤。飛浪到天門"十字,苔蘚剝蝕,不可細辨,相傳爲唐時陸龜蒙題。此種名句,殆非唐人莫能爲也。

又無錫管社山萬頃堂,舊有陸君曜星題聯云:"如上岳陽樓,對萬頃湖光,重憶希文椽筆。　遥瞻於越界,指一帆風影,可來范蠡扁舟。"據曾往遊者言,堂中楹帖,以陸作最爲雅切。然余近得袁抱誠君題句,較此別有一種沉鬱蒼涼之概,亦頗堪激賞,聯云:"幾席三山,萬頃波濤來海上。　湖天一閣,重陽風雨是江南。"按:管社山,在錫城西南十里外,前臨具區,後引漆湖,爲江蘇勝迹中之最勝者。

桐廬嚴子陵釣臺,以一江之隔,迄未能買棹往遊,常引爲憾事。聞畫友黄君曉汀言,臺前山景絶佳,非大癡之筆不能摹繪,亦惟大癡之畫差可比擬。有乾隆時鄭板橋居士題聯云:"先生爲何人,羲皇以上。　醉翁不在酒,山水之間。"益令余神往不置。

《幾莽詩話》載,鄒君鏡棠嘗登京口北固山,集成句題楹聯云:"我輩復登臨,舊業已隨征戰盡。　大江流日夜,天風常送海濤來。"此雖未可與彭剛直泰山聯抗手,而結撰雄壯,復能出於自然,豈易得哉!

吾杭靈隱冷泉亭,在飛來峰下。清水一泓,游魚可數。有亭翼然,與山峰近接。古木參天,濃陰匝地,每值炎夏,遊人避暑於此。沉李浮瓜,別饒清興。舊懸聯云:"泉自幾時冷起。　峰從何處飛來。"後人足其意,乃易"泉自源頭冷起。　峰從天外飛來。"似覺寡味,旋侯官林迪臣太守復題云:"菩提也具熱腸,泉水何嘗著意冷。　世界分明實地,此峰怎見是飛來。"能於寫景中作解脱語,直與斯亭千古矣。

岳陽樓楹帖近作鮮稱意者。兹閲畢君希卓《清暑齋諸記》載,楊晢子先生題聯,其口氣闊大,真有涵蓋古今之概,非僅以工鍊見勝。聯云:"風物正凄然,望渺渺瀟湘,萬水千山皆赴我。　江湖常獨立,念悠悠天地,先憂後樂更何人。"

十餘年前余在金閶,僑商倪君作東道主,邀往城外山塘某別墅宴飲。時適春霽,同人有乘舟者,有策騎者,意興甚豪。席間估客某賦爲紀盛,并對景題聯云:"春滿蘇城,莫辜他烟柳山塘,晴波畫舫。　客來吳市,最好是麯塵走馬,柑酒聽鶯。"余閱之囅然,知商業中亦有人在。所謂風雅者,固非盡屬之吾輩也。

紫薇山白水泉,爲吾邑硤石鎮十二泉之一,載入志乘。經鎮紳徐君申如循源疏浚,并就地建築山莊,頗足爲騷人逸士晨夕遊憩之所。徐君除立碑記外,復自題楹聯云:"片壤割青山,任他陵谷變遷,忠骨長埋成畏壘。　一泓沉碧血,到此林亭清曠,客星飛過總停車。"湯蟄仙先生題云:"青蘆池二里而强,英靈相對聽然,好與周家編合傳。　白水泉一泓可掬,魂魄猶應戀此,近同崔象吊前徽。"程君學川題云:"勝地接蘇杭,贏得合冷泉惠泉,不作第二流想。新亭感風景,到此招大隱小隱,却聚五百里賢。"張君仲梧題云:"古迹遍名山,試箭嶺、磨劍池、鍊丹井,舊志凡百卅六景,埋沙没草,幾處留存。何妨點綴紫薇,聊拓小園添畫本。　仙源分絶壑,東慈烏、中喝石、西飛龍,全境得一十二泉,疏澗引溪,重開無計。獨此澄清白水,依然真味沁詩脾。"余附驥勉成一聯云:"軒開别有風光,割半壁紫薇,還繼昔賢傳韻事。　世變遑論清濁,留一泓白水,聊爲過客滌塵襟。"按:紫薇山,一名西山,泉旁舊尚有白水庵。洪楊之變,庵既被毁,此泉井遂沈公桂森全家殉難之所。汽車通後,軌道與泉相距衹十餘步,吳丈盃雩乃將沈氏忠骨遷葬於山上,此泉始克恢復舊觀,拓地營構莊舍。青蘆池,係明末周義士舉室同殉處,在硤鎮南市。崔象,海鹽人,明官總兵,與斯題似無關合。或謂吾邑稱鹽古官,舊與海鹽本合併,亦可引用。然考總兵,明末時實戰殁於陣,近邑并無墳墓,不知湯先生何所據而云然。

勝迹有但聞其名而遽難訪覓者,如陵省袁氏小倉山房,及龔公半千掃葉樓皆是也。然《隨園詩話》有袁自題山房聯云:"明月清風不用買。　名花美女有時來。"《庸叟筆記》載夏君紀釗題掃葉樓句云:"一徑風聲飛落葉。　六朝山色擁重樓。"讀此可想見盛平時諸先哲林下優遊之况。

嘉興城外落帆亭，舊爲迎接官員及飲餞之所。雖臨河構築，風景尚佳。而各當道聞斯亭名，咸深滋不悅，因與前程求順利心思適相違反之故。同里朱丹九茂才，特爲題聯云："到亭來石秀花腴，大好月明載酒。　過橋後天空水闊，依然風順揚帆。"可謂善於措詞矣。茂才天姿穎敏，自幼讀書，過目不忘，近復加以學識，即酬應之作，亦雋妙者居多。

平山堂爲揚州最幽勝處，薛慰農先生嘗題聯云："遺構溯歐陽，公爲文章道德之宗，侑客傳花，也自徜徉詩酒。　名區冠淮海，我從豐樂醉翁而至，携雲載鶴，更教曠覽江山。"先生本皖人，適自珂里來揚。兩處咸有歐之遺構，却好映帶拍合，不着痕迹。至風神蘊藉，原爲先生能事，可無論矣。

余侄博濤，隨兄僑寓南昌，曩曾偕同學數友，漫遊廬山。於月下登牯嶺并雙劍峰，縱觀瀑布，意興頗豪。既返，友有賦詩紀遊者。而博濤以專攻藝學，詞章非所素習，未能藉翰墨寄意，深爲抱恨。來書告余，欲乞余題句，以識鴻爪。爲製一聯付之云："合巨細流迸作飛瀧，穿硤破層雲，恍似銀河天上落。　歷千萬劫猶存真面，延秋登傑閣，好將碧巘月中看。"廬山爲江右千古名勝，余常神往焉，而迄未親臨。曾閱前人記略，及所寫圖畫，即以意爲之，未識能免方家竊笑否？

卷十　諧語

相傳紀文達公平生善詼諧，語妙天下，不讓君房。一日，有至友來謁，適文達他出，友以交久忘形，直入閨闥，瞥見文達如夫人，正赤足於窗下洗濯，乃即避去。中途遇文達，友遂以"看如夫人洗足"六字倩文達屬對，欲藉是以調侃之。文達云："是不難，請以尊銜'賜同進士出身'爲對句何如？"友聞之赧然，罔知所措。蓋此友係由殿試三甲入翰苑也。

金陵城東昔有老附生王某，藉行醫兼開蒙館，以資餬口。其愛女與寡媳不守閫德，常招引青年子弟，入室尋歡。中冓貽羞，遂爲士林所鄙棄。而王佯爲不知，自理舊業，以終餘年。壽逾七秩，始病卒。彌留時曾自製輓聯，遍示戚族。其聯云："七十有一年，糊糊塗塗。書生耶？醫生耶？流水無情，隨他去罷。　八月初二日，明明白白。醉醒了，夢醒了，拈花微笑，待我歸來。"閱者莫不腹笑之。然尋繹聯意，王固非真糊塗者。特家庭事，恒有不得已之苦衷，初難爲外人道耳。

有某甲讀書不倦，年屆古稀，猶應童子試。好事者因作聯嘲之云："行年七秩尚稱童，可稱壽考。　到老五經仍未熟，不愧書生。"而收句末字，俱另有別解，但非會意，不知其妙。

光緒某年某科，吾浙主考爲白公桓，曁余師潘公衍桐。浙人某君於入闈前，戲撰一聯云："金山寺斗踢文魁，難逃合鉢。　紫石街簾挑武嫂，密約裁衣。"用說部中故事，暗切兩公姓氏，而不著議論，工雅絕倫。後來仿製雖多，似未有更勝於此者。

《閑叟筆記》載，釋閑雲，自號漁父，與觀音庵尼尤月結歡喜緣，儼然伉儷。某生撰聯嘲之云："此地迥非凡，閑聽一曲漁歌，留雲久住。　夕陽無限好，尤愛三更人靜，待月歸來。"聯却無甚精意，惟上下名號嵌入，尚無痕迹。

何君淡如有戲贈其友新婚聯，爲士林所稱賞。聯云："雪點梅花，昨夜不知五六出。　灰飛葭管，新陽僅入二三分。"以友係於冬至日成婚，故藉時下景物以點綴之，然意固深曲，非躁心人遽能領會也。

周翼庭，不知爲何許人，喜與文士游，常將己號倩人撰句以爲榮。某友固滑稽家，偵知周有龍陽之癖，老去風情，依然不減，乃集成唐爲一聯贈之云："在天願作比翼鳥。　隔江猶唱後庭花。"周閱後慚忿交并，遂從此絕交。

先兄同年陳衎三太史，自幼聰穎絕人。及長，風流自賞，凡秦樓楚館，歌臺舞樹，靡不有其踪迹。一日，赴秦淮名妓大雙處宴飲，妓出彩箋，乞太史撰聯，并求即對客揮毫。太史見架上有《金瓶梅》小說，隨手翻閱，適得某回標題，遂不假思索，提筆大書曰："大閙葡萄架。"旁觀嘩然，并深惜此彩箋。豈料太史復從容書下聯曰："雙栖玳瑁梁。"得此五字，使出句不覺其俗，反形其妙。觀者遂叫絕，各傾倒於樽前。同時有老妓某，忘其名，善彈唱，獨步江南。太史亦書句贈之云："得卿重整廣陵散。　爲我一談天寶年。"此皆偶然遊戲之筆，非天才不辦。

李文忠與翁叔平先生當國時，都中好事者，曾戲爲一聯，登之報章。聯云："宰相合肥天下瘦。　司農常熟世間荒。"此雖諧謔之語，而結構奇妙，實爲海內外人士所共賞。若論事業，兩公自足以傳千秋，固無損乎毫末也。

"進宮獻策，渡江偷書，演來一部梨園，畢竟官場都是戲。　上客揮拳，下僚屈膝，推倒兩行華燭，那堪海屋更添籌。"斯詼諧聯語，因吾浙官場某年曾傳有種種笑談而作。事後雖秘密不宣，而其中隱情怪狀，已盡人知之。藉聯以紀實，妙在當日楊蔣兩君，確爲戲法妙手。所述祝壽是哄鬧，揮拳屈膝，有目睹者，亦非憑空結撰也。

相傳吾鄉前有陳沈兩君，以至戚相關，居常同伴。一日，各攜子弟，買棹偕赴近鎮某姓家，半途忽遇風雨。因雨具均未攜帶，荒村又無肩輿可雇，祇得蜷伏舟中，笑談解悶。陳曰："細雨沉沉，兩沈鑽頭不出。"沈曰："狂風陣陣，二陳伸脚勿開。"互拆所姓之字，以描寫景狀，心思可謂靈敏矣。

聞昔有旗人某君，雖通籍多年，而胸中仍如茅塞。忽奉命簡放某省考官，某既不能憑自己眼力衡文，而又未便倩人代校，乃思得妙計，將試卷編成號數，貯一器內，顛倒傾搖，以首出者掄元，其餘即挨次搖録榜。自詡爲之實至公無私。某生爰作聯描寫其情狀云："爾等論命莫論文，碰。　咱們用手不用眼，摇。"傳神之筆，誠堪發噱。

京師前有伶人賽蘭芳，飾花旦亦頗負盛名。試閱報章所載諸名流各種歌咏，其傾慕丰姿，略可知矣。聞該伶完婚時警衆君嘗戲撰一聯贈之。聯云："焉能辨我是雌雄，想華月金樽，也曾脂粉登場，爲他人作嫁。　畢竟男兒好身手，趁椒風錦帳，切莫胡蘆依樣，捨正路不由。"調侃仍不失風雅，允稱佳構。

晚近地方人士出入衙署預聞各區公事者，咸呼爲總董，若學界則無論男女教習,咸稱之曰先生。而所謂總董與先生,俱不自尊重,劣迹多端。有號翰公者,爰製成長聯,藉諧語以諷刺之。言淺意深,亦頗足警世焉。聯云:"議事稱總董,辦事亦稱總董,總董何價值哉!況以僞總董渾合真總董,董有幾總,總無一董,莫可名焉,名之曰懵懂懵懂。　教書號先生,唱書又號先生,先生失尊貴矣!若因女先生交結男先生,生未得先,先捨其生,是奚說也,說者謂犧牲犧牲。"

舊傳嘲教官詩,余每誦之捧腹。兹又得一聯語,形容盡致,尤堪發噱。句云:"動地驚天,脫褲打門鬥五板。　窮奢極欲,連籃買豆腐三斤。"

前吾浙督軍朱公介人,爲袁項城所倚重。嗣以軍士離貳,勢不能留,乃棄職北上,別圖機遇。不料項城稱帝事敗,而公亦嬰疾歿於旅邸。時海内外當道所投輓詞無非表揚功績而已,惟其同邑某君一聯,以詼諧出之,而仍不失追悼之意。句曰:"閨中悔作封侯夢。　海上空歸望帝魂。"論者咸嘆其雋妙,獨出冠時。

張君峰石有戲贈府縣兩聯,迄今猶熟在人口。贈知府云:"見州縣則吐氣,見藩臬則低眉,見督撫大人茶話須臾,只解得說幾個,是是是是。　有差役爲爪牙,有書吏爲羽翼,有地方紳董袖金賄贈,不覺的笑一聲,呵呵呵呵。"贈知縣云:"下官拼萬個頭,向上司磕去。　爾等把一生血,待本縣絞來。"此畫家傳神阿堵之筆,雖俚俗無妨。

又,戲輓彭氏婦云:"締一夕姻緣,撒手而歸,香夢纔醒,塵夢又醒,何堪雙疊紅衾,鴻印猩痕留艷迹。　入大千世界,極樂之國,槐陰遮處,柳陰深處,贏得幾灣綠水,珠宮貝闕住芳魂。"婦家南通縣南門外,嫁某子爲妻。成婚次日,忽投水死,邑人咸不解其故,嘆爲奇事。

某君娶再醮婦,其友集四子語爲聯以戲之曰:"養子而後嫁者也。　得妻則將搜之乎。"又集二十字以嘲新婚婦云:"當是時,赧赧然,强而後可。　出三日,洋洋乎,欲罷不能。"此詼諧之詞,妙在尚渾成不露。若近人集格言贈新婚夫婦云:"放開肚皮容物。　立定脚根做人。"則非特成爲惡謔,且何意義之有?

　　光緒丁未年,爲滬杭路迫借洋款事,全國人民抵拒甚力。有鄒君名鋼,憤激之餘,竟以身殉之。粵人某某等同輓以聯云:"路事尚堪言乎?嘔出三升熱血,遍灑塵寰,當與潘烈士馮烈士諸君,合迹無慚傳萬古。　男兒衹此死耳!拼將七尺屍軀,自填溝壑,試問汪侍郎鄒侍郎若輩,捫心何以謝孤魂。"此聯詞嚴義正,不入故事類而入此者,因人心旋即渙散。不數年,路復收爲國有,間接仍授諸外人。前所云云,俱等於兒戲,聯特其一端焉。豈獨兩侍郎無以謝鄒君耶?嗚呼!

　　有混號引綫頭者,同里端人正士咸羞與爲伍。某君特製聯贈之云:"功候拼磨鐵。　鋒鋩早脫囊。"引綫頭即針尖,殆謂其人之善於鑽營也。聯著墨無多,刻畫盡致。聞其人未解所爲,猶懸諸楹間以爲榮,見者莫不掩口胡蘆。

　　某君題錢神聯云:"君能使鬼。　人盡呼兄。"滑稽家固無語不妙。若張峰石居士撰土地祠聯云:"萬世子孫香火。　一方男女精神。"則意較深曲矣。按:祠在南通石港,凡男女私事,祈之恒遂所欲,俗因呼爲"混帳土地祠"。

　　國體改革後,人民專講平權自由。惟陽曆因社會數千年習慣未能強令遵用,以致度歲遲早懸殊,各行其是。好事者集里諺綴成聯語云:"男女平權,公說公有理,婆說婆有理。　陰陽合曆,你過你的年,我過我的年。"此似詩中之俳體然,固別具一種趣味。

　　吾邑袁花鎮東隅天仙府間壁菩提庵,向爲尼之私產,相沿已久。前該鎮某某兩孝廉,忽異想天開,托言天仙顯靈,曾於某夜夢中告我等,府遭荒址,不能遽行恢復,實由鄰庵檀樹高聳,獨占形勢所致。遂藉端勒令諸尼遷徙,擬將庵屋暨檀樹變價,充該廟院重建之費。尼延抗不遵,竟飭地保從事驅逐。鄉民聞之,咸抱不平,乃聚衆滋鬧,專與兩孝廉爲難。相持勿下,致互控於邑尊。適邑尊明敏已廉,得其情,但傳訊一過,并不深究嚴辦,含糊了結。某君用俚語作聯以紀此事云:"兩個聰明舉子,托說天仙,把數株檀樹橫胸,菩提庵險成白地。　四圖愚笨鄉民,率同地保,免一頓笋乾夾肉,海寧州幸是青天。"鄉諺以遭板責謂笋夾肉。對仗及字面交互處，頗見心裁。閱斯可知當時武斷鄉曲之舉，眞無奇不有。然默察今日社會情狀何如，試較量之，恐猶彼善於斯，曷勝慨嘆。

松江韓伯英君少負才名，屢試秋闈，不獲一第，乃援例爲巡檢，以末吏聽鼓某省。嘗製聯以自解嘲云："說甚麼無雙國士。　不過是從九官兒。"

袁項城稱帝時僞托人民擁戴，驟將國體改易。都中好事者，曾出語徵聯曰："或在園中，拖出老袁還我國。"津人某對云："余臨道上，不堪回首問前途。"就拆字中生出意義，拍合絕無痕迹，可謂奇妙矣。

吾浙楊乃武案，人無不知。初入獄時自分必死，決難挽救。曾手書輓聯云："斯文掃地。　乃武歸天。"又，張輅素有文名，鄉闈屢試不售，迨改赴順天，居然一戰而捷。亦作聯爲戲云："當地廢物。　順天舉人。"兩君殆東方朔之流亞歟，不然，何詼諧如是？

王壬秋先生賜翰林時科舉已廢。是年考試出洋畢業學生，有牙醫某君，亦特賞翰林。先生因撰聯以自嘲云："已無齒錄稱前輩。　幸有牙科步後塵。"見者莫不莞爾，群推爲紀文達後一人。

前江蘇泰興縣令龍某，在任時專與邑紳金某者表裏爲奸，罔顧民怨。李孝廉璧瑜爰戲擬一聯以諷之云："龍噓氣成雲，遮蔽星辰天不眼。　金用汝作礪，鏟清草木地無皮。"筆端雖尖刮，然句固工整，雅馴可愛。

舊傳有故家子某，嗜好極深，常携烟具於宗祠內，卜晝卜夜，沉溺忘返。某君婉勸之，仍不悛改，因作聯贈之："與祖宗呼吸相通，方是香烟延一脉。　嘆子孫詩書未讀，也曾燈火到三更。"是可謂冷嘲而兼熱諷者。不知該故家子展閱後，感愧何如。

雲間楊了公居士，喜讀佛經，南社中鉅子也。性放曠，兼好詼言諧語。壬子夏，鈕惕生中將續娶某女士爲室，楊贈以聯云："不破壞焉能進步。　大衝突乃有感情。"又送屛幛四字，乃"飮中將湯"也。閱者咸爲粲然。按：中將，本革命健者，用新名詞於字句間雙關，當尤爲新學界所讚賞也。

嘉善汪承聖君，形骸放浪，年甫而立，即已蓄鬚，一年後蒼白班然。自知不足表裏，適以生憎，乃囑同人遍發傳單，擬定剃髮禮節，擇吉某月某日，假座城內東園舉行。一時闔邑喧然，稱爲怪事。幷有好事者賀以聯云："繞頰綑綑，生憎老氣。　臨風濯濯，瞥睹春光。"又云："君子率真，務存面目。　丈夫標異，何藉鬚眉。"復有王某與汪年相若，而須之薙而旋留者屢矣。當時特來附驥，幷具賀聯云："我本過來人，迭次伐毛，未改於思故態。　君真後起者，這番殺草，相期痛絕禍根。"觀者如堵，莫不拍掌大笑。至禮節單暨觀禮柬，不知如何寫繕，恨未傳佈，俾吾人亦一睹爲快也。

吾邑硤石鎮吳徐兩氏，皆舊族也。曩曾聯爲姻婭，後不知因何，忽有賴婚之舉，彼此遂致涉訟，久延莫決。許壬伯先生爰作聯以爲戲云："吳伯欽想入非非，毛將安附。　徐元懷期逢卯卯，點爾何如？"此就字生義，類似文虎者。合成何字，閱者會心不遠，當無俟明言。

卷十一　雜綴

舊聯有："一塔七層八面，萬佛千燈。　孤舟雙槳片帆，五湖四海。"後人仿其體亦成一聯云："萬瓦千磚，百日造成十字廟。　一舟二櫓，三人搖過四通橋。"同以數目綴就短句，而舊聯尚多一字，屬對均非易易。惟所云廟與橋，究在何處，竟無從考查。

曾文正公嘗撰格言兩聯，見全集藝文類。其一云："丈夫當死中圖生，禍中求福。　古人有困而修德，窮而著書。"其二云："不怨不尤，但反身爭個一壁靜。　勿忘勿助，看平地長得萬丈高。"是皆聖賢克己功夫，可作經傳讀之。首聯出句，乃文正自道也。

薛慰農先生曾製聯贈段小湖觀察云："具大胸襟，曠覽江天，包羅海獄。　試小經濟，長養花木，位置鼎彝。"又，贈江小松大令云："少角藝，老論文，客裏追隨，把盞各驚雙鬢雪。　我擁氈，君聽鼓，閑中慰藉，扶筇同看六朝山。"段與先生同鄉，江籍貫未詳，而爲先生總角之交，故情文斐亹，贈句尤親切有味。

前海上有名妓小寶,與某生結不解緣。某生欲迎歸,踐百年偕老之約,奈家況蕭條,徒縈夢想。秋闈屢試,又復蹭蹬頻年,爰自撰聯以贈該妓云:"小鳳本無愁,更願卿珍重年華,流水因緣休眷戀。寶蟾曾有約,可憐我荒涼席帽,惜花心事費商量。"詞旨纏綿,讀之令人惻然。

舊有以"滄海日,赤城霞,羲之字,摩詰畫"等詞綴成聯者,早熟在人口。乃復見一巨制,以古書名畫上下分列,格調似均仿舊作,而排偶重叠,剪裁未勻,姑錄之聊備操觚家之資料可也。聯云:"衛夫人真,張文紛草,秦程邈隸,太史籀篆,合鍾瘦胡肥,劉行王楷,顏筋柳骨,褚帖魏碑,歷代洋洋灑灑法書,羅致山窗,洵足移人心志。釋仁濟梅,鄭所南蘭,邱慶餘菊,文湖州竹,并戴牛趙馬,顧柳徐花,滕蝶梅鷄,于荷燕景,天下怪怪奇奇名迹,繪呈几案,亦能陶我性靈。"

黃公度先生歸隱南海時曾製各聯寄意,已采入前編。茲又訪得一帖,其組織別具錦心。句云:"藥是當歸,花宜旋覆。 蟲還無恙,鳥莫内何。"

禾中沈淇泉太史未入翰苑時曾於某處寵眷一妓,名銀珠。妓索聯留懸妝閣,太史即劈箋書句曰:"銀燭高燒,祇恐夜深花睡去。珠簾半捲,似曾相識燕歸來。"其風流雋雅,誠不可及。

某君以五色五行字樣嵌綴成聯,造句頗覺渾融工麗。其聯云:"綠酒映紅燈,誰能夢醒黑甜,笑他潦草黃衫,歲月銷磨嗟白髮。土音歌水調,畢竟星沉火滅,任爾生花木筆,心思多少爲金釵。"尋繹詞旨,似爲風月場中文人才子而作。結句并寓有規勸之意,若更別有寄托,則非淺見者所可測矣。

湖州朱君寅伯,亦前麗則社之吟友也。因別號苕溪漁隱,曾將"苕漁"二字爲題,廣徵嵌字楹帖,時取列前茅者。如劍僕云:"苕雪乃山水名區,招來幾個吟朋,於此間對酒高歌,也是風流韻事。漁樵非英雄夙願,悟到一場春夢,且歸去披裘小隱,聊爲濁世閑民。"倦鶴云:"於苕溪深處暢敘吟朋,拔劍狂歌,知誰是中流砥柱。特漁父歸來,高談世事,臨波長嘯,問幾時大海澄清。"杖廬云:

"從張志和浮家苕雪間,占盡湖光山色。　學陶靖節滔迹漁樵裏,閑聽琴韻書聲。"各聯議論宏闊,風格高超,固爲有目共賞。余以神交素托,亦勉作一聯應之云:"於苕溪拓地結廬,門對吳山,安頓詩人無俗累。　拏漁艇尋花沽酒,村臨越水,徜徉隱士即神仙。"雖承錄取,而信手寫來,羌無故實,自愧不如諸君遠矣。

"三鳥害人鴉雀鵯。　四靈除爾鳳麟龍。"此舊傳妙對也。新世界孫玉聲君曾以此徵聯,嗶嗶子以"百蟲讓位虎熊羆"爲對。按:百蟲將軍,乃益之別號,頗見博雅。近有人以"麼蟲咬我蚤蜢蝨"爲對,亦見巧思。

杜静臺先生寓齋,懸有名人所書聯語云:"兄弟和,其中自樂。子孫賢,此外何求。"又,先生自製帖云:"無求勝在三公上。　知足常如萬斛餘。"皆名言也。見《格言聯璧》。

有號翔聲者,比來著作,流布於各處甚夥。復有自製楹帖云:"得未見書,似曾讀過。　作古體詩,難在選聲。"此甘苦之言,非手不釋卷及爲學具有根底者,其何能道之耶?

《瑯嬛雜誌》載,名流贈妓之聯,風情旖旎,華藻紛披,誠覺美不勝收。如奚君生白贈花小二寶云:"一樹梅花,妒美人小謫瑤臺,勝渠顔色。　二分明月,願仙子常開寶鏡,照我相思。"贈十里紅云:"夢醒南柯,求來世緣,佛前合十。　情深北里,愜今生願,花裏偎紅。"又,某君贈金紅云:"爾我多情,恨無金屋。　古今薄命,偏屬紅顔。"贈小銀子云:"聞説是鄉親,何明月二分,小時不識。　誰能不離别,正秋星一點,銀漢無聲。"贈醉紅云:"醉墨吟箋,藉卿一席。紅燈緑酒,話我三生。"贈小杏云:"出岫笑閑雲,居然大白狂浮,小紅低唱。　入簾憐瘦燕,却好桃兒粉薄,杏子衫輕。"

前西湖遊子,以"火輪船水火既濟"七字徵聯,能支對穩愜卦名相合者竟寥寥無幾。權予云:"木偶像土木同人。"章一鶴云:"澤蘭草風澤中孚。"夢花云:"石鼓文金石同珍。"時海軍未設專部,荔泉以"陸軍部海陸兼司"對,句頗新穎,惜末二字非卦名。

前有某公誡縣令一聯,語語沉着,頗足爲臨民者當頭棒喝。聯云:"俗陋待文,民貧待富,想茕茕者靡所膽依,有愧堂皇稱父母。

德積幾分,孳造幾件,應刻刻自加檢點,不須果報問兒孫。"然今之官僚,以果報爲迷信不足據,擅作威福,比比皆是,尚復何言!

程學川太史前旅居都門時曾贈歌僮薛海雲聯云:"海內長歌齊李白。　雲端奇響遏秦青。"引用古典,却好按切,固不僅對仗工巧已也。

"呼龍耕烟種瑤草。　踏天磨刀割紫雲。"此集唐人詩句,意境奇險,余最愛讀之。後有人書聯,下句易"招鶴下雲眠古松",雖亦是成語,對仗較工,而銖兩似不甚稱矣。

蔡君守愚,澹名利,居恒除歌咏外,以書畫爲消遣。曾作聯云:"休笑俺一個癡人,畫畫書書,不今不古。　留得此三間老屋,風風雨雨,自嘯自歌。"世所謂隱君子,殆其人歟。

曾文正贈袁漱六太史聯云:"於漢宋間折衷一是。　以江海量翕受群言。"又,贈蕭心莊茂才聯云:"大筆橫揮,顛張醉素。　名山高卧,鶴骨松心。"按:太史亦湘人,學問淵深,爲文正所心企,後因聯爲姻婭。茂才書法,久聞其名,惜遺迹傳世無多,未獲快睹。兩聯措詞,皆稱量出之,非若今人之書帖,鈔襲陳言,諸友均可移贈也。

餘姚戚飯牛布衣,嘗稱麗則同社友蔡眉良與吳眉孫爲江南二眉,并戲集兩君別號衍成齋語云:"丹徒縣紅豆齋主。　碧螺峰黃葉村人。"妙句天成,見者莫不欣賞。按:吳擅詩詞,社中咸無與抗衡。家有"紅豆齋",爲晨夕嘯咏處。碧螺,乃洞庭七十二峰之一,蔡之寓廬,即卜築於此。

俞君少康所徵"國魂"嵌字長聯,已編入時事類。茲又搜得香奩體各帖,芬芳頑艷,細膩熨貼。亦頗足賞愛。如龍荃初君云:"國稱安樂,國號風流,綺國萃蛾眉。實愛他傾國嬌姿,妒煞芍藥國香,牡丹國色。花國賴添媚,酒國賴添趣,詩國賴添豪。鍾情南國佳人,爭把詩詞題粉國。　魂戀溫柔,魂遊月夕,片魂隨蝶影。正好趁夢魂逐舞,飛到海棠魂畔,楊柳魂前。芳魂於以親,春魂於以消,癡魂於以醉。祇願幽魂倩女,常教清夜伴吟魂。"馮子期君云:"恨海茫茫,國色人間誰得似?追溯東鄰女,西子顰,南朝金粉,北地胭脂,無限繁華無限恨。古今風韻事,祇爭此香國神仙,會心處萬種相思,再顧須防即傾國。　情絲裊裊,魂靈兒實在他行。試觀巫崖緣,高唐夢,楚館停雲,秦樓待月,幾多歡笑幾多情。天下溫柔鄉,最易惹芳魂繚繞,司花尉三生有幸,一逢疇謂不消魂。"李麗泉君云:"好事苦多磨,同心無結,拭淚有痕,幾番款款拜來,祝上天賜我國香,溫添寶鴨。　春光憐欲老,芳草含愁,落花寫怨,一霎沉沉睡去,怕向曉鶯人魂夢,打起黃鶯。"吳均益君云:"選艷得神人,爭羨冰肌浣月,玉貌羞花,經者番著意評量,秋水芙蓉比傾國。　鍾情宜雅士,曾記紅袖添香,綠窗聯句,悔前度輕言離別,春風楊柳暗消魂。"又江紉蘭女史云。"內界木蘭,外界羅蘭,壯氣壓千軍。誰言生作裙釵,不能與有志男兒,同心愛國。　吳宮西子,衛宮南子,芳姿傳萬古。即今薄施脂粉,亦足使多情仙侶,注目消魂。"首聯能疊句嵌字,尤見功力。俞君取列冠軍,衆論自當翕然。

年丈張希賢先生德高望重,嘗手書各聯,以訓誡子弟之入學及出仕者。句云:"歲月易消磨,求學後切莫自紛其志。　精神產事業,從政時還期克保此身。"又云:"知足是人生一樂。　無端勿自製千愁。"見道語,別有真樸味,固無可厚非也。

奉天名妓趙金寶選得花榜學士,名噪一時。某贈以聯云:"博學士佳名,竟從金馬玉堂,別開生面。　問美人素願,將此寶鈿珠串,孰訂同心。"又某贈翠紅云:"卿是可憎才,憶昨宵袖翠雙攏,心事琵琶彈不盡。　我非前度客,問近日喜紅一撚,風情旖旎向誰多。"贈月初云:"相逢在天上人間,銀漢月圓,金樽月滿。　最好是昨宵今夕,海棠初睡,木筆初開。"班香宋艷,殆均爲名士手筆,讀之令人意消。

某處有徐姓跛者,以拐杖扶行,積久漸慣,不覺其苦。張峰石君因書聯贈之云:"世路盡羊腸,行行且止。　先生移鶴趾,飄飄欲仙。"

龔定庵先生詩集,余曾披讀數過,覺高華雋逸,真不愧爲吾浙才人。嗣有私淑先生者,將詩句集成聯語,以餉後學。茲從友人處轉輾鈔來,雖祇數聯,而一鱗半爪,閱之亦足覘先生吐屬矣。聯云:

"烈士暮年宜學道。才人老去例逃禪。""客氣漸多眞氣少。他生縹緲此生休。""瓶花妥帖爐香定。俎膾飛沉竹肉喧。""一寸春心紅到死。四廂花影怒於潮。""勉求玉體長生訣。刪盡蛾眉惜誓文。""別有狂言謝時望。莫抛心力負才名。""我焚文字公焚疏。君領琵琶儂領簫。""十萬狂花如夢寐。九州生氣恃風雷。""撐住東南金粉氣。能蘇萬古落花魂。"

余友訴燕居士嘗作感懷詩十餘章，復乘餘興製一聯，以罄寫其胸中慨嘆不盡之意。句曰："世界振新聲，聽四海管弦，裊裊常迷醉夢。古今多幻迹，看百年天地，茫茫也變塵埃。"余亦恨人，同此懷抱，特愧無生花妙筆以達之耳。

鄉友雙姓馮周洲雲擅堪輿之術，性頗誠篤，人樂與交。家住硤石鎮沙水濱，昔朱芩年先生嘗贈以聯云："此地是沙明水净。其人如桐北柳東。"按：桐北、柳東，爲鄉先哲周青士、馮登府兩公別號。屬對無字不工，其胸懷別具機杼，可想見矣。

信宜李懷湘君，前以"風起雲飛，擊築何時思猛士"出句徵聯，所得按切時事者，已編入時事類。尚有別擅勝場，及不顧出句意義，而支對尚佳者數名，兹再彙錄於下。楊浣薇云："涇分渭別，弄簧終莫謗端人。"曾經滄海客云："乾旋坤轉，銘鐘未足表勛臣。"漱瀑詩樵云："斗量車載，濫竽翻恥數庸臣。"林覺鷗云："奎聯星聚，吹塤雅羡集賢崑。"浣花詞人云："鋒銷燧息，奏鐃全賴出奇兵。"又云："陽消陰長，上書枉自忤權奸。"韜芬女士云："郊寒島瘦，拈毫竊願學逋仙。"榮陽南嶽人云："秋高春永，添籌惟望祝慈親。"李原評漱瀑詩樵云："長安肉食諸公，奚啻恒河沙數，米珠薪桂，此其所由。安得獰醜冥隸，一一納諸餓鬼道中？兹作最爲有見，與上句合，讀如一串牟尼。"評韜芬女士："藉三古人聯合，工巧自然。所謂'美人細意熨貼平，滅盡裁縫針綫迹'，閨閣有此，其可多得耶？"評南嶽人云："小人有母，年逾七十，托諸君嘉蔭，強飯健在。竊欲於三十年後，萱堂壽誕，開一慶榜，乞諸君賀言，與天下之有父母者共祝之。"評語尚不止此，因此數則詞句，饒有趣味，特附識之。

錫山陸爾熙君之愛女，九歲時即熟讀古詩，異常聰穎。偶以

"春風狂似虎"句,令其屬對,女略加思索,即對曰:"秋水澹於鷗。"妙在亦是成語,尋常童稚,誦讀尚未能領解,乃吐屬不凡已如是,宜以女聖小童目之。

泰興李璧瑜孝廉以一第終老於鄉,乃設帳授徒。藉所得脩金,聊資糊口。曾撰聯自寫苦況云:"傷心夜雨蕉窗,點半盞寒燈,替諸生改之乎也者。　回首秋風桂院,剩一枝禿筆,爲舉家謀柴米油鹽。"此與梁輯《楹聯叢話》所載嚴問樵先生贈黃穀原聯,泰半相同。孝廉亦一著作家,豈愛斯句調,襲之爲戲耶,抑偶然符合耶?誠未可以常情測度矣。

吾浙舊有俗語對聯,集合亦頗見心裁。惟其中口吻,涉於販夫村婦者居多,亦所不取。近桂宧居士爲余述一聯云:"三年病兩歲。單日吹雙風。"又於《庸叟筆記》見一聯云:"得一日過一日。　到那時是那時。"似較雅馴。

薛慰農先生尚有贈友數聯,皆俊逸可愛者。贈炳煦村司馬云:"我是閑雲君是鶴。　臥看山色醉看花。"贈慶瑞亭佐領云:"五陵子弟多佳氣。　六代鶯花屬寓公。"贈王星橋孝廉云:"同譜三十年,舊雨關懷,訪我扁舟來白下。　作客六千里,秋風憶遠,與君剪燭話巴山。"贈日本人岡本監輔云:"縱談如覽大瀛勝。　贈別惜無春雪詩。"按:司馬哲嗣承似村,爲余辛卯鄉榜同年,致仕後家居白下,小有園亭之勝。

或眷名妓曰金珠,以"金珠"兩字徵聯。宋君小園句云:"細揩金錢斟桑落。　小試珠喉唱竹枝。"章君一鶴云:"金谷春深花解語。　珠簾暮捲雨催詩。"朱素貞女史云:"金樽檀板消魂夜。　珠箔瓊樓待字年。"清新頑艷,各擅其勝。此外諸作,因瑜瑕互見,不得不割愛删去。

"柔日讀經,剛日讀史。　十年樹木,百年樹人。"此舊聯也。對句有易"千萬買宅,百萬買鄰"及"無酒學佛,有酒學仙"等成語,均屬佳構。

同里李訥然先生曾集有毛詩對千聯,其稿本恨未能邊得。惟友人曾傳述數聯云:"巷無服馬。　隰有遊龍。""匪且有且。　何斯違斯。""亦白其馬。　莫赤匪狐。""豐水東注。　統池北流。""交交黃鳥。　皎皎白駒。"支對俱工妙自然。

揚州曹雨人君於秦淮眷一妓曰小金，曾贈以聯云："小樓一夜雨。　金粉六朝人。"祇十字能將兩方名字嵌入，如天衣無縫，可稱絕唱。○又，該處有雛妓小五寶、小四寶，爲姊妹花，色藝雙絕，名噪白門。丁酉秋試，某生兄弟各據其一，或贈以聯云："小南強，大北勝。　四美具，二難并。"亦俊語也。

《苕南隨筆》載有六言集句各對，如："一片秋香世界。　幾層涼雨闌干。""竹雨松風梧月。　茶烟琴韻書聲。""青藕香中酒味。　碧蘿陰裏琴心。""廣文有梅花賦。　少陵無海棠詩。""讀書不求甚解。　鼓琴足以自娛。"爲其中之最雅者，特選錄之。

比來紙烟盛行，某公司前製小团牌，近又製天壇牌。百計競爭，除登報章廣告外，復遍徵海內聯語，以新耳目。出聯句云："小团牌香烟，天壇牌香烟，人爲一小天，小团牌與天壇牌并峙。"詞義既以營業關繫，不能免俗，又用叠字成語，束縛枯窘，使人難於着筆，致應徵者不甚踴躍。余所見羅騷君對句云："文通集詩稿，義山集詩稿，古有千文義，文通集合義山集同傳。"海雲君云："摩訶經梵語，地藏經梵語，佛入三摩地，摩訶經偕地藏經同參。"結構渾成，不露圭棱，首作尤見功力。昔賢云"解事作詩人"，若聯則爲詩人之解事，故無論出句如何，支對未有勿雅者。

余見舊書楹聯，有文言道俗發人遐想者，如"喜聞已過。　不怵人言。""儒者一出一處有大節。　老僧不聞不見爲上乘。""上馬殺賊，下馬作露布。　左手持螯，右手執酒杯。"有潛神伏采，別饒趣味者，如："官如豆大。　人比米多。""人澹如菊。　屋小於舟。""酒渴思吞海。　詩狂欲上天。"以上除二六兩聯外，均爲集句，惜撰者姓氏，已全不記憶。

胡月樵先生《楹聯集錦》，輯有名人集字聯甚夥，茲選擇最佳勝者彙錄於下。吳平齋太守集《禊帖》云："斯文在天地。　至樂寄山林。""一亭俯流水。萬竹引清風。""有情天不老。　無事日斯長。""風清人坐竹。　水抱室當山。"集《爭坐位帖》云："入座香如海。

開門月滿天。""大文師吏部。　古畫愛將軍。""書宜清晝校。尊爲故人開。""文品清時貴。　功名晚節難。""海天明月上。　城郭晚烟藏。""微香開茉莉。　初日對芙蓉。""古徑無人到。　深堂有月來。"丁心齋觀察集《聖教序》云："天經地義無今古。　知水仁山有性情。""無力東風花半露。　有情春水燕雙飛。""雲出無心猶作雨。　花開有意不能言。""山林習静聞仙梵。風雨論文想故知。"又，張鹿仙觀察集云："太華奇觀，萬古積雪。　廣陵妙境，八月驚濤。""可以栖遲，蒼松古石。　不知漢晉，無懷葛天。""清風滿懷，明月在抱。　萬慮皆息，一塵不驚。"何子貞太史集《爭坐位帖》云："尺書可當十部從事。　名作便是五言長城。""天爵崇高，初無階級。　書城割據，各異門塗。""若知者行其所無事。　故君子名之必可言。"張海門侍講集《華山碑》云："元方之行，高於一世。仲長所樂，極之百年。""行樂及時，輒思少日。　以書遣興，易過中年。""豳國古風，梁州明月。　柴桑時雨，潁川德星。"

余曾見某家塾有楹聯云："最得意二月杏花八月桂。　莫放心三更燈火五更鷄。"想見舊時士人重視科名，捨此別無競爭。古時所謂"豈爲功名始讀書"，適與若輩心志相反也。

閑閑居士汪處廬爲余言，彼曾以"六六對折麼二三"，對"九九歸原八十一"。余謂此六六，殆合十二之數，若就三十六算，對折不已大誤乎？又言，某社前曾徵聯，出句云："秋容易老，一年容易又秋風。"所取諸作，前列者非皆有目共賞，惟最後一聯曰："舊恨難消，兩地恨難逢舊雨。"叠字造句頗工雅，而幾爲滄海遺珠。文章自古無憑據，孰意聯語小品，亦竟乏月旦之公評，相與嗟嘆不置。

贈妓聯短句最多，平生所見庸劣者，過目自不復省記。若雅俗共賞之作，雖歷久而不忘。兹擇録如左。沈君仲華贈月紅云："明月圓時卿記取。　軟紅踏遍我重來。"張君峰石贈翠雲云："晚翠與張靖之是三生注定事。　朝雲偕蘇玉局作萬里逍遙遊。"又，贈素心云："尺素傳來千種恨。　寸心容得幾多情。"許君道園贈素秋云："深情豪素。　一日三秋。"彭君後農贈鳳嬌云："恐被玉簫引去。　願將金屋貯之。"謝君仲嘉贈玉如云："簫韻引人思弄玉。

琴心累我學相如。"先兄明甫贈毛團云："翩若驚鴻嬌若鳳。　二分明月十分花。"尚有撰贈人姓氏未詳者，如大姑云："大抵人生若夢。　姑從此地消魂。"竹琴云："與古柏長松爲友。　奏高山流水之音。"小玉云："小劫奈何卿偶墜。　玉人無恙我重來。"花寶云："頻敲三叠催花鼓。　爲譜雙聲得寶歌。"如玉云："如水年華如月貌。　玉釵韻事玉壺心。"小月英云："小眠邀月伴。　英氣仗花銷。"金如玉云："琥珀金釵絲寶髻。　水晶如意玉連環。"紅寶云："夢補紅樓春不老。　花評寶鑒夜來香。"

另有集句贈妓者，如張君峰石贈玉春云："悠悠我思，其人如玉。　耿耿不寐，有女懷春。"某生贈小月仙云："我何人斯，平章風月。　彼姝者子，小謫神仙。"巧思綺合，彌覺古香襲人。

余退隱後自甘放逸，不問世事，嘗作感懷詩，有"知己無才甘淡泊，逢人不黨任清狂"之句。謬荷同人讚賞，旋復爲一聯以寄懷，句云："野鷗不競，云鶴不羈，到處儘堪遊，怕遇彼黨員政客。　以畫陶情，以詩言志，閑人自有樂，奚問他世變時危。"狂瞽之語，其能免方家竊笑否乎。

前海上麗則社於詩課外，并附徵短句聯語。應徵者興會淋漓，出奇競勝，頗極一時之盛。劍秋出聯云："花影一簾吟夜月。"徐蒼生對云："稻香四壁讀幽風。"慧麓對云："桑陰十畝摘春烟。"春仙女史對云："柳陰雙槳弄春潮。"飲香出聯云："馬上垂鞭學釣魚。"一鶴對云："雁中排字分蝌蚪。"覺鷗對云："鷗邊打槳疑飛鷸。"放形客出聯云："聽鼓生涯同賣笑。"無垢庵對云："駕車熟路共論文。"杞憂生對云："破舟亡國共耽憂。"起予出聯云："月到中秋分外明。"怪石對云："霧迷西夏無邊暗。"一鶴對云："花因上巳提前發。"偎紅出聯云："好花無雨不全開。"石隱對云："敗葉經風多四散。"生白出聯云："銀燭無愁淚亦流。"芎庵對云："冰紈未裂恩先斷。"怪石對云："金爐有篆心同熱。"效陶出聯云："三更燈火五更鷄。"且閑對云："數仞宫牆千仞鳳。"藏春對云："萬里沙場千里馬。"洗桐出聯云："江南雖好不如家。"絕裾子對云："堂北何憂惟念子。"長頸叟對云："海上相逢都是客。"漁湘出聯云："人情未抵秋云薄。"鈍庵對云：

"我愛辰逢夏日長。"子彝對云:"客感都從夜雨生。"醉仙出聯云:"自稱臣是酒中仙。"梅鶴對云:"誰謂卿非山內相。"蒼生對云:"欲共卿爲林下隱。"紅薇出聯云:"一枝無藉著身難。"一鶴對云:"七葉長綿生齒棠。"鈍庵對云:"半壁僅存憐勢弱。"咏芳女史出聯云:"紅蜻蜓弱不禁風。"錫九對云:"粉蛤蜊鮮初出水。"一鶴對云:"赤蠨蝀明方止雨。"蔭香出聯云:"春江水暖鴨先知。"一鶴對云:"夏鼎文湮蝌莫辨。"又云:"秋壑堂閑蟲可鬥。"蒼生對云:"古寺霜寒鯨欲吼。"落花生出聯云:"映日荷花別樣紅。"黑甜對云:"遺風樸實同敦素。"鑄錯生對云:"追風李杜先宗白。"仰桂軒出聯云:"倚欄先整綉鞋彎。"一鶴對云:"偎枕待鬆金襪扣。"繞花樓對云:"對鏡巧梳云鬢薄。"又疾牛出聯云:"立蒼苔衹將綉鞋兒冰透。"一鶴對云:"解錦襪難得玉簫郎溫存。"懺余對云:"斟綠醹應知金盞子春生。"按《爾雅》釋笑爲獸,文爲魚,無垢庵聯,非小學夙有根底不辦。綉鞋兒爲曲牌名,以玉簫郎支對,允推絕唱。余皆潛神伏采,好句如珠。一鶴尤傑出,稱作聯妙手,同爲社友,咸拜下風。

余亦曾製聯贈妓林仙云:"我本林下書生,登百尺高樓,嘗遍覽六朝金粉。　卿是仙曹謫吏,聽幾聲長笛,且同歌一曲霓裳。"又,應文娛社嵌"劍巳"二字聯云:"名士清狂,劍膽琴心聊寄恨。　老臣措置,已推人及總持平。"應麗則社出聯云:"筆上眉痕刀上血。"余對云:"奩中脂粉鏡中顏。"又,"老僧深夜對紅妝。"余對云:"學士當年參玉版。"又,"雪晴門巷雨聲多。"余對云:"風細池塘云影淡。"又,"花影一簾吟夜月。"余對云:"松風萬壑聽秋濤。"另,某社出聯云:"二月春風似剪刀。"余對云:"百年歐化同車軌。"此皆舊時所作,殘稿尚存簏中。若邇年社友星散,已無斯興會矣。

李篁仙先生才豐而遇嗇,嘗兩喪愛妾,乃卜地於某山合葬之,自題墓門聯云:"如此青山,片石三生無限恨。　是何黃土,十年雙葬可憐人。"纏綿哀怨,閱者靡不淒然。後杭人某,亦因亡妾傷心,營葬畢,即於墓旁預築生壙,欲踐死則同穴之約。倩看鏡樓主代題聯云:"未了紅塵淹俗駕。　無情黃土吊芳魂。"下句似即從李作脫胎而來,而蘊藉則不及。

相傳京師草庵胡同有餛飩店，兼售湯圓，生涯頗不惡。室中懸大字對聯云："宇内江山，如是包括。　人間骨肉，同此團圓。"口氣闊大，復確切而不黏滯，允推佳構。

江西黨人曾於省垣設立合群社。歲戊午，因欲集合社員，另設招待所，所中榜一聯云："萬衆騰歡，樽開北海。　群賢畢至，榻下南州。"不知爲何人手筆。

鄂友李君言，武昌府庚樓，形勢尚雄偉。昔有某大僚曾題聯云："昔賢整頓乾坤，締造皆從江漢起。　今日交通文軌，登臨不覺亞歐遥。"出句口吻，有雄視宇内之概，似是張文襄手筆。

金陵七月間盂蘭會，夙稱盛舉。某年踵事增華，設立各種遊戲外，并構草臺演劇。慰農先生於會場題聯云："風露作中元，正寒林普濟之秋，娛神聽，洽鄉情，喜聞白雪陽春，傳來下里。　篝車欣大熟，值香稻初炊之會，慶曾孫，迓田祖，好共山歌村笛，譜入康衢。"近該省叠遭兵燹，市間凋敝，迥異舊觀。余別去亦十餘載矣。尋繹斯聯，猶想慕當日時和年豐景象。

杭州西湖劉莊，即水竹居。光緒乙丙間，遊客最盛。有吳某特於莊畔構草廬，設馮款客，風雅之士，咸共苾止。汪次珊茂才爲題聯云："華屋雜茅廬，看西子湖邊，別開世界。　停橈來把盞，在劉伶莊畔，應集酒仙。"國變後，莊既易主，此一桁酒帘，亦杳不可覓。青山紅樹中，祇剩得太白詩魂也。噫吁！

舊傳京城某戲園，臺前有楹帖云："凡事莫當前，看戲何如聽戲好。　爲人須顧後，上臺終有下臺時。"按：都人顧曲，俱側耳審聽音節，非南方但以娛目者比。此聯詞質而婉，雅俗共賞，允推佳構。若近人另述一聯，藉題以譏刺官僚，殊稍失忠厚之意，然句亦雋妙無倫。聯云："休羨他快意登場，也須夙世根基，祇博得屠狗封侯，爛羊作尉。　姑藉爾寓言醒俗，一任當前炫赫，總不過草頭富貴，花面逢迎。"

揚州城樓舊有題聯云："傑閣鎮層城，看山雨江云，朝飛暮捲。　長流通極浦，喜春風秋月，汐去潮來。"不知幾經兵燹，今尚存在否？

南通縣新建鐘樓，俯瞰遠矚，全境莫不了然。有某君題聯云："疇昔是州今是縣。　江淮之委海之端。"又，城內開設有斐旅館，張季直先生題云："請爲誦鄭風詩，適子之館，授子之粲。　不能忘魯論語，察其所由，觀其所安。"按：南通在海門之上游，本爲直隸州轄兩縣，改縣治固未久也。次聯用成句，經義紛披，得警戒館人之意。

曾文正父某公，嘗自題廳事聯云："有詩書，有田園，家風半讀半耕，但以箕裘承祖澤。　無官守，無言責，時事不聞不問，只將艱鉅付兒曹。"讀文正家書，知公固謹守道義之士。今閱此聯，真如見其人矣。

前上海三馬路文明雅集園，茶酒並售，布置清幽，爲詩人文士宴遊之所。壁間詩箋滿貼，其室楹復懸長句題聯云："際茲美景良辰，聚集些紅男綠女，白叟黃童，無忌無猜，都來坐坐。黜陟不知，理亂不聞，惟願那花長好、月長圓、人長壽。　趁此明窗凈几，搜羅點劍膽琴心，詩情畫意，有滋有味，隨便談談。奇文共賞，疑義共析，更喜是酒常滿、茶常熟、香常溫。"爲王姓名風者手筆。又，固道人題云："好聯翰墨因緣，百幅雲箋，萃海上風流人物。　便算林泉清集，一甌茶話，許吾曹安頓閑身。"蒲君作英題云："閑來詩酒琴棋地。　肯負風花雪月天。"三聯均尚清雋，或謂首作有俚俗句，非全璧也。不知茶園酒館，乃群衆雜處之地，俗亦無妨。

某名士撰京都白米斜街聯云："白雪遠山，圖開大米。　斜陽新柳，春滿長街。"此嵌字之渾成而穩愜者，可取法也。

吾邑硤石鎮北關橋石柱題聯，爲鄉先輩某公所撰。句云："一水接帆檣，直達鴛湖占利濟。　雙山資鎖鑰，喜同鰲塔告成功。"按：橋跨東西兩山之間，由此可逕抵嘉興。某年構造，當大功告成時適東山智標塔亦重修，恢復舊觀，故云。

都門廣和園戲臺舊有楹帖云："廣廈集鴻賓，試看大啓文明，金石千聲，雲霞萬色。　和風諧鳳律，爲問幾多變化，古今一瞬，天地雙眸。"聯於嵌字外，惜本地風光，尚略欠映帶，然能不落窠臼，且有一二驚人之句，已堪激賞。

前傳某省因律師衆多，特設律師公會以資聯絡，藉便糾繩，并於會所榜一帖曰："執業異經商，讀律奚爲，但期保障公權，衡平冤獄。　立規應共守，顧名自重，切莫藉端播弄，惟利營求。"按：包攬詞訟，向干例禁。改革後，法政昔仿泰西，准許讀律者任玆職務。奈其中人類不齊，勾通衙役，藉端敲詐之舉，時有所聞，流弊將無底止。榜帖云云，亦姑托之空言耳，能盡人遵守耶？

南通張峰石君有題店肆各聯，寄托遙深，爲雅俗所共賞，玆彙錄於下。如錢店云："此何物耶？餓不能吃他，冷不能穿他，看英俄德美意奧比葡，及各國人民，死死生生，還要爲他糜血戰。　是真健者！有錢的媚你，無錢的求你，合順康雍乾嘉道咸同，與今皇年號，巍巍赫赫，更教替你署頭銜。"藥店云："願處處都成病世界。笑年年做了苦生涯。"雞行云："想生平鬥武的雄心，五德那甘儕衆鳥。　等世界天明時開口，一鳴何怕不驚人。"米店云："一世經營，爲人口腹。　萬家飽餓，在我心頭。"

吳君嘯廬言，金陵南門外雨花臺近處，有涼亭一座，爲行人栖息之所。亭柱鎸就聯語云："四面荒蕪，權向此間來坐坐。　一肩行李，果緣何事去匆匆。"諒爲前人手筆，其對仗之工巧，真得未曾有。

黃公度先生未出山時，嘗自製一艇，顏曰"安樂行窩"，并題聯云："尚欲乘長風破萬里浪。　不妨處南海弄明月珠。"後果作海外遊，充某國參贊。

余曾遊滬上，遇汪君次珊，爲余述近題某照相館聯云："認我舊容顏，彼團扇畫來，無玆神妙。　留君真面目，比買絲綉去，省却功夫。"余謂詞旨雅切，頗具匠心。惜買絲與團扇，屬對未工，汪君題之，惟一時竟無他字以改易也。

北京春曉樓酒館，爲旅居南人宴叙之處。聞有某君題聯云："此地異新亭，莫對河山學周顗。　諸君來燕市，應評人物到荊卿。"雖空泛而却非俗調。○若玉泉汽水公司亦有題句曰："以天下第一泉，製啤酒汽水。　是全球無上品，真物美價廉。"則似以聯爲廣告，別創體格，其俚俗不可同論矣。

湯君以香本宦家後裔,雅好弄翰。僑寓吳門,殊無聊賴,嗣爲餬口計,於城內道前街開設日昇旅館,營業勉可支援。因自題楹帖寄意云:"讀書不成,學劍不成,且做個逆旅主人,藉消日月。　送往於此,迎來於此,常願得天涯知己,共話昇平。"詞句流利,非湊合者比。惟館名嵌在末句第三字,此格似不多見。

　　李篁仙先生尚有題長沙某院戲臺聯,久膾炙人口,句云:"畫船烟雨下潭洲,正此間檀板金樽,樂府翻成望湘曲。　瑤瑟清泠懷帝子,更隔岸梅花玉笛,天風吹送過江來。"畢竟名士之筆,氣息不凡。

　　某君家園中有書舍,自題齋帖云:"花圃閑澆,培養聊當佳子弟。　書城高築,擁居如拜小諸侯。"此襲前人聯語,展綴成之,故與他作不同。

　　上海大世界落成後,趙君養矯題聯云:"俯仰涵千象。　乾坤寄一樓。"此十字何等高渾。○長沙天心樓有集成句一聯,專描寫遊人情態,而於風景毫不映帶,殊不足取。聯云:"天下有情人,都成眷屬。　心頭無限事,齊上眉梢。"按:天心樓爲長沙最大遊戲場,與大世界外狀,固無甚懸殊。

　　慰農先生嘗自題門帖云:"懸車宗廣德。　講學紹文清。"又云:"兩浙東西,十年薄宦。　大江南北,一個閑人。"又,京曹某門帖云:"長安居大不易。　天下事尚可爲。"繼復改一帖云:"安得盡如人意。　但求無愧我心。"各聯結構,俱耐人尋味。然合觀之,當知顯宦與隱士,趨向迥異。非特雲泥相隔,而實冰炭不同。

　　柴炭鋪聯甚不易着筆。余在京師,嘗見此鋪門帖云:"亘古山林餘劫燒。　萬家烟火賴薪傳。"妙在雄渾警切,絕無雕斬之痕,可爲後學津逮。

　　某處新開大通銀號,專營匯劃,貿易頗稱隆盛。李君月清特題聯云:"爲百業總樞,肇基宏大。　與萬商同利,隨處交通。"雖無深意,却清穩可誦。

　　吾邑硤石鎮瑞雪橋,因港水淤塞,歷年遂任其坍塌,僅存遺址。近鎮紳將有浚河之舉,特先興工,修復此橋。其橋門曾倩程學川太史撰題兩聯,一云:"不百步登北亞。　引兩河作西流。"一云:"但見石涇魚樂。　不聞津水鵑啼。"又，蔣鹿萍明經題云："地靈曲引西流水。　山近晴看北亞嵐。"按：硤鎮河流，原有東南西南之別，舊傳十二景，所謂"北亞晴嵐""石涇觀魚"，均與此橋相距頗近。

又蔣君黼庭家住東關廂外橋左，與街市遠隔，彌覺幽曠。朱芩年先生曾代撰門聯云："出郭東不十步。　是橋南第一家。"簡練之作，却非他人所能移用。

越中澹道人性好奇異，曾襆被獨遊歐西列國，嗣以年老返里。慕吳門畫艑，爲仿製一舟，春秋佳日，常乘坐往來於柳溪烟渚間。舟有自題聯語，聞越友傳述云："也曾萬里浪游，梓里歸耕，猶泛扁舟吟夜月。　莫羨一帆風順，柳塘無恙，且搖柔櫓蕩晴波。"是道人固奇異而高雅者，讀其聯余可概見。

卓君慎之言，某處有厠所，題聯云："長夜漫漫何時旦。　春愁黯黯獨成眠。"○管君振之言，曾見某家庖廚門帖云："卿如藏有酒。　儂亦愛無鹽。"前作集成句，可不拘對仗。若有酒以無鹽藉對，論者尤稱其工巧。

題戲臺聯，有類似格言者，如左文襄云："都想要拜相封侯，却也不難，這裏有現成榜樣。　最好是忠臣孝子，看來容易，問他是幾許功夫？"何子貞先生云："象以虛生，看一般世態人情，誰是虛中求實。　味於苦出，嘆千古忠臣孝子，都從苦裏回甘。"斯皆至理名論，千古不刊。特世之人目爲老生常談，而勿加體會耳。

吾邑某教堂門楹有題聯云："天門豈爲初人閉。　佛道還憑神子通。"造句奇特，非曾研究彼教者，閱之咸不能解。

師竹廬聯話

竇　鎮撰

　　一九二一年活字印本。龔聯壽《聯話叢編》予以收錄。本書選有聯論或論聯者采入。作者竇鎮（一八四七—一九三一），字叔英，號九峰淡士，晚號拙翁，江蘇無錫人。少遭離亂，有志於致用之學，然久困名場，屢應不售，僅得秉鐸江浦，教授生徒，寄情山水，發而爲詩，習之以書。有《小綠天庵文稿》兩卷、《詩鈔》四卷、《詞鈔》一卷、《師竹廬隨筆》兩卷、《國朝書畫錄》四卷等行世。《師竹廬聯話》最早與小綠天庵系列之文稿、詩鈔、詞鈔、隨筆等一起面世，以附刊一卷形式成書，後爲其門人胡介昌輯成十二卷，內分名勝、園林、祠廟、學校、廨宇、庵院、會館、佳話、輓詞、格言、雜綴各類。係仿梁章鉅《楹聯叢話》體例，集數十年見聞所及之佳聯者，上自名公巨卿，下逮騷人逸士，悉皆述錄之。是書有的是專門記載聯語以保存作品，有的則爲集句聯語，更多的是作者所見、所聞，不錄其他書籍中之作品。在楹聯風格上，崇尚有氣象之作，重渾成，追求一種陽剛、雄健之美。在語言上，推崇自然、簡潔，能見工、見雅、見典。崇尚情文并茂，追求味外之味。輓聯重在其真摯動人，選錄了不少辭意淒婉的作品。對格言聯則重在其說理與自勵之功用性。整體而言，簡短、概括性乃是書品評楹聯之特點。

序

宋楊守齋先生云，作詩難，填詞尤難。殊不知詩有古體、今體之別，詞有小調、中調、長調之分，格律可考而求也，腔譜可按而得也，或專集，或選刻，幾於汗牛充棟，擇善而從者，莫不步亦步、趨亦趨矣。至於楹聯，則長短隨心，無格律腔譜之可言，又無專集選刻之可師。近世坊間所刻之《臨池一助》，簡而不精，《對聯匯海》，蕪而寡要，且不叙其緣起，附以品題，而聯之旨不見。惟梁茞鄰中丞之《楹聯叢話》，獨闢見解，無微不達。得之者，珍若拱璧。然八十年前之佳制風行海內，而八十年後之名作如林，湮没無聞，豈非憾事。雖間有一二留意聯話者錄之，裒然成帙，而限於見聞之不廣，苦於傳述之失真，挂一而漏萬，得此而失彼，因之意慵心灰，未遑卒業者，比比皆是。叔英先生，昌之受業師也，少遭離亂，手不釋卷，即有志於通經致用之學，乃屢困名場，應鄉闈十三度，堂備三次不獲售，僅得秉鐸江浦，時時以忠信篤敬勉諸生，本其平昔所得力於唐宋諸大家者，以爲講授。江邑學風，爲之一變。其後寄情山水，遍游江浙諸勝，得助江山，發爲詩文，一吐其邁往不群之氣。間以餘趣，臨摹古帖古畫，書則出入蘇米，畫則力追子久，草書尤神似右軍，造請者，戶限爲穿。每書楹聯，自出新語，不襲陳言，因仿梁中丞《叢話》之體，搜集數十年來見聞所及，上自名公巨卿，下逮騷人逸士，凡有佳聯，悉皆采錄。洵足繼軌前作，蔚爲大觀。今吾師年七十有五矣，而耳目聰強，步履從容，望之如神仙中人。昔年刊《小綠天庵文稿》兩卷，《詩鈔》四卷，《詞鈔》一卷，《師竹廬隨筆》兩卷，《國朝書畫錄》四卷，又附刊一卷。今復輯成《師竹廬聯話》十二卷。其門類，一曰名勝，二曰園林，三曰祠廟上，四曰祠廟下，五曰學校，六曰廨宇，七曰庵院，八曰會館，九曰佳話，十曰輓詞，十一曰格言，十二曰雜綴，出私資付劂，孳孳不已，務期興起國粹，加惠儒林，宜天錫之以壽而康也。他日者，奇偶相生，翻學士風雲之句，新陳遞變，增名園翰墨之光，將於是編乎覘之。

歲次辛酉秋八月朔，門人胡介昌茲儔氏拜手，謹序於西麓草堂之南窗。

卷一　名勝

泰山秀甲寰區，好遊者往往以不獲登臨爲憾。彭雪琴宮保玉麟登泰岱集成語撰聯云："我本楚狂人，五嶽尋仙不辭遠。　地猶鄒氏邑，萬方多難此登臨。"氣象萬千，洵堪俯視一切。浙江處州青山縣，舊隸溫州。其地有石門洞，洞口有天然石門。華亭沈某過此，徘徊瞻眺，題"似洞非洞，適成仙洞。　無門有門，是爲佛門"於洞邊石上，令手民鐫之。相傳此地，昔年劉青山讀書處也。

湖北黃州重建雪堂，供宋蘇文忠軾、清胡文忠林翼二公位於其中。逾十餘年，余友汪葆素茂才橐筆遊鄂，暇日輒至雪堂瞻玩，撰偶語懸於楹曰："今古近千年，元豐咸豐，曠世相感。　江山環一室，眉陽益陽，易地皆然。"合肥江潤生太史雲龍，爲阮文達公孫婿，羈旅揚州，題平山堂楹帖云："披繡闥，俯雕甍，其西南諸峰，林壑尤美。　送夕陽，迎素月，當春夏之交，草木際天。"善於寫景，用成語若己出。

江寧府之妙相庵，故屈子祠也。陶文毅公澍有碑紀其顛末。園中因山爲樓，鑿石爲亭，種四時花木，頗多勝景。別建精室數椽，臨水開窗，幽敞無匹。額曰"得少佳趣"。聯云："四百八蕭寺繁華，都付與無情烟雨。　三十六洞天縹緲，我於此小憩林泉。"爲僧人月潭所撰，書法亦蒼勁有致。蛟川城臨大海，所屬之招寶山，橫截海口，山頂有招寶寺，紺宇琳宮，香火稱盛。吾鄉杜文山明經友房遊其地，作七字聯云："風雨百靈朝梵刹。　乾坤一柱奠巖疆。"殊有力量。

小孤山在大江中單椒壁立，銳下豐上，如置石盤盎中，碧蘿紅葉，秋景尤麗。湖南某孝廉兩過之，書聯曰："有美一人，中夜聞五銖環珮。　遺世獨立，下游俯兩點金焦。"時人詫爲此山之絕唱。湖北黃鶴樓，湖南岳陽樓，爲大湖南北巨觀，而聯語無甚動人者。

某孝廉過鄂渚,集古詩題曰:"大江流日夜。 西北有高樓。"後至岳州,又撰聯云:"對此茫茫百端集。 斯老惓惓天下憂。"於三醉亭亦題一聯句云:"一月二十九日醉。 百年三萬六千場。"一時傳誦,以爲合作。

大明湖爲濟南名勝,一望皆柳堤藕蕩,鵲華山倒映波心,前有匯泉寺,爲遊人宴集之地。劉金門先生題聯語云:"四面荷花三面柳。 一城山色半城湖。"莫愁湖爲金陵名勝,臨水,屋宇閎敞,其上有勝棋樓,可覽全湖烟雨,祀明徐中山王及盧莫愁兩像。經癸丑之變,樓宇毀壞,庚午歲改建,竣工時曾文正總督兩江撰楹帖云:"興廢無常,一番功業一棋局。 湖山有主,半屬英雄半美人。"意有寄托。迨文正薨,紳士添懸其像於堂焉。

徐宗幹爲南通州第一人,任浙閩總督署理將軍,兼福建布政司使,又兼福建學政。一時政治軍權財賦學士均在權衡,勛位赫隆,世無其匹。幼年登琅山,題聯云:"長嘯一聲,山鳴谷應。 舉頭四顧,海闊天空。"不凡之器具可見焉。吾邑黄埠墩,一名小金山,楹聯雖多,佳者絕少,惟孫、郭兩聯最佳。孫文靖公爾准有"燈火春星浮北郭。 雲霞朝景接西神"之句,郭遠堂中丞柏蔭有"如臨揚子大江,聽塔上金鈴自語。 定有蘇公高致,看山門玉帶重留"之句,一渾成,一切定小金山,有氣勢。

台州之有東湖,猶杭州之有西湖也。出東郭門,不過半里,湖光山色,與西湖無異,隔以長堤,分爲外湖,其外湖有湖心亭,傑閣三層,登臨最勝。俞蔭甫編修撰楹帖曰:"好水好山,出東郭不半里而至。 宜晴宜雨,比西湖第一樓何如?"頗自然。洞天門在浙江靈巖,其洞南北相通,軒敞如廈,廣五丈,深二十餘丈。洞上下左右壁,皆砥平無窊突,若神功斬削成者。内有聯云:"靈峰峭拔疑無路。 巖谷幽深別有天。"四川駱殿撰成驤遊西湖,過平湖秋月,作偶語云:"穿牖而來,夏日清風冬日日。 捲簾相見,前山明月後山山。"亦工巧。

江西贛州塔影龕,金君楚清撰偶語云:"何處著此身,彈指現空中樓閣。 會當凌絕頂,昂頭吸天上星辰。"極有氣勢。德陽西三十里,有石亭秋月古迹,爲縣内八景之一。石亭之側有古井,每屆中秋節,夜月朗井底,都人士咸於是夕觀玩之。彭君大俠題聯云:"天氣晚來秋,東邊日頭西邊雨。　夜色凉如水,北斗闌干南斗斜。"蓋集唐人詩句也。鎮江東來閣,亦名勝也。任某有聯曰:"檻前一帶滄江,不古不今圖畫。　簾外數聲啼鳥,非絲非竹笙歌。"又彭剛直題一聯曰:"鷹島白浮空,月涌江流閑鶴夢。　象山青入座,潮來窗外有龍吟。"均切而多趣。○有東昇樓,亦在鎮江岸邊。彭剛直留題楹帖云:"風露滿江秋,萬頃晴波濯星斗。　雲霞出海曙,九霄瑞靄曜乾坤。"集句毫不牽强。○曲阜孔君祥霖登多景樓眺望,因感甲子事,忽成聯語云:"北固暫停驂,縱我雙眸,看無邊風月。　東瀛方用武,問誰隻手,扶第一江山。"有氣勢。○徐致祥學使由四川赴浙江,紆道遊金山,留一聯云:"適從山水窟中來,秋色可人,征袂猶沾巫峽雨。　欲向海雲深處住,郵程催我,扁舟又趁浙江潮。"縷述來往行程,詞意切合。

　　金陵城西有小湖,早因莫愁著名。其旁有勝棋樓,相傳徐中山王與明太祖弈棋而勝,即以此湖賜之。樓懸楹帖云:"占全湖淥水芙蕖,勝國君臣棋一局。　看終古雕梁玳瑁,盧家庭院燕雙栖。"上下聯俱切。同治間新修,正荷花盛開,懸中山王、盧莫愁兩像。逾數年,增懸曾文正公像焉。彭雪琴宮保題有"山色慣迎逃世客。水聲常送渡溪僧"之句。長沙羅君庶丹題有"管領湖山屬兒女。平分樓閣坐王侯"之句。湘潭黎君福昌撰偶語云:"我獨携半卷離騷,藉秋水一湖,來把牢愁盡浣。　君試讀六朝樂府,有美人絶代,要偕名士爭傳。"韓某作聯曰:"江山再劫,收拾殘棋,好憑湖影花光,盡洗餘氛見林塱。　樓閣周遮,低徊靈迹,中有美人名將,平分片席到烟波。"又徐某撰聯曰:"説甚麼英雄,自古迄今,這一個湖名,偏屬兒女。　幸留得我輩,探幽選勝,看六朝山色,來上樓臺。"聞泰州王子實太史曾作偶語懸於堂柱曰:"恨我晚來遊,祇落得萬柄枯荷,一湖秋水。　問誰能不朽,除非是六朝兒女,千古英雄。"以上數聯,俱極渾成。

　　虎丘爲吴中第一名勝,春秋佳日,中外士女遊覽者,途爲之塞。

李文忠祠建於山麓,某年祠宇落成,其上新添崇樓傑閣,曲榭雕闌,遠近連亙數里,從此吟眺之地更多。吳縣吳靖瀾題長聯云:"崇祠壯輪奐,儘當年紆紫拖金,春夢一場,都付斜陽流水。除真娘墓,問誰為摩抄碑碣,憑弔幽魂,艷迹話南朝,偏賺得名士美人,樽酒頻澆青草冢。　小劫歷滄桑,剩今日頹垣敗井,蘇臺片壤,幻成海市蜃樓。出闤闠城,又添了熱鬧鶯花,撐持香國,俊遊懷北里,知定有畫船簫鼓,醉歌來訪白公堤。"曲折暢達,亦是才人之筆。

　　鎮江焦山有所謂四面佛者,為山之最高峰。揚州方君地山題聯曰:"面面相窺,佛也須有靠背。　高高在上,人到此即回頭。"此處鑿山壁為四佛像,雕鏤尤絕精。○揚州平山堂,夙稱名勝,堂之西有第五泉,水味濃厚。其南有梅數十本,為歐公讀書處。李鬱華有"一徑入烟寺。　眾香聞妙天"及"雲中辨江樹。　花裏弄春禽"之聯。某君撰楹帖云:"好續勝遊來,白髮催人,莫把韶光輕擲去。　不知征戍苦,青山向我,無多塊壘已刪平。"實理實情。○南京周孝侯臺懸偶句云:"大屋不畫龍蛇,待名士來題咏者。　今世復多蛟虎,願將軍出斬除之。"○秦淮風月亭有聯云:"絮雪撲簾櫳,花氣酒香,楊柳旗亭春撅笛。　麴塵生浦漵,衫歌袖舞,烟波畫舫晚鳴榔。"句亦偶儷,惜不知作者姓名。

　　鎮江金山塔,聳峙雲霄。丁君紹周題聯曰:"我輩復登臨,舊業已隨爭戰盡。　江山留勝迹,天風常送海潮來。"集句頗自然。鎮江北固山石帆樓,相傳蘇東坡有聯云:"云涌樓臺出天上。　風搖鐘磬落人間。"其附近有祭江亭,舊懸"客心洗流水。　蕩胸生層云"之聯,但所撰之人未詳。湖北宜昌有三遊洞,旌德呂某撰偶句鐫於石上云:"巴蜀荆楚之間,奇哉有此。　元白蘇黃而外,遊者為誰。"是蓋因元微之、退之兄弟與白香山遊此,故名。蘇子瞻兄弟與黃山谷亦曾來遊,相傳為後三遊。孫君家穀里居未詳,於此亦有聯云:"勝迹說三遊,自從玉局題詩,問何人壓倒元白。　雄圖共一覽,誰把金沙畫界,於此地控住蠻荆。"○江西百花洲,亦頗著名。有人撰聯曰:"有此湖山,得此佳趣。　召以烟景,假以文章。"○江西滕王閣,懸有聯云:"時維九月,序屬三秋,落霞與孤鶩齊飛,秋水共長天一色。　上出重霄,下臨無地,控蠻荊而引甌越,襟三江而帶五湖。"此王齊仙所集句也。

湖北黃鶴樓,彭雪琴宮保撰楹帖云:"星斗摘寒芒,古今誰具摩天手。　乾坤流浩氣,霄漢常懸捧日心。"高視闊步,恰稱其人。抱蜀居士有"黃鶴去來無定所。　白雲今古擁高樓"之聯。又某君有"太白無詩,獨留千古悵。　長安不見,更上一層樓"之聯。新化周芍衫作偶語曰:"君騎黃鶴去,俯玉宇瓊樓,難拋卻千古棋枰,萬家燈火。　我泛斗槎來,携謝筒畫稿,再收拾湖邊風月,漢上烟花。"後又作一聯句云:"瓢飲長江,一吞六七千里。　笛橫大別,三弄十二萬言。"石門袁少枚撰偶句云:"我比青蓮來更遲,仍許登樓眺江漢。　誰知黃鶴去太早,空聽吹笛落梅花。"以上俱能貼切。聞此處復有聯曰:"闌干外,滾滾波濤,任千古英雄,挽不住大江東去。　窗户間,堂堂日月,儘四時憑眺,幾曾見黃鶴西來。"氣勢頗佳,但未知何人所著。

安徽安慶大觀亭,祀余忠宣公,雄壯甲於皖江。懷遠宮農山撰聯曰:"萬古乾坤此江水。　千家山郭靜朝暉。"集句簡括。某君有楹帖云:"石聳亭高,看天邊雲樹蒼茫,無非樂土。　湖平岸闊,問江上舟帆來往,那是閑人。"頗倜儻。吾邑出城外西南十里許,有五里湖,爲吾邑之名勝地。明高忠憲公於湖畔作居,名曰水居,讀書靜坐其中二十餘年。其自題書室聯云:"得閑且閑,今日莫思明日事。　當做就做,一年可作百年人。"梁山舟學士有"遊目騁懷,流水今日。　修身體道,我思古人"之聯。秦凌滄侍郎有"塵慮蠲除,鳥語花香天浩蕩。　道心透露,水流雲在月空明"之聯。山東寶東皋銜史撰楹帖曰:"與顧涇陽馬素修先後主盟,閩洛淵源,大振斯文墜緒。　惟歸季思吳子往始終交契,湖山嘯咏,時留知己清譚。"孫旭三茂才著偶句云:"埋窟造精微,由龜山一脉而來,高也明也悠也久也。　名區占幽勝,有笠澤四圍相繞,藏焉修焉息焉遊焉。"嚴笑拈茂才聯曰:"道宗伊洛學宗閩,一脉淵源,承先啟後。　山似屏風湖似鏡,四時烟月,適性陶情。"張與亭學師聯云:"圖畫自天開,如此湖山,不負名賢排几席。　樓臺臨水起,無邊風月,豈容凡輩入門墻。"殷還浦學師偶語云："萬物付澄觀,體道研機,恰好值月到天心,風來水面。　四時耽靜坐,忘言得意,正妙在雲收雨脚,霞亘山頭。"裘某有聯云："後左徒二千年,謫宦歸來,聊尋漁父濯纓樂。接太湖三萬頃,涼波浩渺,曾照孤臣戀闕心。"以上句均耐人尋味。

金陵江寧縣西有駐馬坡,相傳諸葛武侯曾駐馬山麓,故名。山半有武侯祠,薛慰農先生主講惜陰書院時鳩資葺之,煥然一新。劉君忠誠撰楹帖云："許先帝馳驅,東連吳會。　有儒者氣象,上繼伊周。"馮君煦題聯曰："駐馬此重經,莫問渠天發殘碑,臨硎斷闕。卧龍如可作,願為我剗除他族,開濟清時。"玄武湖,在江寧縣北,周三十餘里,盡植荷芰,三面皆水,非舟楫不能通。曾文正督兩江時築一土堤,以便遊人。堤旁為湖神廟,面湖而建,足攬全湖之勝。薛慰農山長作偶語云："三百年方策猶存,剩鳬渚鷗汀,時有雲烟入圖畫。　四十里昆明依舊,聽菱歌漁唱,不須鼓角演樓船。"玄武湖又名練湖,南朝於此講武,明季置黄册庫於洲上,設官守之,故薛聯云然。

金陵清凉山掃葉樓,為清初托迹僧龔半千舊居,即龔氏半畝園,内懸掃葉僧像。江寧陳作霖作跋語云："龔賢,號野遺,上元人,能詩,工畫蘭。明季亂,遊四方,晚年歸金陵,築半畝園於清凉山,自號半千,高隱不仕,自繪像如僧狀,名其居曰掃葉樓,近為心悟上人居住。"端匋齋為上人書楹聯云："不殊風景猶如昨。　獨立蒼茫自咏詩。"張君通謨撰偶語云："古寺話齊梁,大好江山來振錫。餘情寄詩畫,想當風雨快揮毫。"某君有"欲窮千里目。　來看六朝山"之聯。楊寶壬有"半千掃葉樓千古。　六一畫蘭詩一囊"之聯。易君順鼎於此題楹帖曰："老不白頭因水好。　冬猶赤腳為師高。"蓋此山有還陽井泉,井旁居民飲此泉,雖老,無一白頭者。又,上人曾居廬山九峰寺,其徒年六十,雖冬月亦赤脚。歲己酉,易君與友人夢湘遊此山,上人出紙索書,因撰此聯以應之。

蘇州滄浪亭,郭遠堂中丞柏蔭撰楹帖云："漁笛好同聽,羨諸君判牘,餘閑清興,南樓追庾亮。　塵纓聊一濯,擬明日刺船,竟去遥情,滄海契成連。"虞山東麓讀書臺有聯云："五六月間無暑氣。

百千年後有書聲。"相傳台爲梁昭明太子讀書處,高丈餘,中庋太子石像,背臨深泉,水冷而碧,又有洗墨池。瘦竹千竿,風來颯颯成韻。登其臺,塵襟爲之盡滌。溫州樂清縣玉虹洞,某君題聯曰:"高處不勝寒,玉宇瓊樓開洞府。　山中何所有,白云紅樹住仙家。"

安徽太平金柱塔,最上一層,有所謂南天門北天門者,某君題偶句云:"趨步來,南天門,北天門,一塔橫江,中流砥柱。　放眼去,東梁山,西梁山,雙峰排闥,半壁屏籬。"武陟山在六安城西二十五里,昔漢武帝南巡,曾登此山,故名。有程孝廉聯云:"我輩復登臨,河山極目,風景生悲,直將把酒問天,拔劍斫地。　漢王今安在,野卉縈眸,流泉聒耳,想像旌旗耀日,管籥喧雲。"

浙江金華府八咏樓,即宋沈休文之元暢樓,三面可供遠眺,懸有"齊梁風月留高咏。　吳越江山極大觀"一聯,是吾友徐子敬孝廉所著。又有聯云:"才智縱橫,慨末路英雄,尺素自書千古恨。風烟牢落,攬前溪蒼翠,夕陽如畫六朝山。"係長白繼良撰。府城隍廟後,有明月樓,高可望遠,樓下石柱聯曰:"更樓上一層,望羊石仙踪、龍湫勝迹。　當月明千里,訪邵太常記、梁學士碑。"羊石,指黃初平叱石成羊處。龍湫,指雙龍洞。

浙江里安飛云閣,供里安詩人木主,孫渠田題偶語云:"清新開府,俊逸參軍,香火共一堂,每當月夕風晨,結習未忘,定有吟聲空際落。　白水東城,青山北郭,漁樵分半席,遥想天容海色,衰年多病,恨無眼福望中收。"王小牧有聯云:"大好光景,小築幽栖,懷舊寄深思,獨慨白傅龕成,黃公墟邈。　曠代名流,同堂晤對,論詩猶餘事,也當追踪七子,嗣響四靈。"閣爲黃漱蘭侍郎體芳建,未竣工而侍郎逝,故上聯云然。又,永嘉自宋有四靈詩,自成一派,清初有七子吟社,亦名擅一時。

震澤,一名太湖。其南,湖州嘉興等界,稍北,則吳江蘇州,更北,則宜興無錫焉,所謂"汪洋三萬六千頃"也。吾錫湖濱,有一巨石,直瞰湖中,如黿頭然,因呼爲黿頭渚。余擬集孫大宗伯繼皋《咏黿頭渚》五律詩中"天浮一黿出,山挾萬龍趨"製聯語鎸於石上,忽已三十年,遲遲未果。近由楊君翰西等,於東邊山麓建橫云小築,迤北一亭,頗擅勝概,并闢爲植果場。亭懸楹帖云:"招三兩漁樵,春夏秋冬良夜。　攬萬千氣象,雨烟風雪斜陽。"又偶語云:"横云分叠嶂。　落日澹平湖。"此某君集句也。

揚州小金山,江都徐理庵撰楹帖云:"仍從水竹開軒,免辜負,十里春風、二分明月。　偶向湖山放櫂,好領略,紅橋烟雨、白塔云霞。"山麓有月觀,陳彜卿題聯云:"今月古月,皓魄一輪,把酒問青天,好悟滄桑小劫。　長橋短橋,畫欄六曲,移舟泊烟渚,可堪風柳多情。"又劉湉年集詞作聯云:"好句屬吾曹,幾度閒吟,正綠蒻烟蕪、紅吹云樹。　憑闌剛落日,千年此地,有泉名第五、花種無雙。"揚州産芍藥最有名,第五泉在平山堂下。

浙江西湖退省盦,王湘綺撰偶語曰:"花柳野亭開,居士身閒來放鶴。湖山行處好,聖朝恩重莫騎驢。"冷泉亭有聯曰:"不愁泉冷無時熱。　常恐峰來更欲飛。"○謝方山題三潭印月迎翠軒聯云:"客中客入畫中畫。　樓外樓看山外山。"○儀徵時蓬仙先生慶萊題烟霞洞聯云:"地連石壁雙峰起。　天占錢塘一角多。"西湖川上亭,俞陛云作楹帖云:"云思霞想疑三島。　花影湖光會一亭。"○西湖俞樓,懸楹聯云:"諸子群經評議兩。　吳門浙水寓廬三。"樓爲曲園先生所建,友人多贈以詩,此乃先生摘錄贈句,書以爲聯。蓋先生著述,以《兩評議》爲最大,而蘇州有西園,杭州有俞樓,有右臺仙館,皆其寓廬。

南朝金粉,自古流傳,而秦淮畫舫,尤擅盛名,薛慰農山長題楊氏停艇聽笛閣聯云:"六朝金粉,十里笙歌,裙屐昔年遊,最難忘,北海豪情、西園雅集。　九曲清波,一簾夢影,樓臺依舊好,且消受,東山絲竹、南部烟花。"撰句頗有風人之致,所謂墨客騷人,胸中另具邱壑者也。○清涼山掃葉樓,一望盡勝景,安化李燮和撰偶語云:"帶甲滿天地,詞賦動江關,惟戰士文人,到此偏多千古恨。烟波渺何處,齊魯青未了,衹湖光山色,而今猶是六朝時。"徐淮生作聯云:"登樓始悟浮生夢。　久坐惟聞落葉聲。"湘潭楊晳子題楹句云:"每因憑眺傷時局。　獨倚江山念古人。"亦有氣勢。

鎮江多景樓,康南海作柱上聯曰:"江淘日夜東流水。　地聳英雄北固樓。"附近有文殊閣,林紹年撰楹帖曰:"人間歲月如流水。鏡裏雲山似畫屏。"林君又題四字聯曰:"江山如畫。　魚鳥親人。"曾君燠於石肯堂作偶語云:"水清石白,焦公之宅。　紙帳山蔬,彌勒同龕。"上二句集米襄陽銘,下二句集蘇玉局詞。吳君家榜於東昇樓題聯云:"紅透云霞看日上。　青連天地覺潮來。"鎮江北固山有塔,其旁有亭,懸聯云:"爲孫劉三分遺迹,徑將北府招來,人事幾回,紅亭白塔皆稱古。　愛蕭梁六字嘉名,仍把南朝送去,我聞一笑,綠水青山無恙不。"爲丹徒趙曾望手筆。

浙江雁蕩天柱峰有聯云:"真奇哉一百二十峰,造化小兒無端弄巧。　可惜了三萬六千日,白頭老叟幾個曾遊。"秀水縣南二里鴛鴦湖,一名南湖,彭雪琴宮保玉麟題聯云:"移得蓬瀛來世上。　別有天地非人間。"松江謝希傅來遊,撰楹帖云:"溯五季迄今,幾閱滄桑,傑構重新,無恙烟波猶澹蕩。　指百里以內,交通輪軌,遊踪戾止,儘多裙屐此登臨。"其旁有來鶴亭,蔣君汝藻作偶語云:"踞鷲嶺,傍桃源、對芝塢,小築茅亭是林巒。　最幽處,曲江濤、吳山雪,西湖月生成畫本。"極宇宙之大觀。

吾邑西南鄉管社山麓建築萬頃堂,憑欄眺望,頓豁胸襟,春秋佳日,遊人絡繹不絕,孫叔方孝廉撰楹帖云:"簫鼓迎神,百道風帆來管社。　咏觴修禊,幾人墨妙寫蘭亭。"秦岐農明經題偶句云:"眼前圖畫,新開大箕山、小箕山,列岫晴湖,不數癡翁留妙筆。世外仙源,誰是東管社、西管社,結廬翠巘,可有漁郎來問津。"許靜山觀察題楹聯曰:"山水儘倘佯,異世同心,此間近接紫淵宅。　風塵方頹洞,問天搔首,吾老已過絳縣人。"陸耀星大令士奎作偶語云:"如上岳陽樓,對萬頃湖光,重憶希文椽筆。　遥瞻於越界,指一帆風影,可來范蠡扁舟。"王克循茂才勍撰聯曰:"洗盡舊胸襟,一水準鋪千頃白。　拓開新眼界,萬山合抱數峰青。"毗陵胡某擬成偶語而未鐫板,懸於堂,句云:"淘浪何年,美人駿馬有餘思。此山不語,云水天風豁古愁。"第二句,因堂右有古項王廟而言也。

杭州北高峰下雲林寺,即靈隱,風景奇妙,別有天地,真名勝也。衡筆題楹帖云："禪心澄水月。　法鼓聚魚龍。"○湖山春社，在岳王祠西南，有衡題聯曰："花枝入户朝含潤。　泉水侵階夜有聲。"○湖心亭居全湖中心，四面臨水，雕欄外花柳掩映，上爲層樓。登樓眺望，群山環立如屏。亭懸聯云："波涌湖光遠。　山環樹色涼。"亦衡筆。○湖北晴川閣，遊覽最宜。柱懸偶句云："赤壁龍蛇循軌道。　青春鸚鵡起樓臺。"爲張文襄公之洞所題。

江西南昌府滕王閣有聯云："大江東去。　爽氣西來。"簡括渾成，洵爲佳對。福建甌江中，有小島屹立江心，曰孤嶼，風景宛似金山。昔宋高宗南渡，曾駐蹕於此。嶼中有浩然樓，或爲孟襄陽曾遊此，故名。懸楹帖云："青山橫郭，白水繞城，孤嶼大江雙塔院。初日芙蓉，曉風楊柳，一樓千古兩詩人。"上聯切景，下聯紀事也。又戴潤鄰太守槃撰聯云："憶故鄉，兩點金焦，同斯佳境。　到此地，一樓風月，助我清談。"戴公，潤州人，故上聯云爾。

杭州涌金門外湖心亭，俞蔭甫編修撰楹帖云："記故鄉亦有仙潭，看一樣湖光，添得石橋長九曲。　至此地宜邀明月，問誰家秋思，吹殘玉笛到三更。"宋莊景蘇閣懸偶語云："紅杏領春風，願不速客來醉千日。　綠楊是烟水，在小新堤上第三橋。"作者未及詢明。三潭印月之曲橋邊，有某君題"明月自來去。　空潭無古今"之句，殊覺渾成。○安徽宣城太白樓，李承謀撰偶句云："大江淘盡英雄，山經百戰樓仍在。　詩卷長留天地，人往千秋酒不空。"○贛州府城東北，有八境臺，覽群山，俯奔流，景致佳妙。何太守剛德題楹聯曰："此亦岳陽大觀，誰其後先憂樂。　話到雙江流水，毋忘伊洛淵源。"

卷二　園林

海陵尤園柳村主人自撰聯曰："十畝地無多，不妨春酒留賓，秋燈課子。　半生天已定，祇向西郊學圃，東郭催耕。"毗陵趙氏園楹帖，作者未詳，句云："樂志在田園，問良友何人，階下幾株松竹。傳家惟誦讀，教佳兒底事，窗前一榻琴書。"俱志趣高雅，斐然可觀。

金陵有楊園，近亦著名。有合歡樹兩本，殆百年前物。每屆花時士女雲集，內懸楹帖云："置酒常招烏帽客。　到門先認馬櫻花。"又有偶語云："王謝舊烏衣，喬木猶存，大好樓臺欣得主。　邢隨今白地，名園無幾，來遊士女任看花。"此兩聯薛慰農山長所題。近聞友人言，泰州姜堰鎮新築且園落成，王季徵撰偶句云："杜來閣基址無存，荒涼二百餘年，一壑一邱重整頓。　景山園雲礽有繼，結構兩三間屋，半村半郭足栖遲。"又集句聯曰："嘉葩美果，列植而交蔭。　疏泉鑿石，闢地以為亭。"各有見長處。

新安孫蓮叔有紅葉讀書樓，即其讀書處也。樓凡三折，人呼之曰"曲尺樓"，客至輒留宿其上。德清俞蔭甫編修樾贈以聯云："仙到應迷，有簾幕幾重，闌幹幾曲。　客來不速，看落葉滿屋，奇書滿床。"蓮叔又有小樓，可觀日出，署曰"觀旭"。俞編修於甲辰歲曾宿其中，適大風竟夕，遂題一聯云："高吸紅霞，最好五更看日出。　薄遊黃海，曾來一夕聽風聲。"其故人馬宴香孝廉極賞之。

蘇州漱碧山莊，不知其為誰氏之莊。潘玉泉觀察題偶語云："邱壑在胸中，看疊石疏泉，有天然畫意。　園林甲吳下，願攜琴載酒，作人外清遊。"○蘇州新修滄浪亭成，應敏齋廉訪屬湖南某孝廉擬一聯曰："小子聽之，濯足濯纓皆自取。　先生醉矣，一邱一壑亦陶然。"○九江琵琶亭，某孝廉曾撰聯曰："燈影幢幢，悽斷暗風吹雨夜。　荻花瑟瑟，魂銷明月繞船時。"組織元白本事，頗自然。此亭有舊聯云："荻花楓葉皆千古。　紅粉青衫彼一時。"亦才人之筆。

吾邑西門外高氏祠堂，後高松舟封翁建花園，池橋亭閣，佈置合宜，花木亦盛。亭內懸"青松影裏天常寂。　翠竹林中月亦香"之句。閣有聯云："弱柳垂風荷帶露。　小軒臨水閣當山。"秦澹如都轉緗業作。又有聯曰："池塘月撼芙蕖浪。　羅綺晴嬌渌水洲。"趙云九大令起鵬集唐人句而成。○迤北一里許，有隨寓別墅，在宏仁棧之後，係華子隨孝廉建築。懸楹帖曰："兩樹碧梧桐，清簟疏簾無俗韻。　扁舟青箬笠，斜風細雨有良朋。"浣秋軒懸聯云："曲檻秋風紅蓼岸。小橋明月綠楊堤。"靜頤小築一聯云："新樣何妨參異域。　俗塵不到即名山。"雙梧閣下層有聯云："更上一層樓，天空地闊。　旁探千樹雪,鳥語花香。"皆族兄曉湘孝廉所著,蓋兄與華君最交好也。

　　金陵胡家花園,在城西花盝岡,明徐錦衣西園故址,胡煦齋太守奉母居此。池館花石甲於白下,以主人別號愚園,故人又以愚園呼之。余於光緒丁酉偕友在此暢遊,作偶語云:"花木滿芳園,儘堪邀月哦詩,臨風把酒。　亭臺如畫景,更有小巖蹲虎,古柏蟠龍。"不過就眼中所見,略寫一二。莫友芝題此中無隱精舍,有"入座有情千古月。　當窗無恙六朝山"之句。此中有曠觀亭,江寧陳孝廉撰二聯,一云:"白下有山皆繞郭。　春城無處不飛花。"一云:"露白葭蒼,伊人宛在。　峰迴路轉,有亭翼然。"此亭懸包世臣聯云:"此地有崇山峻嶺,茂林修竹。　所至皆瓊樓瓏室,瑤草琪花。"旁築春暉堂,懸有數聯,僅記湘潭歐陽太守"烟霞供養,斯得上壽。詩酒酬嬉,能娛古歡",及陽湖趙太守"慷慨宴笑,留我嘉侶。　習靜獨處,心思古人"兩聯。下通界花橋,有太湖趙觀察題"白菡萏香初過雨。　碧琉璃水净於風"之句。右築課耕草堂,灌叟題曰:"有地開鋤,未忘塵世事。　此間閑話,猶作太平聲。"當時諸老輩宦成歸隱,其風致閑散可想。

　　南通州水月閣俗名魁星樓,亦是名勝處,面對五山,溪水環流,遊者非舟不能渡。張嗇庵先生大魁後改名果然亭,歲乙卯於此處改設公園亭臺樓閣,異於舊觀。丁君月湖題"鏡奩照檻一輪月。筆架當門五朵雲"及"數點螺鬟,綠楊陰裏。　一聲漁笛,紅藕花中"之句。果然亭懸有聯曰:"畫檻欲凌雲,風月無邊歸小閣。　錦標今奪得,文章有價屬崇川。"南通州有顧某,廿年司鐸,牢落顛裘,歸自太倉,得城南習氏園,葺而居之,命曰"藕園"。結屋數十楹,竹木陰翳,怪石當庭,曲徑迴廊,位置楚楚,一室圖書,窗外并多野趣,中懸楹帖云:"家計費經營,一室安耕具,一室安釣具。　世情資閱歷,半日對古人,半日對今人。"又有聯云:"如此丰神,但須誦離騷,飲美酒。　斯是陋室,可以閱金經,調素琴。"近日吾友自崇川歸,談及此中有偶語云:"佳興四時,同楊柳風,梧桐月,芭蕉雨,橘柚烟,芙蓉初日。　賞音千載,共鸚鵡賦,鷓鴣詩,蛺蝶圖,鳳凰曲,蝌蚪古文。"均覺自然。

　　錢塘袁子才太史，築隨園於金陵清凉山下，自題數聯，僅記其二。一云："舉頭望明月。　蕩胸生層雲。"一云："春秋多佳日。談笑無閑時。"又某君題隨園聯曰："先生何許人也。　老子其猶龍乎。"○蘇州山塘斟酌橋新修東陽張忠敏公祠，其旁有屋數楹，應敏齋廉訪署曰"蒔紅小築"。癸酉秋，俞蔭甫編修將有武林之行，倚裝撰聯句云："小築三楹，看淺碧垣墻，淡紅池沼。　相逢一笑，有袖中詩本，襟上酒痕。"蓋因此間泉石竹籬荷沼皆楚楚可觀，最宜飲酒賦詩也。

　　合肥張君祖翼於金陵冶山下闢地數畝，倚山爲屋，曰"竹居"。境僻景幽，饒有園林山水之雅，藏書萬卷，其竹居讀書處柱懸"立石自成小五嶽。　披圖而觀大九州"之句。○白門東花園中懸楹帖云："忍把浮名，換却淺斟低唱。　若論能事，短於擔糞彈棋。"不知何人所作。○張欣之題西園聯曰："居白門久，無往非釣遊足迹所經，何須皖水皖山，常想像夢中風月。　於西城隅，盡與其賢豪長者相契，願趁好春好夏，同消磨醉裏光陰。"○徐淮生於金陵皋園内止觀亭題聯曰："水抱孤城，烟靄有無渾不辨。　窗開四面，雨晴濃淡總相宜。"以上數聯均有意趣。○浙江蘭溪縣南門某花園，余撰偶句云："幽地拓三弓，拾翠遊人應駐屐。　春光饒四序，看花閑吏此飛觴。"時余襄榷蘭溪，友人屬題。○温州梅雨潭，上有花木亭臺，懸聯云："飛瀑半天晴亦雨。　寒潭終古夏如秋。"但撰者未能知。

　　蘇州怡園主人顧子山先生文彬，自題園林之聯，胥用前人詞句，裁紅剪碧，膾炙萬口。其集蘇東坡詞作楹帖懸於園中云："多景樓中，對酒捲簾邀明月。　曲水池上，杖藜徐步轉斜陽。"又集東坡云："步翠麓，崎嶇亂石穿空，如對茂林修竹。　抱素琴，獨向綺窗學弄，何妨低唱微吟。"集姜白石撰偶句云："雙槳鸂波，扁舟僅容居士。　一襟詩思，此地宜有詞仙。"其自題桂花亭聯曰："喚個月兒來，清光更多，祇放冰壺一色。　從今花影下，嬌黃成暈，染教世界都香。"又聯曰："淡酒醉鴻濛，看天闊鳶飛，淵靜魚躍。　秋水見毫髮,要小舟行釣,曲岸持觴。"此用辛稼軒詞。又有聯云:"春到一分,綉陌漸薰芳草。　橋通雙沼,紅波香泛浮萍。"續題聯云:"巧石盤松,細草靜搖春碧。　垂楊梳雨,長絲初染柔黃。"此用吳夢窗詞。子山先生集詞句所撰各對,幾如韓信將兵,多多益善。兹因限於篇幅,僅錄百中之五六焉。

海上半淞園,梅君豫根題楹帖云:"彈指感滄桑,遥看燈火樓臺,且來尋一角園林,話大帝殘碑,將軍古壘。　撑腸富丘壑,最好溪山罨畫,更添得四時風景,有龍華塔影,歇浦潮聲。"又有一聯,作者未詳,句云:"叠起一房山,大好園林,最難得茅屋沽春,竹籬消夏。　剪取半江水,別開境界,更時有車聲碾夢,帆影催詩。"又聯曰:"綠樹四圍,林罅燈光照蛩語。　紅闌三面,亭前酒夢囈秋吟。"邵君文錦題"曲澗含輕雨。　清軒秘曉霞"之句。方遹盦來遊,作"細雨春帆黃歇浦。　夕陽粉本大癡山"之句。此園柱對,均能偲儻不群。

如皋王琴夫觀察,淡於榮利,自浙任歸家,於邑東之馬塘鎮小治園林,爲菟裘計。丹徒趙君曾望爲撰楹帖曰:"群賢畢至,少長咸集。　三徑就荒,松菊猶存。"觀察後更營別業在村落間,趙君復爲題句於柱云:"群賢畢至,少長咸集。　五穀垂穎,桑麻鋪芬。"上聯羨其廣交賢俊,故不覺與前同。下聯指其地,頗饒野趣也。吾邑城西十餘里,有西山,不甚高,據巔遙瞰,三萬六千頃波光帆影,歷歷在目。榮氏闢園其上,植梅數千本,亭臺堂閣,結構如畫,内懸有"千樹梅花半輪月。　萬家烟火一帆風"及"幾生修得到。　一半此勾留""藏書何止三萬卷。　種樹須教四十圍"等聯。又某君題偶語云:"歷長廣溪曲曲清流,一水迴環,入室猶通香雪海。　與東西山遥遥對峙,片帆時渡,滿船合載洞庭春。"園内書畫室挂一聯云:"風送暗香來,幾輩動閣中詩興。　天空白雲净,數峰見江上青山。"俱有意趣。

常州白龍庵水榭,同治間,由合肥李相國修建,遍題楹聯,示得意。蓋粵亂前讀書是中,而復城由李手也。近來屋傾圮,由地方修復,隔岸爲第二公園,沿堤栽柳,以爲斯榭之障。孟心史兒時朝夕在此盤桓,落成後,撰楹帖云:"烟柳倚闌看,高城日暮,風景依然,長與釣遊留勝迹。　滄桑隨燭轉,舊壁紗籠,題詞安在,莫將裙屐換浮名。"○吾邑昉怡園爲顧氏別墅,園内行和軒懸聯云:"團雪一叢,碎霞萬點。　凌云百尺,篩月半池。"園内柳風閣有聯云:"高樹半窗灑空翠。　遠山一角含古青。"○東鄉鵝湖華氏別業懸偶句云:"兩樹碧梧桐,清簟疏簾無俗韻。　扁舟青箬笠,斜風細雨有良朋。"

宜興杜樊川水榭,在縣城東關外,面臨東汍,汍水方廣九里,南近罨畫溪。杜牧之客宜興時嘗寓此。今大東門外杜橋,相傳爲水榭故址。按:牧之,萬年人。萬年爲樊噲所封地,昔稱樊川,人因號爲杜樊川。其水榭屢圮屢修,潘伯彦有聯云:"禪榻常閑,看裊裊茶烟,隨落花風去。　遠帆無數,坐盈盈汍水,從罨畫溪來。"上聯因杜詩有"茶烟輕颺落花風"之句也。

上海愚園,景致頗佳,朝夕遊人常盈室。鄭海藏題楹帖云:"棠棣并爲天下士。　奮迹不受人間羈。"出聯謂園主人柏生兄弟。園内鳶飛魚躍,閣懸偶句曰:"怪石四隅,危亭一角。　平橋六曲,淺水三篙。"上海辛園,余未往遊,聞友人言,内有"移石栽花種竹。烹茶酌酒圍棋"及"綠水自然成澗壑。　春風無日不山家"兩聯。又聞茅亭懸有一聯,句云:"人民城郭是耶非,把茅蓋頭,看乾坤成毀。　林泉風月今猶昔,拈花彈指,樂樓閣華嚴。"

湘中也可園有嵌字格一聯云:"也不設藩籬,恐風月畏人拘束。可大開門戶,就江山與我品題。"語頗清遠,惜不知作者姓字。廣州北有快風閣,四面虛敞,所見無非丘隴。揚州石天基撰楹帖云:"引我舒懷山遠近。　催人行樂冢高低。"石君蓋自書其感抱,而景色恰合,有天造地設之巧也。楊椒山渡江訪唐荆川,不值,因登焦山礙月亭,題聯曰:"楊子懷人渡揚子。　椒山無意合焦山。"可謂工巧無倫。

金陵城内西南隅有愚園,爲胡煦齋太守別墅。已摘錄數聯,兹友人談及劉彭之作,能不欣然。其清遠堂聯曰:"地近杏花村,闌檻留春,瀟灑林泉新畫稿。　我來梅子雨,琴樽消夏,清凉世界小神仙。"係劉省三撫軍銘傳題。其曇碧含芳軒聯曰："駿馬秋風薊北。　杏花春雨江南。"係彭雪琴宮保玉麟題。周海艷軍門卜宅金陵，得陳氏僕園，葺而新之，極一時花石之盛。薛慰農山長撰偶語云："百戰功成，從戟門牙帳而來，謝萬戶侯封，貪看六朝山色。　十弓地拓，極石磴雲關之勝，問汾陽聲伎，何如居士清涼。"又撰楹帖懸其喧谷云："花塢藏春，竹爐暖酒。　紅羅宴客，白紵徵歌。"并題聯於其水流雲在堂，句云："魚鳥清閒，作濠濮閒想。　竹石奇古，如魏晉時人。"〇隨園老人之別墅在清涼山麓，今則鞠爲茂草矣。相傳園中有一聯云："柴米油鹽醬醋茶烟，除却神仙少不得。　孝悌忠信禮義廉恥，沒有銅錢可做來。"見道語深雋有味。其自題聯云："讀書已過五千卷。　此墨足支三十年。"意太豪縱，不免爲人指摘耳。

南通州城南顧氏藉園柱懸偶句曰："奉胡安定教條，經師南面，經生北面。　仿陸平原故事，阿兄東頭，阿弟西頭。"亭內懸聯曰："宜飲酒，宜圍棋，水木明瑟。　請學稼，請學圃，冬夏播琴。"張退庵先生營城南別業成，自題其門，有"不作夔龍佐。　聊同燕雀春"之句。其弟薔庵先生集唐句爲楹帖云："舍南舍北皆春水。　山鳥山花吾友于。"又聯云："入水不濡，入火不熱。　與子言孝，與父言慈。"〇蘇州顧子山先生築園曰怡園，樓閣亭榭，池石花木，景甚清幽，遠近遊人畢集。曲闌處懸偶語云："彈壓萬貔貅，笳鼓歸來，正堪剪竹尋泉，和云種樹。　往還一丘壑，闌干拍遍，祇是看花索句，采菊題詩。"樓有聯云："睡覺北窗涼，缺月初弓，好夢未成鶯喚起。　木末翠樓出，清風舊築，去年曾共燕經營。"又聯曰："獨倚小闌干，落日蒼茫，我見青山多嫵媚。　正在一丘壑，浮云來去，祇今明月費招邀。"亭中聯云："雞曉鐘昏，萬卷詩書事業。　潭空水冷，一天星斗文章。"

南京愚園，有梅崦楊君文瑩題偶語云："梅花萬樹，密室先春，諸老林間圖雅集。　瘦鶴一聲，長天欲雪，昨宵枕上夢孤山。"園中更有稱又一村者，李文忠撰楹帖曰："山椒雲氣易爲雨。　村落人家總入詩。"有稱西圃者，侯官林內翰惠臻作聯曰："紅黃霜樹珊瑚海。　黑白雲華玳瑁天。"春睡軒中灌叟題四言對云："故燒高燭。乞藉春陰。"松顏館中有"一窗蘿月禁春瘦。　萬壑松風撼晝眠"之聯，係吳縣王亦曾太史手筆。清遠堂內有"詩文清芬，曰道德會。山川靈秀，入戶庭間"之聯，係高要馮中丞譽驥手筆。相傳此園樓柱舊有一聯句云："百尺曠襟懷，更看翠袖連雲，香車流水。　四時供嘯傲，最好夕陽西墜，明月東升。"此園聯語，各具風趣。

　　常熟彭家場趙園，創始雍正時。後咸同間，有趙惠甫者，觀察江西，歸田後，手加修葺，於此讀書靜養。近年園漸傾圮，未免荒寂景象。有亭額曰"延爽"，懸偶句云："亭影欲隨葭葦活。　鏡光不礙鷺鷗藏。"俞蔭甫編修爲惠甫觀察題。○數里外有嚴氏別業，明嘉靖時大學士諡文靖名訥所營，今改逍遙遊，占山麓之勝，舍宇曲折奧衍，文窗綺寮，雅潔無纖塵，後倚山，前瞰湖，四時嘉景，天然入畫。舍後隨山高下，繞以竹籬，籬外遍種秋花。額曰"娛樂廣場"。柱懸聯曰："夕陽樓閣，烟雨亭臺，眼前風景不殊，烏目山人新粉本。西麓壯觀，南華化景，額上題名如故，白頭相國舊書堂。"又聯云："晴翠撲人，四面軒窗宜小坐。　夕陽流水，兩湖風月此平分。"寫景恰合。○又邑紳錢侍銜汝載築小園曰"劍閣"。當時自題楹帖云："無邊風月供嘲弄。　有主江山屬剪裁。"今聯猶流傳人口，而閣久廢矣。

　　吾邑公園於光緒三十一年乙巳春就洞虛宮荒基經始開闢，名錫金公花園。後數年，向秦氏以明季盛冰壑別業之基地購歸，由是基漸擴充，而構造亦日新月盛，即改今名。全園黃沙爲路，綠草爲場，入門巨石巍峙，最高者爲綉衣峰。其北敞軒一間，額曰"西社"。前面之池通白水蕩，池畔築軒三楹，曰"池上草堂"。附近有清風茶墅，園之中心建多壽樓，後有小池，前有露臺，西邊草場花架中有茅亭。又有八角六角四角等亭佈置其間，土墩一大樹，狀若華蓋，覆於其上，名其地曰"歸雲塢"。斯園之景，遊目騁懷，信可樂也。多壽樓懸華君文川所撰楹帖云："園成公界，當具公心，望遊人護花繫鈴，務使長春不老。　樓以壽名，允宜壽世，願來者紀籌延算，同爲大陸真仙。"此樓發始於宣統元年，華海初大令、華子隨孝廉、吳俊夫封翁均以年七十倡節壽筵之資捐助建築，樂與人同，甚足欽慕。戊午六月，市公所於樓前添築露臺，尤可望遠，又懸秦君寶瓚撰聯云："勝地起層樓，水色山光摩詰畫。　名園鄰古寺，夕陽芳草少陵詩。"王君寶書題偶語於池上草堂云："可以息，可以遊，商略廿年，真始願不及此。　何處池，何處堂，蒼茫四顧，起古人而問之。"上聯指同人欲擇地爲公園，在光緒乙巳以前已廿載，當計畫之始，不料遽有今日。下聯指池以上無頹垣敗屋可認，今建斯堂，仍顏舊額，不識於古址地位若何。吳君觀岱於歸雲塢題集句云："老樹不知歲。　名園別有天。"曹君銓於清風茶墅撰楹句云："復後樂園舊觀，奇花四照，疏柳兩行，小墅清風還鬥莩。　訪洞虛宮遺迹，青笠人來，紫璇仙杏，曲廊斜月好尋詩。"明盛中丞顒取白水蕩以營後樂園，中有清風茶墅，爲子弟群從鬥莩處，其地即今公園之靠東，元王梧溪在洞虛宮玩月作詩，其地即今公園之靠西，址毗連也。

揚州某氏園懸楹帖云："坐客爲誰，聽二分明月簫聲，依稀杜牧。　主人休問，有一管春風詞筆，點綴揚州。"作者未及詢明。惠山寄暢園，明正德中，秦端敏金并二僧舍，曰南隱溫，寓者爲之初名鳳谷行窩。中多古木，後倚一墩。端敏歿，歸其族，後裔燿乃易今名。其後，或分或合或改築，礨石作層巒，又引二泉之流，曲注其中，成而景益勝。康熙乾隆間，銜駕南巡，輒幸於茲。宸翰稠叠，自端敏至今，四五百年未嘗易姓。他園皆廢，惟此獨存，爲吾邑著名園墅。聞舊懸楹帖甚多，今僅有池邊知魚檻內二聯。裔孫寶瓚聯曰："荇藻瀠洄，三面波光搖素壁。　樹林陰翳，半園山色上朱闌。"翁文恭同龢聯曰："池含林采明於繢。　石貼苔華媚若鈿。"余無見，蓋毀未補立耳。

杭州西湖彭公退省庵懸偶語云："退食有餘閒，當載酒人來，莫辜負，萬頃波光，四圍山色。　臨流無俗慮，看采蓮船去，始聽得，一聲漁唱，幾處疏鐘。"未知撰者姓名。靈隱寺西，舊有包氏北莊，臺樹之美，冠絕一時。後爲翰林學士湯右曾別業，改稱湯莊。自題楹帖云："連峰紫翠看皆好。　喬木風烟畫不如。"○秣陵聚寶門外雨花臺，據岡阜高處，遙瞰大江，俯臨城市，爲金陵扼要之地。相傳梁武帝時有法師講經於此，感天雨花，故名。今其上築亭及茶室，旁植花木，儼是小小園林，亦有第二泉，味平平，遠遜惠泉之甘冽。許中丞振禕題聯云："獨携天上小團月。　來試人間第二泉。"集蘇句，頗能諧妙。

卷三　祠廟上

　　維揚史忠正公可法祠內聯語極多，向推京口嚴問樵太史所撰句云："生有自來文信國。　死而後已武鄉侯。"尤爲膾炙人口。○毗陵送子觀音殿聯云："我費盡慈悲心，抱孩贈汝。　你多行方便事，積德保他。"口吻恰肖。○某處送子殿有人作偶語懸於龕柱，句云："我把此送將來，那分別朱門蓬戶。　你好生收了去，養成個孝子賢孫。"有勸善意。○金陵痘司神廟香火稱盛，迨經癸丑兵燹，久未修理，湘鄉曾相國總督兩江時，其幼孫患痘甚劇，有客請禱於此。及病既愈，大興土木，殿宇壯麗。相國令門下士擬匾對，俱不稱意，乃自作楹語曰："種痘本前因，願衆生無灾無晦。　散花拈妙諦，惟我佛能發能收。"額以"仙露明珠"。於是執筆者咸嘆服。
　　河南許州有武廟，塑關聖立馬橫刀狀，曹操手捧錦袍立於側。楹懸對云："灞橋自古有行人，問誰立馬頻年，留芳不朽。　曹魏於今無故物，差幸綈袍相贈，遺像猶存。"昔有友人述蜀中關廟對，其句云："主玄德，友翼德，讎孟德。　生解州，輔豫州，歿荆州。"吾邑關帝廟，丁植卿孝廉題聯云："乃聖乃武乃文，孔門未見此剛者。　不淫不移不屈，孟子所謂大丈夫。"筆力雄健。
　　金陵淮湘水軍昭忠祠，楹語無甚佳者，惟彭雪琴宮保玉麟一聯頗覺悲壯，用之於水軍尤宜。句云："江淮河漢，浪駭濤驚，三千里掃蕩縱橫，君等能當天下事。　矢石戈矛，血飛肉薄，十六年忠貞節烈，國殤惟有楚人多。"饗堂外樓臺亭閣極多，其楹帖匾額，俱僧人月潭所著。橫翠山房聯云："與石訂交奇不厭。有梅作伴冷何妨。"來青樓聯云："隔岸鶯啼春草綠。　捲簾魚唼落花紅。"香雪亭有"萬劫不磨一片石。　孤亭好納六朝山"之句。晚香館有"人來曲徑疏籬外。　秋在輕烟細雨中"之句。皆名貴可誦。

石鐘山湘軍昭忠祠，曾滌生相國撰楹帖云："巨石咽江聲，長鳴今古英雄恨。　崇祠昭偉烈，永奠湖湘子弟魂。"○蘇州吳縣石修撰韞玉自作墓門聯曰："有地在心，不求風水好。　無田亦祭，祇要子孫賢。"○吾邑至德祠，在惠山寺右。乾隆三十年，知縣吳鉞暨裔孫培源等，購煉石閣基址，奉檄建，并祀仲雍季札。庚申兵燹，屋宇損傷。同治間修葺，裔孫吳䂓青廣文汝渤作楹語曰："三讓溯家風，凡在宗盟，自應顧名思義。　四年淪劫火，重新廟貌，聊以啓後承先。"○張義士止齋先生祠，在寺門內，某君撰偶語懸於祠門旁云："膽繼汾陽，單騎靖虎狼餘孽。　功高廣野，片言拯城社生靈。"○孫大宗伯祠，在寺塘涇，楹懸對云："一疏植綱常，歸里洵能爭去就。　萬言陳利弊，立朝真不愧科名。"係梁山舟學士手筆。

吾邑梨花莊都天廟，俗稱茭白廟，相傳神爲漢博望侯張騫，凡痧痘之事，皆禱焉，甚著靈異。丁植卿孝廉撰楹語曰："葡萄夏熟，首蓿秋高，緣何今日，人間偏司疹癘。　菰米沉雲，梨花涌雪，爲問當年，塞上有此風光。"語語典切，倜儻風流。○惠山張睢陽廟，亦有丁孝廉聯云："天地風塵，古廟丹青經幾劫。　江淮俎豆，空山鼠雀亦千秋。"其左有東嶽廟，地址毗連，內以門爲界，啓門即能通行走。俗稱東嶽爲聖帝，香火極盛。丁公亦有聯云："帝出乎震，聖而神與造化參，霖雨能教天下遍。　峻極於天，高惟嶽爲靈祇冠，峰巒豈獨丈人尊。"又秦研樵封翁聯云："聖不可知之謂神，化化生生，惠澤誕敷下土。　帝出乎震而宗岱，明明赫赫，威靈遍被東方。"俱自然。

蜀中諸葛武侯廟額曰"丞相祠堂"。楹懸偶語云："義膽忠肝，六經以外惟二表。　托孤寄命，三代而還祇一人。"不知何人所作，貼切渾成，佳制也。少陵草堂，陸放翁配享，有集句聯云："錦里先生爲老伴。　玉霄散吏是頭銜。"○湖南洞庭君祠，左文襄公宗棠少年時應禮部試北上，舟經其地，登岸瞻玩，題聯於饗堂云："迢遙旅路三千，我原過客。　管領重湖八百，君亦書生。"意態雄傑，即此可見。

惠山寺左,舊有明周文襄忱專祠,正統中,知縣談清建。萬曆中,并祀海忠介瑞。繼因二泉亭側之周孔教祠廢,邑人移主纖入。康熙六十年,增祀湯文正斌。道光二十六年,以革除現年弊政,又增祀李文恭星沅,稱五中丞祠。庚申兵燹後,修葺饗堂,煥然一新,應敏齋廉訪寶時撰楹聯懸於龕云:"四百年來五開府。　九龍山下一祠堂。"簡括明净。

河南汝州關廟,浙江德清之商人以爲公所。歲丙辰,德清俞蔭甫編修行部至此,其鄉人乞題一聯,句云:"廟貌遍塵寰,此間地接許昌,請看魏國山河,徒留荒草。　軺車遵汝水,使者家居苕霅,願與故鄉父老,同拜靈旗。"○安徽新安之汪村水口亦有關廟,其廟并祀張睢陽,上有文昌閣。俞編修撰聯懸其楹曰:"威名滿華夏,真義士,真忠臣,若論千載神交,合與睢陽同俎豆。　戎服讀春秋,亦英雄,亦儒雅,試認九霄正氣,常隨奎壁煥光芒。"以三神合寫,亦覺渾成。

邯鄲盧生廟,毗陵周伯恬先生撰聯云:"六國戰爭餘,看寶馬名倡,重來故道。　一餐榮辱定,嘆黃塵宦海,苦戀殘年。"末句意因西林相國等多有楹語,故隱刺之。○吾鄉蓉湖尖財神廟楹帖云:"財源萬斛,奔騰有如此水。　神惠八方,廣被也視其人。"魁星閣聯云:"握管持金,顯示我功名。　高下張牙,睁目隱怪他。"文字平庸。華元化祖師殿龕旁懸偶語曰:"頭可劈,臂可痊,妙用兩般醫國手。　書不傳,方不滅,總留一點活人心。"又東亭鎮諸葛大王廟有"大業蜀都扶漢帝。　舊交鄰社協徐君"之句。時新塘橋有徐庶大王廟,故言"鄰社舊交"。此四聯,俱孫勛三茂才顯所撰。

浙江省城,新建羅壯節、王貞介兩公祠,高滋園都轉撰楹帖懸於饗堂,句云:"由名進士起家,爲名臣,一開府,一開藩,浙東西崇德報功,人與白蘇共千古。　是大丈夫出身,臨大節,以死戰,以死守,城內外矢窮援絕,天教巡遠作雙忠。"壯節,名遵殿,乙未進士,浙江巡撫。貞介,名友端,丁未進士,署浙江布政使。同死庚申之難者也。○吳中有二程子祠,兵燹後新修。恩竹樵方伯作聯曰:"後尼山千五百年,篤生兩先生,闢邪説,辨異端,道統天開,正所以下啓紫陽,上承鄒嶧。　環蘇臺數十萬戶,過此一瞻拜,黜浮華,崇實學,士風日起,庶不愧言遊故里,泰伯遺封。"用意貼切,倜儻不群。

京口淮陰侯祠,薛衡瞻太守司鐸鎮江時作聯云:"江山第一。　國士無雙。"殊覺渾成,四字對無過此者。○吾邑淮湘昭忠祠,在惠山寺內,割寺之大雄殿大悲閣等址爲之,祀淮湘諸軍克復江蘇陣亡將士,以程忠烈公學啓居首。同治四年建,施叔愚廣文時在李文忠公幕中,代公作聯云:"將士用命,臣豈有力焉,是享是宜,聖代即今多雨露。　精魂何依,吾爲之歸也,以安以侑,故鄉無此好湖山。"用成語恰切,且合少荃相國口吻。錢子諒觀察亦撰對懸於饗堂,句云:"酣戰復名城,夜壑呼松,好似前軍驅虜敵。　殊勳畀吾土,寒泉薦菊,愧無從事紀功碑。"邇年來,添設李文忠木位居首,以程公改爲次,而稱淮軍昭忠祠焉。

惠山至德祠,吳平齋廉訪云著聯云:"草昧造三吳,自南河陽城箕山以來,天錫此土。　豆登延百世,立君臣父子兄弟之極,民無能名。"顧洞陽公可久祠,其裔孫響泉廉訪集成語作楹帖曰:"奮百世下,頑廉懦立。　環兩山間,泉甘土肥。"○許文懿公祠,亦在惠麓,孫勖三茂才撰楹語云:"早歲掇科名,召對時爲治數言,不負傳家有經學。　實心維國是,紹興間論奸一牘,縱然解組戀君恩。"落落大方,不染時習。○又陸忠宣公祠,有陸映山明經聯云:"唐代兩朝賢宰相。　孔門一脉大儒宗。"亦覺柔和皇典麗。

蘇州財神廟,潘玉泉觀察題聯云:"生財有大道,則拳拳服膺,仁是也,義是也,富哉言乎至足矣。　君子無所爭,故源源而來,孰與之,天與之,神之格思如此夫。"集《四書》語,頗自然。西湖孤山亦有財神廟,某君遊此,撰偶語曰:"梅鶴洗酸寒,且教逋老揚眉,葛仙生色。　鶯花添富麗,恰稱金牛湖上,寶石山邊。"就西湖發揮,便覺貼切。虞山俞省齋撰魁星閣一聯云:"不衫不履,居然名士風流,祇因醜陋形骸,幾湮沒了胸中錦繡。　能屈能伸,自是英雄本色,可惜崢嶸頭角,誰識你的筆底珠璣。"此聯之妙,妙在雙關,并藉此以鳴不平,蓋文章憎命,詩賦窮人,可爲失聲一哭。

常州孟河蔣氏支祠落成，乞俞蔭甫編修撰聯云："淵源溯漢代，侯封縱盛名，馬服交推，蔣逕清風傳自遠。　祠宇法文公，家禮況宸翰，龍章寵錫，孟河喬木仰彌高。"光緒六年，慈禧皇太后有疾，詔徵天下精醫術者，馬培之亦與焉，比歸命南書房翰林，書"務存精要"四字賜之，遇亦榮矣。然馬君實蔣氏，在漢世有封函亭侯者，其始祖也。某地有朱孝子祠，俞編修亦有聯云："有愛子市飴，無愛親市飴，小節尋常，萬口諮嗟稱大孝。　兒爲母昇輿，婦爲姑昇輿，高年安樂，八驂傳唱總浮榮。"孝子名高，字兆光，香山人。母病廢，與妻陳以竹椅昇之，周行家衖。又因母嗜飴，逢市集，每躬往購之。市者曰："吾鬻此三十年，但見人購以啖兒女，未聞以奉母也。"一市嗟嘆。〇蘇州閶門外呂仙祠，盛旭人觀察題偶語云："小築仙居，是當年寶劍藏精故地。　廣爲善舉，體先生金丹濟世婆心。"祠中間供奉呂仙，其餘屋又爲公所，衆商人醵資爲善舉者，於此會集焉。

張勤果公曜撫東時以好客聞，客之窮乏者，咸隆館餼，日費不貲。及卒，身後蕭然，略無長物，猶虧帑若干。然東人感其德澤及人，思之不衰，建祠於明湖，畔中有小閣，供公攝影，長與人等，儼如生。溧陽趙菁衫觀察撰楹聯云："橫海東西，無處不聞齊仲父。大江南北，有人曾夢漢桓侯。"相傳其太夫人夢桓侯而生公，故末句云然。〇吾北鄉八士橋過玉書孝廉建張睢陽廟，以向帥榮配享於左龕，張帥國梁配享於右龕，名曰三忠臣祠。許伯謙茂才撰楹帖云："同一死以報君，更何分唐代藎臣，熙朝上將。　仗孤軍而殺賊，恨未得頭函安史，手刃洪楊。"運用得勢，倜儻不群。

北里郡城隍行宮，即漢紀信廟，丁植卿孝廉撰楹語曰："勳績邁韓彭，逝水前朝，尚憶纛車乘黃屋。　威靈鎮金錫，好山對面，更無簫鼓賽烏江。"延壽司殿，亦稱斗宮，植卿孝廉有聯云："分野紀疇人掞揚，壁府奎文，蔭兹吳會。　幽宗隆秩祀調爕，箕風畢雨，惠我黎元。"又青城大王廟柱聯云："白水繞圩鄉，尚祈淫潦無災，曰陽恒若。　青城崇里社，安得催科不擾，有吏皆循。"亦丁作。

石門高氏祠堂落成，高滋園都轉撰楹帖云："卜宅晉元興，石門秋色，桃塢春風，聚九華秀氣綿延，累代簪纓，後裔至今懷祖澤。

溯源齊公族,穀熟分支,姑蘇別派,守百禩清芬崇奉,不祧俎豆,先祠終古傍魁峰。"高氏出齊公族,由穀熟遷姑蘇,晋元興時又由蘇遷池州,其地在九華山西南,曰魁峰,曰石門,曰桃塢,皆其地。蓋據高氏譜而纚言之,故甚詳也。海寧觀音殿,俞蔭甫編修因寺僧乞題,爲撰一聯云:"八面現金容,看一出人間,便消劫運。　十方瞻寶相,願大家心上,各發慈悲。"同治二年,浙西半陷,賊中忽於海寧北門内民間屋壁得八面觀音銅像一尊,不知何年所鑄,因供奉焉。而是年官軍即將浙西依次肅清。蓋慈容見,而劫運消,非偶然也。

　　德清烏山土地廟重修落成,俞蔭甫編修題偶語云:"耕而食,鑿而飲,相傳中古遺風,尚留村社。　春有祈,秋有報,願與故鄉父老,同拜神旗。"德清烏巾山之陽有土穀祠,相傳謂堯皇土地,不知何義。然長興有《堯市山一統志》云:"堯時洪水,民避難於此,成市。"則堯皇迹亦無怪也。其廟之戲臺成,俞編修亦有聯云:"藉絲竹傳山水清音,里社歌謠新樂府。　與父老話昇平盛事,歲時伏臘古臨溪。"隨筆寫出,恰能渾成。

　　杭州吳山新建倉頡祠,吳康甫大令屬人撰聯懸於柱云:"上溯羲皇畫八卦時,文字權輿,秦而篆,漢而隸,任後來縑素流傳,不外六書體例。　高踞吳山第一峰頂,川原環抱,江爲襟,湖爲帶,看從此菁華大起,振興兩浙人材。"此祠前臨浙江,後枕西湖,形勢殊勝,洵佳境也。〇吾邑北門外天后宫,丁植卿孝廉著楹帖云:"水附地而行,配夫天位,業冠百靈以上。　兑於女爲少,傒我後感,通周四海而遥。"都城隍廟花廳,某君作偶語云:"解縈澤圍,忠純漢室。錫梁溪福,祀匹睢陽。"其戲臺有聯云:"一曲迎神,如聽滎陽鼓鼙。　四年淪劫,重瞻原廟衣冠。"亦丁孝廉手筆。

　　成都關聖廟懸聯云:"孔夫子,關夫子,萬世兩夫子。　修春秋,讀春秋,千古一春秋。"頗覺渾成。左文襄題常德關廟聯曰:"史策幾千年,未有上繼文宣大聖,下開武穆孤忠,浩氣常存,樹終古彝倫師表。　地方數百里,之間西連漢壽舊封,東接益陽故壘,英風宛在,想當年戎馬關山。"王湘綺題江南武聖廟聯曰:"杯酒斬顔良,河北英雄齊喪膽。　單刀會魯肅,江南名士盡低頭。"有氣勢。

山東曲阜孔聖廟柱有偶語云:"覺世牖民,詩書易象,春秋永垂道法。　出類拔萃,河海泰山,麟鳳莫喻聖人。"某地有孟子廟,懸集句聯云:"入則孝,出則弟,守先王之道以待學者。　仰不愧,俯不怍,得天下英才而教育之。"又蘇君開泰撰楹帖云:"由義居仁,傳堯舜禹湯文武周孔之道。　知言養氣,充惻隱羞惡恭敬是非之心。"蘇君又有聯云:"捨伯夷之清,伊尹之任,柳下之和,願學孔子。　能富貴不淫,貧賤不移,威武不屈,此謂丈夫。"江寧縣孔廟懸"修其天爵。教以人倫"一聯於二門。○某地施子祠有聯云:"其地與廉子祠并壽,名山水木湛清華,孔教文明思高弟。　本朝有靖海侯立功,異島云礽多才俊,夏風孱弱望強宗。"施子,孔門弟子,名之常,字子恒,魯人也。

漢中大禹祠,楊穌甫先生撰楹帖云:"原隰甸南山,溯八載神功,如見巨靈開太華。　祠堂宏東漢,看千秋順軌,流將明德過瀟湘。"南京禹王宮,客座石門袁少枚尚寅題聯云:"君山茶,澧浦蘭,武陵桃花,土物似言故鄉好。　鍾阜樹,秦淮月,莫愁烟雨,風云尚覺此堂雄。"韓城禹廟,王樵也題聯曰:"東龍門,西夔門,行地喜安瀾,歷數勝遊,疏鑿千年懷禹迹。　左晉嶺,右秦嶺,極天撐峭壁,中分兩界,別開一綫走河流。"○某地倉聖廟聯云:"張旭何顛狂,仗吃三杯酒,亂塗幾點鴉,也在字中稱草聖。　李斯亦妄誕,擅變六書通,強分八體法,敢於篆外廢古文。"聞是德陽彭大俠手筆。

近聞友人言,富春嚴子陵祠有長聯云:"一件蓑衣,骯髒那朝中黼黻,你有你的四海,我有我的千秋。天下已定,老子何必官耶,本朋友,義不君臣,祇可把富春山,長讓與先生垂釣。　兩支夢脚,驚動了上界星辰,尊莫尊者帝王,高莫高者道德。此才弗用,寡人以爲過矣,望嚴灘,却思商皓,縱然算豁達度,能屈他漁父同床。"光緒甲辰,余由蘭溪回錫,舟經釣臺下停泊,時尚早,偕程彝仲登岸眺玩,見碑亭,碑勒"漢嚴子陵先生釣臺"。宋謝皋羽先生西臺,歷石階十餘級,入嚴祠,享堂塑先生像,供正龕,以范文正、歐陽文忠、謝皋羽等四人纖祀東西龕。其右客星樓均多古碣,半係前明,已剝蝕。堂中懸聯四,一戴君槃所撰之:"惟巢由乃可與并駕。　微光武不能成其高。"一吾鄉章定安孝廉鈞所題之:"大漢千古。　先生一人。"一某君所著之:"釣者不在魚也。　先生其猶龍乎。"一某君所作之:"中興天子友。　清節後人師。"而友人口述者,獨未見焉。

白帝城昭烈廟懸楹帖云:"正統千秋,尚有紫陽綱目。　托孤數語,常留白帝城頭。"成都昭烈墓石柱上有聯云:"天府古益州,劇憐五丈荒原,出師遺恨終巴蜀。　漢家舊陵寢,贏得三分正統,望帝歸魂拜杜鵑。"○嘉興王君韶昀題橫州大灘馬伏波將軍廟聯云:"廟貌壯河山,想見將軍猶矍鑠。　江聲流日夜,往來旅客總平安。"○某地鄭北海祠饗堂懸偶語曰:"六藝折中,身教爲言教。　四民矜式,經師即人師。"○金岱峰廣文所撰。社公廟聯云:"春日本陽和,看紫燕頻來,有幾許比鄰王謝。　是翁真矍鑠,願黃冠早返,儘與他晚景桑榆。"作者未知。○洞庭西山包天君廟,曹茂才銓撰楹句云:"梁室溯華宗,陶丘肇錫侯封,玉册金符,隋史千秋曾列傳。　吳民食舊德,包薦常留廟貌,云車風旆,具區萬頃此栖神。"考《隋書》,神諱陽,爲梁武帝玄孫,仕隋,歷衛尉卿秘書監,封陶丘侯,廟在太湖中洞庭西山,香火特盛。

浙江定海成仁祠,乾隆甲戌,知縣莊綸渭作楹帖云:"碧海映丹心,民到於今稱大節。　青山埋白骨,我來此處吊孤忠。"光緒甲辰,祠屋重修,知廳事楊志濂撰偶語云:"殷有三仁焉,矧萬眾同歸,更烈於箕子辱、比干死。　海外一島耳,荷九天褒錄,何讓乎漢田橫、宋崖山。"司獄莫逾製作長聯懸於柱云:"臣死君,子死父,妻死夫,卑幼死長上,都計有萬八千人,可謂烈矣。　嵇之血,嚴之頭,顏之舌,文山之正氣,以此殿二十四史,宜其祀焉。"管帶定防炮臺黎玉泉題楹帖云:"諸大夫報國盡忠,了結朱家殘局。　後君子登山吊古,牽連姚令投池。"經修董事孫詒謀、孫爾瓚撰長聯云:"殉節以勝朝爲最,葬同穴,祭同堂,當年慷慨捐軀,想碧血橫流,丹心長照。　好官自常郡而來,繆事前,莊事後,今日繼承芳躅,喜山光依舊,廟貌重新。"後龕供女位,邑人武聯達題楹句云:"莫謂小朝廷,投井先聞宮壸。　許多奇女子,入祠不讓鬚眉。"俱穩切。

潮州韓文公祠,江湘嵐撰偶語云:"豈惟潮人士敬戴,先生誠開衡山之云,威戢鱷魚之暴。　宜與朱紫陽并崇,謚號道原二氏之謬,文起八代之衰。"○某廟合祀文武二帝,享堂懸楹帖云:"爲蜀人,爲蜀臣,同是西方之聖。　號文帝,號武帝,尊於南面而王。"○陳州太昊陵有聯曰:"剖造物之精,永垂爻象。　開生民之利,共樂佃漁。"○云南鶴慶魯班祠,黃梅峰題聯曰:"化工無工,入斯門休輕弄斧。　成器不器,似此老方許斫輪。"○六安汪啓英先生題關帝殿聯云:"附聖人末光,猛將佳兒同萬古。　得夫子正氣,寶刀駿馬亦千秋。"關帝像旁,塑有關平勒馬及周倉持刀像。

　　永嘉華蓋山下有東甌王廟,規制閎麗爲一邑冠,溫州軍政分府徐定超題偶語云:"公本以王業肇基,自昔馨香明德遠。　我曾在是邦守土,若論功罪疚心多。"○某地華陀殿懸楹帖云:"愧當代以醫名,未能與奸雄破腹穿胸,把他心腸易換。　慨沉疴非藥治,願各從平日修身積善,默邀神鬼扶持。"相傳元化乩筆。○周孝侯廟有楹句云:"生爲名將,死作良醫,方知射虎斬蛟,總歸仁術。　人起沉疴,天開壽域,豈有奇方秘藥,全仗神靈。"係家曉湘孝廉撰。○蓉湖尖鄒氏宗祠落成,家曉湘於其樓上題聯曰:"到此奉蒸嘗,共毋忘,遺澤道鄉,傳家義行。　於今重締構,期不負,環村碧水,排闥青山。"○蔣萬里撰孔子廟聯曰:"天主耶穌希臘老氏釋迦諸教,總不越孔教範圍,黃種文明天再造。　君臣父子夫婦昆弟朋友五倫,獨於是立人倫規,素王道德日當中。"○惠山高忠憲公祠,顧響泉廉訪光旭作偶語懸於饗堂句云:"君子無所爭,立綱常,扶名教。大臣不可辱,感天地,泣鬼神。"言簡意賅,佳構也。族後裔子鳴茂才鼎業有聯云:"道統足千秋,泗水淵源,佑啓東林開後學。　家基延一脉,共城德澤,光昭南渡守先型。"○西南鄉萬頃堂旁項王廟,華紫垂茂才袠題楹帖云:"追陪名士登臨,佳序恰逢寒食節。　憑吊霸王遺迹,餘威猶震拔山歌。"聞友言,丁植卿孝廉撰忠節祠聯云:"神之格思,生爲英,死爲靈,正氣常存,浩劫歷庚辛壬癸。　鬼言歸也,弋於山,釣於水,故鄉可樂,同堂聯橘柚槐榆。"歷年祭祠未見,蓋作而未鐫板也。

卷四　祠廟下

浙江嘉善武帝廟，婺源江湘嵐大令作偶語云："此何地哉，溯郡分吳會，縣析魏塘，久無尺寸屬蕭曹，惟公浩氣常留，膺縻代崇封，咸仰上儀侔帝制。　神來格矣，看雲擁靈旗，雷轟天鼓，猶是聲威震華夏，爾日海氛多惡，願降魔伏寇，俾知中國有聖人。"又作聯云："靈鍾泰岱，曰山西聖人，下則爲河嶽，上則爲日星，沛塞蒼冥，浩然天地有正氣。　義結桃園，第齊東野語，君視如手足，臣視如腹心，力扶漢祚，明乎春秋無二王。"頗有氣勢。

合肥包孝肅祠，裴君睫闇撰楹帖云："不愧讀書人，移孝作忠，想見正色數言，永敦國本。　是真閻羅老，看花載酒，安得開顏一笑，重睹河清。"某地余忠宣公祠，李君丙榮題偶語於其饗堂云："臣死忠，子死孝，妻妾死義，更戚屬僚佐，士民卒伍，感恩從殉者且二千人有奇，軼事邁古今，直合晉卞壼、唐張巡、明黃觀諸賢臨難遺徽，并作一時血性。　國有諡，史有傳，都邑有墳，況縉紳先生，野老田夫，垂涕而道之閱五百年未艾，大名光宇宙，好藉清水塘、風節井、正氣樓幾處流芳勝迹，永存萬世綱常。"風節井爲忠宣夫人及女殉義處，清水塘爲忠宣殉義處，正氣樓在忠宣祠左。

江陰縣城内有張睢陽廟，地與江蘇學政節署相近，黄漱蘭侍郎體芳督蘇學時嘗捐廉俸葺而新之，因於楹柱題兩聯，其一曰："無餉又無援，臨淮張樂，彭城擁兵，嘆偏隅坐困將才，自古英雄干衆忌。能文斯能武，操筆成章，誦書應口，幸試院近依公廟，至今靈爽牖諸生。"其二曰："男兒死耳復奚言，若論唐室功臣，四百戰勛勞，豈輸郭李。　父老談之猶動色，敢籲揚州都督，億萬年魂魄，永奠江淮。"安徽旌德縣雙忠廟柱懸偶語云："扼安慶緒首尾援師，使神京再造，靈武中興，卅六人抗節孤城，保障勛勞高李郭。　與顔常山後先殉國，自贊皇辨誣，昌黎論定，千百載表忠雙廟，馨香俎豆遍江淮。"汪莘農手筆也。

成都武侯廟懸楹帖云："三分天下四川地。　六出祁山五丈原。"又某君有聯曰:"臣本布衣,一生謹慎。　君真名士,萬古云霄。"蕭玉衡題重慶丞相祠堂聯曰:"政成民已和,伯仲之間見伊吕。

江流石不轉,風云常爲護儲胥。"沔縣在成都北十餘里,有諸葛武侯祠,楊穌甫作偶句云:"三足鼎安在哉,我來尋丞相遺踪,剩沔水湯湯,流千古恨。　五大洲多事矣,誰能挽先生復起,奮天威赫赫,攻百蠻心。"楊君又題定軍山武侯墓一聯句云:"天所廢,誰能興,追念龍驤虎視,未了臣心,憑吊那禁碑下淚。　神之來,不可度,聞道風馬云旗,猶寒賊膽,英靈常護沔陽人。"沔縣古名沔陽,洪楊之亂,群賊欲陷沔城,夜見神兵蔽山,賊膽寒,遂引去。丞相臨終,自言欲葬定軍山。後主從之,擇吉自送靈柩至定軍山安葬。

某地泰伯廟,吴君鴻昌題聯曰:"上德不德,希踪巢父、抗節子臧是名教,完人三讓,高風殊卓絶。　求仁得仁,介弟仲雍、裔孫季札更後先,濟美雙江,流澤卜靈長。"湘潭吴劭之代蕭玉衡於屈子祠撰楹帖云:"痛飲讀離騷,放開今古才人膽。　狂歌吊湘水,照見江潭漁父心。"又代陳培心題一聯句云:"風雨誦離騷,香火升龕薦芳草。　水軍喧競渡,樓船載酒酹先生。"祠爲水師所建。

焦山關帝廟,賈君鏞作楹帖云:"此吴山第一峰也,問曹家橫槊英雄,而今安在。　去漢代二千年矣,數當日大江人物,不朽者誰。"頗能動目。○江南駐馬坡諸葛武侯祠有聯云:"慕綸巾羽扇風流,俎豆維新,比之西蜀祠堂,南陽廬舍。　冠鍾阜石城名勝,江山依舊,渺矣吴宮花草,晋代衣冠。"○大庸陳桐階題張桓侯墓聯曰:"君知劉豫州乎,略分言情,似説生能助臂。　身是張翼德也,成仁取義,可憐死不歸元。"○成都錦屏山之東子龍趙將軍墓石柱鎸聯曰:"以此一身膽,曾當百萬兵,千秋草木餘生氣。　奠公數杯酒,試問三分國,幾個英雄得壽終。"子龍以病終,時年七十五六。○京口三義閣懸偶句云:"若傅粉,若塗朱,若點漆,誰謂心之不同如其面。　忽朋友,忽兄弟,忽君臣,信乎聖不可知之謂神。"語亦奇。

慈利田東溪先生撰楹帖懸於女媧宫曰:"以神祺,配皇煌帝諦之尊,道在人倫,不使衣冠淪異族。　繼太昊,俾天柱地維無恙,世留廟祀,猶餘伏臘走村翁。"陳君桐階題神農廟云:"后稷善承先,以稼穡教民,配天合紀司農績。　許行空好古,持饔飧立說,入世徒爲噉飯人。"錢君夢鯨題藥王廟聯云:"要知治病先嘗藥。　不是神人莫作醫。"○江瀆廟有聯云:"蕩蕩乎民無能名,通地脉靈,江淮河漢是也。　滔滔者天下皆是,以水德王,蛟龍魚鱉生焉。"作者未知。

某地項王廟有聯曰:"天意欲興劉,到此英雄難用武。　人心猶慕項,至今父老尚稱王。"吾邑西南鄉萬頃堂旁古項王廟懸楊君壽楣聯云:"拔地山雄,舊迹猶留霸王廟。　平湖浪靜,名區近接美人崖。"惠麓錢武肅王祠懸楹帖云:"兩間浩氣常存,吳越謳思,猶有南代金書遺澤在。　一念精誠所感,山川震撼,爰携北關鐵弩射潮回。"○鄰近有司馬溫公祠,其後裔屬余撰偶語,勉應之,句云:"宋代名臣,史修通鑒,功在國,德在民,勳猷綿百世。　孔宮配享,祠建惠山,行其禮,奏其樂,俎豆永千秋。"○城中新街巷寶諫議祠,祀五代周太常寺少卿燕山公禹鈞,饗堂懸先大父俊三公撰楹帖云:"德澤溯漁陽,歷廿八代子孫,共守義方遺訓。　宗支分錫麓,傳五百年耕讀,常敦古處餘風。"又子昂從叔祖聯云:"禮義廉恥,是爲四維,當思無忝祖考。　士農工商,各執一業,便非不肖子孫。"又張得天先生聯曰:"此地有佳山水。　善人多賢子孫。"佳山水指庭中假山小沼而言。饗堂之北,昔年有屋數進,頗寬敞,并有亭榭池石花木諸勝,經兵燹,尚未建復。聞舊時歐舫中懸春園棣萼圖,曾叔祖蘊和公入祠飲福於歐舫,南平從,曾叔祖感諸兄均没,作聯云:"開夜宴於春園,當年棣萼芳菲,歌咏欣隨康樂。　展舊圖於歐舫,此日椿庭殂謝,箕裘端賴仲容。"末句有勗勉兩姪意。

大梁有孟子廟,曰游梁祠,沈春祥題楹帖云:"千里而來,何必曰利,亦有仁義而已矣。　百世之下,莫不興起,況於親炙之者乎?"相傳沈亦古時之詩人也。杭州城內東南隅候潮門之城樓旁,有王壯湣公祠,中堂懸偶語云:"正氣作河嶽日星,赤手支天,張許忠貞同一轍。　死守到析骸易子,捐軀報國,岳于名節共千秋。"語頗慷壯。西湖邊岳廟,彭雪琴宮保玉麟撰長聯云:"史筆炳丹書,真耶僞耶,莫問那十二金牌,七百年志士仁人,更何等悲歌感泣。

墓門淒碧草,是也非也,看跪此一雙頑鐵,千萬世奸臣賊婦,受幾多惡報陰誅。"又曾國霖撰七言聯云:"一代精忠起河嶽。　千秋生氣重湖山。"又吳廷樓題聯曰:"王業竟偏安,嘆息北征將士。　精忠獨報國,傷心南渡君臣。"皆能慷慨激昂,而貼切岳王也。

　　浙江台州府之東湖有樵子祠,相傳爲明初故老,一日擔柴過湖濱,聞成祖登極建文走死之信,大號一聲曰三綱絶矣,棄擔於地,投湖而死。鄉人至今祀之,私謚忠逸。有陳某撰一聯云:"千古泯姓名,忠而爲逸。　一肩擔道義,夫豈真樵。"臺灣鄭成功廟懸楹帖云:"由秀才封王,主持半壁舊山河,爲天下讀書人頓增顔色。　驅外夷出境,自闢千秋新世界,願中國有志人再鼓雄風。"令人誦之,不禁雄心勃勃。○許仙屏中丞振禕督學陝西,過馬嵬,題貴妃祠堂聯曰:"龍武軍變起倉皇,畢竟蛾眉能殉國。　鼉叢道塵飛散漫,誰將駕錦賦歸魂。"意切詞麗。

　　衡山王船山祠,毗陵洪稚存編修亮吉撰楹帖云:"慟哭西臺,當年航海,君臣知己,惟餘瞿相國。　羈棲南嶽,此後名山,著作同心,猶有顧亭林。"有友人述此,愛而錄之。湖北鸚鵡洲對面,舟楫蟻陳,足供觀覽,其鄰近有魯肅墓,題聯甚多,以張文襄所作爲佳。句云:"聯蜀拒曹,乃公一生學問。　捨奸去詐,則吾十年用心。"觀此,知墓與聯可並傳矣。○江津禹王廟,懸某君所作偶語云:"岳牧無才,唐虞不免憂饑溺。　岷嶓既藝,飲食宜思孝鬼神。"○吾家後門向北十餘步,有古三皇廟,正殿塑伏羲、神農、黃帝三像,龕懸楊君春灝撰句云:"欲與乾坤彌缺陷。　爲憐億兆立方書。"石柱鎸華君慶雲偶語云:"百草療民疴,立德立功,補飲食宫室衣裳之未備。　萬年崇祀典,乃神乃聖,先堯舜禹湯文武而開基。"貼切渾成。

　　陝西留侯祠,清苑樊蔭蓀題楹帖云:"雖云山林宜人,那須過客登臨,祇談風月。　況値國家多難,不有先生勛業,莫學神仙。"紫柏山留侯祠,楊穌甫先生撰偶句云:"以三寸舌爲帝師,帷幄贊襄,是前代皋伊之亞。　出一編書授孺子,淵源付托,開漢廷黃老之宗。"此祠有精室三楹,窗外瀑布高懸,景致絶佳。楊君又題聯云:"客夢好憑流水浣。　鷄鳴或有老人來。"又集唐句成聯曰:"泉源在庭戶。　世界接人天。"○浙江平望平波臺元真子祠,有某君所著楹帖云:"泛鏡水千塍,歸來餐菰飯蓴羹,地真仙境。　聽棹歌一曲,隨處有荻花楓葉,我亦漁人。"筆意瀟灑可喜。

某地城隍廟,懸集《四書》聯云:"德之不修,吾以汝爲死矣。過而不改,子亦來見我乎。"集句極自然。凡神廟對,最忌腐氣。吾邑城隍廟在直河之西三皇街,兵燹後大興土木,鳩工重葺,裘浩亭邑尊大中撰偶語鐫於石柱云:"殿宇重新,欣逢年穀豐登,賴有衆擎成此舉。　閭閻未復,自愧簿書冗雜,願邀神佑福斯民。"朱念椿孝廉鳳銜作聯懸於大堂云:"古有云,有心爲善,雖善不賞,無心爲惡,雖惡不罰,特察隱微施彰癉。　今乃知,有心爲善,惟善必賞,無心爲惡,惟惡必罰,須從戒勉進功夫。"龕旁有嘉善夏曰濟所作聯云:"慎勿以善小而不爲,慎勿以惡小而偶爲,刻刻留神,積久終邀福報。　過出於無心則可恕,過出於有心則難恕,時時在念,此生庶免陰誅。"其後爲二堂屏門,鐫劉繼增補書邵涵初舊句云:"匪神之靈,匪機之微,總是人心感召。　爲善必昌,爲惡必滅,實由天理昭彰。"其旁有張寶誠所題楹帖云:"爾心暗昧難明,邪盜奸淫,恍若撫衷無愧。　我却含糊不得,刀鋸斧鉞,還當摩厲以須。"柱挂王金路書偶句云:"但憑你無法無天,到此孽鏡高懸,還有膽否?　須知我能寬能恕,且把屠刀放下,回轉頭來。"又有陸鴻逵書聯曰:"殿宇慶重新,復屹然,武聖祠邊,古皇廟畔。　神靈欣共戴,也猶是,召遺棠蔭,潘種桃花。"三堂龕懸聯曰:"寢成孔安幾番,經始民攻,共祝高明悠久。　神具醉止一樣,自公退食,於茲遊息藏修。"此係龔子達明經撰。其右花廳,許伯謙茂才題楹帖云:"璿室近瑤臺,檻外嶔崎米顛石。　輞川入惠麓,畫中雅麗右丞詩。"廳之前後有假山花木,故云然。

杭州林典史祠懸偶語云:"大節匹閻公,取義成仁,青史從今尊縣尉。　忠魂依處士,補梅招鶴,孤山終古屬林家。"又聯云:"上下五百年,處士忠臣各今古。　迴環三十里,于祠鄂廟共湖山。"祠在孤山林和靖墓側。金陵上元縣署中程明道先生祠,林文忠公題聯云:"愛物爲心,一命於人亦有濟。　得民以道,千秋斯統不虛傳。"

讀此聯語，便知文忠一生行事氣節矣。按：程灝，宋時人，字伯淳。著《定性書》，與《太極圖説》相表裏，闡聖學之秘。及卒，文彥博題其墓曰"明道先生"云。

大庸陳桐階題張桓侯廟楹句云："邰寒膽，見其武，顏戴頭，感其恩，恩非暴，武維桓，不暴而桓，千古偉人，有光漢族。　蜀爲君，事以忠，魏爲賊，討以義，義入神，忠愛國，惟神在國，萬家香火，宜配關侯。"蜀中張桓侯廟懸偶句云："春雨樓桑，無限落花悲帝子。　秋風劍閣，有人灑淚吊將軍。"涿州有張桓侯祠，某君題聯曰："井里猶存，一旅旌旗先翊漢。　樓桑未遠，千秋魂魄尚依劉。"俱妥切。

福州白石山戚公祠，郭兆昌撰楹帖云："功德在民，百世祀可也，所望一靈不泯。　城郭猶是，四方來觀者，免教再過爲墟。"又聯云："忍教此地爲戎，片石護存完我責。　正值中原多故，長城宛在緬公靈。"白石山風景殊佳，有醉石亭，爲明戚總兵繼光破倭飲至策勛時所建。三百年來鞠爲茂草，數年前幾爲媚外者盜賣。歲丁巳，邑人呈請官廳爭回，重修是亭，亭左建戚公祠焕然一新。某邑文信國祠懸偶語云："下爲河嶽，上爲日星，崖山千古，文山千古。孔曰成仁，孟曰取義，相國一人，信國一人。"泰州海安鎮文信國祠，某君題楹句云："海道昔曾經，虾子灣頭，一葉扁舟支半壁。祠堂今重建，鳳凰山下，千秋詞客吊孤忠。"甌江有文丞相祠，楊子萱撰聯云："英靈咽怒潮，遺廟低徊南渡後。　羈旅哀荒嶼，殘疆搶攘北歸時。"甌江中孤嶼有廟，祀宋文丞相，因丞相於德祐二年浮海至溫，留宿嶼中中川寺，有題壁詩一首，至今尚存也。

如皋關帝廟，鄭伯屏大令撰偶語云："有半點生死交情，方許入廟謁帝。　無一毫光明心迹，何須稽首焚香。"漢口關帝廟，夏孝廉力俊題聯曰："漢室在心，漢水在目，惟爾有神光大漢。　江南者吳，江北者魏，何人雪涕對晴江。"秦淮海先生祠，在錫城鳳光橋東，斜橋西頭，門有聯云："辰未聯科雙鼎甲。　高元接武十詞林。"饗堂懸裔孫寶瓚所著楹帖云："肩隨坡老，手拍涪翁，一代文章發光怪。　派合洞庭，支綿錫麓，千秋俎豆嗣馨香。"又裘孝廉廷梁聯云：" 望重蘇門，嘆古來震旦生才，多罹黨禍。　魂歸璨嶺，看後世名流接武，大振宗風。"廳懸聯云：" 貽厥孫謀，曰氣節，曰道德，曰文章，赫赫典型垂宇宙。　繩其祖武，爲宦望，爲孝友，爲隱逸，煌煌史乘是箕裘。"侯孝廉焊手筆。

　　錫山麓張中丞廟，祀唐銜史中丞巡，施叔愚廣文撰楹帖云：" 將有南雷偏不幸。　功歸李郭孰開先。"秦禹臣君作偶語云：" 城存與存，城亡與亡，四百戰嚼齒裂眥，浩氣直吞逆賊。　將識士心，士識將意，三千人羅雀掘鼠，殊功獨障江淮。"俱激昂慷慨。○鄰近有楊節母祠，其孫壽芝茂才著楹聯云：" 兼絕畫書詩，克儉克勤，教子課孫四十載。　齊名貞孝烈，以妥以侑，春礿秋嘗千百年。"香花橋節婦祠有楹帖云：" 飲蘗茹荼，當年母節。　秋嘗春礿，此日君恩。"可謂要言不煩。○綉嶂街范文正公祠，祀宋參知政事贈太師魏國公仲淹，柱有聯曰：" 萬笏朝天，開百世子孫支派。　九龍匝地，拱千秋丞相祠堂。"未知作者姓名。又有聯云：" 務條開閣，忠著垂簾，才裕甲兵，學敦名教，溯賢相於汴都，徽猷鮮匹。　祀列孔庭，像留羌俗，祠崇蘇泮，澤永海堤，衍支流於惠麓，佑啓方長。"係先大父俊三公撰書。

　　四川武侯廟懸偶語云：" 此老不工畫，不善書，不精雜詩，壓倒蜀吳魏中幾多儁士。　其人可托孤，可寄命，可臨大節，算來夏商周後一個純臣。"揚州史公墓，裔孫史樸題聯曰：" 家國兩封書，壯明代三百年江山之色。　衣冠一抔土，增溧陽五十世俎豆之光。"○吾邑自雍正四年分縣後，創建金匱縣城隍廟，俗稱新城隍廟，在城東弓河之上。數年前，駐某軍隊，近又改爲校舍，所有昔懸楹聯飛向九霄雲外矣。憶婺源齊梅麓太守宰吾邑時撰楹帖云：" 百里共分猷，尚祈時雨時陽，保茲黎庶。　九峰常毓秀，安得好人好事，如此溪山。"又丁植卿孝廉作花廳聯曰：" 半弓地僻園亭勝。　六箭河環花木深。"又許伯謙茂才荷亭聯曰：" 人盡着杏子衫輕，納涼邀月。　我尤愛荷花香滿，把酒臨風。"俱工切有味。

　　湖北武昌王武潛公祠落成，達人名流贈楹帖者甚多，采十之二。侯官郭遠堂中丞柏蔭題偶語云：" 身既爲楚官，職宜守楚土，入城一日，慷慨捐軀，想當時喬梓相依，碧血悽涼埋碧草。　殉隨陶文節，祀并胡文忠，立廟三楹，輝煌曠典，幸從此英靈永妥，丹心凜烈亙丹霄。"日照丁心齋觀察守存撰聯曰："四載中，名城三陷，如公責非守土，義重身輕，臣道克終，不愧聖朝崇廟饗。　一門內，大節雙垂，似此志切執戈，父忠子孝，天心式鑒，應留賢季振家聲。"永康胡月樵觀察鳳丹作楹句云："單騎莅圍城，安與存，危與亡，兩字綱常爭一死。　殺身完大節，子殉父，僕殉主，千秋江漢咽雙流。"安陸李竹淦學博守磻題聯云："久要不忘平生之言，有守有爲，臨難毋苟免。　敢問何謂浩然之氣，惟忠惟孝，殺身以成仁。"惠麓寺塘涇武湣公祠楹語亦多，因限篇幅，就尤動目者錄之。楊鶴秋學博儁作偶句云："讀書當不負所學。　今世真罕有此人。"丁植卿孝廉培題楹帖云："地鄰景逸祠堂，與先賢曠代論交，子孝臣忠，同臻極軌。　門對紫陽書院，溯平日高山仰止，孔仁孟義，不負初心。"又有聯云："回思少年結客之時，許爲文苑，許爲儒林，詎終爲氣節完人，一死共佳兒，碧血不隨江漢逝。疊荷聖代褒忠之典，予以易名，予以任子，更重以馨香故里，千秋同執友，丹心長與日星昭。"秦淡如觀察緗業撰。又聯曰："抗志殉危城，如顏常山張睢陽矢心不二。　易名邀曠典，與鄒壯節李剛烈鼎足而三。"朱酉山太史福基手筆。

蕪湖有宋先生祠，柱懸一長聯，係和滁廣太兵備道李觀察所題，句云："人第一，詩第二，醫第三，處士豐標今世少，縱使形骸委化，靈氣必常存。九泉下，猶戀云山，應教永建墓前祠，主張池館。　少喪父，壯喪妻，老喪子，生平樂事到君窮，惟余知舊傷懷，失聲齊痛哭。五倫中，尚有朋友，忍不代謀身後計，辜負泉臺。"宋，字秋蓀，爲當時老名士，尤邃於醫。歿之日，行篋蕭條，著作散亂，皖撫裕公及李皆其契友出資爲之營葬，并建祠於墓前。足見前人之重友誼，誠所謂道義之交有非泛泛者，比至聯語之懇摯，猶餘事也。

金陵城中諸葛武侯祠，薛慰農山長撰楹帖云："青山繞郭宜龍卧。　翠柏參天有鶴來。"對仗工切。又題神龕聯曰："三分割據紆籌策。　萬里笙歌醉太平。"集句渾成，巧不可階。○吾邑南門外南水仙廟，祀明知縣松滋王侯其勤，邵吟泉明府撰偶語云："築城禦寇,履畝清糧,到今我邑士民皆受君賜。 頌德建祠,報功立廟,安得此邦父母盡似侯賢。"邑宰朱公子庚見此聯,踊躍者再,又,薛又洲太守玉堂著楹句云:"億萬姓蹈德咏仁,鑿斯池也,築斯城也。 三百年畏神服教,尸而祝之,社而祭之。"此嘉慶初松滋三百歲冥壽所懸,事雖俚俗,而用成語極自然。○惠山寺塘涇歙州助教江公祠,有先大父俊三公撰聯云:"北宋溯名儒,錦堂山下烝嘗舊。 東林扶正學,高子祠旁俎豆新。"其對河薛中丞祠,祀副都御史薛公福成,廳懸李文忠鴻章楹帖云:"烏府紀殊恩,宸翰迎來雙鳳闕。 赤畿留異績,祠銘高并九龍山。"又翁文恭同龢聯云:"仰京兆尹之風裁,無愧神羊秋隼。 是儒林傳中人物,漫云扁鵲倉公。"饗堂有偶語云:"文筆峰高,當天心之中正。 惠泉源遠,卜地脈兮靈長。"歸安沈秉成撰。

太湖濱花神廟,武進唐駝題聯云:"春色鬥燕支天教,萬紫千紅都歸主宰。 濤聲吼黿渚地勝,十洲三島合住神仙。"意切而句工。○善橋旁寺塘涇昔有九峰禪院,同治十年,就其基址建忠節祠,祀咸豐庚申殉難士女及邑紳殉難於他省者,大廳有侯君映奎題楹句云:"當仁不讓,見義必爲,剛大塞兩間,何慚禋祀烝嘗典。 立祠報功,建坊崇德,馨香昭百世,永奠忠貞節烈魂。"又有無款楹句云:"聚千百族於一堂,毅魄忠魂,同垂不朽。 願萬億年無此劫,山高水遠,共樂昇平。"享堂神龕懸偶語云:"正氣秉日星河嶽,豹皮共顯,馬革長埋,忠義重千秋,大丈夫當如此矣。 隆儀邀禋祀烝嘗,鳳闕承恩,龍山作鎮,馨香昭百世,古名將何以加兹。"係曾文正公國藩撰。柱懸聯曰:"報國捐軀,扶名教,植綱常,盡是一鄉傑士。 仰天矢志,厲冰霜,貫日月,永推千古完人。"未刊作者姓名。嗟夫!粵匪作亂,蹂躪十三省,被焚戮者不能以數計,其慘毒爲古今罕聞也。

卷五　學校

泰興學宮明倫堂懸偶語曰:"學以致道,致堯舜禹湯文武周公孔子之道。 堂以明倫,明君臣父子夫婦昆弟朋友之倫。"浙江嘉善明倫堂聯曰：" 瑞曜應三台，果然彩徹云衢，黌舍文光齊射斗。皋比分片席，笑指門盈桃李，河陽手植幾經春。"○婺源江君湘嵐爲邑令兼理學事，故有此作。吾邑明倫堂屛門鐫："堯舜之道，孝弟而已矣。　夫子之道，忠恕而已矣。"此堂近爲工藝校借用，數年未瞻仰焉。

　　某省學宮懸楹帖云："道與天地參，功滿天地，名滿天地。　書留春秋在，知我春秋，罪我春秋。"○福州府學門聯曰："方千里育賢之地。　第一重入聖之門。"○婺源江湘嵐大令宰嘉善時題學宮仰高亭聯云："經之以文水，緯之以武塘，破浪乘風，大有魚龍紛變化。上不負天子，下不負所學，讀書論世，睠懷山斗倍流連。"文水，武塘，二池名，在學宮內。下聯用先哲陸宣公語。○東洲船山書院，彭宮保倡議建，有偶語云："海疆歸日啓文場，須知回雁傳經，南嶽萬年扶正統。　石鼓宗風承宋派，更與重華敷衽，成均九奏協簫韶。"又，碓山銅川書院聯云："文武繼諸周，好爲汝南增月旦。　弦歌開廣廈，定因言偃得澹臺。"俱衡陽王君湘綺手筆。○船山書院又有聯曰："講席鎮名山，匯通漢宋諸儒，東下江河資保障。　遺書垂道統，坐到春秋佳日，南來鴻雁助弦歌。"石鼓書院聯曰："是七二峰雄傑所鍾，看砥柱中流，莫但賞青草烟痕，朱陵石迹。　溯卅六灣波濤而上，聽鼓歌五夜，應不減船山燈影，嶽麓書聲。"俱新化周君芍衫手筆。

　　湖北漢口紫陽書院，夏觀川太史撰楹帖云："到南渡後，誰知孔聖人尚存，即今日，仰廟貌於黃鶴樓前，無非是秋陽江漢。　便北朝中，也問朱先生安在，想當年，寄學規於白鹿洞口，何處尋汴水錢塘。"何秋槎太史題韓山書院聯曰："五載賦棲遲，看桑海婆娑，南珠正媚。　三山憶儔侶，願天風鼓蕩，北斗常依。"○粵中白雲書院，戴醇士侍郎撰偶句云："疑是娜嬛，別有洞天開世界。　曾經滄海，不如泉水在山中。"院在西樵白雲洞口，侍郎督學粵中，遊樵留題之作。詞旨澹遠，真不食人間烟火者。

　　江蘇淮安清河縣學宮懸楹帖曰："博學、審問、愼思、明辨、篤行，修其天爵。　君臣、父子、夫婦、昆弟、朋友，教以人倫。"某縣學宮有集句聯曰："堯舜之道,孝弟而已矣,夫子之道,忠恕而已矣。
　禮云禮云,玉帛爲乎哉,樂云樂云,鐘鼓云乎哉!"婺源江湘嵐大令題魏塘書院聯曰："數間廣廈,隨時局變遷,自萃古樓就荒,僅留得,一片紫雲往迹,何堪譚劫火。　幾度論文,與諸君小聚,仿梅花亭故事,適飛下,千年老鶴回翔,猶誤聽義經。"書院舊在城南,有萃古樓,供紫雲石一座,後圃梅花亭,爲明儒李荆陽講易處,毀於兵火。邑紳得城北曠宅,改葺之,移石於此,題聯以志今昔之感。○又於斜塘書院作偶語曰："星火數漁莊,文水一泓,蕩漾光芒齊射斗。　雨華霏雁塔,法輪千佛,標題名士共梯云。"此院文水漾在其南,雁塔寺在其西北。
　寶山西郭外有別墅名西壇,爲鄉先生講學之地,金君履祥撰楹帖云："致知而意誠,治國齊家,大學在自新其德。　修身則道立,高明博厚,至誠固悠久無疆。"潘勁庵孝廉撰綿州書院聯曰："沙螺堡環處千家,州有序,黨有庠,於斯地春誦夏弦,毋安固陋。　白鵝潭汪洋萬頃,澄不清,淆不濁,願諸君礪名砥節,式是儀型。"○雲南崇正書院有聯云："崇實黜華,儒生本色。　正誼明道,學業淵源。"○吾邑惠山寺塘涇紫陽書院,某君作偶語懸於柱云："可以居,高明遠眺望。　是能說,禮樂敦詩書。"○宜興蜀山東坡書院饗堂懸聯云："何必木奴千頭,但楚頌亭成,香滿洞庭皆逸興。　本無郭田二頃,況荆溪船入,山懷西蜀即前緣。"係楚人唐仲冕手筆。按:東坡客宜興,以此山似蜀,名曰蜀山,并擬築楚頌亭,買田種橘於此。
　河南洛陽縣學宮有楹帖云："道若江河,隨地盡成洙泗。　聖如日月,普天猶是春秋。"某省學宮,柱懸錢君聯句云："遵道而行,學者必以規矩。　誨人不倦,焕乎其有文章。"○江西贛州濂溪書院,某君撰偶語懸於饗堂云："我生近聖人居,教澤如新,敢忘魯壁金絲,尼山木鐸。　此來繼賢者後,流風未泯,竊願士崇禮義,俗尚弦歌。"○榮昌敖比部題川南書院聯云："居今仙人白玉堂,小子勉之,好與文昌儲將相。　名魁多士黃金榜,吾道南矣,莫將温飽負平生。"此院由文昌宮改建,比部時爲院長,有望切士風蒸蒸日上之意焉。

陝西鳳翔府學宮，某君撰偶語云："德行本焉，文藝末焉，當先本而後末。　實勝善也，名勝耻也，宜責實以循名。"其內西南隅文昌閣有聯云："見一十七世宰官身，繼帝王而宣化。　爲千億萬年斯文主，參天地以同流。"勞辛階尚書崇光題酉陽龍潭書院聯曰："黃卷青燈，結習難忘，到此地暫停使節。　墨池蔬圃，流風未泯，願諸君遠紹前型。"墨池、蔬圃，本黃山谷遺迹，時勞公赴雲貴任，道經四州所作。〇四川夔州府萬縣白崖書院有聯曰："此地自黃庭堅奉詔東歸，南浦西山，故里早鍾名士氣。　相傳是李太白讀書遺址，錦心綉口，諸君誰繼謫仙才。"此爲趙翼之太史所撰，甚覺貼切。今其地爲鹽桑校舍矣。〇張棠本太守撰瀘州鶴山書院楹帖云："鳴鶴在陰，回思春夢一場，捧檄昔曾騎鶴去。　高山仰止，笑說清風兩袖，授書今又入山來。"太守曾肄業此院，後捷禮闈，一麾出守，騎鶴揚州，匆匆三十八年，祇同幻夢耳。今致仕，入山講學，徘徊几席，感而作此。

江西贛州府陽明書院懸楹帖云："薪傳本孟子七篇，吾道不孤，況此地曾留手澤。　梓里溯姚江一派，典型未泯，與諸君同爇心香。"金陵鍾山書院，嚴君貫公撰聯曰："舊迹重新，產生幾輩英才，來從劫後。　古人長往，猶有六朝山色，青到窗前。"又作聯曰："最難我輩少年時，莫放餘閑，好料量，春夏干戈，秋冬羽籥。　此是古人讀書處，且尋芳躅，須記取，司馬論史，公羊傳經。"其內又有番禺陳掌教所著"博學於文。　行己有耻"及"山水崖谷，有以自老。道德文章，多從之遊"兩聯。〇某地麗澤山房柱懸偶語云："以吾從大夫後。　有朋自遠方來。"此係李匯川廣文守制講學時集四書句而成也。

徐州府宿遷縣鍾吾書院，其大廳有某君所撰楹帖，句云："岱爲四岳之宗，自梁父云亭以來，經鳧繹龜蒙磅礴，馬陵岡上，秀挺三台，應放登山眼孔。　河乃百川并灌，由崑崙積石而下，合汴沂淮泗透迤，宿預城邊，瀾迴九曲，宜尋學海心源。"羅羅清疏，曲而能達。武進雪堰橋道南書院懸偶語云："春和讀法，冬旭飲賓，觀於鄉，知王道易易爾。　淳水謳歌，夫椒弦誦，登其堂，喜諸生彬彬然。"此李紫璈大令手筆。○宜興蜀山東坡書院,屋宇寬敞,其西廡有楹帖曰:"把先生趣,可醫吾俗。　對此山面,有如水清。"其後樓柱懸聯曰:"事去物無象。　神超興有餘。"此兩聯俱張君綬組所題焉。

江西廣信府信江書院中一榻軒懸上饒王溫如偶語云:"翠幔朝開,珠簾暮捲。　濁醪夕引,素琴晨張。"院內有文起樓,以木根鐫魁星像祀之,懸楹帖云:"酒仙詩佛同千古。　月色江聲共一樓。"又樂育堂有聯云:"琢質綉章,國之良榦。　攬英接秀,世有令名。"其內春風亭有二聯,一云:"春能蘊藉如相識。　風入襟懷祇自知。"一云:"蝶銜紅蕊蜂銜粉。　花有清香月有陰。"經訓堂有五言聯曰:"文章開奧窔。　經訓乃菑畬。"又聯曰:"仰誦堯舜言,俯遵周孔轍。　遊思竹素園,寄辭翰墨林。"以上均王君集前人句而作,毫不牽強。

浙江杭州西湖敷文書院有楹帖云:"四時之樂,具在於此。六藝之義,不盡於斯。"作者未及詢明。四川瀘州鶴山書院,錢塘錢學使杖撰偶語云:"魏了翁講學之區,鶴鳴子和。　尹伯奇撫琴於此,山高水長。"相傳尹伯奇爲瀘人,有撫琴臺遺迹。○某省楓溪書院,婺源江湘嵐大令題聯云:"結習笑吾曹,與諸君把酒論文,綠蟻尊中浮竹葉。　清風留里社,訪令舉舊廬故宅,白牛涇上遍桃花。"○周春華題文山書院聯曰:"漠地擁高臺,過仙洲第二灘,平分片席吟風月。　晚唐多秀士,讀石室五千卷,別有新詩上相公。"○浙江溫州永嘉縣中山書院有康樂堂懸聯曰:"吾人歌咏慚康樂。　自古江山說永嘉。"係地方紳士乞李石農觀察撰書。

浙江陸軍小學堂懸偶句云:"十年教訓,君子成軍,溯數千載,祖雨宗風,再造英雄於越地。　九世復仇,春秋之義,顧爾多士,修鱗養爪,毋忘寇盜滿中原。"讀此,氣爲之一壯。○吾邑顧宛溪先生祖禹,弱冠時貧甚,爲里塾師,歲得脩脯止六金,以半與婦,俾就養婦翁家,餘盡市紙筆燈油,於其學堂題一聯云:"夜眠人靜後。　早起鳥啼先。"其自勵如此。著《方輿紀要》,日草數條,或以事曠必夜不寐以補之,熟於山川阨塞、戰陣攻守之略,洵偉人也。

太倉唐蔚芝侍郎文治，愛吾邑山水秀麗，就城中西隅購地建宅，佈置園林，楚楚可觀，遂遷居無錫焉，光緒間爲上海南洋公學校長，已閱多年。近由吾邑紳士捐資在學宮左首重建尊經閣，落成後侍郎於此設國學專修館以主教。開幕之日，賀客盈座，見板對有二，係唐君集句而成。其一云："進以禮，退以義，中天下而立。誦其詩，讀其書，等百世之王。"其二云："富貴不能淫，貧賤不能移，威武不能屈，所存者神，所過者化。　好學近乎智，力行近乎仁，知恥近乎勇，雖愚必明，雖柔必強。"陶會元世鳳集成語爲賀聯，其句云："何以利吾國。　時還讀我書。"同善分社社員孫君鳴圻以楹帖賀云："大啓讀書堂，正本清源，欲爲遍國，中存碩果。　永傍尊經閣，顧名思義，從知斯道，外無傳薪。"錢茂才鑒瑩撰偶語賀之曰："國粹永保存，挽江南文運。　學堂宏教育，得天下英才。"高茂才鼎業作長聯賀之曰："國學實本於家塾，黨庠州序，教溯羲軒，道宗堯舜，功高禹稷，法備湯文，帝有謨，王有訓，創業紹千秋，先聖後賢皆一揆。　專修不外乎正心，克己治人，師承孔孟，志契顏曾，派衍程朱，思深韓柳，朝而考，夕而稽，守身無二致，積年纍月足三餘。"余亦贈以楹帖云："闡發六經，學館衍聖賢餘緒。　甄陶多士，黌宮看桃李成陰。"無錫中學校贈聯云："溯漢京圜橋觀聽以來，衛道干城，端賴傳經薪火。　得孔門舞雩詠歸之樂，嘯歌惠麓，庶幾闕里遺風。"不知作者姓名。○東林學堂有聯云："學所以教忠，嚴名分，重綱常，崇正黜邪遵大道。　士期於報國，辨人禽，昭懲勸，同心協力輔中朝。"係家孝廉士鏞所撰。

卷六　廟宇

江寧府江浦縣署大堂聯，錢塘袁太史枚撰句云："城郭瞰長江，敢無端妄起風波，有如此水。　衙齋環列岫，看不改本來面目，祇在斯山。"縣城離江僅五六里，北及東西三面山環，雄而無秀氣。浙江貢院儀徵阮芸臺宮保所撰之聯，久膾炙人口，經粵匪踩躪，毀於兵火。亂平，浙之士大夫重修廳事，復懸楹語曰："三五夜月當頭，看滿天金粟香飄,與大衆同參悟境。 九萬里風在下,覽隔岸銀山濤涌,到此時亦讓文瀾。"氣勢浩瀚,與阮作可頡頏。

兩江節署司道官廳柱懸偶語是曾相國所撰,其句云:"雖賢哲難免過差,願諸君讜論忠言,勤攻吾短。 凡僚屬略同師弟,待大衆行成名立,乃盡我心。"○淮北運使署皋園,徐淮生代某君撰聯云:"群樹合參天,更兼入座花開,長使名園留勝迹。 萬方正多事,祇此一官鞅掌,不知何術對蒼生。"○應敏齋廉訪任江蘇臬憲時,以署中楹聯無佳者,屬德清俞蔭甫編修更易。因撰大堂聯云:"讀律即讀書,願凡事從天理講求,勿以聰明矜獨見。 在官如在客,念平日所私心嚮往,肯將温飽負初衷。"又頭門楹帖云:"聽訟吾猶人,縱到此平反,已苦下情遲上達。 舉頭天不遠,願大家猛省,莫將私意入公門。"上聯是舊句,下聯乃俞編修所易。

武邵孟大令承謨由進士於雍正元年來宰吾邑,清剛明敏,豪猾悚息,禁賭博及婦女入寺焚香。舊時,縣官相驗人命,自莊從胥吏仵作,下逮甲總,恒集百餘人,費輒數十金。武令一切屛省,距城遠者,操扁舟挾二吏徑至尸所,立決之事,主不耗一錢,以勞瘁得疾,猶惓惓於民。既歿,邑人祀之惠山,又入文廟名宦祠。其大堂楹帖曰:"人人論功名,豈即功名,功有實功,名有實名,存一點掩耳盜鈴之私心,終爲無益。 官官稱父母,何謂父母,父必真父,母必真母,做幾件懸羊賣狗的假事,總不相干。"又:"日照月臨,天有難逃之眼。 民窮財盡,地無可剥之皮。"頭門聯云:"視民如傷,錫邑蒼生皆我子。 修己以敬,東林前輩是吾師。"照壁聯云:"罔違道,罔咈民,正直公平,心斯無怍。 不容情,不愛賄,招搖撞騙,法所必嚴。"

長白斌僕少良爲前任兩江總督玊公德第八公子,嘉慶己卯庚辰之間,官蘇松糧道,駐紮常熟。署後即虞山也,有小樓可以望遠,題曰"辛峰一角樓",與吳中諸名士讀畫論詩,殆無虛日。自題一聯云:"群彦集東南,有温李詩才,荃熙繪事。 高樓占西北,挹石梅香月,辛嶺晴雲。"年未四十,著書盈尺矣。

陝西學使署,柯逖庵撰楹帖云:"結習未忘,袖中携一卷離騷,美人香草。　觀風所至,天外見三峰落雁,玉女蓮花。"許賓衢廉訪能以文雅飾吏治,重修廣西臬署,題四照山房聯云:"嶺外費經營,獨秀峰前虧簣易。　廬中論事業,孔明臺畔結鄰難。"又題唾綠亭聯曰:"從星巖風洞而來,別開生面。　於月榭云窗以外,高置此身。"○嘉興王蔀畇撰偶語懸於平樂府富川縣署二堂云:"好民所好,惡民所惡。　寧人負我,毋我負人。"○桂林府陽朔縣花廳有聯曰:"故鄉無此湖山,看象嶺霞蒸,鶴塘云凈。　今夕祇談風月,趁楓絲春脆,桂蠹秋肥。"係楊鹿生明府丹壽手筆。

乾隆初,山東徐公士林開府吳中,嘗設宴滄浪亭,款待士紳,教民節儉,撰楹帖懸於大堂云:"三秋剛報賽,休辜美景良辰,請先生閒談談,問地方上士習民風,何因何革。　五篷可留賓,何用張燈結綵,教百姓都看看,想平日間競奢鬥靡,孰是孰非。"薛太守書常題蘇州貢院聯曰:"文教開言,子曰學道曰愛人,願諸生無忘所本。鄉賢式範,公爲名臣爲循吏,從此地先植厥基。"○李紫璈大令超瓊題江陰縣署聯云:"帝澤如春,看庭前草色葱蘢,願境内都含斯意。　江城如畫,聽郭外潮聲澎湃,疑民間尚有不平。"○會稽吳留村大司馬興祚令無錫時撰驛站聯云:"驛路控吳津,君子至斯嘗得見。　水程通惠篦,好山相對欲忘言。"貼切渾成。

長沙徐定生大令,以大挑出知贛榆縣事,題縣署二門聯曰:"我亦知才力無多,重門洞開,期使下情毋壅。　爾各以身家自保,百事惟忍,勿因小忿輕來。"山陽縣署懸楹帖曰:"不食民一粟,不受民一錢,乃吳隱之爲太守。　先天下而憂,後天下而樂,是范文正做秀才。"○廣東廣州督署内書齋聯云:"居敬行簡,可使南面。　爲政以德,譬如北辰。"○曹伯謂爲寶安縣署中聯云:"寶善親賢,嘗奉教君子。　安民和衆,請從事斯言。"又聯云:"失德由寵賂章,昔賢以不貪爲寶。　得情存哀矜意,吾心因無枉而安。"嵌"寶安"二字,亦覺自然。

四川藩署内乃園三百梅花山館,許紫蕸方伯題楹帖於其中云:"漫說梅花三百樹,不見放翁,料月白風清,也要化身千億。　試向錦江萬里橋,來尋工部,問秋光春色,可能讓我幾分。"方伯又有聯曰："此是荔裳百梅亭舊基，況一壑一邱，又從秦樹蜀山，携來粉本。　恰與上谷古蓮池相似，對斯臺斯榭，更覺荷花秋水，動我鄉情。"乃園爲嘉慶間楊荔裳任川藩時所築。光緒甲辰，許紫菼由陝藩移蜀，重葺斯園，補種梅花三百樹，并於園北隙地鑿池栽蓮，其風景與保定古蓮華池頗相似。

西陽州署中清舫亭，善化張廣楠撰偶語云："二酉舊藏書，訪巖洞遺踪，斷簡已無人宛在。　一琴新治譜，看山川生色，憑欄遥見鶴歸來。"張君又題秀山縣署二門聯曰："此邦亦號成都，四面雲山開沃野。　勝地舊名高秀，一江春水繞邊城。"○四川兵工廠有聯云："兵不在多，攻心爲上。　工欲善事，利器必先。"瀘州劉珊洲司訓樂山縣懸聯云："海棠香國世界。　荔枝紅處人家。"蓋衙中海棠甚盛，家有荔枝數百株，故云然。

閩縣王可莊殿撰仁堪守潤州，於郡齋東偏隙地小有結構，竹籬茅舍楚楚可觀。其同鄉葉臨恭孝廉大莊撰楹帖贈之曰："郡齋讀書，藉官地二畝。　江城如畫，看烟樹萬家。"○周沐潤宰常熟時榜一聯於縣門曰："五日風，十日雨，歲乃常熟。　九年耕，三年食，民其姑蘇。"○徐州府署大堂懸偶句云："逞着性子這裏來，官雖恕，法不恕。　留點功夫那頭幹，耕固高，讀尤高。"

陝西鳳翔縣大堂，閻文介公代某君作偶句云："我若賣法腦塗地。　爾敢欺心頭有天。"痛快之至。楊穌甫先生題西安武闈聯曰："漢代徙豪傑實關中，迄今綴渭遺風，猶稱雄武。　國家以弧矢威天下，願得干城偉略，上應旁求。"又聯云："三輔故多才，馴鐵雄風猶近古。　八荒今無事，羽林衛士盡通經。"又題沔縣公廨聯云："毋博寬大名，去害馬，乃能牧馬。　敢云清白吏，惟嗜魚，故不受魚。"漢中権局楹帖亦楊穌甫撰，句云："握算愧非長，惟自勵一腔冰雪。　牽車來不易，要多留幾點脂膏。"又撰権局客室聯曰："入芝蘭室，久而不覺。　去關市征，今玆未能。"○南通顧君曾烜作宜君縣署大門聯云："左馮翊，要衝通南道北道，袤九十里而遥，行旅出其途，商賈藏其市。　古昇平，樂國統上城下城，暨卌五社之衆，農夫忭於野，官吏慶於庭。"於幕寮題"斯是陋室。我有嘉賓"之句，諸聯俱倜儻渾成。

成都將軍入都祝嘏,楊穌甫先生作偶語於其行署云:"松州舊領殿前軍,克奏膚公,入覲帝城雙鳳闕。 桃實新開天上宴,欽承手詔,同稱王母九霞觴。"○鈕傳善題四川德陽員警廳聯曰:"警爾頑民,有恥且格。 察於上下,防患未然。"○涂琴舫學士於鄲都考棚大門撰楹帖云:"舉一人焉拔其尤,是鶚薦之初,漫云小試。 行千里者始於近,聽鹿鳴在後,當有奇材。"衙後有鹿鳴寺,即東坡聽鹿鳴處也。又題看卷房聯曰:"醒眼辨丹黃,曾記當年辛苦否。 輕心違黑白,其如後世子孫何。"觀此,則閱文者宜刻刻留心,不敢偶忽矣。

熱河無城郭,四面皆山,崇文正公綺任都統時作聯云:"四望雲山皆壁壘。 小栽花木驗農桑。"○鎮江府署二堂,戴澗鄰太守題楹帖云:"居一日官,盡一日心,無怠無荒,當思於物有濟。 治百姓難,愛百姓易,同好同惡,惟在強恕而行。"李黻臣太守題大堂聯曰:"作官當守官箴,便留十分神,也怕我忙中錯了。 保民須求民隱,偶試三尺法,要替他堂下想來。"○傅獻著大令題縣署法廳楹聯曰:"我也不會做官,積半點陰功,減些罪惡。 你們何須告狀,留幾貫錢鈔,貽於子孫。"○某大令撰偶語懸於縣署大堂云:"為親民官,何以克勤厥職。 行快心事,但求無愧於天。"

雲南高等審判廳,吳某代唐啓虞題楹帖云:"世界三權,法亦特權,獨立示尊嚴,竊願後有來者。 西南諸國,滇為大國,百城忝表率,相期下無冤民。"○胡文忠公林翼撰釐金局聯云:"天子何忍傷民財,因小醜倡狂擾茲守土。 地丁不足濟軍餉,願大家慷慨輸此釐金。"○唐薇卿官臺灣時題廨署聯曰:"安得廣廈萬千,種竹權為留客地。 倚遍回欄十二,惜花仍是愛才心。"頗有風趣。

陝西宜君縣署大堂,南通顧君曾烜題楹聯云:"揆度衆情,以宜吾民,保障繭絲,或者屏區成沃壤。 被服儒術,而君斯邑,刀筆筐篋,將毋俗吏勝經生。"又題耀州署儀門聯云:"郡以鑒山有光得名,或稱宜州崇州輝州北雍州,輿志具存,控馭朔方資鎖鑰。 地於井宿所次為域,黌若傅氏柳氏梁氏令狐氏,人文迭起,爭衡上國蔚冠裳。"又作偶語於其二堂云："北雍峙雄州，在昔爲左輔屏藩，六城師帥。　東郊稱沃壤，至今有成周風土，七月詩篇。"

某省寶安縣署大堂懸偶句云："縱橫百里，比古諸侯，惟此土地人民政事是寶。　南北一家，屬今衆望，願爾父子兄弟夫婦俱安。"○西安府醴泉縣萬南書院東側，號舍鱗次，爲歲科童試之所。南通州顧某於其大堂撰楹帖云："立鵠盡英雄，入穀早符唐帝語。　喊鶯無小大，觀旗都誦魯侯詩。"又堂柱聯曰："曾是昔年辛苦地。　安得廣廈千萬間。"○有張麟年者，名士也，戲作贈知縣聯云："下官拼萬個頭，向上司磕去。　爾等把一生血，待本縣絞來。"又戲作贈知府聯云："見州縣則吐氣，見道臬則低眉，見督撫大人茶話須臾，祇解得說幾個是是是。　有差役爲爪牙，有書吏爲羽翼，有地方紳董袖金贈賄，不覺的笑一聲呵呵呵。"繪影繪神，足供談笑。

西安府耀州署二堂懸楹帖云："川媚山輝，看二水瀠洄，諸峰羅列。　年豐歲稔，有四城供億，百里謳歌。"其內宅聯云："施於有政，是亦爲政。　宜其家人，而後教人。"集句天成，且確切官署中內室。○某縣令因年歲大荒，饑民遍野，捐廉設施粥廠。朱竹垞先生作聯云："同是肚皮，飽者不知飢者苦。　一般面目，得時休笑失時人。"含蓄有味，可爲世態炎涼下一針砭。○揚州馬棚灣驛站有聯云："紅樹怨離亭，辜負我柳陌菱塘，江村如畫。　秋風催客棹，怎奈他鱸魚蒓菜，鄉夢牽人。"家曉湘孝廉客揚州時所題。

四川藩署有乃園，樊蔭蓀撰楹帖云："對風月纍千觴，與君今夕傾談，藉箸預籌天下事。　拓園林十數畝，無論明年何處，栽花先釀萬家春。"○某君爲邑令題其署之二堂聯云："爲委吏矣，爲乘田矣，從大夫之後。　有民人焉，有社稷焉，非諸侯而何。"○張文襄題廣州督署內書齋聯曰："不犯秋毫岳武穆。　能寒夏膽范希文。"宋范仲淹，字希文，鎮延安時夏人相戒曰："小范老子胸中有數萬甲兵。"

金陵上元縣署舊懸偶語，係袁子才太史宰是邑時所撰，句云："眼前百姓即兒孫，莫言百姓易欺，須留下兒孫福澤。　堂上一官稱父母，漫道一官好做，要盡些父母恩情。"其愛民之意溢於言表。

今之贋民社者,其三復斯聯。○六安汪筱潭,少極寒苦,習裁縫業。一日,其師以足挟其腦,痛極,逃歸,憤而讀書。未久,入泮,連捷南宮,出爲夔州府,年老告歸。後見家鄉縣署傾圮,解囊建築,題楹聯云:"山水有清音,願賢父母援琴而理。　春秋多佳日,勸鄉人士歸耕勿來。"詞旨委婉,頗得詩人忠厚之意。

卷七　庵院

金陵妙相庵,四面修篁,凉翠凝袖,中有一亭,額曰"小淇澳"。詩僧某撰聯云:"剪一片綠云補衲。　留三分皓月看經。"佛室聯云:"半個蒲團天地老。　一聲清磬古今空。"妙在可解不可解之間。○杭州南高峰下理安寺有静室三楹,俞蔭甫編修題聯曰:"竹筧潛通十八澗。　蒲團小坐兩三時。"蓋俞君每遊九溪十八澗,必至此小坐也。

湖南西禪寺重建落成,王湘綺撰偶語懸於其柱云:"彈指見華嚴,看天馬雲開,一角小山藏世界。　觀心禮尊宿,聽木魚晨叩,十方古德應齋期。"湖南無十方叢林,一方大缺典也。普明上人嘗議以西禪寺公之法侶示寂後,法裔秀枝上人願成之。棟宇狹小,香田租少,懼不副衆望,運本寺中道徒,尤惴惴焉,乃有碧崖和尚以無邊宏願,行不思議功果,且拾且募,不三年成百萬大工,斯實海内稀有之事也。又題東洲禪寺聯云:"竹樹護精廬,林鳥似識前朝事。鐘魚答弦誦,芋火還容宰相分。"衡府東洲羅漢寺,乃前明舊刹。王君主講船山書院,與此寺主任柏永禪師相鄰十年,因題柱以志因緣。又題彭縣多寶庵聯曰:"山中畫永看花久。　樹外天空任鳥飛。"指彭縣牡丹甚多而言也。於伊山禪院又作聯曰:"明月似聞三弄笛。　白雲長對六朝山。"王君所撰者,俱灑脫渾成。

京師永定門外有倒坐觀音庵,中懸一聯云:"問大士緣何倒坐。恨世人不肯回頭。"十四字點醒一切。京師拈花寺,爲萬柳堂故址。湯文端公金釗題楹帖云:"蒹葭秋水尋開士。　楊柳春風憶相公。"純皇帝南巡,駐蹕嵩山,適越南貢九色玉如意九柄,因即留鎮嵩山麓之禪院中。某公撰聯曰："嵩呼萬歲。　天保九如。"○瀘縣北巖寺，楊升庵題聯云："半空樓閣千山繞。　兩岸人家一水分。"亦自然。

江寧報恩寺客堂懸楹帖云："天半插浮圖，殿閣晶瑩三界上。　云中現忉利，樓臺金碧六朝前。"鎮江玉峰庵，陳寅毅集漢郃陽令碑字成偶句云："白云既開，遠山出如涌。　清風所至，流水織爲文。"鐵良題鎮江松寥閣有"新渚忽生波島外。　舊題多在薜蘿中"之句。又題自然庵，有"虛閣半涵江樹影。　小堂長護海云深"之句。○某君撰焦山定慧禪院石坊聯云："天闢海門容大隱。　人從石室學長生。"漢焦光隱此山下。江峽名海門。

蘇州寒山寺以唐詩僧寒山得名，在楓橋鎮西北，面臨大溪，幽秀獨絕。葉昌熾撰楹帖云："木屐樺冠，世外寒巖，終古相傳如雪竇。　鐘聲塔影，山塘精舍，到今依舊屬雲陽。"孫毓騏有聯曰："此間無江上風波，寄語豐干休饒舌。　依舊是橋邊霜月，追懷張繼再留題。"安徽寶鎮山遊此，作偶句曰："待詔碑殘，重新廟貌留書卷。　蒲牢夜吼，依舊鐘聲到客船。"某君於此作"五六月間無暑氣。　二三更時有鐘聲"之句。胡壺禪亦題一聯懸於佛堂，句云："佛以語言文字爲禪，若教楓落吳江，饒舌出袖中詩本。　寺有泉石樓臺之勝，直抵園開祇樹，點頭遍郭外山光。"諸聯均瀟灑風流。

徐蘭畦先生筮仕浙江，於慈溪、南塘、定海均有惠政，補嘉興通守，見時事多不愜，上書西臺，即以言事落職，旋里，後隱居於錫山之石浪庵，以花木自娛。每日黎明，虔拜《大學》一篇，按章句而靜思之，并焚香參拜仙佛。杜少京司馬題偶語於其廬曰："靈境隔凡塵，天地湖山收一覽。　虛堂羅寶像，聖賢仙佛任同參。"又七字對云："但做得來皆事業。　若推不去即因緣。"尤覺意味深長。徐君隱於此之前十餘年，庵中懸有一聯云："五里湖光，七層塔影。　幾排石浪，半嶺松聲。"係山僧乞先大父所撰書。

揚州興教寺彌勒龕，王仙溪、齊學裘合作偶語云："笑呵呵坐山門外，覷着去的去，來的來，皺眼愁眉，都是他自尋煩惱。　坦蕩蕩載布袋中，休論空不空，有不有，含哺鼓腹，好同我共用昇平。"○某君題彌勒佛像聯云："忠恕慈悲，三教之中無異理。　飛潛動植，兩間以內盡生機。"○秦榮光題彌陀殿聯曰："儘爾輩使陰謀，放開大肚皮容物。　憑自家尋樂境，便取笑面孔對人。"○彭春洲撰楹帖懸於某地金蓮庵，句云："臥蓮瓣讀書，是天人福慧。　見桃花悟道，須來者聰明。"妙諦名言，非鈍根人所能領會。

姑蘇鄧尉山聖恩寺有純皇帝銜爲聯曰："萬頃湖光，分來功德海。　千重花影，勝入旃檀林。"蘇城外西園，天台劉文珍撰楹帖云："最難得過人來，相逢香火有緣，即色即空，正婆娑春夢一場，蘇臺啼鳥。　何處尋乾净土，大好園林無恙，宜晴宜雨，却仿佛西湖三月，花港觀魚。"○西園離留園半里即戒幢寺放生池，池多魚鱉，而黿尤龐碩。寺內有五百羅漢，極莊嚴瑰偉之致。陸云蓀有聯云："三吳選佛場，此地居然新結構。　百族消劫運，上天無處不慈悲。"

江津四大王廟，楊建屛題楹聯云："坐佛門，安百丈之身，此爲大人而已。　順天道，布四時之氣，豈曰小補之哉。"天目山韋馱殿，錢塘丁修甫中翰立誠撰偶句云："尊者是童身，願學人猿伏魔降，永作祖山真佛子。　如來有天眼，看此地龍飛鳳舞，特開靈境古精藍。"某君於韋馱閣作楹帖曰："聖門季路，道教玄壇，鼎足共成三護法。　怒目金剛，低眉彌勒，同心齊向一如來。"○江陰城外送子殿有聯曰："你是孝子慈孫，自當照樣送你。　他能光宗耀祖，還須積德與他。"作者未知。○某處有送子觀音庵龕懸聯云："觀世無如觀自在。　好心定有好兒來。"亦楊建屛手筆。

浙江上虞縣西二十五里蘭芎山有福仙寺，明倪文貞公元璐曾讀書於此，嘗題一聯云："山深鳥語皆成韻。　晝靜僧房半是雲。"鎮江焦山寺枯木堂懸楹帖云："昔曾瘞鶴，一碑尚存，書自古人紛辯論。　試比臥龍，三詔不起，山因高士并留傳。"又曾文正公聯曰："似聞陶令開三徑。　來與彌陀共一龕。"○江津鍾耘舫爲張某祈子題羅漢殿聯云："人相我相壽者相，斯真法相，爲俗士現三千界羅漢身，須知佛即是心，心即是佛。　前因後因夙世因，各有來因，願菩薩放五百道嬰兒乳，居然孫又生子，子又生孫。"筆曲而能達。

鎮江迴光精舍，金家宜題聯云："百尺巖松生琥珀。　九秋海樹長珊瑚。"梁悅聲於此撰楹帖云："身來姑射高無極。　心有菩提香益清。"又陳壯度於此作"尋碑寺外云生屨。　看月江頭雪滿衫"之聯。周思溥亦留題"舉杯依嶺邀明月。　拂紙臨江繪古詩"之句。狼山之麓有荷花池，花香水潔，池上有亭柱懸偶句云："風定波平，看千花萬葉，放大光明，現菩薩化身等相。　天空海闊，願一切衆生，破除苦惱，向清涼世界中來。"王瓊澤遊狼山，愛其景而題此句也。

古崇安寺爲梁溪首刹，大殿懸楊可園所作偶語云："西竺來一丈六尺身，鐘鼓旛幢，復能崇釋安禪，大地山河留鹿苑。　南朝創四百八十寺，樓臺烟雨，曷若靜修慧悟，中天日月煥龍章。"又懸秦凌滄少司寇瀛所撰楹帖云："定裏證安禪，象教萬年開佛宇。　靜中生寶慧，龍文兩字見天心。"其左有火神殿，丁植卿孝廉撰楹聯云："偕星辰日月以同光，功參化育。　合水土木金而相濟，福佑平安。"其右有中隱院三世佛龕懸聯云："度衆生之有緣，慈航東域。　歷千劫而不古，果證西方。"柱懸過謙齋益集禊帖字聯曰："少室清修，仰期惠可大山。　靜契領悟，文殊惠可人名。"左下數丈有三官殿龕挂聯曰："今夫天，今夫地，今夫水，不貳不測。　位乎上，位乎中，位乎下，資始資生。"屋宇不多，近日又添供二十八宿等像。

南通州城北有土山，曰鍾秀山，西曰西山，又西曰西山寺，内有古松一株，數百年物也。李小湖學政聯琇撰楹帖云："松生何代古復古。　寺在鍾山西又西。"大庸陳桐階逢元作天門寺大門聯云："天作高山，山高作鎮。　門通大道，道大通神。"又於正殿作偶語云："仰驚六宇寬，變成幾多雨，幾多露，幾多雪，幾多風和雷，時出時入時往時來，多少神奇誰鎖住。　俯視衆山小，看破一個嵩，一個衡，一個恒，一個泰與華，自東自西自南自北，個中底蘊此平分。"○何士果太守壽朋題廣東大埔西巖山寺聯云："勝地匹陰那，惜坡老未來，致令晦迹千年，巖壑林泉哀古月。　登樓瞻悟始，問仙人何處，剩有殘棋一局，河山風雨愴神州。"陰那山，名赤蕨嶺，靈覺寺悟始堂，相傳爲了拳師牧羊所。

廣東佛山觀音殿，鄧瓊石廣文撰楹帖云："願爲楊柳瓷瓶，一滴水灑三千世界。　尚有芙蓉粉本，百花箋寫億萬觀音。"吳平齋題焦山定慧寺妙耆閣，有"云連鷹島白。　水抱象山青"之句。〇韓國鈞題鎭江自然庵，有"静觀得衆妙。　展席俯長流"之句。〇梧州準提閣，許月樵太守作偶語云："有神仙到處，即是名山，風月佳時憑管領。　待老佛歸來，重開福地，樓臺畫裏好登臨。"〇狼山準提庵，姚純夫撰聯云："不作風波於世上。　別有天地非人間。"恰合山寺禪房地位。

　　常熟維摩寺踞虞山之巔，其東見海樓，凡五楹，中龕祀景州刺史肖巖屈公，寺爲屈氏家山樓，爲公所手建，有楹帖云："鐘磬定山聲，昔有白雲招刺史。　檻欄接海氣，遠看紅日照維摩。"開窗遠矚，黃流一綫，吞吐於依微竹樹間。破曉登此，可觀海中日出。數里外，有名藏海寺者，門榜聯曰："山中藏古寺。　門外盡勞人。"曲折行百餘步，又有石形陡絶者，名三沓石，謂上如舟，中如几，下如斛，略具形似。鑒石聯曰："絶壑雲扶將墜石。　谽崖風勒下奔泉。"爲沈啓南題。又有偶句鐫於石上云："風巖晝激諸天雨。　陰壑寒生萬樹濤。"王元美手筆。是佳景之遠近繞寺者也。

　　金陵雞鳴寺正殿懸楹帖云："浩劫歷紅羊，嘆江北江南，惟兹選佛名場，留住六朝佳勝在。　平湖飛白鷺，更蓮花蓮葉，現出莊嚴法界，好同一幅畫圖看。"又聯曰："湖水經秋平似鏡。　蓮花破曉白如霜。"寺內豁蒙樓，傅文江撰偶句云："偕同輩著屐登臨，聞道是，十里芙蕖，六朝烟雨。　有大士居山倒坐，怕看那，故宮花草，廢井胭脂。"又曾忠襄有聯云："松雲山下無多地。　烟雨寺中第一樓。"〇某地送子殿懸聯云："上帝本好生，求我，與以兒女，不求我，亦與以兒女。　下民須自愛，爲善，報在子孫，爲不善，亦報在子孫。"勸勉意頗深。

　　杭州西湖孤山南聖因寺，第一進爲彌勒殿，第二進爲大雄寶殿，第三進爲觀音閣，西邊爲方丈。昔年李巡撫敏達所撰二聯，已載他書，不必錄焉。寺內有樓臺亭閣、池石花木諸勝景，西湖山房懸偶語云："蒼靄望中，收四面湖光依几席。　薰風行處，遍六橋花柳間桑麻。"澄觀齋懸楹帖云："云窗靜挹峰巒秀。　花徑平分松竹香。"涵清居有"入座烟嵐鋪錦綉。　隔簾云樹繞樓臺"之句。光碧亭有"千峰林影簾前月。　四壁波光鏡裹天"之句。俱爲御題。理安寺在南山十八澗，正殿有楹聯云："勢到嶽邊，千峰環秀色。　聲歸海上，萬水拱洪濤。"〇又净慈寺聯云："云間樹色千花滿。　竹裹泉聲百道飛。"亦御筆。

惠山爲吾家最近之山，出試泉門數里即至。余壯盛之年，偕友登絶頂，遥覽太湖及四面風景，心胸爲之頓豁。頭茅峰道院懸楹帖云："得道溯華陽，應憶前生證果。　藏真來福地，先知後世因緣。"又有聯云："萬福攸同，同此心，同此理，自然獲福。　諸天贊化，化善男，化善女，共樂昇天。"二茅峰寺中，居羽流二三人。柱懸偶語云："昆季接真元，繼世而興登蕊闕。　峰巒綿古迹，潛靈之所見華陽。"三茅峰殿，亦奉道教，正中有楹聯曰："鶴駕終靈修，想當初，羽葆成真，記在華陽仙洞。　龍峰標勝迹，看此際，香雲結篆，何殊勾曲名山。"以上數聯均合道教口氣。惠山之麓有白衣殿，其禪室壁上畫一墨龍，屏列四字對云："老龍聽法。　頑石點頭。"庭前一石孤峙，高七尺，環植花木，縈青繚白，倘所謂頑石者非耶？

金陵蛇山麓烏龍潭上有駐馬庵，薛慰農山長題聯云："水如碧玉山如黛。　鳳有高梧鶴有松。"金陵妙相庵，頗具園林之雅。王紫仙撰楹帖云："燹前樓閣木全灰，祇剩得半折磬，一卷經，五更鐘，六月涼風，三冬積雪。　雨後園林無限好，最愛是百本蕉，千條柳，萬竿竹，數聲啼鳥，幾寸遊魚。"〇鎮江夕陽樓，某君作聯云："去無所逐來無戀。　月自當空水自流。"〇鎮江金山麓有笑佛庵，某君題偶語云："笑嘻嘻看着你來，應把那一些孽錢，施捨咱布袋和尚。意拳拳都向我拜，何不作百般善事，免累他草把兒孫。"〇惠山麓文昌宫，丁植卿孝廉撰聯曰："十七世士夫，道啓文明億萬世。　數百言寶訓，源從道德五千言。"〇犢山元山大王殿，丁孝廉代丁子霖作楹語云："虎口脱餘生，當年風送一帆，幸仗威靈完骨肉。　犢山崇廟貌，終古浪淘千頃，永綿香火惠黎元。"〇蓉湖尖真武殿重建落成，吾友汪葆素茂才撰聯懸於饗堂云："獨峙波心，水德崇隆昭北極。　重修廟貌,山容平澹挹西神。"○青圻大王廟新築戲臺,汪茂才題聯曰:"臺榭喜初成,看寒碧千層,遠青一角。　冠裳傳勝事,聽梨園舊曲,菊部初聲。"

酒仙殿酒業營建在吾邑東郭,第二進楹帖云:"有酒便消愁,請看真人足官府。　無心思藉枕,願隨夫子上天壇。"施叔愚廣文建烈撰。又聯曰:"一飲三百杯,喝月倒行霄漢碧。　隻身數千里,臨風長嘯海山蒼。"楊茂才殿奎撰。第三進神龕,施廣文書聯曰:"一劍掃殘氛,遠勝中山千日醉。　三杯通大道,願邀上界片時閑。"旁有趙大令起鵬作偶語云:"塵夢警黃粱,一醉先聲開呂祖。　豪情餘赤壁,千秋定論屬曹公。"又有朱茂才恩沐著聯云:"五十年富貴榮身,一夢醒來,看破世間多少事。　千百載神仙妙術,九丹成後,度過天下往還人。"第四進神龕,丁孝廉培撰聯云:"何以解憂,萬古消愁還與爾。　不妨作俑,此鄉沉醉即封侯。"其左供玄壇,有施廣文題"執鞭我亦思求富。　騎虎人宜善保盈"之句。其右花廳三間,前後均佈置池石花木,所懸聯,家孝廉士鏞有二,一云:"玉宇生寒,正天上綺筵開處。　金樽引滿,問江邊黃鶴歸無。"一云:"臺榭依然,我適閑遊向湖海。　林巒如許,誰能痛飲亦神仙。"丁孝廉又作楹帖云:"酒國有長春,三醉樓頭,記否親吹玉弦。　仙家多好夢,一炊黍許,何妨再續黃粱。"王潤生題聯曰:"萬事付沉冥,酒國溪山堪入畫。　太和歸醞釀,醉鄉花鳥亦長春。"陳郇皆茂才建藩有聯曰:"壺中日月方長,斗仰南天,丹藥共延千歲壽。　花外溪山如許,壇留東郭,白云常護一庭春。"此聯毀於咸豐庚申兵燹,王學師有贊補書。

南通白衣庵,供大士像,有樓一楹,名望海樓,懸包召棠所撰聯云:"龕護白云,是大士雙趺坐處。　樓觀滄海,惟達摩一葦杭之。"鎮江焦山寺松寥竹塢,許中丞乃釗撰楹帖云:"眼底江山皆淨域。　毫端蘭竹見靈源。"○某省天門寺内韋駄閣,陳桐階作偶語云:"金甲金神人,仗一杵打開妖魔,不言護法,方成護法。　鐵圍鐵門限,能隻身尋出路徑,要説過關,才准過關。"○從前三清殿在吾城中觀前街北,今改圖書館,其旁道院尚未毀,雷尊殿懸蔡茂才廷槐書聯曰:"上天無私,霹靂一聲驚世夢。下民有欲,電光萬道照人心。"火神廟有聯曰:"藉雷聲電影之威,視人間善惡。 秉朱雀赤烏之瑞,開天下文明。"張仙殿神龕,侯孝廉煒書"弓影斜飛天上月。

彈丸拾得掌中珠"之句。柱懸聯云:"子可送乎,莫謂天上石麟,不難惟吾所願。 仙真奇矣,須識階前蘭玉,總由積德而來。"何人所撰,未知。

三河佛頂寺,何秋槎太史撰楹帖云:"與了拳同衍南宗,古柏傳香,覺路有誰登佛頂。 記行脚來從東浙,黃梅留偈,空山曾此證禪心。"○平陽某寺觀音閣懸聯云:"是西方之人,如在其上。 推南海而準,乃位乎中。"○吾城東隅四箭河頭,有藥師庵,古刹也。昔有庵主號蘭芳者,工詩詞,善書。其徒均恪守戒律。咸豐庚申經兵燹,片瓦無存。有滿霞,法名通明,塘頭鎮任氏子,幼即端厚凝重。禪課之暇,亦喜習書。甲子各省克復,滿霞歸省,時年屆不惑,奮然興復此庵。不數年,自殿堂以及旁舍廊廡,皆次第重建。大殿正間,供藥師,龕懸侯石琴孝廉書"壽佛經皆書貝葉。 喜神譜看寫梅花"之句。柱懸林少筠太守所撰偶語云:"因報本相尋,願鏟除九結十纏,生彌陀靜域。 光明常不滅,得照見三乘四辦,爲佛祖傳鐙。"客廳有聯云:"清風出林,萬籟俱寂。 明月在地,一塵不生。"王莘鉏先生題。

鎮江海西庵,王可莊太史題聯云:"委質江山如許國。 寄懷魚鳥欲忘形。"○蘇州寒山寺,在楓橋鎮西北,胡念修撰楹帖云:"寒陵片石在人間,豐干挹袖,拾得拍肩,到今派衍天台,東渡靈踪續薪火。 大乘宗風盛吳下,支硎講經,雲巖説法,何似敲詩月夜,南瞻佛性應霜鐘。"又蒲九節遊此寺,作"寒葉濕樵徑。 山花生佛頭"之句。嵌字仍能灑脱。○東門外延壽司殿,舊有板對十餘副,數年前,某軍隊駐於此,兵丁以對板劈碎煮飯,此處楹聯爲之一空。嗟夫!兵丁之爲患,無異紅羊小劫。今所存,僅戲臺石柱刻有一聯句云:"簫鼓迎神,同使黔黎登壽考。 冠裳煥彩,好偕奎壁吐光芒。"

東京淺草觀音閣懸楹帖云:"寶鼎現莊嚴,金碧裝成安樂刹。 佛光呈壯麗,雲霞照出普陀山。"日人有此漢文,亦不可多得也。

○鄧尉司徒廟，向有柏樹四株，參天翁鬱，慣經風雷，數百年前老樹也。相傳有清奇古怪名號。純廟南巡，爲題一聯云："清奇古怪春常在。　風雨雷霆劫不磨。"出語渾成，不愧大雅吐屬。○吾邑望湖門外古南禪寺柱懸偶語云："地僻境清幽，古木深林，負郭禪房閑得趣。　塔高僧寂静，折葵參笋，戒壇法味老彌甘。"能貼切荒野寺院，係沈葆三孝廉祖約所撰。

　　壽陽報恩寺大殿後有毗盧閣，邗江張君樹德題楹句云："藤杖一條，捉得起纔放得下。　禪關兩扇，看不破便打不開。"越秀山觀音殿，李棣華作聯云："現大士化身，問誰仙佛因緣在。　即越王遺迹，從古英雄感慨多。"○江津有一古寺，其頭造龕供笑佛，鍾耘舫題長聯云："你眉頭著甚麼焦，但能守分安貧，便收得和氣一團，常向衆人開笑口。　我肚皮這般樣大，總不愁穿慮吃，祇講個包羅萬物，自然百事放寬心。"俱就禪意生髮，亦足勸世。

卷八　會館

　　湖北黄石港有吴越公所，係旌德、徽州、上元、南昌、南豐公共之會館也，汪君肖周題偶語云："遊目俯大江，數叢沙草群鷗散。舉頭望明月，一夜鄉心五處同。"集唐人詩句，脱口而成。云南湖廣會館懸聯云："故國人來，問流水桃花無恙。　大觀樓近，較岳陽黄鶴何如。"惜未詳作者姓名。○蘇州盤門內新橋巷浙紹會館，俞蔭甫編修爲題二聯，一云："遊宦到金閶，把越酒話鄉關，如讀會稽三賦。　清時調玉燭，藉蘇臺成雅集，勝在永和九年。"此懸客坐者。一云："高會即蘭亭，叙暢咏幽情，更饒絲竹興。　新聲徵菊部，對蘇風月，應憶鏡湖遊。"此於戲臺上見之。

　　杭州有安徽會館柱聯曰："遊宦到錢塘，飲水思源，喜兩浙東西，與歙州江流相接。　鍾靈自灣岳，登高望遠，問雙峰南北，比皖公山色何如。"未知作者是誰，想是徽人耳。○蘇州新修安徽公所，其中奉包孝肅、朱文公栗主。潘玉泉方伯於戲臺撰偶句云："菊部小排當，聽他絳樹新歌，好博河清同一笑。　梓鄉衆耆舊，來自紫陽故里,試將風景認三吳。"上聯末句切孝肅,下聯切文公。○蘇州積功堂,乃掩骼埋骴之公所,司事者乞俞某撰句懸於楹云:"積纍譬爲山,得寸則寸,得尺則尺。 功修無倖獲,種豆是豆,種瓜是瓜。"勉人積善,其意甚深。○吾邑華少坪先生育嬰堂聯云:"彼離父母欲求生,饑寒可憫。 我有兒孫皆怕死,慈愛宜推。"確是仁人之言。

　　曾相國於同治甲子克復金陵後創建湖南會館,竣工時即題楹聯曰:"地仍虎踞龍蟠,洗滌江山,重開賓館。 人似澧蘭沅芷,招邀賢俊,同話鄉關。"又作戲臺聯曰:"荆楚九歌,客中聊作枌榆社。 江山六代,劫後重聞雅頌聲。"吳中八旗奉直公所,其大廳中間懸楹帖云:"勝迹冠吳中,有梅村詩句,衡山畫圖,坐對茶花思往事。 名流來日下,是豐沛故家,金張貴姓,好憑酒盞話昇平。"此即拙政園舊址,固三吳勝地也。

　　江寧府城中湖南會館落成,彭雪琴宮保著楹帖云:"洞庭八百里,浩淼烟波,直下大江,觸咏齊思建業水。 衡嶽七二峰,葱蘢佳氣,挺生名世,樓臺重啓秣陵春。"又聯云:"入門盡是鄉音,彼此天涯同作客。 適館欣依夏屋,清涼山色解迎人。"又戲臺聯云:"六代名都,絲竹猶聞清夜月。 三閭遺韻,風騷應識故鄉音。"維揚會館,李笠翁撰偶語云:"一般作客,誰無故土之思,常來此地,會會同鄉,也當買舟歸組水。 千里經商,總爲謀生之計,他日還家,人人滿載,不虛跨鶴上揚州。"○某地公所,儀徵陳六舟中丞題聯云:"得地九衢中,到此應知故鄉事。 成陰十年後,可能還憶種花人。"同治間,殷秋樵比部拓西院,相與佈置竹石花木,因成是聯。

　　武昌湖南會館高可瞰江,勝地也。某君於大門題"大江東去。 吾道南來"一聯。李篁仙撰楹帖云:"將相功名,開湘楚數千年未有之局。 衣冠人物,泛洞庭八百里交會而來。"○北京常昭會館門懸"年歲常熟。 黼黻昭文"之句。○陝西山東館門懸"聖賢桑梓。 海岱人文。"之句。○王湘綺代莫提督作偶語於成都湖南館云:"少年裘馬錦江遊,喜整頓重來,秋稻屢豐兵氣靜。 高會簪纓華屋敞,願英賢繼迹,甘棠留蔭後人看。"王君又題南昌湖南館云:

"宅枕龍沙,看表裏川原,曾是湘人辛苦地。　門盈駟馬,喜從容尊俎,幸逢江介宴安時。"又題衡州江南公所曰:"湘水東流,想金陵龍虎遥蟠,共向郵亭望遠。　雁峰南館,看石皷江山如畫,長依侯計籌邊。"○江南湘軍公所戲臺,徐定生題偶句云:"簫管奏昇平,依然盛世母音,譜成韶濩。　鼓鼙思將帥,憶否當年血戰,保此金湯。"○京師廣州公所,戴文誠公題聯曰:"近依輦轂光儀,雅集定多蓬島客。　話到鄉園風味,選詞應譜荔支香。"

蘇州湖南會館,王益吾學政集陸放翁句作偶語云:"賓館喜重逢,同上吴城看落日。　鄉關渺何處,却尋衡嶽望歸云。"濟南八旗公所懸聯云:"國家長白,發祥億萬年,姬烏姜嫄,豐鎬衣冠輝帝里。　海岱維青,作鎮百七邑,齊風魯頌,聖賢桑梓說宗邦。"○南通州公所,在京都宣武門,沈君岐題聯曰:"旅廬乃構於京,喜戴斗瞻天,鳥奕簪纓朝北闕。　文章莫大乎是,快騰蛟起鳳,聯翩科第冠南州。"○湖南省城金陵公所大廳懸楹帖云:"入門一笑,是幾時萍水相逢,願鴻爪少留,看三十六灣秋月。　來日大難,問別後梅花誰寄,望魚書早達,趁二千餘里春潮。"此李篁仙手筆。

川人商於津口鎮者,建會館晴川閣畔,鄖都王桂珊爲撰楹帖云:"芳草緑平堤,往事閑評鸚鵡賦。　好山青到蜀,相思遥寄杜鵑聲。"京師四川館懸聯云:"我從巴蜀而來,回首劍閣夔門,山川形勢甲天下。　書讀漢唐以上,抗懷張仲吉甫,孝友文章啓後人。"○瀘州石陽公所懸楹聯曰:"心流巴月蜀山以外。　家在青螺白鷺之間。"○衡州長沙館戲臺,王湘綺題偶語云:"東館接朱陵,好與長沙回舞鶴。　南山籠紫蓋,共聽仙樂奏雲門。"○吾邑北門外錢業公所,供端木夫子木位,龕懸偶句云:"性道文章,爲一代聖門高弟。　貨財生殖,開累朝商務先聲。"○單翁蓉坡爲錢業領袖,與同志數人籌資築公所屋數楹,并乞許伯謙茂才紹淵撰此聯句。

江南山東會館懸聯云:"齊魯集英才,但携泰岱雲來,得志願爲天下雨。　秦淮臨勝地,如泛明湖月去,異鄉頗有濟南風。"○北京龍溪會館,莆田陳海坪先生作偶語云:"海濱人至談鄒魯。　天上春來似畫圖。"○廣州湖南會館,譚鍾麟撰楹帖云:"粵壤接衡郴,風景不殊,好徵荊楚歲時記。　宦遊來嶺嶠,雲山在望,常念梓桑恭敬詩。"又張百揆撰聯曰:"衡湘連五嶺雄封,望遠懷鄉,好共傳書寄歸雁。　交廣控百蠻重鎮,感時撫事,便思飲酒讀離騷。"又某君題聯曰:"五嶺聚萍踪,沅芷灃蘭,列坐恍如香國會。　三湘聯梓誼,玉山珠海,相逢莫作異鄉看。"又有聯云:"遊嶺嶠廿年,喜此地堂構重新,好話家山風景。　溯湘瀍一派,願吾鄉英賢蔚起,共迴天海狂瀾。"俱有意趣。

　　漢口長沙郡館樓,李篁仙撰楹帖云:"麓山之巔,湘水之濱,携劍倚蒼茫,數前朝梅將功名,蔣侯威望。　武昌以西,漢陽以北,憑欄瞰風物,想故國定王臺榭,賈傅祠堂。"○山西湖南會館,何林亨作偶語懸於其客廳句云:"同是宦遊人,三晉云山權作主。　應知故鄉事,重湖風月近何如。"又李篁仙題楹聯云:"霜威出塞,云色渡河,李太白咏三晉遺風,今日猶如昔日否。　漢口夕陽,洞庭秋水,劉長卿寫兩湖好景,此鄉得似故鄉無。"○津市昭武會館客廳懸"果園群木綠浮几。　津市晚燈紅到門"之聯。又吳某題聯曰:"廣義稱澧公園,亞土熙熙見歐俗。　合群譬衣帶水,洞庭浩浩接鄱陽。"此館與津市隔澧相望,其西有果園,群木蟬鬱,雨過如沐。明華陽王別業也。

　　北京菜市口揚州會館,儀徵阮文達西元題偶語云:"二千里遠引江淮,凡甲乙科同在中朝,皆敦鄉誼。　尺五天近臨韋杜,當已未歲重新上館,更啓人文。"此爲江都、甘泉、儀徵三邑旅京士子所居,故稱揚州上館。後因高郵、寶應諸邑頗有違言,遂改上館爲老館,而別建新公所於珠巢街云。○某處有湖南公所,其客廳懸"洲邊草綠。　江上峰青"及"大廈終須要梁棟。　故鄉無此好湖山"兩聯。又懸楹帖云:"拔磊落奇才,是海岱松,是荆州柏。　住湖山佳處,可太白酒,可伯牙琴。"俱新化周苪衫所題。

　　星沙會館在儀徵南門外,屋宇華麗,中有龍王殿。某君題聯曰:"爲龍爲光,其德不爽。　如江如漢,降福孔皆。"石江公所有周苪衫撰楹帖云:"公爾忘私,異日宰天下,當如是矣。　所學何事,抗心希古人,庶幾近之。"立意足以警世。○某處山東公所,楊穌甫作偶語云："車服在廟堂,梓敬桑恭,此即昌平鄒氏邑。 聖神際天地,管窺蠡測,我亦達巷黨中人。"○京師安徽會館戲臺有聯曰："安廬鳳穎,徽寧池太,滁和廣六泗,八府五州,良士于于來日下。 金石絲竹,匏土革木,宮商角徵羽,五音六律,新聲裊裊入雲中。"○邗江湖南館,其戲臺懸聯云："二分明月正當頭,喜寰宇澄清,好將金管玉簫,唱西江月。 千里暮雲同想像,對樓臺歌舞,怳見珠簾畫棟,飛南浦雲。"○漢中湖廣公所戲臺,楊穌甫撰聯云："大夏渺遺音,聽他秦築秦筝,今樂何如古樂。 天涯聯舊侶,為我楚歌楚舞,他鄉也似故鄉。"

濟南府江南會館後,有老屋數楹,凡旅櫬之未歸者,皆殯焉。武進汪叔明司馬昉撰楹帖云："生亦云勞,幾輩能酬胸坎志。 死猶作客,何時得遂首丘心。"見者悽惻。○鎮江近山門外江西會館懸偶語云："坐中都是故鄉人,喜一榻茶烟,好同詢,南浦朝雲,西山暮雨。 江畔別開名勝地,近二分明月,試憑眺,東流雪浪,北固烟霞。"○滬上四明公所懸楹聯曰："相逢多故里親交,試話明山月色,甬水潮聲,無客不思家,歸夢遠馳三百里。 到此覽神州氣象,但看戰艦東來,賈船西去,匹夫皆有責,舊邦毋忘四千年。"上言愛鄉,下言愛國,設非血性人,必不能吐此忠愛之言。

京都南通州會館,為春秋兩試士人息肩之所。光緒丙申,鳩貲重葺屋宇,顧君曾烜之子儒基,時官內閣,實典斯役,及落成,顧君撰楹帖云："惟淮海偏州,逴隸行省,與附庸舊縣,別開邸舍於茲,眷彼征人,命儔嘯侶,入息勝蹻,出鳴佩珂,去奧渫卑辱,而得升朝,千里因依欣聚首。 繫鄉邦後進,來遊上京,即布衣諸生,皆具風雲之氣,譽斯髦士,應科歷官,內躋臺司,外秉籓寄,自俶落權輿,以迄吾世,百年賡續話從頭。"○北京常昭會館內有敦睦堂,柱懸偶語云："常建詩名興福寺。 昭明遺迹讀書臺。"○杭城旅館內正廳懸聯云："客來不速。 賓至如歸。"語殊渾成。○揚州公所中戲臺有楹聯云："想當年,那段情由,未必如此。 看今日,這般光景,或者有之。"虛字傳神,何其妙也。

惠麓南北貨業公所懸聯云："故域屬揚州,廣收九市精華,山珍雲萃,海錯星羅,不僅橘苞傳錫貢。 名區占惠麓,休負二泉勝概,挈榼春初,題襟秋晚,最宜桑梓共聯歡。"係南貨業人屬曹衡之茂才撰,亦覺暢達有味。

卷九　佳話

桐城張文和公七十壽辰,純皇帝賜以聯曰:"潞國晚年猶矍鑠。呂端大事不糊塗。"○合肥李少荃制軍五十壽,楚中僚屬楹語雖多,愜意者甚少,惟浙撫楊石泉中丞昌濬一聯獨邀讚賞,句云:"有開必先,領袖一門將相。　俾壽而艾,儀型半壁東南。"簡而賅,切而脫,佳制也。○吾鄉顧存之封翁九十壽,丁植卿孝廉撰句祝曰:"身閱五朝,范文正睦姻任恤。　天遺一老,衛武公耄耋康強。"筆意倜儻。楊明經岳秋先生祝辭云:"五代慶麟祥,恰好一堂開壽宇。　十年添鶴算,再看百歲建崇坊。"末句指封翁居百歲坊巷。江葆素茂才有聯云:"身歷五朝,老來尤健。　巷名百歲,壽者所居。"又代友作云:"文武一門,功名富貴。　衣冠百代,子孫曾元。"顧峻夫明經亦撰句以祝云:"高誼薄風雲,活族施貧,千畝膏腴蠲鶴俸。大年登耄耋,躋堂介壽,五傳人物衍麟祥。"上聯末句因封翁創建義莊而言也。

里安孫琴西觀察衣言著《遜學齋詩稿》行世,琉球國人以善價購之。同治戊辰,需次江寧,適曾文正公移任直隸,贈楹語曰:"大筆高名海內外。　君來我去天東南。"意包括而句健。江陰何蓮舫太守栻,以詩名海內,著有《悔餘庵稿》行世。同治初年,棄官而商,家揚州,築山鑿池,日以琴書自樂。文正贈聯云:"千頃太湖,鷗與陶朱同泛宅。　二分明月,鶴隨何遜共移家。"工於運典,瀟灑風流,洵堪傳世。

宜興布衣徐慎獨,字迂伯,倜儻有大志,事親孝,尤留心經世之學,因道光辛丑、壬寅間海疆事棘,作《平夷策》六篇,及《治安十策》詣闕上之時,曾文正國藩官翰林,聞而訪之,則將歸矣,書"海內奇男子。　江南大布衣"楹帖贈行。咸豐庚申,粵逆陷宜城,迂伯沉淵,死於贈聯,洵無愧焉。其同邑有諸生潘光序者,字曉村,性澹泊,鮮嗜好,手一編,寒暑不輟,工古文詞。與人交,恂恂和藹。婺源齊梅麓太守彥槐贈聯云:"心地推忠厚長者。　頭銜署醉吟先生。"人以爲雅切。

俞蔭甫編修樾壽李少荃中堂太夫人聯云:"起居八座,亦多壽,亦多男,當百花生日,祝慈蔭長春,遍浙水東西,洞庭南北。　文昌六星,有上將,有上相,依萬石家聲,承熙朝景運,比荀龍減二,賈虎增三。"雖近雕琢,却典切工新,自是才人手筆。又贈潘築巖茂才聯云:"門第舊金張,喜宰相文孫,剛配狀元嬌女。　倡隨小梁孟,締百年嘉耦,恰當十月陽春。"茂才爲相國潘文恭公之孫,娶道光壬辰狀元吳崧甫侍郎之女,十月初旬,是其親迎成禮之吉日良辰也。○陳慶雲軍門贈曾滌生相國聯曰:"大將行師,動若流水。　老臣謀國,安如泰山。"頗貼切。○時有贈李少荃相國二聯,作者未詳。一云:"名儒名將名相。　壽身壽國壽民。"一云:"圖畫麒麟名第一。　精神龍馬日方中。"○又曾相駐軍濟南時贈衍聖公孔覲堂先生祥珂楹語曰:"德備四科,群倫宗主。　學傳一貫,累世通家。"亦要言不煩。

張友山方伯官刑曹二十年,出守秦中,遷四川廉訪,由廣東、安徽方伯移姑蘇。其母時年八十矣。俞蔭甫編修樾獻聯爲壽,句云:"慈雲從京國而來,爲秦蜀皖粵諸大邦萬家生佛。　愛日至蘇臺更永,與中丞廉訪兩賢母三壽作朋。"時丁雨生中丞、應敏齋廉訪均有壽母在堂。○朱績臣處士,乃采孫孝廉之父,年屆五十。俞編修祝以聯曰:"有丹桂五株,共大椿不老。　先元宵四日,祝明月長圓。"處士正月十一日生,有五子。○安徽張任庵,名保衡,以道光己酉舉於鄉,庚戌成進士。其嗣君瀚堂中翰名德霈,以同治癸酉舉於鄉,甲戌成進士。俞編修撰偶語贈之云:"北山梓,南山喬,聯步到桂宮杏苑。　酉年科,戌年第,成名占後甲先庚。"父子以酉戌聯捷科名,佳話也。

德清俞蔭甫先生之文孫階青太史陛雲於光緒戊戌年以第三人入詞館。先生已年逾七十,口占兩聯以志喜。其一云:"念老夫畢世辛勤,藏書數萬卷,讀書數千卷,著書數百卷。 喜小孫連番僥倖,院試第一人,鄉試第二人,廷試第三人。"其二云:"湖山戀我,我戀湖山,然老夫耄矣。 科第重人,人重科第,願吾孫勉之。"○余友侯翔千明經撰句賀其門人陸耀星秋捷云:"文字豈無憑,看明年,聯步而登,螢聲殿陛。 科名等閑事,願異日,不忘所學,繼美忠宣。"又見楊章甫明經賀其門人許儀亭秋捷聯曰:"積善之家有餘慶,行看志遂顯揚,常此書生本色。 年少登科匪不幸,惟望功深學養,蔚爲公輔長材。"均有勸勉意。

番禺潘仲瑜太史館選後歸里,其兄椒堂太史撰聯云:"紫荊樹底,拜下紅氍,三千里芸館馳歸,北向好行前輩禮。 春草池邊,夢回青瑣,十五載蓬山早到,西堂還見阿連來。"又是科殿撰爲張建勛,潘椒堂太史門下士也。故又撰聯曰:"隔歲晉冰銜,前度杏花馳馬足。 同年稽齒錄,阿兄桃李是龍頭。"○青雲書院山長某君作偶語賀梁斗南大魁句云:"鰲背唱先聲,三千級引無雙士。 龍頭承舊澤,百二年來又一人。"莊有恭,乾隆己未科,廣州府番禺人。梁耀樞,同治辛未科,廣州府順德人。係同府,故下聯云然。

侯季舫觀察晟,又號霽舫,爲紀之先生胞弟,任湖南寶慶知府,署雲南迤南道。某年八秩誕辰稱觴,丁植卿孝廉作楹帖云:"歐陽公潁上歸田,載酒躋堂,猶帶洞庭春色。 諸葛君南中籌筆,持旌按部,難忘洱海秋風。"筆意挺拔灑脫。先數年,侯紀之先生八十介壽時有某祝以聯曰:"年登八秩,身列五朝,看令子文孫,簪笏一堂齊戲彩。 昔奏風琴,今聲教鐸,快杭民淮士,冠裳兩地共稱觴。""風琴""教鐸"二句,指浙江安吉知縣改山陽教諭而言也。丁孝廉亦撰偶句以祝云:"八十齡少壯精神,兄事追隨,歸欋難忘潞水北。 廿五科文章耆宿,民情愛戴,憩棠遍咏浙江西。"開口便倜儻,丁公於楹聯可謂擅長。秦霖士銜史賡彤亦有壽紀之先生一聯句云:"績學著循良聲,天錫純嘏。 杖朝增鄉國望,人祝期頤。"亦切合。

廣東東莞陳子礪中解元,其業師陳蘭甫作偶語賀之曰:"文章高過羅浮頂。 科第連登會狀元。"子礪,名伯陶。後於光緒壬辰科廷試第三人及第。羅浮二山在東莞。○余友陶丹翼中會元,裘葆良孝廉廷梁撰聯賀之曰:"禮樂傳家,詩書繼美。　群賢領袖,盛世羽儀。"丹翼,名世鳳,余業師表母舅雲組先生之子,自幼秉庭訓,刻苦勵學,其冠南宮,洵無愧焉。逾數年,江陰夏閏枝編修孫桐贈楹聯云:"先生有道,東林繼聲,更聞德曜高風,畫裏溪山,齊眉偕隱。　令子象賢,南宮首舉,移贈徐陵舊句,郡中科第,周甲又逢。"跋云:"雲組老伯,耆儒碩德,辭官歸里,主講東林書院,茲暨德配秦恭人,并壽登七秩。丹翼駕部官京師,開筵遙祝桐預躋堂之列。憶道光戊戌,吾祖爲曾大父母稱觴,徐星伯先生贈聯,有'教子南宮第一人'之句,今適歲紀一周,後先相繼,足爲鄉國嘉話。謹獻俚語,用佐侑樽。暨陽夏孫桐撰句并識。"

黎方流孝廉如璋爲從弟召民登鄉榜謁祖題楹帖云:"兄亦兼師,鳳樓期弱弟添修,爲戀春暉,萬里公車遲就道。　母原爲傅,蟾窟看孤兒翔步,轉思冬夜,一燈子捨勉傳經。"○孫勖三茂才撰偶語賀侯景文孝廉昆仲同登鄉榜云:"果然是賢弟兄,一時同慶登龍,萱草疊榮新雨露。　不愧爲真學問,他日長安走馬,杏花重見宋郊祁。"又張筱亭明經作賀聯曰:"大蘇品學能傳弟。　小宋科名不讓兄。"蓋言蔚人孝廉中經魁第九,且曾受業於兄也。

錢塘丁修甫中翰立誠作偶語賀汪星齋重遊泮水云:"八十杖朝年,領袖泮宮采芹藻。　重三修禊節,琴尊潭水問桃花。"時屆上巳,桃花正盛開。○吾邑吳菊青廣文汝渤,曾隨裕中丞幕府參酌機宜,以功得藍翎五品銜,爲金山縣訓導。光緒壬午,重遊泮宮。某明經撰楹帖賀之,句云:"秉鐸歷三朝,師道今看還弟道。　稱觴逾八秩,養庠且喜復遊庠。"○某縣蔡白香孝廉重諧花燭,宜豐漆筱甫賀以聯曰:"而翁本是美男子。　阿婆學作新嫁娘。"人至重諧花燭,必年在八十左右,殊非易事,洵嘉話也。

南通州顧君曾烜,宦遊陝西,年老辭職家居,其西席楊某作偶語贈之云:"遊宦歷秦漢故都,垂老告歸,接踵科名聲望厚。　有子播龔黃政績,辭官養志,等身著作校讎精。"○劉緝庭補授訓導,以其官推贈父母,告祭先靈,即以是日長公子舉行嘉禮。顧君曾烜爲題聯云:"天子推恩,人臣克致於所生,一命榮親,題主焚黃循故事。

先王制禮,丈夫願爲之有室,百年合偶,筮賓納采舉嘉儀。"○族兄殿珍大令,七十續娶,華子隨孝廉撰楹帖賀之云:"此事誠古希,解組在七旬,續膠亦七旬,白髮紅顏洵嘉耦。　爲君可預祝,今日合百歲,他年各百歲,芝蘭玉樹定成行。"兄原配華沒已十七八年,擬不再娶,自甘肅渭源縣解組歸,忽羨好述,遂娶小四十齡之朱氏女爲繼室。○汪寶素茂才賀丁柘軒完姻,有"堂上白頭千日醉。案前紅燭十分春"之句。又代顧德三贈侄女梁蓬峰夫人,有"伯鸞曾作移家客。　道韞能爲詠絮詩"之句。○許達夫醫士迎新婿楊某於家,設宴款待,孫勖三茂才撰聯申賀云:"入座春風楊得意。前身明月許飛瓊。"典切意賅,洵是才人之筆。

合肥李相國五十壽,其門下士撰楹帖祝云:"名將相惟我公,公望公才,整頓乾坤憑隻手。　大富貴必得壽,壽身壽世,歡呼華裔重龐眉。"吾邑王綺石先生蕙林夫婦五十雙壽,其弟人月先生芝林著聯祝云:"花時已三千年,果時又三千年,我以斯言爲兄嫂壽。今日合一百歲,異日各一百歲,倘如所願誠家庭歡。"質樸老當,是家庭壽言。○侯景文世丈作偶語,壽薛母顧太夫人曰:"三鳳倍河東,桂籍留名,曾與郊祁同譜。　九龍環郭北,椒盤介壽,群推桓孟家風。"太夫人令子六人,登科者三。其長子撫屛中丞,官聲卓著,醫理尤精。時有贈中丞三聯,一李文忠公句云:"醫國大名公領袖。經天偉業此權輿。"一丁子美貢士句云:"龍虎豹六韜在手。　曾李左三相爭名。"一章定安大令句云:"將相經綸儒氣象。　英雄肝膽佛心腸。"○又丁植卿孝廉壽其太夫人聯曰:"兩世紀群交正欣,晝錦筵開,壽母令妻歌魯頌。　六珈鍾郝望難得,宮袍彩舞,二難四美邁燕山。"頗工切。

孫戩宜刺史應穀九十稱觴,吳春坪師撰楹帖祝之云:"騷客降庚寅,滇南宦望,江左高門,累葉爭傳壽者相。　名場周甲子,鶴算九旬,鹿鳴兩宴,連枝共見老人星。"由舉人爲雲南河西知縣,旋調賓州知州。咸豐癸丑,重遊泮宮。乙卯重宴鹿鳴,享壽九十二。○余從叔祖母九秩開慶,華子隨孝廉壽以聯云:"曰老曰耄曰期頤,開百歲筵,爲熙朝人瑞。　多福多壽多男子,符三祝願,效聖世華封。"○薛芸楣茂才之父,年届八旬,其族侄渭占明經贈以聯云:"頌禱有同心,問河東眉壽誰高,合一族咸尊上齒。　曾元群繞膝,看堂北耳孫繼起,再廿年共祝期頤。"切薛姓,并確是族中前輩。

雲間許幻園雅負時望,相推許者多以楹帖見惠。毛華孫有"非書不坐。惟酒爲涯"之聯。李潄筒有"隱居求志。　閉戶著書"之聯。張蒲友有"酒腸寬似海。　詩膽大於天"之聯。張子仙有"讀書破萬卷。　落筆超群英"之聯。劉康侯贈句云:"好學深思,推司馬氏。　從容長嘯,憶卧龍岡。"張小樓贈句云:"好花四時,明月千里。　遠山一角,奇書滿床。"沈贅叟贈句云:"景星慶雲,祥麟威鳳。　醴泉芝草,仙露明珠。"蔡小香贈句云:"佳句不嫌千遍讀。　識君翻恨十年遲。"均有風趣,其人可見。

吾鄉朱君達夫鑒章文章古奧,不入時趨。常熟楊濱石編修謂近日試官無人解得。乃庚午科竟舉於鄉。王仰之明經賀以聯云:"果有賞音,吾黨久推異等。　豈無弋獲,此材不愧賢書。"○又楊子承先生昌祜,余外舅也,同於是科登賢書。其弟子登先生,亦邑之名下士,時未獲售。王明經撰賀聯曰:"一龍拏雲已變化。　三鳳指日將翱翔。""三鳳"蓋指"行三"而言,句法夭矯天外,倜儻不群。

吉林馬錦江礎尹七秩稱觴,楊筱荔觀察寄聯祝云:"恰先荷花十九日生,清能益壽。　再看桃樹三千年實,古更希逢。"六月二十四爲荷花生日,六月初五是錦江誕辰,引用貼切。馬君久寓淮安,其子孫入籍於此。○秦研樵封翁七十壽辰,汪葆素茂才祝以偶語云:"玉樹祝遐齡,汴水商山,兩省謳歌賢邑宰。　錦囊編樂府,庚清鮑俊,七旬矍鑠老詩人。"○工部主政榮咏叔太夫人於某年十月介七秩壽,適其次子某遊庠,王仰之明經撰楹帖賀之曰:"七十古來稀,況坐看大宋文章,蛟騰鳳起。　九五福曰壽,又修到小春時節,桃熟芹香。"○丁植卿孝廉年屆古稀,侯紀之大令祝以聯曰:"五斗米不肯折腰,是何高蹈。　四十年憶曾同槻,遙祝遐齡。"○秦霖士太史屆杖國之歲,楊明經鶴秋先生贈以楹語云:"祝耆齡,人看桃李門前滿。　具仙骨,君自蓬萊頂上來。"上聯切東林山長,下聯切翰苑。

　　杭州陳廉夫觀察遷居嘉興，丁修甫中翰賀以聯曰："七八月秋水生，喜新居，傍楊柳堤灣，芝蘭室雅。　五百里德星聚，選勝地，在鴛鴦湖曲，駟馬門高。"吳興劉翰怡京卿營上海新居落成，湖南李亦萊撰偶語贈之，句云："所居與歐亞爲鄰，漢瓦秦碑，好古獨儲醫俗藥。　最難得春秋之富，曹倉杜庫，移家滿載餽貧糧。"○吾邑鄒公子道平茂才自汴省歸，以父宦囊構宅東河頭巷，落成之日，丁植卿孝廉贈聯云："百萬青錢，仁里卜鄰安且吉。　一雙白璧，道鄉衍澤熾而昌。"里中有坊曰"里仁"爲美，而公子與弟壽平茂才俱年少翩翩，有璧人之目，忠公之苗裔也，故云然。

　　曾文正公克復安慶，張廉卿書楹帖詣賀云："天子預開麟閣待。相公新破蔡州回。"文正見之甚喜。時幕中有言"麟閣""蔡州"對仗未工者，文正嘆曰："以靈（蔡）對靈（麟），尚何不工之有？"毗陵有老儒生鄒某，年屆古稀，作自嘲聯曰："不佞佛，不學仙，計味在三餘，僅留白屋。　無成名，無就利，愧年臻七裘，仍坐青氈。"○吾友王寄塵孝廉世忠居城南黃泥垛，有六十自壽句云："平生意氣謂何，京國觀光，燕臺懷古，汴梁載酒，岱嶽尋碑，六十年回首前塵，也思烈烈轟轟，請繫長纓，做個奇脚色。　顧我頹唐甚矣，張蒼齒豁，廉頗矢遺，沈約形消，江淹才盡，一雙眼飽看世運，祇得委委曲曲，自搔短髮，變成老頭陀。"舒寫懷抱，筆曲而達。○張子惠副車文藻才學湛深，有五十自壽句云："自呱呱墮地以來，爲俗子，爲陋儒，逐浪隨波，枉教萬八千日過。　作蕩蕩樂天之想，不騖名，不馳利，酣眠飽食，那知四十九年非。"雖是謙詞，却有逸趣。有某屆五秩誕辰，作聯懸於書室云："虛度半百年華，能知非，庶幾寡過。　聊藉三椽茅屋，期無愧，即是廣居。"楊懶髯先生湘有自壽聯云："半間老屋，四扇明窗，宏開壽宇。　一子行厨，三孫釃酒，以燕嘉賓。"先生心貌古樸，作擘窠書，遒逸豪邁，寒士之可敬者。

　　李文忠公六秩壽辰，廳懸楹帖云："天生是爲社稷。　人望之若神仙。"作者未知。又薛撫屏中丞撰五言聯曰："壽恒河沙數。仰天柱峰尊。"安徽有天柱山，下聯用此典。○吾邑楊母侯太夫人七秋稱觴,丁植卿孝廉祝以偶語曰:"富貴一生,從父從夫從子。　恩榮三錫,多福多壽多男。"夫人爲侯葉唐少宰之女,楊菊仙大令之配,藝芳方伯之母,有子五人,半皆印綬,鄉里榮之。是聯洵切合渾成。吳夠青廣文亦贈有一聯,覺稍遜。句云:"五鳳啟家祥,萱閣恒春,富貴十全今有幾。　三鱸仍世澤,萊庭舞彩,起居八座古尤稀。"○楊明經鶴秋先生八旬介壽,其門下士陳恩受寄聯遙祝云:"三載坐春風,小子無才,承乏西泠慚製錦。　八旬開壽宇,長庚有耀,願從北面佐稱觴。"曾侄孫臨士觀察以楹帖祝云:"舉族仰儀型,鞠跽登堂,羅拜數雲礽而下。達尊兼齒德,養序入學,衆推在申伏之間。"丁孝廉亦有聯云:"講座瑞銜鱸,桂馥蘭芬,酌斗春從人日到。　文壇詞吐鳳,椿榮萱茂,躋堂客叩子雲居。"切姓發揮,與上數聯各有意趣。

慈利田東溪賀同邑友人李某武鄉試中式,句云:"投筆自雄才,可笑吾曹,毛錐子竟安所用。　立功期馬上,抗論先世,飛將軍抑又何人。"○徐仲山召試歸益都,馮文毅贈以偶語云:"北闕上書,識盡西京才子。　東軒賜食,歸貽南國佳人。"仲山夫人商氏,年近古稀,容貌如二十餘好女,朝夕惟飲乳汁,猶耽花讀書不衰。○有李丹宸者,里居未詳,撰句賀寧元甫新居落成云:"晏平仲請更諸爽塏者。　范柏年所居在廉讓間。"○劉伯持繼娶謝氏,秦研樵明經作楹帖賀云:"延明衣奮乘龍座。　道韞詩題射雀屏。"妙在兩切其姓。○陳有珍祝某上將軍聯曰:"武緯文經,南天半壁。　嵩生嶽降,上將一星。"○侯紀之大令作偶語祝吳夠青廣文云:"名重大僚,曾倚文章資籌筆。　官非小隱,聊將苜蓿當蟠桃。"指曾隨裕中丞幕,參酌一切。

壽州孫文正相國誕辰,于晦若侍郎撰楹句云:"壽州相國壽者相。　天子師傅天下師。"淵穆高雅,恰如其人。○吾邑楊珍珊封翁花甲初周,其子經笙秋闈報捷,余外舅楊紫丞孝廉贈以聯曰:"是翁備箕疇五福。　其子歌鹿鳴三章。"○楊望洲大令夫婦同壽,其子蘭樵秋捷南闈,外舅有贈聯曰:"輝曜雙星綿福德。　榜開三世紹箕裘。"三世開榜而兼雙壽,誠盛事也。○周仲克甥,於醫學經驗宏多，而眼科尤精，余贈聯曰："仙手挐雲，光明大放。　佛心濟世，仁壽同登。"楊筱荔觀察七秩誕辰，余祝以聯云："勛績遍浙東西，辭二千石鶴俸歸來，而今高蹈芳踪，夫婦齊眉舉鴻案。　文章驚江南北，再十三年鹿鳴重宴，且趁古稀華誕，兒孫舞彩集鱣堂。"〇楊子延先生七秩稱觴，裴葆良孝廉著楹句云："翁絕似陶淵明，秖以菊花爲性命。　遊何必赤松子，能兼詩畫亦仙才。"又章定安大令撰聯云："直疑靖節今親見。　尚有元方古益稀。""靖節"指其喜種菊，"元方"指乃兄紫丞先生，均切合。

卷十　輓詞

塔忠武公齊布殁於軍，李次青方伯元度撰輓語云："謚并武鄉侯，湘鄂戰功青史在。　壽同岳少保，古今名將白頭稀。"〇咸豐八年，羅忠節公澤南殉節皖中，時胡文忠公林翼巡撫湖北，撰聯輓曰："上馬殺賊，下馬著書，獨將大義扶持，真烈士，真將軍，真理學。前表謝恩，後表誓死，回憶忠魂酸楚，有老母，有寡婦，有孤兒。"左文襄公亦作聯輓云："率生徒數十人轉輾而前，殺數萬賊，下甘餘城，亦健將，亦真儒，獨有千秋，羅山不死。　報國家二百年養士之恩，提三尺劍，讀等身書，是忠臣，是信友，又溺一個，湘水無情。"均激昂慷慨。

毗陵湯貞湣公貽汾，字雨生，以父殉難臺灣，襲雲騎尉官，至浙江副將，乞歸，寓居金陵，焚香鼓琴，翛然出塵外，工詩，善畫山水花卉，均簡淡超脫。咸豐三年，粵匪陷金陵，從容賦絕命詩一章，投池死。有某撰偶語輓云："三絕畫書詩，到頭來，大義凜然，不傳以才傳以節。　一門祖父子，怒髮時，成仁不讓，斯謂之孝謂之忠。"亦挺拔。

江陰何蓮舫太守，寓居揚州，先曾文正公兩日而卒。全椒薛慰農先生時雨作輓語云："詩酒中人，翰墨中人，江山風月中人，薄宦豈能羈，頻年擺脫凡塵，逸興豪情，跨鶴占揚州勝境。　循吏一傳，文苑一傳，遊俠貨殖一傳，通材無不可，平昔服膺師訓，感恩知己，騎鯨爲上相先驅。"全椒許誦芬先生爲江左名儒，從遊者數百人，年七十卒。時周文之太守以微罪戍塞外，郵寄一聯云："期我第一流，政事文章，河嶽在地，星辰在天，夜雨留悲興國寺。　從公三十載，師生骨肉，死者九泉，存者萬里，春風難度玉門關。"洵是才人之筆，惟"河嶽""星辰"於許君稍嫌過分耳。

吳匊青廣文汝渤輓錢塘吳曉帆方伯聯云："廣廈昔因依，記曾烽火驚心，全倚屏藩障南國。　小春聆謦欬，何意人天撒手，空餘涕淚望西泠。"顧受笙先生均亦錢塘人，頗精製藝，九度秋闈，道光辛卯八月十五夜，以疾卒於號舍。其表弟梁應來先生紹壬，聞而傷之，作輓聯云："矮屋痛長眠，文戰嘔心，竟爾修文歸地下。　良宵驚惡耗，月圓撒手，從今賞月怕秋中。"時有顧君號竹臣者，里居未詳，其夫人於某年四月初三日卒，時年五十八。俞蔭甫太史以楹語輓之曰："鶴壽未六旬，仙去後二年，再向仙山上壽。　鶯花過三月，佛生前五日，遽歸佛地拈花。"頗工巧。

錢塘梁山舟學士有自輓句云："讀書十年，作宦十年，歸田十年，生有涯如斯而已。　儒林無傳，循吏無傳，隱逸無傳，死之日尚何言哉。"學士早達，致仕亦甚早，優遊林下，重宴鹿鳴，"歸田十年"句似未確，蓋欲湊對，或於卒之前數十年已作就此耳。○候補縣佐某歿於蘇州，家貧無以成殮，時侯官林文忠公則徐巡撫江蘇，慨然贈金并作輓聯云："我亦傷心，看今日良朋密友。　人誰不死，想他年寡婦孤兒。"諸親友聞之，俱陸續而至。○張蓮舟明經步瀛撰楹帖輓張佩之太守蘭階云："牛衣灑淚，寒士同情，不圖五十年來，偏有殊恩邀北闕。　馬革裹尸，男兒本分，可識二千里外，尚留知己哭西臺。"有王某，早失怙，妻亦亡，繼娶賈氏，甫生一子，某遂病卒。蓮舟作聯吊之曰："白頭有母，黃口有兒，俯仰總成未了局。　泉下誰迎，閨中誰送，幽明齊喚奈何天。"○邑商趙云齋祖母薛孺人五世同堂，年逾九十而歿。家曉湘孝廉輓以偶語云："不羨佛，不羨仙，九秩返瑤池，壽考轉教仙佛羨。　有賢孫，有賢子，一堂生玉樹，曾玄也似子孫賢。"

顧響泉廉訪光旭，乾隆壬申進士，官至四州按察使，學術純正，居官多惠政,致仕歸,主講東林十餘年,壽六十七卒。秦小峴侍郎瀛撰楹帖吊之,句云:"已矣斯人,畫像應教遍西蜀。　傷哉吾道,絳帷猶是憶東林。""絳帷"一作"講帷"。○杜少京司馬紹祁,嘉慶庚辰進士,爲福建仙遊、鳳山等縣知縣,除暴築城,大有功,擢淡水同知。引疾歸,主講東林多年,以修脯佐賓興,寒士均沾惠。壽七十六卒。有自輓句云:"電光石火小功名,七載臨民,差異風塵俗吏。　鰲背鯨身大遊覽,半屏殺賊,居然戎馬書生。"半屏,山名。公多道義交,其自叙一篇中,謂生平最密者,吾祖俊三公。曾記吾祖作偶語吊之云:"今人是古人,爲英爲靈,禮合千秋祭社。　兄事兼師事,可坊可表,服從三月緦麻。"兩人之相契可見矣。

鄒壯節鳴鶴爲廣西巡撫時,粵逆悉銳攻城,戰守三十三晝夜。賊他竄,以失援鄰境落職。歸未久,桂林全省陷,陸總督建瀛調赴江寧,給六品頂戴效用。乃逆衆直逼江寧城,遂書絕命詩以殉節。有人撰楹帖吊之曰:"有志未成功,惜無郭李諸公,共襄偉績。　大名傳不朽,幸附顔張之後,并著孤忠。"華荻秋司馬亦有輓詞云:"大節信無虧,死而後已,所以報也。　危城不易守,一之爲甚,其可再乎。"貴州黃子壽太史彭年,道光乙巳入翰林,兩閱月,夫人亡。曾文正公著輓聯云:"親見夫君爲文學侍從之臣,雖死亦慰。　但觀人言於父母昆弟無間,其賢可知。"通州孫文節公銘恩,先爲禮部侍郎,乞假終養,左遷太常寺卿。咸豐四年,復奉命爲安徽學使,會粵匪竄安慶,遂殉節。時曾文正在軍中作輓語云:"以文來,以節歸,毅魄長留兩江上下。　因孝黜,因忠死,苦心可質百世鬼神。"長沙陳岱雲太守殉節安慶,時論誤以爲非。曾公撰輓聯表明之,句云:"衆口鑠堅金,誰知烈士丹心苦。　大江漾明月,常照忠臣白骨寒。"洵足剖白焉。

鄧紫珊大令,曾知浙江天台縣事,咸豐九年七月初三日病亡,配施宜人先兩月卒。時許靖甫太守爲金匱令,著楹帖輓之,句云:"兩月悵離鸞,地下鹿車應共輓。　一朝悲化鶴,天台鳧舃此長飛。"薛芷軒明經輓其弟衡瞻太守聯云:"傷哉,雁陣斷衡陽,汝病吾不知時,汝殁吾不知日。　已矣,虎符持粵右,其生也有自來,其逝也有所爲。"集句極現成,惟以"虎符"用於太守似稍廓。西鄉錢復,初陷於賊中年餘,逸出,復爲賊迫,赴水死。顧雲史茂才作偶語輓之曰:"慨身世如斯,猶幸智營歸晋國。　嘆風波不測,依然屈子赴瀟湘。"用典渾成切合。其悼亡聯云:"歸僅五年,幸未養孩留芥蒂。　病纔三載,脱然謝我破菱花。"亦極簡潔。

　　桃源訓導王月莊先生駡賊被戕,一門視死如歸。有人作楹帖輓云:"讀聖賢書,臨大節而不可奪。　立臣子鵠,微斯人其誰與歸。"又聯曰:"一門忠孝節義。　千秋俎豆馨香。"余亦撰聯輓之曰:"指可截,舌可割,顱可破,一死植綱常,浩氣定能寒賊膽。　父盡忠,子盡孝,僕盡義,千秋馨俎豆,貞魂洵足繫人心。"吾祖俊三公於咸豐庚申四月初十日殉節,越數年,招魂治喪。楊明經鶴秋先生輓云:"宗族鄉黨,縉紳没齒,永孚衆望。　遺愛儒林,忠迹惟公,獨擅千秋。"秦大惠大令聯云:"一死植綱常,當黎民鹿鋌之交,矢石親攖,真不愧讀書明理。　九重褒忠義,看丹詔鳳銜而下,馨香崇祀,豈僅教纂史垂名。"杜文山明經楹帖云:"光風霽月推周子。　亮節清標記叠山。"嚴笑拈明經楹句云:"公正協輿情,到頭來,大節孔昭,一片丹忱堪報國。　恩榮封世職,没齒後,精忠不朽,千秋青史特標名。"秦省吾觀察聯云:"數千里聞變驚疑,病岱暗雲迷,慷慨捨生成大義。　三百兩蒙恩祭葬,念露濡霜降,馨香從祀慰忠魂。"秦係子婿,時宦陝,寄聯遥輓。

　　王伯陶中翰,嘉慶壬申二月十二日生,同治丙寅二月十二日卒。華荻秋司馬撰句輓云:"來日是花朝,去日是花朝,那堪紅杏枝頭,悄然思舊。　君年五十五,我年五十五,可嘆黄公壚下,獨自傷春。"頗覺質而趣。又孫旭三先生聯云:"秉筆入薇垣,春蚓秋蛇,名滿帝京天動問。　散金酬梓里,玄旌丹旐,魂依祖隴日生寒。"

　　貴州莫子偲先生,名友芝,少時爲名孝廉,肆力於許鄭之學,旁及列史、諸子百家、詩古文詞,極淵博。黔中文風,爲之一變。一時名公鉅卿,四方績學之士,莫不引重,與之訂交。湘鄉曾相國尤器重之,官之不可,延之幕中亦不諾。以一扁舟往來蘇滬間。辛未秋,卒於興化舟次。相國作楹帖弔之曰:"京華一見便傾心,當時書肆訂交,早欽宿學。　江介十年常聚首,今日酒尊和淚,來吊詩人。"其交誼可見。

　　錢揆初太守勛,吾邑西鄉人,少負才名,詩歌駢文,沉博絕麗,由舉人爲內閣中書。同治初,李少荃宮保統師上海,入參幕事,後從剿撚匪,卒於濟南。宮保作楹帖輓之曰:"從我陳蔡間,千里間關,豈料北征成絕筆。　與君生死別,十年協助,那堪南望爲招魂。"秦澹如都轉輓以偶語云:"薄雕蟲技,擅倚馬才,滬瀆共從軍,草檄飛書總輸汝。　得四十年,終二千石,河梁成永訣,齊山越水渺愁余。"蕭質齋太守聯云:"最是傷心,老母生妻幼子。　不堪觸目,殘杯古劍遺書。"

　　益陽胡文忠公林翼薨,曾滌生相國撰輓聯云:"逋寇在吳中,是先帝與藎臣臨終恨事。　交遊滿天下,願後人繼我公未竟勛名。"劉忠壯松山,字壽卿,殉難甘肅,年時三十七。曾相國作偶語輓之云:"勛名略同馬伏波,骨歸萬里。　精誠欲效岳忠武,壽少二齡。"湯海秋侍銜鵬以微疾卒於京師,相國聞之,寄聯輓云:"著書近二十萬言,才未盡也。　得謗遍九州四海,名亦隨之。"俱極惆悵。

　　曾文正公國藩學業勛名,冠絕一代,而自言生平無他長,惟輓聯一卷,頗愜己心。無他長,蓋謙辭也。嘉興錢警石先生卒,文正撰楹帖輓之曰:"禮經默勘,群史校讎,篋衍丹黃千卷在。　陳叟云亡,先生繼逝,東南耆舊幾人存。"○蘇州陳碩甫奐先數日死,三河之敗,李忠武續賓殉節。文正作偶語吊之曰:"八月妖星,半壁東南摧上將。　九重溫詔,再生申甫佐中興。"有謝氏女而嫁於何氏者亡,文正輓以聯云:"柳絮因風,閫內清芬堪繼武。　麻衣如雪,階前稚子總能文。"曾公又輓胡文忠林翼太夫人聯云:"武昌據天下上游,看郎君新整乾坤,縱橫掃蕩三千里。　陶母稱女中人傑,痛仙馭永辭江漢,感激悲歌百萬家。"袁端敏甲三卒於臨淮,曾公亦有聯輓之,句云:"屬纊寄箴言,期我勉爲范文子。　蓋棺有定論,何人更議李臨淮。"雖所著成卷,而得之耳聞,固難期其多也。

　　蔣和叔先生大鏞,以進士起家,兩任治中,嚴絕請謁,有政聲。權貴忌之,輒播以蜚語,終無恙。同治己巳,歿於遼東。時朱酉山編修供職京師，撰楹帖輓之曰："居官清慎勤，叠經宦海風波，立節不磨強項令。　持躬孝友順，猶是儒生面目，傳家惟有等身書。"丁植卿孝廉亦有聯云："蔣徑附羊求，當年客館征途，愛我不殊同氣。　韓門稱籍湜，此日儒林宦望，讓君獨有千秋。"漢蔣詡於舍前竹下開三徑，惟羊仲求仲常過從。孝廉與先生同出某明府門下，故慨言及之。

合肥江潤生太史輓李勤恪公瀚章聯云："於公爲通家子姪行，嘆我生磊落多奇，曾隨遊屐看山，笑送閑雲過滄海。　群季皆一時俊傑士，爲國事摧傷殆盡，獨剩元臣臥閣，愁深春草夢池塘。"叙述交誼，發揮襟蘊，面面俱到，上聯結語謂勤恪督粵，知而不能用也。嚴又陵先生有輓李文忠公聯云："使當年盡用其謀，知成功必不止此。　設晚節無由自見，謂世論又當如何。"簡括中有史筆。

秦誼亭先生炳文，吾邑風雅士也。道光庚子舉人，官吳江教諭，晚入貲爲户部主事。以善畫山水擅名，其畫風韻瀟灑，秀絶人寰。初師高澹游，尚爲畦徑所縛，五十後，專摹西廬，遂臻勝境。居京師久，於某年卒。華荻秋司馬撰楹帖輓之云："總説要還鄉，最記挂的天際歸舟，到如今乃忽焉絶望。　何愁無了局，縱短少那人間畫債，知此去已悉數清償。"丁植卿孝廉輓以偶語云："一官寄興，四海論交，難忘雪後金焦，親爲我寫。　子舍棠甘，孫枝林立，試問人間福慧，誰似公兼。"張筱亭明經作楹句輓之曰："教我作酒狂，謂酸不可醫，莫沾染書迂習氣。　如公真健者，奈技無與并，也消磨名士精神。"吴匊青廣文輓以聯曰："半生酒地花天，嵇阮之交無俗客。　幾幅殘山剩水，倪王而後有傳人。"陽湖吕庭芷編修作聯吊之云："見吾家三世惟公，頻年京國開樽，獨許鄭同參末座。　聞甪里諸賢無恙，大好溪山如畫，不留摩詰住仙源。"吴縣馮景亭中允亦吊以聯句云："採菊仰高人，正九日樽前，洗盞誰傾元亮酒。　思蒓違夙願，嘆二泉山外，歸帆空載米家船。"切卒於京師，并切辭世在重九節時也。

錢塘袁蓉生明府，簡齋太史之曾孫也。同治癸亥，殁於海陵。金眉生都轉安清撰聯吊之，句云："園林鍾阜，袍笏申江，人世太匆匆,可憐玉樹芝蘭,竟成斷梗。　平白悲歡,倉黃患難,舊情都歷歷,從此天荒地老,不了傷心。"○杜文山明經友房,吾邑之名下士也。習舉業外,兼工詩古文詞。辛未秋,卒於嶺南。其自輓聯曰:"竟至死乎,瘴雨蠻烟孤客櫬。　莫非命也,銷魂化魄五羊城。"侯石琴孝廉謂"死"字換"斯"字更得神。又有遺聯示子侄云:"負債纍纍,願兒曹竭力仔肩,勿使我償來世欠。　平居碌碌,期汝輩卧薪嘗膽,莫令人笑此宗衰。"侯孝廉煒撰楹帖吊之曰:"獨客悵乘桴,那堪海角天涯,一夕班荊成永訣。　大招嗟自輓,最痛蠻烟瘴雨,幾篇剩稿壓歸裝。"張筱亭明經輓以偶語云:"避亂共流離,嘆頻年郭外焚芻,未老已悲存者寡。　遠遊成幻夢,痛仲子床前易簀,臨危猶念別時言。"其婿即曉湘從兄,哭以聯云:"天不可知,算來覊旅十年,應有文章傳海外。　吾將安仰,痛絕河梁一訣,空留魂魄返吳中。"數聯俱淒婉動人。

　　同治壬申二月初四日,曾文正公國藩薨於兩江任。其門下士里安孫琴西觀察衣言獻輓聯云:"人間論勛業,咸謂如周召虎、唐郭子儀,豈知志在禹皋,別有獨居深念事。　天下仰文章,殆不愧班孟堅、歐陽永叔,却恨老來籍湜,更無侍坐雅談時。"洗盡惡習,卓然名貴,可傳也。歸安江小云觀察清驥撰楹帖以輓云:"生民擬山海鳳麟,應五百年名世,歷廿四考中書,正學戇躬修,帝賚奇勛高柱石。　翊運際風雲龍虎,統天地人爲儒,立德功言不朽,救時安宇內,公應無憾補金湯。"句語典麗,較琴西則遜,較他人則優。"高柱石"指庚午壽辰,恩賜"勛高柱石"匾額而言。其幕府海寧陳小圃主事方坦輓曰:"將相萃門墻,更合一家昆季,再造乾坤,如公獎薦賢才,偉量高勛邁千古。　儀型仰山斗,獲窺濂洛淵源,韓歐軌範,念我追隨江皖,景行親炙垂十年。"江寧陶華堂別駕寶善作偶語吊之曰:"末秩荷陶成,北斗山高,方欣大廈瞻依,魁首久欽文潞國。　鞠躬真况瘁,南天星隕,遽失中流砥柱,傷心如喪武鄉侯。"李少荃相國爲總督直隸,寄楹語云:"師事近三十年,火絕薪傳,築室忝爲門生長。　威名震九萬里,内安外攘,抗世難逢天下才。"此尋常酬應之作,兩人身分交情,尚未十分透達。薛慰農太守時主講尊經書院,撰輓聯云:"一介臣休休有容,頻年燮理,余閑小隊出郊篆,慣向山中尋魏野。　萬户侯綿綿勿替,當代元勛,佐命大名垂宇宙,豈徒江左重夷吾。"楚北王鼎臣刺史定安輓云:"微夫子吾誰歸,是秦漢以來第一人物。　以天下爲己任,自伊周而後無此規模。"吾邑薛叔耘副憲福成,在其幕中十餘年,相知最深,作楹帖輓之云:"邁蕭曹郭李范韓而上,大勛尤在薦賢,宏獎如公,悵望乾坤一灑淚。　窺道德文章經濟之隆,私淑亦兼親炙,迂疏似我,追隨南北感知音。"未入幕前,已有交誼,故言"私淑"。上下聯起語,亦非虛譽,蓋紀實也。

貴州王芰初司馬慶元,令常熟,咸豐十年,城陷。同治二年,隨營克復,仍知昭文縣事。買良田,營廣廈,擇牛眠地,擬家於此而不返矣。歲丙寅,卒於官。丁植卿孝廉在其幕中,輓以偶語云:"虞山舊治,琴水新猷,萬家生聚依然,伊誰之賜。　陽羨買田,桐鄉起冢,千古循良有傳,復見斯人。"語語典切。丁孝廉於應酬文字,不苟如此。吾邑楊明經鶴秋先生,年逾八秩卒。門人陳恩受寄楹帖輓之,句云:"四載列門牆,渥被春風,檢到遺編珍手澤。　八旬尊齒德,仰空山斗,痛教遥奠蓺心香。"内閣學士江南主考銘安寄聯輓云:"恭儉福之輿,知進家規堪厲俗。　文章壽以世,老泉手筆有傳人。"曾侄孫志濂作楹句輓云:"矩矱夙親承,曰敦行,曰勤學,曰立身,誨勉維殷,銘座遵循期弗失。　音容今渺隔,有遺誄,有傳經,有著作,典型猶在,登堂追慕憬如生。"侄孫省齋聯云:"八秩享遐齡,福備箕疇,來年芹藻重賡,方喜膠庠傳盛事。　一生崇儉德,縠詒孫子,此日蓬萊長往,痛教宗族仰遺型。"紫丞先生代撰。

吳門陳佩之部曹輓王魯山先生賡伯聯云:"故友復聯姻,少同學業,長共遊庠,每上燕臺懷舊雨。　艱辛成痼疾,仰戀慈親,俯憐令子,忍聞馬帳起悲風。"孫勛三明經顯,吾邑風雅士也。少爲名諸生,工詩,能書畫,兼精卜筮之術。辛未九月初七日不病而卒。吾師嚴笑拈明經作偶語吊之曰:"勵品果誰如,夷考一生所爲,固是達者實謹者。　登高已有約,忽先兩日而死,聞之駭然又慘然。"又一聯曰:"平生有襟期,有品格,有學問,有才華,超然自得。是日猶把酒,猶持螯,猶下棋,猶作畫,遽爾仙遊。"雖率易,却有風神。侯景文孝廉輓以楹帖云:"身世等棋枰,而今夜雨秋燈,局外更誰留冷眼。　光陰消圖畫,但見殘山剩水,人間何處不傷心。"秦子惠大令輓以偶句云:"詩書教子,筆墨營生,閉戶未嘗談世事。　狷介自持,寵榮不慕,居鄉何可少斯人。"徽歙項蘭谷撰聯云:"使我最難忘,秋月秋風秋雨。　夢君常相見,論詩論畫論書。"王仰之明經亦撰聯輓之,句云:"造物有何權,能窮君,不能困君,能死君,不能病君,此去定非懷老意。　畢生可無憾,以文壽,更以爲壽,以書壽,更以畫壽,祇憐未了向平心。"其繼配劉梅賦女史輓聯云:"老成尚有典型,何當風雨滿城,抱瑟任揮專壹調。　丈夫亦憐少子,更痛參商異度,蓋棺未及洗三朝。"劉亦工詩畫。其幼子仲襄,在蓋棺後數日遺腹而生者也。

　　毗陵李申耆先生卒,江陰縣令某君輓以楹帖云:"大夫國人皆所矜式也。　後生小子於何問業焉。"朱紫珊觀察厚基歿於武昌,時封翁臨川先生猶在堂也。丁植卿孝廉著輓語云:"江漢仰星雲,當年桂苑杏林,久已奇材重南國。　梓桑瞻山斗,此日素車丹旐,更無長策慰西河。"薛渭占明經病亡,余胞叔雲栽公作偶語輓之曰:"别我何堪,最難忘,長日清談,寒宵對飲。　活人多矣,固應向,仙班證果,邑乘留名。"薛君精醫,曾寓余家數年,"對飲""活人"皆實事。○王子泉舅氏自武昌府任返錫,擬暫息復出,忽患外症而歿。閻丹初中堂敬銘寄楹帖以輓云:"甘苦昔同嘗,計戶給軍,籌餉我慚蕭相國。　是非今已定,化民教士,歌功咸感寇施州。"丁植卿孝廉弔以聯云:"生爲英,歿爲靈,大孝千秋,此去同騎緱嶺鶴。　簡在心,碑在口,論交兩世,從今忍食武昌魚。"其父武滑公,於咸豐五年殉節武昌。先大父俊三公爲聯輓云:"平生有學問文章,方能臨大節。　千古惟忠臣孝子,乃可爲真儒。"深痛吾祖作此未久,亦於家鄉辦團守城殉節也。

　　河南固始吳春舫太守政祥,於同治初年來錫爲邑宰,不數年,其封翁卒。吾師張與亭孝廉撰楹帖輓之,句云:"有子播循聲,泰伯城邊稱父母。　惟公真碩德,洛陽會上少耆英。"○家靜之叔祖享壽七十四，於光緒元年卒。張與亭師輓以偶語云：「西河退老，淚灑年年，幸令孫連步云程，足慰桑榆晚景。　北海通家，交深世世，倘吾父相逢地下，仍聯詩酒前盟。」薛渭占明經作輓句云：「篤於禮，寡於欲，廉於財，每事存先正典型，德可知矣。　少而富，壯而康，老而健，猶及見文孫獲雋，福亦宜之。」其內弟鄒漢源先生輓聯云：「大鼇共興嗟，幸石硯有靈，一第竟償垂老願。　遠游成永訣，嘆總帷無恙，百年尚剩未亡人。」楊範甫代撰。○西門外高松舟封翁卒，與亭師亦有輓語云：「廿載訂知心，欣逢月夕花晨，宴賞園亭無俗客。　一朝驚撒手，愁絕名山勝地，經綸鄉國少能人。」又代其弟蔭軒萼齋作聯云：「五十年花萼競榮，左右隨肩洵可樂。　一百日參苓罔效，死生分手復何言。」又代友人撰聯以輓云：「湖海廣交遊，觴咏管弦成往事。　風霜摧晚節，園亭花柳總傷神。」凌云軒封翁聯云：「偉岸世無倫，治家則儉而中禮，處世則寬而能容，鄉里問誰堪繼武。　下風吾早拜，幹事有過人之才，豪飲有兼人之量，朋儔安可失斯人。」張筱亭明經代作。

蘇州馮景亭中允卒，吳訒青廣文撰楹帖輓云：「舊雨數從頭，君言環海論交，惟余最久。　懸崖驚撒手，誰料高山失仰，先我云亡。」○江左某，兩載之間，一子一侄俱死。友人輓以聯曰：「去年纔抱西河痛。　今日又來東野書。」○錢撲初中翰輓余望之聯曰：「梁溪按曲，茂苑觀花，京華把盞，十餘年舊雨常新，那堪斗酒隻鷄，他時酹墓。　老母倚閭，寡妻在室，弱子趨庭，三千里臨風一慟，共盼素車白馬，遠道歸魂。」又代友人撰聯云：「少同里，長同遊，而今撒手歸泉，空對晨星悲舊雨。　名何存，利何在，此後開門定居，惟期玉樹快凌雲。」○侯翔千明經作偶語輓趙梅生茂才云：「王楊幼慧庾鮑清，才記曩時，角勝文壇，真後生畏友也。　父母俱存兄弟無，故即此去，身登仙籍，豈君子所樂歟。」又作長聯吊張鑒堂云：「一棹沿洄，燈窗話別，爲箕裘世業，囑我佳兒，泮水幸莘聲，誰料喜報兼旬，香夢遽隨江月逝。　卅年奔走，升斗勞人，到霜雪華巔，未成歸計，宦途齊下淚，君看浪淘千古，旅愁更比漢流深。」氣勢浩瀚，不愧才人之筆。

常州憚心農觀察病歿,楊筱荔太守撰偶語輓云:"偉略未全施,至今海嶠遺黎,重過羊碑應墮淚。　感恩在知己,垂老江湖泛梗,追懷鄂渚曷勝悲。"楊明經鶴秋先生輓其門人史煥亭茂才聯云:"腹便邊笥,筆燦江花,當時鐵硯爭磨,誰道劉蕡終不第。　母已白頭,兒纔黃口,此日玉樓赴召,堪嗟李賀竟無年。"○秦研樵封翁卒,王仰之明經作楹帖吊之云:"半世作齊豫遊,欣看曳杖逍遙,有令子承歡官舍。　一生得春夏氣,猶憶解衣磅礴,與少年角藝文壇。"封翁確有此風趣。王君又有哭其師潘啓鈞茂才聯云:"卜人以告,疾不可爲,始信宿瘤能殞命。　泰山其頹,吾將安仰?從今佳節廢登高。"又聯云:"有令子能畫能詩,所造已堪名世。　爲多士任勞任怨,其後必有達人。"子晝堂能詩,畫尤精妙。任勞怨,指賓興訟事而言。

　　金陵蔣幼瞻孝廉師軾寓吾錫多年,倡興文會,同志樂從。返鄉後十餘載忽病卒。王顯屏廣文寄聯輓云:"傷心知識無多,風雅如君,山色湖光憑管領。　回首神情似昨,淒涼有我,斷章零字憶平生。"○仲英嫡堂兄維鑒患三陰瘧,半載而亡。侯翔千明經作偶語吊之云:"溯卅載舊居斗室,雙親待養,一第未邀,身世已多艱,那堪數月沉疴,意外竟成千古別。　記當時共學瓠城,君賦雁行,我陪鯉對,光陰不轉瞬,屈指廿年前事,淚痕頻爲九原枯。"薛撫屏先生輓以聯曰:"齊物以觀,彭祖不如殤壽大。　修身爲本,顏淵豈羨蹠年高。"趙和笙明經有聯曰:"彼蒼何太無情,親老子殤,未竟天年偏撒手。　我弟亦傷不祿,才長命短,相逢地府可談心。"○顧竹椒先生卒,汪葆素茂才撰楹帖輓云:"投筆早從戎,往來江皖之間,朝餐寒雪,暮宿荒烟,草檄飛書,倚馬萬言人可待。　持躬猶法古,品概漢唐而上,學授諸兒,痛深老母,征途客館,騎鯨一去我尤悲。"○薛昌侯甥病歿,余代其弟鳳喈作長聯云:"平生剛直,世事崎嶇,班定遠正望封侯,偏教客死海疆,回首難尋蝴蝶夢。　六子未婚,三女待字,向子平方思了願,豈料遽辭塵界,傷心忍聽鶺鴒啼。"陸引南茂才卒,余輓云:"久約二泉遊,正期勿藥可占,相與領湖山勝景。　忽成千古別,此後臨池得暇,共誰談唐宋名人。"陸君工書法,與余最契，約遊二泉，惜未果。

毗陵劉澗枊先生臨終有"兩手撒開塵世事。　一身跳出利名場"之句。額曰"仰天一笑"。家春嶠從叔祖撰偶語自輓云："十七回鏖戰，棘闈一第難邀，羞到重泉逢父母。　廿八載訓蒙，梓里半生勤苦，應無餘孽及兒孫。"曉湘從兄撰自輓聯曰："一死極尋常，所奇畢世簏藤，定是不才逢聖主。　生平惟笑傲，獨怪頻年摧折，誰將劣命叩穹蒼。""迍邅""摧折"，因子女早殤、悼亡三次而言。外舅楊子承孝廉於臨終前兩月臥病無聊作聯曰："卑污非本心所甘，此生無忝。　躁急是終身之累，至死方休。"其高尚可見。

嘉興錢恭勤公應溥薨，常熟翁文恭公同龢撰楹帖輓之，句云："平生灑盡憂時淚。　臨絕猶聞訪舊言。"蕩口華耕樂封翁，爲子隨孝廉之父，於某年卒。余外舅楊子承先生輓以聯曰："效秦任好輸粟救灾，慈能召福，德以永年，君子詒謀真有谷。　師范希文置田贍族，子已成名，孫尤挺秀，善人食報正無涯。"○施叔愚廣文卒，華荻秋大令作聯吊之曰："人間多有輓歌，恐不值先生一笑。　地下若逢美酒，也應共才鬼千觴。"○常州瞿賡甫方伯輓薛誠伯大令聯云："河東鳳代有文名，與君家昆季，寒素論交，吳市秋風燕市雨。　武昌魚同嘗宦味，聽行部士民，歌呼哀送，沔江春水漢江潮。"○薛撫屏中丞輓某刺史云："雄文富有亞西亞。　美政歌成于蔿于。"以"于蔿于"歌用於知州恰切。○某君撰偶語吊龔子達茂才云："公竟渡河，七夕佳期成永訣。　我將出塞，萬方多難且高歌。"龔茂才卒於七月初七日，故言"七夕永訣"。又某有聯云："巾服飄然，大陸風云兒輩在。　城郭猶是，斜橋燈火酒人稀。"龔君嗜酒，每晚必至斜橋肆中暢飲。

滿洲柏中堂葰薨，京都翰苑某作聯輓云："其生也榮，其死也哀，雨露雷霆皆主德。　臣門如市，臣心如水，皇天后土鑒孤忠。"中堂因順天鄉試賄賣舉人情事見殺，實其幕賓及吏胥作弊，而中堂未知也。○楊藝芳觀察母侯太夫人病歿，常熟翁文恭公同龢作偶語輓云："何以報親恩，有萬戶灾黎，同聲感泣。　況聞敦族誼，是九旬賢母，隻手經營。"李文忠公鴻章亦有聯云："一笑歸真，見五子蜚英,諸孫擢秀。　八句備德,憶九宸襃善,七族稱賢。"○某輓鄒頌丹母云:"寸草三春,有子悲銜孟東野。　生芻一束,昔賢我愧徐南州。"華西洲茂才代某輓林虎侯媳云:"小謫塵寰,此去瑤臺證明月。　多情夫婿,曷來高嶺哭梅花。"王顯屏廣文撰楹帖弔章公静茂才曰:"鯉庭拜母,雁序論交,二十年攻錯情深,悵望荆吳一灑淚。　萱樹縈懷,蘭枝繫念,三千里程途遥隔,仰看河漢倍傷神。"先大母李恭人辭世,外祖王紫鄰公作輓聯曰:"哭子淚應枯泉下,牽裾聊一慰。　相夫心早瘁人間,營奠總難償。"許静山星使之母病亡,楊藝芳觀察輓以偶語云:"能仕教之忠,巨浪長風,貽訓勉成宗慤志。　欲養親不待,春暉寸草,銜哀同廢孟郊詩。"楊母先兩年仙逝,故末句云然。

某有悼亡聯云:"痛我不辰,僅留薄命糟糠,猶歸泉壤。　囑卿來世,不遇封侯夫婿,莫到人間。"爲一時傳誦。先祖俊三公悼亡句云:"境歷艱辛,昔日隨余苦能耐。　世當離亂,此時歸去福非輕。"過彩章孝廉娶妻半載,同房者兩月。其妻投井死。撰聯輓云:"卿何奇疾莫能興,可憐半載因緣,尚是鏡花水月。　我豈無情肯輕别,待證兩句孽果,竟成碧海青天。"先嫡母嵇宜人,年六十九,精神尚健,忽無疾善終。時雲裁公已甚衰頹,作悼聯云:"五十年伉儷相隨,離亂撫諸兒,困苦艱難,閲世久資賢助。　一二輩死亡可嘆,影形傷獨吊,淚枯神黯,此生猶復誰憐。""一二輩"指十餘年前兩子相繼去世而言。家孝廉曉湘兄娶杜宜人,僅數載即卒,著悼亡聯云:"非參苓尤草能回,嘆妖夢無憑,竟成實事。　聽父母翁姑環哭,倘性靈不昧,何以爲情。"繼配侯宜人殁,悼以聯曰:"屈指十九年,歡少愁多,嘗遍艱辛都爲我。　沉疴二十日,房空幃寂,相關痛癢更何人。"又悼再繼配徐宜人聯曰:"我命竟如何,幾同卓立孤峰,一無依傍。　汝來猶未久,滿擬圓成全域,又付空虚。"額云"六年一瞬"。

輓聘妻句難有佳者,聞王仰之明經言一聯云:"你何人,我何人,無端六禮相傳,惹出這般煩惱。　生不見,死不見,倘若三生有幸,再成來世姻緣。"丁植卿孝廉代王芰初大令作楹帖輓未過門聘室云："逮吉有期，一夢遊仙偏解脱。　浮生如寄，百年偕老亦須臾。"意議偶儻生新，與上可以并傳。○吳匊青廣文輓其妾云："同是空花，怎奈少偏先老。　將來結果，定知我不如卿。"聞友人言，有以翁輓子婦一聯句云："望汝生孫心久矣。　使予顧子淚潸然。"亦極得體，録之以備一格。○家曉湘孝廉撰偶語吊過母云："挈兒孫一棹南來，喜看楊柳依依，家山無恙。　騎鸞鶴隻身西去，太息蓮花朶朶，世界成空。"過母茹素奉佛，居八士橋楊樹下，同治丙寅，携眷自海門歸，未久卒。

都門某伶，生於二月十一日，亡於三月晦日。有人輓以聯云："生在百花前，萬紫千紅齊俯首。　春歸三月暮，人間天上總消魂。"○吾邑杜晋齋明經卒，汪葆素茂才撰楹帖吊之曰："十載客都門，飲酒論書，才華高出諸君上。　一朝拋俗障，殘編遺稿，鐫刻悲無後起賢。"○華景方病殁，余外舅楊子承先生輓以聯曰："年相若，居相近，意更相投，肺腑深交，生平有幾。　同釣遊，同几席，并同患難，童髫舊契，寥落堪嗟。"外舅又有一聯云："合父母昆弟鄉里鄉黨無間言，令聞令望，詒之孫子。　以慈幼養老振窮恤貧爲己任，實心實力，是謂仁人。"本作此輓某君，因其身份不稱，未果。能當此者，固甚少也。

左恪靖與曾文正書函來往，每以兄弟相稱，不肯稍自謙抑。至文正薨後，乃自書晚生輓之云："謀國之忠，知人之明，自愧不如元老。　同心若金，攻錯若石，相期無負平生。"豈其悔心之萌有不覺流露者歟？○吾邑孫咸吉先生，於咸豐庚申陷於城。歲丙寅，其配秦孺人亡。子梅庵茂才扶兩柩而合葬焉。孫勖三明經著楹帖輓之云："丁令可歸來，傷心一旦招魂，瀝膽披肝，至死不曾離故土。　劉綱諧伉儷，撒手六年若夢，元旌丹旐，此時還共赴佳城。"○汪介予，葆素茂才之弟也，性敏慧，幼失怙恃。同治癸亥，從黄叔軒表兄避難昭陽，學詩便工，喜讀書，寒暑無間斷。年十七得痨症，病中吟咏不少輟。十九歲卒。其撰聯自述云："功名富貴總由天，即樵水漁山，亦算一生事業。　脾肺心肝都是病，奈藥爐茶灶，虛拋三載光陰。"葆素作偶語輓介予云："十年憂兵，五年憂貧，方期手足常依，長向案頭同執卷。　七歲失恃，九歲失怙，豈料箕裘難續，早從泉下侍亡親。"頗覺真摯動人。○鄒雲湘先生輓侄某聯云："有恨問天，廿八載春秋何促。　無文祭侄，十二郎今古同悲。"詞意凄惻，讀之令人酸鼻。

　　光緒甲申法越之戰，徐曉峰中丞延旭撫桂兵敗，獲譴，後又起用，旬日卒於位。時王鶴琴大令以知縣需次徐公，相愛殊甚，留置幕中。及卒，王大令撰楹帖輓之云："聖主惜奇才，待公以魯曹沫、秦孟明，遽賫志以終，恨未睹犁庭掃穴。　末僚承下問，愛我如夏侍郎、張閣部，竟知音盡逝，忍重彈流水高山。"侯紀之先生輓楊壽芝茂才聯云："東林深賴經營，心力交殫留祠宇。　北海素稱豪放，人琴俱杳奠生芻。"○楊明經鶴秋先生撰聯輓王閣生太守之父湘帆先生，句云："六十年總角深交，方期一棹湖山白首，相偕娛永日。五百里驚心聞訃，幸沐九霄雨露青雲，後起慰重泉。"○侯翔千明經代某作偶語吊秦小帆云："哲人萎乎，最憶蘆草溪灣，藉藉頌聲周縣北。　先生歸也，從此杏花春雨，年年清淚灑江南。"○錢叔戀孝廉作楹帖輓楊濬泉茂才曰："慣招尋舊雨數人，雲水浣盧甌，茗戰盼君斜照後。　又搖落晨星一顆，霜風開蔣徑，花期負我小春初。"上聯切每日茶叙，下聯切愛種花，及逝世在十月。

　　吉林馬錦江齻尹卒於淮安，楊筱荔太守輓以偶語云："今年歲在辰，漢上遺書，竟兆康成夢讖。　傳家君有子，淮陰致誄，殊慚孝綽文章。"○吾邑裘竹筠封翁病歿於河南，孫勖三茂才輓以聯云："魂歸故國三千里。　名滿中州四十年。"○施叔愚廣文撰聯吊顧竹漪先生云："十年白下，重賴提攜，縱粗才他日有成，何處報公尺寸。　一別吳門，遂成永訣，倘老父九原相問，爲言不肖流離。"○薛仲貞孝廉輓姚子莊農部聯云："病非不起，醫已難求，數四人藥石争施，請問是誰妙手。　吉報未終，哀音遽至，頃刻間曇花忽謝，能毋令我心驚。"時孝廉患病，未久亦卒，言爲心聲，固不宜爾也。○孫茂才又有楹帖輓族人某云："十年蓮幕依人，劇憐弱息幼孫，未曾識面。　一旦蓉城作主，堪嘆玄旌丹旐，空爲招魂。"○家曉湘孝廉撰偶語輓周漱石云："已過五十不爲夭，祇憐失母，雛孫呱呱何托。　便到三公終有死,惟此通儒,真品卓卓可傳。"漱石懷才不遇,子媳俱亡,惟與幼孫相依度日。

　　某縣張亨甫才高學博,著有《思伯行堂集》行世,與桐城姚石甫爲同年交。姚官臺灣時亨甫從之。會禁烟事起,姚爲琦善等所忌,陷於獄中。亨甫亦被牽連,及事解乃釋。亨甫寓京都宣武門外楊椒山先生祠,未幾以病卒。士論惜之。何子貞編修作楹帖以輓云:"是骨肉同年,詩訂閩江,酒傾燕市。　真血性男子,生依石甫,死傍椒山。"江陂橋楊芙初,吾邑善士也,於某年卒。華荻秋司馬吊以聯曰:"衣食常施,三讓里中推碩望。　典型猶在,四知堂上仰遺輝。"○吾友汪葆素代梁蓮峰輓岳母顧恭人聯云:"兩閱月話別空庭,奈客寄雙堤,道路迢遥慚半子。　卅餘年主持中饋,想系聯四世,兒孫羅列泣重陽。"又代友輓顧某云:"婚嫁未終,何忍捨向平兒女。　風徽已杳,不堪思子敬人琴。"○秦芭風孝廉輓侄子厚聯曰:"是何奇疾莫能興,最傷心,惟老父得書,三千里揮亡兒之涕。　豈料斯人竟無後,更慘目,有寡妻在室,十二時抱幼女而啼。"時子厚之父刑部副郎霖士先生供職京師,意切而言甚哀也。

　　進賢譚蔚春,工詩詞,文筆亦典雅,晚年課蒙於鄉,自號東皋主人。同里陳志詰,翰苑人也,曾官閩粤多年,有女隨養任所。光復後,陳挂冠歸里,父兄相繼逝去,女亦病殁。譚代其作哭女兩聯。其一云:"自天涯萬里歸來,哭父哭兄,誰知淚眼雙枯,更哭廿齡弱女。　把人世三生勘定,種緣種福,且願低頭一拜,莫種頃刻曇花。"其二云:"從我瓊島遊,不畏瘴癘,從我珠江遊,不畏風濤,誰期一刹那間,現女郎身,如夢如幻,如影如泡,如湯如電。　問汝過去生,有何夙根,問汝未來生,有何善果,惟囑再出世後,爲男子漢,無恐無懼,無苦無疾,無害無灾。"刻畫入微,毫不著迹,洵可傳也。吾邑吴匊青廣文卒,其外孫楊筱荔太守撰楹帖輓之云:"一生霽月光風,耄老訂成書,曾許文章傳阿士。　千里愁雲慘雨,夢魂驚惡耗,獨懸塵榻哭吾公。"○丁植卿孝廉輓眼科王益堂聯云:"似如來放大光明,可惜良醫,未躋中壽。　憫斯世太多矇瞽,有誰妙手,爲起沉疴。"○孫勛三茂才代秦義立輓姊云:"吾寡兄弟而弗忍也。　欲爲煮炊尚可得乎。"○馮夢花編修作偶語輓唐桐卿廣文曰："今日尚何言,懷浮界大夢先醒,安知非福。　善人胡不佑,温處道沉灾又告,頓失所依。"○楊明經鶴秋先生著楹帖輓華題蓉封翁曰："兩年茅舍聯居,薪膽同嘗,在昔解愁欣得友。　一幅林巒繪影,草心志感,從今讀畫總思君。"因父母遺像遭亂失,囑畫山水一圖以代之,所以格外志感。又撰偶句吊周撫於云："竹醉正開筵,大耋延賓君尚健。　菊秋胡返駕,衰年哭友我何堪。"又有楹句輓華召棠孝廉母程孺人云："茅舍舊聯居,知挽鹿丁年,廿載親嘗蘁臼味。　篝燈勤課讀,幸丸熊午夜,一枝早折桂林秋。"

某縣文芸閣,才名藉甚,冠絕一時,惜不得志而死。其友王某輓以偶句云："追思往事,感不絕於余心,同學少年,北邙過半,曹子桓有言既痛逝者,行自念也。　殷憂傷人,士固憎茲多口,文稱千古,東海流傳,韓昌黎所謂動而得謗,名亦隨之。"情文并茂,風格亦超,洵傑構也。秦茝風孝廉哭其子禹臣聯云："徒教汝書,徒誨汝文,汝未成名,胡竟黃泉隨幼婦。　未養我生,未送我死,我非必壽,何堪白髮撫孤孫。"○叔父雲栽公歿,侯蔚人世丈遊宦浙江,寄楹帖輓云："離亂昔曾經,遍野烽烟,旅館頻年同草閣。　音塵今已杳,長途風雪,驛人何處寄梅花。""同草閣"指鹽城同居而言。○余外舅楊子承孝廉撰楹句輓侄眉叔明經云："悔我遲歸,一見病體支離,輒令諸嗟搔白首。　慟君速去,再欲温言慰藉,難從魂夢覓黃泉。"作偶語輓胞弟子登明經云："失怙十載,失恃廿年,而今隨侍九原,知煩惱都消,二老偕遊極樂國。　久病克延,不病竟歿,檢得遺編數卷,幸文章有繼,兩兒還是讀書人。"以上各聯,均切合有意味。

吾師張與亭大令健文善書,有聯輓陸少華茂才云："相如善病,逸少工書,感懷蛾術同時,無多舊雨。　伯道無兒,謝公憐女,幸賴鴒原有托,足慰重泉。"余外舅楊紫丞孝廉,於某年治喪,所見楹帖約十餘副,茲錄其三。通州張季直殿撰郵寄一聯云："對榻江隈,記否夜雨深譚,情同骨肉。　扁舟錫麓,尤服暮年進德,蔭及兒孫。"華子隨孝廉作偶語輓云："鯁直可風,分道南學派。　廉介絕俗,延闓西清芬。"陸耀星庶常吊以聯曰："道在砭俗,學在修身,得此乃一洗道學家習氣。　清如秋霜，白如皦日，惟公方不愧清白吏子孫。"○楊筱荔觀察輓其堂弟少坪曰："痛吾弟業未就，婚未成，電光石火四十年，而今已矣。　有親姊視爾疾，送爾死，風急天高重九日，此去何之。"又輓岳父雲栽公云："古誼托松蘿，況孤露提攜，器許倍增延賞感。　老懷傷鳳驥，想遺言綿愜，硯留應識伯孫賢。"○家曉湘孝廉輓堂兄閣英云："從戎投筆，頒秩酬庸，一官河水清，誰能遣此。子幼家貧，米珠薪桂，有兄天外遠，何以籌之。"指臨歿時家況甚窘而言。

　　章定安大令撰楹帖吊陶師母云："出南宫第一人，致君澤民，助教抗宣文前席。　相函丈逾七秩，令妻壽母，誦詩傷魯頌終篇。"烈女馬大寶，許字包文煒。幼失母。父廷燦貧，而寄食於人，女寄居舅氏范四家。范子阿金屢調不遂。一日，偵女寢，徑登其閣。女號，示以刃。女拒益力，竟死，年十八。共鳴諸官捕金置法。爲請旌，以楹句輓者不少。邑令張佑璧聯云："外家非疏逖之親，謬爲兩小無猜，錯住渭陽成一死。　聖世當表揚其烈，更有雙旌前導，樂隨文肅共千秋。"丁孝廉培聯云："一樹女貞榮，士也不良，可惜春花魘夜雨。　千年精衛恨，魂兮來格，最宜秋菊薦寒泉。"墓在錫山麓，人望其坊輒敬之。

卷十一　格言

　　古人楹帖必用格言。毗陵某氏懸聯云："雖無真學問，賴祖宗根基，未曾出醜。　也有惡心思，留子孫地步，不敢輕爲。"又聞友人述一聯云："且少從容，萬事皆由忙裏錯。　莫圖便易，好人都自苦中來。"可作座右銘。乾嘉間，有汪信，號可生者，里居未詳，相傳其自撰堂聯云："寶善數家珍，有訓辭，無玩好。　讀書成國士，先器識，後文章。"極平常陳熟語，而渾成乃爾。至今玩味，猶想見先輩敦品立行，庸德庸言，往往足爲後人矜式。此正聖賢教人，不離布帛菽粟也。

　　近日在高氏花園見一楹帖，爲桐城張君遜先所書，其語與園林毫無關涉,却有格言意。爰録攜歸。句云:"光陰迅速,便朝夕讀書寫字,能得幾何,必毋怠毋荒,趁早年埋頭用力。　時世艱難,即尋常穿衣吃飯,已非容易,須克勤克儉,免後來仰面求人。"○憶昔年侯石琴世丈書齋中懸一聯,與此大同小異。句云:"光陰迅速,縱認真讀書寫字,還恐蹉跎,亟宜振刷精神,趁此埋頭用力。　稼穡艱難,若但知吃飯穿衣,何來生活,休染因循習氣,貽羞仰面求人。"不忍割愛,亦録而并存之。○陳蓮史先生撰偶語云:"君子澹交,還是澹中交可久。　好人難做,須從難處做方成。"侯世丈每喜書此句,故得見之。○聞友人言,某處官齋懸聯曰:"爲政戒貪,貪利貪,貪名亦貪,勿務聲華忘政本。　養廉惟儉,儉己儉,儉人非儉,還從寬大保廉隅。"

餘姚孫忠烈公燨,爲明陪都大宗伯,殉宸濠之難。繼室楊夫人尤賢,其訓子聯云:"愛惜精神,留此身擔當宇宙。　蹉跎歲月,將何日報答君親。"後諸子皆顯達,誠母教也。先儒某完姻,撰楹帖自勵云:"撫躬不是孩提,憂患多從今日始。　轉瞬即爲父母,劬勞翻自養兒知。"此意未經人道。○吾邑嵇桂山明經,讀書自好,方正清廉,一邑推爲醇謹士。作偶語懸於書室云:"隨時隨地,留心積善。　惜寸惜分,發憤讀書。"○孫叔方孝廉爲人書堂聯云:"莫謂自由便可作惡。　須知幸福也要良心。"嘉其新而有格言之意,故録之。○顧雲笥茂才一生儉樸,深惡浮華,家懸偶句云:"老屋數間,祖宗基業。　破書幾本,子孫詒謀。"言頗古茂,有至理存焉。

蘇州元和陸鳳石殿撰潤庠於松寥閣題楹聯云:"欲除後悔先修己。　各有前因莫羨人。"雋永有味。聞友人言,見某處懸一聯云:"讀書即未成名,究竟人高品雅。　修德不期獲報,自然夢穩心安。"又述二聯,一云:"欲高門第須爲善。　要好兒孫必讀書。"一云:"立品定須成白璧。　讀書何止到青雲。"憶昔年在某君書室見柱聯曰:"觀天地生物氣象。　學聖賢克己工夫。"數聯俱宜置座右以自勵。

番禺莊滋圃先生有恭撫浙時手書客座楹帖曰:"常覺胸中生意滿。　須知世上苦人多。"識者已知爲宰相之器。人生自少至壯,罕有全履泰境者,惟耐得挫磨,方成豪傑。不但貧賤是玉成之美,即富貴中亦不少困境。此處立不定脚根,終非真實學問。○吾邑秦潛叔明經集聯云:"五箴考父。　三節仰湘鄉。"朱文公有戒閑思慮、閑出入、閑涉歷及接閑人與閑事。曾文正公有節勞、節欲、節飲食之語。○吾祖俊三公集句格言聯云:"言思忠,事思敬。　智欲圓,行欲方。"王君仲華謂余曰,曾見俊三先生書此句,至今未忘。真我輩處世之大要也。○聞某家懸偶語云:"學破愚,儉養廉,勤補拙。　居處恭,執事敬,與人忠。"樸實說理,洵自修要旨。

晚紅軒所録楹帖,其格言有甚可愛者。如:"道以反身而誠者上。人惟中立不倚爲難。""於心能安,於理亦得。　惟勤有益,惟公乃明。""於世俗中,見本來面。　處家庭内,無利己心。""學道人能精明世故。　性天内見涵養功夫。""到知非時,聞過則喜。　能自卑者,益尊而光。""於不睹聞時能戒懼。　可從行習内得精微。""世不可無名師益友。　人安容有滿志矜心。""崇德獨行,人思衛李。　修身明道,我欲瞻顔。""以文爲富,以道爲貴。居安若危,居高若卑。""行無不可對天之事。　思必有益於世乃言。"以上各聯,半係集《争坐位帖》字。

三鳳草廬藏有格言楹帖抄本,頗工穩有味。五言云:"養胸中正氣。　學天下好人。""序天倫樂事。　讀孔氏遺書。""利人終有益。　克己自無私。"六言云:"作事須循天理。　出言要順人心。""静坐常思己過。　閑談勿論人非。""處事須留餘地。　責善切戒盡言。"七言云:"利人時出有益語。　修己常存改過心。""事不再思終有悔。　氣能一忍可無憂。""欲子孫賢必積德。　要門庭顯還讀書。""平生事業惟安命。　第一工夫在謹言。""綿世澤惟在孝友。　振家聲不外詩書。"八言云:"作德日休,爲善最樂。　知足不辱,能忍自安。""孝弟力田,君子務本。　詩書執禮,聖人我師。""獨坐防心,群居守口。　開卷有益,作善降祥。"長聯云:"孝弟忠信,禮義廉耻,是撑天八根大柱。　慈愛温良,謙和敬讓,真涉世幾個神方。""體兩句如之何,天下無難事。　存三個必自反,世間皆好人。""孝於親,弟於長,慈於幼,可爲成人矣。　禮以行,孫以出,信以成,不亦君子乎。""書是良田,傳世休言無厚産。 仁爲安宅,居家何用有華堂。""孝弟慈,父子兄弟足法。 知仁勇,天下國家可均。""天地無私,爲善自然獲福。 聖賢有教,修身可以齊家。""勿忘祖父艱難,宜務勤思儉。 要作兒孫榜樣,須蹈義懷仁。"均足垂戒。

近聞楊某述格言楹帖云:"吃苦是良謀,度苦日,用苦功,費苦心,苦境終歸樂境。 偷閑非善策,説閑話,好閑遊,理閑事,閑人即成廢人。"憶先祖俊三公喜書格言,有句云:"忍而和,齊家上乘。公與正,處世良謨。"咸豐時自書偶語懸於座右云:"百煉此身成鐵漢。 三緘其口學金人。"近見昔年爲人書聯語有二。一云:"修己惟清心最要。 涉世以慎言爲先。"一云:"省察謹嚴,心如秋肅。存養冲粹,氣若春溫。"以上皆可作箴銘以自勵者。

《身世準繩》,吾邑李覲文先生纂輯,傳世已久,其中可爲家懸楹帖者甚多。如:"慎乃百年提撕緊鑰。 敬爲千聖授受真源。""百善孝居先,若推孝以友兄弟,則善更大。 萬惡淫爲首,倘因淫而肆殘暴,其惡彌深。""融盡性情上偏私,斯爲真學問。 消得家庭内嫌隙,便是大經綸。""文章無益身心,縱工何用。 著作有資勸戒,雖拙可觀。""思立掀天揭地事功,須薄冰上履過。 欲做美玉精金人品,要烈火中鍛來。""居家戒奢尤戒嗇。 處世忌寬亦忌嚴。""求足何能足,知足便足。 待閑安得閑,偷閑即閑。""道不必大行,要有裨民物。 官何須尊顯,期無負君親。""公正嚴明,爲做家長良法。 安詳恭敬,是教小兒善方。""處衆固宜和,尤當具强毅,莫能奪之力。 持己須以正,要貴有圓通,不可拘之權。""意念沉潛,於理能盡得。 志氣奮發,何事不可爲。"洵有裨於人心世道之言。

有張杏村者里居未詳,自爲楹聯云:"想行路出門難,但得居家便是福。 除讀書寫字外,別無生計所以窮。"樸實説理,頗有味。○沈石翁用熙集成語爲人書楹帖云:"受人以虛,求是於實。 所見者大,獨爲其難。"亦具至理。○南海徐佩韋先生爲子授室自撰偶語云:"女無不愛,媳無不憎,願世上翁姑,推三分愛女之情以愛媳。　妻易於順，親易於逆，望汝曹人子，減半點順妻之意而順親。"通達人情，慨乎言之矣。○江西百花洲有一聯云："盡力量爲善。　養精神讀書。"語精警有氣勢，安化陶雲汀制軍手筆。

卷十二　雜綴

番禺潘蘭史徵君六十自題齋聯云："圖史兩間樓，便是老來行樂地。　江湖多暇日，補讀平生未見書。"○楊菊仙大令建裘學樓落成，汪憲仲孝廉撰聯賀之，句云："世德繼銜鱣，累葉都成清白吏。奇才真吐鳳，此間可草太玄文。"○昔有友人述一楹帖云："父戊子，子戊子，父子戊子。　師司徒，徒司徒，師徒司徒。"上聯指橋梓，俱戊子科中式，下聯指師弟，均爲司徒官，頗工巧。

丘文莊瓊山幼從師於里宦之家，聰敏有聲。宦兒劣不好學，凡師外出，宦兒即歸。一日天雨，丘獨坐書室。雨滴其肩，丘乃與宦兒席對換。宦兒具告師，師曰："能偶對者理直。"因言"點雨滴肩頭"，丘即言"片雲生足下"，師稱善。宦兒不能對，哭告其父。父怒，試以對曰："孰謂犬能欺得虎。"丘應聲答云："焉知魚不化爲龍。"宦嘆賞。○顧東橋撫楚，張江陵初應童子試，東橋曰："能屬對乎？"曰："童子略能。"因以"雛鶴學飛萬里，風雲從此始"兩句使其對，張隨口答云："潛龍奮起九天，雷雨及時來。"顧大喜，頗加嗟賞，并云："此兒他日貴過我也。"

蕉溪奚載春詩才卓絕，更擅屬對，記其五一自壽云："家人六七輩，沽酒十千，會飲三杯，也算慶祝。　余生五一年，拙荆四九，合成百歲，總是癡頑。"多用數目字，毫無斧鑿痕，洵佳構也。某鎮有陳某兄弟二人，知名士也。兄湎於酒，弟染烟癖。好事者戲贈以聯云："阿兄酒色雞冠紫。　乃弟烟容鴨蛋青。"堪稱工絕。○東坡、佛印、琴操相往來。一日，佛印至蘇家，見琴操卧於紗厨內，戲曰："碧紗帳裏睡佳人，烟籠芍藥。"琴操對曰："青草池邊洗和尚，水浸葫蘆。"佛印大笑曰："和尚對娘子，實出意外。"

淮安毛子喬孝廉松齡，幼負雋才，比壯，文名益噪，屢上公車不售,頗佗傺不自得。晚舉一子,會其初度日,自撰楹帖云:"陽月建辰,我已如嶺上梅花,安能及公門桃李。　耆年得子,人道是海中仙果,差堪慰晚景桑榆。"九江蔡燕山,平生嗜古成癖,金石書畫,收藏甚富。浮沉翰苑十餘年,死後一貧如洗。嘗戲作一聯云:"拼將唐宋元明草。　賺取歐非亞美錢。"可想見其風格矣。

毗陵張曉帆明經,余同案友也,才華頗富。教讀之暇,戲撰偶語云:"少日讀諸子百家,雄文健筆,起鳳騰蛟,呼曹植酌斗論才,何妨伯仲。　老來築名園五畝,接果栽花,養魚放鶴,遇郭泰入林把臂,即是神仙。"氣勢蓬勃。惜無人能當此語。一日,遇汪葆素茂才,談及庚午正月二十二日晚,夢至一寥廓之區,高臺十餘丈,懸有楹帖,書法頗蒼勁,枯枝禿梗,非凡手可及,句云:"大千秋色在眉頭,看遍了玉海金山,重遊贍部。　九萬春花如夢裏,曾記得丁歌甲舞,高卧崑崙。"醒而問之友人,知是京師戲館聯。噫,異矣!楹聯何必入夢哉?又汪茂才在金陵時旅舍無聊,作楹帖云:"狂花滿屋,病葉半床,我醉欲酣眠,亂叠青山鄉國夢。　長烟一空,皓月千里,秋深難作客,相思紅豆旅人情。"洵是旅客之情,才子之筆。

泰州姜堰鎮河干,有酒樓數椽,屋宇攲傾,久不修葺。有人題偶句於壁云:"好一座危樓,誰是主人誰是客?　祇三間老屋,半宜明月半宜風。"頗得味外味,而一種登樓感慨,憑吊今昔,自然流露。咸豐十年四月初十日,吾邑失陷,萬民塗炭。自克復後,每於是日,聚僧衆於崇安寺,大修佛事,燒紙恤孤。孫勖三明經著楹帖懸於齋堂,句云:"大義在人心,看此時烟梟灰飛,猶動道旁歌泣。　清齋修佛事,願昔日忠魂毅魄,不終地下沉埋。"意切句工。○王武潛公七十冥壽,侯景文先生撰偶語云:"完大節於黃鶴樓中,取義成仁,光億萬年之俎豆。　祝遐齡於白雲鄉裏,如生介壽,合八千歲爲春秋。"家曉湘孝廉作聯云:"奇忠獨亘千秋,在天爲日星,在地爲河嶽。　介壽剛逢七秩,事死如事生,事亡如事存。"均以冥慶盡忠兼叙,頗覺不泛。

洪承疇幼讀寺中。一日,師他適,其友來訪。衆童方遊戲,見客至,競歸坐。而洪戲如故。客叱其何故不讀書。洪曰:"熟矣。"

客因舉"三尊菩薩,坐獅坐象坐白蓮"以難之。洪略思索,即對曰:"一堂學生,攀鳳攀龍攀丹桂。"客奇之,言於其師。師問之,洪不認。師乃述原句命其更對,述時誤"白蓮"爲"蓮花"。承疇遂以"一堂學生,偷鴨偷鷄偷蘿蔔"對。人以是知承疇之必貴,但恐其不爲純臣耳。後果然。

上海某舞臺懸楹帖云:"休羨他快意登場,也須夙世根基,纔博得屠狗封侯,爛羊作尉。 姑藉爾寓言醒世,一任當前炫赫,總不過草頭富貴,花面逢迎。"聞作者薛慰農也。○丁植卿孝廉作偶語贈巧雲曰:"巧兮倩笑美兮盼。 雲想衣裳花想容。"某相國集成語贈妓張少卿曰:"少之時不亦樂乎。 卿以下何足算也。"爲一時壓卷。○錢揆初太守撰楹句贈月梅女道士云:"不知月色爲誰好。要與梅花作伴來。"亦傳誦。○周文之太守贈妓月仙聯曰:"對風月清談,恍來天上。 似神仙眷屬,小謫人間。"又贈妓謝寶蓮偶句云:"自古謝家多寶樹。 從來周子愛蓮花。"可謂巧合天然,不涉牽強。

某地有鼎升客棧,其客廳懸聯云:"賓至如歸,教庖人善調鼎鼐。 春來且樂,勸旅客莫問升沉。"頗瀟灑。浴池聯甚少,佳者更無。近見一聯,殊覺超脫。句云:"到此皆潔己士。 相對乃忘形交。"○孫勖三茂才尊人冥慶,大修佛事。嚴笑岾先生書楹帖云:"法雨散蓮臺,試憑佛號千聲,敬當祝嘏。 流風垂梓里,不愧書香一脉,代有傳人。"吾友汪葆素亦有聯云:"愛日如生,幽與明,總驚歲序。 遺風猶在,子若孫,不負家聲。"○茶酒肆聯,佳者甚少,惟毗陵周伯恬先生所撰者最佳,句云:"爲名忙,爲利忙,忙裏偷閑,吃杯茶去。 謀衣苦,謀食苦,苦中作樂,拿碗酒來。"聞友述茶店聯云:"一雙脚,行不盡世間路,莫慌忙,暫停履。 七尺軀,能擔當古今事,且放下,可吃茶。"又聯云:"四大皆空,坐片刻,無分爾我。兩頭是路,吃一杯,各自東西。"事雖俚俗,句頗有味。

海門昔有金蘭室烟館,屋宇精潔,庭院植梅竹,室懸楹帖云:"斯品幾生修得到。 此君一日不可無。"語意微妙可思。○嚴笑岾師,吾邑名下士也。作偶語題時憲書,句云:"分至啓閉必書,斯稱盛治。 歲月日時無易,是謂大同。"又撰聯贈黃紫英曰:"相業媲隆,心存濟世。 父書能讀,學有傳家。"紫英爲濟慎醫士之子,并儒習岐黃,承父志也。時有客幕遊燕趙間,老而失志,作楹帖自嘲曰:"白髮蕭然,見他人兒女夫妻,十分恩愛。 黃金盡矣,奈今日油鹽醬醋,百計安排。"此閱《耐冷談》見之。○秦研樵明經撰聯自述云:"四朝養庠老諸生,兒曹出仕,孫輩讀書,福分本由天,得趣直超三樂境。 半世天涯浪遊子,文愜己心,詩傳人口,工夫可道古,成章自著一家言。"對語頗佳,惟稍嫌自譽。○光緒乙巳,余襄權蘭溪,是年元旦立春,晨見微雪,戲作一聯云:"歲朝春同人萃泰。 元旦雪大有恒豐。"某年,朝夜雨聲不住,口占偶句云:"青草池塘,邇日鳴蛙正聒耳。 黃梅時節,今年大雨尤驚心。"連日傾盆大雨,殊覺悶人,竟有荒歉之象,所以聞而驚也。

昔有友人自鄂歸,述黃鶴樓懸楹帖云:"爽氣西來,天地掃開雲霧憾。大江東去,波濤洗盡古今愁。"又述曾遊金陵,見莫愁湖勝棋樓有沈鍠所撰楹句云:"江水東流,淘盡了千古英雄兒女。 石城西峙,依舊是六朝烟雨樓臺。"○余長孫鳳藻之太岳顧石仲先生治喪,余輓以聯云:"吾長孫,儷君女孫,仰講學宗風,早俟望耆英洛社。 弟先逝,會兄繼逝,援修文故事,合同歸兜率天宫。"南皮張筱帆中丞曾敔薨,楊筱荔觀察作偶語輓云:"勛名齊文達文襄,我幸何緣,曾護儲胥依玉節。 出處繫世治世亂,公歸不復,坐看荆棘沒銅駝。"中丞秉性剛直,任浙江巡撫多年,官聲卓著,人感不忘。

蔚州賈槐三先生,以翰林宰河南汲縣、武陟,三次因案撤省。後一次繼之者,爲榮城孫六,皆因自撰大門聯語云:"運是子文,又作三春幻夢。 才慚孫武,常存一片婆心。"以"子文"對"孫武",工極。○昔年聞同學友趙翼孫明經口述二聯,今尚未忘。其一曰:"丁中丞縱子殺人,殺人不償命。 譚觀察因妻借債,借債不還錢。"其二曰:"其權在升遷,補降之中,句句不離柴擠話。 乃病於臁膈,瘋瘮而外,年年長發菜花癜。"均可供談笑。○聞某處有一小園,爲乾隆初所築,近年因園主家況窘迫,久失修葺,漸漸荒廢,邇更屋宇有傾倒之勢,其中之人他徙。某君見而憐之,作聯曰:"月落五更殘，烏鳥有情還自淚。　秋深三徑冷，黃花無主爲誰開。"惋惜情深，措詞不苟。

杭州西湖蘇小小墓，王成瑞題偶句云："燈火珠簾，儘有佳人居北里。　笙歌畫舫，獨教芳冢占西泠。"其附近有曲院荷風，亦勝地，有人撰楹帖云："風片雨絲，應留佳客。　藕船荷浪，是生好詩。"其西邊栖霞、紫雲兩洞之下，有岳王墓。某君題偶語云："幾道殉金牌，取義成仁，南渡江山傾半壁。　一門憐鐵漢，父忠子孝，西湖風月吊千秋。"又聯云："凜凜生氣。　悠悠蒼天。"八字中包括無數意議。○吾邑西門外，高松舟封翁之父西山先生八秩冥慶，家曉湘孝廉作楹帖云："綽有古風，九陛絲綸褒碩德。　依然愛日，一庭蘭玉奠華觴。"吾友汪葆素茂才撰聯云："法雨散蓮臺，全憑誦佛繙經，一心祝嘏。　流風垂梓里，猶想施貧活族，合口稱仁。"○張子惠明經文才卓著，尤長於楹聯，作偶語輓凌伯升茂才云："由來長吉慣嘔心，誦千百家賢哲詩文，獨闢町畦，瓣香平日宗韓愈。　聞道閭閻傷將指，剩數十卷叢殘著述，誰爲編纂，賞音并世待侯芭。"指侯伯文茂才允爲編遺稿而言。

長沙廣福庵供關帝，梁卓燾於神座題楹帖云："平生爲昭烈帝誓殄國讎，雖傲矜，亦義勇所在。　今日與文宣王抗衡廟食，是豪傑，可聖賢之徵。"沈文肅公葆楨夫人，林文忠公則徐女也，歿後治喪，有佐貳某君作聯輓云："爲名臣女，爲名臣妻，江右佐元戎，錦繖夫人分偉績。　於中秋生，於中秋逝，天邊圓皓魄，霓裳仙子證前身。"○吾邑顧峻夫明經以憂貢朝考，華嘯雲孝廉撰偶語賀之云："惟明經與進士同盛。　以學術增吏治之光。"○有某集《四書》語爲楹帖懸於恒善堂，句云："得見有恒斯可矣。　願無伐善其庶乎。"嵌"恒善"二字，頗天然。○汪葆素茂才作灶神聯云："人有調羹樂。　家無煮豆譏。"孫伯索茂才亦有聯云："心地無他，團糟不事塗門戶。　家寒有素，獻歲何須覓犬羊。"雖明妥，然不及汪作之簡括多意。

未晚樓聯話

李澄宇 撰

本聯話附見於《未晚樓聯後稿》之前,僅十二則,石印本,無版權頁,約印行於二十世紀四十年代後期。龔聯壽《聯話叢編》予以收録。作者李澄宇(一八八二——一九五〇),字洞庭,號未晚樓主,湖南岳陽人。早年加入南社,繼又參加南社湘集。與傅熊湘、姚大慈、姚大願、謝惡有"湘中五子"之稱。反對新文學運動。初習陸軍,後致力於學,曾任中國大學國文教授,湖南省政府秘書。晚年寓居長沙。有《未晚樓全集》《未晚樓聯稿》《未晚樓聯後稿》。《未晚樓聯話》篇幅雖短,但較有意義。作者就楹聯的起源、輓聯的起源、各種類別楹聯的風格,以及楹聯的屬對原則提出自己的看法。作者認爲,"桃符變爲門聯,始有聯語""輓聯演自輓歌""慶壽貴莊,賀婚宜雅。他如國慶,校慶,宜切事切時地立言。賀捷,賀畢業,賀開店亦同。但莊忌腐語,雅忌僻典。莊而腐,雅而僻,反不如諧而不鄙者爲可喜""廟祀數典忌采演義""名勝聯語要不粘不脱"。作者認爲,楹聯的風格多樣,有若經、若史、若文、若詩、若詞、若曲、若蓮花落,這爲楹聯與其他文體關係的探討提供了綫索及初步的嘗試。同時作者認爲,這些風格的不同源於作者的主體風格,"相料裁衣,是在作者",認識上又深了一層。在屬對問題上,作者指出集句聯仄起平收的規律可以放寬,"集句有結處不問平仄者""可平起仄對""不必字字對"。總之,短小的篇幅裏討論了起源、作法、風格等諸多問題,相較於傳統的聯話著作觀點更鮮明,指導意義更强,惜作者未予以展開。

自桃符變爲門聯,始有聯語。《宋史·蜀世家》"孟昶自題桃符云:"新年納餘慶。　嘉節號長春。"自梁章鉅(清長樂人)撰《楹聯叢話》,始有講聯語專書。自胡君復商務印書館編譯輯《古今聯語彙選》初、二、三、四集,始集聯語之大成。拙作採入《古今聯語彙選》二、三、四集者不少。

慶壽貴莊,賀婚宜雅。他如國慶,校慶,宜切事切時地立言。賀捷,賀畢業,賀開店亦同。但莊忌腐語,雅忌僻典。莊而腐,雅而僻,反不如諧而不鄙者爲可喜也。

輓聯演自輓歌,大抵一面悼逝,一面慰生。然有特就情誼致吊者,如范肯堂輓友云:"生爲循吏,歿必有可傳,亟宜記載。　少與齊名,老不復相見,是以悲傷。"有專就言行立論者,如曾文正輓湯海秋云:"著書已數十萬言,才未盡也。　得謗遍九州四海,名亦隨之。"有直掬肺腑,而傷悼之意却在言外者,如左文襄輓曾文正云:"謀國之忠,知人之明,自愧不如元輔。　同心若金,攻錯若石,相期無負平生。"有從大處落墨,不言哀而極哀者,如曾文正輓胡文忠云:"遹寇在吳中,是先帝與藎臣臨終憾事。　薦賢滿天下,願後人補我公未竟勛名。"

輓聯始於宋蘇子容輓韓康公,見清梁紹壬《兩般秋雨盦隨筆》,語甚質直,蓋權輿也。聯云:"三登慶曆三人第。　四入熙寧四輔中。"慶曆,仁宗年號,熙寧,神宗年號。

輓聯有出自才人手筆而以質勝者,袁隨園輓趙愚谷云:"生爲誰忙,學業未成家已破。　死虧君忍,高堂垂老子初啼。"

廟祀聯語貴典重,如文昌帝君聯云:"帝乃誕敷文德。　天惟陰騭下民。"用《尚書》如生鐵鑄成。然於小神小廟亦有以諧語托諷者,爲土地廟聯云:"男女平權,公説公有理,婆説婆有理。　陰陽合曆,你過你的年,我過我的年。"

廟祀數典忌采演義,如某君關帝廟聯有"兄玄德,弟翼德"語,甚爲茝林所哂。而忘名之"英雄幾見稱夫子。　豪傑如斯乃聖人"一聯則大賞之,蓋語空靈而意貼切,非高手不辦也。

名勝聯語要不粘不脱,別有深意,如某君滕王閣聯云:"滕王何在,剩高閣千秋,祇今畫棟珠簾,都化作空潭雲影。　閻公無傳,仗書生一序,寄語東南賓主,莫輕看過路才人。"

題贈之作,頌勉語多。然亦有自寫懷抱者,如某題理髮店云:"摩厲以須,問天下頭顱幾許?　及鋒而試,看老夫手段如何?"有故爲謔浪者,如某贈妓小如云:"小住爲佳,得小住且小住。　如何是好,要如何便如何。"

凡聯忌合掌忌偏枯。而集句類尤不可有此二病。須首尾相應,左右并美,如彭剛直岱宗聯云:"我本楚狂人,五嶽尋仙不辭遠。　地猶鄒氏邑,萬方多難此登臨。"信上選也。

集句有結處不問平仄者。劉金門題伊犁過復亭云:"過也如日月之食焉。　復見其天地之心乎?"蓋亭爲謫宦設也。又有出平對仄者,劉金門題某義園云:"逝者如斯夫。　掩之誠是也。"左文襄題陝西湖廣會館云:"惟楚有材。　於幽斯館。"又有不必字字對者,或集《四書》爲典肆聯云:"以其所有,易其所無。四境之内,萬物皆備於我。　或曰取之,或曰勿取。三年無改,一介不以與人。"

聯有若經者,有若史者,有若文者,有若詩者,有若詞與曲者,有若蓮花落者。相料裁衣,是在作者。

樵盦聯話

陸寶樹 撰

附見於《樵盦詩話》續集，香港天馬出版有限公司二〇〇五年影印稿本行世。作者陸寶樹(一八七六—一九四〇)，字枝珊，别號醉樵，常熟白茆人。清附貢生，官太倉學正。幼承庭訓，課讀詩書，後受業於太倉張選甫，藝乃進。先與同里陸維之、汪伯琛，太倉張選甫、昆山顧表邦結成白社，後與俞鷗侣、錢育仁、蔣瘦石等共主虞社。文宗秦漢，詩法盛唐，一生所作詩詞不下千餘首，尤工律詩。爲宣揚新學，培育後生，獨資創辦茆江小學。後以詩酒自娱，日軍侵華，所藏書畫盡遭浩劫，憤鬱而終。有《茆桂題襟集》《桐陰唱和集》《樵盦詩話》《樵盦聯話》。是書共一百二十則聯話，所話聯語包括名勝、廟祠、哀輓、慶賀、雜綴等，範圍較寬，所評簡潔得當。楹聯美學批評範疇乃襲清梁章鉅《楹聯叢話》之路數，推崇筆意超脱，反對生硬牽强，推崇詞意藴藉，反對直白慘淡。作者在評點之時亦言撰聯之法，如"作壽聯難，作雙壽聯尤難，叠床架屋，每爲識者所譏"。其所長在聯話前部分，所選楹聯文學色彩鮮明，從一定程度上黯淡了聯語的應酬功能，凸顯了文學性。

李傅相有題惠山昭忠祠戲臺聯，云："誰云皮裏陽秋，直繪出聖賢面目、奸佞心腸。是是非非，憑半日小輪回，唤醒瞌睡漢。　我亦登場傀儡，須扮盡名士風流、英雄氣概。磊磊落落，做一個奇脚色，留與後人看。"寓莊於諧，包括一切，自是相臣風度。

某年江寬，輪船失事，死者數百人，王保式輓以聯云："今其從屈大夫地下而游，痛諸君墮落塵寰，真個銜冤沉水底。　實非有伍相國生前之忌，願大家超升樂國，不教含怒立潮頭。"

婺源江湘嵐峰青宰嘉善時，題同善公所聯云："盛治之謂大同，物吾同與，民吾同胞，仁壽願同登。我同儕同德同心，同焉川和，吳越本一家也。　析縣原名嘉善，勉為善人，蔚為善俗，經營成善置。諸善士善繼善述，善無不報，古今有二理歟。"

瞿忠宣公祠在虞山之麓，丁初我有一聯，云："心折桂林一枝，十里青山猶漢土。　手補梅花千樹，二分明月共揚州。"筆致超脫，是佳構也。

鄭板橋先生宰濰縣時，見一酒肆名"雙者軒"，不解其取意，詢之，知為某學究所書。遂呼而問之，學究曰：取"近者悅，遠者來之"意耳。板橋戲書一聯曰："門前有客皆雙者。　座上無人不四之。"學究遽叩"四之"作意。板橋曰，亦取《四書》"手之舞之，足之蹈之"之意耳，相與大笑。今無錫石塘灣車站旁有茶肆，竟名為"者者軒"，人多不解，不知其有藍本也。

江陰何秋輦廉訪有悼亡長聯，云："罡風吹墮綵鸞仙，指腹鴛盟、泡緣未了。曾抱并頭金勝，聘此嬋娟，當西江月魄圓時，成就人間佳偶。念杳杳二千餘里，飄然遠嫁書癡，偕老齊眉，吾固願合歡夢耳。無奈調羹輟鯉、覓哺啼烏、破鏡離鷗、懸琴別鵠、折釵委鳳、褪履飛鳧、餘墨拋螺、剩紙減翠，音塵長已矣。惟冀關山昏黑、環佩歸來，庶焚香寫韻軒中，猶是雙雙翔比翼。　涼露打殘孤鶴背，斷腸鯷泣、淚眼常開。偶將豐盞瓊漿，酬茲靈爽，向東閣梅花叢裏，喚回地下芳魂。問匆匆二十三年，何事遽參佛乘，吞聲飲恨，卿亦憐太瘦生乎。迄今靈幌留螢、死灰融蠟、空床咽蟀、舊帳栖蚊、遺帕籠蛛、壞裙化蝶、落陰僾蟻、枯葉吟蟬，景物更凄其。仰看星漢微茫、橋梁駕渡，且稽首支機石畔，重教世世結同心。"是聯計二百五十字，一氣呵成，洵傑作也。

沈北山太史以劾奏三凶，得心疾而死，哀輓極多。如丁初我云："詞臣有烈士風，諫疏爭傳，贏得直聲滿天下。　一月喪三太史,鄉心何限,獨留冷淚哭斯人。"金病鶴云:"富貴本浮雲,窮愁寧受人憐,何妨范叔長貧、王章孤泣。　丈夫失時命,放廢不關天怒,誰識嵇康憂憤、阮藉倡狂。"皆佳。又某君一聯云:"爲吾鄉好翰林,獨能争氣。　是費家窮女婿,不會做官。"慨乎言之,別具手筆。

　　沈職公少將代俞君搏霄贈妓小蘭聯云:"小杜江湖,壯心未已,看金樽檀板,好作平章。二十年塵海勞人,祗剩得壁上眉痕、刀頭血影。　蘭亭觴咏,往事已非,把秋月春風,等閑虛度。三千里家山何在,最惆悵吟邊白紵、恨裏青衫。"倜儻風流,得未曾有。

　　俞曲園太史有賀潘築巖茂才新婚聯,云:"門第舊金張,喜宰相文孫,剛配狀元嬌女。　倡隨小梁孟,締百年嘉耦,恰當十月陽春。"自注:茂才爲相國潘文恭公之孫,娶道光壬辰狀元吳崧甫侍郎之女,於十月初旬完婚,故聯語云然。

　　蘇州寒山寺重修後,有鄒咏春題一聯云:"塵劫歷一千餘年,重復舊觀,幸有名賢來作主。　詩人題二十八字,長留勝迹,可知佳句不須多。"詞意藴籍,足傳千古。

　　作壽聯難,作雙壽聯尤難,叠床架屋,每爲識者所譏。某姓姑婦雙壽,值陽曆二月,某祝以聯云:"姑九十、婦七十,五代同堂雙壽母。　舊正月、新二月,萬年合曆一家春。"細膩熨貼,吾無間然矣。

　　薛季誠久在常鎮道署司筆札,壬寅秋赴金陵應試,返旆潤州,一病不起。是月劉忠誠公適薨於江督任,孫師鄭太史有長聯輓之,云:"去國囊琴匣劍,還鄉白馬素車,江流日夜,悲心未央。讀書破萬卷,猶是老明經,下筆富千言,終於老幕府。瓜洲火黯、蒜嶺雲沉,問魂兮何時歸也。　南都元老騎箕,北國客星絶筆,哲人云亡,邦國殄瘁。望飄零大樹,公爲天下哀,對憔悴荆花,私爲吾師慟。海内風塵、天涯涕淚,傷心者願共哭之。"

　　石門袁少枚集句輓吴子仙聯云:"分手幾時,桃花潭水深千尺。招魂何處,楊柳春風又一年。"風流跌宕,慨乎言之。

　　如皋冒鶴亭於甌海關署内築永嘉詩人祠堂,邀集僚友觴咏其中。自題一聯曰:"詞客有靈,留我共一龕香火。　落花如夢,倚欄歌千古江山。"吐屬不凡,自是才人之筆。

某君又有集句題戲臺聯云："古之賢人，流風善政，其盛矣乎。止於仁、止於敬、止於孝、止於慈，夷考其行，造次必於是，顛沛必於是。　今之君子，動容周旋，其泛之也。可以興、可以觀、可以群、可以怨，反求諸己，玉帛云乎哉，鐘鼓云乎哉。"絕無牽強之病，亦佳構也。

沈職公少將婦娶日，龐檗子集一聯以賀，云："短衣匹馬隨李廣。　竹屋蘆簾著孟光。"沈本畢業於日本士官學校，隨徐固卿最久，官至少將，而家況甚清貧也。見者皆謂貼切。

王可莊太守仁堪自鎮江移姑蘇，郡人立碑頌德。丹徒趙銘辛爲長聯頌之，云："策河者三、命農者三、建學校者三，既復攬英接秀，吐握者三，政報三年，公署上上考，而公且去。　簪花第一、飲泉第一、守江山第一，故應捍患禦災，治平第一、化先一郡，民皆皞皞如，而民不庸。"

庚子拳匪之亂，聶忠節公士成殉節天津，兩宮回鑾始加謚號建專祠。楊慕時先生輓以聯云："臣愚不識貴近之謀，狂瀾外倒、妖火內明，計惟當馬革裹尸，免胄仰酬君父寄。　公論幸達帝天之聽，神廟維新、長城已懷，祇剩得虎牙滴淚，傾懷哭望鬼雄來。"

道光末，粵亂初起，李文恭公奉命出師，卒於廣西。何蝯叟輓以聯曰："爲采蘭乞歸，爲采薇復起，王事多勞，六月先行尹吉甫。　以簪花受知，以籌筆盡瘁，出師未捷，大星遽隕武鄉侯。"

蘇常道尹蔡師愚先生之母鄭太夫人歿於丁巳，林鷗翔輓以聯曰："生在義熙年，早助泉明成隱士。　能爲范滂母，肯教坡老作閑人。"婉而有味。

江津鍾耘舫祖芬有壽賴某父七旬聯，曰："養氣七旬餘，是神仙不願神仙。其貌野、其服鄉、其性樸嗇，其品屬夏鼎商彝，君子以爲古。　遊心三界外，素貧賤行乎貧賤。所業耕，所好吟咏，居當廉泉瀼水，國人皆曰賢。"

朱丹庭之死，俞毓甫有一聯輓之云："水路驚灘，山行衝瘴，異鄉爲異客，偏承長者風高，命賢郎適館。與小子授餐，每飯不忘，尋味在浙笋杭茶以外。　柝聲警夢，燭影搖紅，愁雨復愁風，遽見老人星隕。念故里雲遙,悵首邱未卜,臨觴太息,招魂於嶺梅江柳之間。"

馮文毅有贈徐仲山召試歸益都聯,曰:"北闕上書,識盡西京才子。東軒賜食,歸貽南國佳人。"

南通張嗇翁有贈海上某醫士聯云:"得醫者意也之意。用藥則神乎其神。"又方子穎贈永嘉某醫士聯云:"勞君百劑清涼散。洗吾一腔冰雪心。"俱佳。

常熟孫師鄭雄七月十七日生辰,自云鄭康成生日爲七月初五日,王伯厚生日爲七月二十九日,前後均相去十二日也。有自壽一聯曰:"儒術受黃定海俞德清之教,文章受李高陽翁常熟之知,溯四十年來師友淵源,舊學商量懷舊夢。作宧與畢茂世韓退之同宧,降生與鄭康成王伯厚同月,留一百餘卷叢殘著述,遺經獨抱愧先民。"落落寫來,恰合身分。

婺源江湘嵐宰嘉善時題便民倉一聯曰:"寒曰咨,暑曰咨,民之勞苦可念哉。飛芻挽粟,奔走偕來,未有仁而遺其親也,未有義而後其君也。田惟上,賦惟上,是邦以豐饒稱久矣。春耕夏耘,租稅所出,不稼胡取三百廛兮,不穡胡取三百囷兮。"頗能貼切。

徐昌緒題重慶禹王宮戲臺聯曰:"聞而知,或見而知,儼然大會諸侯,執玉帛者萬國。今之樂,猶古之樂,想像誕敷文德,舞干羽於兩階。"莊重不佻,寫盡昇平氣象。

徐中山王有勝棋樓,在莫愁湖上。嘗見有一聯云:"湖本無愁,笑南朝淘盡英雄,不及佳人獨步。棋何能勝,爲北道誤投一子,致教此局全輸。"推陳出新,有目共賞。

靈隱寺冷泉亭嘗見有一聯云:"菩薩也是熱心腸,泉水何曾着意冷。世界無非真實地,此峰怎見是飛來。"亭上聯語甚多,而此聯則用意翻空,可稱奇絕。

澄海蔡瀛壺有壽奉賢朱遜叟七秩聯,云:"有姊麻姑同壽,有兄方平俱仙,夢過蔡經家,合座主賓麟劈脯。論交張瓚忘年,論學紫陽繼統,身似香山老,七旬詩酒鶴飛觴。"兩家情感,融成一片,非尋常壽詞所可同日語矣。

有士人妻臨歿自輓一聯云："妾去矣,大丈夫何患無妻,他年重訂鸞膠,莫向生妻談死婦。　兒勗哉,小孩子終當有母,異日能叨鞠育,須知繼母即親娘。"字字沉痛,不忍卒讀。

俞佑萊方伯自歸田後心傷時局,抑鬱以終。金惺齋先生輓聯云。"釣臺人往,汐社風微,抗節六百年,短鬢餘生傷國變。　古佛衷腸,純儒氣度,歸田十三載,滿襟清淚答君恩。"回腸蕩氣,其能無故家喬木之感乎。

徐橘軒別駕遊宦隴西,嘗製一聯懸於廨舍："到處青山撑對面。　照人白水許盟心。"一官萬里,兩袖清風,亦紀實也。晚年又撰一聯云："官自做來方厭足。　人非交過不知心。"聲情激越,亦慨乎言之矣。所惜病歿闢任,未遂歸田之願耳。

弇山陸式卿名慶鈺,別署冠秋,清庠生,自鼎革後奔走風塵,落落不偶。晚年有自輓一聯云："回憶卅年中,幾經水火刀兵,偷生何補。　惟願九泉下,重見爹娘姊妹,視死如歸。"語極沉痛,每一展讀,令人悽惋欲絶。癸酉臘月,病歿滬上寓齋,享壽七十有二,殮以道裝,遵遺命也。兒輩三人,均能服務社會,蒸蒸日上,冠秋九京有知,其亦可以無遺憾乎!所著詩詞稿二卷,待梓。

先祖父芝玉公曾請袁向叔先生書就聯語："居身不使白玉玷。　結願直與青雲齊。"余極愛之,常懸座右,藉資惕勵。人生在世,環境交迫,設或利欲熏心,其不至爲白圭之玷者幾希,所幸秉性堅定,潔身自愛,得免陷阱,保全畢生名節,誠快事也。至下聯"青雲"句意,緣吾祖於功名一途,頗爲熱衷,故及之。

徐枕亞先生,邑人,文章富麗,詩詞尤工。曾任報館主筆,所撰《玉梨魂》小說膾炙人口,風行一時。與同邑吳雙熱先生尤稱莫逆,雙熱病歿,枕亞輓以長聯,文曰："在家庭間謀幸福,原是癡人,身外不須求。惜君終未達觀,難禁暮景凄涼,日短途窮,死而後已。　於文字上造孽因,羞稱才子,眼前莫非報。嗟我無暇傷逝,自念獨居憔悴,心灰形槁,生亦何聊。"傷時感逝,悽惻動人。至於交誼肫摯,情文并茂,殆亦管鮑之流亞歟。

顧蘭植先生,清廩貢生,所居環秀山莊藏書甚富。某年病歿,有自輓一聯云："我本無所好,榮華何戀,到頭一切皆空。平生酷愛奇書,小石珍藏搜秘笈。　病竟莫能名,醫禱俱窮,束手終歸待斃。臨死不忘老母,昊天罔極負深恩。"筆意超脱,結句尤見孝思。

錢遁吟老人,嗜杯中物,性喜吟咏,尤善畫梅,僦居蓮墩浜,顔曰"不繫舟"。晚年牟珠一串,焚香禮佛,藉以消遣。曾賦七十述懷二律,海内和者約百數十家,迄未刊行。迨病歿後,老友金病鶴輓以聯云："在家僧少金銀氣,奈歲寒病骨,尚擁衾欹枕,作短長吟,只道是先生醉去。　不繫舟遇石尤風,嘆世界狂瀾,雖焚香誦經,無救濟法,何如隨我佛西歸。"滄桑世變,可勝慨哉。

蔡逸之邑人,由蔡屈氏立爲嗣子,所遺嗣産,向歸屈氏執管。逸之喜賭博,負債纍纍,不得嗣母歡心,幷有廢立議。某年十月,適逸之蘇城之行,授意妻妾及車夫等,於國慶節夜三鼓時將屈氏共同謀斃。迨發覺後閤邑駭然,即禀請官廳檢驗,逸之等一干人證,拘案法辦,判處死刑。迭次上訴,移解蘇州高法院,相率瘐斃獄中。邑人憫屈氏之慘死,開會追悼,錢君南鋠輓聯云："咄咄誰其尸之,將則必誅,雖越境不免。　荷荷此何聲也,事須及熱,乃叫天無辜。"運用成語,頗能貼切,洵佳構也。

潘毅遠明經,常熟人,善文章,名重士林。宣統辛亥遜位詔下,乃衘前清制服赴聖廟内痛哭。歸後易道人裝,伏處里門,不問世事,日惟牟珠一串,焚香誦佛,藉度光陰。某年病歿時有自輓一聯,云："常念彌陀,喜今日脱離惡世。　往生净土,待他年接引慈親。"塵緣解脱,神識湛然,至接引西方,尤見孝思之不匱已。

袁寒雲先生工詞翰,伶人汪笑儂歿後,製聯輓之："國破家亡,幾見人來哭祖廟。　年荒世亂,請看君去駡閻羅。"慷慨激昂,具見憂世憂民之意。至《哭祖廟》《駡閻羅》二劇,係笑儂生平傑作也。

鄭正秋先生與鄭君鷓鴣同爲新劇之先進,鷓鴣墓已宿草,正秋亦未及中壽而歿。王西神輓以聯云："正氣感銷沉,粉墨登場,夜雨鷓鴣同絶響。　秋聲驚颯瑟,銀星留影,落花蝴蝶與招魂。"緣正秋創辦明星影片公司,奬掖人才,最工月旦,蝴蝶亦正秋所賞拔者也,時從海外歸來,故聯語及之。

浙撫余聯沅中丞光緒中葉病歿任所,有自輓一聯云:"三千里魏闕長辭,壯志蕭騷,未能報國身先死。 七十齡高堂健在,孤魂漂泊,祇有思親念不忘。"惓惓君親,忠孝之忱,溢於言表。

俞子懺生,邑人,曾集常建詩字爲聯:"俱性入空寂。 初心此光明。"純任自然,絕無斧鑿痕。緣潭月上人主持破山寺,既浚空心潭以復舊觀,又闢山光路建日照亭,名山勝迹,亙古長留,書此贈之。

徐似逸先生,支塘鄉李涇人,清廩膳生。苑溪李公殿臣嗜酒成疾,迨辭世後似逸製聯輓之:"去兮謫仙,祇因誤入塵寰,酷嗜杯中濁物。 嗟乎長吉,待到嘔完心血,好從地下修文。"頗覺貼切。

丁初我先生,邑人,民國初年曾任常熟民政長,嗣後移居蘇城,病歿寓齋。錢南鉎製聯輓之:"有功德於民則祀,溯壯歲鄉邦布政,清白自持,峴首樹豐碑,墮淚永思羊叔子。 其勤學至老弗衰,惜頻年邑乘主修,丹黄未竟,茂陵求遺稿,消渴同悲馬長卿。"落落大方,對仗尤工。

繆少村先生,邑人,光緒末年曾任陽湖縣學導,民國己巳重遊泮宮,享壽八旬餘。歿後子婿錢南鉎製聯輓之:"降誕同廖簡齋,耄壽同杜祁國,再遊泮水又同俞曲園。縱孔庭失鯉、范硯傳高,陳範已知備五福。 冰清如樂彥輔,甓運如陶桓公,歷任冷官則如鄭博士。忽泰頂雲頹、少微星隕,登高不待舊重陽。"工力悉敵,妙在恰合身分。

陳有庚先生,邑人,有自輓一聯云:"二十妄作才人,四十妄作好官,六十妄作詞翁,急急忙忙,用盡平生心力。 父子尚稱慈孝,夫婦尚稱和睦,兄弟尚稱友愛,勉勉強強,居然一個人家。"現值世教衰微,人家苟能如此,亦幸福也。

金病鶴先生,常熟慈烏村人,清諸生,民國辛未秋病歿於一廛棲寓齋。通家徐印士大令輓聯云:"懸榻情深,相契駕嵇呂而上。 蓋棺論定,立品在夷惠之間。"情真語摯,結契彌深。

李湖卿先生,太倉新塘市人,清諸生。民國辛未病歿,友人張仲翔輓聯云:"世局如潮,家庭如夢,慷慨百千萬事,都付悲聲。那堪對月相思,春樹難忘虞社約。　酒場易散,詩卷長留,逍遥七十餘年,會登大耄。何竟凌雲一笑,天風忽斷璞山歌。"慨當以慷,可泣可歌。

錢南山先生,邑人,清諸生,民國初年曾任常熟縣民政長,迨病歿後邑中紳耆等開會追悼。某名士製聯輓之:"大局當危疑震撼時,出而維持,邑人默受其福。　此身歷艱難困苦後,脱然化去,君子所存者神。"緣自鼎革時大局岌岌可危,錢公推任縣長維持秩序,地方賴以乂安,此聯亦紀實也。

朱雲階先生,常熟李市人,有自題小影一聯:"耐受薑辛,偷看世情萬變。　重逢花甲,有如春夢一場。"措詞頗覺曠達。嗣患痰疾僵卧十餘年,族又告痊,惟境遇艱窘,饔飧時慮不給,兒孫輩又棄置不顧,憂憤交迫,投繯以殉。嗚呼,以七十餘歲之老人不克孝養成歡,竟至鬱鬱戕生,亦云慘矣!

馮一範同志別字靈南,常熟白茆鄉人,有才學,秉性落拓不羈。曾撰一聯云:"龍劍不鳴,且讀書養氣。　鶴書果至,當攬轡登車。"筆意兀傲,卓爾不群。遊東瀛入法政大學,畢業歸國,欽賞法科舉人。民國紀元任武進縣檢察廳長,越數年,又任浙江第一高等審判分廳。庚申病歿甌海法廨,運柩回籍安窆,遵例入城。讀"馮唐易老"之句,不禁愴然。

孫希孟先生,別字龍尾,常熟人。遊學東京,研習法政,歸國後曾任鄂省檢察廳長。體弱多病,奄忽辭世,徐虹隱太史製聯輓之。聯云:"與君東遊日,同聽晨鐘,無多離合海生塵,泥上留痕,俯仰已爲陳迹。　送我北行詩,竟成絶筆,各道苦辛碑在口,燈前展卷,蕭騷疑是歸魂。"回憶東遊,前塵如夢,傷時感逝,能毋泫然。龍尾工倚聲,有詞一卷,已刊行。

南京下關新建江南第一樓,余於丁酉秋月應試南闈,偕同人登樓小叙,見楹間懸一聯。"樓高疑與天通,休問誰主誰賓,都請看萬里江山,四時風月。　人雅不嫌地僻,且喜有茶有酒,何消説六朝兒女,千古英雄。"筆意灑脱,惟何人所撰則不及記憶也。

民國丁巳秋間,虞山西麓逍遥遊公園落成,邑人李西山先生撰一聯語。"浮生若夢,爲歡幾何,瓜架豆棚間,姑妄聽海客談瀛、坡公説鬼。 快意當前,適觀而已,湖光山色外,覺都是森羅變相、優孟登場。"河山如舊,風景全非,大有樽酒新亭之慨。

先叔母丁太恭人於光緒丁未冬間病殁,邑人張芙卿先生輓聯云:"禮姑於終、相夫於疾、扶子於危,計卅載春秋,燠少寒多,歷盡貞凶標苦節。 靖家之難、贍族之貧、周鄉之急,振百年門閥,生仁殁義,留將賢德畫甘泉。"落落大方,尤能貼切。

翁師傅瓶廬殁後,徐虹隱太史輓聯云:"戊戌政記,長安宫詞,老眼閲滄桑,更爲師門增一慟。 瀛海仙班,蘇齋題跋,深心托毫素,即論餘事亦千秋。"寥寥數語,包括一切。師傅於宣統三年予謚文恭,足見先朝篤念藎臣之至意也。

龔節母嚴太宜人民國庚申病殁,内姪嚴春生大令輓聯云:"守節撫孤,捐田贍族,定議立嗣,落落數大端,巾幗中應推賢母。 壽逾八秩,寵錫九重,身備五福,悠悠千百載,史册上無愧完人。"大處落墨,不同凡響。宜人年十九而寡,守節六十餘年,布衣蔬食,勤儉可風,尤難能而可貴者也。

龔伯康老人,清己卯恩貢,民國丁巳病殁,弇山陸冠秋輓之。聯云:"嗟嗟父輩,中表凋零,七旬外巋然獨存,而今更失靈光殿。 振振兒孫,老懷寬慰,丰月前歡焉相見,爲我猶開香雪軒。"撫今思昔,感慨彌深。聞得武陵香雪軒,五十年前尊酒文會,賓朋滿座,一轉瞬間風流雲散,此境已不可得矣。

俞君實方伯自鼎革後歸隱里門,不問世事,戊辰重遊泮宫,藉誌盛典。迨病殁南河宅舍,友人金病鶴輓聯云:"戊辰樂泮,重遊瞻帝國盛儀,南郭隕孤星,白社琴樽高會散。 壬子送春,倡和遍江鄉遺老,西臺罷晞髮,黄泉歌哭故人多。"低徊往事,沉鬱蒼涼。

王念屺大令服官浙省,與德清俞陛雲太史訂莫逆交。念屺殁後,陛雲製聯輓之:"自南宫報捷,來西浙從公,花縣慶真除,曾記樽酒臨政,與君話別。 本文學鄉人,作武城邑宰,琴室宜雅化,倏爾弦歌絕響,使我低徊。"情詞悱惻,如讀文通別賦,黯然魂銷。

蔡竹銘先生別字瀛壺,粵東汕頭鎮人,清戊申歲貢。民國癸亥六旬華誕，開筵大慶，自撰聯語數則。其一云："一情包裹乾坤，生來帶仙佛種子。　百歲醉吟風月，好去尋文字神交。"其二云："有兒女花事堪談，莊叟大觀齊萬境。　問神仙主人誰屬，東方玩世已多年。"其三云："僮僕衣食詩書，都作下酒物。　風月湖山花鳥，相伴最閒人。"其四云："是誰以素絲撲滿相遺，故人鄒長倩。　笑我亦駱馬楊枝同遣，影事白香山。"胸襟高曠，筆亦夭矯不群。附錄親友贈聯。陳羨士聯云："司馬文章，橫行螃蟹。　侍中狂儁，且食蛤蜊。"鍾夢翼聯云："人如野鶴閑雲，孰測其壽。　筆捲天風海水，能移我情。"李華芝聯云："降師爲友，交證忘年，屈指古今來，幾人憐才若此。　課子娛親，樂行素志，置身通塞外，惟公達道方能。"黃仙舟聯云："爲友卅年，證姻卅年，雅托金石交，壽公何物詩書畫。　過去六十，未來四十，博得人天喜，與我相期佛老莊。"林詩源聯云："羨坡老此日江亭聞笛。　祝放翁他年樵塢吟詩。"陳廉生聯云："自我得師，百年關憂樂。　爲天所壽，一笑老江湖。"錢了俗聯云："閑閑錄著養生訣。　寄寄林開益壽花。"其文郎少銘亦撰一聯晋祝："祖未八旬，親已六旬，後年爲祖壽，今年爲親壽。　春遲兩月，冬先一月，此日愛冬餘，來日愛春餘。"琳瑯滿壁，亦盛事也。刊有《遐齡集》分贈同人，藉留紀念。

　　弇山陸母李太夫人，係安山公德配，民國戊午二月適値八旬華誕，式卿同兒女輩舞綵稱觴，太夫人顧而樂之。戚誼徐某撰聯晋祝，聯云："苜蓿佐清芬，瞻魯望名門，祝八旬壽母。　蘭蓀吐奇馥，進麻姑春酒，過二月花朝。"亦簡潔，亦貼切。

　　虞山北郭公園於栗里茶室中，邑人徐印士大令書聯，《梡鞠錄》集句云："九曲紅雲，蕙風斯扇。　一甌綠雪，穀雨新晴。"上句陳兆崙黃安濤，下句金農朱彝尊，頗覺新穎。

　　虞麓曾氏園林名曰虛廓。乙亥仲秋同山樗上人遊玩，見壁間楹聯，係主人詮仲先生作撰。"何處尋詩，蓮葉東西，梅枝南北。有時避俗，修竹左右，兼葭中央。"歸途見曾氏丁太夫人百歲坊，柱間鐫一聯語："身歷五朝，直爲夢松添勝話。　壽登百歲，料因嗜棗享長年。"運用典故，頗覺貼切。

李嘉茀女士，合肥伯琦先生之第三女也，秉性聰慧，民國辛未是年十七，肄業振華女中學，益自奮勵。詎於十月中旬忽患盲腸炎，剖割無效，遽爾物化。咸鄰惜之，海內人士，爭以詩聯相輓。有懷寧楊君甲生聯云："五載前乃兄早逝，常慨希夷委化，已成過眼浮雲。來其時也，去其順也，電光石火，倏忽現形，一粟何存，空有恨耳。孰意坡仙弱妹、班氏惠姬，居然弄柔翰、觀群書，以埋頭斂膝爲功，宛如同胞在日。於舊學酌參權變，於新學謹守範圍，中外兼通，奮厲潛修真傑女。　十七年入世未深，奚緣激憤傷衷，致動滿腔烈火。急者緩之，熱者寒之，橘井杏林，均堪愈病，百藥俱備，詎無方哉？胡竟失認伯休、忘求雷教，僅憑僞刀圭、假針灸，用斲脛剖心之技，焉能妙手回春。是可治怎耐迂遲，是不治誰教鹵莽，始終大錯，妙齡脆質付庸醫。"刊有哀輓録一册。

柴伯廉先生，太倉人，年少多才，倜黨不群。咸豐元年辛亥秣陵秋試，有校書月君識之於桃葉渡南，媚於語言，使主觥政。越年秋來白門復遇於丁家水閣，前度劉郎似曾相識，戲以其名字集句云："近水樓臺先得月。　落花時節又逢君。"書之楹帖，姬甚愛之，并以丁樓蕲雨圖屬題，蓋姬亦風雅中人也。

南通石港鎮之北一水泓溁，有亭翼然，即宋末文天祥渡海處也。士人敬其忠烈，築亭以紀念之。民國乙亥秋重修，教育廳長周佛海製一聯云："當年北虜逞謠威，可憐出死入生，隻手欲迴天水碧。　此日南通留勝迹，同仰孤忠奇節，英靈永照海波清。"題曰"渡海亭"。聯語鐫於石柱，亦足以傳諸久遠矣。

揚州方地山先生文名遍海內，人皆稱之曰大方。鎮江金山寺有峰名四面空，上琢四如來佛，背皆相倚。一日大方遊至寺，主寺者耳方名請爲聯，大方索筆紙立書二語應之。聯曰："面面皆空，佛也須有靠背。　高高在上，人至此要回頭。"寓警於諷，頗有含蓄不盡之意，洵佳構也。

陸守愚公之副室顧氏，矢志守節，旌表建坊，聯云："大節小星持，未必女貞皆右姓。　幽光明詔闡，便無子貴亦殊榮。"詞句跌宕，才人之筆，傳誦一時。

嚴春生先生，清諸生，邑人，以知府分發浙省補用。自鼎革後歸隱里門，不問世事，暇時品茗，藉以消遣歲月，民國乙亥病歿。自輓一聯："此去幸無未了事。　再來須待太平時。"此公處分後事秩序井然，秉性亢直，享壽六旬餘，兒孫崛起克紹箕裘，祇以遭逢亂世懷才不遇，抑鬱以終，良可慨已。

李蕚坡先生，昭文白茆鄉人，晚年別署學圃老人，壽至八帙，兒孫繞膝，三代夫婦齊眉，尤爲難得。有自撰一聯云："看子抱孫、孫抱子，一堂四奕。　喜媳稱姑、姑稱媳，三代齊眉。"公善擘窠大字，即自書就，懸諸楹間，里人羨之。

陳庸庵撫軍於光緒癸卯科河南鄉試入闈監臨，見院中廳事上懸匾一方，曰"月華紀瑞"，細審爲雍正壬子貴州平越王士俊所題。時以河東總督監臨河南鄉試，八月十五日夜目睹月華，以詩紀事，主司以下各有和章，復手書此四字以留雪爪，誠科場佳話也。此次陳撫軍亦撰一聯懸之楹間，文曰："後百十三年雪苑衡才，公賦月華，我書雲物。　合萬一千人風檐奏藝，昔吟桂子，今占梅魁。"是年順天借闈鄉試，本省試期改遲十月舉行，故用梅魁，以作佳兆。科場鉅典，神鬼實司糾察，功令本極森敢，人心先存敬畏，奮多士功名之路，寓天人感召之機，末世不察，至薄貼括爲小技，而未識先朝駕馭英雄之縠即在乎此。科舉一廢，士氣浮嚚，自由革命，遂成今日無父無君之變局，尚何言哉。刊有《夢蕉亭筆記》一卷。

關夫子廟楹聯甚多，擇其尤者敬錄存之。"史官評吾曰矜，謬矣，視吳魏諸人原同孺子。　後世尊我爲帝，敢乎，讀春秋大義終是漢臣。"現身說法，詞意絕倫。"六代舊江山，虎踞龍蟠，何處英雄吳大帝。　九天新雨露，翬飛鳥革，依然廟貌漢亭侯。"抑揚頓挫，別具風神，又見一聯云："亦知吾故主存乎，從今日遍逐天涯，再休論萬鍾千駟。　曾許汝立功乃去爾，倘他年相逢歧路，肯遂忘樽酒綈袍。"筆曲而達，尤饒韻致。惟何人所撰，惜均忘其姓氏耳。

茆江龍王廟西首建一文昌閣，中懸一匾，曰"文章主宰"，吾祖芝玉公所立。旁懸楹聯，文曰："爲下民陰騭之原，一十七世行藏，無非孝友。　司上界圖書之府，三十六宮星宿，盡是文章。"係里人張煥章所立。當由里中同志組織一文昌社，約二十餘人，每年二月初三日主社者先期發柬，屆時衣冠致祭以昭誠敬，并僱音樂一堂藉以酬神。社費每分制錢四百文，主社者酌貼若干，入夜設席聚餐，樽酒聯歡，頗極一時之盛。自科舉停後，此社遂廢，時至今日里人借設團防局，赳赳武夫，益形踐踏，昔年香火因緣，付諸一夢而已。

常熟義莊楹聯撰者甚多，惟本城錢氏莊內一聯寓意深遠，純任自然，絕無斧鑿之痕，可稱佳構。聯云：＂惟孝友乃可保家身，兄弟休戚相關，則外侮何由入。　捨詩書無以啓後，子孫見聞祇此，雖中材不至爲非。＂由養而教，庶幾明白事理，不失爲佳子弟矣。

施卓齋先生，江蘇高淳人，邑庠生，性樸訥，不苟言笑。辛亥國變聞宣統遜位詔下，乃大慟，具其衣冠拜家祠，出門投塘水死。有自輓聯大書祠壁云：＂有志竟成，此去便歸安樂國。　他生未卜，再來須待聖明時。＂從容赴義，大節凛然。

葉肖齋孝兼寄朱粥叟詩有句云：＂聊以解愁惟濁酒，最難着手是殘棋。＂粥叟甚激賞之，書聯籠壁，晨夕覽誦，永矢弗諼，而肖齋之一片婆心亦昭然若揭矣。南匯宋季濂先生係粥叟之婿，新買一宅，擇吉喬遷，粥叟贈以聯云：＂居室稱善，無過完美。　齊家有道，長宜儉勤。＂語意勖勉，可作座右銘也。

光緒癸卯含真閣啓沙，唐大仙卿降筆於濟佛座前，撰一聯語云：＂佛祖無奇，但作陰功不作孽。　神仙有術，止生歡喜勿生愁。＂陸子涵真鎸板懸之，係邑人王葵生所書也。

乙巳春月，偕馮君一范、李君馨山等駕舟遊塢圲山，并設乩請訓，陶老夫子降沙，山僧請書匾額，題曰＂松影山房＂。又撰一聯云：＂花影一庭移午日。　松聲滿寺撼宵風。＂即景言情，頗覺貼切。

含真閣雞園中築一亭，題曰＂退思＂，唐大仙卿降筆，亦撰一聯云：＂四圍花木春常在。　三教源流道本同。＂詞意頗佳。由壇弟子製板懸諸亭間，以伸景仰。

金陵勝棋樓有一聯云：＂世事如棋，一着爭來千古業。　柔情似水，幾時流盡六朝春。＂亦跌宕，亦清麗，緬想遺徽，令人神往。題者麓樵山客，不知爲何許人也。

鄒酒匃老人以元和許芹生新屋落成贈聯，云："溯蒲公塘迤邐而來，看桃柳春濃、芰荷夏潤、芭蕉秋媚、松柏冬榮，平地起樓臺，小住爲佳，漫誇張丹籙神仙、白衣宰相。　與許渾宅後先相競，任東窗約月、北牖眠琴、南圃栽蔬、西堂戰酒，勝時招伴侶，儘交結澄波叔度、湖海元龍。"又贈上海胡笠夫耕讀聯云："鄉趣永田家，喜饁婦提筐、耕夫秉耒、牧童引笛、績女分絲，任野性之徜徉，且安排酒盞茶鐺，四序烟霞資供養。　書香承祖德，顧經參麟筆、史續龍門、子檢鶡冠、集吟鴻慶，藉陳編而寢饋，可消遣花晨夕，一廬風雨寄清狂。"工力悉敵，洵稱佳構。

虞姬墓在皖北靈璧縣之東十五里，墓前有一聯云："虞兮奈何，自古紅顏多薄命。　姬即安在，獨留青冢伴黃昏。"其後有項羽廟，內塑項羽虞姬像，項羽則白面長鬚如書生，和藹可親，絕不似小說中所云目有重瞳、面如鍋底之獰獰可畏也。

王省卿先生於北郭菜園村結屋栖隱。乙亥秋日偕同人出遊，過廬晉謁，花木芳菲，流連片刻。主人命僮子烹茶餉客，促膝叙談，塵襟爲之一曠。室中圖書滿壁，見金惺齋先生撰聯云："雲山摩詰畫。　花鳥杜陵詩。"最爲貼切，歸後即錄存之。

陸冠秋表兄，長身鶴立，倜儻不群，而於閨房之情，尤爲旖旎。曾撰一聯云："試問幾生修得到。　何可一日無此君。"上句暗用梅花，別有所愛，下句指夫人竹君而言也，回環諷誦，真覺此中有人，呼之欲出矣。作者頗爲愜意，鐫板懸之。又某年移居太城孫家弄，新葺數椽，顏曰"半一齋"，并製聯云："半村半郭半耕半讀。　一琴一鶴一咏一觴。"時偕友人歌嘯其中，不禁有瀟灑出塵之想矣。惟兒女累重，昔《桐陰集》和詩有"半生同話向平心"之句，亦紀實也。

將軍羊某及側室某氏相繼病歿，有人製聯輓之："大樹先傾，慨袞帶飄蕭，淚墮羊公碑下。　小星繼隕，悵佩環闃寂，魂歸燕子樓中。"用典頗能貼切，屬對尤見工穩，真佳聯也。

蔣志范先生某年撰一春聯貼於大門，路人見之莫不莞爾。聯云："二柳當門，家計遜陶潛而半。　雙桃扃户，人謀慮方朔之三。"語雖近謔，頗有趣味。倒挂雙桃，乾隆年間，蔣文蕭公在朝，特旨恩賜，准免稅船兩隻，以此標幟通行無阻，閭里榮之。

王鳳仙京師名妓也，築香巢於韓潭，顏曰"桐花別墅"。客之來遊者多風雅士，酒榼詩筒，一洗青樓習氣。王生撰一楹聯云："獨憐枳棘長棲鳳。　願作鴛鴦不羨仙。"運用成句，純任自然，可稱天衣無縫。光緒甲辰，馮子靈南入京應試曾往訪之，叩其年，曰："將三十矣，胡不嫁？"曰："難得其人。"春華不再，秋月易虧，久溷風塵，亦非計矣。

有妓曰如意者，北里中翹楚也，某生眷之，檀板金樽，樂而忘返。一日家信來囑速歸，某生臨行製聯贈之："勸我不如歸去。問卿於意云何。"以"如意"二字嵌入，頗饒趣味。

廣福寺中楊千里先生撰聯云："偶然笠屐來遊，便覺山中無曆日。　靜聽鐘魚互答，不知門外有波濤。"落落寫來，可想見當時之閑情逸致矣。

安然和尚，江蘇東台縣人，幼入塾，所讀《大學》《中庸》二部，頗有心得，十餘歲出家，研究内典，尤能精進。民國戊午，法華寺耀文老和尚退居，即請安然主席。興福密林上人書聯贈之："避人永作無懷氏。　銜世今惟不動尊。"末世人心陷溺，慨乎言之。詎安然不久即病逝，深爲惋惜，後擇吉焚化，循古制也。

徐印士内兄善書法，余乃裁箋請求，印兄集《梡鞠録》書以贈之。聯云："淺斝深罍，酒波微漾。　硬語強韻，詩格頗嚴。"上句方履籛王猷之，下句梁同書李兆洛，筆姿秀媚，具見壽徵。中嵌"詩酒"二字，尤爲的當。時在丙子十月中也。

賽金花，北平名妓也，色藝雙絕，并嫺各國語言文字。早年洪文卿納爲篋室，文卿歿後，下堂求去，仍張艷幟於京津。庚子拳匪亂時各國聯軍入京，兩宮西狩，命李傅相全權議和，嗣與聯軍主帥片言斡旋，賽金花與有力焉。迨回鑾後，兩宮賞賚有加，名震一時。某名士集句贈以聯云："數叢沙草群鷗散。　萬里雲羅一雁飛。"即指所事而言也。民國丙子歿於平津寓所，是年已六十有二矣。

賽妓埋骨之所，決定舊京陶然亭畔，野草雜花，有水木明瑟之致，墓碑文倩江東詩人楊雲史撰之。有人輓以聯云："孽海波沉，地下欣逢曾孟樸。　京華春歇，人間誰是劉半農。""鸚鵡慰岑寥，終古江亭無語暮。　芙蓉哀夢幻，平生詞筆有書傳。"以上二聯，情詞悱惻，哀艷動人。從此一抔芳冢，後來遊覽古都者又多一憑吊欷歔之地矣。美人黃土，亦何難與西泠蘇小并傳千載艷迹乎？

　　蔡松坡將軍在北平時眷一妓曰筱鳳仙，色藝俱佳，亦勾欄中翹楚也。迨後雲南起義，袁氏失敗，蔡將軍再造河山，功亦匪淺，惜天不永年，未幾辭世。鳳仙聞將軍歿，哭之慟，輓以聯云："萬里南天鵬翼，直上扶搖，那堪憂患餘生，萍水因緣成一夢。　幾年北地燕支，自悲淪落，贏得英雄知己，桃花顏色亦千秋。"回腸蕩氣，不堪卒讀，北里中有此筆墨，亦不可多得矣。

　　史閣部可法守揚州，清兵南下，城破被執。豫王勸之降，不從，乃殺之以全其節。事平後，具衣冠葬於梅花嶺，并建專祠，俎豆千秋。某名士撰聯懸之，聯云："生有自來文信國。　死而後已武鄉侯。"以此二人陪之，恰合史公身分。又聯云："數點梅花亡國恨。　二分明月故臣心。"以本地風光寫之，更爲生色。後之人過其地者，追念忠烈，尤覺凜凜有生氣也。

　　司空圖所著《詩品》句句生鐵鑄成，千載傳爲絶唱，後人集其成句爲聯者亦復不少。趙掫鴻大令聯云："紅杏在林，幽鳥相逐。碧桃滿樹，清露未晞。"又燕谷張隱南先生聯云："碧苔芳暉，脫巾獨步。　緑杉野屋，落花無言。"天衣無縫，純任自然，爲之拜倒。

　　荆石梧先生，武進苕岑社吟友也。友人房仲錫先生七十雙壽，石梧撰聯賀之："雙壽亦何奇，最難是同年同月復同日。　七旬聊自遣，總算得有子有女兼有孫。"對仗之工，尤覺巧妙無倫。所奇者，仲錫夫婦生年月日皆同，惟時不同耳。

　　邵伯英太史於光緒朝任河南學政，覆命後即告歸，因見清廷變法朝政紊亂，從此解組南旋不復作出山想矣。未幾鼎革，閉户著書不問時事，暇日與二三耆舊枕石品茗聊以消遣。民國庚申考終里第，享壽七旬餘。京友王式通先生撰聯輓之，聯云："作史難言元祐後。　歸田猶在義熙前。"寥寥十數字足以包括一切，士林傳誦，頗耐尋味。

徐芾堂先生，昭文何市鄉人，清庠生，秉性公正而恂恂儒雅，對於鄉黨中人，尤覺和藹可親。光緒壬寅考終里邸，享壽八旬餘。某士人輓以聯云：「八秩杖朝，吳郡待編耆舊傳。　一經教子，玉堂應廢蓼莪篇。」大處落墨，不同凡響，亦佳製也。

謝星島先生，廣東高要縣人，虞社吟友也，乙亥十月染病辭世，一紙訃音由郵遞到。錢南鉟社長撰聯輓之：「遠邕宗風，奇句驚人思謝朓。　力迴文運，亂邦講學媲王通。」句頗清切。

陸次洙先生，宜興和橋鎮人，甲戌春日宗祠落成，徵求楹聯。余同學宗子威先生撰聯應之：「譜牒溯華宗，有南粵歸裝，東吳將略。貞元奏議，天水孤忠，儘落日沉淵，獨留道義倫常，一脉源流承燕翼。　祠堂鄰勝地，是坡公別業，任昉釣臺。玉女澄潭，善卷古洞，正靈風滿座，同仰高曾矩矱，千秋俎豆永鵝山。」作者以人傑地靈寫之，詞華典贍，冠冕堂皇，允稱佳製，爲之心傾。

馮靈南同志民國庚申曾任甌海檢察廳長，適會稽縣長宋某重葺蘭亭落成，馳函靈南請求撰一楹聯，當即應之。聯云：「古人不再見，問換鵝池冷，題扇橋荒，文字有緣，書法爭傳定武本。　此地喜重來，看蘭渚波清，天柱雲起，湖山無恙，風流猶是永和年。」詞句跌宕，正如漢宮春柳，有三起三眠之致。

朱文川大令，浙江山陰人，光緒年間以名進士宰常熟，治事明察，頗有政績。北門寧紹會館中曾撰楹聯懸之：「相逢盡東淛寓公，結來香火因緣，偏難忘一曲湖光、四明山色。　大好是北門風景，贏得春秋佳日，許同訪三峰楓葉、雙澗桃花。」詞意雋雅，尤饒韻致。後因鹿苑錢氏一案承審失實乃解職去，邑人不忘其德，塑像立龕即供諸會館中，馨香俎豆，春秋祀之。迄今遊眺之餘猶令人肅然致敬，念賢令尹之不可多得也。

滬上城隍廟亦名豫園，亭臺泉石，風景清幽，有楹聯云：「世事感滄桑，看孤亭聳翠、高閣連雲，幸此地園林無恙。　歲時陳俎豆，願玉燭調和、薰弦解慍，賴明神呵護有靈。」春秋佳日士女往來絡繹不絕，洵名勝地也。

嘉興沈淇泉先生丁丑重游泮水，同時嘉秀兩邑加入者亦有數人,擇日恭詣大成殿行三跪九叩禮。某文人製聯贈之:"曠典重儒林,俎豆猶存,兩代衣冠尊父老。 良辰忻釋菜,宫墻尚在,一堂禮樂拜諸生。"勝朝遺老,雍容揖讓,亦盛典也。

李楞珈先生丁丑四月女公子于歸之喜,楊君雲史集宋詞成聯,書以賀之。聯云:"好景良辰,紅袖時籠金鴨暖。 交杯勸酒,翠鬟飛上鬧蛾群。"温麗有則,風雅宜人,看似容易却艱辛,旨哉斯言。

清道光朝淮安關忠節公天培提督水師,一心拒毒,參像鴉片戰役,虎門殉難,實爲民族英雄,迄今廟貌常存,春秋祭享。民國丁丑夏間民廳長周佛海茝淮,額曰"威震華夷",某君撰一聯云:"浩氣震乾坤,螭鼎銘勋,焕乎秉精忠志氣節。 大名垂宇宙,虎門殉難,赫然紹壯繆家聲。"當林文忠公督粤時,截烟土數百箱立即焚燬,并主備戰,奈朝臣穆彰阿琦善等私受賄賂,准允通商,訂定條約,從此烟毒流入中國,浸成貧弱之勢,撫今思昔,爲之慨然。

丁丑夏間彈詞家唐月仙,係浙省嘉興人也,二八年華,風姿綽約,一時文人墨客杯茗之餘争拜倒石榴裙下。某畫家集句成聯書以贈之,聯云:"眉修楊柳初三月。 名占蓬萊第幾仙。"詞句穩愜,絶無斧鑿之痕,亦佳聯也。

廣州鎮海樓落成之日,彭宮保玉麟登臨之餘曾撰一聯懸之,聯曰:"萬千劫尚存,問誰摘斗摩星、目空今古。 五百年故侯安在,衹我倚欄看劍、淚灑英雄。"慷慨激昂,想見儒將氣度。此聯即爲宫保作書,入民國後已將鎮海樓改爲市立博物院,聯亦不見,因追記之,以留遺墨。

丙子冬月泉州舉行慶祝和平統一大會,結有牌坊,中懸一聯云:"與大家共荷時艱,北望河山齊努力。 願同胞毋忘國難,東來風雨最關心。"此聯係詩家蘇蓀浦先生所撰,於慶祝會中寓意深遠,而一種沉痛之音自在言外,最爲觀衆贊許。

浙江長興縣城隍廟懸有一聯云:"雪逞風威,白占田園能幾日。 雲乘雨勢,黑漫天地不多時。"寓意頗深,可爲近世抱侵略主義者作一當頭棒喝。

天津城樓原有古鐘一座,以司晨昏,中懸一聯係邑中名士梅小澍先生所書。"高敞快登臨,看七十二沽往來帆影。 繁華誰喚醒,聽一百八杵早晚鍾聲。"丁丑中日戰事津市全部被燬,城樓亦蕩焉無存,爰錄存之,藉留遺墨。

戊寅夏日閱《塘市小志》,載列女一門,譚士瑞妻蘇氏年二十七歲夫亡,夏無幃,冬無絮,撫孤逾弱冠,始得具饘粥,壽九十四歲。孫媳黃氏,立山妻,年二十八歲夫亡,事蘇克盡孝道。許太史穀贈以聯云:"姑媳再傳雙節婦。 祖孫三世兩孤兒。"雍正十一年請旌。

余幼時在隻桐廬中見有楹聯云:"貧不賣書留子讀。 老猶栽竹與人看。"詞意深遠,目下世風不古,國粹淪亡,故家子弟不克保守青箱,因追憶之,以示後人。

徐政儀先生,江蘇宜興人,與馮一範友善,嘗製聯贈之,聯云:"秋來黃葉落如雨。 春去殘花瘦似詩。"并注云:一範同學胸次開朗,汪汪若千頃之波,所與遊者,飲公瑾醇醪,有不覺自醉之意,是見誼篤雷陳,彌深傾倒。

民國丁卯秋月,海虞醫家吳幼如先生年近花甲,重續鸞膠,白髮紅顏,聯成佳偶。友人蔣志範製聯贈之:"蘇梗連翹骨碎補。 桂枝香附肉蓯蓉。"十四字中乃以藥名嵌之,可謂對症發藥。吳郎一笑頷之,高懸洞房不以為忤,亦達矣哉!

虞山西麓舊有藏海寺,現為戒非上人所主持。翁松禪相國歸田後曾撰楹聯懸之:"無處不看花,最好雪嶺梅肥、霜籬菊瘦。 有山皆入畫,妙在劍門月朗、拂水泉飛。"名山翰墨,自是千秋,後之人遊迹所經,曷勝景仰之思。

戊寅春日寓居東塘市,偶過亭林書院,見壁間懸一楹聯,係里人趙公宗逢所撰,爰錄存之,以示後學。聯云:"為孝子、為忠臣、為逸民,却聘上書遵母訓。 有文章、有道德、有經濟,垂名列傳冠儒林。"展讀一過,高風亮節,仰止彌殷。

范公橋關帝廟戊寅五月十三日恭祝聖誕,前往拈香,見座前懸一聯語,敬錄存之。"華夏震威名,想當年膽落孫郎、氣吞魏武。 靈光瞻廟貌,欣此地祠鄰言子、橋近范公。"措詞頗覺貼切,回憶支川舍真閣中，昔年每遇誕辰，鼓棹而往，嵩呼致祝，以伸悃忱，近因病體支離不克如願，爲之悵然。

徐琴芳女史，海上光裕社彈詞名家也，戊寅冬月來虞，獻藝於中南書場，日夜登壇，座爲之滿。一曲琵琶，珠喉宛轉，而有周郎之癖者，莫不傾倒。邑中名畫家季嗇公集句贈之，聯云："一曲平沙彈綠綺。　滿庭纖草展紅茵。"又某名士贈以聯云："流水高山，真個知音何處遇。　琪花瑤草，乃抒奇氣此間來。"詞句穩愜，暗切"琴芳"二字，尤覺世有集成句爲楹聯者，頗覺佳妙。

曾見友人齋中懸一聯語，上云："待其酒力醒，茶烟歇。"下云："可以調素琴，閱金經。"一係王禹偁《黃岡竹樓記》，一係劉禹錫《陋室銘》，信手拈來，饒有神韻，而上下聯意融貫，尤爲難得。

報刊聯話

鶴麓聯話

葉襌心 撰

《鶴麓聯話》共兩篇，十二則。第一篇發表於《神州》一九一三年第一卷第一期，收錄聯話四則。第二篇發表於《神州》一九一三年第一卷第二期，收錄聯話八則。署名均爲"葉襌心"。《神州》於一九一三年八月在上海創刊，又名《神州叢報》，係月刊，由神州報社編輯，神州編譯社發行。停刊時間不詳，僅見前二期。其文藝欄附設散文、駢文、詩選、詞選，并有多種專輯。作者葉襌心，生平事迹不詳。第一篇聯話中作者記載了五副聯語，包括他輓聯一副，新婚聯一副，訓子聯一副，作者親眼所見西湖花神廟及月老祠的兩副聯語。其中關於孫陞與張佩綸的兩則聯話，可作野史讀之。第二篇聯話主要記錄名勝聯四副及自輓聯兩副。強調聯語創作的"詼諧"與"滑稽"的特點。總體來説，《鶴麓聯話》所錄聯語包括名勝聯、他輓聯、自輓聯及集句，作者聯評觀點較少，以錄聯與紀事爲主。

一

輓活佛

乾隆庚子歲，西藏活佛來朝，供張極盛，住雍和宮，遠近僧徒參謁者，日以千計。活佛高坐跏趺，無少動也。未幾，以出痘死。有好事者送一輓聯，云："渺渺三魂，活佛竟成死鬼。　迢迢萬里，東來不見西歸。"一時傳爲笑柄。

嘲新婚

李文忠有一女，珍惜備至，相攸綦嚴，故中年猶未嫁也。時以老女呼之。張幼樵丈佩綸嘗嚴劾文忠，後以福州之役，罷官來京，文忠羅致之，遂爲入幕之賓。老女因執贄焉。丈時五十餘歲矣，而文忠愛其才，頗以老女屬意焉。旋有以蹇修說進者，議遂洽，張乃剃鬚納采，一時翰苑中傳爲奇談。有戲擬一聯，曰："老女配幼樵，無分老幼。　東床即西席，不是東西。"

訓　子

餘姚孫忠烈公燧，爲前明陪都大宗伯，殉宸濠之難。其子文恪公陞，續娶楊夫人。花燭日，前妻三子匿不出拜。文恪怒之曰："我家一門忠孝，今無禮若此，非吾子也。"使家人覘之，則皆在書塾中相持而哭。楊夫人親蒞塾中，見諸子喜曰："他日皆大器也。"文恪怒爲之解。文恪訓子嚴，常不得出書塾，每晨至門首加鑰而去。一日，楊夫人偶至其處自窗隙潛窺，三子皆不在其中，而門扃如故。乃開門入視，最後見壁上懸一畫，畫後一門通焉。察之則并未外出，乃各與其妻聚談耳。楊夫人亦不語，惟手書一聯懸於壁云："愛惜精神，留此身擔當宇宙。　蹉跎歲月，將何日報答君親。"諸子見之，皆發憤，後皆顯達。其季子鑛，楊夫人所出，世所稱月峰先生者，官尚書，亦母教也。

祀花神

《楹聯叢話》載西湖花神廟在孤山下,跨虹橋之西,雍正九年總督李敏達所建。中祀湖山之神,旁列有十二月花神及四時催花使者,無不釵飛鈿舞,盡態極妍。相傳湖山正神,即李公自塑其像,其旁列花神,皆李之姬侍,實有其人。余於嘉慶元年來遊時,廟貌已敝,而花神精采猶奕奕動人,近聞紅顏皆成黃土矣。猶記得有一舊聯云:"翠翠紅紅,處處鶯鶯燕燕。　風風雨雨,年年暮暮朝朝。"又花神廟傍有月老祠。有金書一聯云:"願天下有情人,都成了眷屬。是前生注定事,莫錯過姻緣。"蓋集《琵琶記》《西廂記》兩院本之成句也。

(《神州》一九一三年第一卷第一期)

二

縣堂聯

舊傳前清某縣堂,有榜"愛民猶子。　執法如山"八字者。後某頗犯貪黷。遂有續其聯者曰:"愛民猶子,牛羊父母,倉廩父母,供爲子職而已矣。　執法如山,寶藏興焉,貨財殖焉,是豈山之性也哉!"説者謂其集合奇巧。乃數年前,又聞有一縣令初蒞任,有政聲,士紳以堂額爲頌,額曰"民之父母",未幾亦怨聲載道。復有人撰一聯以贈曰:"吾道此之謂。　誰知惡在其。"就前額用歇後語,愈見超妙。

盜聯二則

明末有海中渠魁至普陀山設齋一月。手題楹柱云:"自在自觀觀自在。　如來如見見如來。"

嘉慶間有巨盜郭學顯者,乳名郭婆帶。雖剽剝爲生,而性頗好學,舟中書籍鱗次,無一不備。船頭一聯云:"道不行,乘桴浮於海。人之患,束帶立於朝。"在洋騷擾多年,予以官,辭不受。於羊城買屋課子,以布衣終。嗚呼！若而人者,其朱家、郭解、崑崙、摩勒,之流亞歟？

望湖亭

彭玉麟重建望湖亭。題一聯云:"戰艦列千軍,想當年小喬夫婿,破浪乘風,多少雄姿英發。今我戈船來寄迹,吊古憑欄,嘆幾許事業興亡,祇贏得殘灰劫火。　湖天開一碧,看此日大地山河,落霞孤鶩,無復活潑生機。誰家鐵笛暗飛聲,悲歌繫枻,把那些滄桑感慨,暫付與芳草斜陽。"蓋亭在鄱陽湖,乃周瑜縱火處也。

董其昌陳繼孺逸事

施愚山閏章《矩齋雜記》云:董思白陳眉公,以詞翰相推重。董年八十五,臨終索婦人紅衫絳繡爲服。陳年八十三,將逝之前,索筆作聯自輓云:"啓予手,啓予足,八十年臨深履薄。　不怨天,不尤人,三千界魚躍鳶飛。"擲筆而逝。亦可謂了然於去來者矣。

自　輓

有某甲臨終時自輓曰:"七十有二春,糊糊塗塗,官界耶？商界耶？流水無心,隨他去罷。　四月初三日,清清楚楚,醉醒了,夢醒了,拈花微笑,待我歸來。"可謂曠達得妙。又有自輓者云:"百年一刹那,把等閑富貴功名,付之雲散。　再來成隔世,是這樣夫妻兒女,切莫雷同。"并題額云"這回不算"。詼諧得妙。

冷泉亭

浙杭西湖靈隱飛來峰麓冷泉亭,昔有一聯曰:"泉自幾時冷起？峰從何處飛來？"後有人遊山過此,小憩亭中。視之奮然,即書一聯以張之。聯曰:"泉自冷時冷起。　峰從飛處飛來。"一問一答,語均滑稽。可謂旗鼓相當矣。

落帆亭

浙禾落帆亭,爲嘉郡名勝。時蓬仙宴客於亭,偶有感觸,書聯以贈是亭。語曰:"行人百花叢,去路莫爲歸路誤。 徑過三峽險,卸帆却比楫帆難。"

戲園聯語

揚州戲臺內楹聯云:"想當年那段情由,未必如此。 看今日這般光景,或者有之。"虛字傳神,何其妙也。又一聯云:"凡事莫當前,看戲何如聽戲好。 爲人須顧後,上臺終有下臺時。"

(《神州》一九一三年第一卷第二期)

香艷聯話

胡蘊山 撰

《香艷聯話》共四篇。分別發表於《香艷雜誌》一九一四年第五期,一九一五年第七期、第九期、第十期。署名均爲"胡蘊山"。《香艷雜誌》於一九一四年冬在上海創刊,月刊,王文濡(新舊廢物)主編,中華圖書館發行。一九一五年冬終刊,出刊十二期。作者胡蘊山,安徽黟縣人,能作聯語,作品被胡君復收入《古今聯語彙選》。《香艷聯話》所錄聯語多副,集中於作者和妓女交往的見聞,包括贈妓聯、嵌名聯和集句。作者聯評觀點較少,以錄聯與紀事存人爲主。第一篇聯話中作者提出輓聯具有"哀感頑艷"的特點,以陸眉生輓歌伶翠琴聯爲例。第二篇聯話認爲"贈妓聯不嵌字,落落大方,最爲上乘"。并提出"聯讖"的説法。第三篇聯話,說明作者寫作《香艷聯話》目的之一是"因其人而存其聯"。其中關於花榜和香客的記載,可作野史讀之。

一

江西百花洲畔有雛妓水子者,爛漫天真,自然嫵媚,門前車馬座客常盈。羅幼香孝廉贈以聯云:"水哉!水哉!胡然而天也,胡然而帝也。 子兮!子兮!如此良人何?如此良夜何?"蓋妓守身如玉,擇人而適。近聞爲審計廳長某君量珠聘去,從此名花有主,仿佛冒辟疆之得董小宛也。

輓聯之哀感頑艷者,首推陸眉生輓歌伶翠琴聯云:"生在百花前,萬紫千紅齊俯首。　春歸三月暮,人間天上兩消魂。"

周小紅,梁溪人,明眸善睞,膚若凝脂。年將破瓜,隨假母至潯,予友半翁一見傾心,贈以聯云:"小於幺鳳輕於燕。　紅是相思綠是愁。"名聯艷幟,互噪一時。後因當道逐娼,移香巢於江右。與鮑砥臣交最深,不及於私。鮑太夫人聞之,恐子被所惑。招至公館,瞿然曰:"我見猶憐,何況砥兒!"嗣見小紅舉止似大家風範,遂不之禁。同時有西蜀張小紅者,色稍遜周,而妖艷過之,善秦腔,一串歌喉,四座傾倒。老友江襄楠君贈以聯云:"小影瘦於秋後燕。　紅腔聽慣月中簫。""搖來小艇歌桃葉。　夢入紅樓喚可卿。""小樓春雨聽殘夜。　紅豆相思感舊愁。""小影怕當風際立。　紅妝愛向月中看。""簾影引風開小閣。　簫聲隨月度紅橋。""片刻千金憐小聚。　十年一覺夢紅樓。""雨餘小閣聽春慣。　別後紅樓有夢無。""小語防人聽。　紅妝爲我憐。"事隔多年,今不辨其誰爲自詒,及代人捉刀矣。按:蘇有周小紅,爲神交徐哲身君側室,生同時同省年相若。不知者往往疑爲中道乖離,故特辨明於此。程竹溪廣文《彈古調齋詩鈔》中亦有贈小紅詩二首。其子季英君,誦讀印入腦筋,以攻書用功太過,患神經病。予偕泛舟甘棠湖,飽領湖光山色,藉滌煩襟,便道訪周小紅妝閣。季英問名,即牽予衣疾趨而出曰:"幾成笑柄。"予叩以故。曰:"此家父之行樂地。"予爲之解曰:"昔之小紅在金陵,已成白髮老嫗,存亡莫卜。考其年月,今之小紅尚未出胎。"季英頓悟曰:"何小紅如許之多也?"

黃雪香,維揚產,盛鬋豐容,姿態橫出,人稱之爲楊玉環,又目之爲海虎毯。與予友鷗鶄後裔尤晅,倩香海師撰聯贈之。"雪艷恰催梅破萼。　香溫如倚蕙含烟。"香名大噪。鴇兒捏造雪香生母疾革僞電,誆至蕪湖,迫令以千金脫籍。倉卒無所借,向男女傭告貸,重利盤剝。自立門戶,頗費經營。光復時避居鄉間,稍平,隨萬載縣鄧某入贛,委以終身云。香海師爲額所居,曰"花禪綠隱樓"。

高才寶,貌僅中姿,性靈敏,善酬應,惟手段太辣,狎客常爲其所思。勾曲山人倩予撰句贈之:"才思解賦驚鴻影。　寶髻新梳墮馬妝。"本非精心之作,孫箬漁見之,不以爲然,曰:"贈妓聯悉作試贊美語,已成爛調。"屬香海師反其意作警戒語,以喚醒癡迷。聯云:"才網羅揮金若土。　寶鋒鍔切玉成泥。"聞者無不咋舌。

　　王小喬,鹽城人,原名慧兒,略知書史,年幼父歿,家寒不能度日,鬻入青樓。工弦索,歌聲嘹喨。善唱《黑風帕》《打龍袍》《探陰山》諸劇,貌端莊而性諶摯。由寧鎮遷潯,予偕友往訪,遇之於停雲館,清譚娓娓,聽者忘疲。若言及家世,則不覺淚涔涔盈睫也。別年餘,荷花生日,復邂逅於浸月亭,丰姿綽約,迥異曩昔。後見予友雨蒼君抗爽誠懇,願以終身托之。友以家教素嚴,俟禀告高堂然後締約。詎爲豪商鄭二所知,以巨金强劫之去,小喬欲與雨蒼話別,不許。瀕行謂鴇母曰:"鄭公子視銀樹爲儻來物,用之若泥沙。恐不久家道中落,兒亦從玆入窘鄉矣。"未幾果然。人皆曰:"慧兒慧眼。"予曾浼香海師撰聯云:"小小重逢三竺路。　喬喬如見百花生。"又戲集成語云:"小樓一夜聽春雨。　喬木於今作畫圖。"

　　高四寶,字情香,秦淮産。本良家女,十三歲墮樂籍。秀骨姍姍,玲瓏嬌小,見人嘗作羞澀態,有"香扇墜"之稱。不善逢迎,故門前冷落車馬稀。予每逢宴集,必徵請俯觴。曾贈以聯云:"四弦響徹秋江月。　寶帳香圍夜合花。"香海師愛其音韻鏗鏘,亦詒一聯云:"四上六工車笛韻。　寶釵環佩帶花光。"從此假其妝閣爲俱樂部,日必數至。四寶亦視捧硯添香爲極樂事,騷人墨客投贈詩箋,粘滿四壁。暇時執經問難,又似康成詩婢矣。詎好事多磨,有因羨生妒者,造作種種謠言,構成事實,居中離間,予因持慧劍斬斷情絲。四寶待至二月,隨母往湘。聞光復時幾被亂軍所害,或云以瘵死,予有祭文哭之,刊雜著中。此外尚有花四寶、章四寶、朱四寶等代友撰贈,皆予同香海師手筆,不能分別,附錄於後:"四美完時金作屋。　寶兒生就玉爲人。""四壁花香留蝶坐。　寶奩鏡啓愛鴉盤。""四海爲家聊取樂。　寶山在望莫空回。"

(《香艷雜誌》一九一四年第五期)

二

贈妓聯不嵌字，落落大方，最爲上乘。如："問誰擅若蘭詩，湘蘭書。　慎毋忘香君扇，文君琴。"近時惟樂平彭鶴儔足以當之。其李蘋香輩，僅能詩而已，然尚不可多得。彭已於壬子夏委化。"誰擅"二字，恐愧煞庸脂俗粉矣。

桐城方玉杉贈小紅聯云："五嶽歸來衆山小。　萬綠叢中一點紅。"不徒推重小紅，且復自立身分，誠高手也。友問："何小紅如許之多？"予曰："凡校書均名小紅。"友愕然曰："子不見滬上花榜狀頭，未十年或退居房老，或降爲冶葉乎？"聞者點首稱是。

有與妓交久情深者，妓驅使之，如役奴僕，客亦樂爲所用，反自鳴其資格之深，誇耀儕輩。如某君贈詩妓楊玉雯聯云："卿若化身爲寶玉。　我甘低首作晴雯。"觀此可見衆香國民意矣。

小喬墓在湖南長沙城東隅，都昌李秀峰先生乘時督辦轉運局時，過此題聯云："銅雀鎖春風，可憐歌舞樓臺，千古不傳奸相冢。杜鵑啼夜月，也爲英雄夫婿，三更猶弔美人魂。"魏武固一世之雄也，而今安在哉？且矮冢纍纍，無從指實。身後亦殊可憐，尚不及小喬美人得嫁英雄夫婿，留一抔土於湘中，常有遊人酹酒憑弔。世之爭奪政權者，讀之能否省悟？

雉妓金玉，乃金蘭之妹也，貌既不揚，語言亦欠伶俐，人比其一笑爲黃河清。時金蘭香名鼎鼎，推屋烏之愛者，故連類及之。山西豪商，時有報效。金玉已與黃某暗度陳倉，猶欲誑西商爲之梳櫳。程石山詒以聯云："兼金聲價超群卉。　碧玉年華好破瓜。"由此屏之不與群芳伍。識者曰："石山太輕薄矣。"又有黃衫客贈聯云："金屋妝成嬌侍夜。　玉樓宴罷醉和春。"用《長恨歌》語，亦覺比擬不倫。

碧痕贈秀英聯云："秀色可能容我醉。　英名頗亦畏人知。"予曰："易餐而飲，是合酒色爲一。試問酒量如何？色量如何？亦字含雙方意義，已畏人知，何必書贈聯妓？畏人知，宜早脫籍。"或謂移贈某革命女傑。予戒之曰："慎毋唐突西子，效宋漁父之嘗麻姑爪也。"

"令我作如此想。　使人之意也消。""都道我不如歸去。　試問卿於意云何？"昔人贈如意聯，最佳。後之作者，無出其右矣。陳如意子艷如桃李，歌聲響遏行雲。濂溪後裔，與鐵城居士本係至好，因妓故各含醋意。始則尹邢避面，繼則楚漢爭雄。妓不敢偏袒，大有左右做人難之慨。各抄襲舊聯詒之，亦頗恰切。光復後，濂溪鐵城乘時而起，或握政權，或參軍務，奔走國事，不遑譚及風月。一日有友邀飲，招花侑觴，從旁挑撥，觸動舊怨，酸風頓發，濂溪飛一茶杯擊之，僅中副車。排解散歸，如意竟爲濂溪娶去。時有戲詒聯致賀云："攻破鐵城飛蓋碗。　築成金屋貯阿嬌。"濂溪今已謝世，如意卒爲守節，污泥中現出白蓮花，誠難能可貴者矣。

集句之膾炙人口者如吳竹莊贈紅碧雲："願化身爲紅綬帶。也應詩似碧紗籠。"歐陽伯元贈枕雲云："何須琥珀方爲枕。　除却巫山不是雲。"蘋梗贈石金云："我心匪石。　其利斷金。"又贈秋雲云："秋水爲神玉爲骨。　雲想衣裳花想容。"薛慰農贈綠卿云："綠净不可唾。　卿言亦復佳。"劉廉軒贈明仙云："不知何月爲誰好。莫辨仙源何處尋。"又某贈紅玉云："雪白荼蘼紅寶相。　水晶如意玉連環。"又贈采珠云："欲采未采隔江水。　大珠小珠落玉盤。"又贈雪碧云："雪膚花貌參差是。　珠箔銀屏迤邐開。"沈鳳樓贈小五寶云："小樓一夜聽春雨。　五鳳齊飛入翰林。"曾文正贈劉霞仙云："此外知心更誰是。　與君到處合相親。"餘者不及備錄。

花鳳仙，益陽人，丰姿艷麗，如出水芙蕖，體態裊娜，似隨風之楊柳。庚寅年遇之於漢皋，予贈聯云："到門不敢題凡鳥。　謫居猶得住蓬萊。"王玉紅，河口人，工弦索，膚若凝脂。愛作大家裝束，每逢佳節，輒滿頭珠翠紅裙帔風。入廟燒香，見者疑爲薦紳眷屬。予辛亥春遇之於江州旅館，贈聯云："玉軫撥殘湓浦月。　紅裙妒煞石榴花。"香海師嫌"殘"字近變徵之音，謂言者心之聲，宜速更易。奈已繕寫，不及改矣。未數月，光復，連年歐陽武劉世鈞董耀武稱雄，二次革命九江又首當其衝，幾成戰場。今良朋星散，花事阑珊矣,謂爲聯讖,誰曰不宜?

　　楊小真,江都人,花容月貌,見者魂消。惟自負過高,性傲不肯隨俗俯仰。庚戌隨生母來潯,母亦不違其意,事事順從,賃一幽雅軒敞房屋於南門灣。登樓則几净窗明,湖光山色,盡在目前。與二三知己樂數晨夕。予贈聯云:"呼取小名金不換。　解將真意玉連環。"有竊以移贈金玉,則又不對題矣。

　　銀紅姿圓替月,性頗妖冶,席間猜拳行令,不醉無歸。孫箬漁贈聯云:"偶點銀鐙翻曲譜。　高燒紅燭照新妝。"銀鳳樹艷幟於京都,鶴巢主人來函,索香海師撰聯句云:"銀漢紅墙秋一水。　鳳幃鴛枕夜千金。"

　　　　　　　　　　　　(《香艷雜誌》一九一五年第七期)

三

　　香海師代撰銀鳳聯,尚有"銀蒜鉤簾邀月坐。　鳳翹扶檻踏花行。""銀燭光搖羅帳掩。　鳳簫聲度彩雲停。"雖較銀漢聯稍遜,亦爲京都人士所推許。

　　高愛寶與才寶四寶,姊妹也。明眸善睞,顧盼多姿,歌弦嘹亮,足以響遏行雲。與大龍山樵遇於潯江,心許目成。旋爲假母携往漢皋,久乖芳訊,山樵思念縈切。己酉中秋,步月過和樂里,見夾道青樓臨窗一麗人焚香小坐,似曾相識。叩門入,果意中人,不期而遇,互訴衷曲,歡感無極。比疾書奉詒一聯:"棹泛愛河風轉舵。香添寶鼎月窺琴。"聊誌本事,無甚精采。愛寶余曾見之,因其人而存其聯也。

　　鄒愛紅,江寧人,姿容艷麗,年十五來潯,寓新壩聽鸝館。門臨龍開河,一水灣環,開窗遠眺,匡廬叠翠,宛然在目,頗饒山水之勝。正所謂九江秀色,此攬結矣。獵艷者樂與之遊,和酒幾無虛夕,與孫翼如尤爲契洽。己酉冬,從母命重返蕪湖。瀕行,與翼如依依不捨。別後郵筒往復，索翼如贈聯。比即繕寄聯云："所謂伊人，愛而不見。 彼姝者子，紅是相思。"對雖不工，亦尚渾成。

愛紅去後，翼如每赴友招飲，必徵小翠爲錄事。小翠年稚，有小鳥依人之態。翼如贈聯云："小樓一夜聽春雨。 翠袖天寒倚暮霞。"用小樓集句者，大都不過爾爾。

京師王語花校書，真解語花也，春山眉黛，秋水眼波，蘭無言兮自芳，玉有香兮逾媚。倚新妝而覽鏡，果然國色無雙，搦枯管以無花，孤負瓊葩第一。愧我雕蟲小技，徒資笑柄於方家。幾時躍馬長安行，貯阿嬌於金屋。勉爲楹語，以誌永懷。此予友憐香室主跋語也。聯云："私開西閣頻偷語。 虔祝東風好護花。"其愛情可想矣。又鳳凰池上客贈聯云："私語背人剛夜半。 看花騎馬到長安。"香艷中帶館閣氣，臚唱後不覺流露而出。

玉蘭校書，楚產也。荆玉含寶，澧蘭懷玉，立之亭亭，馨蘭言而款款。前生雍伯，種來藍玉之緣，底事湘靈，引入芝蘭之室。訴癡情於玉管，愧難摹國艷千金，贅楹語於蘭閨，知不免方家一粲。此亦憐香室之跋語。聯云："春閨弱質宜珍玉。 湘浦漁郎愛采蘭。"情意真摯，微嫌對仗欠工。

吾夥胡藤圃先生德配吳孺人，集句自題閨房聯云："雙雙瓦雀行書案。 兩兩時禽噪夕陽。"想見閨房之樂事，有甚於書眉者。與王夢樓太守賀友人新婚聯："樂意相關禽對語。 生香不斷樹交花。"用意相同。

王雙玉，甘泉人。花容月貌，妖艷無倫，秋波一轉，見者魂銷。一日有四客至其妝閣小坐，雙玉以手握甲手，面向乙傾談，雙翹分右腳於丙丁之膝。適恩客汾陽後裔至，安於別室。往來酬酢，無不盡歡而散，誠外交專家也。汾陽後裔倩予撰句，予戲書："雙翹鈎引春心蕩。 玉枕濃偎午夢香。"見者匿笑。雙玉疑之，屬亡友張醒秋爲之講解。雙玉聞畢，以怒目視予，躍起，欲將聯撕碎。汾陽、醒秋俱向阻止。汾陽曰："人盡可夫，又何諱飾此？"特別商標，勝於現身説法也。雙玉後稍持重。

西湖蘇小小墓，桐城鐵冶居士題曰"慕才亭"。孔惠集句爲聯云："花鬚柳眼渾無賴。　落絮遊絲亦有情。"工麗之至。余如徐蘭修之："桃花流水杳然去。　油碧香車不再逢。"皮琳集云："湖山此地曾埋玉。　花月其人可鑄金。"亦佳。

庚戌夏，重開花榜。題曰"總春樓"，取"萬紫千紅總是春"之意。香海師撰聯云："人天別具評花眼。　我佛寧無惜玉心。"我佛慈悲，不能普度衆生，吾儕惟有作戲逢場，別具隻眼也。

婺源齊梅麓太史彥槐，髫齡聰穎。有以撮合山自命，爲之議婚某富室。某允納采，而後悔，以其貧也却之。先生後連捷入翰林，歸來訂婚，他姓該女尚未適人，鄉人演樂致賀。先生自題聯云："黃絹客何來，看萬綠叢中，有幾個少年登第。　翠樓人宛在，向千絲柳外，是誰家夫婿封侯。"句極秀麗，第嫌嬌貴之氣咄咄逼人。

江湘嵐先生贈妓聯如胡玉鳳云："玉板輕敲花下蝶。　鳳釵斜插鬢邊鴉。"胡翠雲云："三千閬苑懷珠翠。　十二巫山夢雨雲。"曾鳳林云："玉瑄好調幺鳳曲。　瓊花初逸上林春。"楊雲寶云："雲英綽約差相似。　寶玉温存愧未如。"嚴雙桂摘《疑雨集》句云："想得雙文羨雙箸。　偶遊桂府逢桂仙。"羅玉仙云："偶呼小字伴紅玉。　恰好芳年類絳仙。"玉翔云："玉兔入簾窺半面。　翔鸞對鏡學雙飛。""花不禁風宜自玉。　鸞初學囀便高翔。""軟玉温香抱滿懷。　鳳翔鴻翥衹如此。""玉兔當頭描小照。　翔鸞對影鬥新妝。"巧雲云："按拍歌聲調巧舌。　插花香氣襲雲鬟。"不愧才人吐屬。

（《香艷雜誌》一九一五年第九期）

四

昔人贈大姑聯云："大抵浮生若夢。　姑從此處銷魂。"從大處落墨，不粘不脱，尤推雋品。

叠字聯最難見長。香海師代廖營長贈紅仙云："紅紅翠翠，燕燕鶯鶯，花花葉葉。　仙仙裊裊，親親密密，世世生生。"亦頗聯貫自然。

包柚喬贈紅仙聯云："報道櫻桃紅了。　化爲蝴蝶仙乎？"蓋紅仙年逾花信，與周某交最密，故云。此聯脫口而出，無斧鑿痕，且與事實綰合，誠名句也。餘如贈老二云："老於是鄉足矣。　二分明月何如？"贈海桃云："問海棠春睡足否？　祝桃花人面依然。"皆非時流湊雜而成者，所能望其背項。

洪如意，姑蘇人，寓滬上普慶里。癸卯春予漫遊春申，友人設宴於海國春，召如意待觴。天香國色，姍姍來遲，舉止端莊，沉默寡笑，予亟賞之。從此訪艷徵歌，殆無虛夕，兩情益密，遊園觀劇，出必與俱。是時香巢崇尚西式，位置閑雅，已無纖塵疥壁矣。故未贈聯。惟集白成《本事詩》六章，載百衲琴中。頃閱蒔花小築主《楹聯偶存》，有贈其聯，云："怎當你如花似玉。　博得個意轉心回。"先得我心，亦足以覘其聲價矣。

蒔花小築《楹聯偶存》尚未梓行，茲覓得抄本，尚有數聯。如贈織雲云："織女喜逢河上客。　雲英原是月中仙。"雅卿云："雅大固應殊俗艷。　有卿斯不負長安。""稔知性格饒閑雅。　久滯京華半爲卿。"李喜蓮云："人逢喜事精神爽。　步散蓮花躞蹀香。"小寶云："小樓深貯千金體。　寶鼎濃熏百和香。"翠仙云："翠袖低垂宜入畫。　仙人小謫到維揚。"又："翠袖每憐寒倚竹。　紅妝真個艷羞花。"蔣翠紅云："眉分翠黛描京兆。　夢入紅樓想玉菡。"此聯代張某作。梅卿云："梅影劃分波上下。　卿雲長護月團圞。"又："梅似美人憐玉骨。　卿緣仙子下瑤臺。"代宋靜遠贈錢檀香云："檀郎我是牆東宋。　香係人呼樹上錢。"又："檀口倚聲花解語。　香肌含量玉無瑕。""檀麝滿爐熏百和。　香花承露供千真。"小蓮云："小閣春深宜鎖艷。　蓮花香透尚含葩。"諸作皆斐然可觀。

朱雪卿肌膚潔白。其侍婢阿梅，殊色也。憐香室主撰聯嘲之云："雪却輸梅香一段。　卿能如柳夜三眠。"饒有風致。

憐香室主贈九江歌妓金鳳聯云："記長安市上，瀹嘉茗以對名花，最可人十五容顏，共艷洛陽兒女。　到溆浦道中，望滄江而懷白傅,与知己两三朋友,来听浔水琵琶。"名花谓京都王语花也。怜新感旧,未免有情。

吴玉宝,年十四,来浔寓矶湾水竹居。韶年玉貌,艳绝人寰,凡秦腔、崑曲、京调,无不各极其妙。庚戌花榜,弁冕群芳,入选者皆受宠若惊,独玉宝闻之泫然欲泣。叩其故,曰:"吾辈前生,不识造何罪,今以色事人。齿尚稚,惟召侑觞。每至必歌一阕,奉爵三巡,若十余处,已疲于奔命。况有袤之长歌,或强灌以酒乎?藉玉怜香,十不得一。稍忤则妒花风雨,摧折多端。而鸨母又鞭挞随之,无可告诉。花榜揭晓,慕名而来者,必倍畴昔。拥虚名而招实祸,是以悲也。"人皆嘉其识见之超。秋间予拟邀友五十携妓百人皆往石钟山登飞捷楼赏月。月圆之夕,小轮水手停工,不果行。诸友改唤瓜皮艇泛月南湖,繁弦急管,彻夜声喧。予招玉宝登舟清谭,详询家世,几呜咽不能成声。亟止之为述《长生殿》故事,始破涕为笑。玉宝嫌众声嚣杂,嘱舟子由思贤桥入里湖。同人之艇,亦鱼贯而入,戒诸妓肃静无哗。玉宝独弹琵琶数曲,终恰合白香山诗所谓"东船西舫悄无言,惟见江心秋月白"之情景矣。及至露冷霑衣,始各散归。予渐与之亲昵,赠联云:"玉台佳话连城璧。　宝帐新欢合浦珠。"未几玉宝迁豫章。香海师撰联语之:"玉瑱缄札殷勤寄。　宝袜衔珠郑重看。"盖望其常通芳讯,并为之函致西江挚友作护花旛也。辛亥变起,避居沪渎,闭门谢客。近闻远游大连海参崴之间,或谓已择人而事,不能得其确耗。回首前尘,殆如梦寐。

(《香艳杂志》一九一五年第十期)

問答小説聯話

引　證撰

　　載於《五銅圓》一九一四年第六期,署名爲"引證"。《五銅圓》,又名《滑稽周刊》,於一九一四年七月在上海創刊,周刊,吴雙熱主編,《五銅圓》周刊社發行。同年十二月終刊,出刊十六期。該刊因每期售價五銅圓,故名。《五銅圓》以滑稽爲特點,《問答小説聯話》即發表於所設欄目"説苑新聲"。作者引證,生平事迹不詳。《問答小説聯話》,全文採用主客問答體,提出對聯不應以辭害意的觀點。以刊名《五銅圓》與《禮拜六》相對,有滑稽之意,亦有爲刊物宣傳之意。其中"雙熱"先生,即《五銅圓》主編吴雙熱。

　　引證夜坐,忽聞剥啄之聲,開門視之,則吾友烏有先生也。急延之入,詢以過訪之故。烏有先生曰:"《五銅圓》二次徵題又出矣。子知之乎?"余應之曰:"諾。然兩聯皆殊不易對。"先生曰:"雖然,'五銅圓'吾已得其對矣。且吾對絶對也。"余急詢之。烏有先生曰:"對以'禮拜六',不亦大妙乎?"余曰:"是烏可者。"烏有先生曰:"《五銅圓》,新出之滑稽周刊也。《禮拜六》,新出之小説周刊也。以周刊對周刊非絶對乎?且即以字義言之,銅圓,人之所好也;禮拜,學界之所好也。由一銅圓二銅圓而增至五銅圓,是尤人之所好也。由禮拜一禮拜二而至禮拜六,學界諸君思之,明日即禮拜矣。其較已至禮拜者,其喜必倍甚。是禮拜六尤學界之所好也,以學界之所好對凡人之所好,二者同爲人類之嗜好。聯以爲對,不亦精且切乎?"余笑曰:"唯唯,否否。夫聯對必求其整。以'五'對'六'固可,以'銅圓'對'禮拜'已嫌不安矣。況即就子之言,以此兩者爲可對。而'五銅圓',則'五'在上而'銅圓'在下。'禮拜六',則'六'在下而'禮拜'在上。可乎? 不可乎?"烏有先生曰:"否。古人有言,不以辭害意。五銅圓對禮拜六,在詞句表面對之,固不可。然以意言之,則固絶對也。如子之言,則是以辭害意矣,而反以吾爲不可,不亦謬乎?"余瞠目不能難,而心竊以不可,乃謂之曰:"子之言是矣。雖然,不加之以解釋,要不足以見先生之意,而奪主考之眼。然則請勿書於徵聯紙,而使吾爲之注釋,以爲吾所創聯話之破題兒第一遭可乎?"烏有先生笑而頷之。余乃泚筆記之,以質之雙熱先生,先生亦與烏有先生表同情否也。

(《五銅圓》一九一四年第六期)

霜秋聯話

陳蝶仙 撰

《霜秋聯話》共六則，第一則以"天虛我生"之名發表於《申報》一九一六年十二月六日，第二、三則以"栩園"之名分別發表於《申報》一九一七年四月六日、一九一七年四月二十五日。第四、五則以"拜花"之名發表於《紫葡萄》，一九二五年第七期、第十一期，聯話名爲《栩園聯話》。第六則以"蘐盦"之名發表於《紫羅蘭》一九三〇年第四卷第十九期，聯話名爲《霜秋聯話》。二〇一三年河南文藝出版社《全民國聯話第一輯》將此四則聯話以《栩園聯話》名出之。作者陳蝶仙（一八七九—一九四〇），原名壽嵩，字昆叔，後改名栩，字栩園、天虛我生、蘐盦、拜花。浙江錢塘人。清末貢生。早年從事艷情小說創作，曾出版文藝雜誌《著作林》，并任《遊戲雜誌》《女子世界》《申報·自由談》主編。第二則作者開篇直言"生平不喜代人作壽輓聯，以其哀樂無關於我，言不由衷，殊無謂也。惟在幕中，則又不能免於此役，竊嘗苦之"。此觀點揭示出壽輓聯的應酬性、工具性及作者寫作時情感的非真實投射性，此點也是楹聯有別於詩詞的一大特徵。作者亦關注聯語與時事的聯繫，這對於人們研究現代聯論及現代聯家提供了有價值的信息。

一

葛君自北京來函云，本月一號中央公園追悼黃蔡二公，爲振古未有之大會,輓聯誄詞,不下三萬餘首,其中佳者固多,惟劉君天囚及名妓筱鳳仙之兩聯,可稱絕唱,特爲錄寄,以供同好者共賞。劉天囚輓黃克強先生聯云:"甲也爲先生友,乙也爲先生敵,丙也與先生叛離,丁也得先生親信,三三兩兩,幸當大會齊臨。試俯首捫心,亦曾愧對先生否?成則受國人歡,敗則受國人罵,生則遭國人猜忌,死則令國人悲哀,是是非非,直到蓋棺定論。願從頭試想,果何辜負國人乎!"筱鳳仙輓蔡松坡先生聯云:"萬里南天鵬翼,直上扶搖,那堪憂患餘生,萍水因緣成一夢。　幾年北地燕支,自悲淪落,贏得英雄知己,桃花顏色亦千秋。"

(《申報》一九一六年十二月六日)

二

予生平不喜代人作壽輓聯,以其哀樂無關於我,言不由衷,殊無謂也。惟在幕中,則又不能免於此役,竊嘗苦之,然亦間有愜心之作,錄存於雜稿中者。茲錄供一二於讀者諸君。在鎭海替居停輓縣議會議員李彭年云:"論道談經,卓議何止五千言。如先生固是千中選一者,而況福國利民,有功人世。桑梓賦傷麟,偉業定教垂志乘。　顧名思義,上壽應登八百歲。在今日不過百分之五耳,豈料騎鯨駕鶴,遽返仙山。海天勞想像,英靈長自照塵寰。"又替人泛輓數聯云:"大雅云亡,誰爲蒼生作霖雨。　前塵莫問,我來雪涕吊英風。"又云:"世事太紛乘,也知藥石難醫,惟有脫身歸佛國。家庭饒幸福,已是箕裘克紹,料無遺憾在人間。"又云:"自治停止進行,致先生怫然而去。　人心未必盡死,故吾儕悄焉以悲。"又云:"時事不可問,那堪雨蹮風踩,世情萬變。　先生將何之,未□人間天上,孰勝一籌。"時方解散議會,故有此言。嗣在淮安,代居停周絳珊輓陳廣齊一聯,亦頗貼切,不可移用。聯云:"豪氣數元龍,憶去年官閣聯吟,春風坐我,剛才小別不多時。又誰知祖道分襟,便從此仙凡異路。　醇交愧公瑾，正長日天涯尋夢，夜雨懷人，豈料相逢須隔世。怕重見白門柳色，那堪聽黃浦潮聲。"蓋陳係供職金陵，歿於海上，故以白門、黃浦扣之。又輓吳母莊夫人云："驪里罷鳴機，怪他青鳥殷勤，口迓魚軒去西竺。　鯉庭虛奉盥，淒斷采鸞消息，獨研螺黛寫南華。"又輓余竹舫云："聞老伯父福相生成，何只六十八年，與世竟忘情，便去道山成大隱。　距長公子傷心死別，不過一千餘日，在天應聚首，願移磐石定中原。"末句係切當日時事。又輓督辦江皖籌賑事宜追贈少卿許久香先生云："先生爲大善人，即今遍地哀鴻，嗷嗷待哺。撒手竟長別，忍教八百孤寒，皖北江南齊下淚。　現在之中華國，猶自强鄰逐鹿，岌岌可危。雄心應不死，願與二三遺老，迴天指日一籌安。"時籌安會方積極進行，予蓋恐其愈籌而愈不安也，故有此言。又輓杭州陳母一聯云："近聞太夫人就養都門，方謂樂叙天倫，喜占勿藥。又誰知節過中元，能拋却湖山，竟爾歸依竺國。　曩與次公子同官督署，久已飫聆慈訓，耳熟能詳。始信是禪參上乘，無復關懷兒女，由他繞膝孫曾。"又在杭州時，金陵陣亡將士歸葬西湖，曾代陸軍士官輓一聯云："大丈夫當馬革裹尸，爲國爲民，死如不死。　好湖山與鬼雄埋骨，來歆來格，神乎其神。"亦頗稱意，此外尚多，容日續登。

（《申報》一九一七年四月六日）

三

　　丁慕琴之友陳君，於三月五日娶徐氏，囑爲代撰賀聯，限八言、七言。此等聯語，最難出色。固辭不獲，乃就時令及兩家姓氏著想。得八言句云："璧稱五雙，詩吟連理。"蓋用《搜神記》羊公種玉，以白璧五雙聘徐氏女，及《玉海》祥符六年三月初五日，帝賦連理槐柏詩，群臣屬和事。下聯云："春生蕃榻，會展蘭亭。"則因徐孺下陳蕃之榻，巧合兩新人姓。而《蘭亭記》"此地有崇山峻嶺、茂林修竹，又有清流激湍"云云,則可當新郎探幽記讀也。七八言句云:"璧稱五雙,詩吟連理。　春生蕃榻,會展蘭亭。"又:"宜在百尺樓下榻。　試以十索詞催妝。"以丁郎而藉用丁娘故事,要不以爲謔而虐也,足供一噱。

（《申報》一九一七年四月二十五日）

四

某君屬輓内姑母聯,附以事略云。内姑母年卅一,嫁十餘年矣,今於三月六日以產後血崩而死。上有太婆,絕凶橫,終日唇詈無一時休,其姑亦以受虐死。翁尚在,曩患背疽,賴予内姑母奉侍維謹,衣不解帶者數月,以瘳其夫。以賦閑故,益爲祖母所薄視。是以周旋上下,益爲難人,抑鬱沮喪。養氣十年,一旦崩決,以至於死,實其太婆殺之也。幸加筆伐,以資彰癉云云。同人以爲頗難著筆,蓋欲其得體而稱意,誠不易也。予爲一聯云:"天道竟無知,積惡者壽,積善者夭。收拾起一片婆心,莫悟世間多孽障。　家庭非不幸,事翁以孝,事夫以忠,辜負了滿腔熱血,卻從泉下伴慈姑。"自謂包拾無遺,亦正不失徵求者之本旨矣。

（《紫葡萄》一九二五第七期）

五

栩園先生輯著作林時,同社編輯員多善書者,每展紙濡翰,立索聯句。先生迫促之間,恒有佳句。華痴石囑撰模棱語,先生云:"文字中人如中酒。　衣冠宜古不宜今。"又房聯云:"好詩如聞醉心語。奇夢每作遊仙行。"記室樓聯云:"綠波生鱗,中有尺素。白雲如馬,下視塵寰。"造詞清麗,有仙意。又園亭聯云:"皺水生春,干卿何事。落花滿地,與子偕行。"自題堂聯云:"何必定登百尺樓,乃有豪氣。若使竟佩六國印,豈無偉功。"又堂聯云:"安得廣廈庇天下。 亦愛吾廬居隆中。"門聯云:"儘自登龍。 從無題鳳。"題好樓居云:"我欲乘風歸也。 子亦從吾遊乎?"又戲題萃利公司門聯云:"合中外為一家。 買東西不二價。"皆一時性到之句,故佳。

(《紫葡萄》一九二五年第十一期)

六

吾友趙葦佛先生祖望,京江名士也,工詩古文詞,尤擅各體書法,予於友道中最所心折。一昨偶過其寓齋小玲瓏館,暢談有頃,見其最近所集宋人詞句二聯,妙語自然,得未曾有。一贈名畫家天罡侍者陳剛叔:"自隨秋雁南來,幾番吟嘯,幾曲笙歌,知多少時流,與君遊戲。 未許英雄老去,滿目風塵,滿身花影,惟丹青相伴,不負辛勤。"(聞天罡侍者精繪事,兼擅皮黃劇,年六十矣,為海上名票之一)一壽江海關監督陳藹士:"重陽過後,好個霜天,知多少時流,願公更健。湖海平生,一宵歌酒,且莫辭沉醉,勝友俱來。"跋云:"己巳重陽後九日,藹士如兄五十大慶,雅不願稱觴受賀,致涉鋪張。然我輩知交,重以道義,而以文字相餉者,或能博得一杯壽酒乎?笑笑。"此聯於陳公壽期、姓氏,以及辭不受賀之意,都借古人名句一一道出。真可謂信手拈來,都成妙諦矣。聞先生所集宋詞,多至二三百聯,或十數字,或數十字,類皆天衣無縫,一氣呵成。予以此種長聯,懸諸壁間,既雋雅而又別緻,因亦丐得先生一聯。句云:"涼袂颺秋風,世路悠悠,算惟有淵明,且圖逕醉。 異鄉淹歲月,中原杳杳,但恐同王粲,怕上層樓。"所謂"中原杳杳",殆指目前時事云。

(《紫羅蘭》一九三〇年第四卷第十九期)

東園聯話

東　園　撰

　　《東園聯話》共兩則，第一則發表於《申報》一九一六年十一月二十一日。第二則發表於《小説新報》一九一九年第五卷第十期《瑣拾》欄目，篇名《東園聯話》，署名"東園"。《小説新報》於一九一五年三月在上海創刊，月刊，由國華書局發行，一九二三年九月終刊，共出刊八卷九册九十四期。周世劍、唐澍、樊增祥用過筆名"東園"。二〇一三年河南文藝出版社《全民國聯話第一輯》收録《申報》所刊一則。在本篇聯話中，作者以自撰輓廣德朱太守荺甫先生聯語爲例，説明長聯的作法。他認爲"遊戲之聯，尤宜典雅工整"。並提出"聯句雖小道，亦覘學術"。總體來説，《東園聯話》所録聯語包括他輓聯及屬對，作者聯評觀點較少，以録聯與紀事爲主。其中關於紀昀及阮元的相關記載，可作野史讀之。

一

　　栩園以搜集聯話見囑，恒思聯句包括較多，楹聯壽聯、喜聯、輓聯，種類雖多，要皆以工力悉敵，銖兩習稱爲先。聯句之工整，尤以詩鐘爲最，如時賢中實甫、曼君、石卿、由父、叔海、子皼、函叟、玉俞、玉宗、柯亭諸公，凡有詩鐘，皆卓卓可傳，姑録百中之一二，以供選録。分咏格（林和靖、魁星）石卿云："封禪書無司馬筆。　文章宫近女牛躔。"實甫云："配食水仙真不愧。　竊名奎宿本無稽。"又

（吕不韋、賈似道）曼君云："兒爲狼性兼梟性。　家有蟲聲雜狗聲。"實甫云："月令官書記夏時。　風流相業憐秋蟄。"又（禰、王母）子黻云："鳥使窗開窺漢殿。　馬嵬□冷吊唐宮。"又（白香山、灶）叔海云："五馬西湖留翠黛。　一羊東漢記黃衣。"實甫云："司馬船移曾記曲。　猶龍觚踞亦談經。"又（顏回、二十四）柯亭云："登岱曾看吳練影。　過橋好聽玉簫聲。"又（朱子、花船）玉宗云："鹿洞六經宣木鐸。　鷗波雙槳送桃根。"又（穿衣鏡、趙子昂）玉俞云："花明四照驚鴻影。　筆妙千秋畫馬工。"又（五丈原、梅妃）函叟云："衹今斜谷猶龍卧。　畢竟長門勝馬嵬。"實甫云："秋風斜谷□□葛。　春雨昭□吊落花。"類皆典重確切，非泛咏者比。

（《申報》一九一六年十一月二十一日）

二

輓聯有長聯，非氣機流走，對仗鮮明不可。余近輓廣德朱太守蕚甫先生句云："柏廬多懿訓，屈己求賢，通蘭訊去年，雙鯉迢迢，深情若揭。詎料龍蛇惡讖，遞到黃堂，梁木摧時，向夜魂歸三徑月。竹垞有遺經，開宗明道，唱薤歌今日，八鸞噦噦，憂思難忘，况兼蟋蟀哀吟。適逢素序，菊花開處，悲秋淚化一籬霜。"

游戲之聯，尤宜典雅工整。前清紀文達公小蘭名昀，當乾隆時，才名洋溢，高宗之聖眷獨隆。惟聯句尤爲敏捷，同時翰院諸公，莫之能及。一日有門下士胡玉樹入都謁文達。文達與之坐，而問其館舍，門下士以"小住桃花庵"對。文達笑曰："余昨閲《金瓶梅》小説。篇目有《潘金蓮大鬧葡萄架》。今汝來，昨日之對句，天然巧合'胡玉樹小住桃花庵'。"又一日，京友詣文達。乃以"一張燈，四個字，酒酒酒酒"强文達對。文達應聲對曰："二更鼓，兩面鑼，湯湯湯湯。"按：此一聯，非京都人不知。蓋京都酒店，夜懸燈於門，燈四面皆書紅"酒"字。又入夜更鑼，大小各一面，故聲之相應，湯湯湯湯也。又一日，京友以"大六壬"三字屬對。文達笑謂友曰："汝試往琉璃廠第幾家書坊一覽，則下句可以得一工對。"客乃往琉璃廠，見該書坊招牌上書三字曰"小二西"。又一日，春闈放榜後，新進士來謁文達，以文達是年爲大總裁也。清代重科舉，凡及第必拜座師。文達是時以新進撝謙，呵呵大笑。新進不知所謂，問文達大笑之故。文達曰："昨日山荆大跌一遭，兩脚朝天，今見汝行禮，天造地設，一副好聯句。"新進又問其對句，文達曰："今日門生頭叩地。昨宵師母脚朝天。"

阮文達名元，字芸臺，清代經學大家，亦金石考據家。歷任封疆，官至太傅。先是在上書房，宣宗謂"色難"二字何對，阮太傅曰："容易。"久之，宣宗問曰："對否？"太傅曰："臣已對之矣。"宣宗曰："何曾對？"太傅曰："臣所對者，即'容易'二字也。"宣宗稱善。既而宣宗以"伊尹"命對。太傅即以"阮元"對。初宣宗意謂阮元乃自呼其名，乃君前臣名之遺意，不知阮元對"伊尹"，十分工巧。聯句雖小道，亦覘學術，凡有奇必有耦。文章本天成，妙手偶得之。質之閲者，以爲然否？

（《小説新報》一九一九年第五卷第十期）

高太癡聯話

高侶琴 撰

　　載於高翀主編的《希社叢編》一九一七年第六册《餘墨》欄目。作者高侶琴（一八六三—一九二〇），原名瑩，字俊芬，清光緒二十三年（一八九七）考取秀才後改名翀，字瑩玉，號悞軒，別署太癡、侶琴、悵花、玉琴仙侶、漱芳齋主、雲水山人、小窗金縷翠箋詞客、愛與嫦娥分小影樓主等等。曾任《時報》《申報》《字林滬報》《蘇報》《滬報》等編輯。此聯話所收錄聯語全部爲作者本人所撰，共七副，皆穩切。作者認爲楹聯所佳者往往膾炙人口。

　　楹聯佳者往往膾炙人口，余素不善此，比應酬之作應之，故所作遂多然稿亦不存，偶記數聯以補空。老友舒問梅早有西河戚，去年其遺腹孫號梅孫者已長成矣，肄業於浦東中學，優秀出其曹。臘月畢姻，娶鄒酒丐外孫女，徐家匯啓明學校卒業生陳儷梅女士。余賀聯云：「由科學而進文明，嘉禮重人倫之始。　本通家而成眷屬，良緣皆祖德所貽。」

　　同社徐復蓀茂才長於詞賦，尤擅岐黃，今歲新正八日五十稱觴，壽聯云：「彩筆文通，金方思邈。　華齡大衍，穀旦新春。」劉君翰怡之本生母金太夫人爲澂如先生之元配，先生以世受國恩，辛亥後與夫人栖遲海濱，謝絶塵事。今秋夫人西逝，哀輓之章盡出一時鉅子名公之手。余亦有一聯云：「忝與公子訂交，堂上音容餘慨慕，願偕夫君終隱，閨中氣節足稱揚。"蓋皆有惓惓故君之思焉。以上皆同人所公具者。

又宋嘯鶴社兄之本生父曦山先生，任江西大庾驛丞數十年，國變後棄官，方擬歸蘇就定省，而湖口之變又作，嗣是兩載餘，竟卒於章江寓所，年已七十矣。余獨輓一聯云："庾嶺久留踪，薄宦梅花同嘯傲。　吳門待迎養，大年椿樹忽凋殘。"

又蘇州天寧寺新丈室落成，余題聯云："朗照常懸，空潭可印。上乘得至，枯木同參。"蓋住持爲月禪上人也。又代人輓某君云："避世托佯狂，看盡桃花春夢醒。　填胸餘磊塊，酹將清酒楚魂招。"某君蓋以酷好酒色患神經病以死者。

蘇城潘儒巷有神廟，俗稱眼目司堂，所奉者爲任公彥昇昉，有人屬余代撰廟聯。云："鼎鉉重蕭梁，百世英靈，尤仰選樓傳著作。河橋通蔣徑，一方保障，大開眼界放光明。"蓋巷口有橋曰任蔣橋，橋西即蔣侯神轄境也，似尚穩切。

（《希社叢編》一九一七年第六冊）

石室聯話

佚　名撰

　　載於《聖教雜誌》一九一七年第六卷第四期、第六期、第九期、第十期。均未見作者署名。《聖教雜誌》由聖教雜誌社發行，是民國時期中國天主教的機關刊物。一九一二年創刊於上海，一九三八年終刊。爲月刊，共出版三百一十七期。此聯話錄安徽霍邱縣天主教堂楹聯數副，兼及紀事存人，推崇"簡潔雅致"。其中關於天主教在中國傳教的相關記載，可作爲史料參考。

一

　　明季天啓三年，關中（長安）官命啓土，於敗墻基下，獲一石碑。奇文古篆，度越近代，置廊外金城寺中。碑額曰"景教流行中國碑頌"。碑中詳載景教至中國年歲，并當時法流十道、寺滿百城之盛。岐陽張賡虞揭得一紙，遺同志李我存，曰："殆與西學無異乎？"李披勘良然，有《讀景教碑書後》之作。玄扈徐光啓愛其載道之文，并愛其紀文字畫，復鎸金石，楷摹千古。詳見耶穌會士陽瑪諾《唐景教流行中國碑頌正詮》。按：景教是否天主教正派，抑納斯刀利異端派，至今未有定評。但碑上鎸有西里亞文字。西里亞與中國西域回部接壤，其地納斯刀利異端盛行，或即斯派，亦未可知。

　　近，日本某大學教員，著一英文書，謂景教碑所載爲佛教之一支，而非天主教，以碑文多佛教語故，至英倫有來書詢問者。第唐时佛教方盛，译者循佛经之例，以主教为法王，教士为僧，教堂为寺，实无足奇。日人喜杜撰支离，可见一斑。

后人集碑句以题联者颇众，如有题圣教联云："乾廓坤张，祆氛永谢。日昇暗灭，真道宣明。"又题法国赛珍会马相伯联云："圆廿四留廿七，占青云而载真经，起天立地，道圣符契。演三一启三常，悬景日以破暗府，开生来死，存殁舟航。"上虞罗振玉联云："镇化海以发灵关，善贷被群生，艺博十全，法流十道。鼓元风而维绝纽，广慈救衆苦，术高三代，门启三常。"马君用碑句，罗君又似集碑字矣。然皆巧合天然，不愧名流谈吐。

（《圣教杂志》一九一七年第六卷第四期）

二

"席不正不坐"，"沽酒市脯，不食"等云云，以之卫生，犹有缺点，以之修身，乌乎可？或曰，择其善者而取之，其不善者置之。则又奚必以此不完备之修身，定之宪法，强他教以从，启竞争之衅，非灭亡之祸，果胡为而为耶？然则其意岂在定国教尊孔子，以孔道为修身耶？不过欲借宪法之力，使各教处於消极地位，以阻遏其发达耳，兼可养成官吏排外之劣性耳。噫！其用心亦云狡矣，而其计则未免太左。夫吾国人民依赖性成，孩提皆知，如无此章，犹可相安无事。否则争执不已，势必激出一种非假外力莫制之心，而外人亦乐得以保教之虚名，图遂其伺隙之夙愿。则狼烟四起，土崩瓦解，噬脐莫及矣。公民等并非左袒公教，实为顾全大局计。故仅照第十四条，呈请吾两院代表，转请宪法会议诸公，据理量势，速将此隐伏帝制，祸及全国之国教，与孔道为修身，以及祭天祀孔，一切抵触宪法，相拂大多数民意不平之条文，悉予铲除，以固信教自由。庶宪法可语，国基可奠，共和亦可保矣。各教幸甚，五族幸甚，此呈参议院衆议院公鉴。

江蘇松江城內，西察院弄中，地名邱家灣，本華亭縣長平義倉基址，於同治年間，改造天主堂一所，奉耶穌聖心爲主保。棟宇宏敞，藻繪鮮明。光緒十二年春二月，時屆院試，宗師爲王先謙。外縣士子，畢集郡城，暇則聯翩往教堂遊玩。初二日清晨彌撒之時，有南匯童生入內閑觀，欲取祭臺上燃餘之燭，神父止之，童生即無言而退。至初五日爲堂中封齋之期，重門大啓，堂中人亦較多於平日。及禮畢人散，堂門扃閉，旋有童生欲入，守門者喻以神父不在，不能入觀。童生不依，索鑰啓門而入，攫取所供之花，隨即散去。閱時，七縣童生，成羣結隊馳往教堂，大興問罪之師。聲勢洶洶，將堂中窗戶器具肆意搗毀，堂中所供聖像，或被搗碎，或投之濁流，聖心渾身像，順流而下，直至七寶。自午至暮，前後數十處門窗物件悉被毀壞。其間女學堂及小學堂，亦被波及，諸孩均逾垣而遁，有二童奔走不及，竟遭慘斃。所剩檯桌箱籠，不論美惡精粗，皆移置空庭，付之一炬，烈焰冲天，不可嚮邇。府縣營汛各官恐諸生縱火燒堂，齊帶水龍撓鈎，以備施救。既而城頭吹角鳴嗚然，兩營防勇整隊而來彈壓，槍聲如雷，刀光映月，而諸生仍肆無忌憚。後經地方官再三苦勸，好言慰藉，始歛旂息鼓而退。此時蓮漏已四下矣。詎翌日，各官方祭武廟回，又有各生，至天主堂，窺探動靜。守宿之兵勇，攔不使入，始而口角，繼則用武。某兵以槍頭挑去某生之耳，諸生憤不可遏，遂打入北首教中所設之育嬰堂內，用火油縱火。霎時烟焰迷漫，延燒四面。及李質堂軍門聞警傳諭各弁，帶救火器具馳往灌救，則已勢如燎原，不可撲滅矣。房屋數十椽，盡罹祖龍之劫。卒由各憲示諭，賠銀重建了結。及新堂落成，仍奉聖心爲主保。李公問漁題以聯云：“哀此下民，鮮能知我。　嗟爾小子，毋復悔予。”集用成語，而貼切不移，洵稱佳構。近年來堂宇擴充，式尚歐西，李公此聯已不在矣。

　　　　　　　　　　　　（《聖教雜誌》一九一七年第六卷第六期）

三

安徽六安霍邱縣傳教士奚司鐸，聖名若瑟，法國人（著者在徐匯公學求學時奚公爲監學），秉性和善。於光緒二年至中國，旋遂傳教霍邱，歷二十五年之久，德望素著。民國三年，韓總鐸擬爲舉行銀慶，詎忽殉身匪難。

先是鐸於一月十六日至六安行避靜神工。時白狼匪勢方熾，至二十五日出靜。晨起，彌撒甫畢，忽有匪衆闖入堂中，執本堂韓司鐸及達壽二司鐸以去。奚鐸獨留，即入堂祈禱。既畢，擬由西側門出，見二匪持槍至，乃返身出東側門，二匪遂發槍，鐸應聲而倒，斃於廊下。一彈中心房，一彈入腹部，流血甚多，傷口約闊二指。嗣爲僕人所見，乃昇至井旁，恐尸身爲火所焚，覆以濕衣。而壽鐸後晤白狼，得被釋歸。見一路殘燼縱橫，鐸已殉難，乃將其尸身移置屋中收殮。繼詢僕人，始得其殉難情形大概。奚鐸享年六十歲。被戕之音，聞於政府，袁總統深爲憫惜，發命令云，據安徽都督倪嗣冲電稱，豫匪竄陷六安，焚掠教堂，教士奚鳳鳴慘被戕害等語。各國教會，在中國内地傳教，載在約章，地方文武，應盡保護之責，豈容匪徒恣意焚殺，仇及外人。該教士奚鳳鳴遽遭殘害，殊深憫惜。着倪嗣冲妥爲安置，并將防範不力之員查明參處，以示儆懲。現值土匪騷亂，勾結思逞，懲前毖後，恐再有此等蠻暴行爲。所有各處教堂教士，着各都督民政長護軍使鎮守，使飭屬一體，加意保護。毋得疏忽干咎。云云。

（《聖教雜誌》一九一七年第六卷第九期）

四

清光緒二十五年十月，丹徒馬公相柏應奚公之請，題霍邱縣天主堂匾聯數則。

（一）題信德。匾云："信闇而章。"聯云："譬旭日行天,用燭夫躑夷幽冥。　念慈蔭被地,更引吾踐履平康。"

（二）題信德。匾云："景風東扇。"聯云："持十字,定四方,懸景日以破暗府。　啓三常,制八境,占青雲而載真經。"（集唐景教碑句）

（三）題主心。匾云："主善惟師。"聯云："余何欲,非舉世如焚,胥歸陶鑄（取《路加經》中"予來投火於地,不欲其燃,將焉欲乎"典。火能去污,比耶穌入世助人改惡）。　汝其來,惟此清流不竭,可滌煩煎（取《若望經》中"耶穌曰人渴,可應我而飲"典,指信奉者將受聖神）。"

（四）題始胎。匾云："天地載日。"聯云："七楹殿築聖山巔,巍然高麗（"七楹",取"聖母無原罪小日課中寶柱七楹"典。今聖母乃天主上智,所建聖堂,其靈充滿聖神七恩及七德,故比之）。　百合花開叢棘栴,生自馥芳（取"聖母無原罪小日課中玉蕊生荆棘中"典。玉蕊,一名里利亞,即百合花。言聖母處罪人之中,獨清潔無染,如玉蕊生荆棘中,而潤滑無茨）。"

（五）題若瑟。匾云："日月稽顙。"（取"古聖若瑟夢見日月向之稽首"典）聯云："想當年提挈天家,胡然而帝也。　喜此日骿幪震旦,無射於人斯。"

以上諸匾聯,字句簡潔雅致,用典有俯拾即是之妙,洵佳構也。

（《聖教雜誌》一九一七年第六卷第十期）

王澤聯話

王　澤撰

　　載於《國文周刊》一九一七年第六、七期。第六期以《聯語雋》名出之，第七期以《聯話》名出之。作者王澤，生平事迹不詳。作者緣於《國文周刊》所載聯語的範圍太窄，故"凡報章雜誌以及往昔名作、今人佳什，其有可資觀者無不選錄"。作者認爲："長聯易作而難精當，不徒鋪叙爲能，必一氣呵成方稱傑作。"集句之難，尤在貼切。以揚州平山堂集句聯語爲例，說明集句聯貴在貼切自然。主張"性靈"，所選聯語以有性情爲上，陳腐艱奧者皆不錄。作者之聯評集中於文末之按語。

一

　　本周刊第五期出版時曾有聯語之輯，顧祇限於本校同學，未免所見者隘。兹更廣爲搜選，凡報章雜誌以及往昔名作、今人佳什，其有可資觀者無不選錄，倘亦諸君所許乎。王澤。

　　正月二十日本校沈西苑先生嫡母虞太宜人仙逝，同學王起鳳君作聯輓之曰："藉函授以淑門墻，我是再傳弟子。　憑訃聞而揮淚泗，母真五福完人。"按：此類輓聯落筆每難得體，王君此聯措辭命意面面俱到，平易中可見天分。

　　王竹慈者，本校乙班高材生也，不幸於去歲九月逝矣。校長深爲惋惜，聯輓之云："吾道本艱辛，期與論文迴浩劫。　斯人獨憔悴，愴然灑淚到驚音。"不求典麗，自然哀感動人，以視鋪張揚厲全無性靈者異矣。

長聯易作而難精當，不徒鋪叙爲能，必一氣呵成方稱傑作。昔有一人戰死於紅羊之役，其友人某君作聯輓之，云：「望殘天外旌旗，一捷湘、再捷鄂、三捷湖，惟獨潯陽未捷，遂隱臺星。將軍忠勇果忘家，并不念，上有老母、下無弱息。哭斷秋江風笛，生同里、長同游、宦同僚，只慚偉烈難同，空悲舊雨。禹域東南猶苦戰，更何人，早抒國步、默輓天心。」淒涼感慨，以視枝枝節節而爲之者有上下床之別。

本校王樹森同學輓其業師某云：「未得報恩常灑淚。至今飲水益思源。」其業師蓋少則教之，長又薦於漢口金號，頗有知己之感，故言之懇切，肺肝如見。

去歲又見報章載有曾文正公輓乳母一聯，寥寥三十二字，興味無窮，真空前絕後作也，爰急錄之，以供同好。聯云：「一飯且銘恩，況襁褓提攜，只少懷胎十月。千金難報德，論人情始末，也當泣血三年。」按：輓聯不易而輓乳母尤難，以名則母子，以分則主僕，惟此聯措辭得體，語本至情，輓聯至此，能事畢矣。

（《國文周刊》一九一七年第六期）

二

相傳太白樓有聯云：「薦汾陽再造唐家，并無尺土酬功，只落得采石青山，供當日神仙笑傲。喜妃子能讒學士，不是七言感怨，怎脱去名繮利鎖，讓先生詩酒逍遙。」下聯翻陳爲新，不落恆蹊。遂覺通體精神爲之一振。

曾文正公滌生國藩，左文襄季高宗棠，二公有互嘲一聯，至今尚傳誦人口。曾云：「季子敢言高，與余意見常相左。」左應聲曰：「藩臣徒誤國，問君經濟有何曾。」信口説來，俱成妙諦，句中暗嵌姓字，尤爲妙不可階。夫以曾左之才，誠爲二百年來之所罕覯，徒以其時革命思想，未入人心，遂使一世英雄，奔走於覺羅氏專制之下，幾同於家奴走狗，惜哉！

昔嘗見曾文正公尊人有自輓一聯，曠達得妙。聯曰："粗茶淡飯布衣裳，只點福，老夫享了。　齊家治國平天下，那些事，兒子承當。"

王文成先生有輓于忠肅聯云："赤手挽銀河，君自大名垂宇宙。青山埋白骨，我從何處哭英雄。"淒涼感慨，魄力沉雄，試擲地當作金石聲。

前見報載南通錢礪封君撰祝副總統壽聯一則，頗具氣魄，措辭亦復雄健，佳構也。聯曰："中國安則東西鄰俱安，試考莎車偉績，大樹威聲，一脉恰相承，名滿地球九萬里。　我公壽而億兆人同壽，但願節鉞長持，河山鞏固，九如爭獻頌，群黎天保一章詩。"

揚州平山堂爲淮東第一名勝，有人集古文詞句爲聯者。上爲："含遠山，吞長江，其西南諸峰，林壑尤美。"下爲："送夕陽，迎素月，當春夏之交，草木際天。"夫集成句爲聯難矣，而能貼切尤難。此作既自然又貼切，斯爲可貴。

前北京公園，追悼蔡黃二公。輓聯等不下萬首。佳作如林。茲錄數則如下：

"正倚濟時唐李郭。　竟嗟無命漢關張。"（大總統）

"將軍雖死猶生，百世後俎豆馨香，萬古精誠并乾坤不朽。我公捨身救國，十餘年苦心毅力，一腔熱心與江海同流。"（王芝祥）

"常恨隋陸無武，絳灌無文，縱九等論交，到古人此才不易。　試問夷惠誰賢，彭殤誰壽，祇十載同盟，有今日後死何堪。"（孫中山）

澤按：哀輓文字專主性靈，鋪張揚厲雖善而非尚。近世哀輓聯語，應酬故事，往往用許多典故，自誇淵博，極其長技，不過如塗脂抹粉之泥塑美人。性靈既没，價值何存？若例以近世新文學界之言，皆在推倒排斥之例者也。（近世陳獨秀、胡適諸先生，主張排斥三種文學：一雕琢阿諛的貴族文學，二陳腐鋪張的古典文學，三迂晦艱澀的山林文學。彼專用古典敷衍門面之聯語,即陳腐鋪張之古典文學也。烏得不在排斥之例?)

　　故鄙人所選聯語,要以雄壯新鮮、平易明瞭而有性情者爲主,陳腐艱奧者皆置不錄。世之君子,當不河漢斯言。

(《國文周刊》一九一七年第七期)

等閑齋聯話

白　台撰

載於《文友社雜誌》一九一七年第一集。作者白台，生平事迹不詳。所録聯語，重視屬對工整及趣味性。所録吳梅村事，可作野史讀之。

相傳吳梅村過訪某公，某適著《四書講義》。至《孟子將朝王》章，未能下筆，面有愠色。吳曰："夫子若有不豫色然？"某即應聲曰："先生何爲出此言也？"人皆以爲巧。

乾隆時杭州繆兼山集《四書》聯甚夥，自五六字至十餘字者，不下二三百聯，勾心鬥角，各具巧思，兹摘録其尤者數聯。云："窮不失義。　富而無驕。""請問其目。　勿求於心。""非爾所及也。夫我乃行之。""遲遲吾行也。　望望然去之。""獸蹄鳥迹之道。鷄鳴犬吠相聞。""可謂好學也矣。　其何以行之哉。""持其志無暴其氣。　敏於事而慎於言。"皆引用自然，工力悉敵。

當前清光緒時，科擧廢，學校立，一般頑固者流，對於學校輒多惡感。有某君因作一聯曰："大學堂，小學堂，不大不小中學堂，學剪辮，學改裝，學成了非人非鬼。　東敎習，西敎習，非東非西華敎習，敎自由，敎革命，敎出些無父無君。"説雖荒謬，而屬對工整有味云。

寺觀中劇臺上聯句，時有佳者。如："假笑啼中真面目。　新歌聲裏舊衣冠。""或爲君子小人，或爲才子佳人，出頭便見。　俄而驚天動地，俄而歡天喜地，轉眼成空。""一年好景無多，何須緩中着急,獨做工夫。　百歲人生有幾,樂得忙裏偷閒,且看戲子。""俄而登金榜步丹墀,君臣際會慶明時,儼然槐國。　忽焉入洞房栖錦帳,夫婦和諧成好事,宛矣藍橋。""利場名場,即是戲場,做得出人間富貴。　寒劑熱劑,都是良劑,救不回世態炎凉。"

昔有某君結婚,新婦係童養媳。其友因贈以聯云:"紅巾撤去人雖舊。　錦被牽來景亦新。"又有一友贈一聯云:"昔日堂中呼妹妹。　今宵枕上喚卿卿。"雖戲謔語,亦頗饒趣味也。

前清翁笠先生,曾歷任崑山、山陽、陽湖三縣。因出聯云:"崑山縣,山陽縣,陽湖縣,湖南從九。"又頂上一"湖"字,下以九字扣四五之暗數,且又爲實事也,久而無對者。後有某君對曰:"鐵寶臣,寶瑞臣,瑞鼎臣,鼎足成三。"都是一二品大臣,其巧妙工整,真乃天外飛來矣。

昔有某士設帳於松城沈氏。一日外出,其徒某生與沈家婢女携手相戲。及歸,他生稟告其事,某士聞而大怒,詰責某生,某生詐不承認。既而士謂某生曰:"吾有一聯,汝能對出則免罰。"上聯云:"奴手爲拏,以後莫拏奴手。"生即對之曰:"人言是信,從今無信人言。"亦妙極也。

南匯奚燕子,雅士也,滬上青樓中人莫不耳其名者。其贈海上名妓志青者一聯云:"鸚誦心經,夜課案翻香國志。　螺修眉史,曉妝羞捲書簾青。"又海上名妓文美者,在民國光復時,常與革命諸人物周旋無間。燕子君曾戲贈文美聯云:"碧血鑄成文字獄。　黃金難買美人心。"二聯皆以人名嵌入,頗工也。

(《文友社雜誌》一九一七年第一集)

咏梅軒諧聯叢話

何丹初 撰

　　《咏梅軒諧聯叢話》共六篇。前四篇分別發表於《餘興》一九一七年第二十四期、第二十五期、第二十七期、第二十八期，其中第二十七期名爲《淮聯叢話》，第五、六篇發表於《小説新報》一九二一年第七卷第十一期、十二期，篇名爲《還自笑廬諧聯叢話》。二〇一三年河南文藝出版社《全民國聯話第一輯》未收錄《小説新報》一九二一年第七卷第十一期所載《還自笑廬諧聯叢話》。作者何丹初在《北洋畫報》《戲劇專刊》發表過文章，《永安月刊》發表有《補記吳中狀元》。作者強調聯語要"切""詼諧巧妙，開合自然"。第五篇概括了滑稽聯的特徵及警世作用，代表了他對諧聯的全部觀點，他説："滑稽聯語，流傳極多，或雅謔、或婉嘲、或直刺、或醜詆，皆謷調弄，辭趣翩翩。雖曰遊戲，不少有關世道人心之作，見聞所獲輒筆誌之。事實考訂，間採前人舊説，并參以己意，附以評語，不分門類，不拘後先，其鄙言累句，味同嚼蠟者，悉擯弗録，以期收言者無罪，聞者足戒之效，非敢儕諸著作之林，所謂販鼠賣蛙，聊藉詼諧以警世，其或賢於博弈矣。"

一

　　某縣署聯云："得半日閑，且耕爾地。　不十分屈，莫入吾門。"愷悌之懷，溢於言表。有某淫婦改一字戲其所私曰："得半日閑，且耕爾地。　不十分直,莫入吾門。"趣絕。

桂林某老童,年近七旬,仍赴郡應試。學使詢其經傳,亦多不復記憶。或撰聯嘲之曰:"行年八秩尚稱童,可云壽考。　到老五經猶未熟,不愧書生。"雙關妙語,聞者解頤。

又光緒丙子歲,南闈某生首場違式,知必被貼,乃大書一聯於卷面云:"先諸君逍遙六日。　讓老夫磨礪三年。"投筆徑出。

粵東某吏不能操北音,凡見賓客,皆稱"是"曰"係"。或贈以聯云:"江淮河漢也。　日月星辰焉。"某見,以其以天地擬之也,喜極,懸諸廳事,而不知為歇後語也。人傳以為笑。

涇縣包慎大令(世臣),上大府稟中,有小柴胡湯,遂掛彈章。晚年談鋒更厲,滔滔不竭。或以拄杖指天畫地,人稱為包大花面。或以聯戲云:"說話渾如大花面。　罷官祇為小柴胡。"

道光壬寅夷務興,開附生捐教例。京師有聯曰:"廩生捐教,增生捐教,附生捐教,苟不(教)於今多似蟻。　紅鬼要錢,黑鬼要錢,白鬼要錢,非其(鬼)到處狠如牛。"

常熟廩貢生吳某,常以三婿驕人。人為聯曰:"乾隆生,嘉慶廩,道光俊秀,此老是三朝元老。　鄒七貴,包八富,賀九書香,眾人叫一聲丈人。"吳聞之慍曰:"止三婿耳,何得云眾?"或曰:"三人成眾,汝識之乎?"聞者皆笑。

(《餘興》一九一七年第二十四期)

二

通州金蘭室,烟館也,屋宇精雅,陳設整齊,院中樹梅竹各數株。室懸一聯曰:"幾生修得到。　一日不可無。"語意微妙可思。後閱福州梁氏《楹聯叢話》,乃吳門陳竹士娶繼室王梅卿詩僧懶雲賀聯也,尤覺微妙可思矣。且是自僧出之,妙而更妙。

彭文勤公(元瑞),自書京邸春聯云:"門心如水。　物我同春。"當時士大夫頗以出語爲話柄。某日晨起,閽者忽來報曰:"昨夜不知何人將門聯點竄。"公曰:"點竄如何?"閽者曰:"將'我、心'二字塗去,復加'陰、陽'二字於聯首。"時有客在旁,相與大笑。命去之。

有獻關帝廟聯者,上題"雲長先生",下署"後學某某"。後帝降乩示一聯云:"數十年北討南征,止讀了一部《春秋》,怎當得你稱後學。　千百祀馨香俎豆,也曾受幾朝封典,却原來我是先生。"余謂此乃文人取笑之作,以譏妄署者,而托名於降乩也。

汴省周某,雋朗有詞藻,以名進士出宰長洲。嘗眷一妓名如意者,色藝冠一時。初見時,周贈以聯云:"如夢令纏歌一曲。　意中人已訂三生。"後過從既密,又書一聯與之云:"如之何,如之何者。意在斯,意在斯乎。"遂以此被劾。臨行復贈一聯云:"人勸余不如歸去。　我問卿於意云何。"運"如意"二字,有神無迹,且各極其妙,末聯尤佳。

辛亥光復後,吾淮各捐俱興,茶樓酒館猪肉等捐而外,如邵某創立妓捐(邵號眉山,一時妓女均極意承迎,惟恐不周),張某建設菜市(張美鬚髯,人號張大鬍子),同時興高采烈,厠足其間。未幾,均以辦理不善,奉令停止。時人撰一聯云:"停花捐,邵眉翁負鬼。　罷菜市,張鬍子丟人。"無一字不對,妙絕趣絕。

近政事堂僉事清狀元夏同龢,奉令回黔宣慰,且將晋官秩。猶憶夏大魁時,適常熟翁同龢罷相,都人爲聯云:"翁同龢、夏同龢,常熟麻哈(夏貴州麻哈人)兩同龢,一則以喜,一則以懼。　舊修撰、新修撰,丙辰戊戌二修撰,彼歸則出,彼出則歸。"又云:"艫唱傳來,恰喜清和剛首夏。　先生歸去,這回斷送老髯翁。"兩聯均黜翁入夏。不知僉事此去,能否爲政府盡責,而爲鄉人所歡迎。不然,吾恐黔人將以都人黜翁者黜夏也。

清光緒初年,吾鄉某寺有僧名閑雲者,與某庵尼尤月私相往來,兩情膠漆,有如鰈鰈鶼鶼。佛堂乾净地,竟作温柔鄉。雖人言嘖嘖,而兩人毫無忌憚,一若無玷清規者。好事者嘗撰聯贈之,中嵌"閑雲、尤月"云:"此地迥非凡,閑聽一曲漁歌(僧又自號漁父,善吹笛），留雲久住。　夕陽無限好，尤愛三更人静，待月歸來。"詼諧調笑，傳播一時。而兩人益忘乎其爲，方外人，儼然夫婦矣。

"趙子龍一身是膽。　左丘明兩目無珠。"此康熙五十年科場笑史也。有清一代，如此類聯語，詼諧巧妙，關合自然者，不知凡幾。近見一聯，尤覺滑稽有趣，特誌之，以博閱者一粲。

咸豐某歲，旗員某素不知文，奉命典試川省，其評定甲乙之奇異，真有令人夢想不到者。試畢，院門初啓，即飭差由城隍廟迎佛像數尊到院，於是將考生姓名一一書於竹籤之上，插入一巨筒中，試官乃俯伏佛前，持筒而搖之，如鄉人赴廟求籤者然。某籤首落地，即某爲第一名，叠次如此，額滿爲止。費半日工夫，而甲乙遂定。時有一聯云："爾等論命莫論文，碰。　咱們用手不用眼，搖。"語妙天下，上下聯末二字尤趣。然於此亦可推測科舉時代之真相矣。

曩閱孫詩樵《餘墨偶譚》，曾見一聯，仿云南大觀樓長聯體，嘲嗜鴉片烟者。云："五百兩烟泥，賒來手裏，價廉貨凈，喜洋洋興趣無窮。看粵誇黑土、楚重紅瓤、黔尚青山、滇崇白水，佸成辨色，不妨請客閑評。趁火旺爐燃，煮就了魚泡蟹眼。正更長夜永，安排些雪藕冰桃。莫辜負四棱響斗、萬字香盤、九節老槍、三鑲玉嘴。數千金家產，忘卻心頭，癮發神疲，嘆滾滾錢財何用。想名類巴菰、膏珍福壽、種傳罌粟、花號芙蓉，橫枕開燈，足盡平生樂事。儘朝吹暮吸，那怕他日烈風寒。縱妻怨兒啼，都裝做天聾地啞。只剩下幾寸囚毛、半抽肩膀、兩行清涕、一副枯骸。"窮形盡相，語雖滑稽，實足發人深省。

友人韓君覺盦，生平有掌故癖。每與親友會談，輒述遺聞軼事以爲樂。嘗爲余言，李芋仙刺史，善滑稽，七歲工對偶，年十四以詞章名冠一時，尤有急才，出口成章，悉饒逸趣。嘗客遊河南，時周翼庭太守，方居浚儀。因述在都時，集成句贈諸伶聯，皆暗藏其名，且自贊賞不已。周頗輕之，曰："如吾號恐先生不易得佳句。"李曰："何難？"即誦《長恨歌》一句曰："在天願作比翼鳥。"良久不言。時賓客盈庭，或詢之。李復誦杜牧之《泊秦淮》一絶，至"商女不知亡國恨"句,遂截然罷讀,而以手撫周之後股。於是舉座大笑,并折其才。周殊不悦,然無可如何。若末句爲"隔江猶唱後庭花"七字也。其信手拈來,胸無成竹,類如此。

(《餘興》一九一七年第二十五期)

三

明倫堂聯多格言,然少按切地方者。惟吾淮府學有聯云:"馬上文,胯下武,枚里韓亭,彪炳經綸事業。　石邊孝(徐積),海底忠(陸秀夫),徐廬陸墓,維持名教綱常。"按:切地方語,尤卓鍊,惜末不署名,未知何人手筆。

又縣學明倫堂聯云:"黃河水滾滾而來,文應如是。　韓信兵多多益善,士亦宜然。"亦爽貼不空泛。

關忠節公(天培)爲吾淮偉人,其平生功績,載諸史册,人所共知。縣之東有專祠在焉,佳聯頗夥,其尤者有二聯。林文忠公(則徐)云:"六載固金湯,問何人忽壞長城,孤注竟教躬盡瘁。　雙忠同坎壈,聞異類亦欽偉節,歸魂相見面如生。"又某茂才云:"攖絶島烽烟,萬里波濤流碧血。　享崇祠俎豆,九霄日月照丹心。"

周孝廉崏宰吾邑時,縣門貼一聯云:"辭若無情休妄訴。　忿如可忍莫輕來。"以經對史,慈愛之情,溢於言表。

丁儉卿先生(晏),吾先曾祖之叔岳也。經營桑梓,百廢具舉,凡修工,皆題以聯。今略叙於左。城西五云堂側有停雲館,聯云:"窗開城堞青如黛。　簾捲池波碧似雲。"城北文通寺聯云:"女墻帆影排雲去。　佛殿鐘聲度水來。"又城西秋水蒹葭館聯云:"月朗雲開,容我百觥邀客飲。　波平風靜,有人一棹聽漁歌。"皆描寫如畫,洵名筆也。

二帝祠内魁星閣一聯云:"以斗量才,問何人能當一石。　如金惜墨,看此日橫掃千軍。"

周木齋先生（寅），自言生平有兩得意事。一姬名雙魚，因自號雙魚主人。一婿馬姓，才情俊發。乃自爲聯云："半子可人爲匹馬。一生知己是雙魚。"署於齋中，見者皆笑。

城北有高君者，輓未親迎之妻顧氏聯云："彼何人，我何人，無端六禮相傳，惹出今朝煩惱。　存未見，歿未見，倘若三生有幸，重諧來世因緣。"情致纏綿中絶無語弊，此境殊不易達。

（《餘興》一九一七年第二十七期）

四

揚州某鹽商兄弟三人，皆捐道及花翎。時人套崑山徐氏之"鼎甲不難，難得三兒三鼎甲。　傳臚非貴，貴我四婿四傳臚"一聯，誚之曰："職道不難，難在三人三職道。　花翎非貴，貴於一萬一花翎。"巧妙無倫，可謂善戲謔矣。又常州市儈某，捐知府銜及花翎。於其母壽辰，稱觴召客，以耀之。或祝以聯云："二千石梅雨儲猷，輝揚孔翠。　八百春萱暉駐景，喜渥顏丹。"典麗喬皇，亦謔而近虐矣。臨桂倪氏《桐陰清話》中載塾門一聯云："怠慢先生，天誅地滅。誤人子弟，男盜女娼。"初不知何人手筆，後閲《池上草堂筆記》，乃知爲年羹堯所作。陳國瑞助修黃鶴樓時，嘗自擬一聯云："黃鶴飛來復飛去。　白雲可殺不可留。"武人口吻，可笑如此。

浴堂對聯甚少，且無一出色者。近見一聯，殊覺超脱，讀之可發一噱。聯云："到此皆潔己之士。　相對乃忘形之交。"

泰州秦研香比部（文田），博學能文，而官階濡滯。在京寓口袋胡同，藏宋版書極富。嘗自撰春聯云："口袋胡同，藏書三萬卷。頭銜刑部，補缺一千年。"萊邑李明經（諤），有雋才，落魄不得志。嘗撰聯自嘲云："廩增附三生有幸，更有進焉者，貢。　少壯老一事無成，總而言之曰，窮。"又松江韓伯英先生（鍾），屢試不售，援例爲巡檢。自署其門云："説甚麼無雙國士。　不過是從九官兒。"人才沉淪於末僚，天下類此者當不少，吁可慨也。

桌州府學某教授，南海人，頗立崖岸。一日設宴於明倫堂，演西廂雜劇。有無名子書一聯於學門云："學校無光，教授館中，搬出西廂雜劇。　斯文不幸，明倫堂上，除來南海先生。"又崇川潘公子，幼隨父宦京師，弱冠成翰林，意得甚。旋里集諸少年爲徵逐游，甚至登場演劇。或嘲以聯云："京調唱崑腔，這翰林另有班子。斯文更曲譜，那秀才好個優生。"兩般事實，一樣詼諧，因類誌之。

吾鄉周木齋生（寅），善書法。嘗自言生平有兩得意事：一姬名雙魚（姬係天足，淮地俗稱黃魚，故名），因自號雙魚主人；一婿馬姓，才情俊發。乃自爲聯云："半子可人爲匹馬。　一生知己是雙魚。"懸於齋中，見者皆笑。

有何氏子與潘氏女結婚，其友賀以聯曰："有水有田兼有米。添人添口又添丁。"拆兩家姓極現成，且的是賀喜語，故妙。

丹徒郭秀谷茂才，飲啖最健，圍棋稱國手。其歿也，茅松門先生（森）戲輓一聯云："橘叟智謀精，縱神算先機，也要到華陽轉劫。蓉城烟火少，恐錦心綉口，不甘赴蓬島餐霞。"語意極雋。又南匯某君，亦工圍棋，狀貌肥腯，飲食兼五六人。嘗卧於山石上，四人扛之，弗能舉。醒後覺身下有物，起視之，則一大赤蛇被壓死焉。能爲五言詩，七言非所習。欲覓館，而人不敢請，畏其啖也。晚年列名於軍功籍中，得六品銜。或調以聯云："六品耀頭銜，紙上談兵，却趁圍棋來報捷。　五言誇手筆，腹中有笥，果然食肉也兼人。"與前聯風味頗近，然較爲詼諧矣。

清穆宗即位，肅順就戮。侍郎劉崐與衛史許某不睦，許遂劾崐黨肅順，崐坐免。崐實不知肅順。先是衛史父尚書某招飲，始與肅順共杯酒，衛史不知也。後崐遇許於某戲園，憤甚，大罵不已，并詰其父前事。許慚喋，欲遁。崐持碗擊之，茶水滿衣，同僚環救始免，無何事頗。上聞，皇太后察崐無他，復起用之。時都人有一聯云："許衛史爲國忘親，捐歸黨籍。　劉侍郎因禍得福，打復原官。"謔極謔極。

清咸同間，李申甫布政湖南。時幕中有梅姓者，頗見信尼。或戲爲聯云："蟫食尚留井上果。　鴉聲啼殺墓門花。"臺諫摭入彈章，遂坐免。李雅有文才，留心經濟，特以通脫不羈，銳身任怨，爲人所構，識者惜之。又張漢任中州太守時，有梅李二姓，爲離婚事構訟。張判令合好，當堂合卺。送歸時，并題一聯贈之云："何彼穠矣，華如李。　迨其吉兮，標有梅。"一時傳爲佳話。余謂兩聯均爲梅李二姓而發，乃一則以是罷官歸里，一則因之和好如初，抑有幸有不幸耶。文字之魔力，眞不小哉！一笑。

　　清史館長趙次珊先生（爾巽）微時，有人潛書一聯，榜其門曰："爾小生，生成刻薄。　巽下斷，斷絶子孫。"可謂酷矣。趙次日見之，因易數字，復榜諸門曰："爾小生，生來本性。　巽下斷，斷不容情。"亦巧矣哉！

　　吾鄉蒲快亭先生（忻），以名進士爲吳郡教授，詩名冠一時。邗上《題襟集》，刊先生詩頗多。晚年自號南園吏隱。嘗與及門李子仙（福）、管靜山（英），作冶遊，蓋不欲拘於禮數也。座中一校書，色藝極美，聞名求書聯。先生集成語付之曰："千般婀娜，萬般旖旎。　熏籠上立，屏風上行。"以靜山工書，令代書之。一時傳誦，妓由是聲價十倍。未數年，李管二君皆成名孝廉。後堂絲竹，古人有之，初不必爲蒲諱言之也。友人近告余一聯云："真個消魂，千般旖旎向誰語。　爲郎憔悴，萬種相思不忍言。"蓋爲啞妓作也，惜不知出自何人。雋妙之思，令人意遠。

（《餘興》一九一七年第二十八期）

五

　　滑稽聯語流傳極多，或雅謔、或婉嘲、或直刺、或醜詆，訾謷調弄，辭趣翩翩，雖曰遊戲，不少有關世道人心之作。見聞所獲，輒筆誌之，事實考訂間采前人舊説，并參以己意，附以評語，不分門類，不拘後先，其鄙言累句味同嚼蠟者悉擯弗録。以期收言者無罪，聞者足戒之效,非敢儕諸著作之林,所謂販鼠賣蛙,聊藉詼諧以警世,其或賢於博弈矣。

云南昆明池大觀樓孫髯所題長聯,語句冗乏,直曰膚詞,阮芸臺通人乃不惜爲之辨正修改,未免多事。近見有改其詞嘲嗜鴉片者,轉覺窮形盡相,尤足發人深省。聯云:"五百兩烟泥,賒來手裏,價廉貨净,喜洋洋興趣無窮。看粵誇黑土、楚重紅瓤、黔尚青山、滇崇白水,佸成辨色,不妨請客閑評,趁火旺爐燃,煮就了魚泡蟹眼。正更長夜永,安排些雪藕冰桃。莫幸負四棱響斗、萬字香盤、九節老槍、三鑲玉嘴。　數千金家産,忘却心頭,癮發神疲,嘆滾滾錢財何用。想名類巴菰、膏珍福壽、種傳罌粟、花號芙蓉,横枕開燈,足盡平生樂事,儘朝吹暮吸,那怕他日烈風寒。縱妻怨兒啼,都裝做天聾地啞。只剩下幾寸囚毛、半抽肩膀、兩行清涕、一副枯骸。"

有某統制者,所識不過十字,致書與何秋輦中丞,輦字誤寫作輩,宄字又誤作究。秋輦閱之大笑,因戲成一聯,云:"輦輩共車,夫夫竟作非非想。　究宄同蓋,九九難將八八除。"可云雅謔。後有人將前聯略改數字,語更尖刻,其詞云:"輦輩同車,人竟知非矣。　究宄各蓋,君其忘八乎。"予謂古有伏獵侍郎、鷄肋博士,統制武人,又安足怪。

"六宮粉黛無顔色。　萬國衣冠拜冕旒。"此題武后廟聯也,集句精切,亦莊亦諧,且的是廟宇題聯。惟則天何以有廟,廟又興於何時建於何地,予知必爲文人偶得之句,附會如此,未必真有廟祀也。

錢牧齋官明季禮部尚書時嘗自署門聯,曰:"君恩深似海。臣節重如山。"後入仕清廷,其故第聯句尚未揭去,有滑稽者爲之各添一字於句末,曰:"君恩深似海矣。　臣節重如山乎?"意殊有味。聞牧齋見之毫不愧报,轉語人曰:"一時毁譽,何足芥蒂。"蓋牧齋早存笑罵由他之度重矣。

西湖孤山有財神廟,地與林和靖墓相近,以極清雅之區不知何以祀此極鄙俗之神,於此可覘國人之迷信,對於財神且加一等也。

廟中楹聯甚多，半屬陳言俚句，即有一二可誦者亦於本地風光毫不關合，惟俞曲園先生一聯云："梅鶴洗寒酸，且教逋老揚眉、葛仙生色。　鶯花添富麗，恰稱金牛湖上、寶石山邊。"映帶有致，詞復新穎，上聯尤調侃不少。又烟霞洞亦西湖名勝之一，洞口刊石極夥，其左有龕曰蘇龕，削石爲東坡居士像，乃易舊有之財神而爲之者。雖曰好事，不可謂非雅舉（山陰湯蟄仙先生以阿堵物有玷湖山，且因東坡摩崖字數行猶存壁間，遂有此舉）。時蓬仙先生爲題聯云："錢如真可通神，此座巍然，何不與烟霞終古。　石也有時變相，長公仙矣，莫非是香火前緣。"語亦諧妙，且改祀之意已不言而喻。

前清孝廉方正，例由府州縣保舉，督撫核實具題，其樸實拘謹無他技能者，給以六品頂戴，有才德兼優逾格保薦者，送部考試任用。定制之初，檢核綦嚴，繼多濫舉，遂有名實不副者。清道光間無錫安某被舉孝廉方正，有知其歷史者大書一聯於其門，曰："曾是以爲孝，惡能廉。　可欺以其方，奚其正。"集句能如此工切，殊不易得。

朱瑞以步兵管帶於辛亥冬率師援金陵有功，驟擢師長，湯壽潛辭職，遂爲浙江都督。二次革命作，納參謀長鄂人金某議，堅附中央，民黨不能逞於浙，袁項城嘉其誠恪，信用等北洋派。籌安會興，首偕屈映光勸進，旋封侯爵。孰知變生肘下，呂公望本其昆弟交，至是亦携貳，堅幟絕袁，朱倉皇逃匿，繼復入都要求項城設法位置，不料洪憲倏亡，而朱亦抑鬱没於旅邸。其同邑某君戲輓以聯云："閨中悔作封侯夢。　海上空歸望帝魂。"以詼諧出之而仍不失追悼之意，論者咸嘆其雋妙。

蓬萊某鎮道旁有涼亭，懸一聯曰："那條窄路兒，且須讓一步，他過不去，你怎過得去。　這種重擔子，也要任幾分，我做弗來，誰又做得來。"清白如話，耐人尋味。

紀文達學問淵博，才調宏敏，性滑稽，談吐風生，語妙天下，一時有陳亞之稱。尤好作諧聯，如"綉閣團團同望月。　香閨静好封彈琴""潘金蓮大鬧葡萄架。　劉玉樹小住芙蓉庵""惟女子與小人爲難養也。　有寡婦見鰥夫而欲嫁之"諸聯，知者夥矣。近見數聯益覺工妙絶倫，亟録之。相傳文達府中，時爲庸醫所誤，文達恨之刺骨，然亦無如何也。一日有醫家踵門求題聯額，文達立書"明遠堂"三字與之，蓋取《魯論》中"不行焉，可謂明也已矣。不行焉，可謂遠也已矣"之意，祀其不行也。復又集孟襄陽詩爲聯云："不明才（藉作財字）主棄。　多故病人疏。"又集唐人詩句成一聯云："新鬼煩冤故鬼哭。　他生未卜此生休。"文達謂此舉實行無量功德。又一日，有兩生聯袂來謁，文達一見即笑不可仰。兩生夙知師有陸士龍癖也，絶不介意。良久笑始止，無何，面兩生又大笑。兩生請其故，文達曰："吾適憶杜詩'片云頭上黑'及'孤月浪中翻'兩句，可成一聯贈汝二人耳。"於是師生復大笑。蓋一生額有黑瘢，一生左目已瞽，文達故以此相嘲弄。此老詼諧，層出不窮，良由胸中書卷繁富，足以供其左旋右抽，靡不如意也。

有獻關帝廟聯者，上題"雲長先生"，下署"後學某某"。後帝降乩，示一聯云："數十年北討南征，止讀了一部《春秋》，豈敢當你稱後學。　千百祀馨香俎豆，也曾受幾朝封典，却原來我是先生。"予謂此乃文人取笑之作，以譏妄署者而托名於降乩也。

清咸同間吳門有林某者，早歲遊庠，自稱智囊，好諧謔，出詞罔忌，人咸以金聖歎第二目之，蓋謂其恃才妄作，將弗獲令終也。後以事褫衣衿，旋納粟爲上舍，生大書一聯於門，曰："秀而不實。監亦有光。"語殊滑稽。聞林嘗著有謗古聯百則，係誚倉頡、讓堯舜、討伊尹、訕伯夷、調呂尚、誅管仲、讒莊周、訐孟軻、諄蘇秦、譏樂毅、謫項籍、訓張良諸題，想其中必多思理玄妙語脉新奇之作，惜全稿已燬於蘇撫張某，不獲過目矣。

虞山在常熟縣之西北，昔虞仲治此，故名。山之麓有仲雍墓，地與言子游墓毗連，兩賢後裔嘗以墓旁隙地構釁，爭訟纍年，屢訊不决。後縣令某公題一聯於仲雍墓門，曰："一時遜國難爲弟。　千古名山尚屬虞。"言氏後人見之遂讓地而息訟焉。蓋諷諭之感人深矣。

彭文勤公元瑞某歲自署京邸桃符，云："門心如水。　物我同春。"日下士大夫頗以"門心"二字爲强捏，隔日閽者忽來報曰，昨夜不知何人將門聯點竄。公問點竄如何,閽者曰將"心、我"二字塗去復加"陰、陽"二字於聯首。公大笑,命去之。

徐寳山性極殘酷,初爲鹽梟,橫行江表,有老虎之名。劉忠誠督兩江時,招爲武弁。光復後,擁兵駐揚,鎮攝匪黨,江淮草木無不憚其聲威。廣陵某君貧乏不能具栖杓,乃撰一聯贈徐,曰:"由來名士皆酖酒。　從古英雄不讀書。"徐得聯大喜,曰:"某某將我一生恨事能於十四字中洗雪盡净,今而後可還我本色矣。"慨然立餽千金。後徐遽被炸死,揚人爲之開會追悼,輓章美不勝收,而尤以音樂亭所懸之一聯爲最切且妙,聞出自吉某手筆。聯云:"草莽起英雄,談城北威名,大家變色。　鼓鼙思將帥,聽竹西歌吹,都是悲聲。"一時傳誦。惟某君所輯之徐寳山悼辭獨此聯屛而未録,豈以其辭遊誣善乎?

城隍廟聯最難着筆,但爲中人以下説法,似不以迷信爲嫌。武昌府城隍廟正殿梁上懸大算盤一具,額曰:"不由人算。"聯云:"你的算計忒高,得一回進一回,那曉滿盤都是錯。　我却模糊不過,有幾件記幾件,從來結帳總無差。"又瀘縣城隍廟聯云:"這條路誰人不走。　那件事勸你莫爲。"兩聯語皆淺顯,藉神權以警醒愚頑,於社會未嘗無益。

辛亥革命軍興,各省先後響應,清廷知人心已去,遂有退位之議,草詔待頒,消息一播,一時王公大臣紛紛挾資遁迹天津青島上海諸夷場,滿漢文武蓋無一非愛錢惜死者。平陽某君時僑居津門,大書一聯榜於門,曰:"君在臣何敢死。　寇至我則先逃。"冷語熱嘲,未審衮衮諸公見之有愧色否?

己未春,旌德汪季豪君新婚,老友耘塵爲書門聯多副,純取成句,一一吻合,亦可謂善戲謔矣。大門曰:"鳥宿池邊樹。　僧敲月下門。"二門曰:"花徑不曾緣客掃。　蓬門今始爲君開。"内室門曰:"雲無心以出岫。　鳥倦飛而知還。"後門曰:"水窮山盡疑無路。　柳暗花明又一村。"見者皆笑不可抑。

《小説新報》一九二一年第七卷第十一期

六

泗洲楊文敬公士驤，風概豪爽，倜儻不羈，尤喜詼諧，撫魯時幕中有胡姓兩人，年少者，僕役咸以小胡先生稱之，公嘗有"老而不死。 小胡先生"之妙對。又一日宴客，首席爲統制馬龍標。馬係回教，故菜皆牛羊雞鴨之類。公於席間謂馬曰："余有一對，久思未得，今日見君，必須借用。"馬詢之，公曰："'雞鴨雜'三字以尊姓大名作對何如？"闔座莫不大笑。顧公有季常癖，初置一姬，貌頗姣好，夫人瞰其亡而畀諸轅弁，別遴一不揚者以充下陳，亦從未一令薦枕，告朔餼羊而已。公嘗撰聯自輓云："平生愛讀游俠傳。 到死不聞羅綺香。"歿後，其弟杏城先生命人繡而懸諸靈右，曰："此吾兄恨事也。"公生平嗜戲劇若命，酒酣耳熱，輒高唱入雲。宣統己酉四月，值公壽辰，時在直督任，遍召京津名伶集署中演唱。適譚鑫培方臥病家居，公遣人以巨金促之至，親點《李陵碑》《洪羊洞》兩劇，識者心惡爲不祥。未逾月，果病中風卒。有好事者戲以"文敬"二字爲聯云："何謂文，曲文戲文，聲出若金石。 惡乎敬，冰敬炭敬，用之如泥沙。"

桂林某翁，讀書不倦，年已古稀，猶應童子試。學使詢其經傳，亦多不復記憶。滑稽者戲撰一聯贈之云："行年七秩尚稱童，可云壽考。 到老五經猶未熟，不愧書生。"上下聯末一字各俱別解，語妙無倫。

"四萬萬同胞。 一個個昏蛋"，此清季杭人魏某所署門聯也。又民國四年，有寄寓濟南曾署栖霞縣知事汪某者，自題其大門聯曰："勵精圖亂。 發憤爲雌。"兩聯均極奇特。豈生今之世，不能無此憤語乎？

清咸同間，髮捻并起，其黨中頗有人物，如石達開、李秀成、洪大全、苗沛霖輩爲尤著。石之文字，最爲優美。洪於臨命時，尚吟咏自若。至李當臨難之前，在囚中草口供，洋洋數千言，哀然巨帙，尤昭昭在人耳目。惟苗則少所表見。陳君冷蝶，昨自穎上寄示一聯,乃苗於初稱兵時所作也。其詞云:"假奉天主教,妄稱天父天兄,喪天倫、滅天理,竟把青天白日,攪得天昏。何時伸天討天威,天纔有眼。　這些地方官,盡是地痞地棍,暗地鬼、明地人,可憐福地名區,鬧成地獄。到處抽地丁地稅,地也無皮。"出語雖未及石李諸人之吐屬永雋,然苗氏當日起義之原因,與其憤憤地方官之專橫暴斂,已顯然可見矣。

豐潤張佩綸,脅肩諂笑,附勢趨炎。閻文介、王文勤嘗面嗤其短,張毫不介意。光緒甲申馬江一役,張聞炮先潰,喪師失地,尤爲舉國所唾罵。後雖奉旨褫職遣戍,法越事定,復蒙賜還。其時合肥李文忠方以伯相旆畿輔,愛其才,譬諸幕府。李有女,年逾三十,粗嫻吟咏,猶待字閨中,復使執贄焉。張年近花甲,喪偶未及期年,續弦之念甚熾。一日,李詣書齋,張極稱讚其女弟子敏慧不已。李慨然曰:"小妮子質原不鈍,惜蹉跎至今,鏡臺未下,君盍留心代爲物色何如?"李言甫出,張即伏拜,自陳鰥居求聘,並稱婿申謝者再。李愕然,然迫於勢,不得不允。張乃剃鬚納采,於是由主賓而爲翁婿矣。于晦若先生式枚,時同客幕中,撰聯譏之云:"老女配幼樵(張號幼樵),無分老幼。　東床即西席,不是東西。"調侃殊妙,張不以爲恥。於此可知小人之善於迎結權貴,其術實有可畏者。張死後,或輓以聯云:"三品功名丟馬尾(馬江本名馬瀆江,亦作馬頭江,又稱馬尾)。　一生癡福仗蛾眉(張初娶逸中丞女)。"此十四字,已將張之一生歷史,概括靡遺矣。

清制,殿試一甲二甲進士,賜進士出身,三甲進士,賜同進士出身。凡賜進士出身者,除一甲一名,即授職翰林院修撰外,其餘入翰林院者,皆授職編修,惟三甲進士,入翰林院則授職檢討。曾文正即以三甲進士授職檢討者,文正以爲生平第一恨事。有言及者,輒自怫鬱。一日,文正至友人處,正值友人睹其如夫人濯足,文正戲謂之曰:"'看如夫人洗腳',請君屬對。"友人應聲曰:"'賜同進士出身',非妙對乎?"文正大慚恚。

上虞陶芝生茂才馥,自稱哈哈子,晚歲又號嚇嚇老人。喜戲謔,遇事詼諧。又嗜酒,飲不間刻,與同邑楊淵門孝廉龍章相友善。

孝廉亦癖於飲，顧家貧，舌耕終歲，恒苦不給杯中物，年未四十以抑鬱死。茂才輓以聯云："倘無館坐君須返。　若有酒沽我亦來。"出以諧語，而情趣逼真，喪家爲之破涕。

南通張峰石居士，積學耽文，著作宏富。嘗將平生所撰聯語詩鐘合編一册，曰《雕蟲集》，其中頗多峭麗新奇之作。予最愛其戲贈前清知府知縣兩聯，至今猶膾炙人口，爲錄於此。贈知府云："見州縣則吐氣，見藩臬則低眉，見督撫大人茶話須臾，只解得說幾個是是是。　有差役爲爪牙，有書吏爲羽翼，有地方紳董袖金賄贈，不覺的笑一聲呵呵呵。"贈知縣云："下官拚萬個頭，向上司磕去。爾等把一生血，待本縣絞來。"描摹一班貪官末吏，有聲有色，不必以其俗而少之。

《雕蟲集》內有題店肆各聯，寄托遥深，亦爲雅俗所共賞。如錢店云："此何物耶，餓不能吃他，冷不能穿他。看英俄德美意奥比葡及吾國人民，死死生生，還要爲他糜血戰。　是真健者，有錢的媚你，無錢的求你。合順康雍乾嘉道咸同與今皇年號，巍巍赫赫，更教替你署頭銜。"米行云："一世經營，爲人口腹。　萬家飽餓，在我心頭。"藥鋪云："願處處都成病世界。　笑年年做了苦生涯。"此外佳制甚多，不殫錄。

鄉人戚介民孝廉敦復，性質直，不因人熱，隨遇而安。嘗撰一聯懸於座右云："倩人抓背，上些上些再上些，知痛癢還須自己。對客猜拳，是了是了定是了，真消息原在他心。"可謂道破世情矣。

粵俗以元宵後一夕，爲老鼠嫁女期。是夜燃燈床下，閉户早寐以避道，并用米粉作小枕等物爲奩資，壁上懸老鼠嫁女圖，爲房屋宴會執事之象，皆鼠形而衣冠者。新寧劉季欣先生，嘗戲擬賀聯云："迨吉宛同人有禮。　于歸誰謂汝無家。"侯官林樹人先生亦擬一聯云："不比人無禮。　翻憐汝有家。"兩聯同一典雅工切，林作感慨尤深。

戊戌政變，六君子被難，康梁倖免。先是義寧陳寶箴巡撫湖南，其子吏部主事三立，佐之力行新政。宛平徐編修仁鑄，故善康梁，慫其父侍讀學士致靖疏薦，又屢上封章，言變法。八月事變，陳徐父子與六君子暨康梁諸人,同時被議。寶箴、三立、仁鑄,均革職永不叙用,致靖竟坐長繫(仁鑄曾上書乞代父囚,不允,庚子外兵入,得出)。都人爲聯云:"不孝男,徐仁鑄、陳三立,罪孽深重,弗自殞滅,禍延顯考。　昧死臣,康有爲、梁啓超,末學新進,罔識忌諱,干犯宸嚴。"以訃文前數語,對殿試策末數語,切合事實,妙若天成。惟近人筆記,多謂此聯爲輓瀏陽譚嗣同而作,且僅及訃文與殿試策六句。不知譚已受戮,聯中"弗自殞滅"一語,殊與事實不符,意者殆故爲長素、卓如兩人諱耳。

武進焦荔丹孝廉葆,喜詼諧。嘗築室數楹於城之西北隅,自署聯云:"德不潤身,貧偏潤屋,全反聖人之道。　食無求飽,居必求安,半留君子之風。"亦可見其風趣矣。

西湖岳王墓前,有鐵鑄跪像四,右爲張俊、万俟卨,左爲秦檜、王氏。其鑄像始於明正德間指揮李隆,初本范銅爲三像。至萬曆間,范淶又增以張俊。游人展謁王墓,莫不施以撲擊,一快胸臆。經歲既久,遂漸消鎔。清嘉慶初年,阮元撫浙,乃重鑄之,改爲鐵像。同治中,浙撫蔣益澧又鑄之。近所存之反縛四像,則光緒二十三年浙藩使某所新鑄(曩遊武林,見墓旁有楊文瑩所書碑誌,述之甚詳)。然亦損壞大半,且遺矢溲溺穢惡淋漓,而以秦檜夫婦像前爲尤甚。哲民言,嘉慶間,鐵像初鑄成,杭人有好事者,嘗戲撰一聯,製兩木牌題之,上聯繫於秦檜項下,下聯繫於王氏項下。句云:"咳!僕縱喪心,有賢妻未必若此。　啐!婦雖長舌,無鄙夫何至如斯。"作夫婦怨懟口吻,豈死猶狡獪,伉儷間亦相詆讕耶?可知奸細誤國,千百年後,仍有痛加辱罵者。快意一時,萬年遺臭,今之媚外者,可以悟矣。

李申甫先生布政湖南時,有屬吏梅某,頗見信用。同僚有銜之者,戲爲聯云:"蟛食尚留井上果。　鶎聲啼殺墓門花。"臺諫摭人彈章,因是坐免。先生名榕,劍州人,道光進士。雅有文才,留心經濟,爲曾文正所深器。特以通脫不羈,鋭身任怨,爲人所構,識者惜之。

某名士題華陀廟聯云:"試看遍地曹顒,何爲未擘。　惜無擘天關臂,空說能醫。"言下大有感慨。又廣州九曜坊華陀廟有一聯云:"愧當代以醫名,未能爲奸雄破腹穿胸,把他心腸易換。　慨沉疴非藥治,願各從平日脩身積善,默邀神鬼扶持。"亦頗沉着痛快。

崑山歸玄恭先生莊,明亡,佯狂肆志,與顧亭林齊名,時號"歸奇顧怪"。家貧,所居在叢冢之間,扉破至不可闔,椅敗至不可移,則皆以緯蕭縛之。大書一匾曰:"結繩而治。"并榜其門曰:"入其室,空空如也。　問其人,囂囂然曰。"又除夕署一聯曰:"一槍戳出窮鬼去。　雙鉤搭進富神來。"其不經多類此。

浴堂聯不多見,且無一出色者。頃聞哲民述一聯云:"到此皆潔己之士。　相對乃忘形之交。"尚覺超脫入妙。

江都汪容甫先生中,性迂怪,不求進取。治經宗漢學,於清代諸儒,最服膺顧寧人、閻百詩、梅定九、胡東樵、惠松崖、戴東原六人,於時彥不輕許可。見負盛名者,必譏彈其失。與袁子才尤不相能,席間遇之,輒齮齕子才短,子才遜謝而已。一日先生聞隨園書齋揭一聯爲"此地有崇山峻嶺,茂林脩竹。　是能得三墳五典,八索九丘"二語,以子才夜郎自大,思有以折之。先馳書約期相見,及期往,子才辭以疾,先生知其有意規避也,語其僕曰:"爾主人告痊後,吾將假其所讀之墳典索丘一觀也。"先生去,僕以告子才,子才亟命撤其聯。予謂先生此舉,可爲豪放自負言過其實者戒。

江浙等省,每有親死不即發喪,待子娶婦歸,然後遵制成服者,此種薄俗,不知仿自何時。鄉人某君,慨禮教之斁,天性之漓,嘗爲聯譏之云:"魂兮歸來,報道佳兒得賢婦。　弔者大悅,會看孝子作新郎。"以委宛出之,所謂婉諷嚴於直斥也。近見《紫竹廬雜綴》亦載一聯,則巧言醜詆,未免令人難堪。句云:"喪乎婚乎,悲喜交集。　血耶淚耶,上下同流。"語非不痛快也,然而劉四之善罵,終不如東方之善謔。

湘潭王壬父先生闓運,治樸學,有前清乾嘉老輩風,海內群推爲碩果。第先生亦雅好詼諧,遊戲文字,時有傳播。清季,武昌柯逢時爲八省膏捐督辦大臣,駐漢口,凡川滇黔湘等省榷烟員,皆所委任,歲得公費羨餘甚巨,竟以致富。先生嘲以聯云:"逢君之惡,罪不容於死。　時日曷喪,予及汝偕亡。"額云:"伐柯伐柯。"集經語如鐵鑄成。又民國三年,先生入都任國史館總裁,或詢修史之大要,先生答以聯云:"民猶是也,國猶是也。　總而言之,統而言之。"額云:"旁觀者清。"未幾,政事堂落成,徐世昌出爲國務卿,先生又成一聯戲之云:"數點梅花亡國淚。　兩朝開濟老臣心。"額云:"清風徐來。"集句亦各極其妙,所謂嬉笑怒罵,皆成文章者非歟。先生卒年八十八,世多譏先生之佣周媽者,不知八十非人不暖,亦屬古制,今人不讀禮,妄加非儀,播爲趣談,陋矣。

錢牧齋易節後,動輒受人譏訕,當時有兩朝領袖之譴,予前已記"君恩深似海矣。　臣節重如山乎"一聯入叢話矣。近閱海虞邵一民所著《寄懷軒瑣記》,有一則云,牧齋入清官禮部侍郎,旋引疾告歸,自署所居曰"逸老堂"。有好事者私貼一聯於其門曰:"逸居無教則近。　老而不死是爲。"牧齋見之,大恚,至杜門謝客者纍月。予謂牧齋身躋臚仕,猶復投順異族,既已偷生墮節,又欲以逸老自命,反覆無常,實不足齒於人類。此等毒罵,痛快已極,雖曰太過,終屬侮由自取也。

吳縣吳大澂官翰林日,數上封章論時事,後爲湖南巡撫,尤喜於紙上談兵。光緒甲午,中東失睦,復自請督師赴前敵。翁同龢又力保之,政府壯其志,授幫辦北洋軍務。其傳檄有云:"迨彼軍三戰三北之時。　本大臣自有七擒七縱之計。"負能仗氣,一若外患指日可平者。而贊襄戎幕諸人,則曾廣鈞、黃自元之流,皆湘中文士。及部署就道,其氣已餒,前隊方抵田莊臺,遽與敵遇,甫交綏即奔潰。吳乘騾車,逃至溝幫子,驚魂始定,輜重盡爲敵有,至今中外傳爲笑柄。後吳自劾部議革職,加恩改爲革職留任,已而令還撫湘,蓋悉翁力。言官爭起彈之,始開缺。時翁在都中,喜豢鶴。一日,有鶴越藩而出,一去不返,翁親書"訪鶴"二字,張於城闉。時人愛其字,揭之去,三易而三揭之,終成黃鶴。都人爲聯云:"翁同龢三次訪鶴。　吳大澂一味吹牛。"句頗諧妙。按:翁時以軍機大臣辦理軍務,於敗耗頻聞軍書旁午之際,竟有此閑情逸舉,無怪乎爲清議所非。至吳以一書生,乃敢侈陳兵事,清廷且信其空言,委以軍旅重任，則又安得不敗？此法孝植所謂君臣皆失者也。

自海禁開而譯事萌芽。道光間，粵省譯有《博物新書》五種，其以新理想介紹於學界者，當以此爲嚆矢。厥後有侯官嚴幾道先生所譯之《天演論》《原富》等書，亦足以喚起國民之思想。近廿年間，士之負笈航海遊學於東西各國者，日不乏人，譯書層出，而以東京爲輸出新智識之孔道。其當轉輸之大任者，則宜首推橫濱新民報社。予曩見其論說與夫記事所用新名詞，悉取和文而用爲漢文也，風氣所推，各地報館書局，又從而倣行之，激揚之。奇詞異語，遂放出今日文學上之大光明，而成爲廿世紀變遷之大勢，洋洋乎沛然莫之能禦矣。近人尤喜用新名詞於聯語，以冀推陳出新。顧填砌滿紙，寡味者多。頃見兩聯，俱覺新穎可誦。一爲雲間楊了公賀鈕惕生中將續娶云："不破壞，焉能進步。　大衝突，乃有感情。"語詼理切，自是聰明人語。一爲金陵王硯君賀同學宰某新婚云："鑽研新得殖民地。　報告須防旁聽人。"信手拈來，亦殊風趣。吳縣繆嘉穀先生，於某歲春遊庠，題爲"夫人自稱曰小童"，秋間即登賢書。是科題爲"君子不以言舉人"。南皮張文襄戲撰一聯贈之云："上巳以前，猶是夫人自稱曰。　中秋而後，居然君子不以言。"用縮脚語，妙若天成。其運意之巧，真有令人不可思議者。

丹徒郭綉谷先生，飲餤最健，喜弈。清同光間，大江南北無出其右者。其卒也，同邑茅松門先生輓以聯云："橘叟智謀精，縱神算先機，也要到華陽轉劫。　蓉城烟火少，恐錦心綉口，不甘赴蓬島餐霞。"語意極雋。

（《小說新報》一九二一年第七卷第十二期）

昕明聯話

昕　明撰

載於《東莞留省學會雜誌》一九一九年第一期。署名"昕明"。《東莞留省學會雜誌》於一九一八年九月在廣州創刊，係半年刊，由東莞留省學會發行。作者昕明，生平事迹不詳，當爲廣東人。本聯話所錄聯語包括名勝聯、他輓聯、集句聯、嵌名聯及屬對，聯評觀點較少，以錄聯與紀事爲主。作者推崇曾國藩爲清季文學界泰斗，并認爲其尤工聯語，以古文筆法入聯。聯話中有曾國藩與左宗棠以彼此姓名嵌名屬對之聯語。作者認爲廣東人作嵌名聯尤好用拆字格，其中不乏佳作。

　　古今聯語，美不勝收。梁氏之《楹聯叢話》，胡氏之《聯語彙選》，吾粵何淡如先生之妙聯，久已膾炙人口，無俟甄錄。是編掇拾近人之作，擇其莊而能妙，諧而尤雅者，隨手條列，以供茶前酒後之資。其餘佳構尚多，以篇幅所限，概從割愛。大雅君子，庶幾亮察於諸。

　　曾文正公國藩，爲清季文學界泰斗，吉光片羽，爭相傳誦，而尤工於撰聯，所作無不雅健。嘗謂，吾他日身後文采傳世，正不可必，但必有楹輓一書行世。蓋哆然以楹帖專家自多矣。其爲人撰輓乳母聯云："一飯且銘恩，况襁褓提攜，祗少懷胎十月。　千金難報德，論人情始末，也當泣血三年。"其輓胡文忠公林翼聯云："遘寇遍吳中，是先帝與藎臣臨終憾事。　薦賢滿天下，願後人補我公未竟勛名。"其輓龍翰臣方伯及其配何夫人聯云："豫章平寇，桑梓保民，莫訝書生立功,皆從廿年辛苦立德立言而出。　翠竹淚斑,蒼梧魂返,休疑命婦死烈,亦猶萬古臣子死忠死孝之常。"質樸無文,勁氣直達,是古文筆法。

曾一日與左文襄公宗棠戲謔。左字季高,即將其姓字嵌入聯句。云:"季子敢言高,與吾意見大相左。"左應聲答云:"藩臣多誤國,問他經濟有何曾。"可稱巧絕。又一日曾往訪文襄,良久始同見。曾戲謂之曰:"爲如夫人洗脚。"左對云:"賜同進士出身。"蓋嘲之也。

左文襄公瀟灑出塵,嘗於病後自撰一長聯云:"倘此日騎鯨西去,七尺軀委殘荒草,滿腔血灑向空林。問誰來歌騷歌曲,數銅琶井畔,挂寶劍枝頭,憑吊魂魄憤激,千秋縱教黃土湮予,應呼雄鬼。

喜今朝化鶴東歸,一瓣香祝還本性,三個月現出全身。願從茲爲樵爲漁,訪鹿友山中,訂鷗盟水上,銷磨錦繡心腸,逍遙半世,祇恐蒼天陑我,又作勞人。"觀此聯可見此老不凡矣。

某貞女輓其未婚夫聯云:"誰教君早歲成名,奇遭天妒,修鳳樓之未畢,隨鶴駕而即歸,回思去後韶華,真如夢幻。從今日懷人牖下,三鍾酒,兩鍾酒,直欲招月下魂,問個甘心,天乎!吾輩甚無幸,竟若此文字埋君,聽幽谷猿啼,雨打梨花同濺淚。　可嘆我芳年待字,酷受娘憐,桃欲咏於宜家,梅尚遲於迨吉,詎料暗中消息已種愁根。到昨宵叩首靈前,千種情,萬種情,縱不見阿郎面,總算結髮,娘呀!女兒是何命,似這番姻緣誤我,看畫梁燕舞,風飄柳絮更淒然。"一字一淚,哀感動人,且確合身分。

吾粵人士,往往喜用官場名姓嵌入聯語,尤好用拆字格,其中不乏佳作。余最愛誚粵督瑞麟粵撫張兆棟一聯。文云:"瑞氣千重,且看他站在王者旁邊,頭戴三梁冠,身穿四叉袍,威赫赫十載專權,吁嗟麟兮,河清難俟。　張公百忍,可憐爾屈成弓兒模樣,睁開半雙眼,挑起一隻脚,顫巍巍幾聲長嘆,爲之兆也,棟折難支。"瑞麟一字清泉。上聯拆"瑞"字,嵌入"麟清"二字。下聯拆"張"字,嵌入"兆棟"二字。真是妙不可言。又一聯誚粵督郭嵩燾粵撫毛鴻賓云:"人肉食清,祇剩虎豹犬羊之鞈。　地皮刳盡,不留潤溪沼沚之毛。"妙語相關,令人拍案叫絕。

杭州人士,善撰楹聯,而尤長於滑稽。前清時,每遇秋闈,輒以正副主試姓名互相對偶,高貼於明遠樓之上。裁對雖不十分工整,而詼諧百出,殊足解頤。某科正主試烏拉喜崇阿,副主試惲彥彬。聯曰:"烏不如人,胸中祇少一點墨。　軍無鬥志,身邊還剩半條槍。"某科正主試白桓,副主試潘衍桐聯曰:"金山寺斗踢文魁,難逃覆鉢。　紫石街簾挑武嫂,密約裁衣。"又以聯末二字集成匾額曰:"衣鉢真傳。"蓋暗寓白蛇、潘金蓮也。

民國二年國慶日,有人撰一長聯,將十二偉人名字嵌入聯内,字字活用。出聯慶生,即嵌以生者之名。對聯吊死,即嵌以死者之名。文云:"升奇氣於中山,雲雨平施,咸濡大澤,我民國黎元洪庶,既受栽培化育,豐功勿忘。嘗記憶蒼黃興議,眾豪傑捐軀,有志者事竟成。試聽蓋世凱歌,極威壯森嚴,喜精衛終填滄海。　望衡陽而敬嶽,東南坐鎮,應運生才,諸先烈心鐵堅如,造成燦爛文明,秋士多悲。且莫作燕趙聲音,為群雄吊死,非常人豈終絕。安見彼蒼眷佑,不扶持聖哲,錫麟書而再生天。"運用自然,一氣旋轉,誠傑作也。

陳亞字少卿,善詩,滑稽尤甚。嘗與蔡襄會於金山僧舍。酒酣,蔡襄獻題於屏間曰:"陳亞有心終作惡。"亞即索筆對曰:"蔡襄無口便成衰。"口吻詼諧,如斯佳妙,殆所謂嬉笑怒罵皆成文章歟。

李鴻章合肥人,位列宰相。翁同龢常熟人,官户部尚書。時人有一聯誚之云:"宰相合肥天下瘦。　司農常熟世間荒。"

甲午之役,龔照璵棄旅順而逃,其罪與衛達三等。後衛被誅,龔運勛得羈獄中。庚子拳匪亂,遂自出獄,復大加運動,脱身南歸。其年六月六日,為其六十壽辰,乃預定宴客三天。其邑人張六先生素與龔有隙,第一日忽肅衣冠而入,長揖曰:"六哥今日樂矣,容弟一言乎?"龔曰:"請見教。"曰:"近世國家以人民為主體,弟亦國民一份子,中國土地之存亡,應負一分責任。請問六哥前年將弟之旅順,送向何處去,今日能見還乎?"龔大窘,狂呼逐客。越日晨,其門首忽有聯云:"稱六太爺,上六旬壽,欣占六月六日良辰,六數適相逢,曾聽得張六先生,大踏步闖進門來,口叫六哥還旅順。　坐三年監,陪三次斬,賺得三代三品封典,三生願已足,最可憐達三故友,小錢頭不如咱洒,冤沉三字赴黃泉。"龔憤甚,大索數日,不得其人。小錢頭不如咱洒,合肥土語,言衛用錢之法不及龔也。

長沙王先謙,字益吾,爲海內名士。在某書院主講時,湘人爲聯贈之曰:"經無益,史無益,古文更無益,一課半年,料益吾終於無益。　嫖爲先,賭爲先,小旦又爲先,九流三教,問先謙何以爲先。"

小金鈴、小金翠,賣歌於西湖鳳舞臺。時或徵聯云:"齊耀琳、齊耀珊,兄弟齊耀。"一軍官對云:"銷金鈴,銷金翠,姊妹銷金。"或問其故,曰,江西省城有地名小金臺,即舊銷金臺。是銷、小可相假借也。

偶檢書夾,得聯一則,工整異常,不知何人所作。聯云:"諸葛布窗,格格孔明諸葛亮。　漆雕棋盤,行行子若漆雕開。"

有一拆字聯云:"寸土爲寺,寺外言詩,詩云,明月照僧歸古寺。兩木成林,林下示禁,禁曰,斧斤以時入山林。"可稱絕對。

有以四子書篇名集成一聯云:"衛靈公遣公冶長祭泰伯於鄉黨中,先進里仁舞八佾。　梁惠王命公孫丑請滕文公在離婁上,盡心告子讀萬章。"可謂鉤心鬥角,鬼斧神工。

近見有效截搭題故智作對者曰:"孟孫問孝於我我。　賜也何敢望回回。"又:"父母干戈,朕琴朕抵朕二嫂。　達尊三爵,一齒一德一朝廷。"其工巧正不多讓。

周枚臣集四子書句輓鍾裔甲先生聯云:"宜爾室家,樂以妻孥,對曰未也,誠哉!獨善其身,信而好古,夫子之文章盡美矣,不忮不求,逝者如斯夫。　言必忠信,行必篤敬。蓋有之矣,且也!多學而識,鑽之彌堅,遯世不知見何患乎,而今而後,削何可得歟。"此作之妙,不僅集合自然,且能事事切貼,真傑構也。

徐花農太史,督學吾粵,以貌取人。時人有聯曰:"有成德者,有達材者,姑舍是。　巧笑倩兮,美目盼兮,故進之。"又製謎云,徐宗師取進生童,射三國人名二。顏良文丑。

某縣知事,貪墨性成,怨聲載道。在任時,嘗集句爲聯,懸之正堂。聯云:"愛民若子。　執法如山。"有續以四字書句者曰:"愛民若子,牛羊父母,倉廩父母,共爲子職而已矣。　執法如山,寶藏興焉,貨財殖焉,是豈山之性也哉。"妙極。

開州有閔子騫公西華墓,隆阜相望,祠祀二賢。祠中聯云:"父母昆弟,人不聞其言。　宗廟曾同,孰能爲之大。"墓地風光,不煩雕琢。

《釵串記》中有一聯云:"尹公他,馱孟姜女之女,入張子房之房,非奸則盜。　閔子騫,牽冉伯牛之牛,耕鄭子產之產,爲富不仁。"真足令人絶倒。

江蘇無錫縣城外有山曰錫山,秦以後久不產錫,縣以得名。有徵聯云:"無錫錫山山無錫。"或以浙之西湖對之云:"平湖湖水水平湖。"天構湖山,自成絶對。

昔人有以"荷落露珠,柳綫松針穿不住"對"雁峰瀑布,鶯梭燕剪纖難成",銖兩悉稱。

近見有題酒樓集句云:"勸君更盡一杯酒。　與爾同消萬古愁。"令人嘆絶。

雪樵老人漫遊滬濱,親友邀往游戲場觀覽,見男女雜遝,眉挑目語,耳鬢厮磨,溱洧之風於兹再見。歸寓嘆曰:"大世界,新世界,花花世界,不成世界。"時羅幼香在座,徐徐曰:"好姻緣,惡姻緣,草草姻緣,總是姻緣。"旁有聞之者曰:"天然妙對。"或曰,他兩人在此談禪。

曾見某報諧部有一聯云:"妻逐妾,入廟求神,手搖籤筒,搖出聲聲,妻逐妾,妻逐妾。　婦扶夫,出門賣卦,口吹竹管,吹來韻韻,婦扶夫,婦扶夫。"上聯諧籤擊籤筒之聲,下聯諧竹管所吹之聲,可稱佳作。

前清時,吾粵有女士某,負才名。于歸之夕,例有鬧新房之舉,來賓出聯索女屬對。聯曰:"花徑碧烟迷野蝶。"衆人中有簡某者,小有才而性傲,言多輕薄,女因厭忌之。聞人呼爲簡先生,故知其姓,遂應聲答曰:"竹門白日繫山牛。"簡不悟女之嘲己也,猶鼓掌贊賞不已。衆亦鼓掌,戲簡曰:"這簡山牛難怪至今不得青一襟也。"

女聞言轉出聯以試簡曰："密眼花針，欲作綉衣難引綫。"蓋取"綉"與"秀"同音（秀才或呼爲秀衣），直以不通待簡。簡猝無以對，衆大嘩，心愈亂。女以簡有不預色，面面相覷，殊難爲情，遂開摺扇以蔽面。簡乃觸悟曰："疏骨摺扇，雖遮粉面不全封（處女已破瓜者不全封）。"衆遂大笑，女亦赧然而退。

（《東莞留省學會雜誌》一九一九年第一期）

月明華屋聯話

胡長風 撰

《月明華屋聯話》共十四篇（則），分別發表於《申報》一九二一年十一月二十九日、十二月三日、十二月五日；《時報》一九二二年五月二十八日、二十九日、三十日、六月一日、六月二日；《越風》一九三五年第三、四、五期，一九三六年第六期，其中一九三五年第四期有兩篇，一篇在第十八頁，篇名後標有"二"，一篇在第二十二頁，篇名後標有"三"，一九三六年第六期篇名後標有"七"。二〇一三年河南文藝出版社《全民國聯話第一輯》僅收錄《申報》所刊幾則聯話。作者胡長風，浙江山陰（今紹興市）人。南社發起人胡栗長之子，與鄭逸梅為同硯友，南社社員。有《雷峰塔磚及藏經瑣記》及家庭短篇小說，另編譯有《美國戲劇怪才嘉拉蒂》，同時在《遊戲世界》《華文國際》《天籟報》發表大量小文章。所載楹聯多與當時的革命家有關。發表在《時報》上的聯話相對較長，因之也能多窺一點作者聯話思想。作者認同用意雙關、措辭玄妙、氣象不凡、渾成、典實、不落窠白之聯。

一

今春遊金陵二日，匆匆言歸，未遍遊踪。憶清凉山寺聯云："盡把好峰藏寺裏。　不教幽景落人間。"又聯云："一帶江山餘晚照。六朝鐘磬老清僧。"二聯正如初寫黃庭，恰到好處。

陶緝民姑丈，今夏避暑西湖，索家君書聯。家君爲集杜詩"翠瓜碧李沉玉甃。　清箪疏簾看弈棋"贈之。見者謂爲佳句天成，妙手自得。

（《申報》一九二一年十一月二十九日）

二

數年來，家君撰輓聯甚多，惜未留稿。就記憶所及，記之。輓黃克強集句云："人之云亡，邦國殄瘁。　民今方殆，我心憂傷。"輓蔡松坡云："贊成帝制，恢復共和，通權達變具奇才。湘水有靈，蓋世勳名失曾左。　始督南滇，終軍西蜀，除盜安民負大任。天年竟夭，萬行涕淚遍瀛寰。"輓徐班侯云："公真如屈大夫李學士之爲人，豈獨生前，能以文章表氣節。　我不向交通局招商局而致語，但期今後，莫憑忠信涉波濤。"蓋徐死於普濟輪之難也。輓俞恪士云："名士作名宦，揚歷中外，垂三十年。試思家國滄桑，美猶有恨。斯人而斯疾，歸臥湖山，才半閱月。待看枌榆俎豆，歿則爲靈。"又代叔祖輓其酒友錢江義渡局長張君聯云："君具濟川才，天下滔滔，得志應爲舟楫用。　我驚捐館耗，故交落落，傷心難續酒爐歡。"

（《申報》一九二一年十一月二十九日）

三

慈溪葉孟賢先生，誠實幹練，任先高祖帳席有年，後以年老歸去。然兹六十年中，余家婚喪大事，必請其佐理。蓋惟葉嫻吾家掌故，他人鮮能措置裕如也。七年冬去世，年已九十八歲。家君輓以聯云："百年之光陰幾何，屢看滄海桑田，方欣頤養含飴，天竟不愁兹一老。　五福以考終爲最，況復先疇舊德，多賴蓋籌藉箸，我思作傳奈無文。"見者謂余家興衰之感，故人相助之勞，情見乎辭。

（《申報》一九二一年十二月三日）

四

嘗見趙撝叔先生爲先五叔曾祖書聯云："於此江流得浮石。　爰留山勢掩吾亭。"又越縵老人集句書贈某云："柯條仙李分花萼。　德性嘉禾種子孫。"又陶子貞書聯云："醉裏千篇風雨速。　胸中九淵蛟龍蟠。"是三聯均存叔祖處，名人真迹，良足珍賞。余家舊藏名人書畫甚多，而越縵老人與先曾祖之書札猶夥。惜先大父遊宦滇贛，家藏書畫古玩，奴僕盜竊殆盡。今所存者，不及百之十一。嘗於叔祖處，見有越縵老人爲先曾祖跋紹興某寺碑文一幅，考證至詳。其他流散者不知多少。祖物凋零，記者志痛。

杭州大千世界共和廳有聯云："大千世界。　第一湖山。"尚佳。余所懸聯，均無足觀者。

茶居聯佳者至少，嘗見杭州第一樓茶居聯云："到底人情濃必淡。　從來世味苦回甘。"用意雙關，甚佳。

（《申報》一九二一年十二月五日）

五

嘗見江蘇省立第二女子師範學校畢業式聯語云："畢業已第三屆，本科爲第一遭，繼起正多才，且看驊騮開道路。　修學至今日終，任事從今後始，前途須努力，好栽桃李滿門墻。"語尚渾成。

又該校運動會聯語云："時事尚可爲，願同儕共奮精神，力圖進步。嘉賓欣滿座,只小子粗呈技術,貽笑方家。"又云:"轉瞬是聯合會日期,好身手今朝先一賽。　預備作軍國民模範,女英雄吾輩莫輕誇。"又云:"是第三次運動,正值三秋,開會奏琴歌,詎含商氣。距雙十節紀念,甫經十日,登場呈舞蹈,猶帶餘歡。"均能不落窠臼。

浙江嘉善縣知事賀某有子以薦任職,需次江蘇,去秋歸省以食蟹致病而歿,不數日賀某亦死於任所。訃來家君輓以聯云:"但有螯蟹無監州,遺憾未乾思子淚。　先驅狐狸於地下,相逢忍聽喚爺聲。"

去夏蔡谷清先生由滬夜車歸杭寓,以暴疾歿。蔡迭長浙蘇高審廳,繼任杭州中國銀行行長,盛年短折,有女無兒。家君輓以聯云:"袖中詩本、襟上淚痕,炙輠肆高談,更誰知,四世交情、廿年往事。　氣識金銀、胸羅法律,歸車驚永逝,不忍聽,孤嫠夜泣、嬌女朝啼。"蓋紀實也。

(《時報》一九二二年五月二十八日)

六

諸丈貞壯於七年秋購屋於杭州之惠興里,遷居之日曾賦詩記事,吳老缶集其詩句書聯贈賀云:"百年願可支門戶。　一室安能事掃除。"沈寐叟亦以此二句書聯,見者謂寫作均佳,顧或謂"安能"二字易以"聊先"尤妥。

四年冬,家君任四川開江榷政,集宋人詞句聯云:"花開猶是十年前,悵名姬駿馬,都如作夢。　傷春不在高樓上,怕流鶯乳燕,也帶邊聲。"上聯指在湘時事,下聯云云。時方護國軍興滇蜀間,有戰事也。又集杜詩聯云:"一臥滄江驚歲晚。　千家山郭靜朝暉。"去秋集定盦詞句聯云:"怨去吹簫狂來說劍,誰貌取書生骨相。　昨日閑愁今朝暗恨,儘孳他明月樓臺。"今春又集杜詩聯云:"但使殘年飽吃飯。　自斷此生休問天。"

家君近集美成詞句聯贈秋雪庵,云:"隱隱淡月籠沙,遼鶴歸來,吟箋賦筆猶記燕臺句。　纖纖池塘飛雨,驚鴻去遠,黃蘆枯竹疑泛九江船。"

諸丈翔九今歲五十雙慶,家君贈聯云:"五十年曰艾,服官政。三千歲之桃,屬神仙。"見者謂不落俗套。

歙縣葉師典臣精數學,家於吳,手創蘇蘇女學,繼任事浦東中學,耐勞任怨,衆感悅服。三年秋遘病,危時同學二次爲集資延德醫,然卒不起,殁於滬。身後蕭條,知者哀之,蓋葉師家累實重,身心憔悴,故藥石所難奏效焉。同學爲開會追悼,其友某女士有長聯,至哀感,惜忘其詞,僅記一聯云:"胡爲乎然也。　是誰之過歟?"蓋有慨乎言之。葉師德配某夫人能詩,閨中唱和詩有句云:"願化一雙蝴蝶去,遍人間護未開花。"一對璧人,天傷其一,惜哉。

(《時報》一九二二年五月二十九日)

七

吳居時,友有奉回敎者嘗導余瞻淸眞寺,大禮堂石柱有聯云:"化天化地能化化。　生人生物更生生。"措辭玄妙。

蘇州閶街頭巷圓通寺懸有集泰山金剛經字聯,云:"老樹漢時種。　長河上天來。"古氣盎然,用語壯闊,觀之不忍遽去。

程雪樓撫吳時,於盤門瑞光塔附近闢植園,徵各屬縣花木果穀等種子蒔之,寓農於遊,用意至深遠。園東鄰郡學,廣數十畝,繚以短垣,蒔以花木。入園不數武有屋三楹,曰竹所,修竹萬竿,環繞其際,右行一泓碧水,游魚可數。渡橋數武豆棚瓜架排列天然,所謂微波榭者是,茗話最宜。再前行爲卐字花臺,爲船廳,爲學圃,即鳳池庵舊址,爲農業陳列室,構造均有致。北行盡處道山亭聳然高立,可望西南諸山。再前則臨蜜蜂洞,出洞爲通衢,撫署在焉。初斯地,荒烟蔓草人踪罕到,程公芟荆棘因地制宜,煥然改觀。園落成徵聯及家君,爲集魯論毛詩句,云:"君子之道譬諸草木。　先民有言詢於芻蕘。"光復後園日荒蕪,今改設道苗圃矣。重經前地,非復當年,情隨事遷,盛衰有數,人存政舉,不可慨歟。

家君言,天津李文忠祠戲臺有聯云:"歌嘯發江淮,一洗人間箏笛響。　風雲思將帥,如聞天上鼓鼙聲。"署名楊士驤。堂皇冠冕,誠大手筆也。按:"箏笛響"與"曾滌湘"諧聲云。

楊克威將軍督浙時,以岳武穆廟建築簡陋有失觀瞻,發起改建,今已竣工,廟貌重新,威儀嚴肅,聞費十五萬金。廟滿懸現任浙江各長官聯,數約三十。有某校長王某一聯云:"天下太平,文官不愛錢,武官不怕死。　乾坤正氣,在下爲河嶽,在上爲日星。"集句得當,朗讀一過餘聯失色。

宋漁父先生有題武昌西山壁聯云:"鄂渚鎮江南,可憐是孫權稱雄、王敦造反。　大江流日夜,曾記得蔣幹作賊、陶侃做工。"何等氣象,英雄吐屬自與常人不同。

(《時報》一九二二年五月三十日)

八

距紹興城約十餘里有箬簀山,臨河,水青山秀,相傳呼繞門山。周圍數里皆產石,鑿石聲終歲不絕,由來久矣。陶心雲太姻長擇最勝處築稷廬家焉。高崖峭壁,排列若屏,堤柳沿河,掩映入畫,蓋經營自然,頗具山川亭榭之勝,人呼爲東湖。兒時數遊之,今春侍父展謁先曾祖眉卿公墓,路經重遊,依稀相識。父言有陶公洞,以幽險勝,爲廬中最勝處,去春曾偕映盦南生二世丈遊之。乃命舟入,則斧劈百丈崖壁,窺天若月,鴿巢懸石,急湍打舷,空谷風鳴,陰寒宜夏,奇險幽窈,非復人間。惜僻處深邃,遊者多失之。廬聯甚多,胥出心雲先生手筆。匆匆一覽,佳者或稷廬門聯集句,云:"門前學種先生柳。　嶺上猶橫隱士雲。"句均合陶氏,誠巧思已。仙桃洞聯云：洞五百尺不見底。　桃三千年一開花。又東天竺亭柱聯云：此地是金匱石室。　知音在流水高山。又聯云：石以地靈，地以人靈，此地自我千古。　水因山好，山因禪好，名山與佛爲緣。東天竺爲數十丈危崖，矗立湖中，石磴徑闊僅尺許，苔封蘚網，滑不受履。余初未知其險，攀登其巔，巔滿着枯樹老藤，搖搖欲墮，山高鳥絶，惟灰鴿三二，拍拍自陶公洞飛向雲端。俯矙兩旁，急流怒衝伏石，石咸張齒仰首以待，不幸墮下，粉身碎骨矣。境絶幽險，悄然獨立，心悸足軟。父見余臨險，急呼余下，諭云：人子不登高不臨深，小子識之。今回想猶懍然也。聞人言，崖巔初擬鑿佛，心雲先生既故遂不果。他如憑河桂花亭聯云：問木樨香否？　知游魚樂乎？亦佳。又有崖壁千尋，此是大斧劈畫法，漁舠一葉，又入小桃源，園中一聯，則下聯筆力弱矣。又有聯云：此是山陰道上。　如來西子湖頭。句非不佳。蓋山陰道上，世稱千巖競秀、萬壑争流，使人應接不暇，所謂山川之美，冠絶東南者是也。蕞爾西子，正如蓬門弱質炫服綺羅，着意修飾，終難與大家風範者較，人謂陶公此聯失辭矣。

（《時報》一九二二年六月一日）

九

蘇州楓橋寒山寺以張繼一詩傳。清宣統間，程德全中丞因日人欲新之乃聚資重修。余數往遊，今猶能誦其住者二聯。云：蘭若構重新，閑懸一角樓台，野衲正迎斜照影。　蒲牢聲四徹，静對滿天霜月，空江應有泊舟人。又聯云：此地無江上風波，寄語豐干休饒舌。　依舊是板橋霜月，追懷張繼再留題。前聯尤佳。余記是聯，因憶及余在小學時，遠足寒山寺及距寺三里之何山，歸應校課作遊記，文中用蘭若二字，閲卷者批云，蘭若草名，不切。出之師訓，奚敢辯，謹藏課卷至今，留作紀念。此爲十年前事，每况愈下，白話文宜乎盛行也。

杭州城站迎輧茶居有聯云："請坐坐吃茶，小駐征輢，試與家風談玉茗。　聽烏烏汽笛，快驂飛轡，不須古制辨金根。"尚切。

（《時報》一九二二年六月二日）

十

戊午秋，西湖白傅祠附祀樊紹述諫議，從吳絅齊學士議也，士林傳爲佳話，爭賦詩歌。有集唐句爲楹帖云："祠源倒傾三峽水。　綠楊宜作兩家春。"雅切不移，余最愛誦。

民國紀元，南京臨時政府追悼陣亡將士於鍾山，章太炎先生有輓聯云："群盜鼠竊狗偷，死者不瞑目。　此地龍蟠虎踞，古人之虛言。"慨乎言之。

嘗聞王揖唐壽段合肥聯云："大雲天下雨。　勁節歲寒松。"西湖岳武穆廟懸徐邁園姻丈一聯云："名勝非賊納之區，對此忠骸，應半虧西湖祠墓。　時勢豈權奸能造，微公涅臂，有誰話南渡君臣。"并州剪無此爽利也。書聯者李生翁，字極怪瘦，此聯寫作俱佳。余每詣廟仁視，徐近已謝世，李亦貧老可念。

（《越風》一九三五年第三期）

十一

西湖靈隱寺大殿，自洪楊毀後，前數年始由武進盛氏重修，丹雘雖新較昔狹隘矣。新懸一聯云："覺場開晉代，於今歷劫已千年，移將海外旃檀，重啓莊嚴宮殿。禪心常住在，依舊前臺花發、上界鐘聞、東澗水流、南山雲起。　靈範闢西湖，自昔清幽超三竺，種得人間祇樹，蔚成大好園林。勝境悟飛來，試看駝峴風高、鷲峰石峙、龍泓春漲、猿洞秋深。"

（《越風》一九三五年第四期）

十二

紹興柯山七星岩有深潭，廣約五六丈，深不可測，即之森然，不可久留。臨潭廳事三楹，陰寒宜夏。余童時曾見有徐樹銘聯，云："雖無雷電飛空去。　恐有蛟龍入座來。"數年前家大人與俞壽臣丈往遊，余侍往，尋此聯，已無有矣。

西湖大世界遊藝場有聯云："是何等景象。　有如此湖山。"語尚闊大。

張勛復辟不成，論者謂愚不可及世，輓聯多佳作。錢某聯云："公之為人，如昌黎行文，硬語盤空，倔強猶留正氣。　史未足信，若諸葛出師，大書入寇，古今同一傷心。"就文論文，固佳作也。又某聯云："其自任以天下之重如此。　是知其不可而為之者歟。"則以舊傳諸葛武侯聯移輓，亦切當。

家大人嘗代集夢窗詞句贈程艷秋婚聯，云："綉幄掛鴛鴦，趁夜月瑶笙飛環佩。　彩雲棲翡翠，有金羅紅粉寫香詞。"又："窗影燭光搖，更花管雲箋，酒軟香濃春有味。　粉香妝韻薄，有清尊檀板，簾烘樓迥月宜人。"見者咸謂艷麗無兩。

（《越風》一九三五年第四期第二十二頁）

十三

吳江陳巢南師，高才宿學，著作等身，己酉組南社，鼓吹革命，為辛亥光復先聲。歷主江浙黌舍講席，性忼直，不轉徇人。十六年以來當時同人多因機赴會，師獨恬任文字閑曹，至二十一年間退隱吳中，參禪蕭寺，翌年六十遽於中秋午夜歸道山。一月前家大人猶得其來書也，家大人輓聯云："生交三十年前，死別六十歲後，漫嗟身世蒼茫，雞犬豈皆仙，憎命文章，亦足千古。　在蘇同聯南社，在杭同醉西湖，遽痛人琴寥落，龍蛇正當厄，感時滴淚，何止雙行。"余髫齡曾晉謁，比長幸附及門，亦撰一聯寄輓，聯不足存，記此聊志心喪。

吳中顧氏怡園楹聯均集宋人詞句，允稱佳構。余在蘇時屢往遊，擬錄存，因循未果。二十年間因事赴南潯，抽暇往覽劉氏嘉業藏書樓，楹聯亦多集宋詞，匆匆記一聯，云："佳節若為酬，縹簡雲籤，細憑商略。　層闌幾回憑，青溪翠麓，正好登臨。"

（《越風》一九三五年第五期）

十四

先曾祖梅卿公重交善諾，嘗手揮十萬金，以庚午舉人與先叔祖梅軒公詩文齊名，少年科第，交遍海內，樊山、□德、悲庵、越縵諸公均相交甚歡。丙戌六月梅卿公疾歿於里，時先高祖碩庵公於壬午四月，先高祖母羅太夫人於己酉，先叔曾祖梅軒公於甲申，均先殂謝，樊山輓聯云："嗟比歲君家多故，大椿先霣，慈竹復凋，奈何伯仲□□，地下更諧翁博響。　溯平生豪氣過人，萬卷儲書，千金結客，留得文章科第，滇南新試牧民才。"先曾祖生平可以想見。末語云云，時蓋先大父少卿公以癸未進士宰雲南羅次縣也。

崑山李雲年來杭，行小兒醫有聲，致多資，十五年間逝世，其側室張夫人殉焉，節烈可風，知者莫不嘆仰，致輓詞。記一聯云："活人活國，宰相之心，醫家者流，何殊唐代陸公、宋朝范輔。　一死一生，交情乃見，弱女子耳，不數田橫二士、秦穆三良。"

（《越風》一九三五年第六期）

梅龕聯話

鄭逸梅 撰

《梅龕聯話》共十三則，載於《小說新報》一九二一年第七卷第一期、第四期，《快活》一九二二年第十一期、第十四期、第二十九期，《半月》一九二三年第二卷第十九期、第二卷第二十期，《新月》一九二五年第一卷第一期，《紫羅蘭》一九二五年第一卷第二期、一九二六年第一卷第十一期、第一卷第十九期，《紅玫瑰》一九二五年第一卷第二十五期，《新上海》一九三三年第一卷第二期。其中《小說新報》一九二一年第七卷第一期、《快活》一九二二年第二十九期以《紙帳銅瓶室聯話》名出之，《紅玫瑰》一九二五年第一卷第二十五期以《滑稽聯話》名出之，《快活》一九二二年第十四期以《新婚聯話》出，余則以《聯話》《梅龕聯話》名出。作者鄭逸梅（一八九五——一九九二），出生於江蘇蘇州，祖籍安徽歙縣。父早歿，依蘇州外祖父爲生，改姓鄭。十七歲進江蘇省立第二中學，開始爲報刊寫文史小品，後入上海影戲公司，編撰字稿及説明書。南社社員，曾編輯《華光半月刊》《金剛鑽報》，筆耕不輟，以"報刊補白大王"聞名。鄭梅逸輯撰的聯話有的以其室號名出，如《紙帳銅瓶室聯話》《梅龕聯話》，有的以聯語主題名出，如《新婚聯話》，有的以聯語風格出，如《滑稽聯話》。篇幅上，除《小說新報》一九二一年第七卷第一期以《紙帳銅瓶室聯話》名出、《新月》一九二五年第一卷第一期以《梅龕聯話》名出的兩篇之外，其他都較短小，有的不足百字。其撰寫之初衷乃爲報刊補白，作者在聯話中亦有説明："前錄寒碧莊楹聯爲《半月》補白，然尚有遺珠焉，補錄於下。"作者崇尚"雋"語，評聯時稱"辭意雅雋，輒聯之上乘也""雋語耐人咀嚼",亦重自然、豪邁、渾成之聯語,評所選之聯語"豪邁之氣溢於言表","雄厚有氣力","自然,絕無斧鑿痕",重視聯語的情感張力,"語雖慘淡無奇,而一種悲怨幽憤之情溢於言表,讀之令人淚下"。《梅龕聯話》在評點上用墨不多,但亦代表補白體聯話的一種審美認同。

一

清嘉慶時,吳門某先生有《過鄒縣謁孟子廟》五律一首,中有句云:"戰國風趨下,斯文日再中。"後其友人夢至孟廟,見所懸楹聯十字即此二語,殆爲亞聖所賞歟?

清高宗喜自演崑劇,所演劇之臺上楹聯皆配合皇帝身份,聞係紀文達公手筆也。聯云:"堯舜生,湯武末,成康小醜,古今來幾班脚色。 日月燈,雲霞彩,風雷鼓板,天地間好個排場。"按:戲臺聯多枝枝節節者,記《隨園詩話》載有一聯,集成語云:"把往事今朝重提起。 破功夫明日早些來。"可謂渾成。

吳三桂在雲南時,某年其西部十七州縣旱荒,赤地千里,三桂命辦急賑,全活無算。三桂敗後,其地仍尸祝之,蓋於清雖爲叛臣,而民之受其實惠者不能忘也。聞某處深山中土人私爲立祠,稱吳王廟,人有詢之者則曰土地廟,官吏足迹所不及,故歲久無干涉之者。廟聯甚多,大抵皆誦其救荒之功,別有一聯則爲三桂辯護,聞係當日一感恩之士所製也。聯云:"力窮楚覆求秦救。 心死韓亡受漢封。"以申包胥張子房爲比,而皆謂其不忘明朝。句亦雄厚有氣力,可謂善於措詞矣。

聞尤西堂先生書齋中懸有一聯云:"老名士先皇天語。 真才子今上綸音。"蓋先生文字早流傳禁中,老名士真才子則兩朝褒獎語也。

相傳先生幼時,塾師以"后稷"二字命對,先生應聲曰"王瓜",

师初讶不伦，继而思之则叹为工切，其灵敏已非他儿所能及矣。又闻塾师有友常来馆中，喜先生慧，以"月圆"二字属之对，先生应曰"风扁"，友谓风无以扁称者，殊未妥贴。先生抗声曰："风不扁何以无缝不钻？"友闻之赧然。盖所与塾师谈者，率多钻营之事也，识者早有以知先生之成名当世矣。

王景崧輓青浦刘南墅先生云："刊遗书曩哲功臣，老屋荒江，百年有我。　恤家难先人执友，秋风落日，何处寻君。"落墨甚高，与枝枝节节为之者有上下床之别，洵佳构也。刘先生刊乡先辈王原文集，又某公诗词集，王君父死后曾为之排解纷难者。此事去今有年，余友人闻之，某先生所述以语余云。

有某知县者，初下车颇清廉，为阖邑人士所称颂，赠以匾额曰"民之父母"，以悬大堂。久之，大肆贪婪，罔顾法纪，与始任时截然若两人。某绅撰一联，私令人粘之匾额两旁，云："昔年误认此之谓。　今日方知恶在其。"皆对"民之父母"四字而言，令人绝倒。

沧浪亭师范学校校友会称寒松社，石予先生赠联云："由碧霞池登道山亭，锄月种梅，一角春风新辟地。　以老布衣入寒松社，咬文嚼字，两年国学旧谈天。"昆山钱冕唐先生旧任师范学校讲席，去秋以疾作古，余以钱先生开吊必多佳联，曾问石予。先生谓师范学校校长王饮鹤先生一联最为自然，绝无斧凿痕。联云："前辈文章归太仆。　暮年心事顾亭林。"此十四字当推为第一也。余问石予必有佳联，石予自谓不如王先生之佳。因诵曰："春风入座，明月当阶，话旧记寒松社里。　落叶满山，夕阳在野，招魂在文笔峰头。"

石予先生初至吴门，其时适当丁未岁拒款风潮，秋间将开大会于菊双塔寺巷之旧试院。时长元吴教育会会长彭颂田先生病已重，临殁前一日，犹唤人安排会场等事也。石予先生輓彭先生联云："路权保吴越巖疆，至垂尽灵魂，犹未置身事外。　学战驱儿女入伍，看未来世界，方知此老胸中。"盖彭先生子与媳皆留学外洋也。

昔闻人言，有翰林史某放某省学政，按试某郡时，有幼童姓鲁者年未滿十齡，學政愛之，出聯命對曰："魯小子，腰間去四點，好似曾子門生。"魯對曰："史大人，頭上加一畫，乃作吏部天官。"學政大喜。是年魯即遊庠焉。

某生處館某宦第，其館東固不識一丁者，而喜諛言。紹介者爲言，館徒雖劣，然不可無獎語，生諾之。一日出"青菜"二字爲上聯，館東共三子，長者對曰"黃瓜"，師批曰佳。次者久不得，則寫"菜青"爲對，師批曰倒得轉。其幼者則仍寫作"青菜"二字，師批曰"尚還記得"。傳者笑爲品評允當云。

（《小説新報》一九二一年第七卷第一期）

二

廣陵趙彥誠先生嘗主持吳門草橋中學校事，後先生歸道山，同學開會追悼之，哀輓聯語美不勝收，錄其尤者於下。汪鼎丞師聯云："大好先生，竟決然而去也。　吾黨小子，不知所以栽之。"胡介生師聯云："話別記東來，正風雪蕭蕭，初開梅蕊。　思君不可見，道江天慘慘，已作古人。"余宏淦師聯云："公竟遊仙，爲學界同聲一哭。　天何不弔，靳斯人設教三吳。"諸同學輓聯云"小子愧無才，半年聆受訓言，長此傾心道範。　先生名不朽，今日拜瞻遺像，那堪回首春風。""并世學者誰與匹。　吾儕小子僅聞知。""是經師，是人師，半載從遊，叨陪文席。　若言教，若身教，三吳同學，痛失典型。""能多識前言往行，以蓄其德。　是教人律身持己，吾從而師。""舉足可法，吐辭爲經，半載受陶鎔，不殊講學潮陽，模範群宗天水派。　舊雨愴懷，春風感慟，一堂薦清酌，試賦招魂楚些，靈旂來駕廣陵濤。""自夫子之來，筮易得地雷一卦。　問昔人安比，惟古有天水先生。""未得爲徒猶有憾。　願留受業豈無因。"

（《小説新報》一九二一年第七卷第四期）

三

赵公书城，眠雲之嚴君也。今春作古，胡師石予曾輓以一聯云：“百年棗墅尋芳躅。　一水胥江招古魂。”辭意雅雋，輓聯之上乘也。

香海有名妓，美丰姿通詞翰，而舉止沉靜，復有大家風。某客識之稔，一日詢及其身世，則固書香門閥之裔也，以家貧故，年甫妙齡即爲其母鬻於烟花。言時并以所作詩出示，中有贈母二句，云：“骨肉真情甘作別。賣兒還剩幾多錢。”語雖慘淡無奇，而一種悲怨幽憤之情溢於言表，讀之令人淚下。

（《快活》一九二二年第十一期）

四

新婚聯往往陳腐者多新穎者少，同心并蒂，連理合歡，爲刻板之吉祥文字，實則徒取人厭耳。吾師石予先生曾爲人書婚聯，新穎可喜，聯云：“月□雙懸寫真畫。　風琴同譜自出詩。”又云：“女權兩字研新理。　家政一篇思古風。”

青浦吳靈園君數載神交也，與沈子禹鐘善，同爲文壇健將。去歲雙十節，適靈園與月子女史結婚，予即撰聯賀之。云：“良辰家國徵雙慶。　雅樂琴鐘奏二南。”亦一時佳話也。

（《快活》一九二二年第十四期）

五

曩者浣纱女史李雪芳來滬，吾友平襟亞爲刊艷史。及雪芳南歸，襟亞贈以聯云："送君歸去花如雪。　殢我相思夢亦芳。"

文友吳靈園善小説家言，涉筆清妙，往往有禪意。去歲國慶紀念而靈園適爲結婚之辰，余即撰一聯，聊以代賀。聯云："良辰家國徵雙慶。　雅樂琴鐘奏二南。"亦一時佳話也。

（《快活》一九二二年第二十九期）

六

前錄寒碧莊楹聯爲《半月》補白，然尚有遺珠焉，補錄於下。"小園新展西南角。　明月誰分上下池。""園林甲天下，看吴下游人，載酒携琴，日涉總成彭澤趣。　瀟灑滿江南，自濟南到此，疏泉叠石，風光合讀涪翁詩。"撰者名已不憶。

（《半月》一九二三年第二卷第十九期）

七

海巫有陳君者，年未及冠劬學得病，將死願以己名下一分財産悉數捐入學款，爲興學之助，其同學某生請半蘭主人代撰輓聯，云："登華堂拜尊親，止宿與深談，慕張元伯范巨卿之交，已成往事。破家産興教育，彌留遺治命，繼葉澄衷楊斯盛而起，乃有少年。"

（《半月》一九二三年第二卷第二十期）

八

　　昨日於裝璜家見康南海書贈某君聯語，云："廉吏難爲有遺愛。　大師傳授守遺書。"跋語則云："某君曾令吾粵，爲循吏第一，而又刻其師某先生遺著若干種。"云云。按上下聯複一"遺"字，康先生又自注謂兩"遺"字，雖複，然均不能動，且事求其實，不係此區區也。某君號及某先生姓字，惜均忘却，其跋語注語意固如是，辭容有出入也。録之以見偶有複字，亦不害其爲佳聯，足破拘墟之見云。

　　我吳劉雅賓先生罷官歸來，清風兩袖，仍不異寒素書生也。及没，開追悼會於勸學所，一時哀輓之作頗不乏佳構。余最愛某君聯，有"弟子正江南開府"七字，可謂冠冕堂皇，當推第一。其全聯不盡記憶，對處則曰"先生忽天上騎箕"。

　　余曾記前四年，見吾師石予先生輓其内侄曹君詩，有一聯云："老我百年一半去，哭君四世十三喪。"近又見先生七律一首，有聯云："百千萬劫空悲世，十八九忘舊讀書。"皆十四字中用六個數目字者，其工力悉敵，亦不易多覯也。

　　以數目字作對者，在古人詩如柳宗元《別舍弟宗一》，有云："一身去國六千里，萬死投荒十二年。"十四字中用六個數目字，皆極挺拔鬱壯，自是獨絶之作。近有人述某君壽某翁詩，有一聯云："三千一實渾忘歲，八十雙瞳四射鋩。"亦佳。

　　以實有之地名製成巧對者，如："無錫錫山山無錫。　平湖湖水水平湖。""三塔寺前三座塔。　五臺山上五層臺。"可謂至不易矣。其次則以虛對實，亦有可取者。如"開封府，開印大吉，封印大吉"，據云此張文襄之洞所命出聯也。有一候補知縣對之云："候補縣，候缺無期，補缺無期。"雖以虛對實，却妙在出諸候補之口，自道苦處，倍覺有味也。又有以"穀熟穀熟飯常熟，常熟常熟"爲出聯者（按：穀熟亦地名）。或對曰："書生書生問先生，先生先生。"亦妙造自然也。

聞友人述前清庚子年，某報載有以出聯徵求對者，偶句中嵌用象棋字，妙在一字不遺，實難乎爲對矣。上聯云：「大帥用兵，士卒效命，車轔轔馬蕭蕭，氣象巍巍，祝此去一炮成功，方不愧出將入相。」按：其時適拳亂作，兩宮已西狩，有某君者從此着想爲一下聯，均嵌用骨牌名，可謂工絶。其對云：「至尊在野，長短休論，文泄泄武沓沓，議和叠叠，到後來萬人失望，只落得搶地呼天。」蓋骨牌有所謂文牌者，有所謂武牌者，有所謂野牌者，又有所謂天地人和、三長四短者，又有所謂至尊者，今一一羅列無遺，又切定時局，因難見巧，乃覺更勝出聯。

曾文正公不獨古文具雄直之氣，爲他家不能及，即輓聯一種亦特異於人，其悲壯哀楚之處每一語抵人千百，其見於家書者如輓胡文忠太夫人、胡文忠、李忠武及其季弟諸聯，皆是也。公子惠敏公紀澤，具有家學，筆墨亦復遒練可貴。有人述輓同志某君聯，云：「頻年摧折何多，皆我鄉黨姻婭弟昆，懷才未試之士。　同輩賢豪有幾，如君學問文章經濟，無美不備者誰。」勁氣直達，上下聯四十字如一筆書，即起文正爲之，亦不過如是矣。

昨至草橋學舍之東廬，見石予先生案頭有代某君輓其曲社友人一聯，云：「名流歌管集知音，一曲依然，湖山社酒。　佳日春秋重話舊，百年已矣，風雨人琴。」

（《新月》一九二五年第一卷第一期）

九

予曾倩烟橋范子書一短聯以貽某友，聯云：「嘗未飲酒而醉。以不讀書爲高。」作超雋語　耐人咀嚼。

眠雲亦善揮毫，近爲予書一聯，云：「襟懷爾我。　肝膽乾坤。」豪邁之氣溢於言表。

又眠雲嘗過某骨董家，見有李梅庵書聯，字殊勁遒，且爲遺墨，因購之歸。惟微嫌其有他人之款，殊不稱於張壁，既而覿予。忽思及此聯，即以之爲贈，連呼巧巧。予展視之，聯云："高步正齊韓魏國。　奇文何異蔡中郎。"款爲"際雲仁兄法家政之，清道人"。蓋予字適爲際雲，茲竟偶然吻合也。

（《紫羅蘭》一九二五年第一卷第二期）

某氏子胸無點墨而喜附庸風雅，慕邑中某名士，求其書聯。某名士深鄙其人，然又情意殷拳不可却，乃爲撰一聯，書以塞責。句爲四言："閑來學劍。　興至吹簫。"某氏子獲之如拱璧，亟付裝池，懸之壁間。有識者曰，某名士殆譏君讀書不成，將來要行乞也。某氏子大慚。

吳中潘宦，忘其名，以書聞於士林。某儈求其揮寫一聯，宦即伸紙疾書以付之。儈亟展視，則上聯爲"天高地厚"四字，下聯爲"先天下之憂而憂，後天下之樂而樂"十四字，大不相稱，儈不悅意，請覆書。宦曰："子重余之書法歟？抑重余之聯句歟？如重書法，則已謹如命矣，若重聯句，緩日當錄奉若干則可也。"

（《紅玫瑰》一九二五年第一卷第二十五期）

十一

予所著《梅瓣集》中有一聯，云："雲隙露星天有眼。　巖坳垂草石生髯。"句中適嵌"天石"二字，殊工穩。因思若亡友朱天石尚在者，當倩人書以貽之矣。

社友顧明道書齋中懸一琴聯，乃許指嚴撰書者。句云："中道逢佳友。　良辰入奇懷。"故人遺墨,彌覺可珍也。

(《紫羅蘭》一九二六年第一卷第十一期)

十二

胥江萬年橋有甘將軍廟者,祀三國東吳名將甘寧,今歲由邑人費仲深輩修葺之,煥然一新矣。趙眠雲曾書撰一聯,云:"百餘人選帳下健兒,酌酒去鼓吹,還驚走北軍斫強敵。　萬年橋新江頭古廟,功德崇呵護,默保安南國降明神。"

偶過裝池家見一聯,云:"汲古得修綆。　交情脫寶刀。"句殊渾雄可誦,蓋出聯爲成語,下聯則丹徒趙烈士詩也。

(《紫羅蘭》一九二六年第一卷第十九期)

十三

俞天憤君之尊人金門先生,爲海虞老名士,於民國十五年秋間歸道山。彌留時自輓云:"造化弄人,婦死夫生辰,夫死婦生辰,算得同生同死。"蓋其夫人適於先生七旬誕日去世,而先生歸道山前二日,又爲夫人生忌也。下聯請蔣子範君代續。蔣君續成之,云:"返求諸己,知歸言受命,言歸知受命,庶幾全受全歸。"余亦撰聯輓之,云:"莽莽乾坤摧異才,滄海嘆橫流,又失東南大老。　瀟瀟風雨思君子,山川鍾靈秀,允爲天地完人。"先生洵可當之無愧也。

(《新上海》一九三三年第一卷第二期)

生白室聯話

曙　星　撰

　　載於《憂樂雜誌》一九二一年第一期，收録聯語四副。署名爲"曙星"。作者曙星，生平事迹不詳。由聯話中所記聯語作者張鶴第爲揚州人，可知作者或亦爲揚州人。作者重視真情與性情，認爲"聯語之工，非具有真交情與真性情不能，未可以小道忽之"。并以張鶴第輓張羽屏嗣母聯爲例，與清代詩人王士禛《過露筋祠》詩進行比較，認爲張聯得王詩之神韻。總體來説，《生白室聯話》所録聯語包括他輓聯與嵌名聯，作者聯評觀點較少，以録聯與紀事爲主。

　　吾生多幸，邑中先君子之友三人，皆善爲聯。余得飫聞其佳句。三人曰方無隅、張雙塘、方澤山。雙塘與先君子尤稱總角之交。先君子居里中，最以聯語著。所作不留稿，吾家無存者。然亦有數聯，未絶傳於人口。余述以告雙塘。雙塘未認爲吾父愜心之作也。雙塘久客遊。吾父在日，余年幼，不省雙塘工爲聯語否。吾父棄養，得輓聯數百，雙塘語最工。其後余奉母家居，稍稍與父友晉接，雙塘煦拂吾家亦最摯。乃知聯語之工，非具有真交情與真性情不能，未可以小道忽之。余爲聯話，首録哀輓之作，職是之故。然雙塘輓吾父之聯，與其三年前輓吾母者，皆割愛不録，録之且涕下也。

　　雙塘名鶴第，吾邑名孝廉。少時爲文，喜大含細入，年近五十始學詩，能三月一變其態。所爲聯語，渾成若未經雕琢，而切人切事，不可移易。揚州劉申叔師培博學能言，蚤歲與革命黨遊，其後改節事端方。袁氏將帝，申叔與楊度等倡籌安會，袁氏嘉其功，受爲參政，袁死，爲大學教授以卒。總申叔一生，以爲參政時爲最榮顯，然亦數百人之一爾。申叔之經學則幷世無儔，徒以熱中之故，屢變其操。雙塘深惜之，聞其死，輓以聯曰："閲世僅三十六年，歷盡鬱塞磊落之境。　著書已千數百卷，更何窮通壽夭可言。"不作一字貶辭，於慰藉之中深寓嘆息之意，用心至忠厚，不獨造語工也。

輓婦人之作最難工。常謂世所傳曾文正輓某夫人之聯，不可有二。王漁洋《過露筋祠》之詩，曰"門外野風開白蓮"者。雖非輓詩，即景比物，恰合貞女身分，有清一代絶句當推爲上選。友人張羽屛之嗣母，以貞女守節，生於冬月十五，卒於中秋。雙塘輓以聯曰："從夫云何，從子云何，大節死生風義重。　仲冬之望，仲秋之望，清光來去月明中。"天造地設，字字遲重絶倫，似出曾聯之右。其神韻亦與漁洋同工，但出句所謂"從夫云何，從子云何"二語，是否致疑於墨守三從與貞女守節之説。賤子不敢淺測，積習不易改。此事尚爲重要問題，暇當一專論之。

余讀雙塘輓吾友毛君同之父之聯，輒憶雙塘之輓吾父也。君同之父，嚴正而不諧俗，侘傺而死。君同於民國初元，曾任德屬薩摩島領事，鶴俸所入，頗足瞻給其家。以父老，不忍久居重洋外，乞身反國。近年其父常病咳喘，君同尤不忍暫違。余去里北上時，君同送至河干，猶頻以父病爲言。今竟興風木之悲，吾友抱痛當何似。雙塘之聯曰："秉節乃三代，斯民遒遂本真誠，那許獨清群濁世。　負米於重洋，萬里歸來親色笑，如何送死養生時。"末句意深而音楚，凡爲失怙之人，皆將不忍卒讀。然雙塘非曾抱此痛，亦不能如是親切。言爲心聲，信不誣也。

雙塘未嘗作狎邪遊，故贈妓之聯絶無。在揚州時，曾爲人作贈雛妓十歲紅一聯，嵌字不露痕迹，對句尤合雛妓身分。聯云："十月妝成梅萼緑。　歲星算到荔支紅。"一時傳誦揚城，比之輓劉申叔之聯，知者尤衆云。

（《憂樂雜誌》一九二一年第一期）

陶園聯話

陶在東 撰

《陶園聯話》共十七篇，由陶在東所撰的不同名稱的聯話組成。名爲《聯話》的兩篇，分別發表於《半月》一九二三年第二卷第十二期和第十七期。名爲《陶園聯話》的兩篇，分別發表於《半月》一九二五年第四卷第十七期、《風月畫報》一九三六年第九卷第十、第十一期，其中《風月畫報》中有"快樂主人自閩寄"語，此兩篇後又合併成一篇發表於《關聲》一九三七第五卷第十一期，發表時有"東冲海關林斯陶"語。名爲《哀輓聯話》的發表於《紫羅蘭》一九二九年第四卷第二期，名爲《俗話聯》的發表於《新聞報》一九三五年二月二十日十九版。名爲《白話聯話》的九篇，分別發表於《新上海》一九二五年五月十九日二版、《歇浦》一九二九年八月十一日三版，《新聞報》一九三五年八月十八日十五版，九月二十七日十六版，十月二十九日十六版；一九三六年二月三日十五版，二月九日十九版，二月二十一日十四版，三月十七日十五版，四月二日十五版。其中發表於《新上海》《歇浦》上的兩篇內容相同，發表於一九三五年九月二十七日十六版的一篇在《自修》一九四二年第二零五期重複發表。名爲《苧蘿聯話》的一篇，發表於《宇宙風（乙刊）》一九四零年第二十六期。名爲《君山聯話》的一篇，發表於《宇宙風（乙刊）》一九四零年第二十八期。作者署名多樣，《新聞報》《半月》《宇宙風》《紫羅蘭》上皆署"陶在東"，《風月畫報》皆署爲"快樂主人"，《歇浦》上署"愚公"，《新上海》上署"若愚"，《自修》上署"趙曼叔"，《關聲》上署"林斯陶"。張小華《全民國聯話第一輯》收錄發表於《關聲》一九三七年第五卷第十一期的一篇。《宇宙風》於一九三五年九月在上海創刊，林語堂主編，初爲半月刊，後改爲旬刊，一九四七年終刊。共出版刊物一百五十二期。《半月》於一九二一年九月二十一日創刊，半月刊，周瘦鵑主編。作者陶墉，字湘芷，又字在東，號龜齡，筆名有林斯陶、趙曼叔、快樂主人、若愚、愚公。生於一八七零年，卒年不詳。浙江紹興人，光緒二十年（一八九四）舉人。民國時期歷任浙江鄞縣、定海及杭州知事，著有《小學商量》及《秋瑾遺事》。與秋瑾家爲世交。曾在《新陣地》《申報》《紫羅蘭》《國聞周刊》《宇宙風》《大風》《半月》等多家刊物上發表作品，重視白話聯話，在撰寫白話聯話之時還收集有大量白話集聯，亦能創作聯語，吳恭亨《對聯話》收錄其聯語。其中《俗話聯》對俗語聯予以肯定，認爲其所以長久流傳不衰是因爲其有存在的價值，"不宜以其不文而忽之"。作者總結了俗話聯的特點，"其善言觀感者可爲卒右之銘，其諷刺懲創者亦似當頭之棒，其滑稽者更可資談助，解人頤"。《白話聯話》九篇，收錄白話聯語多副。作者認爲以方言俗語入聯，能體現聯語的滑稽性與幽默性，強調對聯的文字意趣。

一

定海爲海疆要隘，設縣舟山，轄島三百有奇。岱山之鹽場，普陀之佛地，其眉目也。唐爲翁山縣，宋爲昌國縣，明改衛，清初置縣，後改直隸同知，民國復爲縣。產業漁鹽，風俗醇樸，孤懸海外，有似桃源。余署邑篆一年又四月，以不欺爲治，官民相安。新春調去，留署一聯云："邑不疲難，昌國有名天所衛。　等平佛法，普陀無恙我重來。"按：上聯末句，本作"山海有情天所眷"，已書懸之矣。因山海耦普陀，銖兩未稱，故易之。

（《半月》一九二三年第二卷第十二期）

二

浙江諸暨，縣城南三里苧蘿山，臨浦陽江，林壑幽美，爲一邑之勝。志載，西施，邑人也。江濱有浣紗石，相傳爲西子浣紗處。巖鐫"浣紗"二字，爲王右軍書。舊有西子祠，陋且傾圮，余葺而新之。邑人樓薔庵捐書數千卷，復加採購，編訂書目，擇此地建圖書館，并擬聯絡祠館，點綴亭榭花木爲公園。設施未竟，奉先府君諱去官。其後灾匪連年，邑人士未遑及。此良足惜也。祠館各署一聯，以留紀念。

西子祠聯："浣紗石占千秋，更難尋，花草吳宮、鷓鴣越殿。泛舸人歸何處，一例是，琵琶漢怨、釵鈿唐仙。"

圖書館聯："府開東壁圖書，文獻不徒關一邑。　地接西施祠宇，美人相並有千秋。"

（《半月》一九二三年第二卷第十七期）

三

金龍四大王，人咸知爲黃河之神，而鮮知神爲杭州人者。金龍者，山名，神兄三而行居四，封號始自明太祖，故曰"金龍四大王"。神姓謝名緒，晋太傅安之後，居上虞，祖達徙錢塘之安溪鄉。緒爲會稽諸生，彬彬儒者，持論慷慨，好施與。宋理宗謝後，其族也。以椒戚，不求仕進。祖墓在金龍山，築望雲亭隱焉。題詩有"東山渺渺白雲低，蒼生猶自望雲霓"之句。德祐二年，帝北狩，元兵入宮，昇謝太后去，緒大慟，作詩二章。有"湘水不沉忠義氣，淮淝自愧破秦謀"及"忠心自古人人有，莫笑狂夫老更狂"之句。與其徒訣曰："生不能報國恩，死當訴之上帝。異日黃河水北流，是吾效靈之證也。"遂赴苕水死。時水陡涌高丈餘，緒尸立而逆流，并相傳與龍門而取其珠事。遂舉葬於金龍祖墓之側。迨明太祖與元將海牙戰於呂梁，垂敗。忽河水逆行，空中聞人馬聲旌旗，隱隱見金龍字，遂得捷。是夕，太祖夢神儒衣歷述生前事。驚醒詔封，凡舟行黄河神應如響，靈迹至夥。凡宿遷呂梁及有漕運之地，并立廟。自明天啓加封護國濟運，歷清代纍加封至四十四字，遣官致祭如儀。金龍祠墓，距杭城四十里而弱，燬於咸豐粤寇。邑人重修之，并采河防省縣志及私家著述輯祠墓録甚詳。光復後祠又傾圮。前任杭縣知事王藹南捐俸修葺，呈准春秋祭銀。余癸亥到官，據鄉紳駱樹立等請，整頓祠租，示禁樵採。秋祭以九月十七，神誕日也。即以題望雲亭詩絕命詞，爲迎神送神之曲。教小學校生徒和琴笛歌之，鄉父老陪祀者百數十人，雝雝稱盛事。余撰一聯云："謝家攸緒，宋室靈均，白雲亭峙山巔，悲歌依魂魄故鄉，大抵神仙多節孝。　誓殄元胡，報酬明主，黄河水來天上，捍衛到共和新國，已無種族不民胞。"

（《半月》一九二五年第四卷第十七期）

四

斗室枯坐，偶憶兩聯，一則詼諧令人捧腹，一則莊嚴令人起警敬，故録之以飼閱者。

（一）孀婦再醮。一日，某秀才送一聯以嘲之："花徑昔曾緣客掃。　蓬門今復爲君開。"可謂東方之流亞也。

（二）吾邑城隍廟對聯爲孫才子手筆，讀之令人生畏。聯云："問你生平，所幹何事？欺人懦、詐人財、侵人倫、侵奪人田地、奸淫人婦女，日積月盈，怕不怕，睁睁眼睛，看世上多少惡酒凶鋒，可饒過那個。　到我這裏，有冤必報。傾爾家、蕩爾産、追爾魂、降罰爾灾殃、絕滅爾子孫，神號鬼哭，是不是，摸摸心頭，想從前千百詭譎機謀,還用得着麼。"

（《新上海》一九二五年五月十九日二版
《歇浦》一九二九年八月十一日三版）

五

　　朋友哀輓,所以言情,以聯出之,文體之別裁也。矧其人其事,多有足稱。平生交遊,稿多散佚,亦復可惜,錄近撰數首,以誌同人。

　　杭縣顧子才乃斌,武備軍官,辛亥浙江光復有功,授勛位,旋退職,爲實業。余宰杭時,地方公益,多所贊助,爲人任俠,聲華與張嘯林、黃金榮、杜月笙相頡頏。輓句云："子游曰有武城澹臺,況屬忘形交,助我弦歌無害吏。　條侯喜得洛陽劇孟,隱若一敵國,吊君龍虎不凡才。"

　　蔡公時兩度接席,宦裔溫文,不意五三死事如此之烈也。十七年九月,清凉寺追悼,佳作如林。余上一聯,其死事備割耳鑿目劓鼻鈒舌諸慘,引用《心經》,亦欲詳人所略耳。"無眼耳鼻舌,無恐怖,無老死。　爲日星河嶽,爲人傑,爲鬼雄。"

　　梁任公以光緒丁酉到湘講學,遂有南學會之設,其時湘撫陳寶箴,即散原詩人之父,督學使者江建霞,提倡最力。會員翹楚如譚復生、歐陽節吾、樊錐、易鼐、畢松甫輩,喪亡殆盡。存者蓋不多人,就余所知,惟熊鳳皇與最不中用之我耳。"浩蕩靈修,南學會員無嗣響。　大同文化,東方作者有先知。"

　　汪伯唐大爕,民十以外交簽約之故,一代總揆,爲平政院長,不啻閑曹,久居京師。兩度政變,出維秩序,民望屬之。前清爲總署章京,余在商部,過從甚歡。余出關而君使英,別廿餘年。君貌癯,似吸鴉片。所至人爲備烟具,君憾之,使英首奏請禁烟。光緒烟禁,自君始也。前年革命夏軍失利,余待罪杭縣,維持秩序。君馳書獎藉過量,并贈名畫爲紀念,情可感也。"百年世界潮流,治啓維新,同官醱酒朱顏,最憶乘槎侯博望。 一卧滄江歲晚,集成懷舊,永夜窗燈白髮,愴聞弄笛過山陽。"

吳淳白孝廉,居杭州湖墅之長坦巷,別號半聾,搜藏書畫多精品,性喜蘭,藝蘭數十百種,著有《蘭蕙小史》,隱君子也。輓句云:"渾忘世路險巇,宅心固久於長坦。 難得耳根清净,別署猶嫌衹半聾。"

貴築陳少石方伯夔麟,光復後肥遯,僑寓杭州,徜徉湖山,寄情詩酒,年七十卒。子昌穀子式,爲財政官,有聲。余與子式同僚也。"湖山小別經年,斗酒過江,不見詞人終遜色。 世界大同何處,黄冠殁地,卒稱遺佚固甘心。"

簡昭南,華僑創設南洋烟草兄弟公司者也。以九月十九日卒,余爲輓詞,久不記省。近友誦之,譽爲貼切。"創立南洋公司,香草美人,四海果皆兄弟。 往生西方净土,楊枝大士,九秋同誕觀音。"

孫仲璵孝廉寶瑄,爲浙海關監督。余宦遊甬東,有文酒之樂。君信佛甚堅,年五十殁,自知期日。忘山其別號也。往過其墓,有宿草矣。"白頭富貴便如何,倍壽百齡,我佛等觀皆如幻影。 大手筆文章今已矣,唱酬十載,詩人別署憶忘山。"

陶梅仙彬,余宗人,父行也,而余長四歲,然均近六十矣。清光緒末,與日本有間島交涉,創設延吉廳同知。君以奉天興仁縣升任,嗣廳改府,府改道,君坐任二十餘年。邊鎮規模,皆所手創,强鄰屢衅,能葆國權。東人稱之,去冬卒官。日俄戰爭之歲,余與君奉調冒險出關,翩翩兩年少也。死生契闊,豈堪追憶。"壯歲東遊,同患難、共功名,三十年世界推遷,往事不堪回首。 哲人西邁,懷舊詩、嘆逝賦,八千里關山迢遞,歸來何處招魂。"

(《紫羅蘭》一九二九年第四卷第二期)

六

　　俗話諺語，流傳人口，歷久不亡，自有其存在之價值。其善言觀感者，可爲座右之銘；其諷刺懲創者，亦似當頭之棒；其滑稽者，更可資談助，解人頤。不宜以其不文而忽之也。不佞一時興到，集之爲聯。得如干首，假本欄一角，以諗同好。

　　其一："如是我聞，衆生皆具佛性。　等因奉此，三句不離本行。"其二："知面不知心，逢人且說三分話。　害人終害己，再來不值一文錢。"其三："伸手便要錢，打開窗子說亮話。　費力不討彩，戴起碓窩跳加官。"其四："過河拆橋，聰明反被聰明誤。　落井下石，惡人自受惡人磨。"其五："神靈廟祝肥，一個將軍一個令。　天高皇帝遠，當方土地當方靈。"其六："跳得高，跌得重，强中更有强中手。　說時遲，那時快，百歲曾無百歲人。"其七："一步登天，拿個雞毛當令箭。　八仙過海，戴著碓窩跳加官。"其八："千里送鵝毛，今朝有酒今朝醉。　秋風貫驢耳，好漢做事好漢當。"其九："平步登天，神仙本是凡人做。　死心塌地，巧妻常伴拙夫眠。"其十："轉錄回黃，寧作開門節度，不作閉門天子。　跟紅踩黑，只許州官放火，不許百姓點燈。"其十一："舉手不打笑臉人，放下屠刀，立地成佛。　回頭尚有挑腳漢，一爲文人，便無足觀。"其十二："君子自重，小便遠行，此去但憑三寸舌。　小人得志，天下大亂，這回斷送老頭皮。"其十三："男大須婚，女大須嫁，清官難斷家務事。　福生有基，禍生在胎，皇天不負苦心人。"其十四："一佛出世，二佛涅槃，新缸那有舊缸好。　文官要錢，武官要命，上梁不正下梁歪。"其十五："種豆得豆，種瓜得瓜，善惡到頭終有報。　吃山管山，吃水管水，人生何處不相逢。"其十六："前門拒虎，後門進狼，凡事須防忙裏錯。　這錢打油，那錢買醋，何人肯向死前休。"其十七："公不離婆，秤不離砣，平安便是福。　姐兒愛俏，老鴇愛鈔，左右做人難。"

《新聞報》一九三五年二月二十日十九版）

七

予集白話,有"樹倒猢猻散。　神靈廟祝肥"一聯。客曰,此聯對仗工而詞意洽,固佳。可惜此兩句白話本身,大有可議之點。予叩其說。客曰,說在時代性。古時猴子老實,遇着樹倒,一哄而散,不生問題。而今日的猴子,就狡猾的多了。樹倒分明是大家不幸,這群畜生,却是翻臉無情,對於此樹,聯合追攻,糾纏不已。文言是落井下石,俗話叫打落水狗。最大原因,是此樹還有些漿汁。非擠過淨□,決不肯輕易放手。一倒便散,在猴子心理上說,我們沒有這樣傻。說到廟祝,也是一般。從前的神,滿不在乎。時代進化,神也格外精刮了。廟祝一職,就不是平白可得的。既得之後,當然附有坐地分成種種條件。儘管香火盛,排場好,却是鷯鷥捉魚,到口不到肚,鷥毛扇層層相厭。在廟祝真有說不出的苦,到不得已時,保不住來一個捲款潛逃。所以肥之一字,也就失其根據了。客去,予思其言,尚非嚮甕虛造者。錄供茶話,以謐同人。予又思忖,白話不同《聖經》,不容改寫。如客所言,此聯兩句末一字,不妨互易。互易云何?則"樹倒猢猻肥。　神靈廟祝散"也。何如?

(《新聞報》一九三五年八月十八日十五版)

八

蒿箭射蒿中

唐初,李密降而意怏怏,請往山東收撫餘衆,高祖遣之。群臣多諫言密凶狡必反,高祖不聽,曰借使叛去,乃如蒿箭射蒿中耳。《通鑒》胡注,言其無用不足惜也。予謂"蒿箭射蒿中"必是唐初普通俗語,故高祖引之。古時俗語,因失時代性而不傳者,不知凡幾。

獨此一語，經帝王口頭一引，而倖存至今，可謂鳳毛麟角矣。

胡注"無用不足惜"，失之。予擬改注曰，猶今言"生得賤"與"不受抬舉"也。此段史事，李密出關果叛，敗不旋踵。其部屬王伯當雖從死而先策其必敗，何況高祖，故明知其必叛而仍遣之。諫者重視其叛，高祖却視之甚輕，則無用不足惜，自不待言。且此意已具於答復群臣前段中，末尾於"借使叛去"句下，仍接以"無用不足惜"，意不相承，而語亦嫌贅，自不如予改注之爲得。

《北史》魏元欽曰："國家之視淮南，猶蒿箭耳。"是蒿箭一物，在北魏已有之，沿至隋唐，且百年矣。今推想其爲物，殆如生子射天地四方之蓬矢，又或如端午日辟邪之寶劍，乃一種有虛名而無實用之裝飾品，故元欽引以譬喻拓跋氏不甚重視之淮南，由是推想"蒿箭射蒿中"語意，則"賤草也"。箭武器，則甚貴，蒿本不能作箭，更不堪任射，而竟作箭，則賤而幸貴也。高祖引之，以證李密自拔歸唐，尚主寵爵本賤而貴，恰似蒿箭。乃必圖叛唐，去而爲盜，是自喪失其資格，而返還蒿之原形。所謂"蒿箭射蒿中"也者，非生得賤而何，非不受抬舉而何。

（《新聞報》一九三五年九月二十七日十六版
《自修》一九四二年第二○五期）

九

愚爲白話集聯，頗注重於字句虛實對仗工整。有時白話覓對不得，乃不得不用及唐宋人詩句，或經史成語。第選擇其淺顯明白，人人耳熟能詳者也。友人或以體例不純爲言，以爲既名白話集聯，不應雜入非白話，即所謂文言者，以自亂其例。此種責備，予固樂承，繼而思之，亦饒有抗辯之餘地。何以故？以白話之與文言，實無顯明之分界故。

文莫文於聖經賢傳，俗莫俗於各地方言。乃如《論語》之"南人有言曰'人而無恒，不可以做巫醫'"一段。《孟子》之"齊人有言曰'雖有智慧，不如乘勢'"一段。所謂南人齊人，乃南方齊國群衆無名之人，非如書中稱引昔賢若周任公明儀也。所謂有言，乃兩地之方言，即白話，非如書中稱引古籍若《詩》云《書》曰也。自《論》《孟》列爲四書，人人必讀。此兩段者，國家試士，以之命題。儒者著書，本之立説。其尊重與《經》《傳》無異。何嘗區而別之曰此白話乎？然猶可曰，孔孟聖賢，聖賢稱引，言以人重也。

乃如《左傳》之"呼役夫"，《禮記》之"嗟來食"，唐人劉子玄，已識其爲俗諺，著之《史通》矣。愚意左氏檀弓，即今寫實派之文人。故其紀事，注重描摹聲口，必求其肖。今讀其文，以想係當年，江芈怒極口中之一呼，黔婁貿然耳中之一嗟。何等粗暴，何等鄙俗，真白話也。顧何以歷代文人，一經稱引，又群認爲典雅乎？然猶可曰，《春秋》《禮記》，列爲六經，經在所宜尊。雖白話而以經重也。

乃如蘇秦説韓之"寧爲雞口，毋爲牛後"，賈誼上書之"前車覆，後車誡"，當日兩人，明明鄭重申明爲俗諺，不徒諺也，而更鄙焉。邊鄙對於都邑爲言，則鄙諺也。乃俗而又俗之白話也。後世文章家，一律認爲《戰國策》《史》《漢》而援據引用之，遂成爲文而又文之文言矣。泛攬經史，若斯之類，不勝枚舉，斯又何説？由此觀之，是白話文言之分，初不分于文語之本身，而實分於時代之遠近。時代因遞嬗而成往古，則白話亦變格而爲文言。欲求真正白話，惟各個地方，往往有一種有音無字之土語，足以當之。除此之外，無論如何鄙俗，但有音可讀，有義可解，有字可寫者，形諸楮墨，著之書卷，即是白話，即是文言。不必辨生分開也。清末以來，新舊文學家，文體語體之争，迄今猶無定讞。愚則謂辯生於末學，委屬多此一争。何則？物競天擇，適者生存。文學亦不能例外。文無定法，而有天然之趨勢，恒受環境與時代之支配，求其適而已矣。適則白話亦金科玉律，不適則文言亦土飯陳羹。區區白話集聯，適之與否，愚不敢知。倘僥倖而存留，經過若干年，彼時讀者，心中先無文白之觀念存，未見"近來學得烏龜法"不可以"一拳槌碎黄鶴樓"屬對。

而"崔顥題詩在上頭"不可以對"周郎妙計安天下"也。

(《新聞報》一九三五年十月二十九日十六版)

十

《歸田錄》俚云："趙老送燈臺，一去更不來。"不知是何等語。天聖(宋仁宗年號)間，有尚書郎趙世長，求爲西京留臺御史。有輕薄子送以詩云："此回真個送燈臺。"世長深惡之，其後竟歿於留臺。按：此乃北宋白話也。歐楊文忠錄此，重在趙死之應語讖耳。其特著"雖士大夫而往往道之"之一語。所以表示此諺流傳之廣。亦可見當時風氣，俚諺爲士大夫所不道。此種風氣，沿至清代猶然。士大夫者，自命爲大雅，爲清流，形成則一階級。對於普通社會，一概目之爲荒傖，爲流俗，避之若浼。至其一言一行一名一物，爲其非文言而爲白，鮮有注意研究之者。

有之惟宋儒王深甯，清儒趙甌北，於所著《困學紀聞》《陔餘叢考》中，舉當時鄙諺，一一尋其出處。近從六代，遼及周秦，沿波討源，必求其朔。臚列至數十百條而未已，可謂博矣。然有錄無述，祇宜於考古，而不適於應今。

進之，則錢竹汀宮詹之《恒言錄》，所世俗成語，分門纂輯。追溯來源所自，爲之疏通而證明之。反對漢學者，譏其好爲考據，支節瑣屑，無關宏恉，而不知其溝通文俗，引人入勝，正具苦心。故其體例在《廣雅》《釋名》之間，而其效率乃在匡謬正俗之上。

再進則程瑤田徵君之《通藝錄九穀考》，其書專主説文，輔以經訓，樸學也。難在將各種穀類，實行種植，一一試驗，具有今日科學家精神。尤難者，躬歷南北，從農村鎮市，諮詢世俗名稱，如高粱秫秸之類，引證經典名物，物不名實相符。其書中自述，所得各種俗稱，自三代以來，貽留在野老農夫之史，嬗遞流傳，歷數千年而不替，一經實驗，實足爲説經之助。吾人固亦習聞此種俗語者。倘非徵君之博學，而又深入民間，爲之抉發，又孰知有如許寶藏，在鄉甿市儈發口中哉！似此詁經，溝通古今，物證明白，一矯經生望文生義之謬解，白話之功亦偉矣。由此返觀士大夫階級，風雅末路，養成書癡，馴至狀元宰相，不辨菽麥，督師樞密，不解生軍，又何足怪。

更進則漢揚雄之《方言》，斯誠白話之寶典也。子雲身居省閣，乃不爲中秘書所囿，懷鉛握槧，從四訪計吏問故，竭十七年之力，以成此一書。子雲爲學，自待甚高。後人論定，亦只許爲文學家。《太玄》之《易》，《法言》之《論語》，要不過《樂府》《離騷》，文人之擬古而已。獨《方言》一書，超出詞章，有裨實用。其屬稿動機，在擬《爾雅》。初不料其成績，幾駕《爾雅》而上之。良以《爾雅》者，詩書訓詁，少數學者之書。《方言》則喜好謠俗，被服飲食，大多數民衆之書也。宋洪容齋訾謷之，又爲雄開脫，謂非雄作，乃魏晉間好事者之所爲。其言無捐於雄，適足代表士大夫傳統之觀念而已。予尤喜是書體例。自某以東，自某以西，某某之間等，區分部合，最能收語文統一之效。民國版圖式廓，傳教通商三百年來，往往雜入歐化，而交通便利，印刷精良。若輯《方言》，視子雲時有難有易，在其爲書也，實社會學政治學上不可少之作。在東自愍學陋年衰，心長力短。海內宏達，有任斯業者，爲之執鞭，所忻願焉。

（《新聞報》一九三六年二月三日十五版）

十一

"三十夜晚看月圓"，幼時即聞有此諺。初意不過形容世間必無之事而已。迨民國改用陽曆，居然月尾見月，則又以爲語讖。聞諸老輩云，此語實起於洪楊時代，以太平天國行用陽曆故也。嗣閱某筆記載，洪楊占據南京，被虜者不可勝計。有秀才某亦在其中。時值新年，咏詩二首，名之曰《奈何天》。其一云："包頭紮額裹紅巾，短窄衣裳要束身。俯首一看還失笑，綉花鞋子簇新新。"其二云："家家鑼鼓鬧喧闐，賀帖紛紛互拜年。偏有一樁堪詫異，今朝初四月團圓。"注云：同治九年庚午臘月十二日，爲太平元旦，故云。按：詩中初四，乃指太平之一月四日。元旦既爲臘月十二，數至四日，恰當陰曆十五，是陽曆月三十夕，實有看月圓之可能。此諺由此而生，自屬可信。此詩改正朔，前首易服色，故并録之，以徵太平天國一段珍聞小史耳。

"天晴不肯走，直待雨淋頭"，語含譏諷，意存輕薄。尤具有幸災樂禍之意。曩閲褚稼軒《堅瓠集》，知此一成語，始於前明中葉。流傳迄今，將四百年矣。《集》云："明大學士夏言未敗時，有勸其乞身者，夏不能用。柴市行刑之日，適值傾盆大雨，京師爲之語曰'夏芥舟，不知休，天晴不肯走，直待雨淋頭'云云。"按：吾國文例，凡著京師爲之語，或時人爲之語等句。則此語必當時人所爲。例如"爰寂寞，遂投閣。"因揚雄而爲之語是也。予讀《明史》，芥舟相業，未必遂無可稱。其結局如斯，不過政黨勝敗，勝者爰益，敗者晁錯而已。從來是非無定，人口無憑。柴市一雨，若有爲之張目者，比之齊婦之旱，鄒衍之霜，何嘗不可。乃留傳如此十字，分明出自怨者之口。死者有知，能毋冤憤。後之人信口開河，庸詎知尋常一語，包含一段政爭流血慘史哉！

（《新聞報》一九三六年二月九日十九版）

十二

中西翻譯，文言公牘易，而小説白話難。因前者以事理爲根據，多用官話。後者以風俗習慣爲背景，多用方言故也。方言成語，隨國而異，但有故實，有理由，自可於此一名詞下，加以説明。閲者尚能心領神會。惟有一種帶滑稽性與諷刺性之趣語，其神情意味，往往超出於尋常事理之外，或反寄托於索然無味語句之中。

只可以想像得之,有非口舌筆墨所能形容者,蓋至是而翻譯之道窮矣。故欲兩國之人,一言之下,相視而笑,莫逆於心,達此程度,殆非再經過百年不可。

民國以來。相傳白話一聯云:"男女平權,公説公有理,婆説婆有理。　陰陽合曆,你過你的年,我過我的年。"語既滑稽,意尤幽默。而且聯之爲物,又吾國文學中之則裁。今集白話爲之,在文字上更多一層意趣。本國文人知之,爲之絕倒。非文人者,已難强作解人。對外國人,則無法使之瞭解矣。

曩在杭縣,嘗與英國領事翰學德君宴集。翰氏固留心中國文學者,談及此聯,爲予翻譯者。王省三同年,使外多年,英文最優者也。但手寫口述,無論如何説明,翰亦反覆推究,終不瞭解,其結論謂女子爭平等。當然要説理由,施行新曆,可以强制,不能任聽人民,自由反對。再三思索,對此數語,只感覺嚴重性,不知有何可令人解頤之處云。

(《新聞報》一九三六年二月二十一日十四版)

十三

集聯嘗用"姜太公在此"及"泰山石敢當"語。皆人人耳熟能詳,而又茫然不解所謂者也。憶兒時在長沙,過端午節,長輩必用黄紙,命以朱筆寫"姜太公在此"五字。且必童男書,否則無效。用貼窗欞櫃角,謂可辟除蟲蟻。大約湖南北江西均有此俗。曾不知何義,嗣閲梁苣林筆記,閩浙江南風俗,業醬坊者,恒書"姜太公在此,百無禁忌"九字,粘貼醬缸,歲時炷香祀之。謂製醬可不潰壞。詢諸坊主,答謂取義於姜太公之封神點將,將醬同音。牽率附會,真堪噴飯。愚謂此事固可笑,實亦可哀,而且可駭。可哀者,一般民衆迷信之深,可駭者,此類神怪小説魔力之大。遜清光緒廿六年,即千九百年,義和拳之役,構成辛丑和約,流毒至今。當時上自王公大臣,下至軍民男女。種種亂動,種種妄論,純由神怪武俠小説戲劇所造成。識者觀微,知所由漸矣。

泰山石敢當之石碣,南北各省公私建築之墻根壁角,到處見之。詢問由來,百無一答。予意以李敢楊難當例之,則石敢當似是人名,而泰山是其籍貫。個人臆測,不足爲據也。憶閲某人筆記,謂是北宋石守道泰山學派之事。説頗娓娓。後又讀葉奕苞《金石録補》,載莆田出土唐碑文云"石敢當,錢百鬼,壓灾殃,官吏福,百姓康,風教盛,禮樂張。唐大曆五年缺縣令鄭記"三十字。觀此,則石敢當一語,已明著於唐德宗時,遠在石介二百年以前,某人筆記妄矣。細繹碑文,則石敢當者,似是上古飛廉天禄之屬,亦不知出何搜神博物之書。但自唐迄今,傳布已越千年,亦云古矣。所謂鎮鬼壓灾,仍與今日姜太公語,同一神怪,同一迷信。此種迷信潛勢力最大,恒足以左右政局。歷代寇亂失事,攙入神機左道致敗者,史不絶書。尤以宋靖康朝金兵圍城中之郭京六丁六甲神兵,與光緒義和神拳,絶相類似。此所謂古與今共一邱之貉也。予聯用兩語屬對者以此。雖文章遊戲,予心有戚戚焉。屬稿之夕,邂逅月食,居民爆竹齋醮,曰救護也。羽士數輩,導以鼓樂,到門符水,若儺除然。新運下之國民,現狀如此,予復何言!

(《新聞報》一九三六年三月十七日十五版)

十四

"各家自掃門前雪,休管他人瓦上霜。"見《事林廣記》。似是晚唐詩句,傳誦已久,奉爲格言。父兄爲昭勉,朋友用之箴規。聽者無異議,言者無怍色。近年以來,觀念一變,對於此語,以爲詬病。病其缺乏同情心也,病其無俠義氣也,病其爲自了漢也。有主張收集此一類之成語,視同淫邪書籍,紥製而毁滅之者。其實自了漢之造成,自有種種原因,殊難單獨歸咎此語。此語流傳既廣,深入人心,亦無消滅之可能。平心思之,零章片句,如其有瑕可指,有懈可擊,必早於無形中淘汰矣。而能流播人間,歷千年而不廢,要自有其存在之價值。《傳》曰:"有諸己而後求諸人,無諸己而後非諸人。所藏乎身不恕,而能喻諸人者,未之有也。"又曰:"躬自厚而薄責於人。"又曰:"人病捨其田而耘人之田。"此兩語十四字,恰好爲此三章之注腳。《論孟注疏》亦多矣。但無不是對學者說法,所謂大聲不入里耳,教育所由不能普及也。此兩語好在只說平常俗事,不是注疏,却能對論孟道理,深入而顯出之,人人都能瞭解。其感化力量,遠出何晏、趙岐、朱熹一流人之上。蓋門前之雪,非掃不可。若霜在瓦上,於事無妨,聽之可,管之反屬多事,況屬他人,何容干涉。斯誠率情酌理之至言,抑亦持躬涉世之正軌。必主張毀滅之,未必遂能養成"打抱不平"之義俠,却能助長"使人行無義務之事"之土豪劣紳。是不可以已乎?又如"唾面自乾"一語,亦今爲人所詬病,謂其無恥也。甚至併爲此語之婁師德而罵至不值一錢。其實師德□相,不失中材。當武后時,投□告密,酷吏用事,搢紳流血,禍來不測。其爲此語,乃以誡弟,意在避怨,詞乃過情。必謂無恥,以耶穌經云,人批左頰,復以右頰承之。佛子須菩提言,我得無諍三昧,不更無恥之尤乎?從來負重者忍辱,大君者含垢,斯乃英雄作用。豈可與頑鈍同科?當勾踐前馬之年,淮陰出胯之日,若譏唾面,能不汗顏?善哉!子貢氏之言也。曰,言非一端,夫各有所當而已矣。是以讀書者貴在論世知人,而讞罪者,不可斷章所義。

(《新聞報》一九三六年四月二日十五版)

十五

不佞性喜對聯,每遇佳什喜不去懷,輒筆而錄之,以作茶餘酒後之談助。兹擇記數則,投寄《關聲》,藉供同人一粲。

（一）年羹堯作宮中戲臺聯句

堯舜生，湯武净，五霸七雄，丑末耳，伊尹周公，算得一個耍手，其餘拜將登臺，不過吶喊摇旗稱奴婢。　四書白，五經引，諸子百家，雜調也，李白杜甫，會唱幾句文章，此外咬文嚼字，無非沿街乞食鬧蓮花。

（二）土地君聯

祇有幾文錢，爾也求，他也求，給誰是好？　不作半點事，朝來拜，夜來拜，教我如何？

（三）觀音聯

若不回頭，誰替汝救苦救難？　如能轉念，無須我大慈大悲！

（四）閩都別記佳對

（甲）雨無門户能留客。　虹有橋梁不度人。
（乙）檐水無魚，何勞蜘蛛結網。　天河有渡，休教烏鵲填橋。
（丙）地中起土，加點水即成池。　囚内出人，進一王以爲國。
（丁）"體加體上天覆地。　肉存肉内陰包陽。"即此十四字，足抵上海《晶報》周越然君（號舟亞，又號州義及走火，舟二）之全部性的研究也。

《風月畫報》一九三六年第九卷第十期、第十一期
《鬧聲》一九三七年第五卷第十一期

十六

苧蘿山者，浙江諸暨縣一有名之山也。浦陽江導源自金華，西北流，貫浦江諸暨兩縣，涉山陰縣界入錢塘江。諸暨位置江之西，

江經城南一段，名浣紗江，以西施於此浣紗得名。臨江之山曰苧蘿，亦以西施所居鄉得名。山麓濱江一巨石，爲西施浣紗石，石鐫浣紗二大字，爲王右軍書，均載縣志。志稱西施爲諸暨人，引證綦詳。清初蕭山大儒毛西河乃考據餘暨地理，謂非諸暨而爲蕭山，此老經師好爭，遇一美人，亦必爭歸蕭山，未免鷄蟲之見；不如今小說家附會愛國美人爲有意義。最趣者，浣紗紅東岸，有居民數百家，皆姓鄭，多以鸕鶿捕魚爲業，自稱爲西子同時美人鄭旦之裔，縣志採之，果信史歟？

諸暨爲江浙東大縣，廣袤各二百里，劃九鄉，南北分上下，東西分大小，合城區而九。北以水秀，南以山雄，五洩之山，名勝著海內。吾家文簡公《歇庵集》有遊五洩詩焉。戶口百萬而弱，丁糧四萬而強，設警佐六。文風最盛，前清院試常二三千人。清季興學至民六，學校達三百以上；且有縣立一中學。民俗好鬥健訟，日新狀以十數，舊狀二三十，除命案外，以皮籠抬署驗傷者，真僞雜出，日日有之。一周無皮籠入署，吏人以爲奇。平均歲計每日皮籠兩架半，詞訟之繁，全國罕有。清官場稱鐵諸暨，號難治。其實不難，不要錢，不懶惰，不糊塗，輿論亦復翕然；不過此種輿論，潛伏在下層短衣者心口中，無椽發表耳。余以民六到官，承浙政局劇變之後，先是民四，籌安會興，浙當道膺侯伯封爵，民五倒袁，興武將軍朱瑞巡按使屈快光下野，上臺者軍人呂公望、周鳳岐、顧乃斌、王萼、張伯岐，警察來偉良、徐則恂、夏超，長衫派陳季衡、范仰喬、莫伯恒。初殺黨魁夏次岩，繼毆警廳傅其永。政見水火，將起大閧，中央乃移淞滬護軍使楊美德爲浙督軍，齊耀珊省長，是爲北洋統治江南最盛時代。於是光復以來浙人治浙之局，爲之一變。范仰喬之長高審也，改縣司法爲專審員制，知事兼檢察官，諸暨設專審三員，比肩知事。一衙門內，四個獨立，行之期年，百病俱作，邑人苦之。新省長令恢復承審制，諸暨自余任始，斯則浙司法史上一段得失之經驗也。

予所治縣，此縣最美。綠揚城郭，仿佛揚州。人烟稠密，爲謀正當娛樂，有開闢公園之必要，而無此財力。邑耆何蒙生，熱心公益，詔余避名取實，支節爲之，以苧蘿之山，林壑翛然，具有公園資格,原有西子祠窳敗,決計從改造兹祠入手。捐俸倡募,庀材鳩工,周歲而新祠落成。鄉邑工程,當然無有雕梁畫棟,翠袖明璫,但竹聲響屧之廊,草色採香之徑,自有一種天然美。邑人士請予撰記刊碑,并請爲聯以張之,其詞曰:"尚留石號浣紗,更難尋花草吳宫,鷓鴣越殿。　未必人歸載舸,一例胭脂陳恨,釵細唐仙。"

予嘗謂西子若不死,便無絲毫價值,范大夫五湖載舸,多半文人稱願之談,結局與張麗華、楊玉環一例,事較近實,然亦東坡想當然,不足深究也。

沿江堤南行而西折,山坳有人烟一簇,多業漁,再西平陂,前縣奉令勘定爲縣苗圃,方開辦而改變,萃集花窖花傭若干户,竹籬茅舍,與曬網漁家聯絡成一村落,予謂此天然苧蘿村也,絕佳風景,宜加點綴,因就門闆樹額,額以"苧蘿村"三字,并署一聯曰:"人樹百年苗木圃。　天開圖書苧羅村。"

邑人樓薔庵孝廉,官蜀歸,載書兩船,萬餘卷,多佳本,有吾國絕版而得自日本者,願捐歸縣有,於是有創建圖書館之議。樓世居南鄉,南鄉人贊助尤踊躍;擇地苧蘿山腰,當西子祠左,爲西式建築,聘樓爲館長,編訂書目。館成,予已卸任,薔翁函索寄聯,句曰:"府開東壁圖書,文獻豈徒關一邑。　地接西施祠宇,美人相并有千秋。"

山中有此種建築,公園雛形已具,所惜軍興,官難久任,未能一氣呵成耳。初予以山距南門四里而近,撥獄囚修,路成試行人力車而便,邑有人力車自予始。中南士紳努力,通車至南鄉之籓頭鎮,南鄉多山,僅有小水,號小東江,用小艀出大江達縣。時杭諸輪船,止泊北鄉姚公埠,迤南鄉民,藉口護堤阻遏。予疏通之,遂進至縣,與南山艀銜接於江東橋,向苦蜀道難之地,居然水陸兩通,此爲予治暨最愉快之一事。山之陰有地一段,向官產處争回,爲公共體育場,民國七年即一九一八年十一月十二日協約國戰勝,電到縣,縣民興奮,爲提燈會,萬人空巷,予率小兒女參加,起迄於此場焉。其年秋,周鳳岐劉××輩爲自治運動,據寧波,反抗揚齊。揚軍挾浙師童保暄所部,渡曹娥江,戰甬江北岸,影響及縣,百務停頓,此種小型戰事,全國蓋不可數計,浙猶較少者也。明年二月,予以父憂去官,邑中災匪并作,縣官屢易,父老通函,談及苧蘿公園,得一結論:武人干政,無吏治之可言,政潮不息,無建設之可言。

篇中所述皮籠,實一木架,狀如抬盒,底置篋筐,橢圓形,可倚坐,可蜷卧,兩柱端穿孔,貫一木楗,兩人抬之,大約其初尊老婦女,用以代步,後遂普及於人家。故鄉農恥抬轎,以爲賤役,而皮籠則否,浙東惟諸邑有此物,因悟吾家靖節移家所乘笋輿,殆即是物,所以門生兒子昇之,非賤役也。

(《宇宙風(乙刊)》一九四〇年第二十六期)

十七

"宮殿風微燕雀高,何當羽化登仙,一入山林超世外。 洞庭湖闊蛟龍惡,莫更興雲作雨,又添波浪到人間。

此予昔年洞庭遭風脫險酬君山廟聯也。此行爲予生平壯遊之一,又身親證實無龍説,故樂得而記之。古稱洞庭八百里,其實渡湖溯湘江至長沙之靖港,又從臨資口入青草湖,在長岳常澧四郡環列中,湖而尚不止八百。每當春水發生,重湖夏漲,一湘九澧,爭雄江漢,波濤浩淼,與天無際,壯觀也。唐人詩"吴楚東南坼,乾坤日夜浮",足以狀之。君山當江湖之衝,峙立湖中,與大江金焦相似,距岳州二十里而弱,登岳陽樓望之,形勢特異。唐人句"巴陵一望洞庭秋,日見孤峰水上浮",比其他題咏,頗能以白描見長。予兒時侍任岳州,權舍臨湖,憶當夕陽西下,明月東升,綺霞四散,暝色蒼茫,水師長龍舢板弋船一隊,駐泊山邊,鼓角聲起,與風水相應,此情此景,縈迴腦際,至老不能去;顧從未登山一遊眺也。亦從未見有作君山遊記者。

清光緒己亥六月,予自八閩倦遊歸,將省親於澧州,到漢口,改附帆船名沙窩者以行。自輪舶暢通,此類估客船中征人况味,有非今日青年所能想像者。其實北馬南船,尋風問俗,最能深入民間。

種種旅行風景,及名勝古迹,北逾沙漠,南極烟瘴,平生詩料,強半於此中得之。行抵城陵磯,若北風順,劈湖而過,百二十里,達舵公洲,是爲青草湖,比沿湖迂回省程三之一,而近於冒險。凌晨去有暈,悶熱,是風兆,予多歷江湖,頗識之,戒勿行。船主不可,蓋漏税,急欲離去。同開者兩船,而予船載較重,張帆行一時許,約三十里,風颶起矣。其初聲如嘯,既而呼呼然,而浪聲亦起拜風之江渚,出没白浪間,日之晶光失正色,下湖上天,其氣腥,其色烏,如云如霧,如沙如塵,又有如輪船烟囱冒出之濃烟,但彼噴上,而此撲下,繞船四周,昏昧莫辨方向,船身欹側,篷櫓悉爲浪捲去。前却兩有不可,所謂"一綫揚帆惡浪中",危險已到極點,船人哭喊洞庭王爺菩薩救命。予猶鎮定,決計趣君山。而舵失效,計惟有轉帆脚,風漲帆飽,急不得轉。於是予把舵,全船男女死力揪帆落數叠,帆脚轉,船陡側,幸未覆,乃緊收帆索,直駛君山,疾如激箭,膠於山麓沙灘止焉。至是驚喘始定,慶更生矣。亭午,大雷雨,兼以冰雹,午後風息,小雨濛濛,移舟近岸,船人上山酬神,予亦鼓遊興,蓑笠從之。

君山以湘君得名,而廟非湘君,亦非唐人小説之洞庭君,蓋人人意中有一洞庭湖神,則祀之,稱以王爺而已。廟面湖而倚山阿,穹門高閣,琳宇莊嚴,路轉峰回,翠微當户,林花向客,山鳥呼名。予以六月一日發福州,至馬尾船政局,即遇數十年來未見之颶風,達兩晝夜,狼藉不堪,念牙牌詩"鐵鍊鎖孤舟,處處風波處處愁。到此幽林,頓覺名利之心都净"。遇一老僧,見即問頃來輕重載兩船,客乘何者。予答載重者,僧詫謂登閣望此船,帆舵均失效,除斷桅一法外無全理(江湖慣例,風急斷桅落帆輕自全,一菜刀可斷巨桅),客殆有神助,十九爲觀音颱,前三後四必應,湖人皆知之。船主詎不知,是必偷税爲巡丁迫而冒險,老僧見似此失事者多矣。衆生貪利,客宜誡船幫勿復爾。此僧大有道理,惜忘其名,臨别贈香資,不受。謂客文人,酬神莫如文字,予感其意,撰爲此聯,回澧後製版寄之,并膡以土物焉。兩首句,皆唐人成句,上聯當然出險時情緒,下聯則傷時也。時鄂督湘撫,株連富有票案不已;邊吏惴惴,澧西慈利縣黨人獨多,最著名最先起事,高位豐修之梟台刑幕李蓮航,即慈利人,此縣既爲層衙注意,連年告密,伏莽滋多。吾父適權是縣,窮於應付,故電予歸謀去就也。

雛僧導予遊山,先循徑登山巔,時風波未全靖也,四望極偉觀。予嘗遊普陀,登佛頂山,海闊天空,氣象匹敵。江蘇太湖洞庭山,予未至,不知比此何如?迎湖一面,有亭曰湖心,亭不高而托地特高,杭州西湖亦有湖心亭,視此小巫矣。是日遊迹所經,有擂鼓臺,山岡陡出,覆草如茵,云吳三桂據此指揮戰事也。有橘井,砌以石欄,碑刻此兩字,別無誌記。按:《柳毅傳》"龍女告毅,洞庭之陰,有大橘樹,解帶三扣,水府可通"云云,《抱朴子》"橘井之水,治療百疾",類皆神仙故實,點綴山景而已。有二喬墓,有清彭剛直公碑記,喬公二女有殊色,史記只此,以夫婿英雄,鏖兵赤壁,故詩人以"銅雀春深"寄慨,他無事迹可徵,尚不若垓下虞姬,猶傳一歌也。後人紀念美人,故虞姬有墩,而二喬亦有墓。墓於君山,正不必深談考據,"白雲明月吊湘娥",亦可吊二喬,天生美人,正爲湖山增色耳。有茶園,君山茶以一旗一槍擅名,殆采時早,非產質異也。自清初偏沅巡撫列爲貢品,遂爲巴陵縣虐政。實則山中茶樹不過百餘株,尚不敷本省大僚"君味先嘗"之用,茶亦平凡。老輩言如此。頃老僧以本山茶餉客,僧言亦如此。今園中茶株,予數之尚不及百,而洞庭貢茗商標遍全國,名實相戾,天下事類可作如是觀。

明日,天陰風順,破浪而行,與汽輪無異。過湖心水最深處,船蕩頭暈,浪花滾滾聲中,全船寂靜,船人唱歌,有"少年子弟江湖老"等句,聞之悽然。入晚收泊沅江,縣屬某垸,行二百里矣,如此行色,得未曾有。此行過安鄉縣,有救溺一事,自身力脫險,而即脫人於險,爲生平一快事,故詳記之。安鄉位置洲渚,湖漲則全縣被淹,自空鳥瞰,四望無邊,只屋頂樹尖點點浮水面,此種奇景,非徒北人夢思不到,即南方澤居者,恐亦罕見。維時予船與同幫五船,排泊垸堤外,堤實淹沒,綫路斷絶,行船方法特笨,以欖繫錨,用小划船載錨投上流,而後船人挽纜逆流而上,六船水手,通力合作。一日,正集小划工作間,忽一渡船自垸缺口駛出,捲入漩渦,船傾覆,渡客均落水,呼救聲甚慘。予立舵樓高呼懸賞救一命千錢,水手十餘,小划四五，飛槳分途鼓勇援救，有飄流已遠而精壯之水手捨划洇追者，一一送予船，如俘虜獻捷。予大快樂，大酺一日，計拯男女二十八人，無一脱漏，有數人吐水救治得法，無一死亡。是役也，不遇此船幫，此曹無生理，倘划船已載錨攬，則行動不速，未必能慶全功，此世間機緣之最巧者也。有三歲孩，自其母肩倒撞落水，掠予鄰船而過，鄰船婦眼疾，婦有兒，平時爲防失足計，以長繩縛胸及背，繩之一端，綴以鐵秤鐘。維時婦一手挈兒，一手將鐵鐘投水中，溺孩得繩，雙手揪住，股蹲於錘，引而上之，如釣魚然，爲狀甚趣。有一老叟出水而失其傘，向見拯之水手哭訴；此則因刺激而失理智，殆溺人必笑之類也。

以下説無龍：兒時隨父在城陵磯榷卡，卡倚山湖，門有月堤，有老門役，每當夏日晴天，輒警告局人收所曬物，謂風雨將至，已而果然，叩之則見龍攪水之故，因囑再見來告。一日役報父率衆立堤上望之，第見天際烏雲數朵冉冉晴空，予不耐立烈日中，逸去。久之，聞衆拍手高噪龍見矣，有跪地叩頭者，急趨視之，時夏漲方盛，波浪滔天，局堤勢高，目光所及，不下二十里。見烏雲四合中，有一龍，如平時所見畫龍狀，頭尾足爪悉具，在天水空間，似自天投擲欲入水者，又似自水拏攫欲上天者，夭矯蜿蜒，非常活躍，已而雲滿天暗，風浪愈大，方注視間；而雨點打頭，龍亦漸失原狀，此一印象也。南風下水，滿湖帆船，一遇風颭無不轉舵搶風收港，向局堤方面駛來，何止百數。其航綫有傍龍身極近者，更有在龍之彼一方面，穿龍攪水處而過者，此又一印象也。前一印象，江湖滿地，衆目共睹，傳播人口，認爲有龍，與蛟水之説，牢不可破。後一印象，予所懷疑，蓋成年後涉獵西書，師友指教，認無龍之説，信而有徵，天水空間，不容有蛟龍之存在，更安有興云致雨屈伸變化之可言。城陵磯所見，如果是龍，帆船豈能掠之而過，意必爲雲氣，爲風霾，形似龍耳，而苦無確證。今兹身入風圈，所舉烟囱一驗，最爲確切，若有人自遠望之，亦必夭矯蜿蜒如龍狀，如龍攪水狀。予船亦掠龍區而過耳。作無龍説。

《宇宙風（乙刊）》一九四〇年第二十八期

橫山草堂聯話

王揖唐 撰

載於《互助》一九二三年第一卷第三期，署名"逸塘"。作者王揖唐（一八七七—一九四八），初名志洋，字慎吾，又字什公，後改名賡，字一堂，號揖唐，筆名逸塘，晚號今傳是樓主人。安徽合肥人。光緒三十年甲辰科（一九〇四）進士，後以漢奸罪處決。著有《逸塘詩存》。曾以"逸塘"爲名，在天津《國聞周報》上連載《今傳是樓詩話》，有民國二十二年（一九三三）大公報社鉛印本。《橫山草堂聯話》强調聯語創作，要雋永有味。輓聯創作，要含蓄而能切合時事。

　　余弱冠時即擬有聯話之作，以後隨處遇有佳聯，輒喜錄之，十餘年來，所積存者約三百聯以上。己未匆匆南行，未及攜入行篋，庚申之役，蕩焉無存矣。頃養疴橫山，長夏無事，就記憶所及者，隨意記出。天若假我數年，或能裒然成帙也。壬戌小暑後三日。

　　遜清隆裕後病逝，段合肥輓以一聯曰："得四百兆人民歡迎，其生也榮，其死也哀，惟此母后。　問廿五代帝祚延綿，宗廟饗之，子孫保之，孰若皇清。"此聯爲合肥自家手筆，係表明己之主張共和，不但忠於民國，并忠於遜清也，聯語老練，頗合身分。

　　庚戌辛亥之交，合肥初莅江北提督任，曾自撰一聯，題其署内之清晏園。文曰："慨林木凋零，鳥聲寂寥，一派肅殺情形，似强敵紛乘，滿天雲暗。　待憲法成立，軍事完備，萬年文明氣象，如群芳争艷，大地春回。"其跋語云：庚戌臘望，予莅斯邦，覽清晏園草木衰歇，情景索然。適日俄英法四圍侵逼，大有岌岌不可終日之勢，不禁扼腕太息久之。迨鴻鈞氣轉，萬象更新，又似別有天地。故誌斯聯，以覘未來云爾。"上兩聯合肥均曾録稿相示，其真筆余尚寶存之。又合肥頗喜作聯語，如題黃鶴樓聯亦曾以之示我，但今則忘之矣。

神户市華僑人數不多。然當年公共醵金所建會館，却甚宏壯，在山手通地點，亦占優勝，雖美洲華僑所建之中華會館，不是過也。館中有梁任公一聯曰："擅方壺員嶠之奇，海氣百重，此間自闢神仙府。　繼舜水梨洲而至，齊烟九點，終古無忘父母邦。"此任公當日亡命日本時所作者。任公一代文豪，平生述作如《飲冰室文集》等著録，亦以流寓時代刊行者爲最多，宜乎其藉題自負也。

吾鄉李文忠聯語多佳者，其題河南省垣安徽會館者，余最愛之。文曰："安得廣廈千萬間，庇天下寒士。　願與吾黨二三子，稱鄉里善人。"今歲滬上皖館落成，伯型姻丈書來徵聯，余以此聯書付之，遂不另作，亦以黃鶴樓中有崔灝題詩在上，雖謫仙亦不能不擱筆也。文忠輓其適張家妹聯曰："患難與提携，一樹荆花獨先落。　遺孤誰鞠育，兩家萱草共含悲。"蓋爾時公甥弢樓、京卿諸人，尚在襁褓中，文忠太夫人及京卿祖母，亦均健在也。又公輓其三弟季荃先生聯曰："王事久分勞，名場縱讓諸兄，何遽傷心隨逝水。　親恩猶未報，泉下倘逢弱弟，也應回首念慈云。"文忠昆仲六人，公與長兄勤恪名位最高，六弟逝世最早，三弟次之。蓋從軍積勞病故，尚在其太夫人逝世前也。

余家臨淝水，適當惠政橋側迤北，僅隔一狹道，即古刹五星寺也。孩提時嘗至寺中嬉戲，曾見鄉前輩田玉禾先生實發有一聯曰："空無空，一片慈悲心，野水孤舟天地老。　朽不朽，千年冷勁骨，名山古寺雨花馨。"玉禾少負才名，其詩集余曾刊入《廣德壽重光集》，第一輯中。與容齋、舟壑父子足稱一時三絶。第觀此聯，已足證其吐屬不苟矣。

樊山之公子，年四十任某縣縣令，先生壽之聯曰："我亦癡人，願再撫汝五十年，壽汝乎，抑自壽也。　身臨大邑，豈獨有民三萬戶,保民者,天必保之。"

文忠尊人之喪,聞有某典史一聯爲:"人間思老子,天上隕長庚"十字。評者推爲壓卷。

項城五十壽有一佳聯。文曰:"五嶽視三公,惟嵩峻極。　百年稱上壽,如日方中。"既與其人省分切合,復與其地位相稱,且非五十壽不能用也。

易實甫寵其最愛之姬,聯曰:"佳人才子兩情投,女愛男癡,祝生女皆佳人,生男皆才子。　花好月圓無量壽,天長地久,願地上花常好,天上月常圓。"此聯膾炙人口。但"花好月圓、佳人才子"八字上下呼映,并不能一一緊對,亦微瑕也。

上海曹豫材先生,余友潤田總長之尊人也,享年六十七,今夏壽終津寓。月前訃至,其哀啓中印有遺像,一望而知爲有道君子也。先生自輓一聯曰:"念一身無過無功,地獄天堂,問閻羅何以處我。　溯先世克勤克儉,朝乾夕惕,願子孫毋忝所生。"寥寥三十六字,先正典型,頗耐尋味。

豫材先生之喪,余以旅行故,得訃較遲,恐誤奠期,乃飛書無冰,屬爲具禮。覆代送輓聯,文爲:"康節齊年,行窩絕筆。　老泉著論,黨藉傳家。"康節亦六十七而終,曾有絕筆詩。行窩切合津寓,下聯尤切合潤田近事。無冰實爲捉刀人,不敢掠美也。又無冰函云,此次聯語甚夥,佳者不多,當以合肥一聯爲最大方。文曰:"明允實開元祐黨。　林宗不愧蔡邕碑。"

某地有雙忠祠,祠中一聯,人頗傳誦,文曰:"國士無雙雙國士。　忠臣不貳貳忠臣。"此聯先君當日過某地所親見者,不肖曾於孩提趨庭時聞之,今則不能道其詳矣。

"勸君更進一杯酒。　與汝同銷萬古愁。"此集唐句用以題酒館聯也,貼切自然,不知何人所作。

少時鄉試金陵,友人得一眷者,名淡如,但非青樓中人也。丐余爲撰聯,余爲題:"莫嫌老圃秋容淡。　捲上珠簾總不如"十四字。友頗欣然。

有以"惟女子與小人爲難養也"十字,屬紀曉嵐先生作對。先生應聲曰："有寡婦見鰥夫而欲嫁之。"聞者服其敏捷。

"莽乾坤能得幾人閑,且安排鐵板銅琶,唱大江東去。 好風月不用一錢買,莫辜負青山紅樹,送爽氣西來。"此吾皖大觀樓著名聯也。何人所作,今亦不能記憶矣。

聯語集古已難,貼切尤不易也。彭剛直遊泰山題聯,爲:"我本楚狂人,五嶽尋仙不辭遠。 地猶鄒氏邑,萬方多難此登臨。"此先君暨先兄當日北旋時親語不肖者。平生足踪已遍環球,而未一登泰岱,向禽之願,未知何日克償也。

陸文烈文節父子辛亥死國難,真遜清三百年結局忠孝完人也。陳弢庵師傅輓一聯曰:"忠孝一門,風世有人增國重。 山河在望,殉官無術愧公多。"蓋弢老於辛亥初秋曾拜晉撫之命,旋以毓慶宮教授留京,繼之者即爲申甫伯。聯固工整,此語出之弢老,於當日情事,尤爲親切也。

先君曾爲不肖言,於某地見送子觀音庵中塑一觀音神像,手中抱一赤子。旁懸一聯曰:"我費盡一片婆心,送個孩兒給汝。 你須做百般好事,留些陰騭與他。"送子觀音不見經傳,惟鄉俗頗迷信之,此聯代神道立言,却甚好。

"思親淚落吳江冷。 望帝魂歸蜀道難。"此孫夫人廟中最著名一聯也。其佳妙處在能說出古人一時心事。

假對却不乏佳者。然如普通所傳,以"木已半空難縱斧"對"果然一點不相干",以"庭前花正放"對"閣下李先生",均先有下聯,再以上聯湊合者,却嫌其小巧也。

今秋辛薑園爲其猶子在京完姻,其姻家爲羅瘦公之弟敷盦君,亦余之詩友也。寶融賀以一聯,尚爲貼合,錄之。"斜川一集承家學。 高密三商重士昏。"

文忠之喪,回籍時,余往吊焉,并輓一聯曰:"與俾士麥同時稱大老。 是鄉文定再世爲偉人。"時余正讀《俾公傳》,頗心儀其人也。文忠爲一代偉人,輓聯之多,自不待言。余最愛余友嚴侯官一聯,尤有雋味,錄之。"儻當年盡用其謀,知國事必不至此。 脫後來無以自見,則士論更當爲何。"此與昔人輓張江陵詩句云"恩怨盡時方論定,封疆危日見才難"同一用意。文忠晚年備受清流攻擊,不克行其志,今蓋棺論定矣。閱此者,其亦汗顏否耶?

合肥縣城隍廟在城南門內,與香花墩包孝肅祠堂僅隔一城,其鄰舍則書院舊址也。鄉前輩徐南陽子苓先生撰一聯曰:"隔城有包老,是人間真正閻羅,不通關節。 間壁即講堂,願地下飄流才鬼,早赴輪回。"本地風光,工雅貼切,不愧才人吐囑也。

甘肅友人田楓潄議郎駿豐,以在京飲於湯濟武同年宅中,中酒醉死。濟武輓一聯云:"不分伯仁由我死。 再交公瑾待來生。"殊渾切可味。

同邑江潤生太史云龍題肥西道南書院聯曰:"關閩濂洛,為世儒宗,此理如水行地中,好認取大江以南,長淮以北。 庠序學校,因時教法,其象在泉出山下,莫辜負同人於野,古道於鄉。"又:"理虛莫格陽明竹。 心靜能窺董相園。"亦佳。

陳簡始中丞昭常,罷鎮後,病歿滬上。燕蓀集杜句輓之曰:"萬里未歸人,九月寒砧催木葉。 十年成底事,三邊曙色動危旌。"任公聯云:"一臥滄江驚歲晚。 九重泉路盡交期。"瘦公聯云:"廿年肺腑交親,縱成哀誄千言,豈謂悲懷申萬一。 前月手書纔讀,檢點墨痕盈篋,何期重晤已他生。"書衡聯云:"當代重邊才,名士解嘲非畫餅。 重陽聞噩耗,故人雪涕罷題糕。"各聯均佳,書衡一聯,最為時賢所傳誦也。

宋鈍初之被害也,南通張嗇老輓云:"何人忍賊來君叔。 舉世誰為魯仲連。"含蓄而能切合時事,此境殊不易到。

文忠生於正月四日,第二日却為立春節,翁常熟壽以聯云:"壯猷為國重。 元氣得春先。"又某君聯云:"中國相司馬矣。 老子其猶龍乎。"典重肅括,雅與題稱。

(《互助》一九二三年第一卷第三期)

陶篆聯話

陶元墉 撰

《陶篆聯話》發表於《小說新報》一九二三年第八卷第六期,《陶篆聯話續》發表於《小說新報》一九二三年第八卷第七期。署名均爲"慧斧"。《小說新報》於一九一五年三月在上海創刊,月刊,由國華書局發行。一九二三年九月終刊,共出刊八卷九冊九十四期。作者陶元墉(一八七七——一九四四),號慧斧,別署懷蘇亭長,浙江嘉興人。歷任黄岩縣知事、浙江烟酒稅局嘉興分局長、淞滬商務局秘書。著有《陶篆詩存》。

一

禾中鴛鴦湖,一號南湖,分東西二。在西者曰西南湖,故有放鶴洲,爲前明朱氏別業,荒廢既久,莫知所在。近時好事者,指湖中柳墩實之,建亭其上,爲南郭觴咏之所。余爲題聯云:"偶携斗酒雙柑,聽鸝到此。　借問梅花明月,放鶴何年。"示闕疑也。在東者曰東南湖,風景較勝,中有島阜,烟雨樓建其上,自吴越迄今,廢興屢矣。粤亂後,亭榭次第興修,獨樓未復。民國七年,知縣事南皮張昌慶倡議重建。落成之日,武人俗吏,率倩僋夫捉刀爲聯,蕪穢至不堪寓目。余偶擬一聯云:"問斯樓幾閱滄桑,鴛鴦一夢。　看今日重開圖畫,烟雨萬家。"因其時張令主持斯役,罰鍰纍纍,怨讟繁興,不欲附和其事,遂爾擱置。壬戌夏間,蔣子撫青主政斯樓,徵余前聯,鎸版懸挂。袁寒云公子來游鴛湖,録入遊記。惟稱撰聯者爲陶在東，則因與余名一字相同，致有此誤。

朱竹垞太史曝書亭，在禾之梅會里（即今滬杭鐵道所經之王店鎮）。舊有南垞北垞之名，爲太史歸田後親自布置，結構幽邃，不讓平泉綠野。繚垣上嵌有磚刻隸書六字，曰"夕陽芳草村落"，太史手筆也。余本其語綴成一聯云："芳草夕陽村落。　蒹葭秋水伊人。"見者以爲渾成。

嘉興祥符講寺伽藍神蔣姓，生前居杭之聯橋。兄弟三人，共設米肆，歲饑平糶，聽糴者自量，號蔣自量。殁後迭顯靈應，授敕封侯。舊建廣福行祠於寺側，前明里人陶武忠創議重修，余十世祖元暉中丞（諱朗先，官登萊巡撫，罹天啓璫禍）爲文告諸檀越，事載郡志。今禾中米商，奉爲業祖，前歲改建祠宇，於城北落帆亭，附設米業公所其中。延余董其事，因撰聯以獻云："講寺奉伽藍，溯先人作啓募金，香火因緣徵十世。　行祠鄰太白，與同業抒忱述德，歲時祈報足三農。"蓋落帆亭本爲酒業公所，建有太白亭。以太白對伽藍，似甚巧合。

右述四聯，皆老友天台山農所書。山農鬻字海上，聯非兼金不書，然未嘗取余值也。

秀水王江涇鎮，有陶菊隱祠，爲余二十二世祖宋將仕郎菊隱公專祠。其先隨宋高宗南渡，居秀州之金橋。德祐末，走謁文丞相於軍中，上守禦之策。元師南下，公結鄉勇，即金橋爲壘以拒之。兵潰，遁迹杭之洛山，歿即葬焉。其後子孫世居王江涇之雁湖，建公祠於鎮西純真觀旁。歲久失修，不肖後人，將祠屋抵賃於人。民國九年，祠裔醵金贖回，重加修繕。二十一世孫葆廉爲文勒石，以紀其事。余敬撰一聯云："六百年義魄常存，毀室勤王，入幕見知文信國。　廿餘葉初基幸守，春霜秋露，招靈來格射襄城。"（射襄城在今王江涇，明季築以禦倭寇）倩本邑屠善生孝廉書之。鋟版敬懸兩檻，以誌先德。

（《小說新報》一九二三年第八卷第六期）

二

　　宅西有餘地，闢爲花圃，建一小小精舍其中，額曰"陶簃"，高邕之、沈子培二老，均有題額。余自作一聯云："拓隙地數弓，區爲菊徑槿籬，藥欄竹塢。　邀吟朋幾輩，來此評花品茗，賭酒敲詩。"時適有吉林之行，得晤湘人瞿根約先生，雅尚文翰，特出縑素，爲余書之。

　　蘇小小墓有二，在錢塘者人所知也，在嘉興者不甚著。《兩般秋雨盦隨筆》述其事甚詳，可釋竹垞争墩之嫌。墓在嘉興縣治西南，府治東北。其地舊名賢娼巷，足爲墓在之一證。光緒間，里人鍾沈霖明經，曾刻石以誌其墓，字迹剥落，不可辨認。墓去余舍不二百步。民國七年，余以浚河施工之便，重爲立石誌墓，并告諸城區自治委員，補植桃柳其上。因撰聯以紀事云："艷迹問嘉禾，祇餘流水一灣，夕陽半碣。　香魂埋抔土，爲補緋桃兩樹，碧柳數株。"（按：舊《秀水縣志》有"墓上自生緋桃兩樹"之説）初議醵資築亭，鎸聯柱上，卒以費鉅未果。

　　浙東黃巖，多盗健訟，號稱劇邑。余於民國二年，奉檄宰黃，時改革伊始，民情浮動，縣官輒殺人以示威，否則伏莽旋踵起矣。余任事三月，内不自安，亟引疾求去，書再上，乃得請。父老餞余於公園，請留文字以永去思。乃援筆題聯云："作賦效庾郎，喜亭榭回環，岡巒起伏。　挂冠歸陶令，留云天泥爪，翰墨因緣。"上聯就公園風景著筆，下聯係余自抒歸况。比丁巳以事再至，則已鎸版懸挂矣。

　　浦濱半淞園，咫尺滬杭南車站，壘土爲山，編茅作屋，誠洋場十里外一清涼世界也。戊午初夏，園方落成，老友劉山農偕余往遊。園主姚伯鴻君徵聯於山農，山農即介余撰句云："叠起一房山，大好園林，最難得茅舍沽春，竹簃消夏。　剪取半江水，別開境界，喜時有車聲碾夢，帆影催詩。"此聯今懸江上草堂，回溯舊遊，不禁鴻雪之感。

（《小説新報》一九二三年第八卷第七期）

寶陀龕聯話

譚瑺盦 撰

《寶陀龕聯話》發表於《小說新報》一九二三年第八卷第一期,署名爲"瑺盦"。作者譚瑺盦,一字石農,湖南茶陵人。與袁克文有交情。曾以"譚瑺盦"爲名,在《心聲》一九二三年第二卷第九期上發表《寶陀龕筆記》。《寶陀龕聯話》論聯語,強調趣味與新奇。全文以録聯與紀事爲主,其中關於紀昀的記載可作野史讀之。

獻縣紀文達公,曉嵐先生昀,清乾隆進士,官至協辦大學士。修《四庫全書》,昀爲總纂,旁通百家,貫徹群書,每書悉作提要,冠諸簡首,人稱曰"大手筆"。性坦率,好詼諧,天才宿學,當時無一人能及。屬對之妙,信意拈來,出口成趣。如:"太極兩儀生四象。春宵一刻值千金。"已見英旭齋相國《恩福堂筆記》矣。他如:"六味地黃丸。　兩匹天青緞。"工絶,妙絶。或謂,緞對丸,少差。公曰,古"叚"字與"緞"字通。張平子《四愁詩》曰"美人贈我錦綉叚",可證也。叚對丸,有何不工?一日,陸耳山學士錫熊對公曰:"適飲馬四眼井,'四眼井'以何爲對?"公曰:"即以閣下對可乎?"兩人皆大笑。或謂公曰:京師招牌,如祖傳狗皮膏,秘製烏鬚藥,去風柳木牙杖,滴露桂花頭油,揭表唐宋元明古今名人字畫,發賣雲貴川廣生熟道地藥材,凡此者,既聞之矣。"苦書坊之"老二酉"以何爲對,公曰:"汝進正陽門羅城時,試於布帳上觀之。"其人不悟,至其處,賣卜者書"大六壬"三字也。

"此地有崇山峻嶺,茂林脩竹"對"是能讀三墳五典,八索九邱",當日此聯已懸之隨園,後純廟復以套料紅鼻烟壺,一面鐫蘭亭,一面刻序,示沈文恪公曰:序中十一字句,紀昀能對,汝能對否?沈應聲曰:"若周之赤刀大訓,天球河圖。"稱旨,即以壺賜之。筆墨一道,偶句最難,緣爲其地無多,需稱題又需包括,尤需面面圓到,所以難也。

西江百花洲,遠景琵琶亭,近景滕王閣。阮雲臺相國集白詩王序爲一聯,曰:"楓葉荻花秋瑟瑟。　閑云潭影日悠悠。"工切極矣。滕王閣又有懸句曰:"奇文共欣賞。　我輩復登臨。"亦工。

"今夕只可談風月。　故鄉無此好湖山。"此楊雪椒方伯集句聯,懸之山東歷城歷下亭前廟祠者。

聯之工切者,如蠙磯廟之:"思親淚落吳江冷。　望帝魂歸蜀道難。"蜀丞相祠之:"日月雙懸出師表。　風雲長護定軍山。"聖帝祠之:"吳宮花草埋幽徑。　魏國山河半夕陽。"又曰:"怒同文武。　志在春秋。"東嶽廟之:"帝出乎震。　人生於寅。"湯陰岳忠武廟之:"懍懍生氣。　悠悠蒼天。"皆久經傳誦矣。

蜀中桓侯廟落成,懸一聯輒墜,再更數十聯,神不歆也。廟祝夢神曰:"明日張解元過此,當求之。"次朝某秀才至,僧敬請書聯。寫曰:"春雨樓桑,無限落花悲帝子。　秋風劍閣,有人釃酒吊將軍。"懸之迄今猶在。後某秀才果發解。

近傳聞落鳳坡有龐統廟,有人題聯曰:"造物忌多才,龍鳳豈能歸一主。　先生如不死,江山未必許三分。"

虎邱白公祠落成,林少穆制軍聯曰:"唐代論詩人,李杜而還,祇有幾篇新樂府。　蘇州懷刺史,湖山之曲,尚餘三畝舊祠堂。"

杭州送子觀音廟,百菊溪制府聯曰:"我本是一片婆心,抱個孩兒給你。　汝須行十分好事,留些陰騭與他。"後又有一聯云:"上帝本好生,求我與以兒女,不求我亦與以兒女。　下民須自愛,爲善報在子孫,爲不善亦報在子孫。"

當塗太白祠,吳山尊學士聯云:"謝宣城何如人,只憑江上五言,教先生低首。　韓荆州差解事,肯讓階前尺土,許國士揚眉。"

後有吳桂卿學士聯曰："薦汾陽再造唐家，并無寸土酬庸，祇落得採石青山，供當日神仙嘯傲。　喜妃子能讒學士，不是七言銜怨，怎脫却名繮利鎖，讓先生詩酒逍遙。"翻空易奇，不落窠臼，尤爲新警，最奇者。

莫愁湖上觀音閣東壁，懸徐中山王像。對面清涼山，王墓在焉，故供養於此閣。聯曰："湖山舊是女兒家，稽首慈雲，願佳麗盡生西土。　圖畫今留元老象，翻身苦海，看英雄都付東流。"上聯以莫愁襯，下聯以中山王襯。上聯情致，下聯悟境。情致則春風裊娜，悟境則怒濤橫捲。惜作者不憶其姓名，真才人筆也。

西湖茶肆當壚人甚麗，或集句云："欲把西湖比西子。　從來佳茗似佳人。"

伶人孫如意，工作劇。趙雪蘿處士贈以聯曰："如其抵掌真孫叔。　意者前身是子都。"上贊其技，下誚其貌，首嵌"如意"二字，洵聰明絕世也。

（《小說新報》一九二三年第八卷第一期）

養花軒聯話

徐哲身 撰

《養花軒聯話》發表於《小説新報》一九二三年第八卷第八期,署名爲"哲身"。作者徐哲身(一八八五—?),名官海,號哲身,别署剡溪放形客、養花軒主等。浙江嵊縣人。著有長篇小説《揚州夢》《雙姝涙》等二十餘種,另有《養花軒詩集》。《養花軒聯話》收録聯語均爲輓聯。作者論輓聯,强調要有真感情。

周子炎輓妹云:"天涯試數同胞,剩兹弱妹伶仃,奈何先去。地下倘逢兩嫂,爲語阿兄衰病,不久便來。"頗極哀感纏綿之致。代劉梅垞輓榮貫卿旅長云:"舉世幾傳人,看帳下三軍痛哭,閨中一死相從,珥筆紀遺芬,名將紅顔都絶代。　平生獨知己,嘆尊前兩月暌違,天上千秋永隔,憑棺懷厚誼,窮途青眼復求誰。"復代施某輓云:"有多士同甘苦,有佳人共死生,劇憐國步艱難,數到將才,又弱一個。　論壯志是英雄,論深情却兒女,莫道世風凋敝,樹兹令範,亦足千秋。"代劉梅垞輓某夫婦先後一月逝云:"本來是金母木公,六十年遊戲塵凡,次第也花端有約。　從此便人間天上,三千里經營齋奠,迢遥執紼愧無由。"代某輓何母沈夫人云:"賢母誠舜水女宗,相夫戒旦,課子篝燈,七三年令德昭垂,五福允徵洪範備。　望族仰廬江高第,哲嗣承家,文孫肯構,六百里噩音傳到,九天驚報婺星沉。"又代某輓云:"晋爵壽古稀,憶星霜才三易,靈萱晝永,慈竹春凋,坊樹表姚江,母範允教金共鑄。　含飴娱晚景,集茀菉於一門,庭桂揚芬,階蘭競秀,拈花歸浄土,佛光應比月同圓。"以上數聯,亦典雅,亦堂皇,洵是能手。又輓施維明云:"無論舊友新交,話到和平忠厚,異口同辭,宜荷天庥,翻招天忌。 如此頹風濁世,抛將父母妻兒,微疴不起,人云君死,我道君生。"復代施之內兄席某輓云:"盧李溯深情,十餘年姻婭往還,長厚歡承公綽矩。 參苓原腐草,八九日膏肓困頓,凄涼愁撫阮瞻琴。"又代施之門人葉某輓云:"嗟予頓失師資,十日苦呻吟,不是醫庸還藥誤。 從此可知天道,九重無好惡,大都短命屬長才。"各聯口吻不同,適恰身分。又代吳倉岾輓某云:"好年華正有可爲,胡病莫能興,劇堪憐風木悲深,玉樓召急。 濁世界原無可戀,奈事多未了,豈獨痛練裙婦寡,綉袿兒孤。"代施某輓陳孺萊云:"君以文字受士夫知,不以利祿鬻兒曹志,懷抱擬名儒,縱今朝跨鶴仙遊,千秋論在。 我爲私交重人琴感,更爲公誼代孤寒悲,親朋聯舊話,忍再過聽鸝軒畔,百尺樓前。"(陳君著有《聽鸝軒詩集》《百尺樓賦鈔》)代遺腹子某輓其服外伯父云:"仰吾宗北斗泰山,況六尺遺孤,墮地早承鍾愛篤。 論小子飲和食德,便三年泣血,撫衷猶覺報恩輕。"代劉念椿輓龔母云:"有大德當享大年,況躬欣強健,室集喜祥,二豎竟欺人,盧扁西來咸束手。 惟賢婦乃爲賢母,溯教子成名,相夫盡職,九典驚隕婺,潘荀老去劇傷神。"代某輓叔祖云:"德業未能承,奉杖愧隨諸父後。 音容猶可憶,含飴曾列衆孫行。"代人輓內母舅云(逝者係中風):"享花甲壽一周,何期愛日難留,論積流信有可徵,蘭桂齊芬家克紹。 逾歲朝春三夕,當爾乘風歸去,痛俯仰事多未了,蔦蘿同附淚同揮。"又輓簡照南云:"人傑允推君,破東西洋萬里浪,致陶朱公萬貫財,艷稱犖挈經營,群向珠江懷令範。 天心胡若夢,奪資本家一明星,攘慈善界一生佛,幸悟空空來去,定從梵宇證前盟。"詞雖淺近,情意逼真。

(《小說新報》一九二三年第八卷第八期)

廉讓齋聯話

范文虎 撰

載於《鴻光》一九二三年第三期和第四期。作者范文虎（一八七〇—一九三六），原名虞治，字文甫，後改名文虎，浙江鄞縣（今寧波）人。名醫。工詩文，擅書法。《廉讓齋聯話》談到以叠字入聯，頗有趣味。可分爲三種情況：（一）連用叠字者；（二）用叠字而字同義異者；（三）隔字而用叠字者。并舉聯語爲例説明。

一

聯以叠字而成者，頗饒興趣，然非長於斯道者，不易下筆。對仗難工，或偶出於無意中得者亦有之。其種類約分三種：（一）連用叠字者；（二）用叠字而字同義異者；（三）隔字而用叠字者。

五世同堂曾有壽聯云："事祖事父，祖事祖事父，父事祖事父。有子有孫，子有子有孫，孫有子有孫。"一聯十四言，而字僅三種，互相隔叠，可謂天衣無縫。

清乾隆八旬壽辰，適逢八月，某臣撰聯以祝之云："八千爲春，八千爲秋，八方向化，八風和慶，聖壽八旬逢八月。　五數合天，五數合地，五世同堂，五福備正，昌期五十有五年。"一聯用七叠字，可謂巧合者矣。

（《鴻光》一九二三年第三期）

二

余幼年即喜摘録聯話,迄今已成一集,兹略記數則,以餉讀者。昔有兄弟二人,均長文學,一日對酌,因飲紅白酒而醉。兄擬聯囑對云:"紅白相兼,醉後勿知南北。"弟對下聯云:"青黃不接,貧來賣了東西。"句詞甚爲諧謔。

眉公姻長曾以雀戲撰一聯云:"快哉,八圈未滿,中發白和出三元,適逢海底裏取寶。　幸也,四喜雖難,洞萬索都成一色,更遇岡頭上開花。"懸於某茶店,見者均爲絶倒。

今庚元月初八日爲錢君仲古吉夕,余贈聯以賀之,云:"好合百年聯佳耦。　吉期七日是元宵。"

(《鴻光》一九二三年第四期)

讀畫軒聯話

胡亞光 撰

載於《虎林》一九二三年第六期。作者胡亞光(一九〇一——一九八六),名文球,以字行,一字芝圃,小萼,號夢蝶樓主,安定居士。浙江杭州人。胡雪岩曾孫。畫家。曾任《新聞報》《每日漫畫》專欄特約作者。著有《亞光國畫集》《亞光油畫集》《亞光題畫詩》《百美圖引》。《讀畫軒聯話》以存聯爲主,包括集句和題畫聯,較少聯評語。

余於曩昔書室畫齋,布置極整齊(今已改變舊例,均喜懸貼各歐洲名畫及攝影,偶亦間懸己作,大小高下,縱橫斜正,不拘一式,蓋嫌慣例之乏味也),曾憶四年前,每喜遍索名人字畫,而以楹聯尤夥,日積月纍,不乏佳構。如張君書撰一聯云:"不隨時俯仰。　自得古風流。"喜其有感慨諷世之意。又集《蘭亭》云:"惠日朗虛。室清風懷。"古人亦稱自然。又汪叟庵老人贈書二聯云:"高才凌屈宋。　清品數裴王。"其二云:"厭聞家事常如客。　愛看名山悔不僧。"均清逸有借托。陳子壽一聯云:"竹影上窗添書稿。　茶香滿座滌詩情。"翁同和一聯云:"廉外秋光無墨畫。　林間疏雨有聲詩。"絕瀟灑流麗之至。如冠九二聯云:"美酒飲教微醉後。　好花看到半開時。"有唐人詩意。"花品最高惟菊淡。　月華無礙是秋清。"亦佳。

(《虎林》一九二三年第六期)

懶齋聯話

丘念之 撰

載於《半月》一九二三年第二卷第二十一期,署名爲"丘念之"。《廣州禮拜六》一九三三年第四期發表署名爲"金枝"的《新聊齋聯話》一篇,其中所載"德丁吳國。　周時裴錢"聯,公局門聯,某狎客贈妓英臺二十一始破瓜聯,粤人戲瑞麟張兆棟聯,康有爲謁祖聯等,與《懶齋聯話》中所載順序及文字完全相同,僅《新聊齋聯話》少了《懶齋聯話》的其它部分,以此斷之,丘念之與金枝當爲同一人。作者丘念之,生平事迹不詳。《懶齋聯話》記載以廣東方言和以四川方言入聯的例子,認爲聯語具有諷刺性和詼諧性。

　　粤中風氣,慣以聯語諷刺人身。有任封疆而難逃衆口者。葉制軍名琛,督粤時,適英吉利構釁,番舶駛至獅子洋挑戰。葉禁六臺不得開炮,遂長驅徑犯,致省城淪陷,葉亦被擄。或嘲以聯云:"氣懾蠻風,竟向天南吹葉去。　名傳夷裔,爭吹楚北獻琛來。"葉鄂人也,故云。葉初到天竺,後又移至加爾各搭。英人以笋輿昇遊國中,觀者如堵牆。越一年死,英人剖其腹,實以水銀,以皮囊尸,置油木棺中,歸其喪於粤。省紳公輓以聯曰:"心傷廿載風光,豈堪回首。　目繫萬重滄海,何處招魂。"語尚含蓄。葉之喪敗,吾粤婦孺幾於痛心疾首,衆怨皆歸。

　　相傳龔定庵入京師,寓魁星閣。一日大書楹聯,貼於閣柱云:"告北斗星君,有鰥在下。　奉西方佛教,非法出口。"見者嘩然。

吾粵長壽寺，爲明季巡按沈正銓立。當時地接荔枝灣，而通於珠江。清康熙中，寺僧大汕，取資葺治，內有繒空閣、半帆亭諸勝。王漁洋來粵時，曾手題楹聯云："紅樓映海三更月。　石路通江兩渡潮。"可見當日帆檣之盛。世界滄桑，地勢大變，而此寺復被夷平，三百餘年古刹，易爲劇場商店矣。

嘉道間，汀州伊秉授爲惠州太守，時宋芷灣以寒士會試，欲求助於伊。伊曰："可贈我七言聯，能藏東西南北四字，當以三百金爲贈。"宋援筆題聯云："南海有人瞻北斗。　東坡此地即西湖。"伊得聯大喜，欣然予之。

某女士輓其未婚夫聯云："生無一面。　死不二心。"寥寥八字，將無限心情包括殆盡。

前清德壽，巡撫廣東兼督時，丁體常、吳引孫、國鈞、周開銘、施典璋、裴景福、錢溯灝爲藩臬司道府縣。廣州人士有"德丁吳國，周時裴錢"之聯。蓋叶以廣音，吳誤一聲之轉，周借作周，施借作時，裴借作賠，德丁二字，廣州方言，猶言特意之義。所謂"特意誤國，周時賠錢"也。然亦謔而虐矣。

昔有爲公局撰門聯者，其文曰："八面威風，轉個灣私心一點。大模尸樣，勾入去有口難言。"

有妓名英臺者，年二十一始破瓜，某狎客贈以聯云："英國勢力圈，包乎揚子江七千餘里。　臺灣殖民地，割於光緒帝二十一年。"設想造詞皆奇絕。花叢聯語中之創格也。

前清長白瑞麟，號清泉。督粵時，張兆棟爲粵撫，遇事皆受制於瑞，鬱鬱不自得。粵人爲撰一聯云："瑞氣千重，且看他立在王者旁邊，頭戴三梁冠，身穿四叉袍，威赫赫十載專權，于嗟麟兮，河清奚俟。　張公百忍，可憐爾屈成弓兒模樣，爭開半隻眼，挑起一條腹，顫巍巍幾聲長嘆，爲之兆也，棟折難支。"是亦可謂工致已。

康南海舉進士，授職工部主事。其謁祖聯云："王介甫生平未嘗言狀元，有官禮變法之心，豈計雞蟲得失。　杜少陵古今皆稱爲工部，聞稷契許身之願，正愧驅駕後先。"又戲臺聯云："國恥未雪，民生多艱，通籍來極諫數萬言，每飯不忘，此日忍娛歌舞曲。　嘉賓燕喜,鄉人同樂,說法者現身千憶相,孽緣各報,一時齊放妙音聲。"真氣磅礴,不沾沾作筝琶細響,真有關西大漢唱大江東去之慨。

吾粵何淡如先生,以善撰諧聯著稱,惟撰佛山賽會一聯,則以韻語入聯,亦莊亦諧,如詩如詞,流麗無匹。聯云:"新相識,舊相識,春宵有約期剛值,試問今夕何夕,一樣月色燈色,該尋覓。　這邊遊,那邊遊,風景如斯樂未休,況是前頭後頭,幾度茶樓酒樓,儘勾留。"

(《半月》一九二三年第二卷第二十一期)

秋籟閣聯話

朱滌秋 撰

《秋籟閣聯話》共十一則，分別發表於《半月》一九二四年第三卷第二十二期、第四卷第一期，一九二五年第四卷第七、八、十三、十四、二十四期，《紫羅蘭》一九二六年第一卷第七、八期，第二卷第一期，一九二七年第二卷第九期。二○一三年河南文藝出版社《全民國聯話第一輯》收錄了發表於《紫羅蘭》的四則。作者朱滌秋姓名里籍不詳，知其爲蘇州星社社員，《三日畫報》駐津特約撰述，《紫羅蘭》畫報執筆。與沈太侔友善，當沈太侔生活困頓之時，朱滌秋爲其引薦《時報》主編連載沈太侔的筆記《東華瑣錄》。與當時報界知名人物張滌俗、崔滌蘩同爲無錫《轟報》"三滌"。有《秋雲室劇談》《京塵零縑錄》《遁廬漫話》《長安看花記》《北京畫報發刊後》，其中《北京畫報發刊後》在當時很有影響。相較而言，發表在《半月》上的聯話所評稍多，特別是發表於《半月》一九二四年第三卷第二十二期一則聯話對聯語的整體概述有理論價值，是其亮點。作者首肯聯語的應用性，"婚喪祝壽諸事以文字酬應者，詩文而外惟聯尚矣"。作者總結的"作聯之要訣一韻二典三氣韻者"爲時人所未道，作者認爲"一聯之中平仄調匀，讀之能音節諧和也"，聯語用典應"不失於野，不流於泛，斯爲上矣"。就聯語之氣而言，"短聯則尚峭勁，長聯則尚雄渾"，唯"韻典氣三者具備，而後可以言聯語"。除第一篇類似書序的文字外，《秋籟閣聯話》對聯語風格所評稍少，一些點評給人籠統寬泛之感，如評所選聯語"不惡""甚佳""亦妙""均極可誦"等，但從所選聯語及零星評語中可探知作者尚雄壯、大氣、堂皇之聯作。《秋籟閣聯話》篇幅較大，一以貫之地連載，於此仍可窺見時人對"聯話"理解之要義。

一

聯雖小品而用途至廣，婚喪祝壽諸事以文字酬應者，詩文而外惟聯尚矣。蓋聯之妙在能以極少之字而賅括無限之意，不若詩文之多贅辭也。近世社會交際往往相贈以聯語，聯之爲用固若斯其廣乎！作聯之要訣"一韻二典三氣韻"者，一聯之中平仄調勻，讀之能音節諧和也。用典之法比事屬辭，擬必以倫，不失於野，不流於泛，斯爲上矣。韻典既已講求始可論氣，短聯則尚峭勁，長聯則尚雄渾，而尤以長者爲難，非紆回宛轉源脉縷縷可尋，或一氣呵成，即無意味之可言。韻、典、氣三者具備，而後可以言聯語。余雖不長此道，然所見佳者固不尠，劣者亦復有之，爰集所知衰輯爲《秋籟閣聯話》，亦聊以備遺耳。甲子夏五潊秋識於春明之藴玉古齋。

湘鄉曾文正國藩不惟勛業文章冠絶一代，即其所著聯語亦皆懇摯工切，曾於稗乘見其數聯。輓乳母云："一飯且銘恩，況襁褓提携，衹少懷胎十月。　千金難報德，論人情始末，也當泣血三年。"輓李希庵云："我悲難弟，公哭難兄，往事説三河，直成萬古傷情地。　身病在家，心憂在國，彌留當十月，正是兩淮平寇時。"希庵爲李續宜字，其兄續賓與文正介弟國華俱敗於陳玉成，殉三河之難，斯時安慶未下，武昌又危，比於湖口之役其險相著無幾。迨希庵之歿則李文忠已將淮軍復蘇常，金陵正在圍中，故文正有兩淮之語。至於在家者，因續宜係曾呈請給假養疴，而李病中猶貽書問戰訊也。當其弟國華殉於三河陣次，文正有聯輓之曰："歸去來兮，夜月樓臺花萼影。　行不得也，楚天風雨鷓鴣聲。"亦哀慘溢於詞表。又門人某太史斷弦，曾輓之云："得夫爲文學侍從之臣，雖死何憾。　聞人言父母昆弟無間，其賢可知。"南中某樓懸有曾所作之聯云："高樓百尺南朝迹。　甓舍一舟北宋磚。"亦極典雅。

周聽松守揚州，其署中懸一聯云："統一年三十六旬，仔細思量，那件事利民福國。　閻八屬億萬千户，通盤打算，有幾家足食豐衣。"治民苦心，描寫深刻。

左文襄宗棠有自輓一聯，雄壯可誦。聯云："倘此日騎鯨西去，七尺軀委殘荒草，滿腔血灑向空林。問誰來歌騷歌曲，鼓銅琶井畔，挂寶劍枝頭，憑吊松楸魂魄。憤激千秋，縱敎黄土埋予，應呼雄鬼。　喜今朝化鶴東還，一瓣香祝完本性，三個月現出全身。願從兹爲樵爲漁，訪鹿友山中，訂鷗盟水上，消磨錦綉心腸。逍遥半世，只恐蒼天厄我，又作勞人。"惟其輓曾文正聯，人多議其局量窄小，然措詞尚得體。聯云："謀國之忠，知人之明，自愧不如元輔。　同心若金，攻錯若石，相期勿負生平。"

西湖某勝景處有一聯，似是彭雪琴所撰，句極豪放："樓臺圍十萬人家，看檻外波光、郭外山光，如此水天，要有李北海豪情，方許到亭中飲酒。　魚鳥拓三千世界，當荷花夏日、荻花秋日，是何景物，倘無杜少陵絶唱，且莫來湖上題詩。"

有某公晚年致仕，精築一室深自韜晦，室懸長聯，云："爲詞客、爲宰官、爲老漁，卅載風塵，閱幾多人海波瀾，纔得小園成退步。　愛詩書、愛花木、愛絲竹，四圍溪水，喜就近佛門香火，且營閑地養餘年。"

某婦臨没有自輓一聯，屬其夫爲之懸於靈次，句曰："我别良人去矣，大丈夫何患無妻，倘他年重結姻緣，莫向生妻談死婦。　汝從嚴父戒哉，小孩兒也當有母，苟異日得蒙撫養，須知繼母即親娘。"字字發乎至情，毫無虚僞語。

河間馮華甫卒於京邸，合肥段芝泉自津寄輓，云："兵學砥礪最相知，每憶拔劍狂歌，曾與誓從清攬轡。　國事糾紛猶未已，方冀同舟共濟，何邃傷分道揚鑣。"聯意極有含蓄。蓋馮代攝時，段膺總揆，部下各不相容，湘省張傳相替馮，段如水火，故有同舟與分道之語。分道揚鑣雖指幽明異途，實言當時意見不合之旨。最相知者，蓋北洋系中馮狗段虎王龍并重一時也。

沈文肅葆楨之夫人歿，張魯生輓之云："爲名臣女、爲名臣妻，江右佐元戎，錦繖夫人分偉績。　於中秋生、於中秋死，天邊圓皓月，霓裳仙子證前因。"名臣女者，指夫人係林文忠則徐女也。錦繖句者，因吉安之役微夫人之力不及此。中秋云者，夫人生於八月十四日之夜，死於八月十五晚間，皆屬中秋也。

京中有眉史曰浮舟，性嫻靜，事載余著之《教坊雜錄》與《春明瑣記》中。其死也，有邊生者代小柳輓之，云："浮生若夢，爲歡幾何，怕將舊事重提，腸斷青衫添酒地。　舟子誰招，凌波萬頃，悵此香魂不見，哭殘紅雨落花天。"

（《半月》一九二四年第三卷第二十二期）

二

李秀山純歿於江寧，其致死之因諱言甚深，無從知之，報紙所錄皆云自殺。當時督署設奠，輓聯極多，余惟見泗州楊瑟君毓瓚先生有三，均代人捉刀也。（一）"坐鎮奏膚功，一木方期支大廈。遺言比尸諫，諸君何以挽神州。"（二）"高議正紛紜，排難魯連思蹈海。　英姿終逸絕，騎箕宗澤合歸天。"三代胡伯午慶培輓，云："知己本無多，慨從章水相依，裘帶常親羊僕射。　成仁終不朽，太息大江流盡，靴刀竟出李臨淮。"對仗與事實均切。章水指江西也，李督贛時胡任中行長，常相過從，遂成知己。

陳金伯知江都，其署中置一聯懸於大堂之檐下，聯云："勤補拙、儉養廉，更無暇餽問送迎，來往賓朋須諒我。　讓化爭、誠去僞，敬以告父兄耆老，教誨子弟各成人。"

袁項城五十壽，楊士琦杏誠倩人作聯賀之，極得袁歡。聯云："五嶽同尊，惟嵩曰峻極。　百年上壽，如日之方中。"錫山侯疑始云是趙劍秋椿年手筆，而頌嶽則謂許某之筆，未知孰是。同時方地山爾謙世丈亦代民黨中祝之，云："戊戌八月，戊申八月。　我皇萬年，我公萬年。"語極譏刺，誠妙手也。以上兩聯，傳誦一時。

庚子之亂，釀禍者甚多，毓賢亦個中一激烈分子。後辛丑和約締成，毓戮於菜市口，其臨刑之前有自輓二聯，極佳。（一）"臣罪當誅，臣志無他，念小子生死光陰，不似終成三字獄。　君恩我負，君憂誰解，願諸公轉旋補救，切須早慰兩宮心。"（二）"臣死國，妻妾死臣，誰曰不宜。最憐老母九旬、嬌女七齡，耄稚難全，未免致傷慈孝治。　我殺人，朝廷殺我，夫復何憾。所愧奉君廿載、歷官三省，涓埃未報，空嗟有負聖明恩。"

王湘綺闓運於清亡後曾膺國史館編纂，文名滿國內。曾於他書見其輓陳伯年張文襄兩聯，名手的屬不凡。輓陳聯云："抗疏劾三公，晚傷鼷鼠千鈞弩。　治生付諸弟，歸剩鵝羊一頃田。"輓張聯云："老臣白髮，痛矣騎箕，整理乾坤事粗了。　滿眼蒼生，淒然流涕，徘徊門館我何如。"

康南海有為之太夫人歿於香港，教部中友人有輓之云："麻姑居天外蓬萊，幾見桑田變滄海。　孟母生人中堯舜，能將陬邑繼尼山。"

嚴又陵復精通中西文學，為近代一家，雖其人氣節有缺，然學問則自不能湮沒。嘗於故師胡詩廬先生處見輓庚子五忠一聯，云："善戰不敗，善敗不亡，疏論廷諍，動關至計。　主憂臣辱，主辱臣死，皇天后土，實鑒精忠。"頗為得體。

張香濤之洞開府鄂省，嘗於三宗祠上見題有一聯，曰："海氣百重樓，總為浮雲能蔽日。　文章千古事，蕭條異代不同時。"又其孫留學海外，習武備，卒業歸來，香濤命開營揖之。滿營將士俱執戟披甲，壁壘森嚴，其孫躍馬以進，行太急，顛墜馬而亡。香濤悼之甚，蓋諸孫中惟此最為鍾愛耳。其輓孫聯云："宗慤墮馬竟戕生，虛予期望乘長風破巨浪之志。　汪錡雖殤亦何憾，恨汝不能執干戈衛社稷而亡。"

（《半月》一九二四年第四卷第一期）

三

贛州演武廳懸一聯，下署温崑山撰，詞句極精練，聯云："玉壘繞雙江，畫鷁波平，想當年王濬樓船、閻公棨戟。　金壇開八陣，坐狄雲擁，看此日長松都尉、細柳將軍。"

南昌滕王閣爲贛中名勝，幾百年來文人學士瞻仰來遊者何止千數，現已蕪朽不堪，余曾履其地得見數聯。周峋芝聯云："滕王何在，剩高閣千秋，劇憐畫棟珠簾，都化作空潭雲影。　閻公能傳，仗書生一序，寄語東南賓主，莫輕看過路才人。"阮雲臺聯云："帝子長洲，仙人舊館。　將軍武庫，學士詞宗。"宋牧仲聯云："依然極浦遥天，想見閣中帝子。　安得長風破浪，送來江上才人。"李春藝聯云："我輩復登臨，目極雲山千里而外。　奇文共欣賞，人在水天一色之中。"均有精彩。

某名伶歿，相國某公輓以一聯："生在百花先，萬紫千紅齊俯首。　春歸三月暮，人間天上總銷魂。"因伶生在花朝前一日，死在三月秒也。李芋仙亦輓一聯："參不透絮果蘭因，結局竟如斯，逝水年華悲夢斷。　拋得下舞衫歌扇，逢場今已矣，落花時節送春歸。"因伶身後極蕭條，故有結局一句，兩聯皆渾成自然。

伶隱汪笑儂死，袁寒雲輓以一聯，中嵌汪得意之劇兩出，詞意牢騷却又悲壯，名手不凡，非虚語也。聯云："國破家亡，幾見人來哭祖廟。　世亂時變，請看我去駡閻羅。"

錢塘某女士於其未婚夫卒後撰長聯輓之，情文哀苦，不忍卒讀。聯云："誰教君早歲求名，奇遭天妒，修鳳樓之未舉，隨鶴駕而即歸，回思去後年華，真如夢幻。到昨日叩首靈前，千種情萬種情，縱不見阿郎面，總算結髮，天乎，吾輩甚無幸，竟若此文字埋君，聽空谷猿號，雨打梨花同灑淚。　可憐我芳年待字，酷受娘憐，桃欲咏於宜家，梅尚遲其迨吉，詎暗料中消息，頻種愁根。至今朝懷人牗下，三鍾酒兩鍾酒，真欲招月下魂，問個甘心，娘呀，女兒是何命，似此番姻緣誤我，看畫梁燕舞，風吹柳絮更傷心。"

京師三慶園戲臺有一聯，係吳梅村偉業撰句，云："大千秋色在眉頭，看遍翠暖珠香，重遊瞻部。　十萬春花如夢裏，記得丁歌甲舞，曾睡崑崙。"又廣和樓戲臺聯爲丹徒張文貞公玉書撰，句云："學君臣、學父子、學夫婦、學朋友，匯千古忠孝節義，細細看來，莫道逢場作戲。　或富貴、或貧賤、或喜怒、或哀樂，將一時離合悲嘆，重重演出，管教拍案驚奇。"又某園戲臺爲李璧瑜作，句云："滿場都是閑人，袖手旁觀，看戲不知做戲苦。　凡事總有結局，從頭演起，上臺容易下臺難。"此聯頗與今日時局相合。

南通警鐘樓上有邑紳張季直謇題一聯云："江淮之委海之端。疇昔是州今是縣。"句并無奇特，不過南通之地圖盡在此聯中矣。

吳子玉將軍五十壽辰洛陽開筵，舉國政軍客士接踵集汴下，際會直係盛世，故聯帖與壽屏幾至堆山積海，今則白雲蒼狗滄海桑田，將軍當亦生無窮之感。余知有二聯甚佳，（一）康南海撰句云："牧野鷹揚，百世功名纔一半。　洛陽虎視，八方風雨會中州。"此聯稱頌得體，固不在楊士驤壽項城聯之下也。（二）遜帝壽子玉，聞爲閩侯陳弢盦寶琛手筆，句云："登壇裘帶標儒術。　經國韜鈐仗老成。"亦冠冕堂皇。

徐又錚將軍雖係軍籍，文章詩詞均極淹博，近代文人可稱一子。客歲扶桑地震，居民死者達數萬，日本元氣銳喪，亦大劫也。王郅隆罹其禍死於橫濱，其櫬歸津之日，又錚有聯輓之，云："覆巢之下焉有完卵，客死誠可悲，問上壽百年，人孰不老。吾聞士殉其職，僕殉其主，古禮昭然，雖在嚴墙得正命。　城門失火殃及池魚，浩劫由前定，對西風萬里，魂兮歸來。追思分我以金，知我以義，國難未已，那堪中道折同心。"詞意寓哀悼於牢騷，頗爲得體。

李文忠鴻章輓季弟一聯曾於稗乘見之："王事久分勞，名場縱讓諸兄，何遽傷心隨逝水。　親恩猶未報，泉下倘逢弱弟，也應回首念慈雲。"句中是否有誤，不得而知，惟口氣似非輓弟也。

（《半月》一九二五年第四卷第七期）

四

王壯武鑫爲中興名將,其歿時封翁有聯輓之,云:"不死於賊必死於小人,今而後吾知勉矣。　雖竟其才未竟其大志,已焉哉天實爲之。"滿紙憤恨之詞蓋有所發,小人者係湘鄉相國也,因壯武在紅羊之役立功不少,終不能躋要職,其父以爲文正抑才不用,有心致之,故於相國大肆詆諆也。

黃漱蘭太史輓何鐵生聯云:"薄宦共江南,記冬月維舟,花下清尊陪水部。　思君在淮上,正秋風隕籜,笛中哀韻到山陽。"事實對仗甚工,語無空泛,的是能手。

項翱父作吏贛州,自撰二聯均不惡,項之著此蓋以遺子弟并述其所懷,中嵌"仁發藝莊"四字,仁發其名而藝莊其字也。(一)"仁親是寶,三千里桑梓遠離,只率攸行於乃祖乃父。　發身以財,數十年耕漁不事,務滋樹德於爾弟爾昆。"(二)"藝堪從政未然,敢云果達兼周,高攀泗水賢哲。　莊以臨民非所及,豈敢孝慈各得,莫負尼山聖言。"

湘鄉相國薨於白門任次,各方會吊者可盈石頭城下。薛福成云,其臨危之際,城東見有火光熊熊,疑爲失慎,殆始知帥亡也。薛之《庸盦筆記》載輓曾之聯不少,茲摘其佳者錄之。(一)李眉生鴻裔廉訪輓云:"位冠百僚而勞謙自教,威加四海而盛德若愚,不震不驚,隱幾獨居勛業外。　年垂大耋而神觀勿衰,病至彌留而軫掌靡息,如臨如履,易簀猶在戰兢中。"(二)孫琴西太僕輓云:"人間論勛業,但謂如周如虎唐郭子儀,豈知志禹皋,別有獨居深念事。天下大文章,殆不愧韓退之歐陽永叔,却恨老來涅軾,更無便坐雅談時。"(三)郭筠仙嵩燾中丞輓云:"論交誼在師友之間,兼親與長,論事功在唐宋之上,兼德與言,朝野同悲惟我最。　其始出以奪情爲疑,實贊其行,其練兵以水師爲著,實發其議,艱難未與負公多。"(四)李次青元度廉訪輓云:"是衡嶽洞庭間氣所鍾,爲將爲相爲侯,自吾鄉蔣安陽後,歷三朝兩宋迄元明,二千年僅見。　與希文君實易名同典,立功立言立德,計昭代湯睢州外,較諸城大興暨曹杜,一個臣獨隆。"句中之蔣安陽謂蜀中蔣公琬也,清代得諡曰文正者惟六人,曾其一也。諸人之中惟湯禁淫詞等政,造福江南不少,餘皆無大勛業,六人獨曾猶足以垺其諡云。(五)蒯子范太守德模輓云:"公今與皋夔伊傅同遊,翳古元勛齊俛首。 我正泝江漢沱潛而上,每經遺壘輒傷心。"蒯時將赴夔州任,道中聞耗,故甚恰切。(六)謝麟伯編修維藩輓云:"吾楚多武功,新寧偉節、羅山邃學、益陽雄略,湘陰衡陽,皆卓犖勛名,相度恢然衆賢匯。 國朝六文正,睢州巨儒、諸城名相、大興賢傅,歙縣濱州,并承平宰輔,公時獨較昔人難。"謝此聯上將中興名臣在內陪襯,結贊曾之善用,下將清代諡法之得文正者烘托,結稱曾之所處獨難,非可僥倖而致者,與李聯均同體法而措詞異也。

《花月痕》一書筆法與《紅樓夢》異,而所言之情則相仿佛,其中詩詞、對聯、酒令均不弱於《紅樓夢》。余每誦張檢討句"白髮高堂遊子夢。 青山老屋故園心"輒爲嗟賞用,倩京中善書者寫之,懸於寓中蓬壁,客裏思鄉,倍增感喟。

同鄉沈子培曾植爲清室遺老,歿於海上,曾見楊無境代人輓云:"天子僕臣,可與文山亭林幷古。 平生風義,猶在匡廬皖水之間。"此聯可謂直揭沈之心志,死後得斯聯亦當含笑重泉矣。

哈同及其夫人迦陵六十開帨祝壽,曾見頌岳代徐容光恩元總裁撰聯祝云:"豪氣足千秋,有金谷名園、杜陵廣廈。 齊眉看二老,是諸天佛子、陸地神仙。"恰當得體,惜乎歐人不諳其意耳。

清時有烏姓者巡撫浙江,到任之後百廢莫舉,但留意於海塘及考試書院,郡人恨其無能,撰聯諷之,聯云:"畢生事業三書院。 蓋世功名一海塘。"又烏曾於某太史來謁時,坐次談及書院中之考生,曰,余每見之好似一群老鼠,其意蓋暗罵某太史也,因烏非科甲出身耳。某太史退而嫉其惡,翌月將歸京師,往辭行,留書一通,托人致烏,言在舟次與友人聯句得佳聯呈致,聯云:"鼠無大小皆稱老。 龜有雌雄總姓烏。"亦可謂謔矣。

南京夫子廟有得月茶社,客歲余往白門省叔曾過其地,見有陳光宇題聯云："得斯樓也，其喜洋洋，天上文星座上客。　望美人兮，予懷渺渺，秦朝明月本朝秋。"亦尚可誦。

（《半月》一九二五年第四卷第八期）

五

戊戌政變爲遜清亡國之一大原因，設當時康梁不爲項城所弄，則慈禧不能還政，而拳禍亦未必能成此，蓋清室氣運所致，非人力所能挽。前由某君處見其先德某太史輓六君子聯云："龍比酷刑，岳于慘戮，昔人尚爾，君子又何尤。魂魄若有知，應愧正學先生，矢口問成王安在。　漢朝黨錮，晉代清流，振古於斯，今而再見。國家方多事，莫效子胥良將，留眼看越寇重來。"所謂成王者指光緒也，因政變而後使德宗幽囚瀛臺，迄薨未得自由，論史者於康梁之舉，實罪之也。

端午橋爲人雖無可議，然其文筆却甚尖刻惡謔。京中有趙姓購妾張氏，端曾代人著聯以嘲之，聯云："一味逞豪華，原來大力弓長，不僅人誇富有。　千金買佳麗，除是明朝弦斷，方教我去敦倫。"按：趙姓出身卑賤，專以逢迎王公大臣諂事權宦而致富，且有季常癖，凡閫中號令無不聽從，其納妾因乏嗣，故蓋承其妻命也。此聯可謂罵得極淋漓之致，最妙者聯外尚送一匾，額曰"大宋千古"，亦端所擬者。

湘綺老人王闓運幼時，省中文壇諸耆宿於春日在長沙集修禊雅事，開宴吟詩，湘綺隨其父執輩亦往。諸老以其年幼貌視之，且曰："如許孩提竟敢來預斯會，豈彼亦解詩聯耶？"適隔座飛句至其父執前，句爲"一簾花月夢無痕"，父執屬湘綺試對之，湘綺應聲曰："半壁河山詩有淚。"時在中法戰後，國內人民正憤外侮頻至，國勢日弱，故此句極爲警策，舉座皆異之。

長安城南江亭爲都中名勝，春秋佳日文人雅士遊屐如雲，亭上有數聯均尚可誦。翁叔平相國聯云："烟藏古寺無人到。　榻倚深堂有月來。"衍聖公孔令貽聯云："法雨慈雲窺色相。　清池明月照禪心。"貝子奕緒聯云："雲裏帝城雙鳳闕。　雨中春樹萬人家。"長沙殷仁聯云："江山洗滌我重來，有酒何妨今日醉。　花月姻緣何解得，無情莫到此亭遊。"嶺南蔡錦泉聯云："客醉共陶然，四面凉風吹酒醒。　人生行樂耳，百年幾日得身閑。"李毓如鍾豫聯云："經濟以詩書爲鵠。　文章得山水之腴。"

　　元虞集未遇時爲許衡門客，虞有所私，午後輒出館，深夜方歸。許每往訪不遇，病之，因書於簡云："夜夜出遊，知虞公之不可諫。"虞歸即對云："時時來擾，何許子之不憚煩。"妙語天成，易地即覺無味矣。

　　梁山舟同書爲近代書家，人咸知寶其墨迹，不知梁之文章亦燦然可觀，製聯頗多佳句，兹見數則極妙。輓梁文定國治聯云："天北掩臺垣，聞説槐音中夜斷。　江東失宗袞，心傷荆樹一時摧。"荆樹者指弟冲泉，時亦甫歿。輓甥吳臺卿聯云："天道何知，不許阿嬭留李賀。　神仙安在，翻教老淚哭羊曇。"按：臺卿十六入泮，屢不第，遁而學仙，年未四十以瘵卒。輓陶簋村聯云："萬里兒啼，此日愁攀賢令轍。　卅年老淚，隔江空盼少微星。"時簋村之子方宦黔中，故上聯有攀轍等字。輓其夫人聯云："一百年彈指光陰，天胡靳此。　九十載齊眉夫婦，我獨何堪。"按：學士與夫人汪氏俱登大年，夫人長學士一歲，先學士二年卒，年九十二。輓妹夫湯庶常聯云："四十年生有自來，身到蓬瀛天遽召。　三千里没而猶視，心傷桑梓母何依。"時庶常在翰林院未散館而没，老母七十猶在堂也。輓藍素亭河督聯云："帝界以河，三載勤勞著淮北。　臣心似水，四知風節媲關西。"

《半月》一九二五年第四卷第十三期

六

長懋亭齡相國，嘗自謂有星士相我，將來名位可及阿文成，惟壽稍遜文成，年八十一。公果於八十歲元旦薨於位。聞除夕尚向家人查詢歙縣曹文正終於何日，衆對曰正月二日，公曰我不可居其後，逾日遂逝。徐星伯松輓以聯曰："易簣預知時，一日期先曹太傅。　蓋棺先定論，千秋名并阿文成。"梁章鉅輓曰："出將入相垂五十年，功比汾陽、壽同潞國。　掃穴犁庭越三萬里，昔追定遠、今媲章佳。"兩聯均佳，惟徐聯尤貼切，梁即著《楹聯叢話》者，閩人也。

余秋室集悼亡聯云："濟艱辛嘗險阻，貧家婦信難爲，痛今朝鏡破釵分，欲圖夢影重圓，除異世再同青玉案。　習荊布厭綺羅，半生儉應可法，奈塵海飆馳電掣，贏得褶痕如舊，到秋宵怕檢縷金箱。"余能畫，有《河東君初訪半野堂》白描小影，名作也，習士女繪者皆珍之，官至學士，爲有清名臣。又梁紹壬輓其室人黃蕉卿聯云："四千里累爾遠來，父在家、母在殯、翁姑在堂，屬纊定知難瞑目。　廿三年棄余永訣，拜無兒、哭無女、繼承無姪，蓋棺未免太傷心。"此聯尤覺淒慘，蓋下聯所云，實人生最痛苦之境地也。

沈文肅夫人林氏，文忠公女也，紅羊之亂勛業昭然，文肅得篆兩江督命，未始非夫人當日之功。夫人卒時文肅輓云："念此生何以酬君，幸死而有知，奉泉下翁姑依然稱意。　論全福應先自我，顧事猶未了，看床前女兒怎不傷心。"潘四農輓妾聯曰："吾家婦不易爲，卿尚孝友同心，一室未聞來閑語。　今日事誰能料，便我期頤終老，百年難補有情天。"范肯堂輓妻聯曰："又不是新婚垂老無家，如何利重離輕，萬古蒼茫爲此別。　且休談過去未來現在，但願魂凝魄固，一朝歡喜搏同歸。"趙鏡芙輓妻聯曰："上壽本無庸，縱教百歲夫妻，終成死別。　中途胡可去，試看兩行兒女，難以爲情。"

江南某文士喪妻有聯賦悼詞，甚憤慨，聯云："苦吾盡頭，只除薄命糟糠，遠歸天上。　囑卿來世，不遇封侯夫婿，莫到人間。"曩於故鄉見一聯,亦悲憤,聯云:"三十載夫妻,有苦無甘空嫁我。七八個兒女,小啼大哭亂尋娘。"兩聯均寫得極哀苦,而牢騷心事力透紙背,大可爲糟糠伉儷一放悲聲。

前過沈太侔丈處見二聯,一爲某君悼亡,聯云:"他生未卜此生休,我本多情卿何薄命。　去日苦多來日少,眼中流血心內成灰。"一爲某輓聘而未娶者,聯云:"爾何人我何人,無端六禮相成,惹出這番煩惱。　生不見死不見,倘若三生有幸,好圖再世姻緣。"第二聯實足爲婚姻尚舊者下一針砭,因既是夫妻乃令未曾相晤,是以有此類痛苦,舊式婚姻確有極大之弊竇,應亟宜注意者。

某君出山四日得家書,知妻女染時症病危,踉蹌歸去,則雙榇在門,哀悼異常。曾著聯輓云:"上無姑下無兒,七載中糊糊塗塗,大好姻緣,竟輸與葉底鴛鴦花間鶯燕。憔悴生涯卿薄命,只爲我年年潦倒負負狂呼,嘆息遇人真不淑。　纔生離旋死別,一星期來來去去,可憐光景,只博得肝腸寸斷妻女雙亡。凄涼身世我何堪,翻羨卿夢醒瑤臺魂歸離恨,晨昏有女伴無聊。"

海上校書陸素娟死,我佛山人吳研人沃堯輓云:"此情與我何干,也來哭哭。　只爲憐卿薄命,同是惺惺。"眉史沈麗娟輓云:"我猶墮落人間,墜溷飄茵渾未卜。　君已皈依淨土,新愁舊恨總成空。"眉史花蘭芬輓云:"冷雨凄風,無限相思寒食節。　落花流水,可憐同是斷腸人。"

(《半月》一九二五年第四卷第十四期)

七

金陵莫愁湖在水西門外,風景絕佳,湖旁有曾公閣,乃蘇人建以祀湘鄉相國者。閣有聯云:"女名莫愁,湖名莫愁,天下事愁原不少。　王宜有像,侯宜有像,眼中人像此不多。"

鄧頑伯嘗著一聯,句甚高曠,近爲海上中華書局影印。昨訪潛研齋主人劉氏，見其客室懸之，聯云："滄海日、赤城霞、峨嵋雪、巫峽雲、洞庭月、彭蠡烟、瀟湘雨、武彝峰、廬山瀑布，合宇宙奇觀繪吾齋壁。　少陵詩、摩詰畫、左氏文、馬遷史、薛濤箋、右軍帖、南華經、相如賦、屈原離騷，收古今絕藝置我山窗。"人生得此，奚啻登仙。

京師梨園公會，向無會場，有事僅於精忠廟集聚而已，梅蘭芳等醵資鳩工，於櫻桃斜街築梨園新館，既落成，請於樊雲門增祥爲撰聯以懸之。（一）"渭城一歌，看處處青回楊柳。　斜街小築，記年年紅了櫻桃。"（二）"夢中七日聞鈞樂。　飛上九天歌一聲。"（三）"一藝成名，黃米飯曾入歐史。　此中人語，紅梨花發即秦桃。"（四）"夏屋此權輿，待擴充廣廈庇寒之願。　春明傳樂府，試比較旗亭畫壁何如。"

江西某中丞，以滕王閣歷久失修，多有圮壞，出資重葺，樓閣一新。時蕭虞廷主某書院，爲撰聯云："千餘年屢遭灰劫，閻伯嶼遺迹蕩然，不圖雨捲雲飛，又把樓臺煥今古。　七百里迅助帆風，王子安得名去矣，爲問遥天極浦，誰將詩酒壓湖山。"

劉鐵陀君嘗言其郡有關帝廟，懸邑中名士李蓮仙撰聯，云："河山破碎三分國。　天地昂藏一丈夫。"此"三分"對"一丈"驟視之似不覺其妙，實則天衣無縫，工穩貼切，洵至言也。

紅羊之役，規復江寧，幾費時日，要以湘鄉相國昆仲之功爲多，亂既戡定，旅寧湘人以湖南會館屢遭兵燹，重加修葺，功甫竣，相國視師苙止，衆咸以館門楹帖，請其撰書。幕友構聯云："卿材萃杞梓梗楠，帶將衡嶽春雲，蔭留吳地。　派源溯瀟湘沅澧，分得洞庭秋月，照澈秦淮。"蘇省人士以其語意誇張多爲不平，實則此聯自相國言之即覺毫無愧色，倘易他人不免近於誇誕不倫矣。

長沙嶽麓山頂，有亭曰"望江"，因其面臨湘水也。亭之正中，有木刻一聯云："西南雲氣來衡嶽。　日夜江聲下洞庭。"句極雄渾，不知伊誰手筆，決非俗儒所能也。頃閱筆記，知是何子貞紹基所作。

河南某縣有雙忠祠，係祀岳武穆與于忠肅者，祠之門首有聯云："國士無雙雙國士。　忠臣不貳貳忠臣。"可稱妙作。梁溪侯疑始言，無錫張巡許遠雙忠祠亦懸此聯，如是則凡雙忠并祀者不妨均用此聯也。龔佛平元凱言，潮州祀張、許，粵東祀文、謝，均懸此聯，余言適不妄矣。

陳州太皞陵有二聯，均甚佳。（一）邑令麥祥云："後天地而生，朱圍猶堪尋聖迹。　立帝王之極，白雲常此護靈墟。"（二）郡守王掌絲云："洩造化之機緘，萬世文章開易象。　規山川之形勝，千秋陵寢奠淮陽。"

山左有舜孔合祀廟，有聯云："高山仰止，景行行止。　卿雲爛兮，糺縵縵兮。"集句恰切，亦是妙筆。

會稽禹廟有聯，係高宗南巡時所製，聯云："績奠九州垂萬世。統承二帝首三王。"

齊梅麓題泰伯墓聯云："志異征誅，三讓兩家天下。　功同開闢，一抔萬古江南。"秦鶴題無錫泰伯祠聯云："勾吳分土爲三，端委垂型，梅里肇基名最古。　遷史世家第一，雲礽衍緒，華陂崇祀惠無疆。"

衛輝比干廟有聯云："君德難回，當此衆叛親離，若但如微子去箕子奴，無以激億萬人忠貞之氣。　臣心不死，即茲魂飛血濺，猶將以周日興殷日喪，上訴諸六七王陟降之靈。"

江陰縣西二十五里有吳季札墓，墓中古篆九字即嗚呼，古延陵季子之墓，相傳爲孔子所題。碑仆中斷，一夕雷雨交加，碑石完好如故，但微有斷痕耳。其碑亭聯云："星斗芒寒君子墓。　風雷靈護聖人碑。"

永平府古孤竹國城外夷齊廟聯云："兄讓弟、弟讓兄，父命天倫千古重。　聖稱賢、賢稱聖，頑廉懦立百世師。"

濟寧州仲家淺爲子路故里，有仲氏祠聯云："允矣聖人之徒，聞善則行聞過則喜。　大哉夫子之勇，見危必拯見義必爲。"

長沙屈賈合祀祠聯云："親不負楚、疏不負梁，愛國忠貞真氣節。　騷可爲經、策可爲史，出風入雅大文章。"

湘有賈太傅誼祠，在太平街濯景坊，有石床一，相傳爲太傅坐處。王文勤撰聯云："少年有痛哭流涕文章，問西京對策誰先，惟董江都後來居上。　今日是長治久安天下，幸南楚故廬無恙，與屈大夫終始相依。"

（《半月》一九二五年第四卷第二十四期）

八

肅州武侯廟，有左文襄宗棠題云："幸仗天子威靈，生入玉門關，重拜忠臣遺像。　莫謂吾才衰老，手挽銀河水，一啓函夏雄圖。"人謂左以武侯自況，於此聯益信。蜀中武侯廟聯云："可託六尺之孤，可寄百里之命，君子人與，君子人也。　隱居以求其志，行義以達其道，吾聞其語，吾見其人。"不知何人集句，甚切。

楊慰農霈督兩湖，以陽湖張仲遠曜孫任營務處，軍敗鐫職，僑居襄陽。偕遊隆中武侯祠，各爲聯以見志。楊聯云："誰謂將略非其所長，當時予智自矜，終遂此一生謹慎。　可惜天心未曾厭亂，千古知人論世，豈徒傳兩表文章。"張聯云："行藏以道，出處因時，使無三顧頻煩，亦如水鏡鹿門，甘心肥遯。　成敗論人，古今同慨，似此全才難得，尚有子由承祚，刻意譏評。"

關壯繆廟聯，交口稱許者有一聯云："先武穆而神，大漢千古、大宋千古。　後文宣而聖，山東一人、山西一人。"

京師正陽門左側關廟，明崇禎間，有卜者邢姓設肆其中。甲申三月初，寇勢甚亟，卜者書一聯於廟門。夜夢帝告以天命有歸，卜者乃自縊死。今廟旁土地祠，一白鬚神，即卜者也。聯云："漢封侯、晉封王，有明封帝，聖天子可謂厚矣。　內有奸、外有敵，中原有賊，大將軍何以待之。"

梟磯孫夫人廟，明季徐文長渭題聯云："思親淚落吳江冷。望帝魂歸蜀道難。"直揭夫人心曲，筆既挺拔，詞復工切。清楊雪茮題云："空江蘋藻祠靈澤。　故國松楸夢惠陵。"亦不弱。靈澤者,因廟額稱靈澤夫人也。

眉州三蘇祠,張鵬祥題云:"一門父子三詞客。　千古文章四大家。"三詞客者,指老泉、東坡、子由也。四大家者,指韓、柳、歐、蘇也。此聯對仗,穩練工貼。劉錫嘏集句題云:"江山故宅空文藻。父子高名重古今。"

西湖岳墳前,有鐵鑄秦檜夫歸,及万俟卨、張俊四像。鎸名胸次,跪於階下。有松江徐氏女題楹柱云:"青山有幸埋忠骨。　白鐵無辜鑄佞臣。"妙極。廟内有彭文勤題云:"舊事總驚心,階前檜賊。　感時應濺淚,廟側花神。"花神者,因其廟旁有花神廟也。

湯陰岳忠武廟,有吳雲樵芳培侍郎撰聯云:"千秋冤獄莫須有。百戰忠魂歸去來。"貼切已極。武穆一生出處遭際,盡在此寥寥數字中矣。

明建文帝廟有聯云:"僧爲帝,帝亦爲僧,一再傳衣鉢相沿,回頭可證。　叔負侄,侄不負叔,三百載江山如舊,到眼皆空。"甚妙。廟似在白下,不甚記憶。

雨花臺方正學孝孺祠,懸聯云:"管仲不爲,着這件麻衣,十族章身都有具。　成王安在,看那枝鐵筆,萬人指點到於今。"

錢塘于忠肅祠,有王文成公題聯云:"赤手輓銀河,公自大名垂宇宙。　青山埋白骨,我來何處吊英賢。"楊鶴子題聯云:"千古痛錢塘,并楚國孤臣,白馬江邊,怒捲千堆雪浪。　兩朝冤少保,同岳家父子,夕陽亭裏,心傷兩地風波。"彭文勤題聯云:"賴社稷之靈,國有君矣。　竭股肱之力,死以繼之。"

揚州梅花嶺,史忠正公可法祠,楹聯極多,有失名者三。(一)"佩鄂國至言,不愛錢,不惜死。　與文山比烈,曰取義,曰成仁。"(二)"數點梅花亡國淚。　二分明月故臣心。"(三)"一代興亡關氣數。　千秋廟貌傍江山。"又蔣心餘題云:"心痛鼎湖龍,一寸江山雙血淚。　魂歸華表鶴,二分明月萬梅花。"俞曲園題云:"明月梅花,拜祁連高冢。　疾風勁草,識板蕩忠臣。"吳清卿大澂題云:"何處吊忠魂,只十里平山,空餘蔓草。　到來憐我晚,有二分明月,曾照梅花。"

江陰典史閻公祠堂有聯，相傳是臨難時自題。其句曰："七十日帶髮效忠，表太祖十六朝人物。　三千人同心赴義，存大明一百里江山。"

（《紫羅蘭》一九二六年第一卷第七期）

九

保定三十六忠義祠，聞皆明末拒賊者，叢葬道署後高原。樊鎔題聯云："這都是燕市豪雄，問上下幾千年，似此姓氏不傳人有幾。　何處尋戰場遺迹，剩丘壟一抔土，徒令春秋憑吊我增悲。"

衡山王船山夫之先生祠，洪稚存亮吉題云："慟哭西臺，當年航海君臣，知己猶餘瞿相國。　羈棲南嶽，此後名山著作，同心惟有顧亭林。"

明末李忠肅邦華都憲，聞外城陷，縊死於文信國祠。李亦吉水人，鄉人爲換額，曰"二忠祠"。聯云："後死須知無二道。　先生豈願有忠名。"

蕪湖曾靖祠，有曾文正題聯云："英名百戰總成空，淚眼看河山，憐予季保此人民，拓此疆土。　慧業幾生磨不盡，癡心說因果，願來世再爲哲弟，并爲勳臣。"

水師昭忠祠，彭剛直玉麐撰聯云："江淮河漢，浪駭濤驚，三千里掃蕩縱橫，公等能當天下事。　矢石戈矛，血飛肉薄，一萬衆同心死義，國殤惟有楚人多。"祠在金陵，而湖口石鐘山亦建有焉。

西寧昭忠祠，左文襄宗棠有聯云："黃流東注、湟水南來，任濁浪縱橫，百折終須趨巨海。　胡笳勿悲、羌笛休怨，認靈旗恍惚，千載猶聞賦大招。"

贛鄱陽湖濱有望湖亭，爲吳周瑜駐兵處。彭剛直重建之，自題一聯云："戰艦列千軍，想當年小喬夫婿，破浪乘風，颯颯雄姿俊爽。今我戈船寄泊，吊古憑欄，嘆幾許事業興亡，祇贏得殘灰劫火。

湖天開一碧,看此日大地山河,落霞孤鶩,熊熊萬象恢寄。誰家鐵笛飛聲,悲歌擊楫,把那些滄桑感慨,都(都或作暫)付與芳草斜陽。"曾文正題云:"五夜樓船,曾上孤亭聽鼓角。 一樽濁酒,重來此地看河山。"

湖口石鐘山,有彭剛直所建水師昭忠祠。其門聯云:"忠臣魂、烈士魄、英雄氣、名賢手筆、菩薩心腸,合古今天地精靈,同此一山結束。 蠡水烟、溢浦月,潯江濤、馬當斜陽、匡廬瀑布,攬南北東西勝景,全憑兩眼收來。"工整雄渾,氣沛詞妙。益以剛直自書,筆墨灑脱,洵足千秋矣。

金陵藩署,本明中山王故邸。有聯云:"大江東去,浪淘盡千古英雄。問樓外青山、山外白雲,何處是唐陵漢寢。 小苑春回,鶯喚起一庭佳麗。看池邊綠樹、樹邊紅雨,此中有舜日堯天。"按:中山王即徐達也。

彭剛直遊泰山,集句爲聯云:"我本楚狂人,五嶽尋山不辭遠。地猶鄒氏邑,萬方多難此登臨,"題狼山聯云:"長嘯一聲,山鳴谷應。 舉頭四望,海闊天空。"均妙。

法梧門祭酒,於京師什刹海營詩龕。紀文達贈聯云:"小築當水石間,直以雲霞爲伴侶。 大名在歐蘇上,盡收文藻助江山。"

薛慰農觀察題秦淮停雲榭聯云:"一曲後庭花,夜泊銷魂,客是三生杜牧。 東墙舊時月,女墙懷古,我如前度劉郎。"題烟月雙籠榭聯云:"何處寄閑情,亞字闌干心字水。 此間無俗韻,梨花院落棗花簾。"題莫愁湖曾文正遺像聯云:"出西州門迤邐而來,看桑麻遍野,花柳成蹊,十萬家重睹昇平。遺愛難忘,白叟黃童齊墮淚。 與中山王後先相望,幸湖水波恬,石城烽靖,五百年允符運會。大名并峙,兗衣赤舄更圖形。"題金陵某氏園聯云:"問竹報書來,何氏山林招老杜。 看花終日醉,習家池館署高陽。"題莫愁湖勝棋樓聯云:"山溫水膩,風月常存。幾人打槳清遊,倩小婦新弦,翻一曲齊梁樂府。 局冷棋枯,英雄安在。有客登樓閑眺,仰宗臣遺象,壓當年常沐勛名。"又慰農觀察曾偕劉省三帥、周海鈴軍門、韻珊織雲兩女史,遊焦山自然庵。題云:"鶴去難回,留片石孤雲,共参因果。　我來何幸,有英雄兒女,同看江山。"

易實甫順鼎之殁,聞係患縮骨楊梅,故死時身不滿三尺。某君輓云:"公患才多,少是神童老名士。　我爲此哭,生方臣朔死侏儒。"陳三立輓云:"逼身世於酣嬉顛倒之場,天忌才人仇已復。交文字歷少壯衰老至死,我齊物諭識其真。"

《紫羅蘭》一九二六年第一卷第八期）

十

揚州某氏園戲臺,江都李澄題云:"坐客爲誰,聽二分明月簫聲,依稀杜牧。　主人休問,有一管春風詞筆,點綴揚州。"

何蝯叟紹基,題西湖遊船云:"雙槳來時,有人似桃根桃葉。畫船歸去,餘情付湖水湖烟。"雅淡之神,非西子湖中遊船不稱。

平湖秋月爲虎林十景之一,談江南風景,靡不知之。其地有彭剛直玉麐一聯,洵能將該處勝景一齊收入。凡未履斯地者,讀此聯可以意會之矣。聯云:"憑欄看雲影波光,最好是紅蓼花疏,白蘋秋老。　把酒對瓊樓玉宇,莫辜負天心月到,水面風來。"

安慶城外中江第一亭,地臨長江,遠眺一碧。太湖李振鈞題云:"秋色滿東南,笑赤壁以來,與客泛舟無此樂。　大江流日夜,問青蓮而後,舉杯邀月更何人。"

劉壯肅題六安州鼓樓聯云:"吳下統兵還,看重建樓臺,有中興氣象。　淮南群寇盡,留四圍城郭,是再造河山。"亦頗切合。

林文忠公則徐,嘗冒雨至某寺以"風吹羅漢搖和尚",屬寺僧對之。寺僧答云:"雨打金剛淋大人。"頗工穩。且"淋""林"諧音,更覺巧妙。此余聞唼冰主人言。

閩侯林宗孟長民死於瀋陽之難,其家招魂設祭於雪池。輓聯頗多。孫慕韓云:"飛檄用枚皋,方期殺敵以致果。　絕纓憐子路,驚聞烈士竟殉名。"弟天民云:"國事且莫言,但論門戶私憂,長夜未乾沾席涙。　家書曾不達,逆料兵塵噩耗,中華爲廢對床吟。"叔孝揚云:"屈身以殉知,是死將爲天下惜。　避禍翻被難,此心惟有老人知。"憲法委員會同人:"孤注一身輕,問何人砥柱橫流,空使奇才淪浩劫。　深情千古見,念我輩綢繆陰雨,賴持絶業慰幽靈。"

偶檢龔元凱佛平之《聯萃》,得數聯,甚佳,録之。紀文達壽王述庵昶云:"盾鼻弓衣,行世文章皆事業。　屏風團扇,還山官府即神仙。"壽袁簡齋枚云:"藏山事業三千牘。　住世神明五百年。"許佩璜壽史靖貽直云:"三朝元老裴中令。　百歲詩篇衛武公。"陳伯初壽郭遠堂柏蔭云:"耆英洛社萬家佛。　草木平泉一品詩。"

翁文恭同穌壽李文忠云:"壯猷爲國重。　元氣得春先。"蓋合肥生日正月初五,是年初六日立春也。壽王夔石文韶云:"朔方節度使。　南極老人星。"時王方督畿輔也。俞曲園壽李文忠云:"以歲之正,以月之令,春酒一尊,爲相公壽。　治内用文,治外用武,長城萬里,殿天子邦。"均喬麗堂皇,貼切不易。

王湘綺壽吳清卿大澂云:"東海蒼生,出爲霖雨。　南嶽朱鳥,上應列星。""眉壽銘功,有吉金瑞玉。　衡山刻石,紀海宴河清。"兩聯均代人作。時吳方督湘也。

霍邱裴伯謙景福,代壽倪丹忱嗣冲云:"三千珠履集平原,分明月殿霓裳,喚迴天寶。　十萬花燈買元夜,曾記蟠桃麟脯,醉倒崑崙。"

無錫黿頭渚風景絶佳,勝境亦夥,多名人題聯。張嗇庵謇題陶朱閣云:"孕越包吳,管領五湖風月。　流丹聳翠,照臨萬頃烟波。"張厚穀題飛雲閣云:"一家吳越今誰主。　萬頃波濤入此樓。"楊千里天驥題退廬云:"喚起澹妝人,更何必十分梳洗。　商略黃昏雨,只可惜一片江山。"均不惡。

梁山舟壽稽文恭璜云:"螭坳舊齒符天壽。　雁塔新題冠佛名。"時稽以萬壽生日,重宴瓊林也。楊穌父壽恩藝棠壽云:"佐媧氏補九天,華嶽三峰五色石。　繼召公分二陝,甘棠一樹萬年春。"時恩正開府關中也。左文襄壽楊石泉昌濬云:"知公神仙中人,勉爲蒼生留十稔。　憶昔湖山佳處,曾陪黃菊作重陽。"

龐獨笑善製聯，且多典麗。曾見其輓吟香詞史聯云："半年金屋，遽賦白頭吟，實命不猶。拼殉此鶯粟殘雲，憤歸碧落。　一縷芳魂，早醒青樓夢，真靈非昧。可能逐胥江逝水，流過黃河。"吟香適張遠伯志潭弟某，未幾棄去，後即有痕。厄於其母，遂致服毒，識者哀之。

曹血俠有三十自壽聯云："十五講武、廿二提兵，想當年意氣偏豪，視貔狖如螻蟻。蓋世雄何足道哉，自嗟大好男兒，怎禁韶華催我老。　數卷殘書、一方頑硯，問此日俠腸奚若，藉筆墨作戈矛。文壇將差堪敵耳，願與窮愁志士，相期松柏後時凋。"牢騷滿紙。今則血俠入長腿幕，願差足償矣。

（《紫羅蘭》一九二六年第二卷第一期）

十一

無錫華酌亭樽，曾於池上草堂小集。甲午科案同人有聯紀之曰："莫問他世上滄桑，小集蕊鄉，還我秀才本色。　也算存劫餘碩果，平分花信，留些文社因緣。"當時學使爲黃漱蘭體芳，而楊味雲壽枏年紀甚小也。

侯病驥代吳觀蠡輓俞丹石聯云："回首風雲問素交，錫麓苔岑，同聲一哭。　傷心編次悼丹録，京華顦顇，從此千秋。"俞別署天遊，即商務書館《小説世界》譯長篇説部者，代吳輓張守仁聯云："人生忍説永別離，恰當匝地干戈，撒手塵寰竟千古。　此去倘逢吾伯母，爲道滿城風雨，傷心奄歲哭重陽。"均甚佳。

夢花廬述香山楊幻詞女子與戚鄭姓死後委身事，甚哀。鄭友有數聯輓之，均佳。（一）"生死見交情，最可憐一慟臨風，碧草絲絲才子淚。　幽明成永訣，今試問重逢何日，紅花朵朵女兒心。"（二）"驪黃外別具幽懷，嘆臨終始許交環，太笑話、太傷心，所願菩薩現身，度盡怨男兼怨女。　風塵中獨懸雙眼，到此日居然挂劍，最光明、最哀楚，方信英雄本色，不爲情佛亦情仙。"（三）"原來我佛無情，俯拾落花歸净土。　到底東風有主，肯隨飛絮溷人家。"（四）"挂劍本英雄，季子有心全宿諾。　守符同古調，楚妃一死更何言。"

有陸某輓婦云："如此艱辛，知卿必死。所恨者，夫妻十六載，眉皺未舒，頓教夜榻風凄，夢裏時驚兒覓母。　幾經漂泊，於我何堪。今已矣，雲水數千程，歸期難卜，從此秋砧月冷，天涯應嘆客無衣。"其悲痛處，實是血是淚。惟不知何人手筆耳。

某縣令貪墨卸任時有人嘲之曰："爾方解組，此處咸稱天有眼。汝若下車，他鄉祇恐地無皮。"謔虐已極。

閩省羅星寺外戲臺有聯云："你亦擠，我亦擠，此處幾無立足地。　好且看，歹且看，大家都有下場時。"亦妙。

吳江費伯塤歿，蘇州費韋齋集句輓云："神理若爲誣，春蠶到死絲方盡。　薄俗誰其激，埋骨成灰恨未休。"金鈍庵輓云："滄江橋卧，咄咄書空，廣廈心儀杜陵老。　香草孕愁，茫茫天問，修門腸斷屈靈均。"

亡友畢倚虹，曾集得《日下雋聯》，巧妙特甚。"壬子甲子，兩度臨時，梁上君子幕中賓，無非來鴻去燕。　三爺六爺，同傷末日，馬二先生刀下鬼，可憐兔死狐悲。"此係乙丑春某君撰之。上指梁燕孫與梁鴻志，下指曹李也。

羅掞東悖矗死，海上友好追悼於報本堂，幾庵有《哭癭記》紀之。輓聯不少，兹選録數首。（一）楊通云："相士良獨難，最憐燕市悲歌，酬知更在屠沽外。　留君終不住，怕見秋江摇落，感逝空傷離別時。"（二）李國傑云："絲竹效東山，紅氍毹傀儡登場，作如是觀天下事。　文章傳北海，絳紗帳琴樽對客，聊將自遣劫餘身。"（三）金肇康云："讓坐獨殷勤，邂逅風塵初識我。　逃名徇歌哭，死生館殯屬何人。"（四）周峋芝嵩堯云："底事嘔心，白玉有樓待長吉。　爲誰消渴，黄金無處買相如。"均極可誦。

前歲京中稱壽而爲人注目者，惟李彦青與梅畹華，蓋皆三十而壽也。三十而壽，往昔甚少，斯爲僅見。李壽余不甚知，畹華之壽，海内文人頌詞纍纍。最稱特色者,厥爲樊山《疑年記》與畏廬山水紈扇。此外聯亦至繁,爰就記憶所得錄之。梁啟超聯云:"定應歌曲人間少。況有才名天下知。"聶金吾聯云:"溯奕葉名簽鳳紙,又聞天子親呼,三十華年,玉貌錦衣看跨竈。奏皇芎身到麟洲,曾使羣仙易聽,大千秋色,珠香翠暖共傾杯。"梁仲策聯云:"百歲三分方得一。平生諸曲定無雙。"林屋山農合贈聯云:"及壯當封侯,欲嫌脂粉污顏色。自爾爲佳節,曾將歌舞度芳年。"

昔有作武侯聯,將其事迹包括無遺。"收二川、排八陳、六出七擒,五丈原前,點四十九盞明燈,一心祇爲酬三願。取西蜀、定南蠻、東和北拒,中軍帳裏,變金木土革爻卦,水面偏能用火攻。"用數字四方五行,亦別見心裁。

某姓居父喪而行昏禮,或嘲之云:"魂兮歸來,報道佳兒得賢婦。吊者大悅,曾看孝子作新郎。"譏笑備至。

方小東太守,爲桐城恪敏公曾孫,工度曲。嘗粉墨登場,與伶工爲伍,以此褫職,客死金陵。薛慰農輓曰:"少年裙屐老猶豪,雍門琴、野王笛、賀老琵琶,慷慨悲歌。嘆一官春夢無憑,也只如優孟登場、樓閣虛空、衣冠傀儡。纂葉簪纓今漸替,江令宅、段侯家、謝公棋墅,生成零落。悵六月秋風先到,便教此廣陵絕響、鶯花黯淡、烟柳悽迷。"

廣東馮潛齋自貴州學政歸,年九十餘始卒。乾隆壬寅八秩,與其夫人結褵周甲。親友門生,駢集稱慶。重行花燭之禮,自署聯云:"子未必肖,孫未必賢,屢忝科名,只爲老年娛晚景。夫豈能剛,妻豈能順,重諧花燭,幸邀天眷錫遐齡。"

(《紫羅蘭》一九二七年第二卷第九期)

槐蔭聯話

王秋白 撰

載於《半月》一九二四年第四卷第二期，署名爲"王秋白"，其人生平事迹不詳。《槐蔭聯話》以錄聯與紀事爲主，收錄輓聯五副。作者提倡聯語創作，以有神韻爲佳，認爲"輓聯之以神韻勝者，頗不易爲。一則易蹈空泛，一則對仗難工"。

吾鄉前輩蕭鑑宸先生，字繼新，天資英敏，詩才清逸，惜不永其年，未四十而卒。卒時其尊翁經商於蘇之海門，膝下只一孤雛弱女。自輓云："海外有六旬之父，靈前無一拜之兒，仰痛俯痛，雖蓋棺何由瞑目。　知養氣未得其平，好讀者未綜其要，性學經學，負庭訓兼愧師承。"有《松秀堂詩存》數卷。往年其尊翁爲之付諸棗梨。蓋既抱西河之痛，復興伯道之悲。俾讀其詩者，知其尊翁可爲有子，鑑宸先生可謂不死也，然而悲矣。

上元王芹生，名諸生也。納海上某花魁爲妾，未幾妾死，芹生哀之甚。劉壽若先生輓以聯云："莫漫嘆紅顏，自古無霜鬢美人，一死名歸亦冥憾。　不教偕白首，但得遇風塵佳士，半途緣盡又何傷。"

聯語之作，最難切題，如張聯李用，似覺無味。兹有未婚夫輓未婚妻云："爾何人，我何人，無端六禮相成，惹出者番煩惱。　存不見，亡不見，倘若三生有幸，好圖來世姻緣。"的是當日語氣，若施於今日，則不切矣。

閩縣王可莊修撰仁堪，清廉夙著。出守京口，姑蘇兩郡，風清載鶴,沿沿鳴琴。殁後,黃漱蘭學使輓以聯云:"廉吏可爲乎,只餘身後圖書,并兩郡清風,分貽兒輩。 老夫已耄矣,惟有病中涕淚,隨大江流水,灑到君前。"前歲京口紳士,曾爲之設祠,以爲紀念。

泗州玻璃泉有毛竹君撰聯語,甚雋逸。"名教中樂地無涯,覽山邑湖光,亦足以蕩滌胸襟,擴充眼界。 善學者會心不遠,看鳶飛魚躍,這都是精微道理,活潑文章"。

輓聯之以神韻勝者頗不易爲,一則易蹈空泛,一則對仗難工。前聞友人述及一聯,作者輓者惜忘之矣。聯云:"西塞不須歸,君看細雨斜風,江上有時飛白鷺。 南山都在望,我欲雙柑斗酒,柳邊隨處聽黃鸝。"神韻悠然。又黃漱蘭學使輓揚州知府賀金壽聯:"清慎勤萬口成碑,羨君宦橐蕭然,猶有西臺留諫草。 詩書畫一朝絶筆,令我征帆到此,不堪東閣吊官梅。"可謂深情獨到。

輓妻之作,佳者亦不多覯。聞梁山舟輓某夫人聯:"一百年彈指光陰,天胡此靳。 九十載齊眉夫婦,我獨何堪。"伉儷深情,可想見也。又一聯惜述者略其名:"冥路遇長男,若問堂上嚴親,只説我精神强健。 陽關逢次媳,倘詢室中幼子,休道他孤苦伶零。"蓋此時長子與次媳俱亡也。

陳克劬先生自壽聯云:"六十年故紙鑽研,問暮暮朝朝,做成甚事。 三千里長途奔走,秖勞勞碌碌,了此浮生。"

相傳左文襄公任江督時,閱兵徐州過一小鎮,見一門首貼長聯。以室小不能相容,問之則烟霞館,蓋一食烟者,負債甚鉅,無以償,以小女抵之。時主人已半百,新人正三五耳。有一文士贈之以聯:"五十新郎,十五新娘,天數五,地數五,他年五子登科,始信枯楊生大有。 三兩好土,兩三好友,損者三,益者三,今日三星在户,聊將罌粟款同人。"聞此生文襄召爲幕友,亦奇遇也。

余幼時聞述入清初時,有海寇爲患,浮游於東海中,内有一盜首,殆士而盜也。船中滿載書籍,其所劫者,大抵皆利祿中人,剝民脂民膏者,而嘗濟給不足者。遇家有藏書,則棄而不取。舟中懸一聯云:"道不行,乘桴浮於海。 人之患,在好爲人師。"噫!盜其行,而儒俠其名。以視今之官其名,而盜其行者,爲可愧也。吾於斯盜三致意焉。

　　前在鄉間，聞友人述及一老窮儒晚年自撰一聯，可知處於生活程度日高之時，滿腹文章充不得飢也。聯云："曾經爲八股牢籠，活像個書蠹魚，只知嚼字咬文，全不思營業投機，與金錢聯絡。　今留得一班冤孽，盡是些米蛀蟲，漫道男婚女嫁，且先要維持現狀，在飯碗問題。"

　　　　　　　　　　（《半月》一九二四年第四卷第二期）

憶蘭館聯話

徐寶山 撰

載於《民衆文學》一九二五年第十二卷第四期、第五期、第八期、第十期,其中一九二五年第十二卷第五期後又在《信義報》一九二八年第十六卷第三期重複發表。署名均爲"徐寶山",其人生平事迹不詳。曾在《婦女雜誌》《兒童世界》《紫羅蘭》《繁華雜誌》等多家刊物上發表作品。《憶蘭館聯話》强調聯語的詼諧性,也談到以叠字入聯和用古文作法創作聯語。其論輓聯,認爲"輓聯之佳者,或以沉痛勝,或以風調勝"。

一

余友武陵陶子漁,善詩工聯,嘗以此自述感慨,兹録其感言聯云:"生病夫國,居廢民村,率性與天遊,祗自安泉石膏肓,烟霞痼疾。 有利人心,無求世想,沈機觀物竸,每太息漁翁鷸蚌,公子螳螂。"又云:"眼前生計最艱難,笑吾徒邊笥蕭條,阮囊羞澀,猶復咬文嚼字,日日沉酣於百蠹叢中,縱學成蘇海韓潮,未必送將窮鬼去。 天下利途多險阻,雖嘆從古蠅頭起釁,象齒遭焚,依然握算持籌,人人奔競在青蚨聚處,便積到鄧山郭穴,可能迎得壽星來。"痛快淋漓,可作名利場中人當頭棒喝。

陶君又嘗以新名詞綴成數聯,亦均關心時事。其一云:"棋局變蒼黄,政界團、商界團、軍界團、學界團,擾攘利名場,幾輩熱心天下事。 輿論淆黑白,主觀的、客觀的、樂觀的、悲觀的,竸争優劣點，一雙冷眼靜中窺。"其二云："民族起風波，爭法權、爭兵權、爭利權，總以強權分界綫。　英雄造時勢，戰農業、戰工業、戰商業，須從學業定方針。"傷時之言，語語沉痛，非有心人不能出此。

某學究五十自壽聯云："吃飯大難，好個半老書生，已吃了五萬四千餐飽飯。　挣錢不易，就到一家蒙館，也挣得三百二十塊洋錢。"瀟灑超塵，對語工仗，以白話文出之，尤覺新雋可玩。

某君贈潘何兩姓結婚云："有水有田兼有米。　添人添口又添丁。"妙在拆兩家姓氏，恰合賀喜口吻。

甲生頭上有黑瘢，乙生左目已瞽。師戲集杜詩云："片雲頭上黑。　孤月浪中翻。"信手拈來，詼諧之至。

（《民衆文學》一九二五年第十二卷第四期）

二

某邑城隍廟有一聯，足爲迷信者當頭棒喝，其詞云："爲人果有良心，初一十五，何用你燒香點燭。　作事若昧天理，半夜三更，須防我鐵鍊鋼叉。"又東嶽廟亦有一聯云："茹茶良善莫灰心，也須知六道輪回，今生作者來生受。　漏網奸雄休得意，試請看兩廊地獄，活時容易死時難。"詞句警惕，足以喚醒凶頑。

聯中有尚叠字者，曩在武陵時，見花神廟聯云："翠翠紅紅，處處鶯鶯燕燕。　風風雨雨，年年暮暮朝朝。"湊合自然，別開生面。

有題華佗廟聯云："乃聖乃神，於張長沙後先繼武。　醫民醫國，與吉太院今古流芳。"又云："試看遍地曹顒，何爲未擘。　惜無擎天闕臂，空説能醫。"前聯則典雅莊重，後聯則言下大有感慨。

有以作文法，撰岳陽樓長聯云："一樓何奇，杜少陵五言絶唱，范希文兩字關情，滕子京百廢俱興，呂純陽三過必醉，詩焉、儒焉、吏焉、仙焉，前不見古人，令我愴然淚下。　諸君試看，洞庭湖南極瀟湘，揚子江北通巫峽，巴陵道西來爽氣，岳陽城東達岩疆，潴者、流者、峙者、鎮者，此中有佳趣，問誰領略得來。"一氣呵成，有鐵板銅琶，唱大江東去之慨。

某處土地廟，有一白話對聯云："這條街，許多笑話。　你二老，怎不作聲。"以詼諧之筆出之，頗堪發噱。

某處車站饅首店，門上有聯云："車站未敲鐘，請諸君小坐片時，說什麼圖利求名，且用些點心去。　蒸籠纔揭蓋，就此處飽餐一頓，若不是價廉物美，有誰肯掉頭來。"此聯語淺通俗，親切有味。

（《民衆文學》一九二五年第十二卷第五期
《信義報》一九二八年第十六卷第三期）

三

學友胡君大綸謂余，北京永定門外有倒坐觀音殿，有聯云："問大士緣何倒坐。　恨世人不肯回頭。"寥寥數字，發人猛省。

某縣署照壁有聯云："罔違道，罔咈民，真正公平，心斯無怍。不容情，不受賄，招謠撞騙，法所必懲。"措詞嚴謹，可作格言讀。

嘗見某處財神廟，有聯絕詼諧，其詞曰："頗有幾文錢，你也求，他也求，給誰是好。　不作半點事，朝也拜，夕也拜，教我爲難。"祈神者見之，其亦豁然悟而啞然笑者矣。

官廳聯以勸戒語爲主。某省法院有聯云："莫尋仇，莫負氣，莫聽教唆，到此地費心費力費錢，就勝人，終累己。　要酌理，要揆情，要度時世，做這官不清不勤不慎，易造孽，難欺天。"又某署聯云："眼前百姓即兒孫，莫言百姓可欺，當留下兒孫地步。　堂上一官稱父母，漫說一官易做，還盡些父母恩情。"以上兩聯正如暮鼓晨鐘，發人深省，居官者尤當各書一通，以置座右。

淮安育嬰堂，楹聯極多，有一聯云："眼前皆赤子。　頭上有青天。"堂聯當以此爲冠。

某甲戲作選舉場聯云："初選價賤，複選價昂，兩三字換幾許金錢,投票遠過投稿樂。　賣者得利,買者得名,千萬人舉一個寶貝,代表原從代價來。"描摹盡致,可謂虐而謔矣。

(《民眾文學》一九二五年第十二卷第八期)

四

輓聯之佳者,或以沉痛勝,或以風調勝,若徒以不關痛癢之文字,獺祭餖飣,敷衍塞責,又烏足取。曾見師輓弟云:"憶同堂三載,諸生問字汝先來,可憐瘦比黃華,在琴邊也,在燈側也。正虛懷就教,祇望蘭芬桂馥,與人爭金榜功名,那期忽忽辭塵,竟成了春夢半場,曇花一現。　再安硯九宮(山名),弱弟登門兄未到,遙問魂歸蓬島,其妻殉之,其父繼之。想苦雨酸風,定非艾綠榴紅,邀我醉蒲觴光景,所以遲遲不吊,怕聽你白頭母哭,黃口兒號。"悽愴蒼涼,可稱絕作。又兄輓弟云:"意氣鬱勃,迭遭挫折,披髮叫大荒,誓將力與命爭,其奈力與命爭,壯志未酬,一棺遽掩。　門祚凋零,如何支柱,握手話衷曲,除非相逢夢裏,只恐相逢夢裏,回腸寸斷,片語俱無。"如巫峽猿啼,不勝淒楚。此輓聯之以沉痛勝者。杭縣某太夫人,以八月十七日逝世,蓋中秋後二日,觀潮前一日也。有輓之者云:"明月證前身,佳節中秋,碧海青天先作吊。　拈花微一笑,萬人空巷,素車白馬送歸真。"信手拈來,恰到好處。此輓聯之以風調勝者。曾文正公輓弟國華云:"歸去來兮,夜月樓臺花萼影。　行不得也,楚天風雨鷓鴣聲。"悱側纏綿,令人增手足之情。舒摯甫輓弟聯云:"開篋見汝書,觸手見汝物,閉目見汝容,傷心二十九年,誰信弟兄今世畢。　撫視不能知,痛哭不能聞,大呼不能應,分袂四十五日,歸看妻子一房哀。"悲哀沉痛,語語切真,友愛之情,自然流露。

(《民眾文學》一九二五年第十二卷第十期)

圖厂聯話

張緩圖 撰

載於《民衆文學》一九二五年第十一卷第十一期和第十二期。作者張緩圖,字圖厂,江蘇江都人,姚江同聲詩社成員,泉州兢社社師。《圖厂聯話》提出"輓聯用箴規體,是又輓聯中之別開生面者",談到嵌名聯的作法,并舉例説明。總體來説,《圖厂聯話》所録聯語包括名勝聯、賀壽聯、輓聯及春聯,以録聯與紀事爲主。

一

近有巨紳强占士人妻,士人恨之,因書一聯於門云:"佛云,不可説,不可説。 子曰,如之何,如之何。"運筆巧思。觀此聯可知其隱恨之深,而其心亦良苦矣。

秦州尤某,元旦日賀年街上,偶失足墮毛厠中,幸糞淺,僅及腰,衆扶之上。尤出厠,口吟一聯云:"雪白羊裘遭大難。 天青馬褂討便宜。"蓋尤於羊裘上加天青馬褂,而褂上未及糞故也,聞者傳爲笑語,有識者服其天才敏捷。亦趣事也。

吾鄉代議士朱子貞先生,昔輓其堂兄某有句云:"小牌終餘年,不擇地,不擇人,只圖篦肉粗魚,容我口納。 長君誠敗德,又好嫖,又好賭,弄得落花流水,問爾心安。"作輓聯用箴規體,是又輓聯中之別開生面者。

余每至城時,晤王孝廉蕊仙先生,先生見余輒誦其近日佳作。

若詩若聯，用意新穎，美不勝收，惜余記憶力薄弱，強半遭忘。去歲在城，先生又語余，謂近爲城中張氏子於十月十三日結婚，余撰十四字贈之云："畫眉試筆梅初放。　洗手調羹月正圓。"信口拈來，自成佳構。一望而知其爲張氏子於十月十三日結婚矣。此聯不難於嵌合時日，而難於語意流利，渺無痕迹，自然入妙。先生誦畢，余鼓掌稱善，先生亦謬許余爲知音。

（《民衆文學》一九二五年第十一卷第十一期）

二

余舅父恢廬老人，善詩畫，工書法，尤豪於飲。醉後濡墨作巨幅山水，豪放似八大山人，爲時所珍賞。客福建時，與同人遊山寺，山僧具紙墨求書，老人適醉後，酒興未闌，立書一聯付之云："說法花生舌。　談經石點頭。"一座驚服。僧亦叩謝稱善不置。

清睿宗萬壽，大臣朝賀聯云："順德康安雍和乾健嘉千古。治功熙洽正真隆過慶萬年。"內嵌順治、康熙、雍正、乾隆、嘉慶各帝年號，匪夷所思，卓絕千古。

吾鄉梁公約先生寓省垣，有"聊避風雨。　如此江山"一聯，貼於寓門，寄慨亦深。

徐士林先生爲臬司時，常自署一聯於廳事曰："看階前草綠苔青，無非生意。　聽墻外鴉啼鵲噪，恐有冤魂。"此聯不但見徐公虛心聽訟，仁厚之意，溢於言表。吾意今之爲法官者，當各書一聯，以爲座右箴。

余叔祖仲青公，清貢生也。書法工秀，喜作春聯，意多別致。時有鄉約闕鳳儀者，請書春聯，公見之，立書一聯與之云："過門不許題凡鳥。　入室須知有義人。"用意新穎，寓"鳳儀"二字於聯中，是亦嵌字中之變格也。

（《民衆文學》一九二五年第十一卷第十二期）

望翠樓聯話

李獨醒 撰

載於《新雜誌》一九二五年第一卷第一期。作者李獨醒，生平事迹不詳。《望翠樓聯話》所錄聯語包括名勝聯、輓聯及屬對，涉及作者有紀昀、張之洞、俞樾等。

張文襄黃州赤壁詩云："五年間謫官栖遲，試較量惠州僧飯，儋耳蠻花，那得此清幽山水。　三蘇中天才獨絕，若只論東坡八詩，赤壁兩賦，皆是公遊戲文章。"頗爲一時傳誦。

西湖聯極夥。平湖秋月，有彭玉麟聯云："憑欄看雲影波光，最好是，紅蓼花疏、白蘋秋老。　把酒對瓊樓玉宇，莫孤負，天心月到、水面風來"。寫情頗佳，瀟灑可喜。

三笑亭唐寄蝸聯云："橋跨虎溪，三教三源流，三人三笑語。蓮開僧舍，一花一世界，一葉一如來。"風趣自然。

梁溪錢基博，久負文名，曾自選書齋聯云："書作兩漢三代不觀，難云大雅。　文在桐城陽湖而外，另闢一途。"氣勢雄壯，不愧江右文豪。

黃昌岐軍門家有劉石庵聯云："雲噴石花生劍壁。　雨敲松子落琴床。"用筆妍細。

桂鑄秋老伯，幼舉孝廉，後又卒業於兩江師範，文名久著。曾撰聯自嘲云："傷心夜雨蕉窗，半盞殘燈，替諸生改之乎者也。　回首秋風桂苑，一枝香筆，爲舉家謀柴米油鹽。"却實有此情也。

金陵清涼山麓，爲宋方敏晗公讀書處也。今有尋得其遺石者，集資爲築一亭於清凉寺側,名曰"方亭"。江寧張國榜聯云:"本孝子,作名臣,重認清凉好山色。　構孤亭,藏片石,願爲吾黨樹風聲。"氣魄雄厚,自是不凡。馮夢華亦有聯云:"一覺起遐思,載酒漫過江令宅。　萬方争急劫,圍棋如接謝公墩。"又是名筆。

掃葉樓楊寶壬,贈悟上人聯云:"半千掃葉樓千古。　六一畫蘭詩一囊。"頗切事實。李爕和聯云:"帶甲滿天地,詩賦動江關,惟戰士文人,到此偏多千古恨。　烟波渺何處,齊魯青未了,祇湖光山色,於今猶是六朝時。"頗可傳誦。

清凉山薛時雨聯云:"四百八十寺過眼成墟,幸風影江光,猶有天然好圖畫。　三萬六千場回頭是夢,問善男信女,可知此地最清凉。"語雖平泛,而出自名筆,又懸此勝地,亦頗可人意也。秀山公園齊撫萬聯云:"大名乘萬左雲霄,聽避邇嘔吟,南國甘棠思召伯。傑閣對六朝山水,瞻丹青圖畫,北平故李憶將軍。"氣概頗大不知爲誰手筆。

雞鳴寺有短聯云:"大寺猶留同泰舊。　平湖尚共莫愁存。"言中寄慨之作。

莫愁湖朱牧聯云:"時局類殘枰,羨他草昧英雄,大地山河贏一着。　佳名傳軼乘,對此荷花秋水,美人心迹證雙清。"黄岳森聯云:"英雄有將相才,浩氣鍾兩朝,可泣可歌,此身合畫凌烟閣。美人無脂粉態,湖光鑒千頃,繪身繪影,斯樓不減鬱金堂。"兩聯均甚壯麗。

白下浙江會館有黄體芳聯云:"溯勝朝定鼎初基,文成經濟,文憲文行,皆吾浙才也。群賢繼軌,何止三忠,豈如烏巷雀橋,名士空傳舊王謝。　與諸生聯觴列座,左望鍾阜,右望石城。問斯遊戲乎,五載乘輅,於今四至,除是龍飛鳳舞,故鄉有此好湖山。"文筆雖佳,未免自大。

妓女名楚雲、楚雨死。吊之者云:"未報高唐,雲散葉飄蝴蝶夢。　曾經滄海,雨昏花黯鷓鴣聲。"語甚凄楚。

張南皮有侍姬二,一名遠山,一名近水,皆得幸。迨張卒後,某戲輓之云:"魂兮歸來乎,星海雲門同悵望。　死者長已矣,遠山近水各凄涼。"星海、云門,爲南皮之兩學生也。作者意在調謔也。

某處有爲黃興、蔡鍔開追悼會者。其十齡童聯云:"黃先生、蔡先生,國人皆曰可。　假皇帝、真皇帝,童子示恥稱。"語甚深遠。

俞曲園太史輓妻云:"赤手待家,卿死料難如往日。　白頭偕老,我生諒亦不多時。"筆甚老練。

紀曉嵐工聯語,其生作滑稽聯,亦頗夥。如:"唯女子,唯小人,爲難養也。　有寡妻,有鰥夫,而欲嫁之。"其生有名劉玉樹,會試時寓於京師芙蓉庵。紀聞之,成一聯云:"劉玉樹小住芙蓉庵。潘金蓮大鬧葡萄架。"使人笑不可仰。惟殊有損盛德也。

某中學生輓妻聯云:"嘆卿身亦大辛勤,可憐壓綫理針,卜晝何堪還卜夜。　念兒輩誰爲扶育,最慘更殘夢轉,呼娘不應復呼爺。"直一字一淚。

(《新雜誌》一九二五年第一卷第一期)

不求軒聯語

仲兆槐 撰

　　載於《學生文藝叢刊》一九二七年第四卷第五期。作者仲兆槐，曾爲如皋縣立中學學生，在《學生雜誌》《復旦》《學生文藝叢刊》等刊物上發表作品。作者認爲戲臺聯多而得體者少，其佳作的好處在於命意新穎，措詞典雅。對於悼亡聯語，則以典雅哀艷，一氣呵成者爲佳。

　　雨香庵在吾邑城東南隅，即水繪園故址也，近徽人設會館於其內，故其東偏，即曰新安會館。凡徽之人，或官於是，士或名流來遊兹者，無不皆留聯而去，故聯語極多，而皆能各出心裁，成爲傑構，今并録之，以餉讀者。
　　合肥胡縣令聯云："幾經劫火尚澄鮮，望隔苑斜陽，猶想見勝國騷人，高延裾屐。　一入風塵難免俗，趁名園雅集，也聊當皖公山色，閑話菇鱸。"程昌卿聯云："作尉到江皋，喜雲山話舊，樽酒論文，消蕩鄉心忘異地。　登樓懷水繪，看一鏡萍波，半窗蕉月，依稀風景説當年。"海陽程松圃聯云："結構從新，循曲徑方塘，頓開生面。　登臨依舊，聽晨鐘夕梵，忽斷凡心。"汪之珩聯云："社結枌榆，水月占香林勝景。　誼敦桑梓，衣冠留貴筑高風。"李義琴聯云："吴地感離思，最難忘，里社枌榆、家園松菊。　浮生醒幻夢，渾莫問，音塵水月、世態烟雲。"汪星江聯云："從黄山白嶽遊覽而來，別開勝景。　於暮鼓晨鐘清澈之外，自滌煩襟。"縱觀以上諸聯，運轉皆極自然，對仗猶其餘事也。

相傳康南海輓林旭等七人聯云："逢比精忠，岳于慘戮，昔賢猶是，君又何尤。魂魄倘多靈，應偕孝孺先生，切齒問成王安在。漢廷黨禍，唐代清流，振古如茲，今焉再見。海疆方有事，敢效子胥相國，懸眸看越寇飛來。"滿腔悲憤，溢於言表。

吾邑關岳廟，有周霽樓縣令聯云："忠義滿乾坤，滅魏吞吳，昔共仰英雄面目。　神威留宇宙，愛民護國，今猶見菩薩心腸。"又王德盈先生聯云："讀孔氏春秋，接五百年聞知道脉。　扶漢家統系，存億萬世忠義人心。"外一聯云："有半點生死交情，方可入廟謁帝。無一毫光明心緒，何須稽首焚香。"語甚切至，惜不知為何人所作。

相傳前人悼亡之作，有一極長聯云："罡風吹墮彩雲仙，指腹鴛盟，泡緣未了。曾把并頭金勝，聘此嬋娟，當西江月魄圓時，成就人間佳偶。計杳杳一千餘里，飄然遠嫁書癡，偕老齊眉，我咏合歡夢了。無奈調羹輟鯉、覓哺啼烏、破鏡離鴻、懸琴別鵠、折釵委鳳、褪履飛鳬、餘墨拋螺、剩絨減翠，音塵長歇矣。惟憶關山昏黑，環佩來歸，庶焚香寫韻軒中，猶是奴奴翔比翼。　冷露打殘孤鶴背，斷腸鯤泣，淚眼常開。偶澆半盞瓊漿，酬茲靈爽，向東閣梅花叢裏，喚回地下芳魂。問忽忽二三十年，何事遽參佛果，吞聲飲痛，卿亦太瘦生乎。迄今虛幌流螢、死灰融蠟、空床咽蟀、舊帳栖蚊、遺桂籠蛛、壞裙化蝶、落英餵蟻、枯葉鳴蟬，景物更淒其。仰看星漢微芒，橋梁駕度，且稽首支磯石畔，從教世世結同心。"典雅哀艷，一氣呵成，誠傑構也。

吾邑孤幼學校，有前邑宰周松蓀聯云："我由辛苦此中來，憶當年燈影機聲，莫忘慈母。　人以貧窮而思憤，能乘茲沉舟破釜，便是佳兒。"孤兒見之，能無動於衷乎？

戲園聯語極多，而得體者幾如麟角。今觀以下二聯，殆得作聯之橐鑰歟。（一）冒雨生先生所撰戲園一聯云："極歡娛認做好戲，極悲淒認做苦戲，是假戲不是真戲，早被看戲人冷眼旁觀，正轟天鑼鼓喧闐，總料定終須散戲。　最熱鬧莫如開場，最寂寞莫如收場，有上場即有下場，縱教登場者撫心自問，這幕地衣冠煊赫，也無非偶爾排場。"（二）許晴荃先生代皋城陽春戲園撰聯云："等是戲場人,藉緩歌慢舞,把數千年往事,注到心頭。溯成敗興亡,前因後果,茫茫幻影皆空,即今水繪滄桑,還説甚燕子銜箋,春燈射謎。驚回塵世夢,寫舊感新愁,將二十紀奇觀,演來眼底。看嬉笑怒罵,砭俗警頑,歷歷迷途猛省,從此江南風景,遑羨那龜年度曲,柳叟彈詞。"命意新穎,措詞典雅,誠戲園聯語中之傑構也。

吾邑育嬰堂,爲康介堂先生所創,其堂中一聯,乃縣令周霽樓所撰。聯云:"子不子,亦各言其子,委而去之,是可忍也,孰不可忍也,先王是有不忍人之政。　幼吾幼,以及人之幼,比而同之,有以異乎,曰無以異也,大人不失其赤子之心。"集《四書》句成聯,亦自切合。

南通張嗇公,提倡教育,創辦實業,江北人士,受惠殊深。不意於今夏逝世,地方咸哀悼之。我邑人士於夏曆十月十七日,借縣議會開會追悼,輓詞雲集,美不勝記。惟憶沙健庵先生輓聯云:"亂逾五季,局變千秋,公在亦何能,有淚不爲天下痛。　澤施一州,聲流四裔,名歸非倖致,論才似覺古今無。"又周縣長燾輓聯云:"雉水接芳輝,碩畫親承,江渚河漘頻侍從。　狼峰留邁遠,斜陽憑吊,商閭柳壟觸哀思。"二聯俱臻佳妙。

(《學生文藝叢刊》一九二七年第四卷第五期)

戟髯聯話

戟髯撰

《戟髯聯話》共五篇,分別發表於《紅玫瑰畫報》一九二八年第十期,《紅玫瑰》一九三一年第七卷第八期、第十八期,一九三二年第七卷第二十九期、第三十期。署名均爲"戟髯"。作者王戟髯,蘇州人。西亭迷社主持人之一,曾在《紅玫瑰》《江蘇教育》等刊物發表作品。聯話所錄聯語包括名勝聯、祠堂聯、屬對與集句,有己作,也錄他人之作。第二則,記及己作赤壁坡公祠堂聯一首以應《紅玫瑰》徵稿而貽之。

一

吳江錢强齋先生,革命先進。吳江獨立時,曾被當道邏輯,已而事解,任江蘇省議會會長,蘇州律師公會會長。性嗜酒,不事家人生產,其卒也,身外無長物,室隅叠叠然數十甕,皆佳釀也。余輓以聯云:"鈎黨蔓瓜抄,最堪驚赤舌燒城,猶記取張儉望門、趙岐複壁。　吳江冷楓落,澆不盡黃壚塊壘,應須惜劉伶荷插、阮籍窮途。"客有爲王某述及斯聯者。某日公祭,王君來,遍覓始得。忽自語云:"吾以爲王正廷,乃王樹棠耶。"陳哲侯在側,笑曰:"君尚讀别字,此乃王仁老所作。"因指余爲王君介紹,相與撫掌,王君出紙筆抄聯以去。蓋觀者既誤認樹榮爲樹棠,而聽者又誤以樹棠爲儒堂,以致歧之又歧,亦趣談也。

(《紅玫瑰畫報》一九二八年第十期)

二

　　壬戌之秋，七月既望，約鄂省法院同人泛舟赤壁；上距坡仙之遊，凡十四壬戌，八百四十有一年。同遊者九人，在坡公祠作長夜之飲；有詩紀遊。酒酣後，撰坡公祠聯云："金樽清酒儘流連，試覽取孤鶴滄江，橫空白露。　玉局文章本遊戲，何妨把嘉魚赤壁，移置黃州？"又問鶴亭聯云："往者不可追，問何人青巾紫裘，腰笛而至？　休焉聽所止，有孤鶴玄裳縞衣，掠舟以西。"同學黃膽公以擘窠大字書之。歲月不居，瞬周十稔，膽公墓草已宿。追憶前塵，不禁黃壚腹痛之感！會《紅玫瑰》徵求聯話，因書以貽之。

（《紅玫瑰》一九三一年第七卷第八期）

三

　　西子湖風景，冠絕海內。各勝境楹帖，美不勝收。惟冷泉亭舊有聯云："泉自幾時冷起？　峰從何處飛來？"語涉禪語機鋒。俞蔭甫太史爲下一轉語云："泉自冷時冷起？　峰從飛處飛來！"不答之答，妙絕詮！余少時嘗策馬遊靈隱飛蛵過此，於馬上得一聯云："泉何以冷？人心熱，泉故冷！　峰不能飛，馬蹄疾，峰亦飛！"亦覺頗饒別趣。

　　又嘗往訪柳浪聞鶯，久已鞠爲茂草，令人有蘭亭、梓澤之慨，徘徊不忍去。偶得集宋詞一聯云："湖水湖烟，峰南峰北，總是堪傷處！　十里五里，二月三月，行色正愁人！"頃聞柳浪聞鶯，已規復舊迹，煥然改觀。此聯似亦足供點綴湖山之一助爾。

（《紅玫瑰》一九三一年第七卷第十八期）

四

宗湘文源瀚,吾湖賢太守也。嘗與郡紳周縵云、陸存齋共營三賢祠於月河漾畔。祠落成而太守受代去,郡紳即祠祖餞。太守以詩留別云:"新祠締造已經年,釋奠躬逢豈偶然?風雨虛堂精爽集,衣冠禮罷士夫賢。當階最好古時月,釃酒相看天際船。已見微瀾起秋水,莫攪離思入朱弦!"祠中楹聯,爲周縵老手筆。其一云:"在白蘋紅蓼之間,宜雨宜晴,臨水更宜延好月。　引碧瓦朱甍而上,可觴可咏,看山長可會名流。"其一云:"紫燕乍飛來,即今柳嶼花汀,樓閣又添新畫稿。　白鷗能記否,自昔風廊月榭,闌干曾倚幾詩人?"每一憶及,覺吳興山水清遠,宛在目前,令人油然動蓴鱸之思!而賢太守流風餘韻,至今猶可想見云。

(《紅玫瑰》一九三二年第七卷第二十九期)

五

《新聞報・快活林》曾登雋語一則云:"蔣主席辭職,林森代理主席。"意者:我國已成大廈將傾之勢,非一木所能支;故以林負此鉅艱。就其姓名觀之,具有五個木字,或可撐持此危局耶?記得從前曾經出過一對云:"三木森,雙木林,森森林林,林下懸示,禁止斬伐森林。"二十年來,未得妙偶。不知海內名宿,亦有能屬對者否?

(《紅玫瑰》一九三二年第七卷第三十期)

瞻山堂聯語

吴自元 撰

　　載於《學生文藝叢刊》一九二八年第五卷第一期,署名爲"吴自元"。名爲聯語,實則發表在聯話欄目。作者吴自元,曾爲如皋縣立中學學生,生平事迹不詳。本聯語所錄,包括名勝聯、他輓聯、自輓聯、屬對及集句,亦有作者自撰聯語數副,其中有云:"自饒德澤被黎庶,元不虛生負國家。"頗見抱負。

　　近集杜詩得兩聯云:"獨鶴不知何事舞。　殘花悵望近人開。""雲石熒熒高葉曙。　竹竿裊裊細泉分。"
　　嘗見登泰山集唐一聯云:"我本楚狂人,千里尋山不辭遠。地猶鄒氏邑,萬方多難此登臨。"頗見胸襟,惟作者何許人,惜不復記憶矣。
　　又吴江某君年三十而卒,生前自輓一聯,曠達而寓詼諧,是誠奇士也。聯云:"百年一刹那,把等閑富貴功名,付之雲散。　再來成隔世,是這樣夫妻兒女,切莫雷同。"
　　余名自元,曾自作一聯云:"自饒德澤被黎庶。　元不虛生負國家。"字逸群,亦有一聯云:"逸世襟懷超末俗。　群仙雅集會蓬萊。"又一聯云:"壯志有償皆雋逸。　清才無不冠同群。"
　　嘗於雜誌中見唐才常輓譚嗣同一聯,通篇七十二字,一字一淚,不知是墨是血也。聯云:"與我公别幾許時,忽警電飛來,忍不携二十年刎頸交,同赴泉臺。漫嬴將去楚孤臣,簫聲嗚咽。　近至尊剛廿餘日,被群陰構死,甘永抛四百兆爲奴種,長埋地獄。只留得扶桑之傑,劍氣摩空。"

母舅戀吾君,碩學士也。近見其輓堂兄聯云:"經營商業,深荷栽培,覿面常教勤爾職。　感念棣華,忽驚凋謝,傷心何以罄吾哀。"殊爲親切哀痛。

去冬吾師出一對句云:"屋角風來喧鐵馬。"句殊平庸。余思屬之未成。余弟僅八齡,忽衝口對曰:"檐前雨止走蝸牛。"殊爲工妥,惟意富冒險耳。余旋亦對之云:"天邊云起擁銀蟾。"

微波君先余一年畢業於中學者,年僅十九,而抱負思想竟如四十許人,饒有隱士意致,而多感工愁。曾以素紙索余書小聯,余口占兩句書之云:"傲世今之陶靖節。　傷時古有賈長沙。"波君亦自書一聯云:"運蹇渾如蘇季子。　途窮未若阮嗣宗。"

秋晚與微波君登望江樓。微波曾有聯云:"極目望江天,黯黯夕暉千雁墜。　憑欄傷身世,沉沉暮靄一身飛。"殊饒逸致,適如其人。

去歲暮秋登碧霞山,余亦有一聯云:"風急雁聲哀,落葉千林寒氣象。　鐘鳴禪思逸,楞嚴萬卷靜生涯。"

(《學生文藝叢刊》一九二八年第五卷第一期)

佚名聯話

佚　名撰

載於《真光雜誌》一九二八年第二十七卷第十期，未見作者署名。《真光雜誌》，由張亦鏡主編，是民國時期基督教雜誌。作者認爲佳聯不易得，從所錄五副聯語來看，或以趣味見長，或以虛字傳神，或能對仗工整，或能搖曳生姿爲上。最後感嘆近日佳聯極少，因文風變化，今不如昔。

聯之佳者，最不易得，故世人多愛重之。余嘗過省城（廣州）西關德寧里，見廁所門首，刊一聯云："到此便無中飽患。　問誰不爲急公來。"讀之令人捧腹。然兩比皆雙關語，洵屬佳品。初以爲厠所之聯，莫有出此右矣。後至某鄉，見一厠聯，尤爲奇特。該厠爲某名士所建，前半爲陸地，遍植桃梅柳竹等樹，儼然一小花園，後半爲一小塘，於水上建一厠，以橋通之，四面圍以磚墙，頗爲幽雅。其門首有一橫額，書"便園"二字，字體妍秀，深得趙子昂之風神。下有一聯，聯首仍嵌便園二字。聯云："便也不便也，兩便。　園乎非園乎，半園。"此聯得七字，已去三"便"字，兩"也"字，一數目字，所謂虛字者，僅一"不"字而已，乃能運動如飛，老氣橫秋，若非此中高手，斷不能辦。

又嘗見梁非云太史撰一茶亭對，尤爲超妙。聯云："東兔西烏，幾曾少駐行踪，嘆逝水光陰，真同過客。　南鴻北燕，具有能飛本領，尚奔波來去，何況勞人。"一唱三嘆，搖曳生姿，讀之令人低徊不置，詞賦家之筆也。而"本領"對"行踪"，"奔波"對"逝水"，字字工整，尤爲難得。

　　余鄰鄉濱海有一古廟，直對渡頭，廟後萬木叢繞，幽雅可愛。前清時，常泊一巡船於岸側，以爲控制。巡船紅色，每至夕陽返照，與巡船相映，亦甚美觀。廟前之香亭，有一聯云："古廟綠團新霽樹。　官船紅過夕陽旗。"秀逸雄偉，可謂兼而有之。

　　又，余爲童子時嘗遊潘園，見其中有一小亭，亭前有一小沼，滿植荷花，兩傍荔枝環繞，亭上一聯云："風翻荷葉綠於海。　日映荔枝紅到樓。"亦殊不俗。近日佳聯極少，幾如鳳毛麟角，文風不如昔，實無可諱言。

（《真光雜誌》一九二八年第二十七卷第十期）

奮厂聯話

劉時叙 撰

　　載於《交通大學日刊》一九二九年第十八期、第二十期、第二十一期、第二十二期、第二十四期、第二十六期、第二十七期。署名均爲"劉時叙"。《交通大學日刊》，一九二九年二月二十一日創刊，由孫科題寫刊名并撰寫發刊詞，是國立交通大學的官方刊物。作者劉時叙，一九二九年爲國立交通大學交通管理學院學生。一九三六年至一九三七年間又以"劉時叙"爲名在《關聲》雜誌上發表《奮厂隨筆》多篇。本聯話多述幼時與家人屬對的樂事，認爲對聯在西文中無之，爲中文所獨有，乃是中國文字所固有的絕妙之處，國人不可忽視。而妙聯的真諦在於能寫得"形容恰當，宜詩宜畫"，有清新雅逸之妙，能"使人發生無限美妙意境"。作者又特別注意將聯語分類，以構造、用途、字數的不同角度分成三大類。每類中又分各小類。眉目清楚，這是一種有益的嘗試。

一

　　予幼時在家從師讀書，同讀者有四叔（僅長予二歲）、大姊、弟妹等，其時年俱幼小，極天真無猜之樂。某年夏季，予二叔父忽發起對對之舉，每當午窗倦讀、月夜納涼之時，輒引儕輩對對以爲樂，并出其私蓄，發給獎品，以資鼓勵。鄉間無物可購，獎品則以銅元充之。最佳者得十枚，上等待五枚，餘則或二三枚或糖果不等。儕輩中予對對最多,得獎品亦最多。予每有所得輒藏之小箱中。綜計一夏間,予所得共約銅元一百五十餘枚,此數雖不多,然當時極珍貴之。茲就記憶所得將較有趣味者數則記之,聊誌紀念云爾。

某日午間,二叔父以"松竹梅"三字命對,予尋思數小時未有所獲,怏怏置之。夜間納涼之頃,予忽憶及《三字經》,乃謂二叔父曰:"'松竹梅'可對以'稻粱菽'。"二叔莞爾,稱爲不失自然,并謂此對對語本極尋常,然惟其尋常之故每爲人所忽略。二叔言已,忽顧四叔曰:"爾何不……"四叔悟,即曰:"我對'麥黍稷'。"是役予得上等獎,四叔亦得獎,惟較少耳,蓋以予有"發見"之功也。

某日,二叔父曰,茲有一對,誰對之可得一小輪船,蓋特獎也。視其對,則"公孫丑"(人名)三字。予因得獎欲所驅,尋思至深宵,終無所得。次日上課之頃,予以此對告予師劉厚山先生,厚山先生亦言難對。有頃,予忽悟及一人名,乃謂予師曰:"此公孫丑若改爲公孫丑死,則予將有妙對出現矣。"師曰:"如何?"予曰:"假使爲'公孫丑死',則可對'太子申生',四字字字相對,其妙爲何如耶?"師祝余而笑,贊爲聰明,既而師忽自語曰:"或者'太子申'亦有其人,則可對'公孫丑'矣。"於是師乃查閱書籍,喜而笑曰:"'太子申'果有其人,蓋梁惠王子也。汝速往告汝二叔,此對雖非汝此功,然汝亦實在其半,非汝思及'太子申生',則'太子申'無由聯想及之也。"予以告二叔,二叔稱善。然非予所對,故輪船不能爲予獨得,只得陳於師塾中,供大衆玩賞而已。二叔以予功究不可没,乃賜以糖果,藉作桑榆之補耳。

(《交通大學日刊》一九二九年第十八期)

二

"烟鎖池塘柳"五字乃自古傳下絶對之一也。細觀其語,有詩情,有畫意,而五字左邊,包括"金木水火土"五字,切更屬難能可貴。予曾祖父劉暢陔太史曾對以"燕栖楠棟樓"五字以其中包括之"東南西北中"五字，暗對上聯之"金木水火土"五字。此種嵌字自甚妙惜屬意略遜耳。予師厚山先生對以"聲悲擣露砧"五字，雖屬意略可與上聯頡頏，然其中所含之"手足耳心口"五字，稍覺勉强也。

　　民三四之時，予在家塾讀書，見報上有徵求對聯者，視之乃人造自來血之廣告也。其出聯云："自來血血自何來。　來自自然人造就。"按其徵對條例，備有酬資及獎品，以資鼓勵。其實是欲因此引人注意以廣宣傳耳。予師厚山先生閱此，因於課餘之時拈得數副，憶其最滿意者云："如意油油如我意。　意如如佛祖平安。"此聯與原唱比之，均能運用自然，而虛實之處皆能相對，誠佳構也。但後發表時，此聯并未中選，其故殆因彼徵聯者，本非爲聯語而徵聯，乃爲廣告及宣傳而徵聯。今此對雖工，但觀其意，反似替如意油宣傳，與原意恰相反，此其所以不能中選歟？

(《交通大學日刊》一九二九年第二十期)

三

　　幼時在家，某日，二叔父以"蓋碗碗蓋"四字命對，予及予師等均屢思不得。後予父戲以"磨墨墨磨"四字對之，蓋取之"非人磨墨墨磨人"之詩句，此對寓意甚深，惜稍嫌虛實不稱耳。

　　此"蓋碗碗蓋"一對，予在燕京求學時曾憶及，以語老同學張雲鴻君。張君思想因極敏銳者，即對以"泡米米泡"四字，雖勉强可對，然亦不工。予擬以"社會會社"對之，亦甚牽强。閱者諸君，不知有以教之否？

　　幼時對對故事，尚有一事足述者。即予祖父見二叔及予輩對對，時有妙者，老興亦爲之勃發。一夕予與予父、二叔父、姊弟等方晚膳，四叔父持祖父命來，以"西門豹"三字(人名)專指定二叔父對。蓋以二叔父專出對與他人對，而自己從未對過。此舉蓋大有平均分配之意。祖父并示云："此對如二叔父對着，則有特別獎品，他人代庖則無效云。"飯時，予父與二叔父互相尋思，互相討論，歷舉"北宮黝""南宮适"諸名，然皆不滿意。蓋"黝"等字不能對"豹"字也。予大姊攙言曰："對以'東山羊'可乎？"予父等皆笑，蓋"東山羊"三字雖字面上與"西門豹"相對，然固無人名東山羊也。予亦默自思索，忽得一名。其時予童心方盛，未知謙讓，胸中玩有此對大有輕視他人之概，乃作聲而笑。予父驚謂予曰："然則子已對就乎？"予曰："予思可對以'南宮牛'三字。"予二叔曰："南宮牛有其人乎？"予曰："昨日予適觀親友錄，見人以牛名，甚奇，偶記之，不圖今日之有用也。"談竟晚膳亦竟。二叔父謂將以告祖父領特別獎，并囑予勿講出是予所對。飯後，予方浴，四叔父告予曰："二叔已將西門豹對就，有特別獎之希望。"予其時心太好勝，乃笑曰："此對蓋予所對也。"詎料四叔乃爲祖父作偵探者，乃奔告祖父，祖父乃趁此取消特別獎焉。

（《交通大學日刊》一九二九年第二十一期）

四

夜間納涼之頃，二叔謂予曰："子苟不將真相宣佈，我等特別獎到手，仍以給汝，豈不一舉兩得？"予聞言深自愧悔，鬱鬱之狀實至可笑。予父乃解之曰："獎品失固可惜，然因此而能養成誠實習慣亦自可取。"予終不懌，蓋因徒轉得誠實之虛名而失去實惠之獎品也。然予這不善權術及戆直之性，於此亦可概見矣。予二叔因誤於庸醫，享年僅三十八歲，於辛酉九月逝世。予父亦因誤於庸醫，於甲子四月棄予兄弟等而逝。現追述當時對對情形，晚膳時之談笑，納涼頃之訓解，均歷歷如在目前。然此天倫之樂趣，已不可復得矣。既在回憶，曷勝愴然。

嘗言若以中文與西文比較，中文直寫，西文橫書。中文自右至左，西文自左至右。中文有古文今文之分，西文亦有古文今文之分。中文有詩，有詞，有歌賦，西文亦有詩，亦可云有詞，有歌賦。兩兩相對，若不謀而合者可謂奇矣。然中文中有對聯，而西文無之，東文亦無之。予每讀之妙聯，輒爲之神往，爲之雀躍。因思對聯一項，實我國文字所固有的一種絶妙的地方，望國人切勿忽視。

（《交通大學日刊》一九二九年第二十二期）

五

胡明復博士二年前因泗水喪命，國人惜之，本校亦有追悼會之舉行。其中輓聯甚多，然佳者未覯也。因憶吾縣余學涵君輓友泗水喪命（在日本）有聯云："廿年文社訂心交，我愛此友，我畏此友。萬里狂瀾難手挽，公無渡河，公竟渡河。"此聯情景悉確切不移，的稱佳構。余君在吾縣（鄂省陽新）本有才子之譽，然所作其他聯語亦少特出者，獨此一聯則信手拈來，竟成妙諦。殆即所謂"文章本天成，妙手偶得之"耶？

同學劉斌烈士，去夏慘遭徂擊，事後本校有追悼會之舉行。予有輓聯云："自古人生皆有死。　可憐衆醉尚難醒。"語尚出乎情，惜太嫌通套耳。

孫中山先生逝世，舉國大哀悼，當時予適在舊都，得參與偉大追悼會。會場在中央公園，一時輓聯如雪，懸遍全園，佳者甚多，但無極妙者，誠赴妙聯之不易得也。

妙聯本不易得，但有時妙聯僅得其半，餘一半有歷旦也而莫得者，則即所謂"絶對"是也。自古傳下之絶對甚多，余最喜下述一語，因其清新雅逸，閱之使人發生無限美妙意境。語云："鷄犬過霜橋，一路梅花竹葉。"形容恰當，宜詩宜畫，而聲調之合宜尤其餘事。此對在余腦中歷十數年而未忘，可見其魔力之大。閱者諸君，不妨絞絞腦汁，以對此絕對也。

　　去歲夏曆十一月初八，同學劉世恒兄與繆鈺女士行結婚禮。此次劉曉光兄與繆鈺女士行結婚禮，予擬作聯賀之。先本云："月當初八夜。　人在七重天。"此聯對仗尚工，寓意亦極可尋味，惜近乎謔，未能入大雅之堂。乃另作一聯云："萬本梅輪春爛漫。　一周人早月團圓。"上聯自祝尚解切當，因其結婚之期，月數爲十一日，日數爲初八，而地點則在蘇州也。但此聯亦未正式用之，說說而已。

　　民十六之前，正值革命軍征取大江南北，予縣（鄂省陽新）於一月初已完全爲黨軍占據。縣黨部諸人意圖改革銳氣正盛，以縣內城隍廟爲迷信之基，擬將神像拆毀之而以廟基充他用。此議不久，鄉間謠言廣播，謂革命軍將毀廟又將挖墳。鄉間人民愚昧過甚，因將有拆毀城隍廟之事而輕信挖墳之謠言，乃大憤怒。及至拆城隍廟之日，各鄉人民不期而聚於縣者數千人。見黨部毀廟及神像，乃不分皂白，將與此有關係之人捕去九名。其時衆怒之下，竟用煤油淋於此九人之身上，而用火將此九人活活燒死。其事慘酷世所少見。當時縣中鄉民太多軍隊太少，不能彈壓。其時爲二月二十七日，故此慘案即稱爲"二二七慘案"。其實此次遇難者九人中有數人爲木匠，僅受雇砍神像，至死尚不知爲何事，誠可哀也。於此誠可知鄉人之愚昧，謠言之易入。破除迷信本屬善政，但因持之過急，先無適當之宣傳，反成慘劇，言治政者誠可引爲殷鑒也。當肇事時，予適因事自家赴贛，歸家後聞悉此事，深爲扼腕。適全縣有追悼會之舉行，予因爲聯以輓之，聯云："公等去，或爲國殤，或作鬼雄，去何遺憾。　我獨來，一柱香燒，一杯酒熱，來問死期。"上聯情感頗深，而對方末句尤現熱烈，惜稍失之泛耳。茲將此事瑣屑記之，非敢作聯話觀，不過欲因此聯話機會，表白此歷史海中之一勺耳。再此事之後，鄂省派兵至縣捕人甚多，然因當時作此事者係多數農民，既不能舉所有農民而誅之，又事後農一哄而散，亦難得其正犯，故此案甚難解決也。

（《交通大學日刊》一九二九年第二十四期）

六

我國文字中之對聯一項，雖爲一種奇妙的表現，爲他國文字所未有，然細拆之實爲一種機械式的工作。現今新文學者，多未置道，或因此故。古時談對聯者有人，但少將其分類。兹不揣議陋，暫分對聯如次述諸項：

（甲）以構造分

一、寓意。如某花園有聯，上聯爲"虫二"，下聯爲"勿日"，蓋暗示"風月無邊，陽春有脚"之意也。

二、普通。普通一班對聯屬之。

三、叠字。如某花園有聯云：紫、紅、處、鶯、燕、風、雨、年、暮、朝，皆叠字也。

四、拆字。如昔有熊萬二姓互嘲聯，可舉爲例。萬姓嘲熊姓云："能者多勞，跑斷四隻狗腿。"熊姓嘲萬姓云："苗而不秀，露出半截禽身。"

五、互對。此種多發見於長聯中，係每邊自爲對，亦極普通。現一時難舉適當之例，拙作"自古人生皆有死。可憐衆醉尚難醒"一聯，其中"生"對"死"，"醉"對"醒"，亦屬此例。

六、限字。對聯中將所定之字嵌入者。是昔人有咏唱戲一聯，頗爲有趣。聯云："唱字兩個日，曰古曰今，曰什麽腔口。戲是半邊虛，虛富虛貴，虛動假干戈。"上聯嵌字折字，均極精明圓深，固佳構也。又詩鐘一事，亦可云如變於的限字對聯。

七、活對。我國對聯爲文字上之一絕妙之處，多已立之。但活對又爲對聯中一絕妙之處。活對者，意不對而字面於對之謂也。如"張之洞"對"陶然亭"，即其一例。昔有人以"樹有千斤休縱斧"徵對，結果第一爲"果然一點不相干"一句，蓋活對也。

八、成語。對聯以成語做成或嵌入成語者是。

（乙）以用途分

一、用於喜事。
　（一）壽聯
　（二）喜聯
二、用於哀事——輓聯。
三、用於題咏——此種又可分爲以下各種：
　（一）風景（如古迹）
　（二）園林
　（三）時節（如過年）
　（四）戲劇
　（五）鬼神（如廟宇）

（丙）以字數分

自一字起以至多字。最長者據余所知爲某人題湖北黃鶴樓一聯，共三百五十字，此聯長而且佳，暇當述之以資談助。

（《交通大學日刊》一九二九年第二十六期）

七

日前談及幼時"蓋碗碗蓋"一聯未得佳對，發表之後，先後承本校同學徐君喬治及嚴君一士來函相告。徐君對以"網球球網"四字；嚴君對以"盤香香盤"四字。二者均清新巧合，啓發心智不少。嚴君并云，即以"蓋碗碗蓋蓋蓋碗"命對，亦可對以"盤香香盤盤盤香"七字。妙造自然，嘆爲觀止。天涯鴻爪，得結翰墨之緣，誠可紀也。

張玉麟君，爲本校老同學，任建委無綫電廠工程師，青年碩學，不幸逝世。去冬十二月三十日校內有追悼會之舉，余代友人輓一聯云:"張子本儕輩長才,憶學稱歐士,名兆尼山,天意竟如斯,一哭同聲,齊嘆惜失青年模範。　電學是匡時要着,況世競文明,國殷建設,君心應似我,雲車風馬,再歸來作邦國干城。"

(《交通大學日刊》一九二九年第二十七期)

枕緑山房聯話

張枕緑 撰

　　載於《紅玫瑰》一九三零年第六卷第十五期。作者張枕緑（約一九〇三—？），上海寶山人。字鳳，筆名枕緑，室名枕緑山房。是現代活躍的小説家和書法家。在《禮拜六》《紫羅蘭》《紅玫瑰》《小説世界》《小説時報》等雜誌上發表作品多篇。先後與人合辦良晨好友社、青社，出版《良友》《長青》雜誌。著有《愛個絲光》《十七年後的》《緑窗潑墨》《枕緑小説集》《枕緑山房筆記・詩話》等。本聯話收録作者自撰嵌名聯五副。作者聯評觀點較少，以録聯與自叙創作本事爲主，可作爲聯語作者的創作經驗視之。

　　魏君維熊，浙江柯橋人，任徐州世界書局經理職。謬慕浮名，執贄從弟子禮，凡有所作，輒先視我。最近向予索聯，以誌紀念。即撰書以贈云："維秋別緒蟲催急。　熊夢鄉懷漸覺寬。"附以跋云：維熊仁弟，別字秋夢。徐州作客，輒懷思婦在樓頭；浙水遄歸，每喜佳兒添膝下。爲求實録，爰贈拙聯。奇文共賞，君毋觸景興懷；同病相憐，我亦爲人在客。書跋時，輒懷思婦之句，輒字下遺"懷"字。遂將下文改書爲"每愛兒添膝下"，則或讀"婦在樓頭，兒添膝下"，或讀"思婦在樓頭，愛兒添膝下"，均可矣。
　　吳石仙譜兄招飲大加利菜館，座客全都不識。有余乃仁君，少年英爽，新自法國陸軍大學畢業歸。石仙紹介之，謂余君近媲一北里姣蟲某。渠已得上聯曰："余本多情，乃仁乃勇。"屬余成之。余君亟起曰:"毋,野草閑花,不值張君標榜。抑予留法時,有愛人曰綺如者,儻得張君一言之褒,他日美事告成,當請法書,俾誌永念也。"予即援菜館中破筆錄出曰:"卿更綺態,如玉如花。"余君大樂。

單根源姻兄,其閫人小字月娥。周銘新內兄爲乞書聯,硯存餘墨,即書付之云:"根地清明如碧月。　源泉潔净恍青娥。"

有名培根者,撰聯書應之云:"培養浩然之氣。　根求妙諦於微。"

有名熊飛者,撰聯書應之云:"獸炭熊然疑碧血。　鵬程飛去搏青雲。"此君蓋任俠慷慨者流云。

(《紅玫瑰》一九三〇年第六卷第十五期)

耕讀軒聯語

蔡振榮 撰

《耕讀軒聯語》發表於《學生文藝叢刊》一九三〇年第六卷第三期。署名爲"蔡振榮"。作者蔡振榮,生平事迹不詳,在《學生文藝叢刊》上發表作品多篇。據《學生文藝叢刊》雜誌上的作者署名單位可知,其曾爲如皋第二代用師範和江蘇第二代用師範的學生。《耕讀軒聯語》所錄聯語,以輓聯爲主。論輓聯,以運用自然、對仗貼切、語意真摯、情誼深濃爲佳。作者聯評觀點較少,以錄聯與叙事爲主。

憑文介先生,南通人,以善撰諧聯著稱。其輓邵貞定聯云:"絕學已亡秦伏勝。　貞徽合謚晋陶潛。"又輓范秋門云:"吾曹曾作宦,不解求工,念君往歲歸休,依舊是賣文爲活。　造化太弄人,真成習慣,聞說他鄉客死,追傷到名世諸昆。"輓顧集鴻云:"所奉身者至約,而獨厚於處家,一節堅持,要使世猶存質行。　其望子也甚殷,故常命之從我,異時騰上,可憐君已作陳人。"一題平潮市經社柱聯云:"所致非一,同歸殊途,孰與折衷,惟是自邇自卑而進。　不朽有三,太上立德,至於普及,在乎先知先覺之誠。"此三聯運用自然,而對仗亦貼切。其雲陽勸工局題柱云:"於古有鹽官橘官,下至采礦伐炭之屬,溯天然産殖,蔚爲實業權輿,歷史早應彰特色。　在今如革器髹器,旁及捆屨織席所爲,願工作繁興,資以公家既禀,此邦庶或少游民。"又輓白振民云:"翁子則去魯入燕,經歲而歿,質盦則自燕過魯,即夕而亡。比來舊雨凋零,直使離奇如此别。

昔年以百里遊學，視君病中，今日以千里弔喪，理君身後。悽絕寓廬密爾，傾談款愫更誰同。"談諧工整，詞氣激楚，令人拍案叫絕。

　　吳江金君松岑，與無錫胡君兩人，故契友也。以太湖水利事，意見相左，胡盛氣好謾罵，執一不移，金亦精悍絕人，不稍退讓，各爲文辯駁，往來數萬言，遂致絕交。後胡死，金作聯弔之云："有松柏之貞操，有薑桂之辣性，江海一畸人，賦命終成士不遇。　論教育是同調，論河渠是政敵，文章兩大膽，摧鋒直使我難忘。"議論平允，有古人之風。

　　如皋沙健庵先生，輓項晴軒聯云："閔予生之多憂，其所遭遇乃益困。荊公有言，既喪吾母，又奪吾友，斯足哀矣。　惟善人宜有後，而托文字者無窮。昌黎不曰，生誰爲壽，死孰爲夭，君何憾乎！"又輓董步瀛（以風疾暴卒）聯云："得君爲友，存殁以之，從茲公誼私情，百事幾無商榷處。　慰我喪兒，須臾頃耳，誰料生離死別，千秋即在立譚間。"語意真摯，情誼深濃，逝者有知，當亦含笑九泉矣。

（《學生文藝叢刊》一九三零年第六卷第三期）

友梅訓鶴憶馨室主聯話

徐亦鵑 撰

　　是篇聯話發表於《一工校刊》一九三〇年創刊號,署名徐亦鵑。《學生文藝叢刊》一九二九年第五卷第八期載有《友梅訓鶴室聯話》,署名"徐秉衡"。比較二者,《一工校刊》所載當在《學生文藝叢刊》擴展而得,《一工校刊》所載篇幅爲《學生文藝叢刊》兩倍,外加引言,對《學生文藝叢刊》一則聯語增加點評。作者徐亦鵑(一九一二—?),又名徐秉衡,號友梅訓鶴憶馨室主、友梅訓鶴室主,微雨社成員,遼寧人。作者欣賞"涵蓄"聯語,選擇"語意雙關"的聯語,在含蓄之外,也重視情意真切之作,"妙在情意懇摯而明白如話"。作者重視聯語的結構,讚賞佳構之作,評點聯語時稱"誠佳構也""堪稱佳構""傑構也"。認同聯語的諧噱性,在不大的篇幅裏"有趣""頗可解頤""真堪解頤"盡調謔之能事""調侃之至"的聯語占有一定比例。

　　引言:余生今年,十有九矣,既不善話,又不好話。惟於披閱之餘則録之册,參以己意,非敢云評,聯爲茶餘酒後之消遣而已,智者當不笑我乎?

　　上月吾鄉吕祖廟酬神,其戲臺上懸一聯曰:"臺上笑、臺下笑,臺上臺下笑引笑。　裝今人、裝古人,裝今裝古人裝人。"此聯頗有涵蓄,但不知出何人手筆。

　　客歲孀母作古,姊丈廉君有聯云:"喜遺展賀,病未臨存,遠道應邀慈鑒。　猶女銜哀,比兒揮淚,微音永隔仙班。"蓋孀母故前一月家兄完婚,廉君未至,而於病故之前亦未臨存,此聯蓋紀實也。

嬸母母家山東,當綿惙時發電告之,其二兄即日來省,幸至時尚未蓋棺,因得最後一面,因輓一聯曰:"離故鄉千里外以臨存,僅得憑棺一慟。 嘆阿妹四旬餘而遽逝,可能示夢三更。"痛在言外,誠佳構也。

某令素鯁直,爲官數載而兩袖清風,不名一錢。某年貧益甚,除夕乃自書一春聯以自解嘲,云:"燃千杖爆竹,把窮鬼閧開,幾年來,被這小奴才擾累俺一雙空手。 燒三枝高香,將財神請進,從今後,願你老夫子保佑我十萬纏腰。"自道窮況,真堪解頤。

去冬無事,同學相約聚於一室,互談文藝以解悶。葉君以近作聯句見示,曰:"錢同愛,愛銅錢,孳孳爲利。 馬承學,學乘馬,遲遲吾行。"蓋此聯首三字均同學之姓名也。時董君聞之亦以同學之名成一聯,云:"李春山,春山春水。 王維世,維世維家。"余亦不覺技癢,以褚世才金正學二君之名作一聯,云:"褚世才,才高八斗。 金正學,學富五車。"

國文杜師去冬示一聯,乃爲夫輓妻者,其聯曰:"你且先行,善侍翁姑於地下。 我也就到,暫伴兒女在人間。"妙在情意懇摯而明白如話。

寒假家居無事,惟棋弈,或出聯以爲消遣。某日二兄牧淮曾以"朗朗乾坤"使余對其上聯,久思不得一字。適五弟秉樞自外入,口歌《五家坡》之首數句。余則曰:"何所歌?"五弟答曰:"花花世界。"余聞之不禁鼓掌,二兄亦與焉。蓋五弟年僅六歲,尚未讀書,惟夙聰穎,每聞余等唱歌或遊戲,則學爲之。今於無意中歌此,而置之上聯,恰乎其可,雖云巧合,然亦奇矣。

去冬家叔續娶,家嚴書一聯,曰:"稚子騰歡,歡一家得迎淑女。 慈親含笑,笑仲氏又作新郎。"

有某鄰除夕書一聯曰:"咦,誰家放炮。 喂,我要過年。"口吻殊滑稽。

有某翁死前作聯句二以自輓,云:"教子有義方,五夜和丸,三更書荻。 居家無別況,風前放鶴,雪裏觀梅。"又曰:"生於山左,卒於遼東，三千餘里關河，魂魄猶思故里。　耕以課孫，讀以教子，八十七年歲月，血淚徒灑冰天。"沉痛灑脱，兼而有之。

清時縣署每有佳聯，聞諸前輩所談而擇其尤佳者録之。其一云："爾若能讓得三分，何必來堂前質問。　我也曾作過百姓，豈不知鄉下情形？"其二曰："我存一片公心，無事不空空洞洞。　爾雖十分狡展，亦難逃是是非非。"其三曰："有一日閑，且耕汝地。　無十分仇，没進吾門。"其四云："眼前百姓即兒孫，莫謂百姓可欺，須留些兒孫地步。　堂上一官稱父母，漫道一官易作，須盡些父母恩情。"措辭忠懇，佳什也。

清時有田某者，省遼陽人也。入京赴試，中舉後殿宴既畢，與友偕歸，行中途寓逆旅，相與下榻，次日已病矣。友人急延名醫診之，兼旬不效，日重一日，友人無如之何。一日，友示一聯，使之屬對。其聯曰："十口心思，思父思母思妻子。"田生對曰："寸身言謝，謝天謝地謝君王。"蓋上聯十口心，合之爲思，下聯寸身言，合之爲謝也。時某友聞之曰："君將不久留矣。"因爲製衣具，不數日果亡。

段祺瑞輓韓輯五先生聯曰："術精於地理，學博於岐黄，無非濟世以仁，千秋文章千年業。　修己爲宿行，教子爲名將，可見立庭示訓，萬卷詩書萬户侯。"按：先生子爲已故芳宸將軍。

李伯勛輓其二胞弟聯云："連肩僅四人，同讀書、共居室，遭家多故，季弟先亡。每逢佳節倍思親，最怕帽插茱萸，回首鴒原獨少一。　可憐惟仲子，肯堂構、肖箕裘，棄我仙遊，吹塤無調。弗及黄泉難再見，正當樓登花萼，痛心雁序不成三。"隱痛於衷，傑構也。

去夏酷旱，友人冷雪君示余一聯云："惡道淫僧，兩片鉢敲散了風雲雷雨。　貪官污吏，三叩首拜出來日月星辰。"語意雙關，調侃之至，惟不知其由何處見者。

去冬友人零零君輓其岳丈，聯曰："道其猶龍乎，大雅云亡梁木壞。　翁其化鶴矣，老成凋謝泰山頹。"似爲成對。

客歲嬸母作故，余父代叔父擬一聯，曰："鼓缶感凄其，廿載多勞代子職。　營齋愧疏略，北堂深恐愴親心。"蓋祖母在堂也。

去歲閻廷瑞母作古，翟文選輓一聯，云："好善之誠，出於天性，每夏捨藥餌、冬授寒衣,濟衆在博施,北母允宜好生佛。　習勤有教,垂諸義方,故子克承家、孫皆繩武,修德總獲報,彼蒼原自厚仁人。"

客歲秋季,有某先生爲親禮祭,假珠林寺內。其正門懸一聯,似尚不差,其聯曰:"爲避干戈,鼙鼓聲中因旅襯。　特延僧道,珠林寺裏賦招魂。"

山東八旗同鄉義冢門聯,均甚佳逸。憶其數聯,云:"義重首邱狐,直北關山千里月。　魂歸華表鶴,冀南風物九幽天。"其二曰:"滿眼蓬蒿遊子淚。　一盂麥飯故人情。"

昔有人以"水月寺魚游兔走"徵對,永無應者。然以水月寺方待懸聯,故赴乩求對,據云由關雲長對云:"山海關虎嘯龍吟。"尚稱巧妙。

早年有兄弟二人,一續弦,一新娶,恰在一日。某先生贈一喜聯,曰:"前世良緣,分明貌遇才,莫作夢裏情郎,莫作書中愛寵。人生好事,難得兄與弟,一是朱弦重續,一是錦瑟新調。"蓋上下二聯,爲集《紅樓》與《西廂》二才子書句也。

昔時外祖父作故時輓聯甚多,尤以二聯余甚愛之。其一曰:"教兒男,教孫男,遺言常念。　哭阿父,哭祖父,顧覆在心。"其二曰:"世事空空,終歸無有。　典型尚在,永久留存。"堪稱佳構。

今年元旦日,某皮行門首懸一聯,曰:"皮毛無定價,交通外國。行市有漲落,誰知內情。"此聯句法雖俗,然其心誠意切,固無可厚非也。

聯之巧者有時竟爲常人意想不到之妙。如昔年某報載一聯,曰:"孫督辦,岳督辦,孫岳督辦。　董聖人,康聖人,董康聖人。"蓋上下二聯均三人也。

再如某人居萬泉河,門懸聯云:"長長長長長長長,長長長消,橋邊流水。　行行行行行行行,行行行止,岸上遊人。"蓋上聯一三五六八十讀爲長短之意,而藉常字之音,二四七九各字讀如漲音,意亦同。下聯一三五六八十各字讀如杭,二四七九即爲行路之行也,可謂絕對。

再如："五月五日五弟吃五粽。　三更三點三嫂想三哥。"亦見巧思。再如："魑魅魍魎四小鬼。　琴瑟琵琶八大王。"及："細羽家禽窗前死。　粗毛野獸門先生。"及："家貧雙月少。　衣破半風多。"及："癢癢搔搔，搔搔癢癢，不癢不搔，不搔不癢。　生生死死，死死生生，先生先死，先死先生。"亦頗可解頤。

對聯之以字勝者，亦復不少，如："冰凉酒，一點兩點三點。丁香花，百頭千頭萬頭。"蓋冰字一點，凉字兩點，酒字三點。而下聯則丁為百字之頭，香為千字之頭，花為萬字之頭也。意亦恰到妙處。

與上同法者亦有。如："凍雨灑窗，東兩點西三點。　切瓜分片，上七刀，下八刀。"蓋東加兩點為凍，西加三點為灑。下聯則七刀合之為切，八刀合之為分也。

昔有以新名詞集對賀婚者，其聯云："全體共和，中央解決。雙方運動，一致進行。"可謂盡調謔之能事。

財神廟有一聯曰："只有兩個錢，你也求，他也求，給誰是好？不作半點事，朝亦拜，夕亦拜，教我為難。"可謂有趣。

（《一工校刊》一九三〇年創刊號）

悔悟軒聯語

趙潤川 撰

《悔悟軒聯語》發表於《學生文藝叢刊》一九三〇年第六卷第三期。署名爲"趙潤川"。作者趙潤川，生平事迹不詳。《悔悟軒聯語》所錄聯語六副，均爲輓聯。其中自輓聯兩副，他輓聯四副。作者聯評觀點較少，以錄聯與叙事爲主。

泰縣有吴君，輓黄克强先生聯云："天人相、神仙骨、棟梁材、英雄手段，菩薩心腸，合日月星辰河嶽精靈，鼓鑄一爐，乃能旋乾轉坤，造出此燦爛莊嚴中華民國。　儒俠氣、志士血、仁者言、隱遁高風，聖賢學問，屏毁譽窮通死生界説，奮鬥畢世，終致功成名就，不愧爲縱横上下特等男兒。"

左文忠公自輓云："慨此日騎鯨西去，七尺軀委殘荒草，滿腔血灑向空林。問誰爲歌曲歌騷，鼓銅琶井畔，挂寶劍枝頭，憑吊松楸魂魄，憤激千秋。縱教黄土埋予，應呼雄鬼。　倘他年跨鶴東歸，一瓣香祝成至性，三個頭現出全身。願長兹爲漁爲樵，訪鹿友山中，訂鷗盟水上，消磨錦綉心腸，逍遥半世。只恐蒼天陷我，再作勞人。"詞語瀟灑，又顯英雄氣概。

有某老人自輓云："浮生果若夢哉，擾擾塵緣，直到此時還故我。　視死信如歸矣，茫茫泉路，那愁今夜宿誰家。"

有某氏子死，其父請予先曾祖代撰輓聯，以懸靈之左右。聯云："只説曾元養曾子。　誰知顔路哭顔回。"用筆甚切，對仗亦穩。

章月軒輓胡六老太聯云："後七夕兩宵，豈填橋烏鵲飛還，天上偕來青鳥使。　先立秋一日,怎隔院碧梧未落,堂前已隕紫萱花。"按時切景,用筆靈巧。有某作長聯輓妻云:"十六載倡隨,奉舅姑、育子女,匡襄內政,歷盡辛勤。方期謀嫁謀婚,了却向平夙願。詎料夢占炊臼,倏爾長辭。最難堪枕席彌留,猶與我計及將來家事。際此蟲吟四壁,燈暗孤幃,忍見那嬌小癡娃,淚雨絲絲尋阿母。二十月患病,腎陰傷、肝火炎,荏苒時光,慘遭痛苦。不憚求仙求佛,仗將魔鬼驅除。豈期香杳曇雲,終成虛望。更可悲乩壇杯茗,俾與卿略表永別離情。從此月冷空房,塵封寶鏡,只落得淒凉夫婿,愁懷耿耿訴誰人。"情意纏綿不絕,不忍卒讀。

有某女郎輓未婚夫聯云:"誰教君早歲求名,奇遭天妒,修鳳樓之未畢,隨鶴駕而即歸,回思去後韶華,真如夢幻。從今日懷人牖下,三鍾酒,兩鍾酒,真欲招月下魂,問個甘心。天乎,吾輩其無辜,竟若此文字埋君,聽幽谷猿啼,雨打梨花同灑淚。　可惜我芳年待字,酷受娘憐,桃欲咏乎宜家,梅尚遲於迨吉,詎料暗中消息,頻種愁根。到咋宵叩首靈前,千種情,萬種情,縱不見阿郎面,也算結髮。娘啊,女兒是何命,似這番姻緣誤我,看畫梁燕舞,風飄柳絮正添愁。"似三峽猿啼,使人淒絕。

(《學生文藝叢刊》一九三零年第六卷第三期)

白屋聯話

劉大白 撰

《白屋聯話》共三十五則，發表在《當代詩文》創刊號和《世界雜誌》上。一九二九年《當代詩文》創刊號上刊出六則，一九三一年《世界雜誌》第一卷第三期重複刊出時增加《輓山陰先生聯》一則。接著《世界雜誌》第一卷第四期刊出第八至十三則、第一卷第五期刊出第十四至二十二則，一九三一第二卷第三期刊出第二十三至三十五則。作者劉大白（一八八〇——一九三二），原名金慶棪，字伯楨，號清齋，浙江會稽（今紹興）人。一九一〇年至北平，逢汪精衛刺殺某親貴，劉大白乘酒興作《我有七首行》，署名劉大白，從此改姓劉，易名靖裔，號大白。幼承庭訓，習舉子業，曾膺拔貢。成年後，先在紹興師範學堂及山會學堂任教員，後主辦過《紹興日報》。一九二四年受聘於上海復旦大學，教授中國文學。一九二八年辭去教職，先後在浙江省教育廳和教育部任職。劉大白早懷革命，曾在日本參加同盟會，堅決反對《二十一條》。同時他還創作了大量新詩，成爲反對舊文學的鬥士。

作者按主題給《白屋聯話》設置了小標題。在《白屋聯話》中，劉大白結合四聲的起源與發展認爲楹聯應起源於六朝，楹聯的特性，是形態、腔調和意義的兩兩對稱，是中國所獨有的，無論從形式還是內容來看，楹聯是詩的一種獨特形式。劉大白精於詩律，依靠深厚的詩律功夫，他提出了楹聯具備"整齊律、參差律、次第律、抑揚律、反復律、當對律和重疊律"等規律的觀點。他認爲青詞是長聯的一種，長聯的形成與八股文有或多或少的關係。在楹聯的題材、情感、風格、表現手法上着墨不多，但片言隻語中仍然透露出劉大白重視自然、大氣、情感蘊藉深厚的楹聯。劉大白在撰寫楹聯時對某些類別楹聯寫作經驗的總結，很有借鑒意義。他認爲，楹聯的"對"包括上下聯字數相對，聲音抑揚相對，字詞的正反相對等，這是撰寫楹聯最基本的要求，此外還要注意重複用字問題。《白屋聯話》中有很多劉大白撰寫的對聯，多用白話文寫成，深入淺出，通俗易懂。

一

一 聯語是什麼

聯語是什麼東西？——聯語是律體的文字，是備具外形的律聲的文字。它備具整齊律、參差律、次第律、抑揚律、反復律、當對律和重叠律，凡是中國詩篇底外形律，它無一不可以備具。所以單就外形而論，它實在可以説完全是詩的。至於它底內容，雖然一部分是教訓式的格言和頌揚式的諛詞等，但是大部是寫景的和抒情的，合詩篇底內容一致。所以它總不出詩篇底範圍，可以説是詩篇底一種。

它底特性，是形態、腔調和意義底兩兩對稱，是中國所獨有的。因爲中國底語言，是孤立語，沒有語尾底變化。中國底文字是單音節，而一個音只有一個形態的，所以可以作成整齊地對稱的型式。在形態上，兩停或兩組相對，兩停或兩組的字數，一定是整齊的。在腔調上，兩停或兩組相與間，相當的各個字，大體是用抑音和揚音兩兩相對；至少是各停或各組末一字底抑揚，是嚴格地必須相對的。在意義上，兩停或兩組相與間，相當的各個位置上，常常是取意義相同的或相類的或相反的字，使它們兩兩相對。如果不是這樣，那末，一定是在一停或一組中間，自己備具了相對的型式，所以有此例外了。

還有一個禁例，是在相對的兩停或兩組間，不准有一個重出的字。說得明白點，就是前停或前組已經用過的字，後停或後組不准再用，除有時前後兩停或兩組在相當的同一個位置上同用"之"字之類。至於一停或一組底本身，可以用重出的字；但是前停或前組既然用了重出的字，後停或後組在相當的同一個位置上，必須也用另一個重出的字去合它相對。不過有些特別的聯語，兩停或兩組間在相當的同一個位置上，交互地使用重出的字，例如前停或前組底第二個字，重出於後停或後組底第四個字的位置上，同時使後停或後組底第二個字，也重出於前停或前組底第四個字的位置上。這樣交互地重出，也是許可的。總之，聯語是嚴格地使用整齊律和當對律的。

二　聯語底起源和發展

向來以爲聯語是起源于宋代初年後蜀孟昶底"新年納餘慶。佳節號長春"的桃符的，然而這不過是因爲他只做一聯，寫在紙片上或木板上而黏貼或懸挂在門上，似乎最初正式地成爲聯語罷了。其實追溯它底真正的起源，實在起於六朝時蕭齊永明年間沈約、王融、周顒、謝朓等確定四聲，創爲所謂永明體的詩文以後。

那時候的詩篇和駢文中，充滿着聯語。不過不是只做一聯，而且抑揚律也不曾嚴格地使用罷了。到了唐代，正式的律詩、律賦和四六文形成以後，聯語底使用律聲，更是完備了。使用律聲，作成聯語的習慣，已經有了五六百年。到了宋初的孟昶，把它從律詩中提出來，單獨地作成這麼一聯，黏貼或懸挂在門上，作爲妝飾品，是很自然的趨勢。如果再追溯上去，東漢以後，文體漸漸由散趨駢，三國晋宋，詩篇也由散趨駢，其中包含着的聯語，也是不少；而古代散體的詩文中，可以認爲聯語的，也隨處可以摘取。不過不是有意識地嚴格地使用律聲而作成聯語，只是偶然的成就罷了。

孟昶底桃符，只是五言的，後來漸漸發展，六言七言八言九言……乃至數百言的長聯都有了。這種發展，大約是從元明之間起的。相傳明初的中山王徐達，曾經自己做成了一組前組的長聯，懸賞徵求後組，所以這時候就有長聯了。明代中葉，因爲世宗崇奉道教，又有所謂青詞的，也是長聯一類的東西。嚴嵩和徐階之流，都是以善作青詞得寵的。大約長聯底形成，雖然由於聯語自身的演進，但是合八股文也有多少的關係。因爲八股文是以每兩股兩兩對稱的，也相當地使用律聲的，不過不十分嚴格罷了。一般的八股文家，拿着做八股文的手段，移用到聯語上來，長聯自然很容易地形成了。

聯語又有很短的。五言以下，四言聯是常見的。至於三言的二言的，大概都不是黏貼或懸挂的，而只是表現工巧的技術，并且有時帶着滑稽遊戲的性質，以作談助的。這也是後來的發展。但像溫庭筠底以"金步搖"對"玉條脫"，唐代也已經有這一類聯語了。

清代盛行的詩鐘，大都是七言的，不論是嵌珠格或籠紗格，也都是聯語底一種。

三　西湖花神廟的叠字聯

詩篇中多用叠字，最早是《毛詩》，其次是《楚辭》以及漢代的《古詩十九首》中的《青青河畔草》。後來元曲裏面，更是很多。至於連用叠字，最膾炙人口的，要算宋代李清照底《聲聲慢》詞，開手就用"尋尋覓覓，冷冷清清，悽悽慘慘戚戚"七組叠字，後面又用"點點滴滴"兩組叠字，一般人都說它是絶唱，但是這還不過是連用叠字，而不是純用叠字。後來純用叠字的，有元明間人的《天净沙》小令，但是似乎都不很自然。

杭州西湖花神廟，有一付純用叠字的聯語是："紫紫紅紅，處處鶯鶯燕燕。　風風雨雨，年年暮暮朝朝。"是比較地自然的。這付聯語，不但是純用叠字，而且也可以說是迴文的。如果倒讀起來，便成："燕燕鶯鶯，處處紅紅紫紫。　朝朝暮暮，年年雨雨風風。"

然而這一類作品，只好偶然碰到這種題材，恰好做成這樣，如果有意摹仿它，硬要如此做，便是"畫虎不成反類狗"了。

四　人名滑稽對

　　清代末年,和民國初年有些"有閑階級",常常拿人名和人名或人名和非人名相對。如"何壽金壽何金壽",對"杜聯瑞聯杜瑞聯",都是當時京官的人名。又如交通系的"葉玉虎",對當時北京名妓"花金鴻",葉玉虎別署"葉譽虎",而花金鴻也別稱"花鷟鴻",仍是相對。這些都是以人名對人名的。又如"朱逌然"對"赤奮若","朱鳳標"對"白鴿票","翁同書"對"子不語","張之洞"對"陶然亭","烏拉布"對"紅綉鞋","烏拉喜崇阿"對"鴻飛遵遠渚","岑春煊"對"川冬菜","陸鳳石"對"山鷄絲","岑春煊拜陸鳳石",對"川冬菜炒山鷄絲","湯蟄仙"對"油炸鬼","朱介人"對"赤髮鬼",都以不倫的名詞或成語合人名相對。這些都是以人名對非人名的。

　　相傳清代阮元放某省學政的時候,在試場中看到有一個應試的幼童,很是聰明敏捷,文章也做得不錯,他便問他說:"你能對對子嗎?"幼童說:"能。"阮元說:"那末,'伊尹'對什麽?"幼童應聲說:"對'大人'。"阮元一想,真對得工整而且現成,就給他取入了學。這也是以人名對人名的。

　　還有一件相類的故事,清代熊伯龍放某省學政,也在試場中看到一個應試的幼童,年紀很小,頭上的劉海髮鬖鬖然披在項上,和獅子狗一樣。他覺得他很可愛,便給他對了好幾個對子,都是應聲而答,而且對得很工巧。最後,他摸着他的頭髮說:"獅子狗。"幼童應聲說:"對大人。"熊伯龍聽了,一時還沒有懂,後來一想,才知道自己和小孩子開玩笑,反被小孩子開了玩笑去了。這也是以人名對非人名的。

　　清末會稽人章友梅,在同縣金午橋家教書。金午橋知道他很能對對子。有一天對他說:"先生,我有一個對子請你對。"章友梅說:"什麽對子?"金午橋說:"石子路。"章友梅立刻說:"對你。"金午橋接着說:"子路是個人名。"章友梅說:"難道你不是人嗎?"這是以人名對非人名,而非人名中仍包含着人名的。

　　亡友任瘦紅,很喜歡弄這些小巧的玩意兒。有人以"魚雷艇"

三字使他作對，并且説："這是殺人利器，要用同類的物名作對才行。"他就説："烏烟槍。"恰好也是殺人利器。民國三四年間，他在紹興禹域新聞社當總編輯，社中有一位編輯金九如，做起文章來，常常別署"酒儒"。瘦紅就把"穀道"對了"酒儒"。還有一位編輯，叫做"余笑予"，他給他對了個"孤哀子"。那位余先生，因爲還是父母俱存，幾乎和他鬧起來。又有常常到社裏來的兩位客人，一位叫陸桐笙，一位叫朱菊堂。他把"水竹管"對"陸桐笙"，"白蘭地"對"朱菊堂"，後來竟成了他們的諢名。

這些人名底滑稽對，雖然都是些遊戲的小巧，當然不是聯語底正宗，但是妙在現成而富於滑稽的意味，所以也是比較有趣味的。

五　朱瑞輓聯

民國四五年間，浙江將軍朱瑞，替袁世凱屠殺革命黨人，向袁世凱稱臣勸進，於是袁世凱封了他一個侯爵。後來浙江獨立討袁，他被一班堅討袁旗幟的軍人們轟走了，逃往天津，不久就死了。他的靈柩，從海道運回原籍海鹽。有一位他的同鄉某君，給他做了一付輓聯："閨中悔作封侯夢。　海上空歸望帝魂。"不但恰切他的身世，而且工整雋妙，似憐似惜，似嘲似諷，於譏刺中含有無限感慨，的是上品。

六　輓王金發聯

嵊縣人王金發，一千九百十一年十一月即清宣統三年辛亥九月，於紹興已經光復之後，帶了一二百人，到紹興重新光復，組織起紹興軍政分府來，自稱紹興軍政分府都督。那時候的紹興軍政分府，對於浙江軍政府，差不多完全是獨立的。後來省城方面，費了許多斡旋，才把他的軍政分府取消了。取消之後，他就跑往上海，揮霍他鐵箱中的紹興脂膏。二次革命起來，他也跟着革命先烈陳英士先生，做攻擊製造局的工作。失敗以後，他被袁世凱通緝了，可是不久他就向袁世凱自首，准予取消通緝。有人説他的自首，是一種策略，又有人説他被袁世凱所收買，竟充當了袁世凱底偵探。

還有一說,是說段祺瑞當時的陸軍總長准他自首,是想利用他反對袁氏稱帝的。總之,善善從長,咱們不願刻求既死之躬,姑且認第一和第三兩說是可采的,也是不妨,因爲他畢竟是被袁世凱所殺的。

他以爲既經袁政府准予自首,便不妨了,所以堂堂皇皇地跑到杭州來,去見將軍朱瑞和巡按使屈映光等。不料朱瑞打電報去問袁世凱,應該把他如何處置,而袁世凱底回電,竟是叫朱瑞把他殺掉。當時有一種傳說,說是陸軍部底回電是叫朱瑞讓他自由,而海陸軍大元帥統率辦事處底回電,却是要殺,所以有前邊第三說的揣測。

袁世凱死了以後,他的親朋們,給他營葬於西湖某山。有人叫我給他代做一副輓聯:"生未及見北極新朝,與洪憲皇帝勢不兩立耳。　死猶得葬西湖片土,問興武將軍有此一抔無?"

因爲他被殺的時候,袁世凱還沒有稱帝,而將他執行死刑的興武將軍朱瑞,却連葬在西湖的福分也沒有。咱們如果取前邊的第一和第三兩說來作他的蓋棺定論,那末,前組的話,也不見得是過分的恕詞。

七　輓山陰先生聯

民元前五年,就是清光緒三十三年丁未,徐烈士錫麟刺殺清安徽巡撫恩銘於安慶,接着,他的同志秋烈女瑾,也在紹興被捕了。清紹興府知府貴福,打電報請示於清浙江巡撫張曾揚,張曾揚打電話問他的大軍師山陰先生,說:"秋瑾是革命黨不是?"電話中回答說:"是革命黨。"於是秋瑾就於這一年陰曆六月六日,寫了"秋雨秋風愁殺人"七個字的口供,在紹興軒亭口遇害了。隔了十年,民國六年丁巳,陽曆六月六日,山陰先生死了。有人給他做了一副輓聯:"秋雨秋風,丁未丁巳。　六月六日,一陰一陽。"

現在咱們能夠從杭州閘口上火車,兩小時有餘,就到了江浙交界處的楓涇,誰也知道是山陰先生之力。民二年,浙路收歸國有,政府知道山陰先生當浙路總理的時候,不曾支過一個錢的薪水,於是頒給二十萬元酬謝他的建設的功勳,這原是賞稱其功的。但一般的輿論,却頗不原諒,所以他死後有兩副輓聯,都提起這事的。"嗚咽潮聲一路哭。　蹉跎人壽五年多。"這還是比較蘊藉。還有:"畢生做勢裝腔,恭喜紅倌人,不用出堂差了。　到死空拳赤手,可憐及時雨,留下賣路錢來。""及時雨"是當時上海某學會中上給山陰先生的尊號。至於前一組中的故事,却是從他的女婿某君合他反唇相稽的一段會話中相傳而來。據說某君從日本回來,頭髮很長地披在肩上,他便笑着説:"你好像是一個猶太人。"某君説:"猶太人嗎? 我倒未必像,我看你,却像了一種人。"他問:"我像那一種人?"某君答:"我不敢説。"他説:"不要緊的,你只管説!"某君説:"我看你有點像紅倌人出堂差,上中下三等社會中人,都得應酬。"由這兩件故事,成就了這一付聯語,可以説是挖苦得淋漓盡致了。

(《世界雜誌(上海)》一九三一年第一卷第三期)

二

八　譚嗣同輓聯

舊式訃聞開始處,照例説:"不孝某某等罪孽深重,不自隕滅,禍延顯考……"清代進士殿試策結尾處,照例説:"臣草茅新進,罔識忌諱,干冒宸嚴,不勝戰慄屏營之至。臣謹對。"這種套語,不但千篇一律,而且是刻板也似地不如此不行的。清末戊戌政變的時候,所謂"六君子"中的譚嗣同被殺了。他的父親,本來在浙江做知府的,也因此革職。有人就刺取訃文和殿試策中的首尾套語,集成一副輓聯:"罪孽深重,不自隕滅,禍延顯考。　草茅新進,罔識忌諱,干冒宸嚴。"又巧又滑稽,可以説是"善戲謔"了。

九　三夫子和三相公

北方人稱夫役爲夫子,稱男伶底兼營淫業的爲相公,有人説是"像姑"兩字底轉音。因此,有一副巧對是:"先生夫子,丈夫夫子,夫子夫子。　秀才相公,宰相相公,相公相公。"三種夫子,三種相公,地位不同,稱呼相同,而丈夫和宰相,又恰好各重一個夫字一個相字。此外又不曾更有稱爲夫子和稱爲相公的,可謂奇巧天成了。

十　紀曉嵐善作對子

清代乾隆年間的紀曉嵐以善作對子著名。他曾説:"古今事物語言,都是無獨有偶的。"他做户部侍郎的時候,户部尚書某公是他底座師。有一天,某公請客,紀曉嵐也被邀。座中有兩位客人,是父子而同中戊子科舉人的。某公對紀曉嵐説:"你是善於屬對的,現在有一組出語給你對。如果能够立刻對成,我便把我所寶藏的端硯送給你。"紀曉嵐説:"請問是何出語?"某公指着那兩位客人説:"父戊子,子戊子,父子戊子。"紀曉嵐聽了,立刻指着某公和自己説:"師司徒,徒司徒,師徒司徒。"當時在座的人,都同聲讚美他的敏捷工巧。某公便拿出端硯來獎給他。案"戊"字本音是ㄇㄡ,現在音變爲ㄨ;但是南方音却和"父"字都讀ㄏㄨ。"师"音是ㄕ,"司"音是ㄙ,北方人读起来,两个字音读不同,但是南方人却都读ㄙ。

當時工部衙門被火燒掉了,有一位姓金的工部尚書,把衙門重新建築起來。有人編成一組出語去難紀曉嵐説:"水部火災,金司空大興土木。"紀曉嵐説:"這是實事,要用巧合的實事去對它,讓我等幾天,碰到了實事,便可對成。"過了幾天,恰好有一位中書科中書,自稱"南人北相",照相法論,應該貴顯發達。紀曉嵐聽到了,便説對語有了:"南人北相,中書科拾没東西。"於是大家哄傳,以爲出語可作重建工部衙門的碑記,對語可作某中書像贊。

紀曉嵐常常集了唐人詩句給人家寫對子。上停往往用"聖代即今多雨露",下停却按着各人的身分,找句子作對。這樣幾十聯,總是信手拈來，無不恰合。有一次，某君代友人向他面索聯語。他立刻拿起筆來寫出上停，依然是"聖代即今多雨露"。某君趕緊説："錯了，求你寫聯的人，就是新近奉旨回原衙門行走的某御史，這一停也許合他的現狀不相稱吧。"紀曉嵐不答，接着就寫出下停，是"謫居猶得住蓬萊"。原來那位御史，本來是由翰林考補的，奉旨同原衙門行走，所回的就是翰林院衙門。所以這副對子，依舊非常地恰合他的身分。

北京某道士，是一個正一派的火居道士。他頗能做些詩篇，一班翰林，常常和他唱酬。有一年春天，某道士要娶妻了，大家打算送他一副賀他的房對。有人説上停可用"太極兩儀生四象"。大家説好，但是一時想不出現成的下停。正想着，恰值紀曉嵐來了。大家説："曉嵐，你如果把下停對成了，我們請你吃東道。"紀曉嵐便隨口説了一句："春宵一刻值千金。"大家覺得因爲有了這樣的下停，連上停也格外生動起來了。因此，大家就請他大嚼了一頓。

十一　社會黨

民元的《民立報》上，曾經以"社會黨"三字徵對，有人以"泥土地"三字應徵。案：出語是"社會"兩字相連，對語是"土地"兩字相連，字面雖工而仍不工，并且平仄也不相對。又有以爆竹名"二兩雙"和《遼史》人名"獨孤壹"應徵的。我以爲以"獨孤壹"對"二兩雙"倒很好，如果拿這兩者對"社會黨"，總還覺得不大相稱。有人問我："'社會黨'究竟對什麽才好？"我説："不如'洪澤湖'三字，否則'君王后'三字也可以。不過'后'字和'黨'字都是仄聲，有點平仄不對罷了。"

爆竹有"二兩雙"和"四兩雙"兩種。"二兩雙"底對語，已經難找，而"四兩雙"更難。因爲"二兩雙"還只是"兩"和"雙"都等於二，在字面上三個字的意義相同，所以還可以用"獨孤壹"之類，合它相對。至於"四兩雙"，在字面上却是"兩"和"雙"相乘或相加都等於四，所以實在不容易找到對語。

十二　集句的聯語

集古人底成句,綴成詩文,這在修辭法上,是極端的引用格。至於集句成聯,是引用格而兼用當對格了。

相傳清代左宗棠帶了所謂湘軍,到甘肅去削平回亂,在嘉峪關給湘軍底陣亡將士建築了一座昭忠祠。他便集了唐人底詩句,製成聯語:"日暮鄉關何處是。　古來征戰幾人回。"不但悲壯蒼涼,而且很是渾成。

詩詞聯語集唐,已經比較地難了,至於詩鐘集唐,更難。有人用嵌珠格作集唐的詩鐘,"花、君"第一唱:"花開堪折直須折,君問歸期未有期。"君字或換作相字,便作"花開堪折直須折,相見時難別亦難。"又"女、花"第二唱,三聯都是集唐:"青女素娥都耐冷,名花傾國兩相歡。""神女生涯原是夢,落花時節又逢君。""商女不知亡國恨,落花猶似墜樓人。"第二第三兩聯,比第一聯更好。因爲不但工巧,而且帶着情感地發抒,有點情靈搖蕩,哀思流連。

集兩個單停成聯語,還是比較地容易的。因爲五言或七言的詩句,總只有這幾種有限的型式。只消找到型式相同而平仄互異的兩停,就可以集成聯語。但是把兩個兩停相連的組,集成聯語,却是很難得了。清代張仲炘,曾經做過同知的官。罷官以後,上鎮江焦山去遊覽。當時同遊的伴侶中,有人送他一副集唐的聯語:"冠蓋滿京華,斯人獨憔悴。　江山留勝迹,我輩復登臨。"兩停各各相連,而又極其工切,真是集句聯中的少見之作。

十三　輓中山先生聯

中山先生逝世以後,我曾經做過二十多副輓聯。現在把我自己覺得比較地可存的,錄出幾副如左:"春秋大復仇,覺羅既亡,合五族爲一。開四百兆衆共和創局,民國萬歲,先生萬歲。　歐亞同革命,列寧而外,互兩洲無三。是二十世紀建設偉人,蘇聯元勛,中華元勛。""立德立功立言,惟先生三不朽耳。　民有民治民享,願吾黨一以貫之。""未聞商周有三民,是真應天順人,湯武革命何足道。　亦知漢滿不兩立，彼但偸王竊帝，洪楊建國宜其亡。""逝者如斯夫，生民未有。　大道之行也，天下爲公。""不但爲中華當代第一偉人，即萬國知名，百世聞風，都應俯首。　甚麼是先生臨終最大遺産，有三民主義，五權憲法，遍贈同胞。""在革命史首卷卅年間，爲唯一功人，即許黎元洪徼倖成名，亦應退居其次。　使太平洋東方大陸上，有第二民國，直教華盛頓艱難創業，不得專美於前。""當袁馮變亂、張康叛逆、徐曹僭竊之交，綿延國脉，激勵輿情，亦父亦母亦師，一身兼斯三職。　於堯舜禪讓、湯武征誅、桓文尊攘而外，建設共和，爲除專制，不帝不王不霸，百世仰此匹夫。""即以一編學說言，行易知難，亦屬不刊名論。　賴有三民主義在，前仆後繼，相期勉竟全功。""惟先生明討賊大義，有公憤，無私仇，弟即此怒足傷肝，雖得良醫，難達膏肓驅二豎。　後死留革命良箴，未成功，須努力，繼自今言常在耳，願遵遺囑，不忘首領創三民。""爲中國求自存，匪異人任，酷矣彼蒼，不憖遺一老。　雖先生難復作，有主義在，勖哉吾黨，其毋忘三民。"民國十六年逝世二周年紀念的時候，又作了兩副聯語："問兩個周年中，國底進步何如，黨底進步何如，算做得一簣工程，能成功嗎，全憑毅力決心做去。　在三民主義下，友也聽人自便，敵也聽人自便，請認清雙方戰綫，要革命的，快向青天白日走來。""救國主義，最良無過三民，能令赤縣蒼生，得公天下。革命導師，長逝雖經兩載，仍若青天白日，長照人間。"這許多聯語中，自然也幷沒有什麽出色的，但覺得還都不失爲穩妥罷了。

（《世界雜誌（上海）》一九三一年第一卷第四期）

三

十四　切議員身分的聯語

蕭山東鄉有一個姓沈的小土豪，他是一個歪嘴，口角上常常不自禁地把口涎流下來,并且鴉片烟癮頗大。他因爲仗着魚肉鄉民,積下了幾個臭錢。當浙江省議會第三屆選舉的時候,運動到了一個省議會議員,便搖搖擺擺地自以爲是浙江人民的代表。那時候,亡友沈玄廬,也正在杭州。他是一個善於寫字的人,常常給人家寫對子。有一天,沈某到玄廬寓裏去,看見玄廬正在寫着對子。沈某說:"你給我也寫一副對子,而且句子要恰切着我底身分的。"玄廬說:"可以。"便立即給他寫了一副道:"胸有成竹。　口若懸河。"并且解釋給他聽道:"你當着議員,當議論將發以前,必須胸有成竹,而發着議論的時候,又必須口若懸河。所以這副對子,是最切你底身分的。"他聽了,便很高興地拿去裱好挂在寓中,以供衆覽。人家看了,也都以爲很切。

十五　難找對語的出語

前説的"泥土地"和"二兩雙""四兩雙"都是一種難找對語的出語。記得民國初年,我曾在紹興《紹興公報》上徵對兩次。一次底出語是"冰雪燒"三字。冰雪燒是一種用薄荷浸過的燒酒,因爲燒和冰雪,在字面上本來是相反的,而合成一個名詞,所以徵的雖多,終於沒有一個合格的。又一次的出語是:"筆洗洗筆,筆洗筆洗。"筆洗,名詞,洗,動詞,筆,名詞。筆,名詞,洗,動詞,筆洗,名詞。應徵的也頗多,可是比較有意思的,只有俞君介眉底"花生生花,花生花生"。不過,筆洗和筆,是兩件東西,而花生和花,畢竟是一件東西底果實和花,所以也不能認爲完全滿意,而至今還不曾找到合格的對語。案這出語,合相傳的"書生書生問先生,先生先生"是相類的,不過後者格外難找對語罷了。

聽説寧波某處,隔着一條江,有相對着的兩座廟,一座在東邊,是唐代房玄齡的廟,一座在西邊,是三國時闞澤的廟。有人作成一組出語是:"東房公,西闞公,門户相當,方敢對坐。"但是找不到對語。

相傳有人拿梧桐子和朋友同吃,同時出了一個出語給朋友對道:"吾同子吃梧桐子。"因爲"吾同"和"梧桐",同音同偏旁,而兩個

"子"字,又是同字異義,所以也不容易找到對語。

十六　西湖博覽會教育館聯

民國十八年六月至十月,浙江省政府開西湖博覽會於杭州西湖,分八館。教育館爲八館中的一館,由我擔任籌備主任和館長。館中出入口大門和各陳列室,總幹事徐君旭東以爲都要有一副聯語以資點綴,我便做了幾付。入口大門聯是:"定建設底規模,要仗先知,做建設底工作,要仗後知。以先知覺後知,便非發展大中小學不可。　辦教育的經費,沒有來路,受教育的人才,沒有出路。從來路到出路,都得振興農工商業才行。"出口大門聯是:"看完這教育成績,感想如何?不滿意麼?要同擔些匡扶責任。　放下那湖山美觀,勾留在此,能着眼的,別錯認是點綴工夫。"花園中茅亭聯是:"有樂山樂水者來,到此見仁見知。　無唯物唯心之別,當前即美即真。"各陳列室聯之一是:"爲世界養成新人,爲國家養成新民,且造就新民,先立定世界大同基礎。　以政治來作動體,以教育來作動力,要增加動力,才促進政治革命效能。"各陳列室聯之二是:"不論好好歹歹,都憑創造手段,顯出二代國民們程度。　莫道零零碎碎,要用比較眼光,來作一個系統的批評。"各陳列室聯之三是:"有科學,有藝術,請另換眼光,看大方家數。　或多能,或專長,總各抒心得,爲後進典型。"其中最足引起觀者注意的自然是第一聯。當時我曾經在《教育館特刊》底《發刊詞》上,有過這麼一段話,有人說:"凡是博覽會的作用,大約都是提倡或發展農工商等實業的。然而一般的博覽會會場中,往往總有一個陳列教育成績的教育館夾在其間。還是藉此來點綴一下的呢,還是別有用意?"我說:"這決不是點綴,確是有絕大的用意的。它底用意,咱們已經在西湖博覽會教育館的大門前標明瞭。請看咱們教育館底入口大門聯語。……從這聯語上,可以知道農工商等實業合教育的關係了。從教育方面講,辦教育的經費來路,在農工商等實業方面,受教育的人才底出路,也在農工商等實業方面。所以實業不發達,經費無從籌措,教育是不會發達的。實業不發達,即使勉强把教育發達一點,人才無從容納,教育的發達也是無結果的。從實業方看,一方面供給辦教育的經費,一方面容納受教育的人才,實業才能仗着教育的效果,而格外發達起來。農工商等實業合教育的連鎖關係如此密切,所以以提倡或發展農工商等實業為目的的博覽會,常常把教育成績一同陳列,以表出它們的關係來。這就是一般的博覽會,往往總有一個陳列教育成績的教育館的用意,而咱們西湖博覽會,當然不是例外。"

這一段話,就是說明第一聯的用意的。我覺得現在辦教育的和主管教育行政的,都應該瞭解此聯底用意。如果不明先後緩急,不管農工商等實業底現狀如何,而一味瞎談普及教育,或是只看見了某一種人才底需要,而說幾年以内,必須趕緊辦某種程度的某種學校若干所,這實在是一種并不用科學方法觀察有得的話。

十七　紀念聯語

民國十七年,舉行統一紀念的時候,我曾經代國立浙江大學作聯語兩付。其一是:"民國十七年,天下為公,自今伊始。　主義大一統,黨内無派,如是我聞。"其二是:"今年此日,於歷史劃分新紀元,盼黨政軍民,將惡勢力掃除淨盡。　中國前途,惟教育促成真統一,合工農文理,把大事業建設起來。"因為國立浙江大學有工、農和文理三個學院,所以第二聯是較切於國立浙江大學的。

又,民國十八年元旦,國立浙江大學舉行慶祝,我又代做了一副聯語:"記十七年前,為共和紀元,中山先生始建國。　有二千萬衆,待教育普及,大學之道在新民。"此聯對語,是因為浙江省政府民政廳調查户口的結果,浙江全省人口是二千一百多萬,而這時候浙江正行着大學區制,浙江省的教育行政,由國立浙江大學綜理,所以恰好借用了《禮記‧大學篇》篇首的話。

十八　輓徐烈士伯蓀聯

辛亥光復以後,伯蓀底遺骨從安慶搬回浙江,葬在杭州西湖孤山腳下。舉行葬儀的時候,我做了一副輓聯:"讀春秋左傳,吳有胥,越有種,皆名爲報仇雪耻,奈無民族精神。成敗若弗論,潮汐往來,應慚後起。　嚴中外大防,宋則岳,明則于,惜志在尊王攘夷,難免家奴事業。英雄縱不朽,湖山管領,合讓先生。"同時紹興因爲是伯蓀底故鄉,也舉行追悼,而且建了一座徐公祠。同縣人徐吉孫,於祠中懸了一副聯語:"轉眼即復河山,知烈士黃泉,了無遺恨。此心可質天日,借奸奴白刃,剖示同胞。"我底一聯,組織雖然還覺得工細,但是似乎太費力了,不及徐氏一聯底輕巧。不過徐氏底對語,畢竟太弄巧了,難免落小家數。

十九　輓顧家相聯

紹興人顧家相,是陝西生長的。前清末年,曾經在江蘇、江西、河南都做過官。光復以後,他做了一篇《哀思曲》,表示他是一個遺老。浙江省設局修《浙江通志》,他擔任《厘稅志》和《金石志》底纂修。《厘稅志》三篇已經草成,《金石志》還沒有脫稿而他便死了。那時候友人王餘子,正擔任著紹興縣誌採訪處的事,要我給他代做兩副輓聯,一副是代他自己的,一副是代紹興縣誌採訪處的。代他自己的一副是:"讀《哀思》一曲,似開府《端憂》,是書生結習未除,托之麥秀黍離,聊自安排作遺老。　志《厘稅》三篇,仿蘭臺《食貨》,惜古刻搜奇猶缺,從此吉金樂石,更誰磨洗認前朝。"代紹興縣誌採訪處的一付是:"其經術,是儒林,其詞章,是文苑。其考厘稅、搜金石,又是史官。事事可師,草志尤資吾輩法。　於浙東,爲耆舊,於秦中,爲寓公,於江左右、河南北,并爲循吏。洋洋盈耳,知名不獨故鄉多。"

前一聯對語末句中"更"字本作"憑"字,同縣人徐吉孫見了,以爲應改作"更"字。我也覺得"更"字較"憑"字好,所以依了他的話改了。出語以安排作遺老爲書生結習,雖然好像是恕詞,其實拆穿了一般的遺老們底西洋鏡,不過如此而已。大概普通的人生,無不從舊有的方式中排選了一種方式來,按板地過他的生活。那些遺老們,就是覺得旁的方式都有點不大合適,而只有這種生活還可過得,所以就安排定了。能創造新的生活方式的,本來沒有幾人,而且那些遺老們也決難够得上啊。

二十　輓范仰喬聯

寧波人范仰喬,癸丑討袁失敗後,曾經株連着被袁世凱通緝。民國五年袁氏死後,他恢復了自由,做過浙江高等審判廳廳長。不幸没有多時,就疽發背而死了。當時我代人做了一副輓聯送他:"乃祖有名,在黨錮傳。　相君之背,如居鄭人。"以范滂對范增,都用范氏故實,而又恰切他的生死,總算是很巧的。

二十一　輓陶蔭軒聯

紹興布商陶蔭軒,很喜歡經營建築工程的事。曾經於紹興城内花巷,把原有的紹興布業會館,大加改造。館中添建戲臺,時時邀了京班角色,到館中開設戲館。他又曾經被紹興人公推,擔任重修蘭亭的事。民國六年,重修蘭亭的工程,還没有告竣。他所開的戲館,因爲生意不佳而停演。他竟於戲館停演的這一天晚上,害着急病死了。同縣人徐吉孫輓他的一聯是:"十載經營在花巷。　一生缺憾是蘭亭。"花巷和蘭亭,作對頗巧。我當時也代人作一副輓聯是:"世事亂如麻,恤緯亦存憂國意。　人生原似戲,蓋棺即是下場時。"對語好像是刻一點,但是却并没有挖苦他,只是寄慨而已。

二十二　賀結婚的聯語

輓聯容易做得好,賀聯便不容易。而賀結婚的聯,尤其難好。這也并不一定是爲了悲哀易工。最大的原因,還是爲了輓聯可以把死者的一生事迹做材料,而賀結婚的聯,却苦於材料太少。

亡友龔未生,民國五年的時候,做着浙江公立圖書館館長,於是年十月間續娶,我做了一副賀聯是:"南面百城,擁書萬卷。　小春十月,有美一人。"還算能够切合而不失爲渾成的。

有一位基督教信徒張某,我因爲和他共事的關係,於他結婚的時候,集司空圖《詩品》中的句子,作聯賀他:"庶幾斯人,所思不遠。　是有真宰,相期與來。"據他告訴我,是"戀愛的自由結婚",而儀式在教堂中舉行,還是"天作之合"。所以此聯頗切。

有一次,有人要我代做賀結婚的房對,我便集司空圖《詩品》中的句子以應:"奇花初胎,若其天放。　幽鳥相逐,盡得風流。"雖然近於虐謔,但是頗工巧,當時覺得忍俊不禁。

有一位學時髦的人物,因爲賀人家的舊式結婚,要我做一副白話的賀聯:"要造新家庭,先改舊婚姻,果是有情人,才成眷屬。能從僞禮教,進到真戀愛,認得自由路,何用蹇修。"我如此説,和他們的婚姻,正是相反,變成不是賀他們,而反是教訓他們、諷刺他們了。那位學時髦的人物,畢竟把此聯用了沒有,我却不曾知道。

（《世界雜誌(上海)》一九三一年第一卷第五期）

四

二十三　一字四讀聯語

各地方的方言方音中,往往有同一個字,在同一句話裏面,而讀法不同的。例如上海的"大(ㄉㄚ)英大(ㄉㄛ)馬路",這是知道的很多。我所知道的,還有紹興的"大(ㄉㄛ)大(ㄉㄛ)弗大(ㄉㄚ)大(ㄉㄛ)",以及"錢(ㄒㄧㄢ)清人完錢(ㄐㄧㄢ)糧,幾錢(ㄋㄧㄢ)一錢(ㄉㄧㄢ)"。後一語是同一句話裏面,同一個錢字,而有四種讀法的。

清代末年,曾經有人把兩句蘇州話,作成一副聯語。出語中四個"大"字,對語中四個"阿"字,都是同一個字而有四種讀法的:"大上老君請大王大吃大菜。　阿彌陀佛問阿姨阿要阿膏。"第一個大字讀ㄊㄚ,第二個大字讀ㄉㄝ,第三個大字讀ㄉㄨ,第四個大字讀ㄉㄚ。第一個阿字讀ㄨ,第二個阿字讀ㄚ,第三個阿字讀ㄚ入聲,第四個阿字讀ㄛ。恰好這兩個字,在蘇州方音中,都有四種讀法,而且都只有四種讀法,這可以説是很巧了。

二十五　不祥之兆

清代光緒末年，科舉還不曾全廢，而八股文已經改爲策論和經義的時候，浙江學政，放了一個陳兆文。這陳兆文據說在庚子年被拳匪打瞎了一隻眼睛，所以只剩了獨眼，當時叫他獨眼宗師。那時候八股雖然廢掉，但是考試官和考生，大多數都是八股出身。所以考生做的策論和經義，有許多固然脫不了八股的腔調，而考試官所取的卷子，也依然是那些不脫八股腔調的。陳兆文是老八股出身，尤其喜歡錄取八股氣很重的文章。因此，那時候有人送他一副聯語：「何來獨眼宗師，人皆謂不祥之兆。　仍存八股種子，天豈猶未喪斯文。」

二十五　拆句對

把古人現成的五七言詩句，一個個字地拆開了，顛倒錯亂了原來的次序，一個個字地分次寫出來給人家對。對完了，纔把原句照原來的次序寫出，所對的各字也依着原句底順序重新排列，看它是不是有意義，這叫做拆句對，也叫做神仙對。據說被稱爲神仙對的原因，是因爲對句很不容易文從字順地合原句相稱。除非雲中有神仙飛過，下界才能對得好句子。這意思無非說明它的難得罷了。

十多歲的時候，曾經和一位表兄玩過這種玩意兒。有一次，居然對出一句好句子來了。記得我底出句是：「深巷中宵聞吠犬。」他的對句是：「長堤破曉聽啼鶯。」這真好，似乎對句比原句更出色，把原句整個地寫出來給人家對，有時候或許還對不出這樣的好句子來。

二十六　無情對(一)

無情對是出語和對語，字面個個相對，意義也各自貫串，而合看起來，完全并不相對。相傳這是清代末年直隸南皮人張之洞所倡。有一次，他合一班名流，會飲於陶然亭。他以無情對爲酒令，當時對得好的頗多。其中如「樹已半尋休縱斧」，他對的是「果然一點不相干"。會稽人李慈銘對的是"蕭何三策定安劉",這因爲如果把"果"字作果實解,"蕭"字作蒿草解,便都合樹字相對。把"干"字"劉"字作兵器解,便都合斧字相對。又如"欲解牢愁惟有酒",張氏對的是"興觀群怨不離詩"。此聯中字面固然個個相對,而且"解"和"觀"都是卦名,"牢"從牛而"群"從羊,"愁"和"怨"都從心,所以更覺工妙。後來張氏把即景的"陶然亭"三字作出語,教人家作無情對。順德人李文田道:"若要無情,除非閣下底姓名。"大家都以爲很工。

二十七　從小童到舉人

張之洞十五歲中解元。受賀的一天,大宴賓客。他自己做了一副對子,挂在堂上:"上巳之前,猶是夫人自稱曰。　中秋而後,居然君子不以言。"此聯用《論語》"夫人自稱曰小童"和"君子不以言舉人"作歇後語。因爲他於是年三月間才進秀才,到九月間已經中解元,所以這樣很巧地運用《論語》。

二十八　先生對馬快

前所舉難找對語的出語中,有"書生書生問先生,先生先生"這麽一組。現在知道曾經有人以"步快步快追馬快,馬快馬快"作對語。"書生"對"步快",不能說不工,但是"先生"對"馬快",畢竟差一點。不過除此以外,却真難找得相當的對語。

二十九　無情對(二)

無情對也稱爲流水對,除前邊所舉的以外,相傳還有"春眠未覺花心動。　夏禮能言杞足徵"一聯。又清末光緒年間,有一個天津人曾以"三徑漸荒鴻印雪"徵對,有人對以"兩江總督鹿傳霖",這些也都算是工巧而有趣味的。

三十　鄭成功廟聯

明末延平郡王鄭成功,以一個秀才,力圖恢復明朝,和滿清政府相抗拒。後來又驅逐占領領臺灣的荷蘭人,建國臺灣,作爲復明抗清的根據地。他不但爲有明一代忠臣的最後一人,而且在中華民族史上,也應該占第一等的位置。

臺灣鄭成功廟中,清代同治年間,沈葆楨巡視臺灣,曾經題有一副聯語:"開千古得未曾有之奇,洪荒留此山川,作遺民世界。極一生無可如何之遇,缺憾還諸天地,是創格完人。"沈氏以滿清的官吏,措詞如此,可見鄭氏偉大的人格,能够使人感動。

臺灣原是鄭成功父親鄭芝龍做海盜的時候所開纔占有的土地,後來被荷蘭人占去了。所以當時鄭成功從荷蘭人手上奪得臺灣,也可以說是光復舊物。不料後來他的孫子鄭克塽不肖,把臺灣送給滿清,而滿清又終於不能保有,把它送給日本人。到現在這一片土,還在日本人手裏。咳,何時能光復舊物,當今又誰是能光復舊物的鄭成功?

三十一　摹聲對

"劈栗撲籠"和"傾菱空籠",都是摹仿多數零碎物件傾倒的時候,合它種器物相接觸而發生的聲音的。大約前者是合木石的器物相接觸的聲音,後者是合銅鐵的器物相接觸的聲音。寫出的字形,本來沒有一定,可以由寫出者隨便選擇的。

有人把這兩組摹聲字,構成一副聯語:"山童採栗用筐承,劈栗撲籠。　野老賣菱將擔倒,傾菱空籠。"此聯利用"栗"字和"菱"字底穿插,而又以"撲籠"合"用筐承","空籠"合"將擔倒"相呼應,於摹聲之中,兼含着意義的貫串。雙關很巧,而又很有趣味,可以算是妙聯。

三十二　曾國藩輓聯

曾國藩替滿清政府出力打平太平天國,延長滿洲人六十年的帝祚,是清代最後的大功臣。他死後的輓聯很多,大概都載在所謂《曾文正公榮哀錄》中。但相傳當時有一副輓聯:"百戰餘生真福將。　三年前死是完人。"是《榮哀錄》中所不載的,因爲對語對於死者有微辭。這微辭據説是指他做直隸總督的時候，和法國人辦理天津教案的交涉，不曾成功而言。

當時次一等的扶滿功臣左宗棠，原是由曾國藩薦舉起來的，但是後來因爲曾國藩曾經奏報太平天國小天王洪福（清代官書誤作洪福填）已經死在亂軍中，而左宗棠發現小天王實在不曾死，於是兩人互爭，鬧成當時所謂曾左交惡。交惡以後，不通聞問，而且互相辱罵。後來曾國藩死了，左宗棠却寄了一副輓聯去輓他："知人之明，謀國之忠，自愧不如元輔。　攻金以礪，錯玉以石，相期無負平生。"出語大約是因爲曾氏已經死了，所以不妨説幾句好話，而且他自己就是曾氏薦舉起來的，所以不能不説曾氏有知人之明。至於對語，却依然承認自己對於曾氏的攻錯，是有利於曾氏的。不過就聯語而論，却確是一副好輓聯。

三十三　一字兩意對

一字兩意對是出語和對語中，各有一個字可以作兩種解釋的。相傳有"午夢未醒春睡足。　朝妝莫整宿醒憪"一聯，其中"未"和"莫"兩字，都是一字兩意。因爲"未"字也可作十二支中的"未"字解，和"午"字相對，"莫"字也可作"暮"字解，和"朝"字相對。此聯和前所舉摹聲對，都可以説是雙關很巧的。

三十四　人名滑稽對（二）

人名滑稽對曾經於第四則舉出許多，但是還有遺漏。近來檢得的，如"烏拉布"對"鹽吐絲"，"萬青藜"對"雙紅豆"詞牌名，"張人駿"對"通天犀"，又對"磕蛇虺"，"金向辰"對"銀托子"，"湯化龍"對"油汆蟹"，"李柳溪"對"荷蘭水"，"葉志超"對"花心動"詞牌名，"朱桂辛"對"白瓜子"，"劉心源"對"弓背路"以劉作兵器解，"陸鳳石"對"九龍山"，"蔡鍔"對"蛇矛"，"准良"對"拳匪"，"額勒和布"對"腰圍戰裙"，"阿莫爾靈圭"對"又求其寶玉"，都是以不倫的名詞或成語合人名作對的。至於以人名對人名，又有如"劉幼丹"對"康長素"，"汪精衛"對"周自齊"，以自作鼻之本字解，"黃興"對"白墮"，古造酒人，劉姓，"朱桂卿"對"赤松子"。

清末名花旦田際雲，他的伶名藝名是"想九霄"，有人把它合"忘八旦"作對。雖然工整，但也可説是惡作劇。

其實，以人名合不倫的名詞或成語作對，也就是無情對的一種。

三十五　科場對

科舉時代，鄉試或會試之後，許多落第的秀才或舉人們常常把考試官底姓名合他們底行卷或所出的題目關合著作成聯語，到處傳播。結果，往往鬧成科場大案。

清代康熙五十年辛卯科江南鄉試，正主考是都察院左副都御史順德左必蕃，副主考是翰林院編修閩縣趙晉。左氏在出京的路上，眼睛就害了病，不能看卷子。因此，趙氏就大權獨攬，為所欲為，和監官兩江總督噶禮串通了，大賣關節。全榜除前十名以外，統統賣給那些富商巨賈的子弟們，得銀幾十萬兩，兩人均分。一面為壓服人心起見，搜羅了十個名士，放在前十名。但是出榜以前，外邊已經有許多人知道消息，紛紛傳說了。出榜的前一天，就是闈中至公堂上填榜的日子。向例，有些功名心切的考生們，常常和進去伺候填榜的胥吏們買通了，假裝了胥吏，跟着他們混進去，偷看填榜的情形。不過如果看到自己或自己的親戚朋友中了，不能露出一點高興的神色。這一次，就有十多個人這樣進去偷看填榜的。照規矩，填榜是從第六名填起，填到榜尾，再回頭來從第一名填到第五名的。偷看填榜的考生們，看到第十名以下，一直到榜尾，都是些富商巨賈的子弟們，氣憤極了，就一哄地上去把榜撕碎了。不料撕榜的人，有幾個就是中在前五名的。當時闈中鬧了事，撕榜的人被捕了，重新填榜出榜。可是風聲傳播，全省的人都知道了。蘇州的秀才們，聚集了一千多人，把五路財神抬到蘇州府學裏去，放在明倫堂上。又把紙糊作貢院的匾，而把"貢院"兩字改作"賣完"兩字。兩旁挂着許多聯語。其中最傳誦的一副是："左丘明有眼無珠。　趙子龍渾身是膽。"事情鬧大了，弄到幾次派欽差查辦。結果,噶禮和趙晉都判定死罪,房考官也有許多人處死刑,許多中式的新舉人都被黜革。

乾隆二十一年丙子科浙江鄉試,正主考是內閣學士武進莊存與,副主考是翰林院編修海陽鞠愷。莊氏前此曾經兩次放湖北主考,著名地喜歡短文章,所取闈墨,不過三百字。即使間或有到四百字的,但解元的文章一定很短。於是當時浙江的考生們,聽說他放了主考,大家揣摩風氣,都把文章做得很短。有一個烏程監生高毓生,本來不曾好好地讀過什麼書,只是跟着他做官的父親在某處衙門中辦事。這一次鄉試以前,他恰好回到家中來,聽到人家傳說本科主考喜歡短篇,只消隨筆寫幾行文字,就可望中。他自從開筆成篇以後,就出外去了,拋荒已久,但是聽說只消隨筆寫幾行,就會有希望,便決心去一試。於是跟着一班考生們入場。場中首題是:"顏淵曰:'願無伐善,無施勞。'子路曰:'願聞子之志。'"他不知道應該怎麼做法,就胡亂地作成兩大股,寥寥地幾句話,首尾也沒有起結。莊氏因爲房考官所薦的卷子,都沒有滿意的文章,便自己搜落卷房考官已經打掉不取的卷子,由主考全數親閱一遍,叫做搜落卷。在落卷中搜尋到這一本卷子,大加讚賞,就決定了取作解元。鞠愷雖然知道不妥,但因爲怕他的氣焰,不敢合他開口爭執。而高毓生就徼倖中了解元了。當時浙江人做了一副集杜甫詩句的聯語,是:"莊夢未知何日醒。　鞠華從此不須開。"

乾隆四十六年辛丑科會試,總裁是禮部尚書滿洲德保,吏部侍郎嘉善謝墉,兵部侍郎平湖沈初,都察院左副都御史固始吳玉綸。當時有人把他們底姓名做了兩副聯語,一副是:"德定圃人旁呆立。　沈雲椒衣裹藏刀。"又一付是:"謝金圃抽身便討。　吳玉綸倒口就吞。"

光緒五年己卯科江南鄉試,正主考是高要馮譽驥,副主考是仁和許有麟,所出的頭場首題是《樊遲請學稼》一章,詩題是《江南江北青山多》。取中的卷子,首篇都是辟許行并耕之說的。有人作了一匾一聯。匾是"麟驥并耕"四字,聯是:"老農老圃悲馮婦。　江北江南罵許行。"

這一科的浙江鄉試，正主考是滿洲烏拉喜崇阿，副主考是陽湖惲彥彬。有人把他們的姓氏做成一副聯語，是："烏不如人，只少胸中一點墨。　惲無鬥志，難收身外半邊心。"

　　光緒十九年癸巳恩科浙江鄉試，正主考是殷如璋，副主考是周錫恩。有人把他們的姓名作成功一副聯語，是："殷禮不足徵，業已如瓏如聾，哪有文章操玉尺。　周任有言曰，難得恩科恩榜，好憑交易賺金錢。"

　　道光五年乙酉科順天鄉試，歸安姚文田做副主考，場中看到卷子上有引用《尚書》中"率循大卞"一句的，他批道："大卞二字，疑天下之誤。"同時有一個御史蔣秋吟當房考官，看見卷子上有引用《尚書》中"不率大戛"一句的，也批道："大戛二字不典。"場後有人把這兩件事做成一副聯語，是："蔣徑荒蕪，大戛含冤呼大卞。　姚墟榛莽，秋農一笑對秋吟。"因爲姚氏字秋農。

　　相傳有一次會試場中，有一位房考官，看到卷子上有引用《毛詩》"佛時仔肩"一句的，就批道："佛時是西土經文，不宜入孔門口氣。"又有一卷，引用《周易・繫辭》中"貞觀"兩字，他又批道："貞觀係漢代年號（案：貞觀實係唐太宗年號，他誤認作漢代），不宜用於三代之時。"後來有人把這兩個批語做成一副聯語是："佛時是西土經文，宣聖低眉彌勒笑。　貞觀乃東京年號，唐宗失色漢皇驚。"

（《世界雜誌（上海）》一九三一年第二卷第三期）

沈中路聯話

沈中路 撰

《沈中路聯話》十二篇，先後發表於《珊瑚》一九三二年第一卷第九期、第十二期，一九三三年第二卷第一期、第二期、第七期、第八期、第九期，一九三三年第三卷第二期，一九三四年第四卷第十二期。署名爲"沈中路"。《珊瑚》係月刊，范烟橋與小説林書店主人葉振漢合辦，范烟橋任社長和主編，上海民智書局出版。作者沈文炯（一八六七—一九四八），字祥之，號中路，江蘇吳江人，南社社員。在《珊瑚》《新月》《紫羅蘭》等雜誌上發表作品多篇。聯話第一篇録嵌名聯語兩副，第二篇録作者輓聯語一副，第三篇録作者輓聯語三副，第四篇録賀壽聯語三副，第五篇録名勝聯語一副，第六篇録名勝聯語四副，第七篇録拆字格聯語一副，第八篇録嵌名聯語四副，第九篇録屬對一副，第十篇録遊戲聯語四副，第十一篇録徵聯的下聯兩副。第十二篇録集句聯六副，他輓聯三副。作者聯評觀點較少，以録聯與紀事爲主。

一

余最喜用時人名作聯話。民初在北平時，友有考縣知事而落第者，余作詩慰之，中有一聯云："世無袁凱知音少。　中有孫山落第多。"嵌兩總統名，毫無斧鑿痕。最近因日占遼陽，國難未已，又新得一聯云："如欲復仇，必須精衛能填海。　有誰紓難，只要子文肯毀家。"蓋所屬望兩公者至切也。

(《珊瑚》一九三二年第一卷第九期)

二

袁寒云文才雋逸，落筆自超凡俗。黎總統之喪，爲其弟克桓代輓一聯云："每瞻我佛，親若家人，方知大德無爲，眞能容物。 倘遇先公，莫譚國事，但道群兒安命，并不憂貧。"

(《珊瑚》一九三二年第一卷第十二期)

三

萍鄉文芸閣少年科第，自負不凡，惜遭遇不合，抑鬱以死。楊杏城尚書輓以聯云："陸雲獻八斗才，東閣校讎，誰敎憎命文章，翻爲海外乘槎客。 乘風破萬里浪，南州冠冕，并惜明時鼓吹，剩有人間折桂詞。"同時王子展輓以聯云："追思往事，感不絕於余心，同學少年，北邙過半，曹子桓有言，既痛逝者，行自念也。 歷溯生平，士固憎玆多口，文章千古，東海流傳。韓昌黎所謂動而得謗，名亦隨之。"仁和王夔石相國之孫某，在前清時，任工部郎中。後以八月某日卒。其塾師輓之云："水部一官，才長命短。 泉塘八月，人去潮來。"寥寥十六字，語氣簡潔，極有分寸。

(《珊瑚》一九三二年第一卷第十二期)

四

壽聯能奪目者，真如鳳毛麟角。李合肥七十壽辰，人有贈聯云："中國相司馬矣。　老子其猶龍乎。"翁松禪集句爲聯云："壯游驚骨老。　元氣得春先。"前年鎭海虞洽卿生日，蔡明存贈聯云："乘長風破萬里浪，是何意態雄且傑（時虞新自日本調查事畢歸國）。　當吉日歌千秋歲，俾爾熾昌壽而藏。"俱堂皇得體。

（《珊瑚》一九三三年第二卷第一期）

五

蔣介石氏遊衡嶽，天朗氣清，爲登臨之大快，蓋衡嶽一年四季難得清明之日。相傳唐韓昌黎清吳大澂兩公遊衡，云霧大開，至今傳爲美談。清趙申喬（恭毅公）來遊時，亦以云霧彌漫，未愜登臨之興。因撰聯以寄慨云："遙遙一千餘載，工部遊時，詩聖有誰能繼響。　望望七十二峰，文公去後，嶽雲從此不輕開。"

（《珊瑚》一九三三年第二卷第二期）

六

揚州平山堂，有人集成句爲聯云："銜遠山，吞長江，其西南諸峰，林壑尤美。　送夕陽，迎素月，當春夏之交，草木際天。"西湖名勝，佳聯尤多。某茶社云："今夕只可談風月。　故鄉無此好湖山。"蘇小之墓："桃花流水杳然去。　油壁香車不再逢。"皆可傳之作。近王儒堂先生，新築別墅於西湖，在南北高峰間，六和塔畔。

陳君去病，屬爲代撰楹聯，擬云：「風景當似年，爲壽吾盧，有宅畔三槐，堂前雙燕。　樓臺剛近水，最宜良夜，觀六和塔影，明聖波光。」

（《珊瑚》一九三三年第二卷第七期）

七

正經聯語，有改用一二字，或添加兩三句，便成趣語。商邱宋牧仲撫蘇時，重修滄浪亭。作聯云：「共知心似水。　安見我非魚。」或改之云：「共知心似火。　安見我非牛。」蓋宋名犖，用拆字格以嘲之。某縣令心貪酷，而其宅門題四字聯云：「愛民似子。執法如山。」或於上聯加「牛羊父母，倉廩父母，供爲子職而已矣」，下聯加「貨財殖焉，寶藏興焉，是豈山之性也哉」，各三句，便將貪吏真相，一齊畢現。文人筆鋒，抑何可畏乃爾！

（《珊瑚》一九三三年第二卷第八期）

八

嵌字聯多爲贈妓之作。如贈秋芙云：「秋水爲人玉爲骨。　芙蓉如面柳如眉。」水仙云：「曾經滄海難爲水。　願作鴛鴦不羨仙。」若贈友朋以嵌字聯，則爲罕見。惟記有宛之者，供職航空，又工雕刻學，某君贈以一聯云：「神物行空游宛若。　良工餘技作之而。」余近爲于右任擬一聯云：「右軍書法今無比。　任昉文章世有名。」又爲陳公博擬一聯云：「利民成器公輸子。　奉使膺封博望侯。」聯雖小道，亦須按各人身分以立言也。

（《珊瑚》一九三三年第二卷第八期）

九

昔有劉薛兩姓爲至交。劉任江南司監司時，薛尚未遇，往謁求差。劉不納，口占一聯云："南方地暖難容雪。"後薛選京兆尹，劉已罷官，求薛差遣，薛亦口占一聯云："北地風高不用樓。"余謂劉珍年不容韓復榮，調防至浙，薛篤弼不就部長於新都，而執律務於上海，將此兩聯移贈，亦確而不移。

（《珊瑚》一九三三年第二卷第九期）

十

近見《青鶴雜誌》載有遊戲聯語云："楊花水性楊千里。　濮上桑間濮一乘。"此因其姓而聯綴成偶也。余前撰聯語，有："必須精衛能填海。　祇要子文肯毀家。"因其名而聯綴成偶也。兼姓名而聯綴成偶者，則如："無遮玉體陳其美。　不捲珠簾許久香。"他若："揚宇霆青天驚霹靂。　陸洪濤平地起風波。"亦因姓名意義，借成句而造成對偶。或曰："宇霆姓楊，楊不能作揚字解。"余曰："楊與揚通，漢有揚子雲，安知其非苗裔耶？"

（《珊瑚》一九三三年第二卷第十二期）

十一

清末侍讀學士榮光，爭設津浦東站，未洽輿情，因而褫職。津某報曾懸聯徵答云："榮光爭設站，求榮反辱面無光。"一時應者紛如。記有兩聯最佳："勝保妄談兵，未勝先驕身莫保。""載振爲藏嬌,千載一時名大振。"勝載二人,確有此事實。自不嫌其牽强,而彌覺其雋永也。

（《珊瑚》一九三三年第三卷第二期）

十二

集成句爲聯如:"飯顆山頭逢杜甫。　情人眼裏出西施。""敗子回頭金不换。　狀元歸去馬如飛。""將軍下筆開生面。　狂士如琴張牧皮。""一子才如不羈馬。　寧王遺我大寶龜。"皆天衣無縫。有用劇中諢語,如:"我想平兒,平兒不想我。　你説石秀,石秀也説你。"有用劇名,如:"八百年鐵弓緣,牛女相會。　十五貫彩樓配,龍鳳呈祥。""二度梅開出紅鸞禧,演成龍虎鬥。　一枝桃插在黄鶴樓,攀到鳳凰山。"更入神化。

輓聯之佳者。有某君輓陸静山云:"古之傷心人,下有蛟龍吞不得。　魂兮歸來些,東望蓬萊路幾千。"陸以留學日本歸國,中途蹈海自盡。楊晳子輓王湘綺云:"曠代聖人才,能以逍遥通世法。　平生帝王學,至今顛沛負師門。"其時項城新逝,楊爲洪憲罪魁。近日梁燕孫在滬病故,余亦輓以一聯云:"公憂國難,厥疾弗瘳,一息繫苞桑,賈長沙有云,可痛哭者。　此病是也,昔握財權,問心無愧,流言遭薏苡,韓昌黎所謂動而得謗,名亦隨之。"

（《珊瑚》一九三四年第四卷第十二期）

丹翁聯話

丹 翁 撰

　　丹翁聯話共四篇，先後發表於《上海畫報》一九三二年第八百二十六期、第八百二十九期、第八百三十一期、第八百三十五期。署名爲"丹翁"。《上海畫報》創刊於一九二五年六月六日，創辦人畢倚虹。此刊爲綜合性刊物，三日刊，每期八開四版，由上海畫報社出版。終刊時間不詳。作者張丹斧（一八六八—一九三七），原名延禮，字丹斧，別署丹翁，江蘇儀徵人。揚州冶春後社成員，是民國時期著名的報人，曾任《新聞報》《晶報》《神州日報》的編輯。擅詩詞、對聯、書法、篆刻。《丹翁聯話》第一、二、三篇，錄集甲骨文聯語若干副。第四篇錄他輓聯語四副。作者認爲輓聯以"委婉而俊宕"者爲佳。

一

　　葉紅魚先生工爲聯語，予見其所集甲骨、鐘鼎、鉢印、封泥文字，各數百聯，皆至精妙，絕非坊間尋常類此出版之物，所可望其項背。勸以刊行，公諸同好，實亦大好生意經也。因就稿本，錄數聯之集甲骨者，先載報端，藉窺見一斑之豹。"無復少年狂，南都花鳥休相問。　莫言今日事，大陸龍蛇未易毆。""乃曰天才，名與長吉山谷相若。　惟能自得，人如中條少室之幽。""花前一盒，乃小如舟，名曰止水。　林下大石，其圓若磬，呼爲鳴天。""白鳥鶴立，齊集林於，若雪若月。　青山龍争，直下天宇，爲雨爲雲。""十步一瀧,若白雲下垂又如布。 萬花同谷,者青山大好宜名盤。""白門柳,不成春,雙燕也呼人去。 黄山松,如太古,千龍齊抱雲沉。""初月如鼉,濯水一眉,對花生媚。 大山若鳥,突雲雙翼,與天爭高。""山人喜大言,呼龍作賓,使虎爲僕。 田家有至樂,毆鶴上樹,牽牛入宮。""春雨地,夕陽天,魚兒水國。 柳絲風,杏花月,燕子人家。""海上古花朝,君不來,我有酒。 揚州明月地,人未老,女同車。"

(《上海畫報》一九三二年第八百二十六期)

二

丹徒趙葦佛先生集宋詞爲聯,可稱聖乎？語如己出,字字姿態橫生,一編問世,大名早播藝林。葉紅漁先生集殷卜詞爲聯敵之,益臻神化。一昨葦佛以名筵餉客,我獲叨陪末座。酒間,紅漁説其最近所撰,亟錄之以實聯話。"入畫能工,柳樹冬禽,松毛夏鼠。作歌也好,杏花春燕,豆葉秋蟲。""有友游烏魯木齊,饋予古雪。其人事馬鳴尊者,邕乃玄風。""有人問山中雲,未能作雨。 與子飲京口酒,且莫言時。""君曰美人,淡若春烟,自成風格。 我有寶刀,明如秋水,或作雷鳴。""十千酒,從太白遊,或曰狂客。 五七言,學少陵派,乃爲正宗。""作家若司馬公羊,古曰良史。 交友得士龍鳴鶴,今之名人。""沉於淵,龍無耳,亦樂已。 求諸野,馬有文,勿少之。""才人有氣,美人有光,問年方少。 狂士若風,名士若月,取象不同。""花時又見龜年,莫言天寶。 林下乍逢漁父,疑游武陵。""南内無人,畫角吹殘金爵月。 東風作主,青衣招飲玉壺春。"

(《上海畫報》一九三二年第八百二十九期)

三

吳靜安先生爲二梅校書,登報徵聯,酬贈至厚,應徵雖衆,而稱工妙者尚不少概見。以二梅兩字屬對未易也。予擬一聯云:"童二樹可能畫出。　吳梅村慣愛書來。"下句固指靜安,上句第一字,未始不切此女猶在閨秀時期也。紅魚葦佛亦皆以爲巧製。然紅魚近日所集殷墟卜詞楹帖,益覺高秀靈奇,不可測度。我最愛其"山舍不逢人,正栗子黃初,采之下酒。　水鄉猶作客,問柳花白未,去也歸舟"一聯。若再用其折釵之筆,烏絲爲界,玉版引書,幾何不妒煞數百年名輩也!

（《上海畫報》一九三二年第八百三十一期）

四

哀輓聯語,最未易委婉而俊宕。惟黃葉翁之妙手,却能擅場。日前黃葉偶述某君乞其代輓黃世丈,而此世丈與其先人生同年月日時,嘗長一官礦局於江干,事迹如是。聯云:"得位得祿得名得壽,算人生嘉福,四美都兼時,官山克展長才,遺澤直隨江水永。同年同月同日同時,譩先子生朝,兩家稱慶,陟岵久嗟孤露,時艱又見德星沉。"同時更道數聯,已不憶矣。但黃葉外,此事允推紅魚。昨錄得紅魚二聯,亦與魯衛。其輓京江遺老劉雪禪云:"閉門廿載作經師,有江上青山,永懷葛履。　遺世千秋哀逸老,補墓前碧樹,合種梅花。"輓顧謹之君云:"穎禿擲犀毫,二十年文字生涯,此去玉樓休應召。　夢回驚鶴導,三千界神仙窟宅,若歸華表更何言。"紅魚又言曩在安武軍作秘書,安徽適開黃克強先生追悼會,時張勛在徐州,電其駐皖定武軍軍需處,屬辦輓聯。乃有因緣識紅魚者,乞倉猝命筆，無已應之。聯云："淘盡英雄黃歇浦。　飛來魂魄皖公山。"大氣磅礴，又不同矣。

(《上海畫報》一九三二年第八百三十五期)

自強廬聯話

周侯于 撰

《自強廬聯話》發表於《蘇中校刊》一九三三年第三卷第九十期。署名爲"周侯于"。作者周侯于，生平事迹不詳，著有《作文述要》。《自強廬聯話》認爲對聯的起源在於相對和整齊這兩種性質。相對是自然界的普遍現象，整齊是美學的要素。聯語之佳，體現爲兩點：其一是自然，即不雕琢，不用典；其二是貼切，即語有分寸，不可移易；至於平仄對仗，則爲餘事。輓聯當於自然貼切之外，使人動哀感之心，須從心坎中出，不得倩他人捉刀。新婚聯不易作，非失之空泛，即失之俚俗。

聯語之佳者，不外二事。一曰自然，即不雕琢，不用典也；一曰貼切，即語有分寸，不可移易也。至於平仄對仗，乃其餘事耳。

江陰有君山，山有樓，額曰"望江"，以其可以憑樓望大江東去也。此山去吾家不五里，幼時常登臨之。記其上有聯云："登君山最高頂，遊目騁懷，四面浮雲天尺五。　上澄江第一樓，狂歌縱酒，半灣流水月初三。"雄偉豪放，可追步岳陽樓大江東去聯後。前歲任事錫校，行經舊縣前，偶舉目，見儀門上有一聯曰："有吳地肇江南大。　無錫人歌天下平。"冠冕堂皇，大而無當，反不如某處城隍門首，一聯爲佳。聞之友人，稱常熟城隍廟門首，有聯曰："德之不修，吾以汝爲死矣。　過而憚改，子亦來見我乎？"余謂上聯則金剛怒目，下聯則菩薩低眉也。

新世界，梁溪遊戲場也，設備周至，備有浴室，門外一聯爲："濯足濯纓,一塵不染。　浴身浴德,萬慮全消。"既自然,又工穩,可謂確切不移矣。

聯有以奇巧勝者,吾於無錫張中丞祠見之。張巡許遠,共殉國難,其祠門曰:"國士無雙雙國士。　忠臣不二二忠臣。"天造地設,絕無僅有。有"文章本天成,妙手偶得之"耳。

某理髮所曰"美容軒",其內一聯曰:"到來盡是彈冠客。　此去應無搔首人。"妙語解頤,俱見慧思。

美容軒之對門曰"琴雪軒",牙醫室也。去歲伴友人治齒,入其室,有聯云:"易牙自古稱知味。　鑿齒於今有異方。"與上聯同聲競大,譬諸美人,前則佻兮撻兮,後則窈兮窕兮。

輓聯當於自然貼切之外,須能使人動哀感之心,故語語須從心坎中出,不得倩他人捉刀也。

前江蘇一師校長楊月如先生,當代之教育家也,以部事奔走燕京,覆轍身殉,中外同惜。後校中開追悼會,哀輓以千萬計。時余就學校中,級任教師乃崑山錢緬唐,道學家也,為全校師生輓一長聯云:"獻身社會,苦心志、勞筋骨、餓體膚,奔馳南北,萬死不辭。在先生固自誓犧牲,初衷何憾,只可憐脫幅康衢,驀地起風波,無妄之災,未免天公呼憒憒。　辦學蘇城,朝考職、夕序業、夜庀事,融貫中西,雙方并進。俾吾校陡增聲價,教澤長存,怎及料束裝祖道,鄉關渺雲樹,同人此別,竟嗟泉路去茫茫。"上下共百餘字,而一氣呵成,無斧鉞痕迹。

余友錢君,倜儻不群,嫻於辭令。曩者五四運動,學生郭、周、徐三烈士以身殉,事後江陰開追悼會。時錢君任江陰旅蘇學生會會長,代會中輓一聯云:"青島未還,青年先死。　黃花比烈,黃鳥同悲。"詞意含蓄,聲調鏗鏘,如其人。

余嘗為照相店,應有妙聯,然不多見。惟姑蘇椿記一聯,尚堪傳誦,聯曰:"畫裏廬山面目。　鏡中秋水形神。"蓋椿記乃兼畫照者,故云。

聞之友人,稱常熟某富翁,擁巨資,不學無術,有雁鵝之號。昔者自營菟裘,重樓曲閣,涼臺燠館,無一不備。既成,浼俞某為製一聯一額，點綴客室。俞某固名士，善諧談，謔而多虐。因名其堂曰"來賓堂"，取鴻雁來賓之義。聯云："十里平沙彈綠綺。　一窗晴日寫黄庭。"取平沙落雁，黄庭換鵝之典。不知者視之，風雅綺麗，實不知醉翁之意，并不在乎酒也。

友人鄭君，能飲。某日入肆就酌。該肆新張門面，店主知其能文，倩製一聯，鄭君即以舊句"前面青山綠更多"，對"此來舊恨新應少"。尚稱工穩。然以視"勸君更盡一杯酒。　與爾同消萬古愁"，則相去天壤矣。

近年青年男女，以感受環境之壓迫，抱獨身主義者，又有結婚之後，挂無後招牌者（見《嘗試集》）。顧言者紛紛，行者寥寥。一轉瞬間，獨身者雙宿矣，無後者弄璋矣。因念佛家願普度衆生，却抱獨身主義，挂無後招牌，而佛門自有種子，即製一聯云："我來普度衆生，倡獨身主義。　自有佛門種子，挂無後招牌。"謹以此贈四海浮屠。

新婚聯不易作，非失之空泛，即失之俚俗。友人錢君，新婚妻許氏，有能文者，擬聯云："五百部居開小學。　三千弩箭遏強潮。"運正典於艷麗句中，真斲輪老手也。

閱說部，稱某守吏貪財害民，榜其門曰："愛民若子。　執法如山。"有某謔者，昏夜下注云："牛羊父母，倉廩父母，供爲子職而已矣。　寶藏與焉，貨財殖焉，是豈山之性也哉。"是能人，是酷吏。

對聯之起源，根據于相對、整齊兩種性質，相對乃自然界普遍現象，整齊乃美學之要素。故邃古畫籍，如"君乘車，我戴笠"，"往者不可諫，來者猶可追"，"鳶飛戾天，魚躍於淵"，均已成對聯之形式。至於《老子》《詩經》之内，更屬不勝枚舉。

偶與友人談聯語，每喜舉奇巧怪合者，以告我，詡詡然以爲妙聯也。余則默不首肯。如："五行金木水火土。　四位公侯伯子男。""無錫錫山山無錫。　平湖湖水水平湖。""妙人兒倪家少女。愁古月胡塞秋心。"《論語》首章三不易。　《中庸》末節一如毛"。"棘棗爲薪，縱斲横分共四束。　閶門作屋，移多補少成兩間。""凍雨灑窗，東雨點，西三點。　切瓜分片，上七刀，下八刀。""衛靈公遣公冶長,祭太伯於鄉黨中,先進里仁舞八佾。　梁惠王命公孫丑,請滕文在離婁上,盡心告子讀萬章"等。此種對聯,實無一點足取,錄之非以論聯,惜作者苦心巧思,不忍拋棄也。

（《蘇中校刊》一九三三年第三卷第九十期）

聯話彙紀

雲 情 撰

載於《克虜伯》一九三三年第三期。作者雲情,生平事迹不詳。《聯話彙紀》收録聯語四副,包括輓聯、屬對等。作者聯評觀點較少,以録聯與紀事爲主。

亡清遺士張某,微時家赤貧,鄉親咸加白眼,相逢避路,張知之,乃潛心修學,昕夕不輟,及後竟成名榮歸。鄉親聆訊,爭先趨賀。張憶念前情,耻其欺貧重富,乃擬一聯貼於門外。聯云:"舊歲無名,縱有外戚内親,誰肯雪中送炭。 今年得意,靡論張三李四,齊來錦上添花。"戚友閲聯,皆慚羞而去。

縣吏陳雪,在任内與名妓某結不解緣,繾綣纏綿,兩情達於沸點。久有量珠十斗,金屋藏嬌之意,奈其婦妒而悍,屢加反對,事未果。一日,陳因事未遺香巢,越日至時,則妓已仰藥自戕,不可復而。聞其死因,係以陳婦從中作梗,初衷不變所致。陳悲極,特擬一聯輓之云:"試閲廿五年孽債,曾否清償,邂逅結同心,正徐圖釋卜雙栖,爭奈春色離分,空嘆伯仁由我死。 回思百二日舊情,徒增悵惘,彌留慳一面,痛小别纔成永訣,更值秋風多厲,應憐奉倩已傷神。"詞句哀感頑艷,誦之低徊欲絶。

名士女某娟,于歸已久,生有子女數人,僅及髫齡。夫婿物化,未幾,女兄亦因病身故。女哀痛逾恒,擬一聯以輓其兄曰:"待我常如骨肉,教甥儼若嚴師,厚渥溯親情,傷念阿兄,哭唤哥哥腸寸斷。 兒們已是孤雛,儂命早成寡鵠,悽涼罹苦境,倘逢夫婿,爲言妹妹淚長流。"哀痛之情，溢於言表，其對屬亦頗工。

殷戶林某，有子肄業於鄰近葉某所設之私塾。林子性甚愚，塾師每出題令作文，必返家請其姊代筆。姊名秀茂，年華二九，才學淹博，尤工詩詞。故代其弟所作詩文，皆華麗可誦。久之，爲葉某所悉，思有以戲之，乃擬一聯，令林子對。聯云："竹笋初標，何日得成林秀茂。"林子閱聯，茫然不知所對，歸告其姊。其姊以葉師之句，語帶相關，殊惡作劇，遂立書一句以對之曰："梅花始放，幾時輪至葉先生。"翌日，林子交卷時，葉某閱之，莫名羞愧。

（《克虜伯》一九三三年第三期）

白屋聯話

吳步渠 撰

　　載於《學生文藝叢刊》一九三四年第八卷第三期，與劉大白《白屋聯話》同名。作者吳步渠，江蘇泰縣(今泰州)人，生卒年不詳。該篇聯話主要記載作者本邑名人佚事，重視以情動人，俗不傷雅，流韻真切自然之作。

　　吾邑袁君康侯，於民十七軍閥犯泰時努力革命工作，城陷不屈，飲彈殉節，頗爲一時人士所嘖嘖稱嘆。因憶其輓弟一聯，亦吐屬不凡，聯云："與母同歸、與兄遽別，傷如之何，說什麼道德文章，千秋不朽。　早慧非宜、早夭可惜，到也罷了，省多少是非榮辱，一筆都勾。"俗不傷雅，流韻真切自然。
　　海陵韓煒，清末留學東瀛，及歸，任事不久，疾得膏肓，時年正卅歲。自知不起，乃作自輓聯，云："天道竟茫然，塵土功名，辜負光陰三十度。　吾事其畢矣，蓬蒿歲月，輪回上下五千年。"亦悽惻動人。
　　宮子青，吾邑名士也，遭逢不偶，落拓終身。病篤時自輓聯云："死生何足惜，天實爲之，但憑着正直心田，無一事待人差錯。　妻女向誰依，計不及此，倘或到艱難地步，願諸君念我分毫。"語亦生硬，亦悽婉。其叔輓之云："余老矣，生有奚樂，死有奚悲，恨天地無知，怎不將身替吾侄。　兒去耶，妻何所依，女何所怙，倘精靈未減，也須當面問閻羅。"故作幻筆，摯情流露。
　　吾鄉先輩周原先生，文藻敏捷，與舊任揚中縣縣長陳石琴先生叠韻詩至數百，已梓行海內。而其對於聯語尤不假思索，援筆立就，悉皆可誦。如某日一友欲贈名奴奴校書一聯，以乞先生，乃摘毫而成，云："語厭紛拏，揮手盡教諸婢去。　嬌含薄怒，芳心不與俗人知。"運用拆字格，真屬異想。先生亦喜涉足花叢，贈聯極多。桂卿："折桂得聞天上曲。　問卿誰是意中人。"集句，花燕："只恐夜深花睡去。　似曾相識燕歸來。"月樓："惜花起早，愛月眠遲，大好春光須寶貴。　掌閣無才，登樓有感，從來名士最風流。"又自感聯云："能與世爭成鐵漢。　不遭人忌是庸才。"其贈時埝汪少卿聯："自少讀孔孟書，到今時，事不惑、心不動，學貫天人，更梅嶺孤芳徵壽相。　與卿有邢譚誼，溯平日，聲相應、氣相投，盟敦車笠，勝桃花潭水見情深。"蓋切少卿四十壽誕，又當十月，且係連襟并同盟，并内嵌汪姓，可謂無字不着墨。其輓伯父聯云："我公為世道維持，任俠風高，得意每談一生事。　小字亦名途潦倒，英雄淚灑，含冤不獨九泉人。"先生之父亦高才博藝，有聯云："既喪兩弟，又喪兩兄，其餘亦老病顛連，忍向人前談手足。　昔何其盛，今何其衰，共學在同光時代，曾於筆底鬥雌雄。"先生輓其師又係母舅聯云："何無忌酷似其舅，鄭康成并駕其師，小子汗顏，未能若此。　月中桂折得一枝，掌上珠擎來兩顆，先生撒手，庶無憾乎！"輓三里澤區董聯云："聞先生名，聲靈赫濯，睹先生貌，豐度端凝，即偶爾遭逢，氣概猶能印吾腦。　辦地方事，效果宏多，對地方人，感情密切，是如何本領，鬼神怎不忌公才。"綜先生之著作，皆推陳翻新，其膾炙人口之詩賦聯話尚多，姑錄以當一斑。

　　予戚屬嬬孀而受戒，法名寬慈。當六十壽誕，縣長且贈匾額，其中有一聯僅十六字，包括全事實，且對仗工整。"寬沐官恩，薑辛題額。　慈從佛教，花甲臨頭。"

　　吾鄉處泰邑之北鄙，毗連東臺縣屬邊城區。記前時邊城區區員武少伯公抗盜不克，殉於盜事，後追悼，輓聯如云，謹摘數聯。其兄輓云："擲此好頭顱，老眼相看，大叫狂呼空拍案。　傷哉親手足，載尸而返，淒風苦雨送行舟。"區人輓："威棱過人、氣膽過人、膂力過人，當群盜圍攻，萬分危急，奮擊空拳，雖死猶能寒賊膽。　紳士感德、閭閻感德、商賈感德,從民團寥落,警局蕭條,凄凉滿目,不知何處吊公魂。"又:"是當代奇男,熱血橫飛,保障一鄉無愧色。開臨時大會,傷心追悼,冠裳四集妥英魂。"吾鄉周君輓:"把群凶略事羈縻,居然聲色不動,談笑如常,是何等從容,公真潑膽漢。 從異縣驚聞消息,乃知倉猝變生,英雄氣短,抱無窮感慨,我亦熱心人。"

(《學生文藝叢刊》一九三四年第八卷第三期)

湖濱聯話

佚　名撰

　　載於《拓荒》一九三四年第二卷第七期、一九三五年第三卷第一期。均未見作者署名。兩篇聯話主要收錄甘肅臨洮人黃文中息影西湖後，題各景點所作。作者認爲"凡尚未到杭者閱之，頗有宗炳臥遊山水之樂也"。

一

　　臨洮黃文中先生，年來息影西湖，詩文自遣。最近函致記者，云是遠逐江南，萬念俱灰，日在湖樓枯坐而已。承寄佳章數首，已刊前期，外楹聯數事，頗饒風趣，并登錄於此。紫雲洞觀音閣聯云："洞有紫雲，當盛暑清涼，宛似慈航普度。　佛留勝迹，與群賢觴咏，居然香火因緣。"并跋云："張平子賦，幽谷嶜岑，夏含霜雪，觀於此洞，信非虛語。今夏奇熱，杭人士多游息於斯，雖雅興不同，而數面成親舊，正有如靖節所云者。余與杭縣宋左林、黃岩于達里、蘭溪姜卿雲、上虞徐伯鋆、天台徐植材、遂昌王克思諸君子，亦數相與觴咏，非第消夏，且滌塵慮也。聯以識之。民國二十三年夏日臨洮黃文中題"。此外，題孤山放鶴亭："山孤自愛人高潔。　梅老惟知鶴往還。"平湖秋月："青嶂雲橫山叠翠。　明湖月銷水平鋪。"三潭印月："潭影湖光渾萬象。　山容水意自天然。"湖心亭："隔市怒潮吞旭日。　繞亭綠水拱青山。"孤山公園："水水山山，處處明明秀秀。　晴晴雨雨，時時好好奇奇。"孤山："我輩復登臨，泥上偶然留指爪。　江山如有待,神州誰與靜烟塵。"韜光觀海:"湖光塔影連三竺。　海日江潮共一樓。"玉泉觀魚:"魚樂機渾忘。　泉流玉有聲。"飛來峰冷泉亭:"峰欲再飛無净土。　泉甘耐冷有名山。"西泠印社集紀曉嵐、蔣心餘句:"清賞須教塵念滌。　山水争留文字緣。"

(《拓荒》一九三四年第二卷第七期)

二

臨洮黄文中先生所題西湖各名勝楹聯,上期業已刊載,頃湖上友人又鈔來黄先生新題數聯,并在所題名勝分别加以説明,凡尚未到杭者閲之,頗有宗炳卧遊山水之樂也,特再登載於後:

(一)西溪秋雪庵。庵在西溪東蒹葭深處。水周四隅,蒹葭彌望,花時如雪。明陳眉公題曰"秋雪",取唐人詩"秋雪濛釣船"句也,爲歷代詞人雅集之地。庵中并祀兩浙歷代及宦遊寄寓方外各詞人位,每年秋季且舉行祭祀。聯云:"應將筆硯隨詩主。　爲訪蘆花上釣舟。"原跋云:"中華民國廿三年秋日,與祁偉遊西溪,達本上人爲秋雪庵索聯,集句書之。"

(二)蘇小小墓。墓在西泠橋側,古樂府西陵蘇小小詩云:"妾乘油壁車,郎跨青驄馬。何處結同心,西陵松柏下。"當即指此。聯云:"且看青冢留千古。　漫道紅顔本暫時。"

(三)靈峰補梅庵。庵在靈峰寺内,其地多梅,東坡曾至其寺題詩,爲歷代勝流觴咏之池。吴興周夢坡爲補種梅三百株,因以名庵,此地賞梅不亞孤山也。聯云:"莫對青山談世事。　此間風物屬詩人。"

(四)春淙亭。亭在飛來峰路口,以東坡"靈隱前,天笠後,二澗春淙一靈鷲"句命名。去夏重建,仍懸楊公石泉所書"春淙亭"匾額。聯云:"山水多奇踪,二澗春淙一靈鷲。　天地無調换,百頃西湖十里源。"

（五）翠微亭。亭在飛來峰半，與冷泉亭上下相對，爲宋韓蘄王所建。蘄王忤秦檜，解兵柄，跨驢携酒，逍遥湖上，紹興十二年建此亭，因岳武穆有登池州翠微亭詩，故以名亭，蓋紀念隱痛也。邇來七百有餘年矣，前歲丁卯就其遺址重建。聯云："孤亭似舊時，登臨壯士興懷地。　鷲巖標遠勝，翻動平生萬里心。"

（《拓荒》一九三五年第三卷第一期）

王焕文聯話

王焕文 撰

　　《王焕文聯話》共六篇，第一篇發表在《珊瑚》一九三四年第四卷第五期，未署名，後五篇以《聯話（續）》之名分別發表於《珊瑚》一九三四年第四卷第六至第十期。其中第六期、第七期、第八期署名爲"王焕文"。第九期、第十期署名爲"黄焕文"。當爲同一人。作者王焕文，生平事迹不詳。《聯話（續）》五篇，針對初學者專論對聯的文體特點及具體做法，提出三個步驟：按班就步，由淺入深，由易入難，具有較强的理論性和指導性。

一

　　去年暑假中，北平國立清華大學招考新生入學試驗，國文考試題目裏面有一部分是對對子。似這一類題目，大概有好幾十個。有長有短，有容易對的，有難對的。例如："孫行者""墨西哥"等聯，題目只有三個字，并且一爲人名，一爲地名，無論它怎樣的難對，對出來雖不甚工，但是人名對人名，地名對地名，這是無論什麼人，我想都會對的（不管它好壞）。又如"清華大學水木清華"一聯，不獨字句較長，并且又包括好幾種的意義，比較就很難。頭一種的意思，就是照字面上的解釋，清華大學的裏面，水既清而樹木又很茂盛。單憑這一方面意思比較還不難對，所難對的，即是它的另外幾方面的含意。第一難對的就是清華大學之"清華"二字，與水木清華的"清華"二字相同（當然"清華"二字由水木清華取義來的）。我們必定也要對兩字相同的（取義是否相同，可以不管），然後纔算工對。第二難對的就是"清華大學"與"水木清華"，一爲校名，一爲成語（"清華大學"也可叫做成語）。我們也必定要對一物名（或成語）與一成語，然後纔算工對。我記得有人告訴我，清華此次新生入學考試，對子對的最好的，也有幾個人，就如"孫行者"與"墨西哥"兩聯吧，有人將"孫行者"對着"胡適之"，固然是很好，可是還有比這個對的更好的，如"孫行者"對"陳立夫"。"行者"，"立夫"，不是工極了，比對"胡適之"，要强的多。"墨西哥"三字，聞有人對著"文中子"。以"文"對"墨"，以"中"對"西"，以"子"對"哥"，拿人名來對地名（"文中子"三字，也可稱爲書名）亦工極了。還有其他對的好的很多，可是對不出來的，也大有人在。并聞還有交白卷的。不過此次考試，聞該校的標準，對對子的分數，算的很少，對的好的，可以特別增加幾分，對對的不好的，也得扣去分數若干。這是因爲現在中學生大概都没有學過這玩意兒，所以第一次創舉，特別的要原諒他們。

　　至於他們這次入學試驗考這門東西的原因，大概也有幾種主要的意思。第一，就是因爲這種東西，不獨可以試驗一個人有無學術，而且也可以鑒別一個人的聰明與愚笨。譬如從前的人，他們要考驗一個人有無學問，必定先要出幾副對子與他們，看看他的口才如何，也就是這個意思。第二，平常應用文中，除掉書信以外，要算對聯爲第一重要。因爲普通親朋應酬，有用著它的地方。而現在的中學生，雖是受過了中等教育，不獨不能做對子，簡直連對對子的方法，也全然不知，所以他們此次入學考試，要考這個東西，也就是要乘此機會大提倡而特提倡，使全國的中學生，以後好特別加以注意。

　　的確，現在中學生，不獨不能做對子，就連大學生，也有幾個能做對聯的？我們拿一個學校裏面的情形來看吧，譬如開某某先生的追悼會，或是開某某同學的追悼會，裏面所挂的對子，十副之中，不知道可有兩三副比較稍微可以看得，其餘都是不通。不獨不通，并且還有拿五個字來對六個字的,名詞對動詞,虛字對實字,文不文,白不白,不知道鬧了多少的笑話。這樣能够叫他爲對聯嗎？只可以稱他是標語,像上次國聯調查至南京時,勵志社大門兩旁所貼的兩張紙條一樣(字句我已忘記)。

雖是清華考後,有此人寫信去詰問它,有些人做文章在報上罵它,無論你怎麼樣的説它是開倒車,或復古,但是難保以後不再有那一個大學來模仿它的。此風一開,無論多少都有點反應,決不至於同"石沉水底"似的。所以希望今日以後的中學生,對於這一類的學問,要特別加以注意。不獨一方面可以爲將來入學試驗之准備,并且另一方面,也可以得到普通應酬中的一種重要的學問。現在我就要把怎樣去學做對聯的方法提出來説一説,以供那班想研究這種學問的人做一種參考。

學做對聯的方法,大概可以分作三個步驟。第一步應當知道的幾點,就是叫做"基本的方法或常識"。

(一)字數相同。凡是叫做對子的,必有上下兩聯。上聯是幾個字,下聯也定要對幾個字；既不能多一個,又不能少一個。至於每邊字數多寡,這是沒有一定的。自一字起,可以長至幾十幾百。無論是幾個字,或幾句,都可以隨便的。只要兩邊的字數相同就够了(大概初學的人,都是從簡單的學起,以後再漸漸的學到長聯),并且還有一點要注意的,就是一句要對一句。譬如上聯第一句,是五個字,下聯第一句,也要對五個字；上聯第二句是七個字,下聯第二句,也要是七個字(以此類推)。上聯有幾句,下聯對幾句,這是有一定的法則,不是只管字數的相同,而不問句子的長短。例如："草綠。　花紅。"這是兩個字對兩個字的。又如："陳其美。　達爾文。"這是三個字對三個字的。又如："明月萬里。　美人一方。"這是四個字對四個字的。又如："好花微雨濕。　古寺夕陽多。"這是五個字對五個字的。又如："不識古今世事。　永爲宇宙閑人。"這是六個字對六個字的。又如："美酒飲教微醉後。　好花看到半開時。"這是七個字對七個字的。又如："剛日讀經,柔日讀史。怒氣畫竹,善氣畫蘭。"這是八個字對八個字的。又如："今文同古文,期其一是。 無極爲太極,化可萬殊。"這是九個字對九個字的。上聯爲五四分截,所以下聯也是五四分截。又如:"本無事而生事,是謂薄福。 强不知以爲知,是乃大愚。"這是十個字對十個字的。上聯爲六四分截,所以下聯也是六四分截。又如:"恨不得兩脚跳上天堂路,攬盡三千界,敬請南斗星,北斗星,捉筆添年延子壽。 怎麼能一拳打開地府門,趕到十八層,硬找東羅王,西羅王,捨身拼命要兒回。"這是一副幾十字以上父輓子的長聯。第一句十字,第二句五字,第三句五字,第四句三字,每五句七字;上聯共有三十字。下聯也是如此分句,字數相同。推而至於五十六十一百二百字的長聯,都是依照這個法則而行的。

(《珊瑚》一九三四年第四卷第五期)

二

(二)聲調自然。對聯句子的長短,雖然没有一定,可是聲調方面,是極主自然。若遇有拗口或難讀的字句,是絶對的不能用。例如"樊深講書多門户。 柳虯論文無古今"一聯,雖爲集《北史》二名而成,聲調方面可以不管;若依做對子的規則來説,則"樊深講書多門户"爲平平仄平平平仄,一句七字,有了五個平聲,只有兩個仄聲,未免仄聲太少,讀起來頗多拗口。我們若把此句第四字"書"字改爲"學"字,則平聲變作仄聲,成爲平平仄仄平平仄,讀起來聲調比較自然多了。所以對聯這種東西,雖與做詩不同,没有什麽格律,不講平仄,但是裏面也有一定的法則,即是音節要主和諧。無論全爲仄聲,或全爲平聲,讀出口,音調很自然,即不講平仄,而自然中間也有和諧的平仄含在裏面。例如:"利爲利小人勿用。 樂其樂君子好遊。""利爲利"三字,與"樂其樂"三字,全爲仄聲,平仄雖然不叶,而聲調自然,不也讀起來很順口的。又如"成五千言出函谷。 有十萬貫上揚州"一聯,上句平仄小錯,還無多大關係;而下句七字有五字連爲仄聲。若依規則講起來，當然不能用。可是此處用來，聲調也很自然，不覺平仄失粘。假若我們要把"貫"字改爲平聲，那就聲調不調和了，讀不下去。最好初學對子的時候，力避此種平仄不調的語句。因爲此種句子，最易使聯難工，不若用平仄相調的語句，倒可以使初學的人容易做的好。例如"喜嘗千日醉。　羞與萬人同"一聯，爲平平平仄仄，仄仄仄平平，乃五律詩中的兩句。雖"喜"字與"羞"字二字，平仄失粘，但依一三五不論的規則來說，當然是可以用的。又如"虛心竹有低頭葉。　傲骨梅無仰面花"一聯，爲平平仄仄平平仄，仄仄平平仄仄平，乃七律詩中的兩句。平仄非常相叶，當然聲調也很自然。沒有什麼難讀成拗口的地方。

（三）出句末字宜仄，對句末字宜平。普通做對子的習慣，大概出句末一字多用仄聲，對句末一字多用平聲。例如"樓觀滄桑日。　門對浙江潮"一聯，日字仄聲，潮字平聲。又如"十年湖海三杯酒。　兩岸漁樵一笛風"一聯，酒字仄聲，風字平聲。又如"入當樂場，當體患難人景況。　值少壯日，須念衰老者辛酸"一聯，況字仄聲，酸字平聲。又如"小學生多才多藝。　大將軍能武能文"一聯，若依文章的通順來說，能武能文語，當然不及能文能武的句子。可是用在此地對句的地位，我們非將"文武"二字顛倒不可。一方面固然爲的是平仄相調，但是另一方面，則因對句末一字非用一平聲押韻不可。假若此句爲出句，那末我們宜將此文改爲"大將軍能文能武"，對句改爲"小學生多藝多才"，還是如前一樣，以合末一字一仄一平之例。至於對句末一字宜押一平聲之理由，大概因爲仄聲聲音短促，讀起來音調甚高，有不可攀折之勢，所以出句末一字宜仄。平聲聲音和緩，讀後猶有餘音，有一種綿延不絕之概，所以對句末一字宜平。這完全是因爲便於口讀方面的關係，結果遂變成了習慣。也有不依照普通的慣例的。如從前有一個做大官的，看見有一個小孩子學問很好，有一天手裏提着一個小籃上街買東西，於是順口出了一副對子給他對："小學生，提腰籃，往街上，買東買西。"那小孩於是即拿那做官的來作對說："大將軍，騎寶馬，赴城頭，征南征北。"此地出句末一字西字爲平聲，對句末一字爲仄聲，似此種之例雖有，可是平常究竟少見，不若出句爲仄對句爲平之例居多。并且這一種出句末一字用平之例，大概都爲人家出給你對的，不是你自己出自己對的。即拿清華此次招生考試所出的"墨西哥"與"清華大學水木清華"二聯來説，"哥"字與"華"字都是平聲，并且都爲出句的末一字。這是因爲出對子給人家對，本來是在試驗對方有無學術，能否對成，所以不管末一字爲平爲仄，只要一時想到了就説，與普通自出自對不同了。自出自對，非要遵守一定的規則不可。

（四）平仄相對。我們要想對聯做的好，讀起來聲調非常順口，那末一定要注意它的平仄。換句話説，就是平仄要調。詩中如此，對聯中亦然。不獨平仄要調，并且平聲宜對仄聲，仄聲宜對平聲，有一定的規則。若能循此以求，方可免除佶聱屈牙之病。例如"青山環白郭。　綠水見黄沙"一聯，"青山環"三字，平平平，對"綠水見"三字仄仄仄；"白郭"二字仄仄，對"黄沙"二字平平。又如"在位終身樂。　歸田萬事閑"一聯，"在位"二字仄仄，對"歸田"二字平平；"終身樂"三字平平仄，對"萬事閑"三字仄仄平。又如"研洗春波臨禊帖。　香添夜雨讀陶詩"一聯，爲仄仄平平平仄仄，平平仄仄仄平平，爲一平一仄相對。又如"飛觴共醉天邊月。　鼓棹長開水上花"一聯，爲平平仄仄平平仄，仄仄平平仄仄平，也爲一平一仄相對。惟有時每聯之中也有一二字平仄不對的，例如："月明花正好。　柳舞燕初來"一聯，應爲平平平仄仄，仄仄仄平平，而此聯上句第一字"月"字爲仄聲。又如"心奔萬里外。　興在一壺中"一聯，應爲平平平仄仄，仄仄仄平平；而此聯上句第三字"萬"字爲仄聲。又如"水色山光皆畫本。花香鳥語是詩情"一聯，應爲仄仄平平平仄仄，平平仄仄仄平平；而此聯上句第五字"皆"字爲仄聲。又如："友如作書須求淡。　山似論文不喜平"一聯，應爲平平仄仄平平仄，仄仄平平仄仄平；而此聯上句第一字"友"字，應平爲仄，下句第一字"山"字，應仄爲平，"論"字應平爲仄。似這一種之例甚多，而也可以用，即因與詩同例，一三五不論故也。至於非一三五，而平仄也不調的,如"君子樂其利。 世人囿所安"一聯,應爲仄仄平平仄,平平仄仄平;而此聯上句第三四"樂其"二字,均爲仄聲。又如"身行萬里半天下。 聞咏終朝一無成"一聯,應爲平平仄仄平平仄,仄仄平平仄仄平;而此聯下句第六字"無"字爲平。似此種對聯,除非爲成語,或集句而外,概爲規則所忌,不宜常用。也有平仄雖不相對,而聲調自然,也可以用,這是上面已經説過的。例如:"天作棋盤星作子,誰人敢下? 地似琵琶路似弦,那個能彈"一聯,上句第一句與下句第一句,除掉"子"字與"弦"字外,其餘十二字爲仄仄平平仄仄,對仄仄平平仄仄,平仄完全不對,讀起來也覺得很順口的,這是因爲聲調自然的關係,所以不講平仄也可以對的。總之,此種對法罕見,不若平仄相反的方法通行,初學的人,宜就易而避難也。

（《珊瑚》一九三四年第四卷第六期）

三

（五）各種名詞相對。何以叫做對聯？對聯二字,如何解釋？對聯即是拿這一個字來對那一個字,拿那一句來對這一句,合成了左右兩邊,這個叫做對聯。至於怎樣拿這一個字來對那一個字,拿這一句來對那一句,這就是現在我要說的對法。譬如說這一個字是名詞,那末你也要對一個名詞;這一個字是動詞,你也要對一個動詞。推而至於形容詞副詞等等,也都是這樣的。换句話説,就是實字要對實字,虛字要對虛字。例如"欲知世事須嘗膽。 不識人情只看花"一聯,"欲"對"不",爲副詞對副詞;"知"對"識",爲動詞對動詞;"世事"對"人情",爲名詞對名詞;"須"對"只",爲副詞對副詞;"嘗"對"看",爲動詞對對動詞;"膽"對"花",爲名詞對名詞。又如"石獅子,頭頂香火爐,幾時得了？ 泥判官,手拿生死簿,何日鈎消"一聯,"石獅子"對"泥判官",爲名詞對名詞;"頭"對"手",亦爲名詞對名詞；"頂"對"拿"，爲動詞對動詞；"香火爐"對"生死簿"，爲名詞對名詞；"幾"對"何"，爲形容詞對形容詞；"時"對"日"，爲名詞對名詞；"得了"對"鈎消"，爲動詞對動詞。虛實相對的方法是如此的。至於意義方面，大概正對反，大對小，高對低，同類對同類，最淺近者，例如"天"對"地"，"紅花"對"綠葉"，"奔濤"對"駭浪"，"杏花雨"對"楊柳風"等等即是。只要各種的名詞對的不錯，意思方面，可以任人自由，沒有一定的規則。

（六）貴對立忌合掌。對聯這一種東西，本來是拿這一件事來對那一件事。換句話說，即是拿這一個東西，來配那一件東西，同人們家裏所陳列的燭臺花瓶一樣，應當二者處於對立的地位，不宜意思相同。若是兩邊意思相同，這叫做合掌，爲最犯做對子的規則。例如："時維九月，序屬三秋""一對新夫婦，兩個舊東西"（這是從前人家題離婚夫婦結婚的對聯），表面上字句對的雖工，但是意義方面，時維九月，不就是序屬三秋？一對新夫婦，不就是兩個舊東西？反覆言之，誠令人感覺得重複。像這種句子，尤其是駢體文中用的最多。爲對聯中一種最壞的句子。對聯做的好的，它的兩邊的意思是分開對的，各言一物，兩不相關，例如"從來名士皆耽酒。 未有佳人不讀書"一聯，一云名士嗜酒。 一云佳人讀書。又如"濃雲嶺外千里樹。 疏雨軒中一榻風"一聯，一云郊外遠景，一云室中狀況，辭意不同，則上下兩句，當然也是對立的，不是像說一件事，兩下不能分開似的。不過另外也有一種流水對法，分之則兩相偶，合之則一氣呵成。例如"勸君更盡一杯酒。 與爾同消萬古愁"一聯，本爲集前人詩句而成，我們若把它分開來看，當然是一副極妙的分立的對聯；若把它合起來說，則它裏面的意思是一貫的。又如"爲愁東北無寧日。 方慶國聯能奏功"一聯，也是一樣。若把它上下兩句分開，則兩相對立，似成一聯；合起來，則它裏面的意思，也爲一氣的。像這種的對法，詩句中用的最多。雖是它的意思是一貫的，可是與合掌不同，乃是由一直綫而向下說來的。所以這種對聯，也還是上下分立的。

（七）不能同字。上面已經談過。對聯是分立的東西，不獨它的兩邊的意思不能相同。就是兩邊的文字，也不能同一個。例如"讀書即未成名，究竟人高品雅。　修德不期獲報，自然夢穩心安"一聯，出句十六字，對句亦十六字，共有三十二字，沒有一字相同。又如"向寒微路上，用一點赤熱心腸，自培植許多生意。　從喧鬧場中，出幾句清冷言語，便掃除無限殺機"一聯，每邊有十九字，共有三十八字，也無一字相同。這是做對聯最要注意的一點。假使要是同了一字，不能設法將它避去，或另換一字，那末此聯就是做成，無論他的意思怎樣好，字句怎樣工對，未免是"白圭之玷"，總有點要嫌美中不足。例如"人生惟酒色機關，須百鍊此身成鐵漢。世上有是非門户，要三緘其口學金人"一聯，上句第一字"人"字，與下句最末了一個字"人"字就同了，此聯未免有一點小小的毛病。假如要同字的話，無論是每一邊與每一邊相同，或這一邊與那一邊相同，都要同對同。這是屬於調換對法和叠字與同字對法，等到下面再說。

　　第二步應當知道的幾點，就是叫做"取巧的方法或常識"。

　　（一）集句對集句。對聯的句子，有時是憑自己的創造，有什麼意思，就寫什麼意思，有什麼話，就說什麼話，這樣的比較是很自由，容易寫好。可是有時為省事起見，有把古人現成的句子，集成來用，這也是很好的方法，不過似這種的集句，出對固易，而對對很雖。因為出句為集句，而對句也要集句，此與下面接着就要說的成語對成語一樣。在作者的原意，本來是為方便起見，其實結果是比較麻煩，沒有自己構思的容易。不過似這一種對子，若是對的好，當然勝過創作。例如四言集句："日月合德。　高明配天。"二句為集四書而成。"我猶前耳。　聖如柱耶。"上句出於《北史》，下句出於《世說新語》。又如五言集句："從來多古意。　可以賦新詩。"二句為集杜工部之詩而成。"松風清耳目。　蕙氣襲衣襟。"上句為孟郊之詩，下句為張九齡之詩。又如六言集句："爾為爾我為我。君不君臣不臣。"二句為集四書而成。"讀書不求甚解。　鼓琴足以自娛。"上句為陶靖節之句，下句為莊子之句。又如七言集句："胸中已無少年事。　門外猶多長者車。"二句為集黃山谷之詩而成。"閑看秋水心無事。　静聽天和興自濃。"上句爲皇甫冉之詩，下句爲劉夢得之詩。又如八言集句："平理苦衡，照辭若鏡。　動墨橫錦，搖筆散珠。"二句爲集《文心雕龍》之句而成。"枕策尋山，負帙沼水。　披林聽鳥，臨水觀魚。"上句出於《北史·源子恭傳》，下句出於《南史·徐勉傳》。又如長言集句："揮兹一觴，未知明日事。　遠之八表，正賴古人傳。""張敷子孫，皆善理音辭修儀範。何遜文筆，獨能含清濁中古今。"上聯爲集陶潛之句，下方爲集《南史》之文。"隱居求道，清净登仙，如此三説。　執筆賦詩，上馬入陣，不後衆人。""味崔浩知言，有如水精戎鹽縹醪酒。　慕僧紹高節，特賜竹根如意笋籜冠。"二聯上句均出自《北史》，下句均出自《南史》。更如："敏則有功公則説。　淡而不厭簡而文(《四書》)。""行不得則反求諸亡。　躬自厚而薄責於人(《四書》)。""園中草木春如數(東坡)。湖上山林畫不如(和靖)。""千種相思向誰説(《西厢記》)。　一身愛好是天然(牡丹亭)。"等等，或集古人之詩，或集《四書》、元曲之句，都是非自己所作。所以集聯這種東西，雖是比較難對，若能把它對好，當然比創作價值要高的多。這是取巧的第一法。

（二）成語對成語。成語對成語，也是同集句對集句一樣的。不過集句爲集古今人之詩文，成語則合古今人之俗語就是了。出句爲集句，則對句也對集句；若出句爲成語，則對句當也對成語。這是一定不移的事。例如四字一句的："三分明月。　一曲陽關。""月圓花好。　人壽年豐。"上句均爲成語，下句亦爲成語。又如七字一句的："半兩黃金半兩福。　一朝天子一朝臣。""事能知足心常樂。　人到無求品自高。"上句均爲成語，下句亦爲成語。又如很多的字一句的："要好兒孫，須方寸中放寬一步。　欲成家業，宜凡事上吃虧三分。""何物動人？二月杏花八月桂。　有誰催我？三更燈火五更鷄。"上句均爲成語，下句亦爲成語。必如此對出，始爲合法，并且文學方面，也比自己創作讀起來要爽快的多。這是取巧的第二步。

(《珊瑚》一九三四年第四卷第七期)

四

（三）邊對邊。我們常常看見了有很多的對子，表面上似乎兩邊不大相對，其實內子裏它們是對的。這是因為當着做對子的時候，有時遇着兩邊不能相對的地方，只有把它每邊來對每邊，也是一樣可用。例如北平天然博物院大門牌坊上所書一聯云："天空海闊。　博愛自由。"我們若拿"天空海闊"四字，來對"博愛自由"，當然是表面上不大相對。不獨表面上不對，就是意義方面，也不能合起來。而所以能成對的理由，就是因為它是邊對邊。"天空"對"海闊"，"博愛"對"自由"，不是對的很工嗎？又如今年上春，蘇州開追悼十九路軍抗日陣亡將士大會，其中有國府一聯云："生乃干城，死為壯鬼。　英靈不泯，浩氣長存。"也是表面上兩不相對。怎麼"生乃干城"，能對"英靈不泯"？"死為雄鬼"，能對"浩氣長存"？而所以它能成對的原因，就是邊對邊的關係。"生乃干城"對"死為壯鬼"，"英靈不泯"對"浩氣長存"。像這一類的對聯，是完全邊對邊的。也有一部分為邊對邊的，其餘非是。例如某輓友母聯云："中年辛苦，晚景榮華，七句來家業日興，母德母儀堪作式。　女界英雄，人間壽母，九月內音容邈杳，秋風秋雨為含悲。"上聯起首兩句"中年辛苦，晚景榮華"，與下句起首兩句"女界英雄，人間壽母"，也是不對。而所以能成對者，就是因為拿"中年辛苦"來對"晚景榮華"，"女界英雄"來對"人間壽母"。下面三句兩邊均對，與普通對聯一樣。這是取巧的第三法。

（四）古典對古典。不獨從前的人做對子喜歡用古典，就是現在有很多的人做對子，也有用古典的。像這種用古典的對子，上句有一典，下句必用一典以對之；上句有二典，下句也必用二典以對之。換一句話說，就是上句什麼地方用典，而下句什麼地方也要用典來對，如此始不背做對聯的規則。例如五十壽聯："效秉尼山，樂天知命。　學符伯玉，寡過知非。"上句用的是孔子的典故，下句用的是蘧伯玉的典故。又如六十壽聯："温公正入耆英會。　馬氏咸稱矍鑠翁。"上句用的是司馬溫公的典故，下句用的是馬援的典故。又如賀人家結婚的喜聯："眉間黛色臨張稿。　簡下文心著呂書。"上句用的是張敞的故事，下句用的是呂東萊的故事。又如"春催梅蕊資妝額。　人傍菱花學畫眉。"上句用的是壽陽公主的故事，下句用的是張敞的故事。像這一類的對聯，有的把典含在裏面，外表看不出來，如上面所舉的第四例。有的把典露在外面，一看即可以知道，如上面所舉的第一二三各例。無論是含在裏面，或露在外面，出句怎麼樣，對句也應當怎麼樣，都是要古典對古典的。這是取巧的第四法。

（五）調換對。什麼叫做調換對？調換對，就是凡遇對子中間，有兩邊同字的，就把這一字與那一字，互換其上下位置，也使其二者均同。換句話說，就是對句中間，若是甲字與出句乙字相對，那末出句甲字，也必與對句乙字相對。例如："山中一夜雨。　雨後四周山。"上句"山"字與下句"雨"字相對；上句"雨"字又與下句"山"字相對；二字互相掉來掉去，此謂之調換對。又如某輓岳母聯云："女死恐母悲，數年來，漂縣傳書，忍淚報平安二字。　母亡尋女去，七夕後，蓉城設奠，傷心合痛哭一場。"上句"女"字，對下句"母"字，上句"母"字，又對下句"女"字。此亦調換法，字雖同而仍無妨礙，這是取巧的第五法。

（六）虛字可以并用。上面已經說過，凡是對子不能同字；若是要同字的話，必須兩字互相調換的對，或是疊字對疊字，或是同字對同字。前者業已說明，後者下面即須說到。惟此種對法，是乃用在實字中間，非指虛字而言。若虛字者，不獨在每一邊，可以同字，并且兩邊可以并用。例如某縣夫子廟明倫堂聯："堯舜之道，孝悌而已矣。　夫子之道，忠恕而已矣。""之"與"之"同，"而已矣"與"而已矣"同，此都是屬於虛字相同。惟此處有一實字"道"字而也相同的，這是用爲二句，本乃成語，爲集《四書》兩句而成，就是有此小疵，也無妨礙。又如嚴文靖公之父嚴恪，因其子爲尚書，自書堂中一聯云："有子萬事足，吾子作尚書，足而又足。　七十古來稀，我年近大耄，稀而又稀。"此地"而又"二字對"而又"二字，不也是虛字對虛字嗎？又如幾年前的《紅雜誌》上的一副題靈屋與尿壺的對聯："篾紮的，紙糊的，遮不得風，避不得雨，鬼要靈屋。 泥做的，火燒的，盛不得酒，裝不得茶，口用尿壺。"此地兩個"的"字，都是對兩個"的"字，兩個"不得"二字也都是對"不得"二字。這是虛字一種特別的用法，爲取巧的第六法。

第三步應當知道的幾點，就是"求工的方法成常識"。

（一）言外含意。我們要想一副對子做的好，必定要它言外有意，於是讀起來始感覺到有無窮的意味。否則，讀完意思即了，不能給人以他種的感覺，這是很普通平凡的對聯，不能算作上等作品。所以對聯要想做得好，第一種求工的方法，就是要言外含意。例如"春風放膽來梳柳。 夜雨瞞人去潤花"一聯，此爲古人詩句，現在有人把它拿來用作喜聯。我們若從表面上看起來，好像是一吟"春風吹楊柳"，一吟"夜雨灑花心"，其實它的內中意思，并不在"春風楊柳"與"夜雨花心"，而是吟到洞房的樂事。又如從前有一個小才子解縉，見宰相時身上穿了一件綠色小棉襖，當時宰相看見他這小孩子很好玩，於是出了一副對聯譏諷他說："出水蝦蟆穿綠襖。"解縉聽到了這副對子，知道他是罵人的，當時宰相恰好身上也穿了一件紅袍，於是他即刻便對答他道："落湯螃蟹着紅袍。"我們若從這一副對子表面上看起來，一吟蝦蟆一吟螃蟹；其實它內中意思，一個就是罵解縉一個就是罵宰相。并且罵解縉的，雖把他比着出水的蝦蟆，這是活的，而罵宰相的，簡直就把他比着落在熱水裏的螃蟹，是一個死東西。這也是言外含意的一個好例。又如從前有一個先生教一個學生的書，他看見那學生的家中，有一個姊妹，生長得漂亮，於是他就想染指。但是不知她究竟肯否屈從。於是出了一副對子。"園內鶴冠花未發。"叫學生送給她對，探一探她的意思如何。而這個女子接到了這一句對子，知道他是有意來調戲她，於是她即刻就對了一句回答他。"牆頭狗尾草先生。"意思就是在罵他，表示一種不歡迎他的態度，好叫他不要存什麼壞心思來對她。那知道這位先生笨極，總不肯心灰志冷，還要再試一試，探一探她的意思到底真假如何，於是又出了一句："竹本無心，外生許多枝節。"叫她的弟弟送給她對。而她接到了這一句對子一看，曉得他心還未死，又來纏擾，於是又對了一聯回他，以表明心志。"藕雖有孔，內無半點污泥。"這一位先生看見了她回答了這一副對子，才知道事不易行，但是又不肯撒手，於是又去了一句對子，表明他的愛意，好探一探進行她的方法要怎麼樣子。"樹猛山高，叫樵夫如何下手？"這位女士又從她的小弟弟處接到了這一句對子，知道了這位先生還未覺悟，不得已行快刀截麻的方法，很明白的表示出來，以斷絕他的欲望。於是又對了一聯："水深浪闊，勸漁翁趕早回頭。"最後又叫她的小弟弟送還他。這一位先生到此田地才停止進行。像這一種言外含意的對聯，假使叫那一班不知道做對聯的人，或是不懂文學的人，看起來，簡直不知道他們一來一去的對對子，是弄些什麼玩意兒。其實他們每一副對子裏面，都含了深意，說出來大家都能知道。這是言外含意的對子，為欲求工的第一法。

（《珊瑚》一九三四年第四卷第八期）

五

（二）雙關語。雙關語與言外含意差不多，也是有兩層的意思在裏面。不過言外含意，是把意思藏在裏面不露出來，要叫人家看到，自己去細想的；雙關語是除掉表面上的一種解釋以外，還有其他的一種解釋在裏面。從來做這一種對子的也很多。譬如戴名世入法場的時候，他的兒子跑去哭他，他心裏很難過，於是隨口說道："蓮（連）子心中苦。""蓮"與"連"同意，意思就是說我犯罪要處死刑，連你兒子心中都很痛苦。他的兒子於是對答他說："梨（離）兒腹內酸。""梨"與"離"同音，意思就是說剛要和你爸爸分離的兒子，心裏也很酸楚。這是另外的一種解釋。表面上看起來，一個似說蓮子心苦，一個似說梨兒腹酸，其實他的本意原來是在訴苦。這是一副對聯有兩種的解釋，無論你作那一種的說法，都可以講得通。又如從前有一個赴京考試的秀才，一天他在路上小飯館裏喝酒，看見酒冷了一點，他就發起脾氣來了，把酒壺拿到一甩，不意酒壺裏面的酒都濺在桌子上面，於是這飯館裏賣酒的女子來了，看了這種狂肆的情形，心中着實有點不服，遂即開口說道："'冰冷酒，一點兩點三點'，相公若是能夠對出這副對子，馬上就換熱酒來；否則，恕不招待。"這位考相公當時可就難倒了，一字也對不出來，着實心中有點慚愧，一口氣轉不過來，竟把他氣壞，死在這飯館裏。臨死的時候，他還說了一句話，假使我一日對不出此聯，請你勿將我送出，後來這棺材便長久的停在這小飯館裏。一天，棺材裏忽然生出一朵丁香花來，一店的人，都不知道是什麼意思。恰好當時又有一位考相公由此經過，聞知此事，馬上就代他對出："丁香花，百頭千頭萬頭。"以後這飯館始把他出殯了。這雖是一個半近神話的故事，但是這副對子，着實是出的好，對的也好。為什麼呢？因為這考相公把酒濺在桌上，成了一點兩點，所以這位女士說："冰冷酒，一點兩點三點。"恰好這"冰"字上頭是一點，"冷"字旁邊是兩點，"酒"字旁邊是三點。所以這個出句變成了雙關語，有兩種解釋。而對句也要對一個雙關語，有兩種解釋，然後纔可以。"丁香花，百頭千頭萬頭"一句，表面上是說丁香花枝頭甚多，有百千萬的數目。恰好這"丁"字上面，是一橫，為"百"字頭；"香"字上面是一撇，為"千"字頭；"花"字上面是艸字，為"萬"字頭。所以這一副對子變成了很好的一種雙關語的絕對。不過這一種的對子，要是對的好，也就很難，不像普通的對子容易對。例如："格格孔明諸格亮"，與"因火成烟，若不撇開終是苦"二聯，至今仍無一人能夠對出。像這兩副對子，所以難對的原因，第一副，是指紙糊的窗子而言。"格"與"葛"音同，孔明諸格亮，就是孔明諸葛亮。第二副，是指吸烟的而言。吸紙烟，也是吸烟，吸鴉片烟，也是吸烟；假使我們不把它弄清，結果總是要受到鴉片烟的害。恰好"因""火"兩字，合起來，就是"烟"字；"若"字一撇，不把它拿開，不是變成了一個"苦"字麼。所以這兩副對聯，有此雙重的意思，要對的好，實在是很難。這是求工的第二法。

（《珊瑚》一九三四年第四卷第九期）

六

（三）同字相對。我們爲欲增加對聯上文字之美，當然同字愈多，愈覺得好。爲什麼呢？因爲没有同字的，比較容易對好；有同字則不然，必定同字要對同字，未有這樣的凑巧。所以同字相對，也爲欲求工的方法中的重要一種，不可不注意的。

同字相對，也可分作兩方面來說：一種是叠字相對，一種是非叠字相對。叠字相對者，即出句有兩叠字，或兩個以上的叠字，對句也必須對兩叠字或兩個以上的叠字。例如："事事難上難，舉足常虞失墜。　件件想一想，渾身都是過差。""事事"叠字，"件件"亦是叠字。又如："寶塔六七層，層層向上。　樓梯八九步，步步高陞。""層層層"三字，"步步步"三字，亦是叠字。非叠字相對者，即出句有幾個字相同，而對句也要幾個字相同，不能有異。例如："閑暇出於精勤，恬適出於祗懼。　無事必先能慮，大膽必先小心"一聯，出句有兩"出於"二字，所以對句也對兩"必先"二字。又如："心性見之事功，心性方爲圓滿。　經濟出自學問，經濟始有本源。""富貴貧賤，總難稱意，知足即是稱意。　山水花竹，無恒主人，得閑便是主人"二聯，兩"心性"對兩"經濟"，兩"稱意"對兩"主人"。以上爲二字相同者。也有同三字或四字，而對句也同三字或四字者。例如"我人該爲子孫造福，豈可爲子孫求福？　士夫當於此生惜名，切勿於此生市名"一聯，兩"福"字對兩"名"字；兩個"爲子孫"三字，對兩個"爲子孫"三字。又如"戒之在鬥，戒之在色，戒之在得。　職思其居，職思其外，職思其憂"一聯，三個"戒之在"三字，對三個"職思其"三字。又如"氣忌躁，言忌浮，才忌露，學忌滿。　膽欲大，心欲小，智欲圓，行欲方"一聯，有四個"忌"字對四個"欲"

字。又如"風聲雨聲讀書聲,聲聲入耳。 家事國事天下事,事事關心"一聯,五個"聲"字對五個"事"字。又如"出對易,對對難,請先生先對。 開關早,關關遲,讓過客過關"一聯,出句有兩個"先"字,四個"對字",而對句也對兩個"過"字,四個"關"字。又如"南通州,北通州,南北通州通南北。 東當鋪,西當鋪,東西當鋪當東西"一聯,出句有三個"南"字,三個"北"字,三個"通州"二字,而對句也有三個"東"字,三個"西字",三個"當鋪"二字。所以同字相對這種方法,同字少,比較還容易對,若同字多,則更難對;非老手有經驗者,則莫能爲。這是求工的第三法。

（四）同聲相對。什麼叫做同聲相對?所謂同聲相對,就是有幾個字同音,那邊也必須對幾個字同音。例如某輓中山先生一聯:"鍾山千古,中山千古。 俄國一人,我國一人。"鍾山,即南京紫金山,"鍾山"與"中山"同音。俄國一人,説列寧,我國一人,説中山先生。"俄國"與"我國",又是同音。又如"童子打桐子,桐子落,童子樂。 佳人配家人,家人願,佳人怨"一聯,出句"童子"與"桐子"同音,"落"與"樂"同音,而對句"佳人"與"家人"同音,"願"與"怨"同音。這是求工的第四法。

（五）連珠對。我們知道詩中有一種體裁,叫做連珠體。就是第一句末了一個字,又爲第二句開頭第一個字,第二句末了一個字,又爲第三句開頭第一個字,接着依此下去,又至最末了一句爲止。又有同半字的,也是這一種例。在對聯中亦然。亦有所謂連珠體者。例如"無錫錫山山無錫。 平湖湖水水平湖"一聯,出句第三字"錫"連着第二字"錫",第五字"山"連着第四字"山",末了"無錫"二字又連到頭兩字"無錫";而對句第三字"湖"連着第二字"湖",第五字"水"連着第四字"水",末了"平湖"二字又連到頭兩字"平湖"。又如"移椅倚桐同玩月。 點燈登閣各攻書"一聯,出句"倚"應爲"椅"之半邊字（此處稍有錯誤）。"同"爲"桐"之半邊字,而對句"登"爲"燈"之半邊字,"各"爲"閣"之半邊字,兩邊都是連接半邊字做成的。像以上兩種的例,均爲連珠體的用法。這是求工的第五法。

（六）同邊相對。什麼叫做同邊相對？所謂同邊相對，就是一副對聯，每邊都要用同一樣的邊旁。譬如這一邊完全用一木旁，或其他的邊旁之字，那邊也要對一火旁，或其他的邊旁之字（除掉木旁以外），不能錯訛一個。這是叫做同邊相對。例如"江河水深淺。

閣閭門開關"一聯，出句全爲水旁，對句全爲門旁。像這一種的對聯，無論你是用辵旁水旁火旁木旁金旁刀旁，或艹頭宀頭尸頭網頭广頭穴頭虍頭气頭等等，若是這一邊你用一個辵旁，則此句完全到底都要用辵旁字，不能用一雜字（有時例外）。對邊亦是一樣，不過不能與出句同邊就是了。這是求工的第六法。

以上六種方法，雖是爲初學對聯求工的門徑，但是要想能夠應用的好，斷非易事。初學的人，必須按班就步，一層一層的把它瞭解，然後再由淺入深，由易入難，方可有學成的一日。若是不相信我這個話，可請你們來嘗試一試。

二十二年十一月二十六日脫稿。

（《珊瑚》一九三四年第四卷第十期）

新年聯話

吳去疾 撰

　　載於《神州國醫學報》一九三四年第二卷第五期。作者吳去疾，浙江淳安人，曾任《神州醫學報》編輯，兼精醫術，寓居上海應診，卒年六十二歲。《新年聯話》收錄春聯四副，多嘲謔之作，亦錄不平感慨之言。

　　林琴南先生，前在《北京平報》作《鐵笛亭瑣記》（約在民國三四年之間），記一老儒寓京師，新年榜一聯於門。上聯云："男女平權，公說公有理，婆說婆有理。"下聯云："陰陽合曆，你過你的年，我過我的年。"語頗滑稽。說者謂此聯乃林先生所作，而托之他人者。後見商務印書館出版之《畏盧瑣記》（即《鐵笛亭瑣記》改名），竟無此一則。殆由林先生自去之歟？

　　況蕙風云，某公寓京師，其鄰爲妓院。新年自爲春聯云："老驥伏櫪。　流鶯比鄰。"人見而異之。翌日過之，已撕去矣。

　　相傳南唐時有妓某倩韓熙載爲撰春聯，韓書十字與之，曰："有客如擒虎。　無錢請退之。"

　　近見某報載一春聯，意極感慨。錄之如下："陽多匪，陰多鬼，我亦塵埃同靡靡，其呼我爲牛馬乎？唯唯。　醉裹臥，夢裹歌，爾胡高冠猶峨峨，將以爾爲犧牲矣！呵呵。"

（《神州國醫學報》一九三四年第二卷第五期）

晤言一室聯話

蘧廬主人 撰

　　載於《大道半月刊》一九三四年第二十四期。作者蘧廬主人，生平事迹不詳。《晤言一室聯話》套用嚴滄浪"詩有別才"一語，提出"作聯語亦自有一種別才"，確有所見；并説"自競尚白話以後爲尤難"，亦有道理。

　　作聯語亦自有一種別才，佳者殊不易覯，自競尚白話以後爲尤難。近所見聞，有足記者。
　　某鎮某翁設壽筵，演劇侑觴。其地以蔣潘二姓人丁最多數，致多列賓筵，因素不相能，互派演二姓冠冕之劇以相侮，竟由口角而至揮拳，主人屈膝以和解。一客作聯以誌其事云："過江獻策，報國盡忠，串來一部梨園，堪笑官場真做戲。　賓客揮拳，主人屈膝，推倒兩行華燭，從今海屋怕添籌。"夫海屋添籌字樣，庸俗已極，加一怕字，便覺逸趣横生矣。
　　又某縣知事前任姓宋，爲愷悌君子，後任姓王，爲刻薄奸吏。人于其大堂上，乘間書懸紙額，爲"民之父母"四字，兩旁書帖紙聯云："當在宋也此之謂。　如有王者惡在其。"甚狡慧。
　　財神塑像，騎虎執鞭。有擬聯云："騎虎之勢誰能下。　執鞭可求吾亦爲。"極嬉笑怒駡之致，傳爲瀏陽麓樵明府所作。
　　倪文蔚宦湘，所至見惡。人析文蔚爲聯詈之云："叉手問天，那一點可對黎庶。　陳尸見衆，斬寸草不留根株。"匾額爲"人不像人鬼不像鬼"八字。以姓倪也。與嘲笑續立人之尊姓"原來貌不足，大名倒轉冢而啼"之歇後語聯，異曲同工。
　　輓聯如易翔倫先生代黃軼群縣長輓在寧遠殉節楊明遠縣長之聯云："綰縣符在百里之間，君憂巨寇，我患強鄰，同病正相憐，痛敵賦飄搖，援兵無術張巡死。　垂鼎名于千秋以後，妻獲生還，子成令器，九原更何恨，喜長沙風雨，剪紙齊招賈誼魂。"及蟄廬主人輓譚組盦之太夫人聯云："令君繫全楚安危，尊文勤督部以還，別開一局。　禮次預中樞密勿，張江陵救時而出，各有千秋。"又代輓某夫人云："生讀范滂書，最堪欽淑善門庭，篝燈課子。　葬依小喬墓，憾不見英雄夫婿，挂印封侯。"皆沉着，復軒昂。
　　"生入玉門關，傷命不如班定遠。　招魂江漢水，愴懷曾送柳屯田。""令子飛將軍，是七二峰靈秀，百二關鎖鑰。　先生柱下史，有五千言道德，八千歲春秋。"云係瓣薑先生手筆。
　　徐三水輓康南海云："四十年患難相隨，歷久俱知夫子聖。二千載斯文忽墜，從今誰解衆生迷。"不易仰贊高深，妙能包舉一切。
　　龔同詠輓王子蓬孝廉二聯云："宏文碩學蔚儒宗，才過古人，不掩其德。　直膽忠肝急世難，謗滿醜類，無損於名。""壯哉，對月發高歌，回首列座右別談，永今夕兮永今昔。　痛矣，侵晨傳噩耗，揮淚趨榻前拜傾，哭斯人也哭斯文。"
　　李惕仁孝廉自輓云："枉費著冊載工夫，傳世則無學，治世則無才。至此萬念俱灰，縱有學有才，亦成塵土。　這算是一生結果，好我者必悲，惡我者必喜，要之百年同盡，笑或悲或喜，皆是癡獃。"諸作尚能暢抒胸臆。
　　張子敬女侄慧嬋歿葬板橋，與夫同穴。楚南戇叟輓云："是曾修到梅花，趁綺閣暗香時，化爲蝴蝶。　真個莫拋蓮子，爲板橋流水畔，睡有鴛鴦。"
　　柳州朝陽巖是柳柳州遊詠之所。易翔倫先生題聯云："一拳頑石何奇，全仗他豪俊文章，博取千秋名勝。　極目中原多故，只剩得美人香草，長留萬古清芬"。又題白鶴莊云："訪鶴又新年，重飲屠蘇，名園片石三生債。　迎春膺景福，同聲如意，好花佳節半開时。"题某村居联云："摩诘之居，宜书宜画。　昌黎所谓，可凿可耕。"或清刚，或蕴藉，佳作也。

"一鹗忽翔万云怒。　群虬相奋孤剑啼。""云声雁天夕。　雨梦蚁堂秋。"谭瀏阳精心锤炼之作。"皇皇思作众生眼。　板板知为上帝形。"是书以赠唐瀏阳者。

长沙有曲园，都人士游憩之所。求门联，多不适。王湘绮集句云："曲径通幽处。　园林周俗情。"人所习见，非经其拈出不可。

"芳草接天涯，几重山，几重水。　坠叶飘香砌，一番雨，一番秋。"梁任公集词为联以赠无策公者。"一带林塘诗境界。　四时花鸟隐生涯。"作者瞿根约几赠与葛文园。"人有侠肠难富贵。我非儒术亦迂疏。"陶小珊先生拟悬书斋者。均堪传诵。

赠妓者亦常有妙句。赠沈天香云："天壤有人空负汝。　香尘似海渺愁予。"赠白玉霜云："祝我生生逢碧玉。　为卿夜夜捣玄霜。"赠金枝云："金若可挥，何妨如土。　枝犹堪折，莫待无花。"赠金桂云："金粉丛中春富贵。　桂花时节月团圆。"赠金莲云："金至挥时须视土。　莲非探过不知香。"集赠竹香云："日暮倚修竹。心清闻妙香。"二联传为某倩湘绮所作。有号凤楼，孀妓小五，人有集句赠之云："小楼一夜听春雨。　五凤齐飞入翰林。"分嵌二号，妙语天成。"托根占尽之江碧。　献艺无伤幽谷兰。"金纯之老人拟赠女伶胡碧兰。又，"羲皇以还，苍苍凉凉，数千年打不破英雄儿女。　仙佛而外，奇奇怪怪，几百种最可怜侠骨痴情。"则是凭空寄慨者。

滑稽之诗，亦有可识者。如昔某嘲刘岘老云："惟楚为有材，首推刘坤一。　试问何所长，马褂二尺七。"又吴教谕年老，齿尽落，两耳残缺，不曾留髭鬚。随同官衙参，有笑以诗云："老师尊姓吴，无耻之耻无。　然而无有尔，则亦无有乎。""耻尔乎"三字借音，殊冷峭。附记之。足博一粲。

（《大道半月刊》一九三四年第二十四期）

白雲聯話

英　傑　撰

　　載於《新村半月刊》一九三五年第三十四期，未見續篇。作者英傑，姓名里籍不詳，僅知其在《學生會刊》《吳江鄉村師範學生會刊》發表《寫作講話：雜談新詩》。是篇聯話認爲聯語"爲我國文學之特產"，這一特點乃由於我國文字單音節的特性所決定。作者還認爲聯語在點綴風光，助人遊興上作用不小，"此所謂雖小道，必有可觀也"。篇名取名爲《白雲聯話》，乃因作者所話之聯全爲形容當時廣州白雲山之聯語。

　　我國文字以單音語之故，遂產生駢四儷六之文，判白妃紅固非外國語所能步後塵，而對聯匾類尤爲我國文學之特產，彼拼音語實無所施其技。試思以一言兩語足抵長篇大論，其功用不亦具體而微乎？況騷人墨客每於名山大川，荒寺古刹，題咏佳句，刻木鑴石，點綴風光，增人遊興，此所謂雖小道，必有可觀也。

　　遊山玩水是余平生唯一之嗜好，每至一處，如有楹聯匾額，必擇其尤者鈔錄原文以歸。去歲乘鄭仙誕之期登白雲山，遊覽之餘，搜集對聯頗多，前賢文墨，雅逸可愛，爰記之如次。

　　由沙河循山路步行，途中所遇，汽車軋軋，往來不絕，兩邊行人幾乎閃避不及，約一刻鐘後抵雲泉山館。門聯云："見山樂山水樂水。　似隱非隱仙非仙。"

　　由此寺穿過，上百步梯，捉膝而登，至白雲公園三叉路口鼓勇前進，直上鄭仙巖山頂。鄭仙祠左門額題"雲岩"二字，聯云："鶴留仙迹著。　岩古洞雲新。"

入正座，見有"仙翁殿"三字，殿前男女參神者如蟻附羶。出祠向東北行，到雙溪寺，正座有"大雄寶殿"四字，其一聯云："過此橋來，看曲水流觴、泉飛卓錫。　登斯堂者，聽花前説法、苑外聞香。"其二聯云："暮鼓晨鐘，峰外鏗鏘聲互答。　梵音法語，雲中縹緲韻悠揚。"其三聯云："四大皆空，寂滅須參心性悟。　三摩已證，聲聞莫說口頭禪。"

寺外林木蔭翳，風景宜人。向右行到白雲寺，前照壁有"白雲古寺"四字，下左爲"佛境"，右爲"仙踪"。聯云："如日麗中，萬流共仰。　登峰造極，三教同尊。"對面照地有"回頭是岸"四字，下左爲"寶筏"，右爲"慈航"。九龍泉門額有"蒲香亭"三字，其聯云："九節靈根分葛井。　千年仙餌釀濂泉。"中堂有"白雲晚望"四字，聯云："蒼茫塵海應無我。　澎湃波濤且渡人。"正殿門上有"白雲仙境"四字，正座有"三教殿"三字，聯云："移風易俗尊三教。　養性修心悟一源。"神龕前有長聯一副，原文云："大九州各有開天群聖在。　積萬歲誰參宗道一成純。"神殿左旁闢置"修養室"，門聯云："修身淑世隱君子。　養氣知言大丈夫。"

寺前風景頗佳，惜欠樹木。再向寺背循山路直上，便是摩星嶺頂，登高一望，旁流八表。在摩星嶺略事休息復循路下山，向東邊行到能仁寺，其正座有"慈雲默蔭"四字，楹聯頗多。其一聯云："一徑入雲深，即色即空，赫赫聖靈幻出千般手眼。　群峰當戶秀，如罨如鳥，巍巍輪奐大開中妙法門。"其二聯云："甘露濃敷，看蒲潤流香、穗垣浥潤。　慈雲布護，問鶴舒臺杳、虎跑泉新。"第二座神殿有"釋迦佛祖"四字，其斗井柱聯云："如是我聞，上中下乘真寔非誑語。　無量法界，古來今世虛空不壞身。"頭門額上有"金剛法界"四字，聯云："路關蠱叢，頑石點頭皆覺悟。　門開洞達，白雲有腳自知還。"

出能仁寺，依舊路下山，歸至城市，時已炊烟四起矣。

（《新村半月刊》一九三五年第三十四期）

無聊齋聯話

肖　萍撰

《無聊齋聯話》發表於《慕貞半月刊》一九三五年第一卷第六期,《無聊齋聯話(續)》發表於《慕貞半月刊》一九三五年第一卷第七期,《無聊齋聊話(續三)》發表於《慕貞半月刊》一九三五年第一卷第八、九期,《無聊齋聊話(續四)》發表於《慕貞半月刊》一九三六年第二卷第一期,《無聊齋聊話(續五)》發表於《慕貞半月刊》一九三六年第二卷第六、七期,《無聊齋聊話(續六)》發表於《慕貞半月刊》一九三六年第二卷第九期。署名均爲"肖萍",生平事迹不詳,似爲女性。《無聊齋聯話(續)》認爲文人爲聯,字工甚易,妙意實難。《西廂》中有不少巧對,而大抵意整詞不工。《無聊齋聊話(續五)》指出無論什麽文藝作品,皆以情趣爲重心。其情趣愈深愈濃時,則其吸引力愈大,因而其評價亦愈高。反之,單調艱澀,徒有軀殼,毫無靈魂的作品,決難爲人所歡迎、贊仰。爲聯亦然,聯之出於無心者,自然成趣,巧奪化工。於匠手者,規矩有餘,奄奄一息。《無聊齋聊話(續六)》認爲爲聯猶爲作詩,貴乎機妙,尤貴乎有神韻。總體來說,作者認爲古人聯語的妙處在於自然有神韻,今人不能勝過古人的原因是注重推敲字句而忽視神韻和情趣。也因作者這一觀點,《無聊齋聯話》中所記諸多聯語,并不符合當時及當下普遍認同的聯語末字上仄下平之規則,然此種不合於時的做法爲後世留下了楹聯發展多面性的印記。

一

　　一窮酸秀才，窮極無聊，題於書齋壁上曰："窮，窮，窮，窮透。"適有一落拓文士過門討乞，秀才怒問之，以文士何以這般潦倒？乞者曰，我弄得一身之外無長物了，真是"光，光，光，光旦"了。秀才默頷之。歸而配諸壁上。遂成一副絕巧妙對。

　　記得某古刹中，有警對，上聯云："世上唯有修行好。"還沒有什麼。再看下聯："人間無如吃飯難。"則一言道破紅塵苦，是故予甚喜之。

　　予鄉有兩地，一名"下河廟"，一名"來回店"。記得予束髮受書時，莊人戲爲予出對曰："小大姐，上下河廟，坐南朝北吃東西。"以試予能否聯上。予忽然憶起一句"五冬六夏"俚語，乃答云："高矮子，去來回店，'五冬六夏'看春秋。"鄉人因誇予有聰明，實非予出自心裁也。

（《慕貞半月刊》一九三五年第一卷第六期）

二

　　文人爲聯，字工甚易，妙意實難。如"雪滿山中高士臥。　月明林下美人來"的清幽意境，則遠過《西廂》之"人間良夜靜復靜。天上美人來不來"。蓋前者字意兩工，後者字工而意甚平凡。又如小晏之"落花人獨立，微雨燕雙飛"，與王漁洋之"無可奈何花落去，似曾相識燕歸來"相比①，則前者喜其有幽靜美，後者則失之無神韻矣。

---

　　① 整理者按：此處有誤，"無可奈何花落去，似曾相識燕歸來"作者爲晏殊。

予嘗論《西廂》中有不少巧對，而大抵意整詞不工。如鶯鶯之"悲合離歡一杯酒。　東西南北四馬蹄"，寫離情尚屬逼真，而"荒村雨露眠宜早。　野店風霜起要遲"一聯，不特寫情入妙，字對亦甚工致。他如"文章舊冠乾坤內。　姓字新到日月邊"一聯，則俗不可耐，市井氣似乎太深。

予生平最喜佛門禪聯，以其多發入深醒之語也。如"寺內無燈憑月照。　山門不鎖待雲封"一聯，為司空見慣者。但其禪機則使汝尋味，永無俗意。若"陽世奸雄，傷天害理總由己。　因果報應，古今往來放物誰"之語，字雖略欠工夫，而屬意亦良足取式。今春予遊大同雲岡時，聯對纍纍於楹壁，其一針見血之作，應為"放下千斤名利擔。　拋却一片是非心"，因其為真心解脫語也。

戲聯舊時頗有佳者。如取意於經典者："色莊者乎，儼然君臣父子。　言戲之耳，謠是兒女夫妻。"尚不覺如何特殊。其寫得較生動者，吾愛"粉墨登場，優孟衣冠，演得離合悲歡事。　現為達官，轉瞬匹夫，表出兒女夫妻情"，然猶不若"裝誰像誰，誰裝誰，誰既是誰。　看我非我，我看我，我亦非我"之別有滋味也。

（《慕貞半月刊》一九三五年第一卷第七期）

三

曩者，師生之間，頗有聯對之風。記得某塾師以其學生某好睡，出對責之，并令答下聯云："盹盹睡睡，睡睡盹盹，越盹越睡，越睡越盹。"某生知其譏誚自己也。遂對云："生生死死，死死生生，先生先死，先死先生。"某塾師聞而莫可如何。然對之工巧，無云絕矣。時又有某女東家送學生赴校，醜態百出。於是氣得老學究隨口賦云："楊柳榆槐，吟風各自起浪"，不料女東家亦才人出身，立即答云："黍稷稻粱，雜種那個先生。"雖近猥褻漫罵，而聯對之機妙，頗屬好玩。

回憶十年前，予尚爲一中學生。時教師中有牛任重、馬千里二君者，待予頗善。牛老師體瘦而耐勞，志氣不凡；馬老師高而善走，工於辭令。予當時固好撥弄文字者，於是暗射兩先生而爲兩聯。一云："牛先生無牛樣，偏能任重。　馬老師真似馬，不愧千里。"一云："牛先生昂昂，志氣冲牛。　馬老師衮衮，交辭似馬"。一時數百同學，傳爲佳話。

　　座右銘中每多警對。如"書有未會經我讀。事無不可對人言"一聯，實甚耐人尋味。至於"書到用時方嘆少。　事非經過不知難"，"酒逢知己千杯少。　話不投機半句多"等，固屬老生常識，而其深旨奧義，則非字面所能包蓄者。

　　予常見春聯中有"一夜兼雙歲。　五更分二年"，形容除夕，恰到好處。而"老叟點頭辭舊歲。　小兒拍手過新年"，刻繪老人與兒童之心理不同，尤屬盡致。常聯中，予喜"栽培心上地。　涵養性中天"一聯，以其蘊有無限禪意也。以心性比爲天地，其廣闊當包羅萬有矣。

　　於詩詞中偶爾發現一二巧對，非平常可比者。如"兩個黃鸝鳴翠柳，一行白鷺上青天"，數字表色，字與實物完全相對。是律詩頷聯頸聯之特殊表現。又如"七八個星天外，兩三點雨山前"，自然成章，毫無造作之痕迹，亦覺幽雅可愛。詞中如是語句，似亦不少，但予以是爲絶響。

　　古刹破廟中，時有奇聯。其中關岳廟之聯對多爲人所注意。如："志在春秋功在漢。　心同日月義同天。"是贊美關聖帝君者。比"心存漢室三分鼎。　志在春秋一部書"則高明多多。岳武穆精忠報國，爲奸臣秦檜暗害，後人惜之，爲之立廟，塑像於中；檜夫婦相對跪於階下。故岳飛廟有聯云："蓬首垢面跪階前，想想當年宰相。　端冠垂旒臨上座，看看今日將軍。"諷喻奸忠果報，亦云逼真已。

　　拆字爲對者，多出於文人課館之暇，用以解悶。如："張長弓，騎匹馬，單戈獨戰。　李木子，在大土，因火成烟。"諧音爲對者亦然。如"白楊下卧白羊，羊吃楊葉。　黄梨上落黄鸝，鸝啄梨枝。"

然以之語對聯之韻妙,則不足道也。

(《慕貞半月刊》一九三五年第一卷第八、九期)

四

昔人爲聯,并無近今之善推敲字句,多自然拈成。如"無風烟焰直。 有月竹陰寒。""日移竹影侵棋局。 風送花香入酒巵。""風雨江城暮。 波濤海寺秋。""一回酒渴思吞海。 幾度詩狂欲上天。"爲當年宋劉少逸與羅思純聯句時所出,讀之自然成趣。

明李東陽,少有奇才,帝愛之置於金膝,其父立帝旁。帝曰:"子坐父立,禮乎?"東陽云:"嫂溺叔援,權也。"帝又難之曰:"螃蟹渾身甲冑。"東陽云:"蜘蛛滿腹經綸。"其機靈如此。又宋王禹偁爲文甚敏,亦嘗與畢士安聯對。畢云:"鸚鵡能言爭似鳳。"王云:"蜘蛛雖巧不爲蠶。"清權臣和珅伴駕行至京郊,時值陽春三月。帝俯視即是:"野外黃花,恰似金釘釘地。"和珅聞而咋舌,遠矚北海塔喜云:"城內白塔,好比玉鑽鑽天。"諸如此類,大抵出於才人一時興會所至,否則萬難絕倒一世也。若夫"閉戶推出窗前月。 投石擊破水中天",秦觀之閨房巧對,係被逼而出,亦足以膾炙人口。

吾幼時,甚喜一聯,即:"柳影入池魚上樹。 槐蔭鋪地馬登枝。"暗射自然景物維妙維肖。其字句與意義兩相雙關者,記得曾有"藺相如司馬相如,名相如實不相如。 魏無忌長孫無忌,彼無忌此亦無忌"一聯,以人與事實巧湊成對,實足令人捧腹。至於"冰凉水,一點兩點三點。 丁香花,百頭千頭萬頭"一聯,徒側重字形,弗足道也。

近與鄭校長談及對聯,彼謂現代聞人王正廷氏談吐頗風雅。在某宴會席上,曾當衆説過一至十字之巧對。此對係叙主客飲酒時之談話趣語。即有一客人至某宅門前敲門,主云:"誰?"客云:"我。"主:"焉往?"示不開門而拒之也。客云:"特來。"主不得已開門迎之人，至客廳，云"看茶去"，客："拿酒來"。主："張旭三杯。"客："李白一斗。"主："無餚難下口。"客："有酒便開懷。"主："轉聯已盡三斗。"客："何妨再開一罎。"主："厨下小介已睡去。"客："堂上尊嫂敬酒來。"主："尊客無厭，必非君子。"客："貴主惜酒，定是小人。"（第九字缺）主："綮綮綮，綮綮綮，三更三點。"客："來來來，來來來，一口一杯。"讀之妙趣風生。惜第九字聯遺忘，致成圭瑕。

曾記七年前，予祖母逝世時，予引成語輓之曰："春風風人，夏雨雨人。　解衣衣我，推食食我。"蓋思念老人心切，無意中得其愛護人之神韻也。

（《慕貞半月刊》一九三六年第二卷第一期）

五

無論什麼文藝作品，皆以情趣爲重心。其情趣愈深愈濃時，則其吸引力愈大，因而其評價亦愈高。反之，單調艱澀，徒有軀殼，毫無靈魂的作品，決難爲人所歡迎、贊仰。爲聯亦然，聯之出於無心者，自然成趣，巧奪化工；於匠手者，規矩有餘，奄奄一息。所以，當我們讀古人詩的時候，祇要我們留心玩味到那裏的細妙處，我們便立刻見到有許多妙趣天成的聯對在那裏活現着。如老杜《清江》一首描摩長夏江村的幽境，有"自來自去梁上燕，相親相近水中鷗"之語；《曲江對酒》一首寫薄暮春光景，有"穿花蛺蝶深深現，點水蜻蜓款款飛"之語；細細看來，無處不相合。而自然可愛，却遠勝於其他律詩中的"頷""頸"工對矣。中唐時，賈浪仙作詩有"鳥宿池邊樹，僧敲月下門"之句；晚唐温飛卿有"鷄聲茅店月，人迹板橋霜"之語；皆膾炙人口，爲後人所稱賞。但意境幽遠，殊少韻妙耳，倒不如"櫻桃樊素口，楊柳小蠻腰""詩人老去鶯鶯在，公子歸來燕燕忙"，來得別具風味。

當十年前，予鄉土匪猖獗，家家魂夢難安。有土財主某，兄弟四人皆年屆花甲，共守一八歲男孩，鄉人稱之曰"獨苗"。爲匪所聞，在風聲鶴唳之夕，呼嘯而捉將山裏去。於是禱於廟堂，如生還必謝神。會官方剿辦甚緊，該男孩於匪忽於監視之下，當夜遁逃至家。於是，全家騰歡，以是神靈果驗。遂克日演戲謝神，詣塾師爲聯，塾師暗射此中經過云："喂，竟能回來，全家福合家樂，謝我神明。　呸！什麼東西，仗賊多，發賊橫，擄人子弟。"觀者相顧，一時遍傳鄰里。

民國十七年，北伐告成。黨氣盈溢，笑話百出。好事者曾戲謔而爲之聯，以見當時黨人之膚淺輕薄者，雖多不堪登大雅之堂，吾人會意，亦甚好玩。聯從略。

瀏覽已往之閨房故事，姑嫂之間亦頗多艷體聯對，情趣之巧妙，對仗之工合，無以復加。俗不傷雅，艷不至麻。吾嘗道之與友輩，莫不笑逐顏開，絶口稱贊。其聯維何，姑待翌日，此從略。

叠字爲聯，古即有之，其風趣不亞於迴文詩詞。近睹羅賢楚君所記三首，十分精緻可愛。其一，記報舒："是是非非，天天談談說說。　好好醜醜，事事詳詳細細"。其一，記戲院："文文武武，出出吹吹打打。　男男女女，人人看看聽聽。"其一，記十年前軍閥政局："南南北北，文文武武，鬥鬥爭爭，時時殺殺砍砍，搜搜括括，看看乾乾净净。　户户家家，女女男男，孤孤寡寡，處處驚驚惶惶，哭哭啼啼，真真慘慘悽悽。"尤以最後一聯，幾寫盡了軍閥時代的情景。予因之亦暗射慕貞之"送別會"而爲叠字聯云："姐姐妹妹，依依戀戀，請請送送，樣樣吃吃喝喝，說說笑笑，個個歡歡喜喜。　大大小小，忙忙碌碌，推推讓讓，種種玩玩藝藝，打打哈哈，人人高高興興"。

婚聯與輓聯中，亦有時頗多精金美玉之作。不過，結婚是一種喜幸事，可以隨便開玩笑，形之於墨楮，還無不可；若"當大事"，則必鄭重其事，論功述德，故往往弗及婚聯有趣。

(《慕貞半月刊》一九三六年第二卷第六、七期)

六

爲聯猶爲作詩,貴乎機妙,尤貴乎有神韻。宋儒朱熹一生最得此中巧趣,如其在漳州所作:"鳥識元機,銜得春來花上弄。 魚穿地脈,拖將月向水邊吞。"真覺餘味無窮。猶憶明太祖除夕爲"醃豕苗"家作春聯云:"雙手劈開生死路。 一刀割斷是非根。"筆力蒼勁,語意雙關,余頗喜之。

曩昔散人每多消閑之作。如《蔽帚齋餘談》所記:"無子無孫,盡是他人之物。 有花有酒,聊爲卒歲之歡。"頗有落落寡歡之概。又有:"門前白水流將去。 屋裏青山跳出來。"描摹身處幽境,十分自然可喜。

讀之悚然心驚者,莫如藉事諷世。如屠門有:"仗義半從屠狗輩。 負心多是讀書人。"罵得如何痛快淋漓。又:"金欲兩千酬漂母。 鞭須六百撻平王。"氣派亦頗咄咄逼人。又:"雞因糧絕潛踪去。 犬爲家貧放膽眠。"皆屬諷人情世故者,傳爲徐英所作。

明福王楹帖中有"萬事不如杯在手。 一年幾見月當頭"之句,讀之亦覺深永可愛。張文端公英未遇時,過華山題陳希夷廟云:"天下太平無一事。 山中高臥有千秋。"語意亦自不凡。

宋儒張橫渠,潛心理學,頗肯吃苦,其聯曰:"夜眠人靜後。 早起鳥啼先。"可爲後生之規戒。清儒朱竹垞詠粥廠云:"同是肚皮,飽者不知飢者苦。 一般面目,得時休笑失時人。"更足發人深省。

民初王湘綺應袁項城聘北來就國史館總裁之職時,曾爲聯以嘲當時之政局云:"民猶是也,國猶是也,何分南北。 總而言之,統而言之,不是東西。"一時傳爲佳話。不但語意雙關,對仗亦頗工致,倘非老手,弗能爾也。

某君知己凋落殆盡,又喪其一,爲之聯云:"世上所留無幾,今君又去。 地下若逢諸友,説我就來。"沉痛而纖巧亦謂佳構。又某君年已古稀,猶應童試。好事者作聯以嘲之云:"行年七十尚稱童,不愧壽考。 至老五經仍未熟,可謂書生。"說意雋妙,頗足解頤。

清合肥李鴻章(文忠公)公與常熟翁同龢(叔平公)當國時,有人嘲之云:"宰相合肥天下瘦。 司農常熟世間荒。"味甚語意,詼諧中寓有譏謔之意,故甚爲人所樂道。

以婚事爲聯者每多戲謔玩笑之詞。吾憶某君之"孀婦再醮"聯云:"養子而後嫁者也。 得妻則將搜之乎。"兩句皆出《四書》語,渾成不俗,余頗喜之。他如作賀新婚聯以調人之侃者,有:"不破壞焉能進步。 大衝突乃有感情。"清新別致,亦頗不凡。

佳聯之出於俗子庸夫口中者,亦時具精意。如《庸臾筆記》云:"得一日過一日。 到那裏說那裏。"若李壁瑜孝廉之:"傷心夜雨蕉窗,點一半盞寒燈,替諸生改之乎者也。 回首秋風桂院,剩一枝禿筆,爲舉家謀柴米油鹽。"文士失意困頓之悽流情思,實堪憐憫。然則,今日困守營城者,得毋與之有同感乎?

爲婚嫁作聯語,隨便出以笑談筆調,固共易易;若輓聯則頗要天才與手藝。下焉者,刻繪死板,堆砌古典,反失哀輓之初心。上焉者,妙手拈成,天衣無縫,恰合死者的身分。名妓賽金花死,故都人士念其生前有功於聯軍之役,憫而爲之治喪。昨應友人囑代成一聯。上句云:"靈飛蒼穹,三生孽緣,是是非非,從此靈飛不歸趙。"下句是:"金花凋落,一世風塵,顛顛倒倒,至茲金花賽無人。"撰就後,頗爲友輩所垂許,推爲字字不虛,語語雙關,有名士手筆風味。余因出於偶得亦頗欣然自傲。然以視古人,猶覺拙不自勝也。

二十五,十二,八日,下午。

(《慕貞半月刊》一九三六年第二卷第九期)

人治廬聯話

同　甫撰

《人治廬聯話》五篇，分別發表於《海王》一九三五年第八卷第二期、第六期，一九三六年第八卷第十一期、第十二期、第十七期。署名爲"同甫"，生平事迹不詳。《人治廬聯話》所錄五篇皆爲廟祀類，各有褒貶。

一

古帝王廟楹聯，佳者絶少。如舊傳河南陳州太昊陵聯云："剖造物之精，永垂爻象。　開生民之利，共樂佃漁。"僅道着尋常語。陳逢元題神農廟聯云："后稷善承先，以稼穡明民，配天合紀司農績。　許行空好古，持饔飧立説，入世徒爲酒食人。"以后稷許行襯出神農，用借賓定主法，亦具巧思，特不甚精湛耳。

慈利田東溪金楠題女媧宫聯云："以神謀配皇煌帝諦之尊，道在人論，不使衣冠淪異族。　繼太昊俾天柱地維無恙，世留廟祀，猶餘伏臘走村翁。"尚有新意。川人德陽彭劍威題廣漢雨粟樓倉聖龕云："天雨粟，鬼夜哭。　治萬民，察百官。"本地風光，有太羹玄酒之味。

南通顧晴谷曾煊善爲長聯，多剛健之氣，能得陽剛之美，有題倉聖祠聯云："自書契創興，梵右行，佉盧左行，卓彼軒史，爲東土生民治察所由，其時作者二八，何以同官沮誦，紀載弗傳焉"，驚風雨，泣鬼神，蓋獨享盛名久矣。　凡受童肄習，籀大篆，李斯小篆，粲然壁經，皆古文奇字孳乳而出，於法祀之百世，豈惟故里利湯，馨香無慝也，節春秋，致工作，即遍稱殷祀宜哉。"硬語盤空，絕似一篇論贊。

顧氏又有倉聖廟聯云："上世治，結繩製作肇興，不亞於大撓容成隸首臾區伶倫諸佐。 後人呻，占畢篇章殽列，更傳有爰歷博學凡將急就元尚等書。"則又作考據家語矣。

南通武廟東偏，故有隙地，邑人組惜字社，奉倉聖，後乃建新廟貌，晴谷又題聯云："爲文字之祖，子孫籀隸，奴僕楷行，句曲效奎垣，四千年載籍精英，在天成象。 有功德於民，劍烏彭衙，豆籩袳祔，馨香通海甸，三百里人才都會，飲水知源。"則於剛健之中，又潤以詞藻矣。

陳桐階逢元題倉聖廟聯云："古文仰作家，論周孔神靈，也當瞻拜門牆，於此同來問字。 大筆驚雄鬼，除梵盧伯仲，可以別開徑術，其他未敢抗衡。"驟觀之似有新意，然合上下聯細按之，輕周孔而重梵盧，於義爲舛，自不及顧作之佳也。

舊傳大禹廟聯云："三過其門，虛度辛壬癸甲。 八年於外，平成河漢江淮。"爲大禹作聯，則頗貼切，而於廟宇不免遺漏。永康縣禹王廟有聯云："五穀熟而民人育。 九河疏則水土平。"與前聯同弊，且"五穀"句以切稷，僅"九河"句切禹耳。

楊穌父題漢中大禹祠聯云："原隰甸南山，溯八載神功，如見巨靈開太華。 祠堂建東漢，千秋順軌，流將明德過瀟湘。"江津禹王廟聯云："岳牧無才，唐虞不免憂饑溺。 岷嶓既藝，飲食宜言孝鬼神。"兩聯均就人與地分開描寫，尚稱合作，語亦雅致。

某君集杜詩題禹王廟聯云："疏鑿控三巴，深山大澤龍蛇遠。 勛業超千古，複道重樓錦綉愁。"壯麗之中，極開闊動盪之致，而出邊尤勝。

王達城題韓城禹廟云："一道鑿空，白雲覆地。 兩山立壁，黃河中流。"又王樵也聯云："東龍門，西夔門，行地喜安瀾，歷數勝游，疏鑿千年懷禹迹。 左晉嶺，右秦嶺，極天撐峭壁，中分兩界，別開一綫走河流。"兩聯均作寫景語，然不落凡響。

漢中大禹祠有聯云："地平天成萬世賴。　沐日浴月百寶生。"句亦壯麗可喜。

石門袁少枚（尚寅）題南京禹王宮客座云："君山茶，澧浦蘭，武陵桃花，土物似言故鄉好。　鍾阜樹，秦淮月，莫愁烟雨，風雲常覺此堂雄。"則又舍禹廟而言客座，以故鄉土物與白下風雲，相提并論，亦文人別調也。

宜豐胡思敬題夷齊廟云："君父未亡，忍饑那可遽死。　干戈未靖，惟讓乃能息爭。"

無錫惠山尊賢祠，祀伯夷叔齊，有聯云："奮百世下，頑廉懦立。環兩山間，泉甘土肥。"人地分寫，頗有章法。

（《海王》一九三五年第八卷第二期）

二

浙江富春縣嚴子陵祠有聯云："釣者不在魚也。　先生其猶龍乎。"妙合自然，頗稱佳構。

某君題子陵廟長聯云："一件蓑衣，骯髒那朝中黼黻，你有你的四海，我有我的千秋；天下已定，老子何必官耶？本朋友義不君臣，只可把富春山，長讓與先生釣。　兩支夢脚，驚動了上界星辰，尊莫尊者帝王，高莫高者道德；此才弗用，寡人以爲過矣。望嚴灘却思商皓，縱然算豁達度，能屈他漁父同床？"矜才使氣，亦有辭藻思想，但不免俗調耳。

嘉興王誥昀甲榮題橫波大灘馬伏波將軍廟云："廟貌壯山河，想見將軍猶矍鑠。　江聲流日夜，往來旅客總平安。"亦有聲調。

金岱峰廣文題許洨長祠聯云："家傳十四篇，書合三倉爲一。律試九千字，學稱五經無雙。"又題鄭北海祠聯云："六藝折中，自教爲言教。　四民矜式，經師即人師。"貼切典雅，兼而有之。

白帝城昭烈廟墓有聯云："正統千秋，尚有紫陽綱目。　托孤數語，常留白帝城頭。"誼正詞嚴，可稱佳構。

成都昭烈墓有聯云："天府古益州，劇憐五丈荒原，出師遺恨終巴蜀。　漢家舊陵寢，贏得三分正統，望帝歸魂拜杜鵑。"議論正大，而又以搖曳頓挫之筆出之，亦傑構也。

清苑樊蔭蓀榕題成都昭烈帝廟聯云："帝本燕人，記向鄉祠崇百祀。　蜀爲正統，漫言天下尚三分。"上聯宛轉關生，頗合鄉人吐屬，下聯以正論出之，亦佳。

（《海王》一九三五年第八卷第六期）

三

蜀中張桓侯廟有聯云："春雨樓桑，無限落花悲帝子。　秋風劍閣，有人揮淚弔將軍。"又涿州張桓侯祠云："井里猶存，一旅旌旗先翊漢。　樓桑未遠，千年魂魄尚依劉。"吐屬均尚佳，而涿祠聯語，尤較貼切，以蜀祠秋風劍閣等語，未免空泛也。

上庸陳桐嘷逢元題桓侯廟聯云："邰寒膽見其武，顏戴頭感其恩，恩非暴，武維揚，不暴而恒，千古偉人，有光漢族。　蜀爲君事以忠，魏爲賊討以義，義入神，忠愛國，惟神在國，萬年香火，宜配關侯。"雖亦用演義中語，然頗有使筆如舌之妙。又題桓侯墓云："君之劉豫州乎，略分言情，似說生能助臂。　自是張翼德也，成仁取義，可憐死不歸元。"抑揚頓挫，亦稱妙筆。

成都趙順平侯祠，爲祀子龍將軍之所，清末朱菊尊京卿恩紱，奉使入川，考察軍政，謁順平祠，題聯云："使軍遙指益州來，懷古蒼茫，安得將軍重洗馬。　主騎原從鄴中起，得君繾綣，始知先帝是真龍。"詞句典雅，爲幕僚邱語雲先生繕手筆。祠中有洗馬池，相傳爲將軍當日洗馬處。至將軍初仕鄴中官主騎，事見正史，故聯中及之。邱先生平日所謂聯語，詩法曲園，對仗不苟，故能整飭若此。

五丈原武侯廟聯云："全才豈限三分國。　大勢難支五丈原。"寥寥十四字，能道出武侯生平，可稱佳稱。至成都武侯廟聯云："三分天下四川地。　六出祁山五丈原。"牽強鄙俗,未免有"東施效顰"之醜。

瀘縣萬子慎題成都武侯祠聯云:"閑時抱膝,梁父成吟,吳宮魏闕半消磨,眷念真王,九州幸有先皇帝。　盡瘁鞠躬,佳兒是繼,裴注陳書多刺謬,憑誰假托,兩表常疑後出師。"典雅綿密,洵爲學人手筆。萬氏又有"三國猶存"一首,較前聯爲遜,故不錄。

江南駐馬坡諸葛武侯祠有聯云:"慕綸巾羽扇風流,俎豆維新,比之西蜀祠堂,南陽廬舍。　冠鍾阜石城名勝,江山依舊,渺矣吳宮花草,晉代衣冠。"秀句天成,且確是江南武侯祠,不能移置他處。又一聯云:"千古江山聯北固。　一廬風雨憶南陽。"亦佳。

善化瞿子玖中堂鴻機,題白馬關諸葛祠云:"三代後一人,古來才子難爲用。　六出師兩表,文采風流今尚存。"亦有詞藻。

楊穌父先生題沔縣武侯祠聯云:"三足鼎安在哉,我來尋丞相遺踪,剩沔水湯湯,流千古恨。　五大洲多事矣,誰能挽先生復起,奮天威赫赫,攻百蠻心。"感觸時事,亦有懷古蒼茫之意。

某君題武侯祠云:"臣本布衣,一生謹慎。　君真名士,萬古雲霄。"著語無多,而本地風光,自饒風味。又武侯祠中琴堂有聯云:"南陽諸葛真名士。　天下英雄惟使君。"亦佳。

(《海王》一九三六年第八卷第十一期)

四

四川綿竹縣有諸葛雙忠墓,爲武侯之子瞻及孫尚葬處。有聯云:"想當年國勢垂危,臣主戰、君主降,止爭得盡瘁成仁,碧血尚膏劉氏土。　信名士宗風無忝,父死忠、子死孝,問同是捐軀赴難,青磷誰識鄧家墳。"慷慨激昂,而對邊結句尤爲警闢。

如皋華佗廟,有沈竹安題聯云:"橐鑰無傳,一卷傷心獄吏火。戶樞不蠹,片言終古活人方。"又崇州華王廟,亦祀華佗,有聯云:

"漢獻之朝,恨無醫國。　神農而後,賴有傳人。"均妥適。

杜祠在西安城南牛首寺左側,祀杜工部。咸同兵燹後,諸文士拓寺基爲之。東有客寮,遊憩最勝。南通顧殀谷曾煊題聯云:"初地本非真,斜月半規侵佛國。　古人如可作,寒泉一掬酹詩王。"頗有閑適之致。

杜工部旅冢在平江縣境。考《杜詩年譜》,大曆八年,公自湖南將歸洛陽,卒於潭岳之間,旅殯岳陽,說者謂今平江縣小田之詩聖遺阡是也。清同治間,平江李次青方伯元度重加修葺,拓其旁爲詩社,春秋雅集,遂成勝地。冼雪畊大令寶幹宰是邑,題聯云:"衡岳本兩間靈秀所鍾,書契以來,帝王何冢,將相何墳,我詩王潤色山川,越千年華表巍然,獨伴炎虞鎮陵谷。　汨羅爲百世詞章之祖,左徒而後,八代寖衰,三唐寖盛,諸子淵源風雅,喜此地人文蔚起,不譚梁豫有祠堂。"汨羅江在縣西境,有屈子祠,與杜墳相近,故聯中及之。聯話冠冕堂皇,足爲千古詩人吐氣,出邊結句尤勝。

江陰縣城內有張睢陽廟,地與江蘇學政署相近。清黃漱蘭侍郎體芳督學江蘇時,嘗捐廉俸葺而新之,因於聯柱題兩聯。其第一聯云:"無餉又無援,臨淮張樂,彭城擁兵,嘆偏隅坐困將才,自古英雄干衆忌。　能文斯能武,操書成章,誦書應口,幸院近依公廟,至今靈爽牖諸生。"其第二聯云:"男兒死耳復奚言,若論唐室功臣,四百戰勛勞,豈輸郭李。　父老談之猶動色,敢籲揚州都督,憶萬年魂魄,永奠江淮。"第一聯敘學署奉祀睢陽之由來,不過常人語耳。至第二聯述睢陽生平,聲情激越,今日讀之,猶有生氣。

安徽旌德縣有雙忠廟,祀唐人張巡許遠。江莘農志伊題聯云:"扼安慶緒首尾援師,使神京再造,靈武中興,卅六人抗節孤城,保障勛勞高李郭。　與顏常山後先殉國,自贊皇辨誣,昌黎論定,千百載雙忠表廟,馨香俎豆遍江淮。"結構謹嚴,絕似一篇史論,而又能氣象壯偉,聲調鏗鏘,可稱合作。

唐南霽雲殉難睢陽,配享張睢陽廟。其子承嗣仕唐,歷治婺施諸州,惠政及民,黔人感其遺愛,因祀其父霽雲以報之。延至清代,禋祀不墜,即黔人俗稱之"黑神廟"是也。麟見亭題聯云:"長君有三州惠政,父在斯爲之子。　大將著一指精忠,民無能名曰神。"語雖質直,然議論尚佳。

陸宣公祠有聯云:"昌黎當在弟子列。　宰相須用讀書人。"自然名貴。

四川忠縣有白香山祠,清何子貞太史紹基集句題聯云:"我有大裘長萬里。　曾共梅花醉幾觴。"卓犖可喜。沈幼嵐爲忠州刺史時,亦集句題聯云:"多於賈誼長沙苦。　莫作忠州刺史看。"景仰先賢之中,隱然能自見身份。

(《海王》一九三六年第八卷第十二期)

五

江湘嵐峰青題韓文公祠聯云:"豈惟潮人士敬戴先生,誠開衡山之雲,威戢鱷魚之暴。　宜與朱紫陽并崇謚號,道原二氏之謬,文起八代之衰。"雅飭可頌。

浙江吳興越王廟聯云:"吳越之間,至今樂土。　漢唐以後,無此賢王。"自然切合,質不傷雅。又一聯云:"跨有東越,雄爭南代。　表忠北宋,崇祀西湖。"雖雅切而不免板滯。

江蘇范文正公祠聯云:"兵甲富於胸中,一代功名高宋室。　憂樂關乎天下,千秋俎豆重蘇州。"事實切合,冠冕堂皇,頗稱佳構。無錫范文正公祠聯云:"萬笏朝天,開百世子孫支派。　九龍匝地,拱千秋丞相祠堂。"切事成文,是范氏子孫口氣。

江湘嵐峰青題范文正公祠聯云:"斷虀僧舍,處江湖猶廟廊,抒懷在《岳陽樓記》一篇,後天下樂,先天下憂,秀才以民物爲心,其任重也如此。　捧檄魏塘,仰斗山於邦哲,茲地有丞相祠堂二座,外不負君,內不負學,論世至陸宣而降,微斯人誰與歸。"出邊叙范公生平,能一氣貫注;對邊以陸宣公襯出范公身份,比擬得倫,尚稱合法。語亦莊重典雅,是文人經營慘淡之作。

伊秉綬題泰岳墩聯：「天留宋朝壘。　人說岳家軍。」着語無多，自然名貴。吳柳堂先生可讀題玉泉山精忠閣聯云：「曾謁蕩陰祠，讀壁上殘詩，驚雨驚風，雪盡猶餘鴻爪在。　重登蘭嶺閣，望峰頭夕照，好山好水，月明應有馬蹄歸。」由蕩陰祠引到精忠閣，不呆寫岳王生平，於留連風景之中時有灝氣往來，月明一語，尤有精誠會合之感。可稱名作。

長沙余蘭陔廣文炳奎有題金臺山岳武穆廟聯云：「此地錫號金臺，市駿求賢，妙喻隱符良馬對。　何年鑿成石檜，麗牲喋血，極刑如戮大奸身。」出邊切事成文，而又用岳王本事為牽合，俱見匠心。對邊設想詼詭，雖強對亦復自然，有百鍊鋼化為繞指柔之妙。才人之筆，無所不可。

福州有楊龜山先生道南祠，彭紀南軍門楚漢題聯云：「斯文歷千古而常存，如見陰常居大東，陽常居大夏。　吾道補兩間之缺陷，何憂天不滿西北，地不滿東南。」切合道南二字，運用成語，頗有奇氣。

廣東惠州蘇文忠公祠有聯云：「北客幾人謫南粵。　東坡到處有西湖。」吐屬名貴。山東登州府丹崖山蘇文忠公祠內有聯云：「我是東坡老居士。　儼然天竺古先生。」集蘇句為聯，自然切合。登州天后宮中有蓬萊閣，閣右為蘇公祠，祠內供蘇文忠公像。徐東緒集東坡詩題聯云：「不向南華乞烟火。　又來東海看濤山。」渾成可喜。

上庸陳桐喈逢元題眉州三蘇祠聯云：「地接錦江，看君君臣臣，有昭烈壯繆武鄉，一樣大名垂宇宙。　文稱蘇海，嘆父父子子，如蓬萊瀛洲方丈，三峰并峙是神仙。」對邊頌揚得體，出邊以昭烈君臣陪襯出之，是匠心獨運之作。

（《海王》一九三六年第八卷第十七期）

潮音館聯話

奇　梵　撰

　　載於《更生（上海）》一九三九年第二卷第二期、第三期、第四期、第五期、第六期、第十期。作者奇梵，姓名里籍不詳，知其有《金陵詩話》《高咏樓詩話》《歲寒堂詩稿》《歲寒堂吟稿》。《潮音館聯話》所選聯語時間跨度大，聯語所紀之事所涉範圍寬。選錄部分滑稽諧噱聯，"談諧成趣"，"允稱雅謔"，"令人絕倒"。點評與紀事各半，審美風格上，偏重"自然""超妙""典雅渾成""酣暢淋漓"以及"不脱不粘"之作。

一

　　皖撫沈仲復中丞秉成奉節署兩江總督，履新甫三日，德配嚴氏夫人殁於節署。其兄嚴緇生太史輓以聯，云："兄甫亡琴，妹旋撤瑟，垂老服期功，那堪吾痼疾難瘳，更使遭喪增感痛。　夫登一品，妻赴九京，同時分賀吊，轉是我寒門不幸，未容倚福共榮華。"

　　又緇生太守之弟伯雅太守殁於蘇州寓次，太史亦輓以句，云："貴而以知府加三品，壽而逾古稀又二年，所欠者富耳，想黄泉難帶一文錢，儘可獨來獨往。　幼而共隨宦侍雙親，長而各求名分兩地，遽至於老耶，恐白首猶留千載恨也，將同受同歸。"兩聯確切不移，元推作手。

　　左文襄公薨於福州防次，營務處王觀察詩正輓以聯，曰："軍前同哭老元戎，况從窮島生還，頓失瞻依如小子。　天上若逢先壯武，儘話中朝故事，莫談坎壈至孤兒。"蓋詩正觀察係王壯武公鑫之子，因公獲譴，適從戍新賜環也。

京江于氏宗祠，向左瓜洲，因江坍遷鎮，新祠落成時，蔡篷年爲之撰聯云："老屋付東流，祇剩二三星火。　新居依北固，平分左右金焦。"聯中點染瓜州，頗有不脫不粘之妙。

沈文肅夫人，林文忠公之女公子也，没於江右，某輓以聯云："爲名臣女，爲名臣妻，江右佐元戎，錦繖夫人分偉績。　以中秋生，以中秋死，天邊圓皓魄，霓裳仙子證前身。"

常熟翁叔平於國，學問文章，海内泰斗，戊戌放歸田里，廬墓七年，晚號松禪，又號瓶廬老人。甲辰五月坐化，疾篤時作聯自輓，云："朝聞道，夕死可矣。　今而後，吾知免夫。"寥寥十四字，含蓄不盡，頗有弦外餘音，讀之能毋憮然。濮清士文暹，以詞林出守開封，罷官後就養海南。易簀之日，正值歲闌，自作輓聯云："就養東來，算了却兒孫大事。　歸真西去，那管他風雪殘年。"

黄君勛伯，粤人，爲滬上華商體操會會員，住上海公共租界桃源里，聞鄰家有盗警，起而捕之，盗連刺二十餘刀，黄君卒不釋手，盗爲警擒獲，而黄君即傷斃命。商界開追悼會，某君輓以聯云："出禦敵手段以禦萑苻，刀劍橫加，血可流，勇不挫。　本愛國熱枕而愛鄰里，纓冠急難，身雖死，氣猶生。"此分輓聯甚夥，難以悉記。

虎邱爲吴郡名勝，庚申燬於兵火，一片荒郊惟擁翠山莊巍然獨存，乃光緒甲申郡紳洪文卿彭南屏諸君集資重建者也，壁間聯句，名作如林。兹録洪修撰一聯，曰："問獅峰底事回頭，想玩石能靈，不獨甘泉通法力。　爲虎阜别開生面，看遠山如畫，翻憑劫火洗塵嚚。"

滕王閣爲南昌勝境，盡人知之。庚戌仲春余因事道出江右，曾往遊焉，見有一聯頗佳，記而録之。聯云："我輩復登臨，目極雲山千里而外。　奇文共欣賞，人在水天一色之中。"又李漁題九江廬山簡寂觀云："天下名山僧占多，也該留一二奇峰，栖吾道友。　世間好語佛説盡，誰識得五千妙諦，出我先師。"

清晋撫毓賢，以縱拳匪戕教士被劾，先廷旨譴發新疆。行抵甘肅，旋得正法之命，蘭州士民謂賢伏法爲冤，概集諸紳代爲請命。賢寓書止之，并自輓曰："臣罪當誅，臣志無他，念小子生死光明，不似終成三字獄。　君恩吾負，君憂誰解，願諸公轉旋補救，切須早慰兩宮心。"又云："臣死國，妻妾死臣，誰曰不宜。最痛老母七旬、嬌女七齡，髫稚難全，未免有傷慈孝。　治我殺人，朝廷殺我，夫復何憾。所愧奉君廿載、服官三省，涓涘未報，空嗟有負聖明恩。"含淚待刑時倚筆哀鳴，當不失人臣忠厚之旨。説者謂賢之罪固不容諱，其志亦大可哀矣。

清道光初年，葛黻之大令以出宰湘省，賢聲遠播，有口皆碑。後宰衡陽，自署一聯於大堂，見者莫不敬之。聯云："正直無私，此心可盟衡岳廟。　肝腸略轉，他年難過洞庭湖。"其守正不阿，情見乎詞知。

（《更生（上海）》一九三九年第二卷第二期）

二

揚州濟良所，經紳董并辦後由縣捐廉以助經費，周芷貞知事撰聯云："是鰥寡孤獨外，別一種無告良民，我只當兒女看來，欲藉慈航渡孽海。　於罟獲陷阱中，開這條放生大路，願都把繁華喚醒，不留地獄在人間。"賢父母救民水火，於此可見一斑。

秦伯之弟仲雍，當時因讓國逃之荆蠻，即春秋時之吴地，今之蘇郡各縣是也。墓在常熟虞山之麓，與言子之墓相毗連。時兩姓子孫因墓地争執，各不於下，訟之官，亦不能決。後經常熟某縣令爲製一聯，榜諸仲雍墓前，兩氏構訟之事遽息。微言婉諷，抑何感人之深耶。聯云："一時遜園難爲弟。　千古名山當屬虞。"

鎮江大善士嚴佑之先生作古，同邑丁某輓以一聯，云："百家之中，與墨子近。　九泉不作，如蒼生何？"頗覺貼切，對仗亦工，洵佳構也。

昔年顧嘉衡任南陽府時，藩司陳某因事與之不洽，使離任。及陳去，朱壽鏞繼之，察其寃，使之回任。顧撰卧龍岡一聯隱指其事，聯云："陳壽何人，也評論先生長短。　文公特筆，爲表明昔日孤忠。"

湘陰郭筠仙侍郎，幼時以神童名，後入館選，客有乞書壽聯者。問何日，曰"十一月十一日"，郭援筆直書"十一月十一日"。客愕然，迨書下聯"八千春八千秋"，客始笑而揖謝，曰："先生真才人也。"

滬市某酒樓有聯云："說甚麽身世榮枯，且憑竹葉梨花，自澆塊壘。　幸虧得乾坤寬大，好與醉侯樂聖，共遣春秋。"似爲倉山舊主所作。又一聯云："朋侶賞花來，偷一息餘閑，好教大白狂浮、小紅低唱。　光陰潦草去，許千秋知己，獨有伯倫曠達、公瑾風流。"撰者何人，已忘却矣。

清朝官吏至清苦者莫如教官，昔人嘲以聯云："掃雪呼童，莫謂今朝點卯。　轟雷請客，早知昨日逢丁。"

濟南府屬某縣令初莅任特撰聯白榜其堂，曰："愛民若子。執法如山。"人皆以爲必清廉者，詎知其行事竟與聯語相反，貪婪無恥，賄賂公行。有黠者續其下曰："愛民若子，牛羊父母，倉廩父母，共爲子職而已矣。　執法如山，寶藏興焉，貨財殖焉，是豈山之性也哉。"集句現成，允稱雅謔。

江蘇高郵州李竹人刺史，下車日即署其門聯云："得半日閑，且耕爾地。　無十分屈，莫入我門。"愷悌之懷，溢於言表。

（《更生（上海）》一九三九年第二卷第三期）

三

昔日都下有一對云："八表經營，也不過山西禁烟，廣東開賭。三邊會辨，請先看侯官降級、豐潤充軍。"八表經營者，南皮爲山西巡撫上事謝恩疏，有曰：＂身爲疆吏，猶是依戀九重之心，職限地隅，敢忘經營八表之略。＂中外至今以爲笑柄。廣東開賭者，以爲主潘士釗之説，請弛闈姓之禁也。侯官陳寶琛，閩縣籍，豐潤謂張佩倫也。

李藴山題其夫人壙聯云：＂受天地生成七十年，贏得白水盟心、青山埋骨。　告兒孫春秋一二祭，須趁梅花未落、楓樹初紅。＂頗有風趣。

松江府學教授某，南海人，頗立崖岸。一日於明倫堂設宴演西廂雜劇，有無名氏書一聯於門，云：＂學校無光，教授館中，搬出西廂離劇。　斯文不幸，明倫堂上，除來南海先生。＂上海孔廟，前歲改作公園，明倫堂亦成爲彈詞場，所唱皆不免涉於淫蕩，若令某氏見之，其感慨不知又何如。

何氏子與潘氏女結婚，其友賀以聯云：＂有水有田兼有米。添人添口又添丁。＂拆兩家姓現成，且的是賀喜語，故妙。

俞曲園太史有輓蘇州寶積寺方丈衡峰和尚聯，云：＂三年中哭其師，又哭其徒，而子亦將老矣。　數日内聞君病，旋聞君死，安知其非夢乎。＂按：春在堂所刻楹聯中未見此，想漏載也。

從前京中王公貴人好狎俊伶，致成一時風氣。有某班花旦名梅卿者，生於正月，没於三月，某鉅公輓以聯云：＂生在百花先，萬紫千紅齊俯首。　春歸三月暮，人間天上總銷魂。＂艷麗工巧，一時傳誦。

吴中章某歲試入泮，開賀之日又爲其介弟合卺之辰，有友賀以聯云：＂鴻案仰齊眉，宜室宜家，十里梅花皋廡路。　鵬程初奮翼，難兄難弟，兩行錦服兼堂春。＂亦頗自然。

前清科舉時代，某縣有一老童年近八旬，仍赴郡試學，使問其經傳，亦多不復記憶。或撰聯嘲之曰：＂行年八秩尚稱童，可云壽考。　至老五經猶未熟，不愧書生。＂雙關妙語，令人絶倒。

光緒丙子鄉試，南闈某生違式，自知不免被棄，乃大書一聯於卷面云：＂先諸君逍遥六日。　讓老夫磨礪三年。＂投筆而出。

丹徒郭秀谷茂才，健於飲啖，圍棋亦稱國手。其没也，茅松門戲輓一聯云:"橘叟智謀精,縱神算仙機,也要到華陽轉劫。　蓉城烟火少,恐錦心綉口,不甘赴瓊島餐霞。"語意顧爲冷雋。

清穆宗即位,肅順就戮,侍郎劉崐與銜史尚書某招飲,始與肅順識面,銜史不知也。後崐於戲園遇許,憤極大罵,并告其父招飲事,許慚悚無地,崐欲擊之,賴友相勸得免。未幾事頗上聞,兩宮察崐無他,復起用焉。時都人有聯嘲之,云:"許銜史爲國忘親,捐歸黨籍。　劉侍郎因禍得福,打復原官。"亦可謂謔而虐矣。

(《更生(上海)》一九三九年第二卷第四期)

四

湘鄉胡玉班廉訪喜交結文士,每逢文士到門必屬一對。一日有鄂士某來謁,戲出對云:"四水江第一,四時夏第二,君居江夏,是第一還是第二。"鄂士對曰:"三教儒在前,三才人在後,我本儒人,不在前亦不在後。"胡聞之欣然,餽遺甚厚。

清史館長趙次珊爾巽微時,曾有人潛書一聯榜於其門,曰:"爾小生,生成刻薄。　巽下斷,斷絕子孫。"可謂虐矣。趙翌日見之,因易數字復榜諸門,曰:"爾小生,生來本性。　巽下斷,斷不容情。"亦妙。

明相國李東陽園居小宴,神童某亦與焉。時正初夏,花柳嫣然,酒半酣,客出一對示神童,曰:"柳下惠風和。"應聲曰"日麗"。怪而問之,神童微哂,以不敢明言爲詞,相國恍然曰:"妙極妙極。"蓋對以"李東陽日麗",不敢直呼相國之名,故僅説二字也,衆客皆拍案奇之。

陵盛宣懷氏於丙辰三月去世,盛服官中外,故舊門生極多,輓聯不計其數,惟皆語功頌德,獻諛者多。獨某名士賻以往生錢一束,并贈以聯云:"生前功遏,應報分明,全憑佛法有靈,仗此頓起安樂國。　人世資財,絲毫無用,却賴窮途如我,贈君一束往生錢。"

不避忌諱,概乎其言,雖未揭張,已傳誦多人矣。

京都某醫士,有妹分娩時,胎不能下,某束手乏術,其妹竟以難產而亡。善謔者戲贈以聯云:"兒女事,未分明,死路偏從生路去。姊妹花,竟凋謝,命窮却是技窮時。"亦談諧成趣。

孫詩樵《餘墨偶談》載有一聯,仿雲南大觀樓聯語嘲嗜鴉片者,亦頗自然。聯云:"五百兩烟土,賒來手裏,價廉貨净,喜洋洋興趣無窮。看粤誇黑土、楚重紅瓢、黔尚青山、滇崇白水,估成辨色,不妨請客閑評,趁火旺爐燃,煮就了魚泡蟹眼。正更長夜永,安排些雪藕冰桃。莫辜負四棱響斗、萬字香盤、九節老槍、三鑲玉嘴。數萬金家產,忘却心頭,癮發神疲,嘆滾滾錢財何用。想名類巴菰、膏珍福壽、種傳罌粟、花號芙蓉,横枕開燈,足盡平生樂事,儘朝吹暮吸,那怕他日烈風寒。縱妻怨兒啼,都裝就天聾地啞。只剩下幾寸囚毛、半抽肩膀、兩行清涕、一副枯骸。"

袁浦昔有土妓名毛子者,余友劉君戲集毛詩爲聯贈之,云:"毛猶有倫,上天之載,無聲無臭。 子興視夜,明星有爛,將翱將翔。"因其面有微麻,故用明星句以戲之,可云工巧絶倫。

贈妓聯佳者不勝枚舉,然用句而本係一聯者殊不多覯。有贈妓楊菊妹用陳雲伯文述句,云:"芳姓偶同楊妹子。 小名應唤菊夫人。"可稱巧合。昔有蓮香校書,年十七八,明眸善睞,巧笑工顰,鉅賈富賈多争嬖之。余友黄君贈聯云:"蓮花君子愛。 香草美人思。"亦可想見其人矣。

昔見有贈妓聯,真能弦外傳音,刻畫入妙。聯云:"真個銷魂,千般旖旎向誰語。 爲郎憔悴,萬種相思不忍言。"

蘇州城東某寺有名觀雲者,與城西某庵尼妙月私相往來,非一朝夕。好事者撰聯贈之云:"此地迥非凡,閑聽一曲漁歌,留雲久住。 夕陽無限好,最愛三更人静,待月歸來。"詼諧調侃,傳播一時。

我佛山人久客海上,文筆旖旎,尤富於情。時陸素娟校書因疾謝世,客有爲之開追悼會,山人輓以聯云:"此情與我何干,也來哭哭。 袛爲憐卿薄命,同是惺惺。"

楊蘭官校書，錫山名花也，艷幟高張，一時名噪，曇花一現，玉殞香銷。薛南溟君輓以聯云："楊花去不歸，魂銷北里。　蘭橈泊何處，愁煞南溟。"楊家有燈舫，故聯内及之。

乙卯十一月，上海鎮守使鄭汝成將軍為某黨謀刺殞命，宣威上將軍輓聯云："南來成不世勛名，溯推觳毀勤，一痛伯仁由此死。東望失中流砥柱，聽回潮嗚咽，千秋君叔當如生。"此外輓聯甚多，不能悉記。

（《更生（上海）》一九三九年第二卷第五期）

五

黃琴士於道光丙午泊舟翠螺山下，曾撰太白樓一聯，云："侍金鑾、謫夜郎，他心中有何得失窮通。但隨遇而安，說甚麽仙，說甚麽狂，說甚麽文章聲價，上下數千年，祇有楚屈平、漢曼倩、晋陶淵明，能仿佛一人胸次。　踞危磯、俯長江，這眼前更覺天空地闊。試憑欄遠望，不可無詩，不可無酒，不可無奇談快論，流連四五日，豈惟牛渚月、白紵雲、青山烟雨，都收來百尺樓頭。"氣機豪逸，洵能脫去恒蹊。又某有一聯云："薦汾湯再造唐家，并無尺土酬功，只落得采石青山，供當日神仙嘯傲。　喜妃子能讒學士，不是七言感怨，怎脱去名韁利鎖，讓先生詩酒逍遥。"又見咏太白詩有句云："氣吞高力士。　眼識郭汾陽。"均運用本事，無爲太白生色。

金陵半山寺爲王介甫舊宅，其東巖爲謝公墩。介甫詩"我名公字偶相同，我屋公墩在眼中"，所謂爭墩者是也。溪中有小澗，終日泉聲淙淙然，蓋鍾山燕雀湖水流入青溪處，舊有魁時若將軍泉聲常在耳，山色不離門一聯。薛慰農先生題聯云："鍾阜割秀，青溪分源，咫尺接層城。嘆禁苑全虛，當留此寺。　謝傅棋枰，荆公第宅，去來皆幻。問孤墩終古，究屬何人。"鄭蘇龕先生亦有聯云："往事重論，懷古誰含出世想。　昔賢不見，聽泉我愛在山聲。"跋云：癸未秋日，遊半山寺，客或言謝王事者，余亂之曰，此間泉聲，亦清越可喜。客語，謝王有知，如此嘲諷何。此跂及聯，均超妙。

林文忠公在河工時題所居室聯云："春從天上至。 水由地中行。"題客座聯云："蘆中人出。 河上公來。"典雅渾成，得未曾有。

許仙屏中丞振褘督學陝西，過馬嵬，題貴妃祠堂聯云："龍武軍變起倉皇，畢竟蛾眉能殉國。 蠶叢道塵飛散漫，誰將鴛錦賦歸魂。"上聯爲美人平反，與隨園詩同意，又一聯云："谷鈴如訴舊愁來，蜀道秦川，過客重談楊李事。 墓粉難將秋色補，雨塵雲夢，傷心何似漢唐陵。"

應敏齋方伯任上海道時有惠政，卒後滬人建祠祀之。蘇撫丁禹生函求俞曲園居士撰楹聯，云："溯當初練兵治餉，力保滬城，竭境內以籌兵食，聯化外以壯兵威，大局攸關，尤在迎師一舉。 迨其後陳梟開藩，功成吳會，課積貯而備民灾，講疏瀹而興民利，成規共守，允宜崇祀千秋。"皆據合肥相國奏疏語也。

岳祠中向有聯云："涪王兄弟，蘄王夫婦，鄂王父子，聚河嶽英靈，僅留半壁。 兩字君恩，四字母訓，五字兵法，灑英雄涕淚，莫復中原。"德清俞君以起句二十字甚佳，惜其下半聯不能稱，因爲易之，上云："幸康王力仗諸賢，纔得中興圖瑞應。"下云："詎奸相只消三字，頓教萬里壞長城。"較原聯更爲精當凝煉矣。

陳忠湣公化成殉節吳淞後，上海建有專祠，所以褒忠節亦藉此以示矜式也。熊一本選楹聯云："昔年未讀五車書，雅童清心，溫如玉、冷如冰，是大將，實是大儒，使天下講道論文人愧死。 此日竟成千載業，忠肝義膽，重於山、堅於石，忘吾身，不忘吾生，任世間寡廉鮮恥輩偷生。"酣暢淋漓，足以包舉一切。

（《更生（上海）》一九三九年第二卷第六期）

六

　　上海張經甫先生煥綸，清光緒初第一創辦學校者，名梅漢書院，其內容編制，完全學校規模。上海如西人最早創設之中西書院，及繼起之聖約翰書院，日本設立之同文書院，與吾國普通所稱之書院不同，皆學堂也。當時士人猶熱衷科舉，而校中科目獨無製藝，尤見先生之卓識。東瀛人士亦遣子弟肄業其中，如在福建爲領事之豐島等是也。中法一役，滬上人心惶惶，先生以軍法部勒學生，協助防勇，深夜出巡，一時居民稱頌。先生學術經濟，冠絕一時，曾惠敏頗深契之，張文襄稱之曰江左通才，其傾倒可想。盛宣懷之創辦師範學堂，即今之交通大學，亦得先生贊助之力爲多。先生之歿也，黃紹箕學使輓以聯云："幹濟大略，若新建、若湘鄉，名世老林泉，是科舉學末流極弊。　講授盛業，如文中、如安定，及門遍海內，爲教育史有數傳人。"亦可見先生之抱負矣。先生輓余從兄鐵華，即適之尊人，兹錄之，以見兩人之交誼，而鐵華君之學業事功亦於此可見。聯云："先天下之憂而憂，東北邊防，初出山早籌曲突，厥後探澳島、監豫工、鼇吳會餉、振臺海軍，功雖未終，半生來遭大投艱，聞者體其遭，識者偉其略。　以古人之志爲志，程朱德業、洄傳薪具有淵源，此外鄭賈經、班馬史、韓蘇文章、顧黃輿地，學無不貫，交遊中同門共宦，爲私哭良友，爲國慟良臣。"如此長聯，不啻一篇小傳。祭幛書四字，曰"撫琴一慟"。嗟乎，是豈今日之泛泛論交哉！

　　（《更生（上海）》一九三九年第三卷第十期）

佛教聯話

世　諦　撰

　　連載於《妙法輪》一九四四年第二卷第八至第十二期。作者世諦，姓名里籍不祥，或爲居士，或爲方外人士。《妙法輪》爲現代上海知名佛教期刊之一，玉佛寺上海佛學院主辦，震華主編，一九四五年停刊。曩者記録祠廟聯語及話祠廟聯者多，亦多寓有佛教教理之作，然以《佛教聯話》名出之的聯話罕見，世諦所著聯話爲其一也。其所選録聯語中的故事多有所本，且都注明故事來源出處，但極少評價之語，幾乎不涉及聯語的審美範疇，這一特點應與近代佛學期刊特點有關。近代上海有一批居士知識分子以弘法爲主要目的，除了登臺演講佛學之外，其最大的一個特色就是創辦佛教刊物，傳播佛教知識，從一定意義上說，《佛教聯話》使楹聯成爲近代佛教文化傳播的一種方式。

一

　　《西湖夢尋》卷五，記張岱贈蓮池大師柱對云："説法平臺，生公一語石一語。　栖其斗室，老僧半間雲半間。"辭旨碻切。
　　《冷廬雜戲》卷四，杭州近日詩僧首稱濟南六舟達受，工草書墨梅，尤精金石篆刻，得懷素大小草書千字文墨積，鉤摹上石，賦詩紀之。有"自喜不貪缸面酒，莫教蕭翼賺蘭亭"之句，阮文達公稱爲金石僧。江夏陳芝楣中丞鑾，延主吴門滄浪亭畔大雲庵，婺源齊梅麓太守彦槐贈以聯云："中丞教作滄浪主。　相國呼爲金石僧。"後又主西湖南屏方丈，厭酬應之煩，退居海寧白馬廟，吟風自得，人皆重之。

京口小九華山詩僧幾谷畫宗南派，先叔秦東明經諱大奎，壽上人聯云："隱几看山，將凡心脫了一點。　居谷避世，把俗塵丟在半邊。"上人得之喜甚，報以山水四幅。見李亞《訒盫類稿》。

漏雲，上海鐸庵僧，戒律粗嚴，署其室曰："往事已遙無可悔。此身猶在敢忘修。"嘗居石笋里，從葉鳳毛中翰遊，喜談詩，亦能寫梅。見《墨香居畫識》。

牧雲禪師自叙行實，牧雲禪師常熟人，出家之始執爨滌於金粟堂，洞聞和尚一見顧衆曰："此子如珠在泥，何來者?"衆以新出家對，和尚默然。至夕懸燈時乃喚師問，云："在家讀書否乎?"師曰家貧未嘗讀。和尚曰："'燈明能破暗'，爾對看。"師立少間，曰："法正足驅邪。"和尚於時有喜色，遂爲取法名契門，後受密雲悟衣鉢，始改爲通門云。

明白猷禪師名妙智，永嘉楊氏子，年十四出家於靈鷲寺。適月出，其師東林出對云："日暝來看天際月，何患無明。"智指佛燈應聲云："燭殘點起佛前燈，管教續焰。"林甚賞之。由是遍參知識，洪武間遊廬山，於天池葺茅以老。見《永嘉縣志》。

揚州建隆寺普濟律師喜與文人交，如洪稚存太史、王夢樓太守。同袍練塘寄塵藉庵諸名夙，時爲唱和。稚存太史嘗贈楹貼云："心共梅清，花點一簾晴雲。　人同鶴瘦，詩敲半壁秋燈。"見《建隆寺志略》。

溫州江心寺屹立江心，情境與鎮江焦山逼似。《京口山水志》曾誤載其詩，《丹徒縣志》摭餘辨之。江心寺山門懸有王梅溪一聯，至今尚存，見者猝難卒讀，移時始恍然解悟，必爲之噱不可止。聯云："雲朝朝，朝朝朝，朝朝朝散。　水長長，長長長，長長長消。"

王仁堪太守宰鎮江時，嘗遊金山，爲寺僧書丈室聯，書至"天下名僧"四字，停筆戚容，曰："誤矣。"僧以爲"世間好語佛說盡，天下名山僧占多"成語，即曰不妨重易一紙。太守笑曰："余固知爾有是說，今將爲翻案矣。"隨書成"天下名僧山占多"。僧初不解所謂，及觀上聯"千古英雄浪淘盡"乃爲稱賞不置。蓋顛倒一字，身分相去不少，此夢得"山不在高"意也，妙在切定江山，即景生情，有天造地設神韻。

大士聯佳者甚多，錄見《楹聯叢話》者十之一耳。余猶憶一聯云："如不回頭，誰爲你救苦救難。　倘能轉念，何須我大慈大悲。"

（《妙法輪》一九四四年第二卷第八至九期）

二

本篇聯話引言爲上期排刊所遺，特此補載。——編者。

古德以三藏教典爲内學，普通文字爲外學。緇衣之士能不墮偏枯，象明内外，則於涉世導俗，多增方便。如來十號有世間解，菩薩遍習五明，所以必如此者。以衆生有種種性，種種欲，不設權巧，則不能垂手入廛，廣興化度。宋通慧大師贊寧極力主張釋子應治外學，且曰，夫學不厭博，有所不知，蓋闕如也。今者般若室主，常見世俗愛讀梁氏《楹聯叢話》，稱其雋永有趣，可以怡悅性情，因師其意而爲佛教聯話。其事雖涉文字餘習，或能爲入道之前方便，亦未可知。香山居士云，先以詩牽鈎，後令人佛智，聯，亦詩之類也，錄而存之，又奚不可？若有認爲有墜知解，非學佛人所宜閱，則古人曾謂，大藏經教猶爲塞膿血故紙，況其他哉！須知佛法圓融不隔行布，行布不礙圓融，執一廢一，未見其當。室主之心，非欲人不學佛，正恐人不入佛也，藉使已入佛矣，則於參禪味道之餘不妨披閱數行，免得被昏散二魔轉去。

佛教有聯始於何時，若以粘貼張挂言之，尚難確考。向讀《高僧傳》初集《釋道安傳》，有問答故事一則，實爲最古名聯。道安，晋時扶柳人，爲廬山遠公之師，博覽多通，判經分科，推爲首創。一日襄陽高士習鑿齒訪之，鑿齒頗自負，欲試其才，想見通名，即曰："四海習鑿齒。"道安曰："彌天釋道安。"時人以爲名答。

贊寧法師，宋錢塘人，博覽強記，辭辯縱橫，人莫能屈，著有《宋高僧傳》《僧史略》等書。嘗與安鴻漸遇於街坊，鴻漸文詞雋敏，尤好嘲謔。見贊寧在前，指而嘲曰："鄭都官不愛之徒，時時作隊。"贊寧應聲答曰："秦始皇未坑之輩，往往成群。"鄭都官，鄭谷也，有"愛僧不愛紫衣僧"之詩句。

劉攽《中山詩話》曰，王丞相喜諧謔，一日論沙門道，因曰"投老欲依僧"，客遽對曰"急則抱佛脚"。王曰"投老欲依僧"是古詩一句，客亦曰"急則抱佛脚"是俗諺全語，上去投，下去脚，豈不的對？王大笑。

張世南《宦遊紀聞》曰，雲南之南一番國，專尚釋教，有犯罪應誅者捕之急，趨往寺中抱佛脚悔過，便貰其罪。今諺云，"閑時不燒香，急來抱佛脚"，乃番僧之語流於中國也。

《廬江縣志》載，周和尚，世居山溪凹，正統間赴試，居天下僧第二。授僧錄司，不受衣鉢，辭去遊方。會韓都憲雍征西，周通書史，諳天文地理及遁法，披袈裟謁之。韓公出對云："和尚挂紅穿綠，非莊嚴實則莊嚴。"周隨對曰："大人腰金衣紫，素富貴行乎富貴。"韓大奇之，因謀征西事，多賴之。既歸，提學薛方山以梅花百韻令和，一夕吟成，薛大奇之。後不知所終。

《山西通志》載，姚和尚，明時人，住蒲州府崇善寺。林學使至寺，異之，問其姓名，因出對曰："風吹羅漢姚和尚。"姚即應曰："雨打金剛林大人。"時稱其敏慧。蓋"姚"與"搖"，"林"與"淋"雙用也。

（《妙法輪》一九四四年第二卷第十期）

三

弘濟，字益然，歙縣汪氏子，父夢海水浴日而生，因名沐日，字扶光。長擅文名，阮子揚爭譽白下，赴會試落第，以孝廉歷官中樞。

因李闖亂，棄家入閩，投古航舟薙染完具，命看生死事大話，久無入處。一日舟召濟作堂中聯對，濟應口直書云："剃起眉毛，佛祖讓他一綫。　放開脚步，兒孫坐斷十方。"舟曰："此等語句，好似臨濟兒孫。"乃命改庭前柏樹子話。溫研久之，一夕聞鼠墮鐵鉢聲有省。舟書付心印，出信建寧吳山。見《廩山正燈録》。

《紫柏大師塔銘》乃憨山大師所撰，内記嘉興有楞嚴寺，爲長水疏經處，久廢，有力者侵爲園亭。紫柏大師志欲恢復，乃屬陸太宰五臺爲護法，其弟子道開力主其事。太宰公弟雲臺公施建禪堂五楹，既成，請師命一聯。師曰："若不究心，坐禪徒增業苦。　如能護念，罵佛猶益真修。"謂當以血書之，遂引錐刺臂，流血盈碗書之。自是接納往來，豪者力拒，未定局。後二十餘年，適太守槐亭蔡公竟修復，蓋師願力所持也。

禪宗知識，示學者皆今參一話頭，久久自然有悟。頃見《續燈正統》卷十六，叙州府朝陽洞月明聯池禪師以參聯語得悟；可見法法頭頭，皆是西來大意，但在學者善爲體會耳。池師叙州范氏子，縣郡司馬之後也，幼居林下。一日，有僧過訪不遇，因題聯於壁曰："阿彌陀佛，閑也念，忙也念，念得佛也無，念也無，無也無，扭落鼻孔。　最上乘禪，朝亦參，暮亦參，參到禪亦寂，參亦寂，寂亦寂，劈開面門。"師見之，忽然厭世，便祝髮就之，彼僧已先去矣，遂杖笠南遊，苦辛萬狀。單以是聯爲提撕話，久之，洛伽道中逢一僧，偉儀殊相，師在前失脚，念佛一聲，僧曰："此敲門瓦子，着他何用。"師遂問："抛却如何？"僧曰："葉落歸根來時無口。"師始豁然。後受鐵牛之囑，由峨眉反叙州，居郡之朱提山朝陽洞。

劉獻廷《廣陽雜記》卷二云，黃厢嶺有望蘇亭，其上有庵，僧見修母子出家於内。衡人全俊公請予爲聯以贈，予題茶亭云："趙州茶一口吃乾。　臺山路兩脚走去。"題堂前云："奉親入道成真孝。　教子離塵是大慈。"題山門云："門外鳥啼花落。　庵中飯熟茶香。"

宗道，清道光間海陵僧也，出家普福庵，苦行堅節，常念佛恩之重，誓欲捨身以報。隆冬敲冰投水以清心，閉關禁語三年，後於塔寺建念佛堂，力修净業。佛前口占一聯云："曠劫輪迴，決要今生了斷。一生净業,全憑此地成功。"又釋經旨,爲人解説。鶉衣百結,含糗終身。

(《妙法輪》一九四四年第二卷第十一至十二期)

談到聯語文學

陳子展 撰

　　連載在《論語》半月刊的專論上，分見於一九四八年一月一日第一四四期、一月十六日第一四五期、二月一日第一四六期、二月十六日第一四七期。龔聯壽《聯話叢編》予以收錄。作者陳子展(一八九八—一九九〇)，湖南長沙人，名炳堃，子展是筆名。曾任教於湖南第一師範。一九二七年應同鄉田漢之邀，在上海南國藝術學院任教，講授文學史與戲劇史等課程。一九三三年後任教於復旦大學，曾任中文系主任。早年積極從事雜文寫作與文藝評論，曾在《申報·自由談》《人間世》等著名報刊上發表過一系列筆鋒犀利而有生氣的雜文，後轉入近代文學與古代文學研究。著作有《中國近代文學的變遷》《最近三十年中國文學史》《詩經直解》《楚辭直解》等。

　　本文雖在形式上傳承了傳統聯話的若干因素，但未取先錄楹聯後配批評的模式，而是致力於系統的理論闡述。作者首次提出"聯語之得稱爲文學"，肯定了楹聯的文學性，確立了楹聯獨立的文體地位。同時指出，楹聯還具有一種應用性，其用途廣泛，迎新春、居家、慶賀、吊喪等都離不開它，在"應用文字中可以算得需要最多的一種"，彰顯了它的強大生命力。在明確了楹聯性質與特點之後，討論了楹聯起源，提出其有"遠源"與"近源"兩種。遠源追溯到魏晉間人"愛作佳對"，近源則"起於五代之末、宋朝之初的桃符題詞"。這兩個"源"的提法涉及楹聯概念界定及楹聯分類問題，對當代楹聯學的構建，對楹聯史的撰寫都有啓發作用。接着作者簡略地勾勒了"聯語從五代直到清朝的一段小史"，注意到期間戲曲小説、八股文、白話文等文體繁盛與楹聯發展的關係。最後作者總結了楹聯名目繁多的各種作法,特別注意聯語和駢文、律詩屬對之法異同。指出它們之間儘管有"種種對法相通",但作爲"世俗應用文字"的聯語與正統駢文、律詩的作法畢竟有"大不相同的地方"。但不論何種作法,都得注意"對仗要工穩,平仄要協調,意思要貼切,語言要妥愜,有均齊對稱之美,有自然蘊藉之妙,果能如此,乃爲上乘",而最基本的是要符合兩個條件:"第一要注意對稱,是偏就形式而説;第二要力求精彩,是偏就内容而説。"《談到聯語文學》這樣系統、精要地總結了有關聯語的一系列基本問題,標志着中國楹聯批評走向了一個嶄新高度。

一

一、聯語與文學

聯語文學連爲一詞,這是我杜撰的。聯語原是文字遊戲之一種,不成其爲文學。假若依照章太炎關於文學之定義那樣廣泛的説法,只要寫在紙上、印在書上而有意義,不論其有韻無韻,成句讀不成句讀,都可以稱爲文學,那末,聯語之得稱爲文學,雖是杜撰也未嘗不可以了。

聯語或稱楹帖,一稱楹聯。這在應用文字中可以算得需要最多的一種。新年要用春聯,居家要用楹帖,賀婚要用婚聯,吊喪要用輓聯,祝壽要用壽聯,他如新屋落成、商店開張等事也往往用聯語作爲應酬或裝飾的東西。劉大白先生《白屋聯話》説:"聯語是律體的文字,是備具外形的律聲的文字。它備具整齊律、參差律、次第律、抑揚律、反復律、當對律和重叠律,凡是中國詩篇底外形律,它無一不可以備具。所以單就外形而論,它實在可以説完全是詩的。至於它的内容,雖然一部分是教訓式的格言和頌揚式的諛詞等，但是大部是寫景的和抒情的，合詩篇的內容一致，所以它總不出詩篇的範圍，可以說是詩篇的一種。"他這段話是很精當的。我們可以知道聯語是什麼一種東西了。

二、聯語的起源和發展

聯語起於什麼時候呢？

追溯它的遠源，我以為起於魏晉間人不肯作"老生常談"，愛說才語，愛作佳對。《晉書》五十四《陸雲傳》說："陸雲，字士龍……與荀隱素未相識，嘗會華坐，華曰：'今日相遇，可勿為常談。'雲因抗手曰：'雲間陸士龍。'隱曰：'日下荀鳴鶴。'鳴鶴，隱字也。"

又《晉書》八十二《習鑿齒傳》說："時有桑門釋道安俊辯有高才，自北至荊州，與鑿齒初相見，道安曰：'**彌天釋道安**。'鑿齒曰：'四海習鑿齒。'時人以為佳對。"

原來中國的語言是孤立語，沒有語尾的變化，文字是單音節，一音一形態，恰好作整齊對稱的型式。但於語言對答中故意使用聯語，爭奇鬥勝，可以說是在駢儷文體初起，又恰在崇尚玄學、盛行清談的時代才有的。換言之，這是要在社會的文化達到了某一階段，美學修辭學等藝術也達到了相當的水準才有的。關於駢文的起源，其說不一。清孫梅《四六叢話敘總論篇》說："夫人一畫開先，有奇必有偶。三統遞嬗，尚質亦尚文。剪彩為花，色然自別；惟白受采，真宰有存。西漢之初，追踪三古，而終軍有奇木白麟之對，倪寬攄奉觴上壽之辭，胎息微萌，儷形已具。迨乎東漢，更為整贍，豈識其為四六而造端歟？踵事而增，自然之勢耳。"孫梅以為駢文萌芽於西漢，成長於東漢。可是他的高足弟子如阮元、程杲之流，就更進一步，以為在《易》有文言，在《書》有"滿招損，謙受益"，在詩有"覯閔既多，受侮才少"，這就是文尚駢偶的濫觴。其實，在劉勰《文心雕龍》裏早已說過這話的。我們要探索聯語的遠源，關於駢儷文體的起源也就不可不知道了。

追溯它的近源，就有一些人說是起於五代之末、宋朝之初的桃符題詞。據《山海經》：黃帝於門戶上立桃人，畫神荼、郁壘等物以禦鬼。經漢至宋，此俗還存，不過在桃符板上已用文字，不一定用圖畫了。《茅亭客話》說：「孟蜀太子善書札，自題策勳府桃符曰：'天垂餘慶。　地接長春。'」又《洛中記異錄》云：「孟昶歲末自書桃符曰：'天隆餘慶。　聖祚長春。'賜子喆，喆拜受致於寢門之左右。」又《蜀檮杌》說：「蜀未歸宋之前一年，歲除日，昶令學士幸寅遜題桃符板於寢門，以其詞非工，自命筆云：'新年納餘慶。　嘉節賀長春。'後蜀平，朝廷以呂餘慶知成都，而長春乃太祖誕節名也。」《宋史·五行志四》所記略同。又《宋史·西蜀孟氏世家》說：「昶在蜀專務奢靡，爲七寶溺器，他物稱是。每歲除，命學士爲詞題桃符，置寢門左右。末年，幸寅遜撰詞，昶以其詞非工，自命筆題云：'新年納餘慶。　嘉節號長春。'以其年正月十一日降，太祖命呂餘慶知成都府，而'長春'乃聖節名也。」這在當時不過視爲語讖，以爲天命真有所歸，實則後來的聯語就起源於此了。

宋初聯語都還是用桃符的。《墨莊漫錄》載蘇東坡在黃州的時候，戲題王文甫桃符云：「門大要容千騎入。　堂深不覺百男歡。」趙庚夫《歲除即事》詩云：「桃符詩句好，恐動往來人。」可見宋人已很講究題桃符了。據說宋朝宮廷裏面所用的春帖子，有用絕句的，也有用聯語的，由翰林書寫，於立春日剪帖於禁中門帳，可惜沒有傳句。不過從此以後，聯語的用途就漸漸推廣了。有用聯語祝壽的，如孫奕季昭《示兒編》所載：黃耕叟夫人三月十四日生，吳叔經作壽聯道：「天邊將滿一輪月。　世上還鍾百歲人。」這是現存的最早的一首壽聯。又有用聯語吊喪的，如《石林燕語》所載：韓康公得解、過省、殿試，皆第三人。後爲相四遷，皆在熙寧中。蘇子容輓云：「三登慶曆三入第。　四入熙寧四輔中。」這是現存的最早的一首輓聯。韓康公死了，得到這樣一首好的聯語，在他生時也得過一首十分恭維他的聯語的。蔣平仲《山房隨筆》說：「韓康公宣撫陝右，太守具宴，委蔡司理持正作候館一聯云：'文價早歸韓吏部。　將壇今拜漢淮陰。'韓極喜之。」更有用聯語講學的。如真西山題浦城粵山學易齋的聯語云：「坐看吳粵兩山色。　默契羲文千古心。」朱子題滄州精舍的聯語云：「道迷前聖統。　朋誤遠方來。」又云：

"日月兩輪天地眼。　詩書萬卷聖賢心。"又題贈一漳州士子的聯語云："東墙倒，西墙倒，窺見室家之好。　前巷深，後巷深，不聞車馬之音。"他這種聯語還很多。宋朝的儒者有用詩來講學的，別成所謂理學詩，還有理學詞，那末，這種理學聯語的起來也是自然的趨勢，後來的格言聯語正是這種聯語的嫡派。元朝人的聯語傳下來的不多。趙子昂有幾首是頌聖的，不錄它。只見楊瑀（元誠）《山居新話》載他自己做奎章閣屬官的時候，題所寓春帖云："光依東壁圖書府。　心在西湖山水間。"這個時候的所謂春帖似乎就是後來的所謂春聯了。宋元時代聯語發展的歷史略如上面所記。寫到這裏，又記得俞正燮《癸巳存稿》有關於宋元聯語史發展的記載，錄下備考："北宋春帖子，皇帝太后貴妃閣皆由詞臣擬進，南宋則臣民家門對亦見記載。"《困學紀聞》云："樓鑰桃符：'門前有約頻來客。　座上同看未見書。'"《隨隱漫錄》云："京紅妓韓香家桃符：'有客如擒虎。　無錢請退之。'"《稗史》云："洪平齋桃符曰：'未得之乎一字力。　只因而已十年間。'洪第後上史浩書，自宰相至州縣，各摭其短，一一摭如此而已，因十年不調也。"《鶴林玉露》云："洪舜俞詩曰：'不得之乎成一事，却因而已失三官。'蓋傳聞異詞。"《癸辛雜誌續集》云："鹽官教諭黃謙之題桃符曰：'宜入新年怎生呵。　百事大吉那般者。'"《別集》云："廖藥洲門符：'喜有寬閑爲小隱。　粗將止足報明時。''直將雲影天光裏。　便作柳邊花下看。'"包恢南城園門符："日短暫居猶旅舍。　夜長宜就作祠堂。"又賈似道桃符曰："笑迎珠履三千客。　坐擁金鋌百萬兵。"又曰："威行塞北幾千里。　春滿淮南第一州。"又曰："陽春膏雨三千里。　明月香風十二樓。"……張羽貞居詞和周文璞云："醉寫桃符都不記，明日新年。"依其言，是家家有春聯矣。"可是我在這裏還要補充幾句。據説廣州真武廟，在宋朝時候就有的，有蘇東坡題的一副聯語云："逞披髮仗劍威風，仙佛爲耳矣。　有降龍伏虎手段，龜蛇云乎哉。"如果這首聯語真是蘇東坡題的，那末，這就算是祠廟聯語最早的一首了。

聯語的發展，到了明朝就更進步了。明朝第一個皇帝朱元璋就是會做聯語的,他常做聯語賜給他的臣下。他曾賜給學士陶安的門帖道:"國朝謀算無雙士。　翰苑文章第一家。"又據《簪云樓雜記》說:"春聯之設,自明孝陵昉也。時太祖都金陵,於除夕忽傳旨:'公卿士庶門上須加春聯一首。'太祖親微行出觀,以爲笑樂。偶見一家獨無之,詢知爲閹豕苗者,尚未請人耳。太祖爲大書曰:'雙手劈開生死路。　一刀割斷是非根。'"本來這位做皇帝的朱和尚不但有政治的天才,也有一點文學的天才。他可以親製碑文,誇耀自己的功德;也可以仿作騷賦,賜給臣下以示恩榮。在他作幾首聯語,自然不算什麼,并不是我要故意捧一個能文的和尚才算時髦,也不是要捧一個冢中枯骨的主子纔有權勢。明太祖既曾傳旨公卿士庶門上須加春聯,從此以後,"爆竹一聲除舊,桃符萬户更新",家家門上都要換貼春聯了。有明一代,有很多文人是講究做聯語的。直到要亡國了,福州有一個屠者徐五的春聯還做得很驚人的。他的柱聯云:"問如何過日。　但即此是天。"他的廳聯云:"仗義半從屠狗輩。　負心多是讀書人。"又一首云:"金欲兩千酬漂母。　鞭須六百撻平王。"又一首云:"鼠因糧絶潛踪去。　犬爲家貧放膽眠。"據說這位屠者後來竟因亡國而投水死了。還有一位教士歸玄恭莊,他和顧炎武并稱爲"歸奇顧怪"。顧炎武的楹帖云:"行己有恥。　博學於文。"這是正正經經的話。歸老先生的楹帖云:"入其室,空空如也。　問其人,囂囂然曰。"又一首云:"兩口居安樂之窩,妻太聰明夫太怪。　四鄰接幽冥之地,人何寥落鬼何多。"相傳他還有一首這樣的春聯:"一槍戳出窮鬼去。　雙鈎搭進富神來。"這樣的聯語就真算奇怪,真堪玩味了。明朝末年,有不少的怪人,這位歸老先生便是其中一個。他的聯語如此,那是無怪其然的。還有要知道的,元明兩代是白話戲曲小説成長的時代,聯語的使用白話,那也是自然的趨勢。

(《論語》一九四八年第一四四期)

二

現在,要略説明清四五百年間長聯發展的一段歷史。原來五代之末,孟蜀的桃符只是四言五言的,後來漸漸發展,七言八言乃至數十百言的長聯都有了。相傳明初的中山王徐達,曾經自己做了一組前組的長聯懸賞徵求後組,大約長聯的起源就是在這個時候,或者還在前一點的時候。明代中葉,嘉靖年間,那位皇帝奉道教,齋醮焚修的事不時舉行。當時那些詞臣争着迎合皇帝的意思,來做頌揚祈禱的青詞,有駢語的青詞,有聯語的青詞,各極其妙。據説嚴嵩、徐階之流,都是因善作青詞而得寵的。這種聯語的青詞,據沈德符《野獲編》和鈕玉樵《觚賸》所載,有這樣的一首,而字句略有不同。今録其一如下:"洛水靈龜初獻瑞,陽數九,陰數九,九九八十一數。數通乎道,道合元始天尊,一誠有感。 岐山威鳳兩呈祥,雄聲六,雌聲六,六六三十六聲。聲聞於天,天生嘉靖皇帝,萬壽無疆。"這種聯語在當時是傳誦一時之作,而且説是曾邀皇帝的什麽賞賜的,可是在我們現在看起來,實在不值一文光緒通寶。相傳北京圓明園裏的戲臺上有一首這樣的長聯:"堯舜生,湯武净,五霸七雄五末耳。伊尹太公便算一隻耍争。其餘拜將封侯,不過摇旗納喊稱奴婢。 四書白,五經引,諸子百家雜説乎。杜甫李白會唱幾句亂談。此外咬文嚼字,大都緣街乞食鬧蓮花。"這首聯語有人説是明朝人做的,有人説是清初那個皇帝的手筆,現在且不管它。總之,在那種八股文人代聖賢立言的時代,居然有這樣的東西,不能不説它是大議論,大見識。長聯很不容易做好,四五百年間,好的長聯難逢幾首。相傳雲南大觀樓有一副對聯長到一百八十字,是康熙時候滇人孫髯翁做的,喧傳南北,推爲絶作。現在把它録在下面:"五百里滇池,奔來眼底。披襟岸幘,喜茫茫空闊無邊。看東驤神駿,西翥靈儀,北走蜿蜒,南翔縞素,高人韻士,何妨選勝登臨。趁蟹嶼螺洲,梳裹就風鬟霧鬢;更蘋天葦地,點綴些翠羽丹霞。莫辜負四圍香稻,萬頃晴沙,九夏芙蓉,三春楊柳。 數千年往事，注到心頭。把酒凌虛，嘆滾滾英雄誰在！想漢習樓船，唐標鐵柱，宋揮玉斧，元跨革囊，偉烈豐功，費盡移山氣力。儘珠簾畫棟，捲不及暮雨朝雲；便斷碣殘碑，都付與蒼烟落照。只贏得幾杵疏鐘，半江漁火，兩行鴻雁，一片滄桑。"他這首長聯雖然氣象闊大，究不免有鬆懈的地方。即如好用替代字也是一病。本來是金馬山、碧鷄山、蛇山、鶴山，他却改為神駿、靈儀、蜿蜒、縞素，以便裝點。後來阮芸臺來到雲南做官，看了這首長聯，覺到美中不足，不免技癢起來，把它改削了挂上。下面是他的改筆："五百里滇池，奔來眼底。憑欄向遠，喜茫茫波浪無邊。看東驤金馬，西翥碧鷄，北倚盤龍，南馴寶象，高人韻士，惜拋流水光陰。趁蟹嶼螺洲，襯將起蒼崖翠壁，更蘋天葦地，早收回薄霧殘霞，莫辜負四圍香稻，萬頃鷗沙，九夏芙蓉，三春楊柳。　數千年往事，注到心頭。把酒凌虛，嘆滾滾英雄誰在。想漢習樓船，唐標鐵柱，宋揮玉斧，元跨革囊，纍長蒙酋，費盡移山氣力。儘珠簾畫棟，捲不及暮雨朝雲；便蘚碣苔碑，都付與荒烟落照。只贏得幾杵疏鐘，半江漁火，兩行秋雁，一枕清霜。"阮老先生這種改筆，除了"看東驤金馬，西翥碧鷄，北倚盤龍，南馴寶象"一句比較原作沈實一點以外，其他未必就勝過原作。所以當他改削了挂上之後，雲南士紳大嘩，直逼得他再把原作挂上，風潮才息。我所以要把這段逸話重提，就是要說明長聯不容易作，更不容易好。

　　我曾看見鄭板橋六十自壽的一首長聯，那是很好的。錄之如下："常如作客，何問康寧？但使囊有餘錢，甕有餘釀，釜有餘糧，取數葉賞心舊紙，放浪吟哦，興要闊，皮要頑，五官靈動勝千官，過到六旬猶少。　定欲成仙，空生煩惱。只令耳無俗聲，眼無俗物，胸無俗事，將幾枝隨意新花，縱橫穿插，睡得遲，起得早，一日清閒似兩日，算來百歲已多。"

　　我還看見俞曲園題西湖彭剛直公祠一首長聯："偉哉！斯真河嶽精靈乎？自壯年請纓投筆，佐曾文正創建師船，青燐一片，直下長江，向賊巢奪轉小孤山去。東防歙婺，西障溢潯，日日爭命於鋒鏑叢中；百戰功高，仍是秀才本色。外授疆臣辭，内授廷臣又辭，強林泉猿鶴，作霄漢夔龍。尚書劍履，回翔上接星辰；少保旌旗，飛舞遠臨海澨。虎門開絕壁，巉崖突兀，力扼重洋。千載後，過大角炮臺，尋求遺迹，見者猶肅然動容；謂規模宏闊，佈置謹嚴，中國誠知有人在。　悲夫！今已旂常俎豆矣！憶疇昔傾舊班荆，藉阮太傅留遺講舍，明鏡三潭，勸營別墅，從珂里移將退省庵來。南訪雲栖，北遊花塢，歲歲追陪到烟霞深處；兩翁契合，遂聯兒輩因緣。吾家童孫幼，君家女孫亦幼。對桃李穠華，感桑榆暮景。粵嶠初還，舉步早憐蹩躠；吳閶七至，發言益覺含糊。鴛水遇歸橈，俄頃流連，便成永訣。數日前，於右臺仙館，傳報噩音，聞之爲潸焉出涕；念感物不殊，琴歌頓杳，老夫何忍拜公祠！"這首聯語共有三百一十四字，是我看見的第一首長聯。劉大白先生以爲：長聯的形成雖然由於聯語自身的演進，但是合八股文也有多少的關係。不錯，因爲明清兩代，都以八股文取士，這種文體是以每兩股兩兩對稱的，又是相當地使用聲律的，不過不十分嚴格罷了。一般的八股大家，拿着做八股文的手段，移用到聯語上來，長聯就自然很容易地形成了。

　　現在我想在這裏略略談到清朝文人的集句聯語或集字聯語。這種聯語似可混稱爲集聯。清朝以前有沒有人做過這種聯語，我還找不出關於這種東西的文獻，不過這是由集句詩摹做得來，可以斷言的。集句詩起於什麽時候？有人説始于王荆公；有人説宋初已有之，到石曼卿而大著；又有人説始於晉人，因爲晉人傅咸曾集《詩經》句子成詩。現在不管那一説對，總之，集句詩的起來是很早的。有了集句詩的風氣和技巧，因而產生了集句聯語和集字聯語，這種歷史上的綫索是很明顯的。集句詩沒有幾首好的，集句聯語好的却很多。有集經語包括《四書》成聯的，或半用經語半用別的成句爲聯的。例如齊梅麓題宗祠聯："凡今之人，不如我同姓。聿修厥德，無忝爾所生。"某題諸葛武侯廟："自任以天下之重如此。是知其不可而爲之與？"又："可托六尺之孤，可寄百里之命，君子人與？君子人也。　隱居以求其志，行義以達其道，吾聞其語，吾見其人。"張謇南通博物苑："設庠序學校以教。　多識草木鳥獸之名。"某題鄉村戲臺聯："聞弦歌之聲，賢者亦樂此。　兔羽毛之美,鄉人皆好之。"翁同龢自輓:"朝聞道,夕死可矣。　今而後,吾知免夫!"劉金門義冢:"掩之誠是也。　逝者知斯夫!"李因培題隨園:"此地有崇山峻嶺,茂林修竹。　是能讀三墳五典,八索九丘。"某題典肆:"以其所有,易其所無,四海之内,萬物皆備於我。　或曰取之,或曰無取,三年無改,一介不以與人。"這類集句,或全用原句,或就原句略加驅括剪裁。還有集唐人詩句成聯的,例如某題酒家樓:"勸君更進一杯酒。　與爾同銷萬古愁。"一用王維句,一用李白句。有集傳奇中語成聯的,例如某題西湖月老祠:"願天下有情的,都成了眷屬。　是前生注定事,莫錯過姻緣。"一用《西廂記》中語,一用《琵琶記》中語。至於集字一體更爲書家所喜用,看他臨習那家字帖或那種古碑,即用這種碑帖裏面的字集成聯語。例如石鼓文《繹山碑》《泰山碑》《禮器碑》《孔宙碑》《曹全碑》《禊帖》乃至流沙墜簡、居延漢簡、《爭坐位帖》等等都好集字成聯。最近還有人集金文和甲骨文爲聯語的了。今選何子貞、俞曲園兩人的集字聯語爲例:"野烟有路知依寺。　明月無心也進城。""入座香如海。　開門月滿天。"——何集《爭坐位帖》。"有萬夫不當之氣。　無一事自足於懷。""懷古人若不可及。　生今世豈能無情。""流水悟將天下事。　春風老盡世間人。""嘗將聞日觀當世。　又抱春風坐一年。"——何集《禊帖》。"園乃甚小,山林不深,頗得真意。食尚有肉,衣則以布,自稱老人。""不解事漢。　真讀書人。""欲無爾我見,不養生而壽。　須有老莊書,處塵世亦仙。"——俞集石峪《金剛經》。"家居好水好山地,不出門庭,全收野景。　人在不夷不惠間,相從里巷,大有高人。"——俞集《曹全碑》。集句聯語很見拘束,難得做好。我最愛何子貞這一首:"行路有何難?我曾從天柱、九疑、三塗、太白、紫閣、終南,直到上京王者地。　得師真不易!所願與高堂、二戴、安國、子長、相如、正則,同依東魯聖人家。"他這是集顏魯公《爭坐位帖》的。我們看了他這一首聯語,略略可以想見他的生平。至於他的思想如何,他是前一時代的人,沒有跳出前一時代的環境影響,又當別論。此外有集宋詞或宋詩的,有集《史》《漢》《晋書》或《南史》《北史》中雋語的,有集諺語格言的,有雜集古書或古人詩文語句的。這種聯語好的也很多，不再繁徵博引了。其中有我所喜愛的，如梁任公晚年病中所集的宋詞聯語，幾乎沒一首不佳，見《飲冰室合集》。丁輔之所集甲骨文聯語也有幾首好的。梁、丁兩書均中華書局出版，容易見到，此地不錄。我要選錄的是難見到的王觀國的《吳下諺聯》。其五言如："虎頭上捉虱。　猫口裏挖鰍。""描金石卵子。　黑漆皮燈籠。""鍾馗捉小鬼。　羅漢請彌陀。""眼飢肚裏餓。　嘴硬骨頭酥。""熱氣換冷氣。　大蟲欺小蟲。""坑缸前土地。　座臺上鄉紳。""眼睛紅盼盼。　肚裏白條條。""筆管裏煨鰍。　床底下摸蚌。"七言如："帶累鄉鄰吃薄粥。　攏掇老爺煨沙鍋。""羊去吃草鵝去趕。　鷄來討債鴨來愁。""銅錢眼內穿斤斗。　螺獅殼裏做道場。""東手接錢西手送。　南天落雨北天晴。"八、九、十言如："小囝吃蘿蔔逐橛剥。　和尚無頭髮樂得推。""娘要嫁人，天要落雨。　富不教學，窮不讀書。""老壽星吃砒霜，活厭了。　閻羅王開飯店，鬼不來。""養媳婦做媒人，自也難保。　老和尚看狗戀，我不如他。""止顧羊卵子，弗顧羊性命。　單見羊吃水，不見羊撒尿。"總之，集句聯語要做得出色，宜自然，忌牽強；宜貼切，忌空套。須具神工鬼斧之妙技，有天造地設之奇觀。雖是借用舊的軀殼，須賦予新的生命。沒有集成聯語以前固然是古人的，可是集成了聯語以後就像是自己的。這樣，也就可以算是一種創作了。

（《論語》一九四八年第一四五期）

三

有清一代，聯語的作家很多，如紀曉嵐、阮芸臺以典切勝，鄭板橋、俞曲園以質實勝，他們還好用白話做聯語。曾國藩、左宗棠、彭玉麟以魄力勝，何子貞、王壬秋、李篁仙以才氣勝。他們都是著名的人物，聯語是他們的餘事。只有李篁仙就像專以聯語名家。除了這裏所舉出的諸人以外,聯語做得多而且的確好的很不少,不過他們大都不是十分著名的人物罷了,此地不能一一絮說。可是他們都是很用氣力做聯語的,而且做的又很多。從曾國藩以來,有把聯語附在集子裏,或者把它另刻單行本的。但就聯語而論,要說他們是一代聯語的作家,想來沒有什麼不可罷。

最後要說到臨湘吳獬的《一法通》,這本書不易見到,其中錄有許多湖南民間相傳的俗聯巧對,不妨選錄一些:"數莖頭髮,無髮可施。 滿臉鬍鬚,何鬚如此。""檐下蜘蛛,一腔詩意。 溝中蚯蚓,滿腹泥心。""七里山塘,行到半塘三里半。 五溪蠻洞,過來中洞兩溪中。""冢上燒錢,灰逐微風成粉蝶。 池邊洗硯,墨隨流水化烏龍。""一個美人映月,人間天上兩嫦娥。 五百羅漢渡江,岸畔江心千佛子。""北斗七星,水底連天十四點。 南山孤雁,月中帶影一雙飛。""雪塑觀音,一片冰心難救苦。 雨淋羅漢,兩行珠淚假含悲。""開關遲,關關早,怕過客過關。 出對易,對對難,求先生先對。""兩猿截木山中,那猴子也能對鋸。 匹馬陷身泥內,這畜生怎得出蹄。""美女現花,仿佛兩枝紅芍藥。 漁翁釣雪,分明一領玉蓑衣。""炒豆炸開,拋下一雙金聖筶。 甜瓜切破,分成兩盞碧琉璃。""和尚撐船,篙打江心羅漢。 佳人汲水,繩牽井底觀音。""風擺棕櫚,千手佛搖摺叠扇。 雨淋荷葉,獨脚鬼戴逍遥巾。""擘破石榴,紅門中幾多酸子。 咬開銀杏,白衣内一個小人。""二鏡懸窗,一女梳頭三對面。 孤燈挂壁,兩人作揖四弓身。""新月如弓,殘弓如弓,上弦弓,下弦弓。 朝霞似錦,晚霞似錦,東川錦,西川錦。""桃片銜來燕子窩,火燒丹竈。 楊花飛落蜘蛛網,雪點魚罾。""詩書易,禮春秋,五部聖經,未聞老子。 稻粱菽,麥黍稷,一夥雜種,什麼先生。""日出雪消,檐滴無雲之雨。 風吹塵起,地生大火之烟。""雨裏築墻,搗一堵,倒一堵。 風前點燭,流半邊,留半邊。""塔頂葫蘆,尖捏拳頭冲白日。 城墻垜把,倒生牙齒咬青天。""醉漢騎驢,簸腦顛頭算酒帳。 艄公蕩槳,打恭作揖討船錢。""枕堆書冊,千秋賢聖并頭。 扇畫山河,一統乾坤在手。""柳絮成團,平地上滾將捲去。 梧桐脱葉,半空中撒下秋來。""凍雨灑窗，東兩點，西三點。　切瓜分片，橫七刀，竪八刀。""水面文葦，槳打連圈篙著點。　山頭鼓樂，枚敲拍板竹吹簫。""夫子天尊大士，頭上不同。　官員宦者宮娥，腰間各別。""星爲夜象，却從日下而生。　花本木形，偏自草頭而化。""金剛怒目，所以降伏四魔。　菩薩低眉，所以慈悲六道。""小學生袖裏携花，暗藏春色。　老大人堂前秉鑒，明察秋毫。""看花亭上看花回，看看平聲看到。　分水橋邊分水吃，分分去聲分開。""大雨沉沉，二沈伸頭不出。　狂風陣陣，兩陳縮脚難開。""人立斷橋，形影不隨流水去。　客眠孤館，夢魂常到故鄉來。""天井裏砍樹，倒不下。床脚下弄斧，展不開。""叔子灰多呼嫂掃。　侄兒桶散要姑箍。""人曾爲僧，人弗可以爲佛。　女卑稱婢，女又不妨稱奴。"

吴獬的《一法通》是《太公家教》和《增廣昔時賢文》一類的書，作於清末。他作此書似乎不僅爲了用作教訓的目的，同時還想滿足他個人欣賞的趣味。因此他可以算是一個愛好民俗文學的學者。他恰死在五四運動之後，我就把他作爲清代最後一個特别能够欣賞聯語的人，而且作爲最先一個有意提倡白話聯語的人了。

以上略説聯語的起源及其發展，關於聯語從五代直到清朝的一段小史，暫時於此結束。

三、屬對的方法

最先論到屬對方法的是劉勰。他在《文心雕龍·麗辭篇》上説道："麗辭之體，凡有四對：言對爲易，事對爲難，反對爲優，正對爲劣。言對者，雙比空辭者也；事對者，并舉人驗者也；反對者，理殊趣合者也；正對者，事異義同者也。長卿《上林賦》云：'修容乎禮園，翱翔乎書圃。'此言對之類也。宋玉《神女賦》云：'毛嬙鄣袂，不足程式；西施掩面，比之無色。'此事對之類也。仲宣《登樓》云：'鍾儀幽而楚奏，莊舄顯而越吟。'此反對之類也。孟陽《七哀》云：'漢祖想枌榆，光武思白水。'此正對之類也。凡偶辭胸臆，言對所以爲易也；徵人之學，事對所以爲難也；幽顯同志，反對所以爲優也。并貴共心，正對所以爲劣也。"

這是論的駢文屬對之法。自劉勰以後，關於駢文對法，說的人不少，對法也說了很多，《四六叢話》搜輯很詳。

有所謂借對。若駱賓王《冒雨尋菊序》"白帝徂秋，黃金勝友"之類是也。

有所謂巧對。若駱賓王《上太常啓》"……摶羊角而高騫，浩若無津；附驥尾以上馳，邈爲難托"之類是也。

有流水對。若歐陽修《謝賜漢書表》"惟漢室上能三代之盛，而班史自成一家之書"之類是也。

有虛實對。若柳宗元《爲裴中丞賀東平表》"愧無橫草之功，坐見覆盂之泰"之類是也。

有各句自對，一名就對或稱串對。若王勃《滕王閣序》"物華天寶，龍光射牛斗之墟；人傑地靈，徐孺下陳蕃之榻"之類是也。

又有所謂長偶對，實則可稱爲散文對。若蘇軾《乞常州居住表》"臣聞聖人之行，如父母之譴子孫，鞭撻雖嚴，而不忍致之死"之類是也。

總之，屬對不難，要使百煉中錘，句斟字酌，閱之有璧合珠聯之采，讀之有敲金戛玉之聲，乃爲能手。聯語的作法也正當如此。

論到律詩屬對之法，最早只有初唐上官儀。他說："詩有六對：一曰正名對，天地日月是也；二曰同類對，花葉草芽是也；三曰連珠對，蕭蕭赫赫是也；四曰雙聲對，黃槐綠柳是也；五曰叠韻對，彷徨放曠是也；六曰雙擬對，春樹秋池是也。"他又說："詩有八對：一曰的名對，'送酒東南去，迎琴西北來'是也。二曰異類對，'風識池間樹，蟲穿草上文'是也。三曰雙聲對，'秋露香佳菊，春風馥麗蘭'是也。四曰叠韻對，'放蕩千般意，遷延一介心'是也。五曰聯綿對，'殘河若帶，初月如眉'是也。六曰雙擬對，'議月眉欺月，論花頰勝花'是也。七曰迴文對，'情新因意得，意得逐情新'是也。八曰隔句對，'相思復相憶，夜夜淚沾衣；空嘆復空泣，朝朝君未歸'是也。"

(《論語》一九四八年第一四六期)

四

　　此外昔人論到詩的對法，還有種種：有所謂借對，一稱假對。如杜甫詩："枸杞因吾有，雞栖奈汝何。"孟浩然詩："厨人具雞黍，稚子摘楊梅。"韓愈詩："眼穿常訝雙魚斷，耳熱何辭數爵頻。"賈島詩："捲簾黃葉落，開户子規啼。"崔峒詩："因尋樵子徑，偶到葛洪家。"王安石詩："自喜田園歸五柳，最嫌尸祝擾庚桑。"以枸（狗）對雞，以楊（羊）對雞，以爵（雀）對魚，以子（紫）對黃，以子（紫）對洪（紅），以五柳對庚桑（庚字干數），都屬借對。

　　有所謂扇對，實即隔句對。如杜甫《哭台州司户蘇少監》詩："得罪台州去，時危棄碩儒。移官蓬閣後，穀貴殁前夫。"蘇軾《和鬱孤臺詩》："邂逅陪車馬，尋芳謝朓洲。淒凉望鄉國，得句仲宣樓。"又唐人絕句亦用此格，如："去年花下留連飲，暖日夭桃鶯亂啼。今日江邊容易别，淡烟衰草馬頻嘶。"

　　有所謂蹉對，其實應稱交叉對。如李商隱詩："裙拖六幅湘江水，鬢挽巫山一段雲。"這是移動句中位置，交叉相對，以就平仄的對法。如王安石詩："春殘葉密花枝少，睡起茶多酒盞疏。"以密字對疏，以多字對少，交叉相對，這也是移動句中位置的對法。

　　有所謂輕重對，虛實對。如杜甫詩："麻桑深雨露，燕雀半生成。""三分割據紆籌策，萬古雲霄一羽毛。"李嘉祐詩："門臨莽蒼經年閉，身遠嫖姚幾日歸。"又王維詩："江流天地外，山色有無中。"以生成對雨露，以割據對雲霄，以莽蒼對嫖姚，以有無對天地，都是以輕對重，以虛對實。

　　有所謂巧對。如杜甫詩云："本無丹灶術，那免白頭翁。"又九日詩云："竹葉於人既無分，菊花從此不須開。"蘇軾得章質夫書遺酒六瓶，書至而酒亡，因作詩寄之云："豈意青州六從事，化爲烏有一先生。"又詩句云："見説騎鯨遊汗漫，亦曾捫虱話辛酸。"此四例亦可稱爲流水對。王安石詩云："平昔離愁寬帶眼，迄今歸思滿琴心。"帶眼、琴心，對得恰巧。又詩云："草深留翠碧，花遠没黃鸝。"

人只知他翠碧、黃鸝對得精切，不知同時又是四色相對，如此之巧。又以武巨對大鵰，殺青對生白，苦吟對甘飲，飛瓊對弄玉，旁人都不及他工巧。

駢文律詩屬對之法，爲一般文人常常拈出的，不過上舉種種，聯語對法正和這種種對法相通。不過聯語對於四聲平仄不及四六文，尤其是律詩那麼嚴守而已。還有聯語爲世俗應用文字，須求雅俗共賞，與其失之雅，毋寧失之俗，所以從來不避白話方言。駢文律詩往往是文人學者的名山事業，特重創造，最忌用現成的老話熟語，舊文古句；聯語則無所不宜，只要你能翻陳出新，化腐臭爲神奇，又用得十分貼切。這是聯語和駢文律詩作法大不相同的地方。

聯語的對法除了和上文所舉聯文律詩的對法相同以外，還有所謂析字對。如《苕溪漁隱叢話》前集二十一所載唐人酒令："令：'鉏麑觸槐，死作木邊之鬼。'答：'豫讓吞炭，終爲山下之灰。'"這就是析字相對的。同時也可說是離合對，因離則爲木鬼山灰，合則爲槐炭，不僅徒有離析而已。長沙相傳的一個笑話，巡撫陳本欽倡修城南書院樓房，向士紳募捐，落成之日，有人題一聯道："一木焉能支大廈？　欠金何必起高樓。"這也是析字屬對的。

有所謂嵌字對。嵌字的對法用嵌字的位置上下，分爲若干格，莫詳於詩鐘，今不具述。程頌萬題嶽麓書院門聯云："納於大麓。藏之名山。"此聯一用《書經》語，一用《史記》語，而尾嵌"麓山"二字。有人輓秋瑾女士云："悲哉秋之爲氣。　慘矣瑾其可懷！"中嵌"秋瑾"二字。籌安分會會長某先生生日，有人贈一聯云："海屋添籌，安期分果。　香山盛會，長樂永康。"中嵌"籌安分會長"五字。起初某先生還不自覺，經我告訴，他才知道。王闓運在元二之際、南北紛爭的時代，贈袁世凱一聯云："民猶是也，國猶是也。　總而言之，統而言之。"分嵌"民國總統"四字。有人問他："這是什麼意思？"他笑道："一邊是無分南北，一邊說不是東西。"又可說是歇後對。其他名士投贈應酬，留連風景，即以人名地名嵌作聯語者，不勝枚舉。戊戌政變時，葉德潛題南學會門聯云："四脚朝天，看你有何能幹？　一耳偏聽，到底不是東西！"這也是析字對。當時在湖南主持新學的是熊希齡，主持新政的是巡撫陳寶箴。又贈康有爲一聯云："國家將亡必有。　老而不死是爲。"這也是嵌字，也是歇後。他罵康有爲是妖孽，是老賊，太刻毒了。

　　自從白話文流行，就多有人用白話作聯語了，好的却不多。這類文字不論文言白話，對仗要工穩，平仄要協調，意思要貼切，語言要妥愜，有均齊對稱之美，有自然蘊藉之妙，果能如此，乃爲上乘。

　　上文論聯語作法已够詳細了，這裏再拈出兩點來說。

　　第一要注意對稱。聯語是十分注重對稱之美的，是很嚴格地使用整齊律和當對律的。關於這一點劉大白先生說的很好。他以爲聯語的特性是形態、腔調和意義的兩兩對稱，是中國所獨有的。因爲中國底語言，是孤立語，沒有語尾底變化；中國底文字是單音節，而一個音只有一個形態的，所以可以作成整齊地對稱的型式。在形態上，兩停或兩組相對，兩停或兩組的字數，一定是整齊的。在腔調上，兩停或兩組相與間，相當的各個字，大體是用抑音和揚音兩兩相對；至少是各停或各組末一字的抑揚，是嚴格地必須相對的。在意義上，兩停或兩組相與間，相當的各個位置上，常常是取意義相同的或相類的或相反的字，使它們兩兩相對。如果不是這樣，那末，一定是在一停或一組中間，自己具備了相對的型式，所以有此例外了。還有一個禁例，是在相對的兩停或兩組間，不准有一個重出的字。說得明白點，就是前停或前組已經用過的字，後停或後組不准再用除有時前後兩停或兩組在相當的同一個位置上同用"之"字之類。至於一停或一組底本身，可以用重出的字。但是前停或前組既然用了重出的字，後停或後組在相當的同一個位置上，必須也用另一個重出的字去合它相對。不過有些特別的聯語，兩停或兩組間在相當的同一個位置上，交互地使用重出的字，例如前停或前組底第二個字，重出於後停或後組底第四個字的位置上，同時使後停或後組底第二個字，也重出於前停或前組的第四個字的位置上。這樣交互地重出，也是許可的。總之，聯語是嚴格地使用整齊律和當對律的。

　　第二要力求精彩。聯語本來是雅俗共賞的一種文字，讀破萬卷的要欣賞，組織文字的也要能夠欣賞。欣賞的普遍性愈大，就愈見精彩，愈有生命。不然，就是具有對稱之美，也如笨匠人的雕塑，只有外觀略像，還不能算做一件真正藝術品的。據說唐人有最講究做五言律詩的，說五律四十個字是四十個賢人，不容一個有屠沽氣。我也曾以為七言絕句二十八個字是二十八個猛將，不容一個有屠懦氣。質言之，就是說這種詩須要字字精彩。聯語這東西，也正須如此精彩。聯語要做得怎樣纔算精彩呢？我的最簡單的解答是："事實要貼切，意思要豐富，字句要自然。"相傳有一個人找何子貞寫一幅壽聯，說是十一月十一日就要用，因為那天就是壽期。何子貞恰在寫字，就在聯紙上大書"十一月十一日"，那個人氣呆了，又不好做聲。何子貞忙問這做壽的人幾十歲，那個人說是八十歲。何子貞就把下聯寫做"八千春八千秋"。那個人才非常歡喜，佩服何老先生了不得。這首聯語本來不算什麼妙，它的頂巧妙的地方就在只有這個"十一月十一日"誕生的人才用得着。還有一個這樣的笑話，有一個人請一位老先生寫一副輓聯，說是他的親家翁死了。老先生便隨手從應酬書上寫下一首說："寶婺光沉天上宿。蓮花香現佛前身。"那個人看了一看，說道："先生，你寫錯了，這是輓女的，不好做男輓聯。"這位老先生還勃然回答道："輓聯并沒有寫錯，這是有書為證的，怕是他家死錯了人！"我們看了上面這兩個故事，就可以知道聯語是要貼切的了。聯語的字句雖少，意思卻要含得豐富。《維摩經不可思議品》中有"芥子納須彌"的話。須彌山何等高大，芥子何等微小，怎麼一顆芥子裏面裝得進一座須彌山？這不過是一個寓言。我們很可以拿來比喻簡單的聯語，包含很豐富的意思。總之，字句有盡，而意思要不盡，這個和古人論詩，所謂含蓄，所謂蘊藉之說有相合的地方。那末，就要知道怎樣利用語言的暗示力了。至於字句要自然，本來凡做文章都得如此，不過聯語更為著重些。因為最著重自然，所以就不忌用現成的語句，全用經語也可以，全用古人詩句詞句也可以，全用古人文句也可以，雜用古書或古人的句子都可以。就是戲曲上的話，白話謠諺，只要你用得恰當，用得自然，無不可以點鐵成金，化腐臭爲神奇。這是聯語和詩文造句遣辭上大不同的地方。

以上所説，第一要注意對稱，是偏就形式而説；第二要力求精彩，是偏就内容而説。這是作聯語的兩個基本的條件。

(《論語》一九四八年第一四七期)

後　記

　　二〇一七年九月份黄霖教授交代我整理出一本"民國聯話選粹",作爲他主持的國家重大招標課題"民國話體文學批評文獻整理與研究"成果之一推出。黄教授簡要説明了一下書稿資料來源、篇幅、體例,希望我半年時間交稿。因爲還没有完全從國家重大招標課題"近現代楹聯創作史料整理與研究"申報工作的高强度思考中緩冲過來,加上一直也記挂着《民國聯話研究》書稿的寫作,所以,我突然感覺壓力很大,腦子也有點茫然。我跟黄霖教授説,《民國聯話第一輯》本身篇幅不大,且諧謔性不少,上選本的話要拿下很多,我手頭掌握的聯話還没有録出來,很多地方太模糊,無法辨認,因此録入會有點困難。此外,民國聯話,無論是專書還是期刊,重複性相當大,因此要花很多的時間去剔除、甄别,貿然冠之,不僅名不符實,恐亦違背學術精神。但仍然感謝您的信任,也謝謝您給我這個機會,我會盡最大努力完成任務。

　　從碩士到博士的研究領域一直在楹聯,每年向單位遞交的業績也是楹聯方面的成果,但楹聯一直處在古典文學研究的邊緣之邊緣,因此,我基本就是守候着楹聯這片園地行走於學界的邊緣。正如二〇一六年在山東即墨"中國楹聯學會第九届全國學術論壇暨楹聯學構建"的會議上我説,在即墨我不寂寞,因爲這裏有很多熱愛楹聯的楹聯人,然而,在學術圈我相當的寂寞。楹聯是文學樣式之一,是古典文學在當代熱烈綻放的藝術之花,但這種綻放只在我們楹聯創作圈,在學會這一層面,楹聯研究如果要走得更遠,需要與學界交流、平等對話。因此,二〇一七年五月份黄霖教授將我納入"民國話體文學批評文獻整理與研究"團隊中,讓我負責聯話這一塊時,我感到興奮。學界耆宿對楹聯的關注本身就是對楹聯的一種肯定,何況,在這一課題中黄霖教授專門設計了聯話相關成果的推出。楹聯終於可以站在詩詞曲賦文隊列中走進學界的視野。

爲了拿出一本質量相對有保證的《民國聯話選粹》,本着本份做人,踏實做事的原則,在碩導龔聯壽教授的指導下,最終決定從龔師主編的《聯話叢編》,拙著《全民國聯話第一輯》,自己手頭已經掌握且預計推出的《全民國聯話第二輯》中各選一部分,並根據此書特點進行增補、删減,詩鐘話不收入,儘量限制滑稽聯話、話輓聯的聯話的篇幅。針對聯話的文獻功能,即存聯存事功能,與文藝批評功能,對於單純保存聯語作品的聯話,即相當於作品集的,不予收録。對於所選録的聯話,其僅僅有聯語與紀事却未對聯語予以評價的部分,亦删去。總之,《民國聯話選粹》除了儘量典型地展示民國時期聯話的全貌,更偏向於展示其話體文學體裁的性質,即凸現其文學批評功能。

二〇一八年四月份由於身體原因的耽擱,書稿未能如期交出。此時,國家留學基金委的公派留學已經録取,接下來辦理赴美訪學事宜要花很多時間與精力。答應黄霖教授交稿的日期不能一拖再拖,於是,我誠邀青年才俊周于飛博士加盟。我向周于飛發出求助邀請後,她很爽快地答應,在繁重的教學任務和科研任務下擠時間點校、撰寫叙録,確保了我赴美前一個星期將書稿交給黄霖教授。

二〇一八年十一月當我沉浸在紐約雪花飛舞的潔白世界裏,與室友一邊興奮地拍照,一邊不緊不慢地將一夜之間積起的一尺多厚的雪鏟掉給自己出門清障時,黄霖教授發來微信。黄霖教授説,本以爲最放心的聯話書稿却出現狀況,體例與詩話、詞話、曲話、文話等不統一,需要我趕緊對書稿重新加工。爲了確保不拖課題後腿,我立即調整思路更新部分内容,同時將書名定爲《聯話卷》。原先設計的"聯話選粹"只能留待日後,這是我的一個學術任務,也是龔師對我的一份期待。

目前已經整理出版的聯話著作中,龔聯壽教授《聯話叢編》部頭甚大,讀者購買携帶都有一定難度,拙著《全民國聯話第一輯》所收聯話來源爲期刊,且諧謔性所占比不小,喻岳衡點校整理的《對聯話》爲單行本。本選編可彌補以上著作的缺憾。

在整理書稿的過程中得到諸多幫助。龔師一如既往地無私地給我以文獻支持,感謝如父親般待我的龔師。復旦大學楊婷婷博士在北京大學,在國家圖書館爲我查找、列印資料,及時傳來電子文檔,寄來紙質稿,真誠感謝楊婷婷博士。我的另一位碩導文師華教授,江西省楹聯學會同仁龍文武教授,均精於書法,他們幫助我辨別手寫本聯話稿,西南科技大學李怡同學幫助搜索資料。諸多幫助我的人,一并感謝!

張小華
二〇二〇年九月於豫章師范學院